观海文丛——华东师范大学外语学院学者文库

历史与虚构：克洛德·西蒙和余华的小说写作

HISTOIRE ET FICTION :

UNE ETUDE COMPARATIVE DES ŒUVRES DE CLAUDE SIMON ET DE YU HUA

金桔芳　著

南开大学出版社
天　津

图书在版编目(CIP)数据

历史与虚构 ：克洛德 · 西蒙和余华的小说写作 / 金桔芳著. —天津：南开大学出版社，2016.5
（观海文丛. 华东师范大学外语学院学者文库）
ISBN 978-7-310-05089-5

Ⅰ. ①历… Ⅱ. ①金… Ⅲ. ①西蒙，C.－小说研究 ②余华－小说研究 Ⅳ. ①I565.074②I207.42

中国版本图书馆 CIP 数据核字(2016)第 086164 号

南开大学出版社出版发行
出版人：孙克强
地址：天津市南开区卫津路 94 号　　邮政编码：300071
营销部电话：(022)23508339　23500755
营销部传真：(022)23508542　　邮购部电话：(022)23502200
*
河北昌黎太阳红彩色印刷有限责任公司印刷
全国各地新华书店经销
*
2016 年 5 月第 1 版　　2016 年 5 月第 1 次印刷
210×148 毫米　32 开本　19.375 印张　2 插页　465 千字
定价：52.00 元

如遇图书印装质量问题，请与本社营销部联系调换，电话：(022)23507125

A Gégé et à mes grands-parents

Table

Troisième Partie: Ethique scripturaire

Sigles

A: *L'Acacia,* Paris, Minuit, 1989.

AC: « Un amour classique », in *Un amour classique*, petits romans traduits du chinois par Jacqueline Guyvallet, Arles, Actes Sud, 2000.

CB: *Cris dans la bruine,* roman trad. du chinois par Jacqueline Guyvallet, Arles, Actes Sud, 2003.

CC: *Les Corps conducteurs*, Paris, Minuit, 1971.

CR: *La Corde raide,* Paris, Editions du Sagittaire, 1947.

DS: *Discours de Stockholm,* Paris, Minuit, 1986.

EA: « L'Evénement du 3 avril », traduit par nous-même.

FP: « Fleurs de prunier ensanglantées », in *Sur la route à dix-huit ans*, nouvelles traduites du chinois par Jacqueline Guyvallet, Angel Pino et Isabelle Rabut, Arles, Actes Sud, 2009.

G: *Les Géorgiques*, Paris, Minuit, 1981.

He: *L'Herbe*, Paris, Minuit, 1958.

Hi: *Histoire*, Paris, Minuit, 1967.

JP: *Le Jardin des plantes,* Paris, Minuit, 1997.

LC: *Leçon de choses*, Paris, Minuit, 1975.

ME: « Un monde évanoui » [1994], in *Un monde évanoui*, récits traduits du chinois par Nadine Perront, Arles, Picquier poche, 2003.

OA: *Orion aveugle*, Paris/Genève, Skira (Les Sentiers de la création), 1970.

PC: « Passé et châtiment », in *Sur la route à dix-huit ans*, *op.cit.*

QP: « Quelques pages pour Yang Liu », in *Un amour classique*, *op.cit.*

RF: *La Route des Flandres* [1960], Paris, Minuit (Double), 1984.

RM: « Récit de mort », in *Sur la route à dix-huit ans*, *op.cit.*

SR: « Sur la route à dix-huit ans », in *Sur la route à dix-huit ans*, *op.cit.*

T: *Le Tramway,* Paris, Minuit, 2001.

UCR: « Une certaine réalité », in *Un amour classique*, *op.cit.*

V: *Le Vent: Tentative de restitution d'un retable baroque*, Paris, Minuit, 1957.

* Les citations en chinois de l'œuvre de Yu Hua, en notes de bas de page, renvoient à des éditions dont les sources sont indiquées dans la bibliographie. Les citations de *La Route des Flandres* en chinois renvoient à l'édition de Lijiang chubanshe en 1987.

Introduction

Dans le roman du XXe siècle, l'écriture de l'Histoire devient problématique, dans la mesure où la question de la représentation se pose. On considère qu'écrire sur l'Histoire implique d'établir un lien entre le roman et la réalité, d'inscrire le roman dans le monde et donc d'en faire un moyen de significations extra-littéraires. Ecrire sur l'Histoire fait aussitôt penser à des récits historiques, dont l'échec dans leur prétention à restituer un événement passé pour lui conférer une valeur didactique au moyen d'une remise en ordre, chronologique et causale, est impitoyablement dénoncé à l'ère du soupçon. Continuer à écrire sur l'Histoire après la prise en compte de cet échec semble alors doublement inenvisageable: c'est non seulement nuire à l'autonomie du littéraire en confondant un récit écrit, qui porte donc toutes les spécificités de la langue, avec un fait réel, mais c'est aussi développer un projet humaniste ambitieux, mais impossible à mener à bien.

Se développe parallèlement l'idée qu'il y a des sujets qui ne sont pas propres à la représentation, dans la littérature comme dans d'autres formes artistiques. On aura reconnu la référence que nous faisons ainsi à l'irreprésentable selon Jacques Rancière. Cette notion d'irreprésentable est illustrée dans *Le Destin des images* en deux points, dont le premier consiste en une impossibilité de l'art de rendre présent le caractère essentiel de la chose en question:

> On ne peut ni le mettre sous les yeux ni lui trouver de représentant qui soit à sa mesure. On ne peut pas trouver de forme de présentation sensible adéquate à son idée, ou, à l'inverse, de schème d'intelligibilité égal à sa puissance sensible.①

Ce premier sens allègue dans la littérature un impouvoir des mots par rapport à la réalité. Il rejoint en fait l'idée de l'échec de la représentation mimétique, et réaffirme l'exclusive légitimité du roman qui ne peut résider que dans un espace appartenant à lui-même. Le second sens d'irreprésentable remet en cause l'exercice du pouvoir de l'art, en raison de la nature de ses moyens et des trois propriétés caractéristiques de la présentation artistique que Rancière définit de la manière suivante:

> Premièrement, [la présentation artistique] se caractérise par son excès de présence, laquelle trahit la singularité de l'événement ou de la situation, rebelle à toute présentation sensible intégrale. Deuxièmement cet excès de présence matérielle a pour corrélat un statut d'irréalité qui soustrait à la chose représentée son poids d'existence. Enfin ce jeu de l'excès et du défaut s'opère selon un mode d'adresse spécifique qui livre la chose représentée à des affects de plaisir, de jeu ou de distance incompatible avec la gravité

① Jacques Rancière, *Le destin des images*, Paris, La fabrique, 2003, p. 126.

de l'expérience qu'elle renferme.[①]

Ce second point est lié à l'histoire humaine du XXe siècle. Certains sujets, que Rancière désigne comme n'étant pas du ressort de l'art, renvoient bien à des événements dans l'histoire du XXe siècle: événements dont la Shoah est le paroxysme, qui ne peuvent « s'accommoder de l'excès de présence et de la soustraction d'existence qui lui sont propres et définissent, en termes platoniciens, son caractère de simulacre [de l'art] »[②].

Tous ces questionnements révèlent les limites de la représentation. Ils suscitent la fameuse crise de représentation du XXe siècle, et renforcent la division entre l'autonomie de la littérature et la possibilité d'une anticipation sociale ou politique. Comment une réalité insoutenable peut-elle être susceptible de devenir un objet littéraire ? Est-il encore possible de donner forme à cette réalité, qu'aucun récit ne semble capable de dire sans trahir ? En réponse à cette question, nous pensons que des écrivains comme Claude Simon et Yu Hua mettent en œuvre des solutions originales que nous nous proposons d'étudier ici. Leur écriture, à trente ans d'intervalle, est née dans deux cultures et deux sociétés très différentes. Nous ne voulons à aucun moment, dans cette étude, nier leur différence. Ce qui les relie, ce ne sont pas les détails de procédés qu'ils utilisent pour faire de la littérature, ni l'hypothétique influence d'un mouvement littéraire sur un autre – le Nouveau Roman français et l'Avant-garde chinoise où sont souvent classés les deux écrivains –,

---

① *Ibid.*

② *Ibid.* J'ajoute les crochets.

mais la temporalité de l'expérience qui marque leur écriture, et la singularité de leurs œuvres nettement distinctes d'une évocation conventionnelle de l'Histoire. Il faut alors insister sur la spécificité de nos deux écrivains. Claude Simon est un écrivain majeur de la littérature française du XXe siècle. Majeur, non pour sa notoriété, mais pour ce qu'il a apporté à la littérature, pour son œuvre qui interroge tout au long d'une soixantaine d'années sur la poétique et la réalité, sur l'Histoire vécue et sa mise en œuvre dans la fiction – questions primordiales de la littérature du XXe siècle:

> S'il y a un homme plongé dans l'Histoire, c'est bien moi. J'ai eu l'existence d'un Européen moyen: la guerre, la captivité, la maladie, la révolution dont j'ai été témoin en Espagne. J'ai fréquenté tout l'éventail des types humains, du prêtre jusqu'à l'incendiaire d'église. En captivité, j'ai vécu avec des souteneurs d'Oran avec qui je partageais mon pain. Je suis de mon temps, de gré ou de force.[①]

L'œuvre de Yu Hua est centrée sur le même type d'interrogation, même si cette relation entre l'œuvre et son temps n'est pas assez examinée dans son propre pays. On constate immédiatement chez les deux écrivains un attachement commun pour le thème de l'Histoire: l'un écrit inlassablement sur les agitations de l'Europe du XXe siècle, sur la guerre et la révolution qu'il a vécues ; l'autre ressasse dans son œuvre, au lendemain de la Révolution culturelle, ce désastre qui a marqué son enfance. A travers cette similitude thématique, apparaît

① Claude Simon, entretien avec Marianne Alphant, *Libération*, 10/12/1985.

une interrogation, qui leur est aussi commune, de l'écrivain face à l'Histoire. Ayant vécu des événements qui ont marqué l'histoire de leur pays, Claude Simon et Yu Hua sont l'un comme l'autre dans une réflexion sur le sens de l'Histoire, sur la place de la littérature par rapport à l'Histoire et sur les héritages historiques et littéraires à partir desquels ils vont marquer leur propre point de départ. La comparaison entre ces deux auteurs, de contextes politiques et culturels différents, peut nous montrer que repenser la question de la représentation de l'Histoire dans la fiction est un sujet commun de la littérature contemporaine, en Chine comme en Occident.

Nous plaçons d'abord le débat dans le contexte chinois. Il semblerait que les termes relatifs à la question de la représentation (la modernité, l'avant-garde, l'autonomie et l'utilité de la littérature, etc.) provoquent des discussions plus symptomatiques dans la Chine des années 1980 que celles qui existaient en Occident. Dans la Chine qui vient de sortir de la Révolution culturelle, évoquer ce passé est un sujet important dans la littérature qui est alors marquée par une confluence de divers courants et pensées. L'appel à une littérature libérée est sans cesse menacé face à l'ingérence politique qui est toujours active, face à la tradition conceptuelle de la littérature qui veut que celle-ci serve à indiquer le *Dao* (la voie) humain, et face au modèle, souvent mal interprété, suggéré par la littérature moderne et postmoderne occidentale. Dans une telle circonstance, un type de littérature nouvellement née – représentée par le courant littéraire « Avant-garde chinoise » dont fait partie Yu Hua – échappe, semble-t-il, à ces contraintes politique et culturelle, et atteint son autonomie, mais au risque de devenir une littérature gratuite, détournée de la préoccupation de l'Histoire. Nous arrivons alors à la question que l'on se posait à une époque en relation avec l'œuvre de Claude Simon: la littérature doit-elle abandonner la représentation pour atteindre son autonomie, et cette autonomie signifie-t-elle se retirer instantanément du monde ?

Notre étude tente de répondre aux accusations de formalisme, de complexité et de non-sens portées contre les œuvres de nos deux écrivains. Nous pensons d'abord que les œuvres de Claude Simon et de Yu Hua fournissent des exemples qui permettent de contredire l'idée de l'irreprésentable. La question de l'irreprésentable se pose parce qu'on situe la discussion au sein d'un régime qui place la littérature sous la contrainte de la représentation[①]. L'irreprésentabilité étant relative à l'ordre représentatif, s'il y a de l'irreprésentable, il doit se situer dans un régime de représentation dont le fonctionnement est mis en crise par la gravité de l'événement, qui a provoqué l'éclatement de « tout rapport harmonieux entre présence et absence, entre sensible et intelligible »[②]: celui qui encadrait la représentation. Cet impossible en appelle à un passage vers un autre régime de représentation. Il n'y a pas d'irreprésentable, la difficulté consiste à parvenir à se libérer d'un mode conventionnel de la représentation, et à chercher une nouvelle configuration du

---

① Rancière explique que cette contrainte contient un jeu entre le *faire voir* et le *ne pas faire voir*. L'un des exemples qu'il donne est que dans le *Paradis perdu*, les descriptions de l'Enfer et de l'ange du mal produisent une impression sublime – elles ne nous laissent pas voir les formes qu'elles évoquent, alors elles feignent de nous les montrer –, tandis que dans la peinture, où le peintre est obligé de nous figurer les formes des monstres, le sublime peut se changer en grotesque. Une œuvre littéraire fait voir en ne faisant pas « vraiment » voir, c'est ce paradoxe qui soutient la légitimité de la représentation ; si l'œuvre tient à nous montrer par la mimésis ce qui est infigurable, comme les événements qu'on qualifie inouïs, elle rompt « le compromis tacite » entre le *faire voir* et le ne pas *faire voir* de la parole.

② Jacques Rancière, *op.cit.*, p.127.

roman. Les œuvres de Claude Simon et de Yu Hua ne retracent pas le réel par une figuration mimétique. Elles rompent la loi du vraisemblable dans la représentation, et ne cherchent pas à nous montrer la « vérité » de l'Histoire par une narration épique. Certes, nous pouvons reconnaître la place primordiale qu'ils accordent à l'Histoire dans leur univers romanesque, mais l'Histoire y est rarement évoquée directement. Leurs œuvres fonctionnent autour d'un fait réel et violent, mais ramènent sans cesse la narration vers d'autres éléments. La défaite de l'armée française à la frontière belge en 1940, dont Claude Simon lui-même est témoin, est évoquée parallèlement à des événements qui ont lieu dans d'autres espaces et dans d'autres temps. Les récits d'un monde immonde et parfois fantastique qu'esquisse Yu Hua dans ses œuvres des années 1980 sont la métaphore d'un récit d'une période obscure de l'histoire chinoise contemporaine. L'absence de l'Histoire dans leurs œuvres n'est donc qu'apparente: ce qu'ils élaborent dans leurs fictions est une transfiguration de l'Histoire, car la figuration par l'autre est la seule voie d'accès à l'infigurable. Nous proposons de voir cette transfiguration sous trois aspects dans la seconde partie de notre étude.

Cette transfiguration se fait d'abord à travers le temps, élément fondamental du récit. Dans leurs œuvres, Claude Simon et Yu Hua montrent, l'un comme l'autre, que la linéarité calendaire ne rend pas justice à la diversité des formes du temps et de l'expérience d'un individu impliqué dans l'Histoire. Le temps chaotique dans *La Route des Flandres* et dans les récits de Yu Hua traduit la dissolution d'un sujet engagé dans une quête sans issue. Il montre le brouillage des frontières entre les choses et les êtres, entre le monde et les individus, met en évidence l'indistinction qui dissout les êtres, souvent favorisée dans *La Route des Flandres* par l'image de la pluie, et dans les récits de Yu Hua par celle de la bruine ou de la fumée (*yan*). Ce temps chaotique fait ainsi du récit un témoin du chaos de l'Histoire, qui est non seulement mis en œuvre dans la diégèse de la fiction, mais oblige aussi l'écrivain à explorer les limites de la narration. Régi par le temps chaotique, le récit ne tente plus de rétablir un ordre ni de fixer un sens, mais de figurer le désordre du monde et l'impossibilité de le remettre en état.

Au-delà d'une force de dispersion qui morcelle le monde et démembre le temps, l'Histoire apparaît aussi dans leurs œuvres comme ce qui menace l'intégrité du sujet-maître de soi, et met en péril son identité. C'est la raison pour laquelle il y a un dédoublement identitaire parallèle à une obsédante interrogation sur la filiation et la généalogie. Identité et filiation: deux éléments fondamentaux pour que le sujet puisse se situer dans le présent. La similitude d'expériences entre différents personnages révèle le temps historique qui est soumis à une véritable compulsion de répétition et de clôture. L'ancêtre et le père, figures maîtresses des obsessions dans l'ensemble des œuvres de nos deux écrivains, représentent le spectre du passé qui revient hanter le sujet et préfigure sa mort. L'inquiétude du sujet relative à la défaillance de son regard, ainsi que son acharnement à explorer, révèlent le traumatisme du passé, impossible à dépasser, mais réitéré comme une fondation négative.

Après l'échec de toute tentative spéculative d'une maîtrise du passé, l'appréhension du sujet sur l'événement ne peut se faire qu'à travers son propre corps, d'une manière phénoménale. Le corps portant la mémoire du passé cherche à retrouver des sensations d'autrefois et tente un processus d'appropriation de l'événement, soit par la sexualité, comme dans *La Route des Flandres*, soit par la violence, comme dans *1986* de Yu Hua. Placé dans une confusion entre homme et animal, entre mort et vivant, le corps traduit l'égarement du sujet submergé par l'intenable pesanteur du passé, dans un temps éternellement altéré.

Ainsi, les œuvres de ces deux auteurs relèvent d'une littérature qui échappe au dualisme entre la représentation et l'auto-représentation du roman. L'idée qu'écrire sur l'Histoire nuirait forcément à l'autonomie de la littérature est due au fait qu'on a l'habitude de placer la représentation à l'opposé de l'absolue liberté de la forme romanesque. La fiction se dit par rapport à la réalité, elle désigne une construction de l'imagination régie par les lois textuelles et distinctes de la réalité. Claude Simon et Yu Hua sont des défenseurs assidus de cette forme littéraire. Ils sont d'avis que le sujet du roman est sa propre composition, insistent tous deux sur le caractère fictif de leurs œuvres, et attribuent une valeur de la fiction au-delà de toute superposition possible avec le réel. Ce qu'ils écrivent est donc une œuvre qui se refuse à être le reflet du réel, et qui se place en dehors des conventions du réalisme. Ils refusent de prendre la ressemblance comme mesure souveraine pour juger de la légitimité et de la véracité du roman. Ce faisant, ils libèrent le roman de son attachement historique à la restitution événementielle, affirment la singularité de la littérature, et font éclater les critères pragmatiques qui la vouent à des occupations sociales. Cependant, abandonner la représentation mimétique ne signifie pas tomber dans l'anti-représentation. « Le saut hors de la *mimesis* n'est en rien le refus de la figuration »[①], dit Rancière, mais simplement une représentation qui ne soumet pas la littérature à la contrainte de la vraisemblance. Claude Simon et Yu Hua ne se détournent nullement de la réalité, ils proposent de dire le monde par d'autres moyens, propres à la fiction, tout en étant conscients de l'individualité de la littérature et sans la confondre avec le réel. L'évocation de l'Histoire et la référence à la réalité, considérées auparavant comme la part « non-littéraire » de l'œuvre, constituent chez eux le principe même de la littéralité, car cette évocation et cette référence se font à travers des formes nouvelles qui soustraient le roman aux critères d'authenticité et d'utilité pour les soumettre aux critères intrinsèques de la fiction.

La troisième partie est le prolongement du regard porté sur ce nouveau mode de représentation. L'opposition entre la représentation – qui implique un modèle téléologique de la littérature – et l'auto-représentation littéraire – qui identifie la littérature à une conquête de la forme pure – relève d'un paradoxe de la modernité qui oppose l'esthétique romanesque à l'émancipation politique. En invalidant cette opposition, les œuvres de Claude Simon et de Yu Hua nous obligent aussi à nous interroger sur la notion de modernité qui n'apparaît pas assez éclairante pour penser le rapport de l'esthétique et l'éthique[②]. Les œuvres de nos deux auteurs s'inscrivent dans leur

① Jacques Rancière, *Le Partage du sensible*, Paris, La Fabrique, 2000, p.34.

② Rancière résume la limite de la notion de modernité en termes de geste brutal. Selon lui, le concept de la modernité « trace, pour l'exalter ou la déplorer, une ligne simple de passage ou de rupture entre l'ancien et le moderne, le représentatif et le non-représentatif ou l'anti-représentatif » tout en séparant le moderne du contexte qui l'autorise. Afin d'éviter les paradoxes que porte l'appellation confuse de modernité, Rancière propose ensuite le concept de régime esthétique, qui est un régime nouveau, mais qui n'oppose pas l'ancien et le moderne. Voir *ibid.*, p.34.

temps, et rappellent au récit sa propre origine. Claude Simon et Yu Hua sont dubitatifs à l'égard des grands récits sur les progrès de l'humanité, et leur reprochent d'avoir substitué à la complexité du temps et à la réalité violente de l'Histoire l'univocité d'un message didactique. C'est la raison pour laquelle tous les types d'écriture apparaissent dans leurs œuvres comme récit trompeur, avatar de l'Histoire, prétendant rendre au jour des leçons avec la plus grande lucidité. On aura alors du mal à considérer leurs œuvres comme celles qui désinvestissent l'exploration du devenir au profit d'une expérimentation textuelle essentiellement autoréflexive. La virtuosité narrative de *La Route des Flandres* n'a rien d'un formalisme capricieux. La complexité arachnéenne de certains récits de Yu Hua provient d'un passé qui revient et qui entraîne un morcellement de la narration. Leurs œuvres signent un engagement littéraire avec la forme, en se désengageant d'un ancien mode d'engagement qui en appelle à un débarquement du roman dans la vie au détriment de sa littéralité. Leur engagement se fait de manière toute négative: l'œuvre préserve sa valeur éthique à condition d'être séparée de toute intervention politique et de tout projet messianique. « La solitude de l'œuvre porte une promesse d'émancipation »[①] ; il s'agit, dès lors, de sortir du tourniquet des contradictions de la modernité.

Pendant longtemps, l'œuvre de Claude Simon a été lue dans l'ignorance de son lien avec son temps. Sous l'influence du structuralisme et de la Nouvelle critique, l'œuvre simonienne est considérée comme l'exemple de l'*autopoïèse* de la littérature, et Claude Simon devient l'écrivain préféré des sémiologues et des

① Jacques Rancière, *Malaise dans l'esthétique*, Galilée, 2004, p.53.

linguistes, tandis qu'aux yeux du grand public, il est un écrivain obscur, réservé aux élites intellectuelles. Notre étude se place dans la continuité d'un courant critique qui a progressivement émergé dans les années 1980, mené par des chercheurs qui essaient de reconsidérer l'écriture simonienne dans son rapport au monde et à son temps. Ainsi, la genèse de cette œuvre, son aspect autobiographique, les stimuli de l'expérience personnelle vis-à-vis du devenir du texte sont les principaux nouveaux sujets de recherche de cette période. Cette critique n'est pas une négation de la critique linguistique des années 1960 et 1970, mais son prolongement et son approfondissement. Tout en gardant les acquis disponibles et les outils analytiques, elle essaie d'indiquer l'ouverture de l'œuvre et de repenser la représentation du monde dans la poésie simonienne. « Il s'agit de produire un système de signes qui restitue par son agencement interne le paysage d'une expérience. »[①]: cette remarque de Celia Britton est aussi celle qui conduit notre étude.

Nous avons décidé de travailler sur les œuvres de Claude Simon et de Yu Hua, mais nous avons constaté un déséquilibre de base de données critique entre ces deux écrivains. On est frappé par l'énergie intellectuelle que suscite le texte simonien, qui fascine et provoque des réactions fortes, suscite des discussions et des désaccords, sans qu'on n'ait jamais l'impression de pouvoir l'expliquer de manière exhaustive. Nous voulons placer en regard de Claude Simon un écrivain chinois contemporain qui est beaucoup moins étudié. Yu

---

① Celia Britton, « "*ce paysage inépuisable*": sens et référence dans la conception simonienne de la langue », *Claude Simon 1: à la recherche du référent*, sous la direction de Ralphe Sarkonak, Paris/ Caen, Lettres Modernes Minard (*Revue des Lettres modernes*. Série Claude Simon), 1994, p.117.

Hua figure aujourd'hui parmi les écrivains les plus importants de la littérature chinoise contemporaine. Mais la période de Yu Hua en tant qu'écrivain d'avant-garde des années 1980 est aujourd'hui très peu évoquée par les critiques, qui pensent qu'il n'y a plus rien à dire sur ce sujet. Nous pensons que les œuvres de Yu Hua de cette période ne sont pas suffisamment étudiées, alors que, paradoxalement, elles sont particulièrement intéressantes dans leur manière de représenter l'Histoire. La critique chinoise des années 1980 condamne l'œuvre de Yu Hua en termes de nihilisme culturel. Les critiques chinois d'aujourd'hui qui créent de vifs débats sur le traitement de l'Histoire dans les œuvres récentes de Yu Hua restent muets quant à ses œuvres des années 1980. Nous constatons aussi qu'un autre courant critique, représenté par la critique en dehors du continent chinois, notamment à Taïwan et en Amérique du Nord, tente de révéler les significations sociopolitiques de l'œuvre de Yu Hua des années 1980. Le critique taïwanais Wang Dewei fait une lecture idéologique et déclare avoir vu dans *Sur la route à dix-huit ans* une mise en scène directe de la désillusion des rêves communistes[①]. Le critique sino-américain Lu

---

① Nous lisons par exemple son commentaire pour *Sur la route à dix-huit ans*: « Ceux qui volent les pommes et frappent le protagoniste ne sont personne d'autre que des paysans. Au moment où tout le monde le trahit et l'abandonne, le protagoniste commence à se rendre compte de la difficulté de se faire intégrer par une société (communiste ?) où règne la loi de la jungle. Cette leçon de la vie démystifie la société communiste, mais elle ironise aussi sur les règles de jeu de la société capitaliste. Le chauffeur de camion, un entrepreneur privé, entre dans le paradis de la classe prolétarienne où il est un étranger. Il suscite chez les prolétaires le désir de possession et leur appropriation de la plus-value et la valeur supplémentaire. » – Wang Dewei, « Shanghen jijing, baoli qiguan – Yu Hua lun » (Paysage de plaie et merveille de violence – Une critique sur Yu Hua), in Wang, *Kua shiji fenghua: dangdai xiaoshuo 20 jia* (*Vingt types de roman contemporain au tournant du siècle*), Taibei, Maitian chuban, 2002, pp.163-164.（“抢劫苹果，打伤主人翁的不是别人，而是农民。而当所有人背叛而去，“我”方才要了解进入弱肉强食的（共产？）社会，谈何容易！然而主人翁的“教育成长”如果反证了共产社会的统治神化，却也嘲仿了资本主义社会的游戏法则。那运苹果的个体户司机，开着破烂汽车出现在工农兵天堂里，不啻是一种新的“典型人物”，召唤无产阶级对所有权的欲望，对剩余或附加价值的攫取。”）

Tonglin voit chez le personnage du vieux devin dans *Un monde évanoui* l'incarnation du Parti communiste chinois①, et dans son analyse, les allusions aux autorités chinoises sont récurrentes, tandis que l'autre critique Zhang Xudong place l'œuvre dans les conditions sociopolitiques d'une Chine à l'époque des réformes et de l'ouverture (*gaige kaifang*)②. Il est difficile de dire que ce genre d'approche idéologique ne se justifie pas, mais ces critiques taïwanais et américains accordent à l'œuvre un regard extra-textuel, ce qui occulte certainement la singularité de l'œuvre et sa valeur avant tout littéraire. Quoi qu'il en soit, le manque de critique pertinente sur l'œuvre de Yu Hua ne constitue pas un problème insurmontable③. Par contre, elle est peut-être en définitive une chance qui nous permet d'avancer librement dans une nouvelle exploration de l'œuvre. Dans notre étude, nous tentons d'examiner les œuvres de nos deux écrivains sous une même perspective, et nous essayons d'appliquer à l'œuvre de Yu Hua certaines approches qui

---

① « [...] the fortuneteller, like the Communist Party, represents the people since his morbid power is « entrusted » to him by the people. Paradoxically, the dependency of his power on the people's perception of him as powerful makes him all the more powerful, since the people's voices can be heard only through their sole representative, the octogeneration magician? Slaves of their own perception, the people become voiceless. » – Lu Tonglin, « Violence and Cultural Nihilism», in *Misogyny, Cultural Nihilism, and Oppositional Politics – Contemporary Chinese Experimental Fiction*, Stanford, Stanford University Press, 1995, p.164.

② « The narrativity of méta-fiction lies in the personal experience produced by Deng's immense social "experiment". » «While patiently building up the linguistic archives of a new generation and a new community, it nevertheless generates the literary marketplace with its heightened productivity and skill, which in turn feed the public expectations for a sens of contemporaneity and global competiveness. » - Zhang Xudong, *Chinese modernism in the Era of Reforms – Cultural Fever, Avant-garde Fiction, and the New Chinese Cinema*, Durham and London, Duke Univerity Press, 1997, p.155.

③ Nous signalons tout de même l'existence de quelques essais de critique qui ont particulièrement contribué à notre étude: Zhang Yiwu, « "Ren" de weiji » (Crise de l'"Homme"), *Dushu* (*Lire*), n°12, 1988, pp.41-47; Dai Jinhua, « Liegu de lingyi cepan – chudu Yuhua» (De l'autre côté du canyon – ma première lecture de Yu Hua), *Beijing wenxue* (*Littérature de Beijing*), n°7 1989 ; Zhang Yinde, « Yu Hua et la violence de l'histoire », in *Le Monde romanesque chinois au XXe siècle. Modernités et identités*, Paris, Honoré Champion, 2003, pp.223-240 ; Isabelle Rabut, « Yu Hua et l'espace hanté », *Les Temps modernes*, n°630-631, 2005, pp.212-246.

ont été utilisées par la critique occidentale sur l'œuvre de Claude Simon. Si cette tentative peut donner des résultats, cela prouvera aussi l'existence de quelques points communs viscéraux dans leur écriture, qui nous permettent de placer côte à côte ces deux écrivains. Les propos de François Jullien, dont la pensée porte une riche réflexion mutuelle sur les cultures chinoise et occidentale, nous servent à justifier cette tentative:

> « [C]e n'est que sur fond d'une telle « superficialité » comparative que l'identité de tel fait culturel, que l'originalité de telle représentation, peuvent devenir objectivement discernables. Nous ne disposons pour aucun fait de civilisation de mesure toute faite, d'instrument conceptuel préétabli (à moins de se livrer ingénument à l'ethno-centrisme ou à l'anachronisme), ce qui implique toujours de repenser ce à partir de quoi l'on pense (au moyen de quoi l'on pense) en même temps que l'on tente de penser quelque chose d' « autre » [.] »[①]

Nous choisissons de travailler essentiellement sur un seul roman de Claude Simon: *La Route des Flandres*. A la question posée par un chercheur chinois, lors d'un entretien:

> On considère souvent *La Route des Flandres* comme votre œuvre représentative. Selon vous, quel livre représente le

① François Jullien, « Naissance de l' "imagination": essai de problématique au travers de la réflexion littéraire de la Chine et de l'Occident », *Extrême-Orient, Extrême-Occident*, n°7, 1985, p.27.

plus vos recherches dans le roman ?[①]

Claude Simon répond:

> Aucun. Parce que chaque livre représente des recherches différentes, je n'arrive pas à dire lequel je préfère. Chaque livre a quelque chose de lui-même. Répéter la même chose, ça n'a pas de sens. Il ne faut pas dire que *La Route des Flandres* est mon œuvre représentative. [②]

L'œuvre de Claude Simon étant très variée, en choisissant *La Route des Flandres* comme corpus principal, notre étude ne privilégie un roman parmi les autres qu'en instituant autour de lui le dialogue avec l'œuvre qui l'éclaire et qu'il éclaire. Travailler sur *La Route des Flandres*, ce n'est pas l'examiner comme un roman individuel, mais le prendre comme un fragment de miroir qui reflète toute la constellation de l'œuvre simonienne considérée comme un tout. Centrée sur la guerre de 1940, *La Route des Flandres* s'interroge sur la perception, la mémoire, l'histoire familiale, l'événement vécu et son improbable restitution, en utilisant une situation narrative postérieure aux événements et difficile à définir. En fait, les grandes préoccupations de l'œuvre sont déjà là, et tous les motifs, les *topoï* et

---

①"一般人都认为《弗兰德公路》是你的代表作，你认为哪一本书最能代表你的探索？" – « Yiqie dou zai bianhua – fang Keluode Ximeng» (Tout est en mutation – entretien avec Claude Simon), entretien réalisé par Sun Heng, *Wenyi bao* (*Journal d'art et de littérature*), 5 juillet 1986.

② "没有一本，因为我的所有作品都是各不相同的探索，我不能说特别喜爱哪一部。每部著作都有不同的东西，因为重复同样的东西是没有意义的。因此，不能说《弗兰德公路》是我的代表作。" – *Ibid.*

les images récurrentes qui se concentrent dans ce roman, les livres ultérieurs les remettront en scène. Néanmoins, nous sommes d'accord avec ce que dit Alastair Duncan sur le fait que *La Route des Flandres* se distingue des romans qui le suivent dans l'œuvre de Claude Simon, dans la mesure où Georges, protagoniste de *La Route des Flandres*, veut à tout prix reconstruire le passé, atteindre la vérité, tandis que le narrateur d'*Histoire*, par exemple, ne cherche plus à évoquer ni à organiser des fragments du passé, sachant bien que tout passé est innommable[①]. Mais c'est justement ce moment de tâtonnement illustré à travers le protagoniste de *La Route des Flandres* qui est particulièrement touchant, dans la mesure où il reflète les traces d'une interrogation de la part de l'écrivain. Le roman s'ouvre sur le mystère de la mort du capitaine de Reixach dans la défaite de 1940 de l'armée française, et prend ainsi en compte d'emblée la guerre au centre du roman. Mais, constitué essentiellement des hypothèses *a posteriori* des soldats survivants, ce roman semble vouloir ressusciter les mensonges des romans à la recherche d'une restitution identique du réel avant de les mettre de nouveau à mort. *La Route des Flandres* est un roman qui présente le plus explicitement la guerre en tant que réflexion sur l'Histoire et sur l'écriture.

L'écriture de Yu Hua est marquée par une division en périodes.

---

① Nous lisons par exemple dans *Histoire* cette argumentation du narrateur: « entre le lire dans les livres ou le voir artistiquement représenté dans les musées et le toucher et recevoir les éclaboussures c'est la même différence qui existe entre voir écrit le mot obus et se retrouver d'un instant à l'autre couché cramponné à la terre et la terre elle-même à la place du ciel et l'air lui-même qui dégringole autour de toi [...] ce qui fait qu'il n'est pas plus possible de raconter ce genre de choses qu'il n'est possible de les éprouver de nouveau après coup, et pourtant tu ne disposes que des mots, alors tout ce que tu peux essayer de faire... » (Hi, p.152). Pour les propos d'Alastair Duncan, lire la préface de *Claude Simon. A retrospective*, études réunies par Jean Duffy et Alastair Duncan, Liverpool, Liverpool University Press, 2002.

Ses œuvres écrites à partir des années 1990 sont d'un style plus conventionnel. Nous voulons travailler sur ses œuvres des années 1980 en raison de leur caractère « expérimentaliste ». Ces œuvres montrent une évocation oblique de l'Histoire et offrent des formes nouvelles qui permettent d'enrichir la notion de représentation. Mais les œuvres de Yu Hua de cette période sont exclusivement des nouvelles, ou à la rigueur des petits romans, ce qui pose la question de la cohérence de notre choix de textes: une seule œuvre de Claude Simon face à de nombreux textes de Yu Hua, un roman face à de courts récits, où la technique de composition, le travail de l'écrivain sont certainement différents. Pourtant, notre choix se justifie par la singularité des récits de Yu Hua: de styles et registres divers, ils constituent un monde romanesque tout à fait homogène. Des personnages similaires semblent apparaître et réapparaître en traversant les portes d'un récit à l'autre, tandis que la similitude entre les événements (crime, persécution et vengeance) donne l'impression au lecteur de n'avoir jamais quitté la même histoire, ce qui crée d'intenses résonances intertextuelles dans l'ensemble de l'œuvre. Cette homogénéité se traduit aussi d'une autre manière. Les récits de Yu Hua des années 1980 constituent un vaste théâtre de revenants qui multiplie les images fantomatiques, symbole d'un passé méconnaissable mais obsessionnel, et le dédoublement d'un sujet qui erre dans un espace-temps à la fois univoque et multiple. Nous avons choisi onze récits (*Un monde évanoui*, *Une certaine réalité*, *Un amour classique*, *Quelques pages pour Yang Liu*, *Un événement fortuit*, *1986, Sur la route à dix-huit ans*, *Récit de mort*, *Passé et châtiment*, *Fleurs de prunier ensanglantées*, *L'Evénement du 3 avril*), que nous estimons les plus représentatifs de l'œuvre de Yu Hua de cette époque, et qui proposent des traits de caractérisation comparables à la narration de *La Route des Flandres* de Claude Simon. Nous prenons la liberté de voir ces récits comme un ensemble, et d'alterner l'exploitation des uns ou des autres au cours de notre argumentation. Afin d'illustrer certains aspects qui ne ressortent pas distinctement des courts récits de Yu Hua, faute d'ampleur dans la matière narrative, nous faisons parfois référence à ses romans écrits ultérieurement (*Cris dans la bruine* et *Le Vendeur de sang*), dans la mesure où ce genre de renvoi ne nous sert qu'à compléter nos points de vue.

Première Partie:

Fiction contre Histoire?

A l'origine il y eut la ruine.
Jacques Derrida[①]

① Jacques Derrida, *Mémoires d'aveugle. L'autoportrait et autres ruines*, Paris, Ed. de la Réunion des musées nationaux, 1990, p.69.

Chapitre I. L'héritage

L'œuvre de Yu Hua des années 1980 met en défi la compétence des critiques, qui, devant cette œuvre étrange, expriment leur étonnement: « J'ai lu ses œuvres romanesques de ces deux dernières années. C'est comme si j'avais avalé quelque chose d'indescriptible, je n'arrive pas à dire quel goût ça me donne. Devant moi, c'est un monde entièrement étrange, voire grotesque. »[①] Certains critiques ne cachent pas leur répugnance – « J'ai même envie de vomir. »[②] –, tandis que d'autres considèrent, avec un ton euphorique typique de la critique chinoise de la fin des années 1980 sous l'influence de la « frénésie culturelle », son petit roman *Un amour classique* comme « un véritable roman moderne qui réussit à réconcilier la tradition et le développement du roman chinois dans le présent »[③].

Quant à Claude Simon, l'écrivain français est considéré par beaucoup de lecteurs chinois comme un auteur qui va trop loin dans la recherche d'une forme au prix d'une perte de contenu, comme

① "我读完他近两年来发表的小说后，好像吞下了无一名状的食物，说不出是什么滋味。摆在面前的是一个全然陌生甚至奇里古怪的世界。" – Zhong Benkang, « Yu Hua de huanjue shijie jiqi guaiquan » (Le monde illusoire de Yu Hua et son impasse), *Xiaoshuo pinglun* (*Critique du roman*), n°4, 1989, p.30.

② "我甚至觉得自己要呕吐。" – Zhang Xinying, « Huangmiu, kunjing ji wuxiao kefu » (L'absurdité, l'impasse et l'impossibilité de vaincre », *Shanghai wenlun* (*Critique littéraire à Shanghai*), n°3, 1988, p.61.

③"(……)溶汇了中国小说的传统和现实发展的一部真正的中国现代小说。" – La Yue, « Ping Yu Hua de yibu ganshang xiaoshuo » (Critique sur un roman sentimental de Yu Hua), *Xiaoshuo pinglun* (*Critique du roman*), n°2, 1989, p.75.

nous pouvons le lire dans les propos de l'écrivain Zhang Wei :

> Chez Claude Simon, la forme compte trop ; l'auteur apparaît comme un homme énergique qui, une fois que l'art a poussé les artistes dans une impasse, s'acharne et se débat. Nos historiens futurs de la littérature regarderont peut-être Claude Simon avec sympathie et pitié. Pour mener à bien sa recherche, il a dû consentir à des pertes nombreuses: certaines sont fatales. Il est parfois entraîné à des pertes de contenu.[①]

La quasi-totalité de la critique chinoise sur Claude Simon est centrée sur la forme laborieuse de son œuvre. Même Yu Hua, qui a lu Claude Simon en traduction, dit d'un ton ennuyé qu'il n'arrive pas à tenir jusqu'au bout du livre: « Ses phrases s'empilent les unes sur les autres, je ne vois pas de quoi il veut parler. »[②]

Il semble qu'on n'arrête pas de parler des œuvres de Yu Hua des années 1980 dans des termes d'« extravagance » – ou de « créativité », selon le cas. L'écrivain souffre pendant longtemps du label « porte-drapeau de l'Avant-garde chinoise », de sorte qu'il a dû protester devant un journaliste qui l'interviewait: « Je ne suis pas avant-gardiste ! » Il semble aussi que Claude Simon soit l'un des écrivains étrangers les plus mal lus en Chine. Les critiques et les

---

① Zhang Wei, « Notes à la lecture de quatre écrivains français », traduit par Chantal Chen-Andro, in Annie Curien (éd), *Lettres en Chine: rencontres entre romanciers chinois et français*, Bleu de Chine, Paris, 1996, pp. 123-124.

② Propos de Yu Hua cité dans « Faguo xinxiaoshuo pai zuojia geliye qushi xiangnian 85sui » (Le Nouveau romancier Robbe-Grillet est mort à l'âge de quatre-vingt-cinq ans), *Dongfang zaobao* (*Le Matin de l'Orient*), 20/02/2008.

lecteurs chinois, qui ont tendance à le placer *a priori* parmi les écrivains d'un mouvement d'avant-garde surnommé le Nouveau Roman français, ne voient que son côté formaliste – et ce formalisme est synonyme de l'insignifiant.

Pour comprendre le statut de l'Histoire dans les fictions de Claude Simon et de Yu Hua, il faut d'abord éclaircir quelques débats historiques qui ont longtemps brouillé nos regards. Et c'est aussi sur cette base de données que se bâtit l'argumentation de notre présente étude. Ce regard en arrière n'a pas comme objectif de prétendre au triomphe de la nouvelle critique contemporaine sur celle d'il y a vingt ans, il se justifie par le fait que la littérature chinoise des années 1980, tant dans la critique que dans la pratique, tant par son attitude vis-à-vis de la littérature nationale que de la littérature étrangère, traduit parfaitement une situation qui nous permet de replacer nos deux auteurs dans les questions centrales de la littérature du XXe siècle, de caractériser ce contre quoi une certaine littérature contemporaine doit lutter pour se situer elle-même, et de mieux voir les écheveaux qui se croisent autour de la question de l'Histoire et de la fiction. C'est donc pour mieux situer les œuvres[①] et mieux cerner le problème que l'on procède à ce réexamen.

La littérature chinoise des années 1980 connaît de nombreux courants. Il nous semble pourtant que trois points communs

---

① En particulier pour mieux repérer les œuvres de Yu Hua qui sont beaucoup moins étudiées et qui font partie d'une littérature étrangère marginale en France dont le contexte de la naissance est moins connu. Pour la réception de l'œuvre de Claude Simon en France, les recherches sont abondantes. Nous invitons à lire notamment « The Critical Reception of Claude Simon since the 1960's » de Jean Duffy et Alastair Duncan, in *Claude Simon. A Retrospective*, édité par Jean Duffy et Alastair Duncan, Liverpool, Liverpool University Press, 2002, pp.1-21, et la thèse d'Abdelaziz Elmahi, « Lectures sur la réception critique de Claude Simon: *Le Vent*, *L'Herbe* et *La Route des Flandres* », thèse nouveau régime, Bordeaux III, 1992.

caractérisent cette littérature au lendemain de la Révolution culturelle. Tout d'abord, elle tend à devenir une littérature nouvelle et libérée, à la différence de la littérature de propagande de l'époque maoïste. Cette volonté s'accompagne d'un deuxième objectif, qui consiste à se débarrasser de la manipulation politique, puisque, dans le contexte chinois, s'emparer d'une liberté littéraire c'est avant tout se procurer une indépendance vis-à-vis de la politique. Enfin, elle réagit, d'une façon diverse, à l'Histoire toute récente de la Chine en dépit de la réticence collective de la nation chinoise. Les deux premières caractéristiques trouvent une illustration dans la troisième. La vision de l'Histoire et la manière d'en parler dans la littérature traduisent bien la position de la littérature vis-à-vis de la politique et la tradition. C'est dans l'écriture sur l'Histoire qu'on voit le renouvellement de la littérature, qui cherche volontairement des moyens nouveaux pour dépasser les stéréotypes. «L'Histoire est la seule religion en Chine», c'est pour cette raison que nous nous permettons de considérer l'histoire de la littérature chinoise des années 1980 comme une histoire d'écriture sur l'Histoire.

1. L'ingérence politique

Si l'on caractérise une grande partie de la littérature chinoise contemporaine par une littérature imprégnée de politique, cette politisation ne date pas de l'ère communiste. Annie Curien date cette alliance politico-littéraire de la fin du XIXe siècle[①]. En effet, dès 1898, après l'échec de la tentative de réforme politique de la fin de la

① Cf. Annie Curien, introduction à *Lettres en Chine: rencontres entre romanciers chinois et français*, Bleu de Chine, Paris, 1996.

dynastie des Qing, le réformiste Liang Qichao propose de conférer au roman chinois une fonction éducative et de le placer au service du nouveau citoyen qu'il appelle de ses vœux. Depuis lors, ce rôle didactique du roman ne quitte plus la scène littéraire chinoise. Pendant les trente années séparant le Mouvement du 4 Mai[①] (*Wusi yundong*, 1919) et la fin de la guerre civile entre les communistes et le Guomindang (1945-1949), en passant par la Résistance anti-japonaise (1937-1945), les intellectuels chinois s'assignent comme tâche primordiale de « sauver la nation chinoise » (*jiuwang*). La littérature chinoise dominante est dotée à partir de là d'une couleur idéologique de plus en plus marquée. Par le fameux discours de Mao à Yan'an – *Zai Yan'an wenyi zuotanhui shang de jianghua* (*Discours de la causerie de Yan'an sur la Littérature et l'Art*)[②] prononcé en 1942 –, le pouvoir communiste assigne de façon officielle à la littérature un rôle dans la lutte des classes, ce qui prolonge à l'infini et de manière hyperbolique le service que la littérature doit rendre à la politique. Ensuite, avec la naissance du nouveau régime en 1949, l'unification idéologique et l'établissement d'un système centralisé, la littérature tient le rôle de héraut des orientations politiques pendant plus de trente ans. Le réalisme

① Le Mouvement du 4 mai, insurrection contre l'invasion occidentale, éclate en Chine le 4 mai 1919. Guidé par de jeunes intellectuels progressistes, il se transforme ensuite en un mouvement social. Il dénonce le poids des traditions, le pouvoir des mandarins et l'oppression des femmes, et se montre favorable à la modernité et aux sciences nouvelles. Cet événement provoque dans la littérature le « mouvement de la nouvelle littérature » qui marque le début de la littérature chinoise moderne.

② En mai 1942 ont lieu à Yan'an plusieurs réunions organisées par le Parti Communiste pour discuter des questions relatives à la création artistique. Dans son discours prononcé en présence de nombreux artistes et écrivains, Mao leur demande de mettre au centre de leur création artistique cette question: « à qui servent notre littérature et notre art ? ». Il leur rappelle que la littérature et l'art prolétariens se doivent d'appartenir à la cause révolutionnaire, et qu'ils doivent donc écrire pour les ouvriers, les paysans et les soldats. Ce discours devient le dogme de la littérature chinoise pendant plus de trente ans.

socialiste, propre à cette époque, introduit en Chine via l'URSS, est fortement prôné, voire imposé à tous types d'écriture. D'après Andrei A. Jdanov, responsable des affaires idéologiques au sein du Parti Communiste soviétique, le réalisme socialiste est la méthode de base de création et de critique dans la littérature soviétique, et il est fondé sur l'idée que le romantisme révolutionnaire doit être utilisé comme un élément constitutif de la création littéraire. L'emploi du « romantisme » au lieu d'autres « -isme » dans le discours de Jdanov peut s'expliquer à travers les propos de Maxime Gorki, généralement considéré comme le fondateur du réalisme socialiste. Selon lui, il est permis à un écrivain d'embellir ses œuvres par rapport à la réalité, afin de leur accorder une forme parfaite et faire des prévisions sociales. Cela implique que le réalisme socialiste a le droit d'exagérer, d'accentuer certains faits en fonction de ce que veut dire l'écrivain. A partir de cette théorie, il n'est pas étonnant de voir que la quasi-totalité de la littérature chinoise entre les années 1950 et 1970 est une louange du régime socialiste quitte à distordre la mimésis de la littérature: la littérature n'a plus à représenter la réalité, mais à présenter une réalité embellie, purifiée, idéalisée.

Il faut attendre 1976, la fin de la décennie de la Révolution culturelle, pour que des changements majeurs interviennent dans la politique chinoise, et que la situation littéraire connaisse un bouleversement. La Chine s'attelle aux travaux de reconstruction et de remise en ordre du pays en lançant tout d'abord le mouvement de « démaoïsation ». S'agissant du rapport entre la politique et l'art, entre 1978 et 1982, un vif débat lancé au sein du milieu littéraire et artistique remet ainsi en cause le discours de Mao sur les principes de la création littéraire. En 1978, dans le journal central du Parti, *Renmin ribao* (*Quotidien du peuple*), le mot d'ordre « la littérature et l'art doivent servir la politique », qui était essentiel et auparavant intouchable, est remplacé discrètement, et d'une manière relativement plus souple, par: « la littérature et l'art doivent servir les ouvriers, les paysans et les soldats ». Deng Xiaoping, réformateur et nouveau dirigeant du Parti Communiste, affirme en 1979, à l'occasion du 4ème Congrès des écrivains et artistes chinois, que le Parti ne doit pas intervenir arbitrairement dans la création littéraire et artistique mais qu'il doit, en respectant les règles propres à celle-ci, créer des conditions favorables au développement de l'art et de la littérature. En 1980, dans un discours prononcé à l'occasion de la Réunion des cadres du Parti, Deng Xiaoping considère que l'ancien slogan « la littérature et l'art sont soumis à la politique » n'est plus d'actualité et que l'expérience historique a prouvé qu'il était nuisible au développement littéraire et artistique. Au cours de la même année, le Parti lance dans le *Quotidien du peuple* son nouveau slogan: « la littérature et l'art doivent servir le peuple et le socialisme ». En 1984, Hu Qili, qui représente le Parti au 4ème Congrès des écrivains, prononce un discours dans lequel il promet au nom du Parti une « liberté de création ».

La modification du slogan montre que le Parti a pris conscience du changement d'époque. Elle est aussi le signe d'une politique artistique plus tolérante. La portée du terme « peuple », général et aux contours quelque peu flous, est sans aucun doute plus large que celle de l'expression « ouvriers, paysans et soldats », tandis que le terme « socialisme » comprend non seulement la vie politique, mais également les aspects économique et culturel. C'est alors la première fois depuis soixante ans que la possibilité de proclamer l'indépendance de la littérature est perçue. Grâce à des conditions sociopolitiques favorables permettant aux écrivains de créer plus librement, la littérature chinoise entre dans une ère de « prospérité » – que l'on appelle, pour la distinguer de la littérature précédente, la « littérature de la nouvelle époque » (*xinshiqi wenxue*).

Immédiatement après le procès de la « Bande des Quatre[①] » surgissent de nombreuses voix d'intellectuels qui ont survécu au désastre. D'une part, ils rejettent la Révolution culturelle en révélant les traumas physiques et moraux que dix ans de perturbations ont provoqués sur les individus ; d'autre part, ils se montrent optimistes quant à l'action du nouveau gouvernement, et croient en l'horizon d'un avenir nouveau avec la fin de la Révolution culturelle et la mise en application des réformes. Ce sentiment complexe, traduit par le fameux poème de Gu Cheng[②], est largement partagé par les intellectuels chinois au lendemain de la Révolution culturelle. Des œuvres prenant pour sujet la vie des intellectuels, qu'elles soient autobiographiques ou fictionnelles, dominent les premières années de la littérature d'après la Révolution culturelle à laquelle participent des écrivains de toutes générations, ceux qu'on appelle les

---

① La « Bande des Quatre » (*sirenbang*) est le nom d'un groupe de dirigeants chinois accusés d'être les instigateurs de la Révolution culturelle. La défaite politique de ce groupe et sa mise à l'écart brutale du pouvoir marquent la fin définitive de la Révolution culturelle et l'échec des maoïstes radicaux qui la soutiennent au sein du Parti.

② Gu Cheng (1956 - 1993): poète chinois, membre de la « poésie obscure » de la fin des années 1970. Il s'agit ici de son poème intitulé *Yidairen* (*Une génération*): « La nuit m'a donné des yeux noirs, avec lesquels je chercherai la lumière.» Ce petit poème, composé d'un seul vers, a bouleversé les milieux littéraires chinois dès sa publication en 1980 dans la revue *Xingxing* (*Les Etoiles*).

«revenants» (*guilaizhe*)① et les auteurs « jeunes instruits » (*zhiqing*) qui ont été envoyés à la campagne pour une rééducation pendant la Révolution culturelle. Au sein de ce genre d'écriture qui constitue principalement ce qu'on appelle la « littérature de la nouvelle époque », on compte notamment des courants littéraires dans le domaine romanesque tels que la « littérature de cicatrice » (*shanghen wenxue*), la « littérature de réflexion » (*fansi wenxue*) et la « littérature de réforme » (*gaige wenxue*).

Ces premiers courants postérieurs à la Révolution culturelle préconisent une voix personnelle, et les écrivains y expriment leurs sentiments envers leur pays et ses hommes avec beaucoup de compassion②. Leurs personnages sortent du temple sacré de la cause communiste et se confrontent aux soucis de la vie quotidienne. Se voulant anti-révolution culturelle, ils reprennent des conceptions esthétiques qui ont été critiquées au cours des années 1950-1970, telles que l'humanisme, les valeurs et le pouvoir de l'Homme, et cela, de manière à contredire ce qui était auparavant imposé à la littérature. Il en résulte une production dynamique par rapport à la rigidité de la littérature prolétarienne des années 1950-1970 – ce qu'on appelle la «littérature de trente ans ». Cependant, ces nouveaux courants, dont la dénomination③ laisse entendre une grande diversité, ne sont en

---

① Cette appellation vise les intellectuels et singulièrement les écrivains « droitiers » qui ont été combattus lors d'un mouvement de rectification idéologique anti-droitiste en 1957.

② Pour un résumé de ces œuvres, voir la quatrième partie « La nouvelle période (1976-1990) » de l'ouvrage de Xiaomin Giafferri-Huang, *Le Roman chinois depuis 1949*, Paris, PUF, 1991.

③ La dénomination de ces premiers courants littéraires diffère d'un critique à l'autre. Selon les expressions, certains critiques parlent séparément de la « littérature de cicatrice » et de la « littérature de réflexion », tandis que les autres les incluent toutes dans la « littérature de jeunes instruits » (*zhiqing wenxue*). Les critiques ont aussi proposé la dénomination « littérature de réforme » qui est aujourd'hui généralement considérée comme faisant partie de la « littérature de réflexion ».

fait qu'une même littérature par leurs similitudes, et il y reste une empreinte explicite de la littérature précédente. Les écrivains continuent à écrire en employant les procédés des années 1960 et 1970. Leurs œuvres sont construites sur un modèle basique manichéen ; ils poursuivent leur recherche d'une dramaturgie calculée, mettant en scène des personnages « à fort caractère », en établissant une concordance entre leur apparence physique et leur monde intérieur, de façon à restituer une « vie authentique ». La nouvelle de Lu Xinhua intitulée *Shanghen* (*La Plaie*)[①] – d'où provient d'ailleurs le nom de la « littérature de cicatrice » (*shanghen wenxue*) – en est un exemple. Cette nouvelle oppose des intellectuels et leurs familles, victimes de l'Histoire, dupées et emportées par la folie politique, aux gardes rouges et leurs complices visibles et invisibles qui sont la source de leurs tragédies. La fin dramatique de cette nouvelle, qui voit l'héroïne, enfin consciente de l'innocence de sa mère, arriver à l'hôpital pour trouver celle-ci morte, est lancée comme une ultime accusation de la « maudite Bande des Quatre ». Certes, étant un témoin de l'Histoire, ce genre d'écriture a de toute évidence une force intense. On risque toutefois d'y voir, et ce de plus en plus avec l'accumulation des publications, une énonciation similaire en forme d'exutoire du malheur personnel, tandis que les réflexions sur la Révolution culturelle faites à travers les personnages se limitent à un niveau superficiel en imputant tous les crimes à la « Bande des Quatre ».

Pendant une longue période de l'histoire chinoise contemporaine, la littérature est devenue le pantin de la politique.

① Une nouvelle écrite par Lu Xinhua, publiée le 11 août 1978 dans le journal *Wenhui bao*.

Dépourvue de valeur propre, elle sert uniquement à faire avancer la cause politique et représente une « réalité » dessinée par celle-ci. Si la littérature chinoise après la Révolution culturelle avait voulu trouver sa propre voie de manière efficace, elle aurait dû lutter contre tout ce qui tenait à lui assigner un rôle de porte-parole de la politique. Mais les trois courants de la première « littérature de la nouvelle époque »[①] ont le même caractère propagandiste que la littérature prolétarienne. Se voulant nouveaux parce qu'en rupture avec la littérature précédente, ils sont de nouveau, de façon paradoxale, destinés à diffuser une croyance sociale et politique. La nouvelle époque, c'est-à-dire celle qui suit l'effondrement de la Bande des Quatre en 1976, apparaît comme le contrepoint des années 1950, 1960 et 1970, et cette image du nouveau se trouve confortée par une littérature qui ne cesse de mettre en évidence l'opposition entre le passé et le présent. Pour autant, la manière dont les écrivains font les louanges de la nouvelle politique est tout aussi frénétique que celle de la « littérature de trente ans ». Ces trois courants – « littérature de cicatrice », « littérature de réflexion » et « littérature de réforme » – sont au fond une même littérature, celle qui reste attachée à la littérature précédente et à un certain discours politique. Le

---

① La notion de « littérature de la nouvelle époque » a été beaucoup utilisée pour désigner toute la littérature chinoise postérieure à la Révolution culturelle. Jusqu'à aujourd'hui on propose encore des formulations telles que « 30 ans de littérature de la nouvelle époque (1978-2008) » en considérant cette période comme un tout homogène et uniforme. En réalité, depuis les années 1990, cette dénomination est de moins en moins acceptée. Des formulations telles que « la littérature post-nouvelle époque » et « la littérature du siècle nouveau » suggèrent l'une comme l'autre que cette notion est liée uniquement à la littérature des années 1980. D'ailleurs, en raison des dissensions entre les différents courants littéraires des années 1980, nous proposons de ne pas les mettre dans le même panier. Cette dénomination laisse entendre une approbation en provenance de la critique gouvernementale,. Dans ce cas-là, il nous paraît plus pertinent de l'utiliser pour désigner les courants littéraires apparus à la fin des années 1970 et au début des années 1980.

mouvement de démaoïsation intellectuelle à laquelle participent ces trois courants successifs sert de base sociale à l'effondrement final des pro-maoïstes et au renforcement du nouveau pouvoir. A première vue, le succès de ces écrivains réside dans la transgression des tabous culturels et politiques des années 1950-1970. Un examen plus précis permet toutefois de révéler que ce succès ne peut pas se détacher d'une volonté des autorités. La manière dont Wang Meng nomme son héros dans *Buli* (*Le Salut bolchevique*) (1979)[①] est symptomatique en ce qu'elle implique une déclaration de fidélité des intellectuels chinois envers le Parti. L'écrivain attribue à ce personnage, un intellectuel qui a vécu nombre d'injustices, le nom de « Zhong Yicheng ». Par un jeu de mots, ce nom peut se transformer en caractères chinois dont la signification est « fidèle et sincère ». La fidélité que déclarent malgré tout les intellectuels représentés par le héros de Wang Meng révèle tristement le fait qu'ils ont été élevées dans et par la même chose. Afin de se débarrasser du totalitarisme du passé, les écrivains prônent la politique actuelle, qui a en fait de multiples affinités avec celle qui la précède. En ce sens, on peut probablement affirmer que ces trois courants constituent en réalité une « pseudo-littérature de nouvelle époque », et ils sont les derniers courants de la littérature prolétarienne. Tenter d'exorciser le passé par une écriture qui appartient à ce passé, de même qu'essayer de se libérer de la politique tout en lui restant attaché, constituent des entreprises inévitablement vouées à l'échec. « La relation entre l'art et la littérature des années 1980 et l'art et la littérature prolétariens

① Wang Meng, *Le Salut bolchevique*, trad. par Chantal Chen-Andro, Paris, Messidor, 1989.

est celle de père-fils ou d'oncle-neveu. C'est moins une subversion qu'un enchevêtrement: il y a trop d'affinités.[①] »

Bien que les années qui suivent la Révolution culturelle soient marquées par une politique relativement tolérante en matière d'art et de littérature, l'attitude du Parti reste toutefois conservatrice. Dans le nouveau slogan, la littérature et l'art restent toujours secondaires par rapport à la politique, et nous remarquons que les différents discours du Parti se contredisent parfois, glissant d'une position à une autre en jouant sur les termes employés. En réalité, c'est par des considérations politiques que les nouveaux dirigeants du Parti encouragent la création littéraire au lendemain de la Révolution culturelle. Ils comptent en fait utiliser la littérature pour combattre leurs prédécesseurs (la « Bande des Quatre ») et créer un paysage de renaissance culturelle après un « coma historique ». Une nouvelle époque au sens politique engendre « une nouvelle époque littéraire » ; l'alliance entre les deux est réalisée par un consensus sur l'époque précédente. L'éclosion de la « littérature de la nouvelle époque » correspond au mouvement politique de « démaoïsation » qui est en plein essor. Le regard critique porté par certains écrivains sur les problèmes de la société chinoise donne naissance à une opinion publique favorable aux réformes qu'effectue le Parti. C'est la raison

---

① Propos de Chen Danqing dans son entretien avec Zha Jianying pour le livre *Bashi niandai fangtanliu* (*Entretiens avec les années 1980*), Beijing, Sanlian shudian, 2006. Ce livre, sous forme d'entretiens avec 11 écrivains et artistes, essaie de « restituer l'ambiance des années 1980, les années qui ont une place particulière dans l'Histoire chinoise du XXe siècle ». Ce que nous trouvons regrettable est que cet ouvrage n'ait pas révélé les confrontations et les changements idéologiques et esthétiques au sein des années 1980 et parmi ces « élites de l'époque », rendant ainsi son compte rendu sur l'évolution de l'époque incomplet. Nous constatons également que cette tendance de Chen Danqing de voir toute la littérature des années 1980 attachée à l'art et la littérature prolétariens est présentée dans l'ouvrage comme un consensus de tous les interviewés.

pour laquelle cette écriture peut recevoir un soutien politique et connaître pendant quelques années une certaine prospérité.

En dépit de modes d'expression variés et du nombre remarquable de publications des trois courants, la liberté artistique qu'obtiennent les écrivains est restreinte, car la littérature reste toujours au service d'une cause politique et idéologique. Contrairement à ce que déclare le Parti, les autorités se montrent très soucieuses des effets sociaux que peuvent susciter les œuvres littéraires, et la promesse d'une « liberté de création » n'est pas réellement tenue. En 1980, Hu Yaobang, responsable du Bureau de propagande du Parti, indique dans son discours au symposium organisé par trois associations artistiques – l'Association des dramaturges chinois, l'Association des écrivains chinois et l'Association des cinéastes chinois – que « pour évaluer une œuvre littéraire, le critère primordial est qu'elle soit en conformité avec les quatre Modernisations (*sihua*)①, la stabilité et l'union de la société, et l'augmentation de conscience socialiste du peuple ». Cette définition implique que la valeur d'une œuvre littéraire réside avant tout dans son orientation idéologique, qu'une œuvre doit être politiquement correcte avant d'être jugée pour sa valeur artistique. L'œuvre ne possède pas une autorité en soi et est prédestinée par quelque chose qui se trouve au-dessus d'elle: la politique. De ce point de vue, la situation de la littérature chinoise de la fin des années 1970 et du début des années 1980 n'est pas radicalement différente de celle de la

① Les quatre Modernisations sont l'objectif des réformes de Deng Xiaoping. Couvrant des domaines divers (agriculture, industrie, science et technologie, défense nationale), les quatre Modernisations étaient destinées à faire de la Chine une grande puissance économique à l'aube du XXIe siècle.

période antérieure.

Comme Perry Link le remarque, en Chine les œuvres littéraires politiquement acceptables sont fréquemment affublées du nom de « fleurs », tandis que celles portant des critiques dérangeantes pour les autorités sont qualifiées d'« épines » – c'est la raison pour laquelle il intitule une anthologie de nouvelles chinoises de la fin des années 1970 *Roses and Thorns* (*Roses et épines*)[1]. Des épines peuvent devenir des roses ; de façon plus aisée encore des roses deviennent des épines. Le nouveau critère d'évaluation artistique fait à nouveau de la littérature la proie de la politique. Quand le mouvement de « démaoïsation » s'achève au début des années 1980, l'écriture sur le passé historique n'est subitement plus « à la hauteur de la cause communiste ». Les écrits sur la Révolution culturelle, jusqu'alors encouragés, sont de moins en moins supportables aux yeux des autorités. La langueur susceptible de se dégager de certaines œuvres comme *La Plaie* n'est pas tout à fait compatible avec la foi en l'avenir que voudrait établir l'Etat. Dans d'autres œuvres, le rappel des erreurs historiques et la dénonciation des injustices sociales risquent de provoquer à nouveau des polémiques sur ce passé que le Parti essaie d'enterrer à la hâte. Le mode de réception habituelle de la littérature de l'époque de la Révolution culturelle est encore dominant au début des années 1980. Le réel représenté dans l'œuvre est considéré comme le réel de la société référée, et les aspects péjoratifs révélés dans les œuvres sont

---

① Perry Link (éd), *Roses and Thorns – The Second Blooming of the Hundred Flowers in Chinese Fiction, 1979-80*, Berkeley and Los Angeles, University of California Press, 1984.

considérés comme une négation de la société toute entière[①], c'est pour cela que ces œuvres, pourtant prises dans les normes du réalisme socialiste, peuvent être lues comme des remises en question du système même. A compter des années 1980, la presse chinoise lance aux écrivains un appel qui les enjoint de prendre garde aux effets sociaux de leurs œuvres et de ne pas commettre ce que l'Etat considère comme des erreurs politiques et morales. Durant cette campagne de redressement, la « littérature de cicatrice » est vivement critiquée et disparaît aussitôt de la scène littéraire chinoise. Ce genre de redressement est récurrent dans les années 1980. Après les événements de la place Tian'anmen en 1989, le Parti ressent à nouveau la nécessité de contrôler la création artistique. Le *Quotidien du peuple* fait état de la volonté des autorités de revenir aux principes de Mao en affirmant, le 10 janvier 1990, que « le *Discours de la causerie de Yan'an* est toujours d'actualité ».

Au début des années 1980, le travail de « démaoïsation » étant achevé et la succession du pouvoir étant réalisée, la Chine se concentre sur la mise en place des quatre Modernisations, qui visent à la construction d'un avenir prometteur. Deng Xiaoping indique dans la 5ème session du 11ème congrès du Parti le 29 février 1980 qu'afin de résoudre les problèmes laissés par l'Histoire, il convient

---

① Yinde Zhang a parlé de cette méthode interprétative de la critique chinoise: « L'univocité de l'interprétation imposée par toute la littérature socialiste qui débute avec la période de Yan'an dans les années quarante, dégénérant en dithyrambes communistes dans les années cinquante et soixante, condamne par avance toute la velléité qui se serait écartée de la glose orthodoxe. […] La situation se présentait de telle sorte que la plupart des lecteurs/critiques, même après la Révolution culturelle, s'habituaient à se laisser piloter par le texte, sans penser à y imprimer des points d'interrogation.». Cf. Yinde Zhang, *Le Monde romanesque chinois au XXe siècle – Modernité et identité*, Paris, Honoré Champion, 2003, p. 380. La même remarque se lit aussi dans un article de Henry Y.H. Zhao: « Pure Poetry, Impure Criticism, and the Power of Academia », in *Inside Out - Modernism and Postmodernism in Chinese Literary Culture*, Aarhus, Aarhrus University Press, 1993, pp.161-171.

de ne pas être obsédé par les vieilles histoires ni de s'acharner sur des détails, mais au contraire d'orienter le regard vers les quatre Modernisations. La volonté du Parti de tirer un trait sur la Révolution culturelle est soutenue par la grande majorité de la population chinoise. Après dix ans de bouleversements politiques, le pays est épuisé, et se trouve à la traîne par rapport aux pays occidentaux. La tâche primordiale du Parti est donc de maintenir la stabilité sociale et de développer l'économie afin de satisfaire les premiers besoins du peuple. Nous pouvons aussi, en plus de la décision du Parti, y ajouter la réticence de la génération de la Révolution culturelle à évoquer ce passé dont elle est pourtant témoin, pour expliquer l'absence d'œuvre puissante sur la Révolution culturelle au début des années 1980. « La solution de certains problèmes n'est pas dans la compétence de notre génération, laissons-les à la génération suivante ; plus le temps s'écoule, mieux on voit. » – les propos de Deng Xiaoping ne sont pas dénués de sens. Le passé est trop récent pour le réexaminer de façon juste.

Mais ce processus qui consiste à « régler les problèmes historiques » s'effectue à grande vitesse. Le Parti semble vouloir faire accélérer les choses afin de détourner l'attention sociale, tandis qu'il se montre équivoque sur certains problèmes majeurs. Des problèmes sont ainsi dissimulés ou simplifiés, tel que celui du regard porté sur la Révolution culturelle. Celle-ci s'est terminée en 1976, mais c'est bien deux ans plus tard qu'émerge, au sein du Parti, un consensus sur sa nature et son origine: « la Révolution culturelle est une catastrophe civile lancée de manière erronée par les dirigeants, et manipulée par des groupes contre-révolutionnaires au détriment du

Parti, du pays et de son peuple »[①]. Cette définition demeure encore aujourd'hui la version officielle et figure à ce titre dans les manuels scolaires d'histoire. La Révolution culturelle y est présentée comme un complot d'un « il » venant d'ailleurs et déjà anéanti aujourd'hui, comme une sorte de « force majeure » dont des milliards d'individus et le Parti lui-même sont les victimes. Cette définition permet de se soustraire et de rejeter la responsabilité historique sur un « autre ». C'est cette « mise à la troisième personne de la Révolution culturelle » (*wenge de tazhehua*) qui sert de justification à de nombreuses œuvres des années 1980, qui à leur tour ne cessent de fortifier cette perspective sur la Révolution culturelle. Une mission du temps actuel est lancée: « réunissons-nous pour faire de la Chine un pays socialiste moderne ».

2. Le résidu culturel

La pensée de Li Zehou[②] influence beaucoup les milieux intellectuels des années 1980. Il illustre, à travers plusieurs articles dans les années 1980, la compétition entre « sauver (la nation) » (*jiuwang*) et « instruire (les masses) » (*qimeng*) dans l'histoire chinoise du XXe siècle[③]. Selon lui, instruire les masses, qui est l'un des deux objectifs de la modernité chinoise et qui suppose un mouvement des « Lumières » anti-féodal, a été interrompu par l'autre objectif qui consiste à sauver la nation chinoise – lutter contre les

① Extrait de « Zhongguo gongchandang zhongyang weiyuanhui guanyu jianguo yilai ruogan lishi wenti de jueyi» (Décisions du Comité Central du PCC sur quelques problèmes historiques depuis le fondement de RPC).

② Li Zehou (1930-): philosophe et esthéticien chinois.

③ Voir surtout son article « Qimeng yu jiuwang de shuangchong bianzou » (Oscillation entre instruire et sauver) [1986], in *Zhongguo xiandai sixiangshi lun: xia* (*Histoire de la pensée chinoise moderne II*), Hefei, Anhui wenyi chubanshe, 1999, pp.823-858.

envahisseurs étrangers et leur complice chinois: *sauver* l'a emporté sur *instruire* ; ce déséquilibre entre les deux objectifs reste maintenu jusqu'à l'époque contemporaine, et puisque la barbarie féodale demeure, cela a finalement engendré la Révolution culturelle qui « a poussé la Chine dans une impasse de résurrection totale des traditions féodales » ; ainsi, il appelle à la fin une reprise du travail d'instruction dans la Chine d'aujourd'hui. Comme disait Li Zehou, instruire l'Homme par la littérature a toujours été découragé et était même intolérable pendant l'époque maoïste, où l'homme était identifié à une masse d'individus anonymes, dépourvus d'intériorité et ne se définissant que par leur « classe ». En témoigne la critique qu'ont reçue certains articles dans les années 1950, et dont on peut citer quelques titres: « Lun renqing» (Parler des sentiments humains) de Ba Ren, « Lun renqing yu renxing» (Parler des sentiments humains et de l'humanité) de Wang Shuming, « Lun wenxue shi renxue » (La littérature est une étude sur l'Homme) de Qian Gurong. Ces articles sont considérés comme des « herbes vénéneuses » (*ducao*) par la critique gouvernementale. C'est pour cela que, étant à la fois une rectification de ce passé étouffant et un acquiescement à la pensée de Li Zehou, la première littérature chinoise après la Révolution culturelle se donne pour tâche de rétablir les valeurs de l'homme. La « littérature de la nouvelle époque », qui comprend la « littérature de cicatrice », la « littérature de réflexion » et la « littérature de réforme », est une littérature placée sous le signe de l'humanisme. L'opportunité de la pensée de Li Zehou dans la Chine au lendemain de la Révolution culturelle a été récemment révélée par la chercheuse Ren Nannan: « *sauver* l'emporte sur *instruire* » a fourni une interprétation de la Révolution culturelle, considérée comme « une restauration du féodalisme », largement acceptée dans les années 1980 ; « la nouvelle époque » apparaît, de ce point de vue, sous forme d'une époque des Lumières ; « tradition », « modernité », « sauver », « instruire », ces mots illustrent les pensées de cette époque et fournissent des justifications nécessaires pour le discours littéraire dominant des années 1980[①].

La contribution de la pensée rousseauiste de Li Zehou à l'émancipation intellectuelle dans les années 1980 est certaine, mais elle est au fond identifiable à une autre manière de la « mise à la troisième personne » de la Révolution culturelle. La seule différence avec celle du Parti est que ce dernier l'impute à des personnes – « des groupes contre-révolutionnaires », alors que Li Zehou, pour qui cette explication est insuffisante, essaie de trouver des causes plus profondes dans des « choses ». Selon lui, l'origine de la Révolution culturelle se trouve ailleurs. C'est quelque chose hors du présent, datant de l'histoire lointaine, et hors des hommes, qui étaient innocents à l'état de nature et qui ont été pervertis par cette sale « chose », due à des révolutions inachevées et à un manque d'instruction. Et ainsi, Li Zehou peut dire ensuite que les intellectuels parviendront à sauver le peuple et à se sauver par la voie de l'instruction, en remettant en ordre les choses, en radicalisant la révolution, en rétablissant le pouvoir de l'Homme – celui-ci étant fils du Dieu et maître de l'univers.

La nouvelle de Liu Xinwu intitulée *Banzhuren* (*Le Professeur*

---

① Ren Nannan, « Yuanhuayu: bashi niandai wenhua yujing zhong de "jiuwang yadao qimeng" » (« Sauver l'emporte sur instruire » dans le contexte discursif des années 1980), *Dangdai wentan* (*Littérature contemporaine*), n°2, 2008, p.29.

principal) (1977)[①] est une illustration en littérature de la pensée de Li Zehou. Cette œuvre représente le premier appel au retour de l'humanisme après la Révolution culturelle. Le protagoniste de ce récit, un professeur principal de lycée, trouve la même ignorance chez deux de ses élèves, l'un un voyou difficile, l'autre une jeune fille obéissante et brillante: la dégradation du premier est due, selon lui, à son manque de culture, de n'avoir rien lu dans sa vie, tandis que le problème de la deuxième est qu'elle ne lit que les imprimés – les journaux, les livres qu'elle peut trouver dans les bibliothèques ou dans les librairies, tout le reste étant, selon elle, obscène. Selon ce professeur, la pathologie de la bonne élève n'est pas moins grave que l'autre. Cette élève est semblable aux jeunes gens après la Révolution culturelle: ils sont devenus incapables de penser par eux-mêmes, et obéissent entièrement à l'opinion officielle diffusée par la machine politique. L'écrivain appelle dans cette nouvelle le retour de l'homme sain, physiquement et mentalement. C'est avec cette « pensée des Lumières » que Liu Xinwu lance dans sa nouvelle un cri: « Sauver les enfants ! », tout comme Lu Xun, père fondateur de la littérature du 4 Mai, qui lance le même cri dans sa nouvelle *Kuangren riji* (*Le Journal d'un fou*) (1918)[②]. Ainsi, la littérature chinoise retourne à son point de départ d'il y a soixante ans. Le souhait de « faire un homme nouveau » de la « littérature de la nouvelle époque » rejoint celui du début de la « nouvelle littérature » du 4 Mai ; la volonté

---

① Liu Xinwu, *Le Professeur principal*, traduit dans *Littérature chinoise*, 1979, n° 1, pp.18-48.

② Cette nouvelle de Lu Xun est publiée pour la première fois dans la revue *Xinqingnian* (*La nouvelle jeunesse*), n°5 vol. 4, 15 mai 1918.

d'« instruire » surmonte enfin celle de « sauver la nation »[①].

Zhongguo zhiqing wenxueshi (*Histoire de la littérature de jeunes instruits*), immense ouvrage de Yang Jian sur la littérature de « jeunes instruits » entre les années 1950 et 1990, montre le paroxysme de cette obsession d'« instruire » chez les intellectuels contemporains. Cet ouvrage laisse percevoir un double projet illusoire: celui des écrivains qui prétendent répondre à la question de l'Histoire jusqu'alors suspendue, à travers leur écriture comme témoignage historique, et celui de son auteur historien, qui non seulement entend achever la même mission en enregistrant toutes les voix individuelles, mais aussi confond le travail d'un historien et celui d'un écrivain:

> Si notre génération [les jeunes instruits] arrive à se réexaminer elle-même et à se transcender, nous avons *peut-être la possibilité* de compter sur cette génération de « jeunes instruits » pour achever la partie la plus importante et la plus fondamentale de notre tâche, à savoir faire réfléchir toute notre nation sur cette décennie de catastrophes [la Révolution culturelle] et sur ses origines – les pathologies anachroniques qui se trouvent au fond de la structure spirituelle, culturelle, économique et politique de notre Histoire et de notre actualité.[②]

---

① A propos du rapport entre le Mouvement du 4 Mai et les années 1980, nous pouvons lire l'article de Ren Nannan cité ci-dessus.

② "如果我们这一代人能够自反思始，自我升华，那么，整个民族对十年浩劫及其产生的根源——我们民族历史与现实的精神结构、文化结构、经济结构、政治结构以及我们民族文化基质中痼疾的反思，也许有希望由知青一代完成最重要、最基本的工作。" - Yang Jian, préface à *Zhongguo zhiqing wenxueshi* (*L'Histoire de la littérature des jeunes instruits*), Beijing, Zhongguo gongren chubbanshe, 2002.

Si les « jeunes instruits » pensent pouvoir être capables de s'auto-analyser, c'est qu'ils se croient privilégiés: parce qu'ils sont victimes de l'Histoire, ils ont donc le droit de parler au moment du jugement dernier ; parce qu'ils sont des intellectuels, ils peuvent donc assumer la mission d'instruire. Leur ambition de donner une explication de l'Historique par la littérature est héritée des intellectuels du 4 Mai. Si l'on pense aux œuvres littéraires telles que *Le Professeur principal*, *La Plaie*, et *Le Salut bolchevique*, représentantes de la littérature des jeunes instruits dans les années 1980, ce que Yang Jian appelle ici « se transcender » n'est autre chose que trouver une nouvelle croyance, qui serait salvatrice pour les intellectuels tourmentés par le passé. Et selon le contexte social de l'époque, cette croyance ne peut être que celle de la nouvelle ligne politique. Cette croyance retrouvée leur permet d'y prendre appui, d'effectuer des réflexions et d'entreprendre au nom du rationalisme et de l'humanisme leur tâche qui consiste à:

> Restaurer l'éthique de la mémoire populaire, protéger cette mémoire qui est plus fine que l'âme ; sauver et ressusciter la mémoire des survivants qui représente le témoignage le plus fidèle des pages historiques ; sauver et ressusciter le patrimoine spirituel unique de notre civilisation de plus de cinq mille ans.[①]

---

①“恢复民间记忆的伦理，爱护和呵护比灵魂更精致的民间记忆，抢救和激活亲历者们代表着一页页重要历史的最具确凿可凭性的记忆，抢救和还原五千年文明史中独一无二的精神文物（……）。” *ibid.*

Les écrivains du mouvement « jeunes instruits » sont bien à l'aise d'éprouver à nouveau un sentiment d'appartenance. Ils retrouvent leur place dans le présent, et les décennies de malheur qu'ils ont subies sont dissimulées par ce sentiment d'appartenance nouvellement acquis jusqu'à devenir preuve d'une souffrance nécessaire pour faire partie des élites de la société. La blessure historique s'est muée en une ressource permettant de rétablir leur dignité personnelle, et par leurs réflexions et les promesses du Parti, le passé et le présent se sont facilement réconciliés. La chaîne historique semble avoir été rétablie. Le passé est « racheté », à un « prix » modéré.

La tentative de retrouver la vérité historique à travers la littérature, très répandue dans les années 1980, a pour origine le culte de l'Histoire. La notion du culte de l'Histoire est illustrée par le critique chinois Zhang Yiwu dans un article publié en 1989①. Selon lui, l'homme est obsédé par l'idée de reconnaître la vérité de l'Histoire et il croit l'existence d'une Histoire authentique à sa découverte. A la recherche de cette Histoire, il pourrait faire une confusion entre un récit portant sur l'Histoire et un réel historique, en négligeant le caractère aléatoire et donc trompeur de la langue en tant que système de signifiants. On se trouverait ainsi dans une indistinction entre un récit historique et l'événement historique lui-même, en prenant notre interprétation historique pour le seul réel légitime. Parallèlement à cette croyance de l'Histoire qui tend à identifier l'écrit au « réel », on a aussi celle d'un déterminisme

① Cf. Zhang Yiwu, « Lixiangzhuyi de zhongjie » (La Fin de l'idéalisme), *Beijing wenxue* (*Littérature de Beijing*), n° 4, 1989, pp.4-11.

historique qui peut être assimilé à la causalité linéaire indiquée par Althusser: utiliser le récit fictif que constitue la langue pour établir un rapport univoque et certain entre la cause et l'effet, essayer ainsi de reconstituer un lien logique entre des événements historiques. Cette croyance de l'Histoire et ce déterminisme historique constituent ensemble un « mythe de l'Histoire » qui appelle notre culte. En pratiquant ce culte de l'Histoire à travers la littérature, le culte de l'Histoire entraîne un culte de l'écriture. Dans la tradition chinoise, le terme de « réel » (*zhenshi*) est souvent couplé à celui de « fictif » par dissemblance. Le roman est considéré comme une forme narrative inférieure à l'Histoire, puisque le roman emploie de la fiction, tandis que l'Histoire s'affronte au réel. Guidée par la puissance de l'Histoire, la littérature s'efforce de se rapprocher d'elle en repoussant la fiction, ainsi la confusion du récit littéraire avec l'Histoire devient davantage une tendance.

Cette aversion de la fiction due au culte de l'Histoire illustrée par Zhang Yiwu trouve sa confirmation dans les études comparatives sino-européennes de François Jullien. Ce dernier révèle de son côté une différence fondamentale à l'origine de la tradition chinoise et de la tradition occidentale, ce qui nous permet de remonter la pathologie de la littérature chinoise contemporaine, qu'on vient de constater, à une tradition beaucoup plus ancienne:

> La tradition occidentale possède comme un des gestes les plus familiers de son répertoire la *logique* d'opposer nature et culture, la genèse interne et l'activité de création: c'est elle qui rend possible – en retour – la conception de la

> *mimèsis*. Or, en exploitant à l'extrême la richesse polysémique interne à la conception traditionnelle du *wen*, Liu Xie① s'attache au contraire à réduire toute possibilité d'écart et de rupture au sein du processus spontané (*ziran*) qui conduit du Dao à l'œuvre littéraire, du *wen* naturel au *wen* humain. L'ordre du *wen* est sans fêlure, il contient en lui tout accomplissement. Il était donc « logique » aussi qu'une telle conception de l'avènement de l'œuvre littéraire ne laisse guère de place à la *mimèsis*.②

Partant de l'étymologie du signe *wen* qui sert de noyau dans la conception de la littérature en Chine – la littérature se dit *wenxue* (étude de *wen*) en chinois –, François Jullien trouve que ce signe a historiquement un sens concret et un sens symbolique dans la langue chinoise. Sa signification concrète (le *wen* comme « marque » et « figuration »③) et sa valeur symbolique (le *wen* participant à l'ordre du Monde④) se rencontrent, par exemple, au sein de la même notion de « culture » et de « civilisation ». Le *wen* est alors naturellement à l'œuvre dans le Monde et c'est à travers lui que la réalité de l'Univers (le *tian*) et celle de l'homme (*ren*) correspondent et

---

① Liu Xie (vers 465 - 520), auteur de *Wenxin diaolong* (*Cœur de la littérature et la sculpture des dragon*), ouvrage du Ve siècle considéré comme le texte le plus important sur l'esthétique littéraire chinoise.

② François Jullien, « L'œuvre et l'univers: imitation ou déploiement (limites à une conception mimétique de la création dans la tradition chinoise) », *Extrême-Orient, Extrême-Occident*, n°3, 1983, p.67.

③ Ce terme a servi originellement à dénoter la figuration d'un entrecroisement de lignes. Et ultérieurement, il sert à désigner de façon plus large le chatoiement de la soie, des vêtements brodés ou chamarrés.

④ Cette valeur symbolique se voit, selon F. Jullien, dans plusieurs aspects, par exemple, dans les analogies graphiques entre le terme *wen* et d'autres termes fondamentaux de la civilisation chinoise tels que ceux de *jiao* (enseigner) et *xue* (apprendre), dans la portée métaphysique de la notion de *wen* dans le *Livre des mutations* qui la lie avec le Ciel et la Terre.

communiquent. Quand le terme de *wen* en vient plus tard à désigner le texte écrit et la littérature, il est inéluctablement lié à tout un passé culturel qui « l'associe au fondement même de la civilisation chinoise et orientera nécessairement sa conception »①. Le *wen* (la littérature) est alors intimement lié à l'ordre et la réalité ultimes de l'Univers, illustrés par la notion du Dao dans la pensée chinoise. Le Dao concède le *wen* qui lui est inhérent tandis que celui-ci met en lumière la réalité transcendante du Dao. De la fameuse formule de Zhou Dunyi ② au XIe siècle selon laquelle « le *wen* sert à véhiculer le Dao » (*wenyizaidao*), on doit lire non seulement une fonction herméneutique de la littérature, mais aussi une équation tendancielle entre le *wen* et le Dao, puisque le *wen* est le seul moyen disposé par l'homme pour atteindre le Dao qui est transcendant. En raison de ce parallèle, la littérature chinoise n'a pas besoin de passer par la métaphore, comme dans la tradition occidentale, pour atteindre le réel. D'une certaine manière, le *wen* égale le Dao, la question de vraisemblance ne se pose pas, et entre le *wen* et le Dao, il n'est pas nécessaire de passer par le stade d'imitation:

> [L]e *wen* se manifeste comme un *tracé* emblématique, [...] s'inscrivant spontanément dans le prolongement de tout le tracé du Monde et ontologiquement relié à l'Univers, [...].③

---

① F. Julien, « L'œuvre et l'univers », *op.cit.*, p.44.

② Zhou Dunyi (1017-1073) est un philosophe chinois dans la dynastie des Song. Fondateur du néoconfucianisme, il a expliqué la relation entre l'acte humain et les forces universelles en insistant sur le fait que l'homme peut maîtriser le Qi (Souffle Vital) afin de s'accorder avec la Nature.

③ F. Jullien, « L'œuvre et l'univers », *op.cit.*, p.78.

> L'ordre du naturel et l'ordre du littéraire se trouvent intimement reliés au sein d'une même notion (la « Poésie ») et l'écart (fondateur du rapport mimétique) qu'introduit la perspective d'une production proprement humaine en vient logiquement à perdre de sa pertinence.[1]

Selon F. Jullien, dans cette élaboration de la notion de littérature en Chine, l'idéologie confucéenne a joué un rôle particulièrement important en exploitant tout un réseau de significations et en mettant en valeur les relations d'ordre cosmologico-moral qui associeront très étroitement le *wen* au Monde. A travers une mutation du terme *wen* dans les textes canoniques confucéens au cours de l'histoire, il démontre que c'est grâce à une interprétation continuelle par les théoriciens confucianistes de ce terme, que le passage entre le *wen* (la littérature) et le Dao (d'un sens général, l'absolu du procès cosmique, l'ordre du Monde) est finalement établi, et que la fonction initiale du *wen* (le *wen* naturel qui consiste à imiter la nature, parallèle à la tradition occidentale selon laquelle « l'art imite la nature ») cède la place à, ou fond avec sa deuxième fonction (le *wen* humain qui consiste à indiquer le Dao par l'acte d'écrire). Ainsi le *wen* se voit de plus en plus pourvu d'une conception liée à la morale et à l'utilité, et cela même est justifié par son lien avec le Dao, puisque tout écrit a pour but de remonter à l'esprit du Dao.

Quand on fait le lien entre les études de F. Jullien et l'article de Zhang Yiwu, nous pouvons remarquer que la conception traditionnelle de la notion de littérature est ce qui a donné naissance

---

① *Ibid.*, p.84.

au culte de l'Histoire dans la littérature chinoise. L'identification tendancielle du *wen* au Dao nous fait non seulement apparier l'écrit au réel historique, mais aussi nous fait croire que l'écrit est capable de révéler l'ordre transcendantal de l'Histoire. Cela explique la discrimination qu'a longtemps subie la fiction dans la littérature traditionnelle chinoise et l'importance des ouvrages historiques dans l'ensemble de l'héritage littéraire chinois, considérés comme un genre d'écriture efficace sur la réalité, et où la matière historique fournit directement fond et support à l'élaboration romanesque[①]. Même en ce qui concerne l'évocation des origines de cet héritage, la tradition chinoise nous fournit toujours des récits qui sont historicisés: « Tandis que la tradition littéraire grecque commence avec l'épopée, d'où procédera ensuite le théâtre, la tradition littéraire de la Chine, ignorant de tels genres, ne s'adonne à la mise en forme d'aucune fiction. »[②] Cet attachement à l'Histoire explique aussi la tradition chinoise selon laquelle l'auteur est chargé d'émettre des messages à travers les travaux historiques et les récits historiques à base d'événements réels (*tuoshiyanzhi*). Des émeutes du pays, de la douleur dont souffre le peuple, l'auteur doit tirer des réflexions et des leçons de morale pour les générations suivantes: « A travers ces

① Sur ce point, lire Jean Levi, « Histoire et roman en Chine et en Occident », in *La Chine romanesque. Fictions d'Orient et d'Occident*, Paris, Seuil, pp.131-207.

② F. Jullien, « Naissance de l' "imagination": essai de problématique au travers de la réflexion littéraire de la Chine et de l'Occident », *Extrême-Orient, Extrême-Occident*, n°7, 1985, pp.23-81. Ce texte est repris dans *La Chaîne et la trame*. La différence entre la Chine et l'Occident à propos du rapport entre Histoire et roman se formule autrement chez Jean Levi: « En Occident, Histoire et Roman appartiennent [...] bien à des mondes opposés. [...] Le roman historique, genre hybride, n'est pas parvenu [...] à se faire octroyer de lettres de noblesse littéraire. [...] En Chine, nous avons une tout autre configuration. L'histoire et le roman y entretiennent des rapports infiniment plus apaisés. » (Jean Levi, « Histoire et roman en Chine et en Occident », *ibid*., pp.133, 135.) Ces deux visions, élaborées de deux perspectives différentes, disent pourtant la même affinité entre Histoire et roman dans la conception littéraire chinoise.

personnes et ces histoires qui sont maintenant loin dans l'Histoire, l'auteur et le lecteur appellent de tous leurs vœux des gouverneurs éclairés et l'instauration de la justice et de l'ordre. »[①]

Ce prestige de l'Histoire dans la littérature a engendré à l'époque moderne notre vénération du réalisme qui se veut comme étant la « forme » littéraire la plus fiable pour décrire le réel. Partant à la recherche du réel historique, le réalisme affirme à travers la mimésis de la littérature l'autorité de l'Histoire. Cela est, selon Zhang Yiwu, en effet un refus de l'indépendance de la langue face au réel, et c'est une pensée qui considère une technique rhétorique comme équivalent du réel. Cette confusion est révélée par le comparatiste hollandais Douwe Fokkema, qui disait que la littérature chinoise sous-entendait que le signifiant et le signifié avaient la même substance ; il suffisait de répéter le signifiant pour faire paraître le signifié[②]. Suivant le culte de l'Histoire, on risque de considérer la langue comme le réel, et le récit comme son référé. Il restreint et récuse, au nom de l'Histoire, tous les autres moyens discursifs.

Examinée dans cette perspective, la littérature contemporaine chinoise est souvent soumise à une interprétation historique. Par le culte de l'Histoire, les écrivains cherchent à restituer une vérité historique au moyen de la littérature. Les romans qui traitent le

---

① "通过遥远的发端于历史的人物和故事，寄托作者和读者对圣君贤相、公道正义、正常秩序以及与此相关的理想、愿望"。- Zhang Renrang, *Zhongguo gudai xiaoshuo yishu jiaocheng* (*L'art romanesque dans la littérature chinoise ancienne*), Shandong jiaoyu chubanshe, Jinan, 1991, p.196.

② Cf. Douwe Fokkema et Elrud Ibsch, *Theories of Literature in the Twentieth Century*, traduit en chinois par Lin Shuwu, sous le titre *Ershishiji wenxue lilun* aux éditions Sanlian shudian en 1988, p.123.

thème de la révolution historique, très populaires des années 1950-1970, constituent les uns comme les autres une version aujourd'hui officialisée de l'Histoire du soulèvement de la classe prolétarienne. Les écrivains contemporains restent dans le même type de narration événementielle sur l'histoire chinoise comme dans les récits historiques traditionnels, « esquissent un paysage historique concordant avec une notion et un sens de l'Histoire déjà idéologisés »[①]. Les efforts de la « littérature de nouvelle époque » (la « littérature de cicatrice » et ses successeurs), afin de rendre lisible l'Histoire et d'en établir une causalité linéaire par un rappel de l'humanisme et du retour du rationalisme, ne font qu'affirmer, confirmer, et renforcer l'équité hypothétique de l'Histoire telle que l'idéologie l'avait proclamée et la puissance du temps. Le projet d'instruction des intellectuels des années 1980 est la conséquence du culte de la puissance de l'écriture qui est lui-même un produit du culte de l'Histoire. Les écrivains croient que la nouvelle ligne politique prétendument « éclairée » leur permet de réaliser ce projet. Or le fondement de ce projet est vain: ni l'écriture ni le déterminisme historique ne permettent d'atteindre le réel historique. Leur geste ne fait qu'affirmer l'autorité de l'Histoire, la même qui a provoqué leurs traumas. L'échec inévitable de leur projet révèle également que l'appui sur une nouvelle politique est vain. Dépourvu de toute possibilité de réaliser son objectif, celui de restituer une vérité

---

① "构建出与意识形态化的历史观念、历史意识相辅相成的感性化的历史图景。" – Zhang Dongmei, Hu Yuwei, «Lishi xushu de chongzu yu tuozhang – dui xinlishixiaoshuo yu "shiqinian" lishixiaoshuo de yizhong bijiao quanshi» (Reconstitution et extension de la narration historique – une interprétation comparative du "néo-historisme" et des romans historiques pendant les "dix-sept ans"), *Dangdai wentan* (*Littérature contemporaine*), 2003, n°2.

historique, cet appui se réduit à une coopération avec les discours politiques. Aujourd'hui, nous nous souvenons à peine de la plupart des œuvres romanesques du début des années 1980. Le problème ne réside pas dans le fait qu'il manque des œuvres réalistes puissantes ou qu'il est difficile d'en avoir, mais dans le fait qu'à cette époque particulière, le réalisme a perdu son dynamisme comme régime représentatif, et que tous types de réalisme portent un culte de l'Histoire. Dans le cas du réalisme chinois du XXe siècle, le réalisme ne se révèle capable d'une représentation de la réalité que par le fait de s'identifier étroitement à l'idéologie dominante.

L'idée d'une autonomie de l'œuvre littéraire qui est familière de la littérature occidentale du XXe siècle, est profondément étrangère à la représentation chinoise:

> La polysémie originelle de la notion de *wen* est toujours à l'œuvre, consciemment ou inconsciemment, pour rappeler que l'œuvre littéraire, comme accomplissement humain, est partie prenante de l'accomplissement des choses. Et le poète chinois est celui qui dans sa pratique continûment réactive et réalise le caractère fécond d'un tel polysémisme: entre le *wen* comme signe et le *wen* comme œuvre, entre le *wen* comme littéralité et le *wen* comme mondanité. Le *wen* littéraire ne saurait couper avec le *wen* de la nature. Doublement médiumnique: à la fois graphie d'un sens et « véhicule » du Dao. [...]. [E]n Chine l'œuvre s'écrit toujours sur fond d'être, dans la plénitude d'un tracé emblématique participant de la figuration infinie des

choses, en un geste de relation originelle à la nature, – comme être au monde.①

Il nous semble que la théorie de François Jullien, traitant essentiellement de la littérature chinoise classique, est aussi valable pour effectuer une réflexion sur la littérature chinoise plus récente. En faisant remonter les questionnements sur la littérature chinoise vers son origine, il nous éclaire sur bien des questions qui nous paraissent échevelées aujourd'hui. Bien sûr, pour parler de la littérature des années 1980, en plus de la tradition chinoise, notamment celle du confucianisme, il faut aussi ajouter l'influence de la pensée des Lumières importées en Chine depuis la fin du XIXe siècle et l'ingérence politique extrême de l'époque maoïste. On dit souvent que le confucianisme est une pensée qui rend service au régime féodal, tandis que les pensées des Lumières ont contribué en Chine à l'effondrement de la dynastie des Qing et à la révolution de 1911②. Mais, en laissant de côté ces différences historiques et idéologiques, nous pouvons trouver un point commun entre ces deux philosophies: elles préconisent l'une comme l'autre les vertus humaines et croient en un progressisme de la société. Il nous semble même que les pensées des Lumières sont en Chine une sorte de remplaçant de la pensée confucéenne pour jouer un rôle moralisateur à des époques où la tradition est sans cesse réfutée pour faire place à la modernisation, c'est-à-dire à la première moitié du XXe siècle et

---

① F. Jullien, *L'œuvre et l'univers*, *op.cit.*, p.87.

② La Révolution chinoise de 1911 (*xinghai geming*) est le mouvement politique qui aboutit à renverser la dynastie des Qing après 268 ans de règne (1644-1912). Le système impérial qui gouvernait la Chine depuis des millénaires disparaît, pour laisser place à la République de Chine.

dans les années 1980. Notons que le projet d'instruction humaniste des intellectuels chinois du XXe siècle peut facilement trouver des échos dans la théorie de l'éducation selon Confucius[①]. Pendant l'époque maoïste, la formule « le *wen* sert à véhiculer le Dao » est pratiquée d'une manière hyperbolique, si bien que le « Dao » n'est plus une quelconque notion cosmologique, mais est remplacé par des données politiques et idéologiques. Il nous semble que l'ingérence politique n'est qu'un des obstacles auxquels la littérature chinoise contemporaine doit se confronter. Si c'était le seul obstacle, la rénovation et l'indépendance littéraires auraient été plus faciles à réaliser après la dictature politique. La notion du *wen*, profondément enracinée dans la culture chinoise, a considérablement contribué au paysage littéraire chinois des années 1980 où la littérature chinoise reste dans l'attente d'une œuvre qui constituerait une totalité sémiotique, autosuffisante, trouvant en elle seule sa finalité.

---

① L'instruction occupe une place importante dans la pensée confucéenne. Confucius accorde une grande importance à l'instruction dans le développement de la société tout comme dans la formation de l'individu. Selon lui, non seulement l'instruction par la voie de l'éducation offre un moyen et ouvre une voie pour assurer le règne de la vertu, mais elle peut aussi modifier la nature humaine et l'améliorer qualitativement. Il insiste donc sur le fait qu'il importe d'instruire les masses, et recommande une « éducation sans distinction de catégories sociales » (*youjiaowulei*).

Chapitre II. Confusion et contradiction

Les années 1980 témoignent de l'ouverture de la Chine et de l'impact des pensées occidentales sur la littérature chinoise. Cette ouverture sur l'Occident anime beaucoup les milieux littéraires chinois. Quand une partie de la littérature chinoise suit sa lente évolution venant de l'intérieur – de la littérature prolétarienne à la littérature de cicatrice – , ce heurt culturel fait entrer en Chine d'autres types de romans et donne naissance à un mouvement littéraire marqué par l'influence de l'Occident – l'Avant-garde chinoise. Face à ces nouveaux types de romans qui entrent aussitôt en conflit avec la littérature existante, la critique chinoise se caractérise à la fois par la confusion et la contradiction, que nous pouvons voir à travers la réception de deux mouvements littéraires (le Nouveau Roman français et l'Avant-garde chinoise) dont font partie nos deux auteurs, et qui ont, d'une certaine manière, un lien biologique. Confusion sur certaines notions telles que la modernité et l'avant-garde, et contradiction entre un désir de renouvellement et le refus de tout type d'écriture qui échappe au réalisme socialiste, ce qui mène au fanatisme de la critique chinoise. La question de la forme se trouve au cœur du débat, elle devient soit l'objet d'un éloge du côté des critiques frénétiques de la modernité, soit l'objet d'un reproche acharné chez ceux qui refusent une orientation formaliste de la littérature socialiste. De position apparemment opposée, ces deux versants de la critique ont volontairement refusé, l'une comme l'autre, d'examiner ces deux mouvements dans un contexte historique et les considèrent comme une littérature gratuite, en manque de sensibilité envers le monde réel. Selon ce point de vue, l'œuvre de Claude Simon et celle de Yu Hua sont coupées de toute préoccupation relative à l'Histoire.

1. La critique du Nouveau Roman en Chine

L'apparition de l'Avant-garde chinoise au milieu des années 1980 est due aux changements profonds de la société chinoise et au désir de renouvellement de la littérature chinoise, mais elle est aussi étroitement liée à l'influence importante qu'a exercée la littérature étrangère, plus particulièrement la littérature moderne et contemporaine occidentale dont les écrivains chinois ont eu connaissance par la traduction. Yu Hua a témoigné sa reconnaissance envers la littérature occidentale: « Etant un écrivain chinois, j'ai eu la chance d'être nourri par la littérature étrangère. »① Pour beaucoup de jeunes écrivains, les années 1980 sont une époque de « décongélation ». Yu Hua décrit ainsi ce qu'il ressent face à cette renaissance littéraire:

> Je me retrouve d'un coup face à une littérature immense comme l'océan: la littérature étrangère, la littérature

①"(……)作为一个中国作家，我却有幸让外国文学抚养成人。" – Yu Hua, « Wo weihe xiezuo » (Pourquoi écris-je ?), in *Meiyou yitiao daolu shi chongfude* (*On ne reprend jamais le même chemin*), Shanghai, Shanghai wenyi chubanshe, 2004, p.119.

> chinoise classique et moderne. [...] Finalement je me suis précipité vers la littérature étrangère. Ce choix est celui d'un écrivain, je peux même dire que c'est un choix pour pouvoir écrire. [...] Parce que ce n'est que dans la littérature étrangère que je peux véritablement apprendre les techniques pour écrire [...].①

Yu Hua lisait Dante, Cervantès, et il était particulièrement inspiré par l'écriture de Kafka, Borges, Faulkner, Joyce, Proust et des écrivains du Nouveau Roman français comme Robbe-Grillet. En fait, dans la pratique de nombreux écrivains chinois de cette époque, il est facile de retrouver l'esprit des philosophes et des écrivains comme Nietzsche, Freud, Sartre, Pound, Kafka, Hemingway, Joyce, Faulkner, Baudelaire, Garcia Marquez, Proust, Camus ou encore Maugham. Parmi ces différentes sources d'inspiration occidentales, le Nouveau Roman français occupe une place considérable. La portée du Nouveau Roman pour l'Avant-garde chinoise réside non seulement dans le fait que le Nouveau Roman est traduit et étudié en Chine depuis les années 1960, ce qui constitue une accumulation temporelle suffisante pour parler d'une influence réelle sur la littérature chinoise, mais plus particulièrement dans leur consensus sur la conception littéraire, et dans la similitude des critiques qu'ils ont reçues. Il est intéressant, donc, de voir comment ce mouvement d'avant-garde, l'un des plus importants du XXe siècle, a été reçu en Chine. Des

① "我一下子面对了浩瀚的文学，我要面对外国文学、中国古典文学和中国的现代文学，[……]，最后我选择了外国文学。我的选择是一位作家的选择，或者说是为了写作的选择，[……]。因为只有在外国文学里，我才真正了解写作的技巧（……）。" *ibid.*

questions se poseront à la fin de cette rétrospective, qui mèneront vers une réflexion sur la situation dans laquelle se trouve la littérature chinoise des années 1980 et sur la manière dont on doit voir ces deux mouvements dits d'avant-garde.

Aujourd'hui, il est difficile de trouver les premiers articles qui critiquent le Nouveau Roman. A cause des perturbations sociales des années 1960-1970 et des mauvaises conditions d'archivage, beaucoup de documents ont été perdus ou ne sont conservés que dans certaines bibliothèques spécialisées. Nous nous permettons de reprendre ici quelques résultats des comptes rendus effectués par des chercheurs chinois, parmi lesquels nous notons particulièrement l'article de Song Xuezhi « Faguo xinxiaoshuo zaizhongguo de fazhan he yanjiu zongshu » (Traduction et études sur le Nouveau Roman en Chine)① et celui de Zeng Yiguo et Shi Jun « "Xinxiaoshuo" zai zhongguo de chuanbo yu yingxiang (L'étendue et l'influence du *Nouveau Roman* en Chine »)②. Selon ces deux enquêtes, c'est en 1961 que le public chinois entend parler du Nouveau Roman français pour la première fois. En cette année, dans le n°11 de la revue *Shijie wenxue* (*Littérature mondiale*), l'une des rares revues sur la littérature étrangère à l'époque, paraît un petit article de trois cents caractères chinois intitulé « Xinxiaoshuo de tese » (Les caractéristiques du *Nouveau Roman*), dans lequel les caractéristiques du Nouveau Roman sont résumées en une littérature anti-balzacienne

---

① Song Xuezhi, « Faguo xinxiaoshuo zaizhongguo de fazhan he yanjiu zongshu » (Traduction et études sur le Nouveau roman en Chine, *Faguo yanjiu* (*Etudes Françaises*), n° 1, 2001, pp.182-191.

② Zeng Yiguo, Shi Jun, « "Xinxiaoshuo" zai zhongguo de chuanbo yu yingxiang » (L'étendue et l'influence du *Nouveau roman* en Chine), *Yilin* (*Translations*), n° 6, 2003, pp.187-192.

(*fan baerzhake pai*). Dans le contexte sémantique de l'époque, « la littérature balzacienne », protocole du réalisme connu en Chine sous la nomination « réalisme critique » (*pipan xianshi zhuyi*), est considérée comme étant proche du réalisme socialiste par son côté dénonciateur de la décadence de la société capitaliste. L'utilisation de ce mot « anti-balzacien » qui, chez les critiques français, sous-entendrait plutôt une transgression littéraire, laisse entendre en Chine, alors dominée par des valeurs idéologiques, une littérature qui est contre la négation du capitalisme, une littérature qui est contre ces grands noms: Balzac, Hugo, Zola, Malraux. Le Nouveau Roman français est donc condamné comme une littérature qui représente elle-même la décadence de la société capitaliste, une littérature qui fait partie de la « littérature bourgeoise réactionnaire » (*zichanjieji fandongwenxue*) – « réactionnaire », un mot qu'on attribue abondamment à l'époque à tout ce qui est hors de la norme du réalisme socialiste. Cette littérature est idéologiquement incorrecte, et par conséquent, ce n'est pas même la peine de la regarder de plus près en effectuant des recherches plus profondes. Les critiques de l'époque tournent sans exception autour de la question de la position politique du Nouveau Roman, tel que dans l'article « Faguo xinxiaoshuopai "xin" zai nali ? » (Où sont les *nouveautés* du Nouveau Roman français ?) de Zhu Hong en 1963. A travers une rapide présentation des romans d'Alain Robbe-Grillet (*Les Gommes*, *Le Voyeur* et *Dans le labyrinthe*), Zhu Hong s'empresse de dénoncer « la nature radicalement anti-scientifique et absurde du Nouveau Roman ». L'auteur tranche la question en disant que ce mouvement tente d'« introduire la littérature sur une voie réactionnaire qui se coupe et s'exclut de la réalité sociale », et qu'il est donc « une exposition de la décadence de la littérature bourgeoise ». Il est intéressant de voir que les critiques mettent souvent l'expression « le Nouveau Roman » entre guillemets – équivalant à l'utilisation de l'italique en français – pour mettre en avant leur doute sur sa nouveauté, tel que dans le titre de l'article « Faguo "xinxiaoshuopai" poushi » (Un regard anatomique sur le *Nouveau Roman* français), co-rédigé par Liu Mingjiu et Zhu Hong, considéré comme la recherche la plus élaborée des années 1960 sur le Nouveau Roman. Les deux critiques ont révélé avec justesse que « la neutralité » et « l'étrangeté » du monde vis-à-vis de l'homme, ainsi que l'antihumanisme basé sur la dé-subjectivation composent les principes du Nouveau Roman. Mais ils sont contre sa tendance à l' « extrême naturalisme » et reprochent l'absence d'émotions chez les personnages de Robbe-Grillet. Comme tous les critiques littéraires de l'époque, Liu Mingjiu et Zhu Hong n'ont pu éviter de faire des jugements idéologiques arbitraires. Ils ont énuméré les « anormalités » du Nouveau Roman qu'ils estiment dénuées de sens, et intolérables: l'absence de sentiment et de caractère chez les personnages, la description insipide, l'absence d'intrigue, la confusion des temps, les jeux de narration sophistiqués qui rendent les textes illisibles, la régression de l'homme face à la chose et un monde en désordre qui n'est plus reconnaissable. Ils indiquent ensuite que toutes ces « anormalités » sont dues à « une crise morale de la classe bourgeoise contemporaine ».

Quelques articles de critique en langue anglaise et en langue française sont aussi traduits en chinois. La critique occidentale des années 1960 sur le Nouveau Roman se caractérise par la polyphonie. Mais les articles de la critique occidentale traduits en Chine, ne représentent non seulement qu'une réception partielle du Nouveau Roman en Occident à cause de leur nombre limité, mais ils subissent aussi une sélection attentive qui permet aux critiques chinois de justifier leurs reproches au Nouveau Roman. L'article « Shilun faguo xinxiaoshuo» (Essayons de parler un peu du Nouveau Roman français) voudrait faire comprendre, à travers les principes d'écriture communs à Robbe-Grillet, Sarraute, Simon et Butor, que le Nouveau Roman, par sa faiblesse et son incompétence insurmontables, est entré, dans sa recherche d'un réalisme authentique, dans une impasse. Le dossier « Faguo "feijialuo wenxuebao" taolun xinxiaoshuopai » (Les discussions sur le Nouveau Roman dans *Le Figaro littéraire*), paru dans *Xiandai waiguo zhexue he shehuikexue* (*Philosophie et sociologie modernes dans les pays étrangers*), comprend trois articles provenant de la presse étrangère dont deux avec un avis réservé sur le Nouveau Roman: l'un recommande aux jeunes écrivains de cesser de suivre les pas de Robbe-Grillet et Michel Butor ; et l'autre reproche au Nouveau Roman de confondre l'art et la technique. Le troisième est un article de Robbe-Grillet défendant le Nouveau Roman face à des critiques. Dans cette même revue, nous pouvons aussi trouver des essais d'écrivains du Nouveau Roman, tels que « Cong xianshizhuyi dao xianshi » (Du réalisme à la réalité, n°2/1966) d'Alain Robbe-Grillet, et un article de Michel Butor traduit en chinois « Xiaoshuo shi tanqiu » (Le Roman est une quête, n°5 /1964). Ces traductions sont précédées d'une note critique de la rédaction qui avertit les lecteurs que dans ces essais certains points de vue sont périlleux. Sans ce genre de note critique, à cette époque, il est impossible de voir dans la presse chinoise des discussions sur le Nouveau Roman. De même, sans lui lancer des pierres, il est impossible de parler du Nouveau Roman en Chine dans les années 1960.

Le Nouveau Roman est initialement vu en Chine comme le produit symptomatique de la société moderne occidentale. Les nouveaux-romanciers, ainsi que leurs œuvres et leurs théories littéraires ont connu des critiques violentes en Chine dans les années 1960. Le Nouveau Roman est considéré comme une littérature décadente et rétrograde: « réactionnaire » et contre le réalisme socialiste, inutile et sans signification. Les raisons de ce jugement sont sans nul doute d'ordre idéologique. Le contexte sociopolitique de l'époque ne permet de prôner qu'une seule littérature: le réalisme socialiste. D'une certaine manière, critiquer le Nouveau Roman est un moyen de faire ressortir la supériorité du système socialiste et de sa littérature. Le contrôle idéologique prive radicalement le Nouveau Roman de son droit d'existence en Chine. Par conséquent, il interdit à la critique chinoise de donner un point de vue autre que critique. Il est assez ironique que dans les années 1960, aucune œuvre du Nouveau Roman n'est traduite en Chine – sauf un extrait du *Planétarium* de Nathalie Sarraute, paru à la fin de l'article de Liu Mingjiu et Zhu Hong en 1963 dans la revue *Shijie wenxue* (*Littérature mondiale*). Les critiques chinois veulent faire croire à la dégénérescence du Nouveau Roman sans vraiment le montrer au public. En 1966, lorsque commence la Révolution culturelle, toute la littérature occidentale est interdite en Chine, l'étude et la traduction du Nouveau Roman sont interrompues pendant plus de dix ans.

Après la fin de la Révolution culturelle, l'interdiction étant levée, les traductions et les recherches sur le Nouveau Roman reprennent. Dans le contexte de « renaissance culturelle », les milieux littéraires chinois montrent un intérêt particulier pour le modernisme. Considéré comme un courant important du modernisme occidental, le Nouveau Roman français attire de nouveau l'attention des critiques et chercheurs chinois. En fait, dès 1979, deux articles paraissent: « Faguo taolun xianfengpai wenxue he dang de wenyi zhengce » (La littérature d'avant-garde en France et la politique artistique de notre Parti), et « 1962 nian yilai faguo xinxiaoshuo dongxiang » (Le Nouveau Roman français depuis 1962). Le premier fait le lien entre la recherche sur le Nouveau Roman et la nouvelle politique artistique du Parti marquée par l'ouverture et la tolérance, et donne officieusement le feu vert du Parti. Le deuxième présente les nouvelles publications du Nouveau Roman et affirme son statut dans la littérature française contemporaine. Ces deux articles sondent l'opinion et fraient la voie pour une nouvelle étude sur le Nouveau Roman. Aussitôt, les traductions des œuvres magistrales du Nouveau Roman deviennent accessibles en chinois. La traduction des *Gommes* d'Alain Robbe-Grillet, publiée dans le n°2 de la revue *Waiguo wenyi* (*Art et littérature étrangers*) en 1979, est la première traduction intégrale d'une œuvre du Nouveau Roman. Et plus tard, toujours en 1979, avec la publication du *Voyeur* (Alain Robbe-Grillet), elle marque le début de la vague d'édition du Nouveau Roman en Chine[①].

Les années 1980 sont considérées par les chercheurs chinois comme « l'âge d'or » du Nouveau Roman en Chine. A cette époque, les recherches sur le Nouveau Roman abondent à la fois en critiques et en traductions. Ce rebondissement culmine avec l'arrivée de la « fièvre culturelle » (*wenhuare*) qui s'empare des milieux intellectuels chinois vers 1982. Se rendant compte de son retard au lendemain de la Révolution culturelle, la Chine se précipite dans une poursuite inlassable pour rattraper l'Occident. La modernisation devient le mot clé de la littérature des années 1980. La littérature chinoise a recours aux procédés de création du modernisme occidental pour transformer son style narratif. Un grand nombre d'écrivains occidentaux du XXe siècle sont introduits ou réintroduits auprès du public chinois. Certains d'entre eux bénéficient d'un écho particulièrement fort, comme en attestent des expressions telles que « la fièvre de Sartre », « la folie de Marquez » ou « le raz de marée de Kafka ». Dès la fin des années 1970, des articles et des traductions commencent à paraître dans les revues littéraires pour présenter le postmodernisme américain[②]. De 1985 à 1989, les recherches sur le postmodernisme prennent de l'ampleur. Les milieux littéraires chinois, plus particulièrement la critique littéraire, sont envahis par

---

① Avant la publication ouverte au grand public, certains romans, tel que *Le voyeur*, ont été publiés en canal de circulation interne (*neibufaxing*), destinés uniquement à la lecture des cadres d'un certain rang.

② La première traduction est parue en 1979 dans le n°4 de *Shijie wenxue* (*Littérature mondiale*), il s'agit d'un extrait de *Mr. Sammler's Planet* de Saul Bellow. Puis de nombreuses traductions des œuvres d'écrivains postmodernistes américains sont publiées, accompagnées souvent d'articles présentant les théories et les caractéristiques de cette littérature, par exemple: « Suowei houxiandai xiaoshuo» (Le soi-disant roman postmoderne) et « Houxiandai xiaoshuo» (Le roman postmoderniste) parus dans les revues *Dushu* (*Lire*) et *Waiguo wenxue baodao* (*Reportage sur la littérature étrangère*).

une vague postmoderniste importée via les Etats-Unis puis l'Europe. Les œuvres des théoriciens du postmodernisme sont traduites en chinois, et parmi les premiers à être connus en Chine on compte les noms de Fredric Jameson, Douwe Fokkema et Ihab Habib Hassan. La déconstruction derridienne et le néo-marxisme de Fredric Jameson ont aussi des résonances importantes chez les intellectuels chinois[①]. En 1985, Fredric Jameson donne une série de conférences à l'Université de Beijing, par lesquelles est introduite la notion de postmodernisme. Ses conférences ont beaucoup de succès. D'abord traduites en chinois et publiées en 1986 comme un recueil[②], ensuite en 1987 dans la revue *Dangdai* (*Contemporain*), elles suscitent un énorme intérêt chez les jeunes critiques littéraires chinois. Cette passion pour la modernité est tellement forte que ce processus de rattrapage devient, d'après Wang Jing, un véritable « grand bond en avant » culturel, qui est une continuité au sens culturel du mouvement sociopolitique des années 1950[③]. Ce faisant, la Chine tente d'enterrer avec son passé les pauvretés en tous genres – matérielles et aussi culturelles –, et les intellectuels chinois croient pouvoir ainsi construire une tour de Babel pour faire entrer la littérature chinoise contemporaine dans le royaume céleste de la littérature.

---

① Voir au sujet du postmodernisme en Chine l'article de Zeng Yiguo, « "Houxiandai" sichao zai zhongguo de chuanbo ji yingxiang » (L'étendue et l'influence des pensées postmodernistes en Chine), *Changji xueyuan xuebao* (*Bulletin d'études de l'Institut Changji*), n°1, 2004.

② Ce recueil est publié sous le titre *Houxiandai zhuyi yu wenhua lilun* (*Postmodernisme et théories sur la culture*) par les éditions Sha'anxi shifandaxue chubanshe en 1986. Réédité l'année suivante, ce livre est aussi publié en 1988 à Taiwan dans une version en chinois traditionnel.

③ Wang Jing, *High Culture Fever – Politics, Aesthetics and Ideology in Deng's China*, University of California Press, Berkley, 1996. Voir aussi Joël Thoraval, « La "fièvre culturelle" chinoise: de la stratégie à la théorie », *Critique*, août-septembre 1989, pp.558-572.

Les intellectuels chinois ont en fait transplanté leur compréhension de la modernisation sociale, modernisation avant tout matérielle, dans la littérature. Cette confusion implique que la littérature se modernise de la même manière que l'économie et la technologie en suivant une courbe ascendante. Dans ce processus de modernisation, des textes et des théories ont été avalés sans que les intellectuels chinois aient eu le temps de bien les étudier, de sorte qu'ils ont ensuite confondu la modernisation de la littérature avec le modernisme littéraire, et que ce modernisme est doté chez eux d'un sens progressiste. Certains intellectuels ont même proposé le terme « modernisme marxiste » en associant explicitement le modernisme aux quatre Modernisations, en faisant appel à « un art moderne basé sur la réunion du réalisme révolutionnaire (*geming xianshi zhuyi*) et le romantisme révolutionnaire (*geming langman zhuyi*) »①.

En 1989, Gan Yang exprime son inquiétude face à la frénésie de modernité des intellectuels chinois, dans son ouvrage *Zhongguo dangdai wenhua yishi* (*Conception culturelle en Chine contemporaine*). Selon lui, les intellectuels chinois doivent réexaminer la modernité occidentale avec un point de vue critique. Dans la seconde moitié de cet ouvrage, les théories de dix penseurs occidentaux sont présentées, dont celles de Max Weber, Martin Heidegger, Walter Benjamin, Herbert Marcuse, Theodor Adorno et Michel Foucault. Gan Yang insiste sur le fait que tous ces penseurs étaient conscients d'une prise en compte urgente de la crise profonde qu'apportait la modernité occidentale, et qu'aucun d'eux n'était

① Cf. Xu Chi, « Xiandaihua yu xiandaipai » (La modernisation et le modernisme), *Waiguo wenxue yanjiu* (*Etudes de la littérature étrangère*), n°1, 1981; repris en 1982 dans le n°11 de *Wenyibao* (*Journal d'art et de littérature*).

dispensé d'une inquiétude sur cette modernité. Il rappelle que depuis le début de l'époque moderne, particulièrement dans notre siècle, les réflexions des grands penseurs occidentaux se font en effet toujours à partir et autour de cette inquiétude fondamentale, et donc la compréhension des intellectuels chinois sur l'Occident moderne et contemporain doit porter sur ce problème primordial auquel toute l'humanité est confrontée, à savoir, celui de la modernité ; et à partir de là, ils doivent entreprendre une étude sur les réflexions des penseurs occidentaux concernant la culture occidentale moderne, afin de saisir l'évolution interne et la contradiction fondamentale de la culture occidentale d'aujourd'hui, et réfléchir, en faisant référence à l'Occident, sur les tendances proches et lointaines de la culture chinoise[①]. Mais ce livre qui est publié uniquement à Hongkong et à Taiwan n'a pas pu avoir d'influence en Chine continentale où il est même préférable de ne pas avoir un point de vue critique sur la modernité alors pleinement préconisée dans tous les domaines de la société chinoise. En dix ans, la Chine semble avoir connu tout ce que la littérature occidentale a connu en un siècle. Le surréalisme, le symbolisme, l'existentialisme, le théâtre absurde, et le réalisme magique d'Amérique du Sud peuvent tous trouver des résonances en Chine. Le Nouveau Roman français, avec ses accueils contradictoires avant et après la Révolution culturelle, peut servir d'exemple à cette passion fiévreuse, dans les années 1980, des intellectuels chinois friands de modernité.

---

① Cf. préface à *Zhongguo dangdai wenhua yishi* (*Conception culturelle en Chine contemporaine*), Hongkong, Sanlian shudian, 1989, réédité en 2006 par les éditions Shanghai renmin chubanshe, sous le titre *Bashi niandai wenhua yishi* (*Conception culturelle dans les années 1980*).

Stimulées par cette « fièvre culturelle », de plus en plus d'œuvres du Nouveau Roman sont traduites: *Les Gommes* est réédité en 1981 ; *La Modification* de Michel Butor édité en 1983 ; *Enfance* de Nathalie Sarraute édité deux années de suite, en 1985 et en 1986 ; *La Route des Flandres* de Claude Simon édité en 1987. La collection « Littérature française du XXe siècle » lancée à partir de 1987 intègre plusieurs traductions d'œuvres de Robbe-Grillet: *La Jalousie*, et *L'Année dernière à Marienbad* publiées en 1987, *Djinn* et *Topologie d'une cité fantôme* les rejoignent un peu plus tard dans les années 1990. Tels que *Djinn*, premièrement traduit en 1987 dans la revue *Waiguo wenyi* (*Art et littérature étrangers*), ces traductions ont souvent été publiées partiellement ou intégralement dans des anthologies ou dans des revues littéraires avant d'être publiées par des maisons d'édition. Ces revues littéraires lancées ou relancées au lendemain de la Révolution culturelle jouent un rôle très important dans la reconnaissance de la littérature occidentale en Chine au cours des années 1980. Pendant cette période, le nombre de traducteurs et de chercheurs spécialistes du Nouveau Roman augmente. D'après les statistiques du chercheur Qian Linsen, paraissent entre 1978 et 1990 plus de vingt essais sur Alain Robbe-Grillet, quatre sur Nathalie Sarraute, sept sur Michel Butor et dix-sept sur Claude Simon[①], sans compter les études générales sur le Nouveau Roman.

Au début des années 1980, il devient plus facile pour les chercheurs chinois de trouver des matériaux de première main. Ils peuvent désormais effectuer des recherches en France et accéder à

---

① D'après les statistiques de Qian Linsen dans *Faguo zuojia yu zhongguo* (*Les écrivains français et la Chine*), Xiamen, Fujian jiaoyu chubanshe, 1995.

des archives de recherches étrangères plus récentes. De nombreux essais écrits par des écrivains de « l'école du Nouveau Roman » sont ainsi traduits en chinois: « Une voie pour le roman futur » de Robbe-Grillet, dans *Dangdai waiguo wenxue* (*Littérature occidentale contemporaine*), n°1/1983 ; « L'Ere de soupçon » de Nathalie Sarraute, dans *Waiguo wenyi* (*Art et littérature étrangers*), n°6/1980 ; « Le Discours de Stockholm » de Claude Simon, dans le n°4/1986 de la même revue, ensuite repris dans *Dangdai waiguo wenxue* (*Littérature occidentale contemporaine*), n°6/1986, avant de reparaître dans l'ouvrage de Liu Mingjiu *Cong xiandaizhuyi dao houxiandaizhuyi* (*Du modernisme au postmodernisme*) qui a beaucoup de résonances dans les années 1990 ; « Balzac et la réalité » et « Recherches sur la technique du roman » de Michel Butor, respectivement dans *Wenyi lilun yanjiu* (*Etudes des théories artistiques et littéraires*), n°4/1982 et n°1/1985 ; « Nature, humanisme, tragédie » et « Nouveau Roman, homme nouveau » de Robbe-Grillet, respectivement dans *Xiandai xifang wenlun xuan* (*Recueils d'essais sur la littérature moderne occidentale*) en 1983, et *Faguo zuojia lun wenxue* (*Les écrivains français parlent de la littérature*) en 1984.

Dans le même temps sont aussi publiées de nombreuses traductions d'essais écrits en langues étrangères, parmi lesquels on trouve les noms de critiques les plus connus sur le Nouveau Roman : « Claude Simon: la crise de la représentation » signé par Alastair Duncan, « Nouveau roman et réalité », pris à partir de *Pour une sociologie du roman* de Lucien Goldman, un article de Roland Barthes intitulé en chinois « Xinxiaoshuo pai lianglun» (Deux discussions sur le Nouveau Roman), et « Problèmes du Nouveau Roman » de Jean Ricardou. En 1984, Robbe-Grillet fait sa première visite en Chine – la deuxième et la troisième ont lieu en 1998 en 2005. Même si cette première visite n'a pas dans les médias et parmi le public autant de résonance que lors des deux dernières visites effectuées plus tard par le « pape du Nouveau Roman », elle a sans doute élargi la notoriété du Nouveau Roman dans le milieu littéraire chinois et a stimulé les études et recherches locales.

Au cours des années 1980, le décalage entre le Nouveau Roman et les recherches en Chine, dû autrefois à la distance géographique et à la censure politique, est considérablement réduit. Grâce à des revues telles que *Faguo yanjiu* (*Etudes françaises*) et *Waiguo wenxue dongtai* (*Dépêches de la littérature étrangère*) qui fournissent les informations les plus récentes sur la littérature française, les recherches chinoises sur le Nouveau Roman sont plus d'actualité. En 1987, la même année que sa publication en France, la traduction de *Djinn* de Robbe-Grillet paraît dans le n°1 de la revue *Waiguo wenyi* (*Art et littérature étrangère*) en Chine.

Grâce à la multiplication des échanges entre chercheurs chinois et milieux littéraires français, la recherche sur le Nouveau Roman connaît un essor. En 1982 Liu Mingjiu, l'un des premiers spécialistes chinois du Nouveau Roman rend visite à des auteurs des « Editions de Minuit », avec un projet de rédaction d'un ouvrage consacré au Nouveau Roman. Après quelques années de préparation, *Xinxiaoshuo pai yanjiu* (*Etudes sur le Nouveau Roman*), premier ouvrage chinois dédié entièrement à ce mouvement littéraire, est publié en 1986. Composé de traductions d'essais des auteurs du

Nouveau Roman, d'études effectuées par des chercheurs français, d'extraits d'œuvres de Robbe-Grillet, de Sarraute et de Butor, d'entretiens, et de résumés de romans, cet ouvrage extrêmement riche dresse un portrait du Nouveau Roman et devient aussitôt un manuel d'un intérêt exceptionnel pour tous les chercheurs et étudiants chinois intéressés par le Nouveau Roman.

Pourtant, c'est à travers cet ouvrage qu'apparaissent des problèmes, nous obligeant à réfléchir sur la progression apparente de la recherche sur le Nouveau Roman. Dans sa préface, Liu Mingjiu explique les raisons qui ont motivé une telle étude et les valeurs que représente son travail. Mais selon ce qu'il dit, son avis sur le Nouveau Roman est en fait très réservé sinon hostile. Le chercheur donne deux raisons principales pour justifier son travail. Tout d'abord, « le Nouveau Roman est un phénomène littéraire important en France d'après-guerre, et occupe une place importante dans l'ensemble de la littérature occidentale d'après-guerre. [...] Nous ne pouvons pas ignorer l'existence d'un tel mouvement. Nous devons le connaître et l'étudier avant de porter des jugements »[①]. Ensuite, comme une sorte de réponse aux polémiques qu'a suscitées le modernisme en Chine depuis sa réouverture vers l'Occident, il pense qu'« il est nécessaire de prendre quelques exemples du modernisme occidental et de l'étudier, l'analyser, afin de trouver la réponse à la question suivante: le modernisme représente-t-il une direction dans

① "这个流派是战后法国的一个显著的、重大的文学现象，在战后整个西方文学中也占有重要的地位。（……）我们不能无视这一客观存在，我们需要对它进行必要的了解与研究，这是任何分析判断的前提条件。" – Liu Mingjiu (dir.), *Xinxiaoshuo pai yanjiu* (*Etudes sur le Nouveau roman*), Beijing, Zhongguo shehui kexue chubanshe, 1986, pp.1,2.

laquelle peut s'engager la littérature socialiste ? »[①]. Cependant, le chercheur, impatient, porte un jugement, et la réponse à la question semble déjà être contenue dans sa préface, dans les « quelques propositions de réflexions » qu'il a préparées pour ses confrères chinois. Liu Mingjiu est apparemment d'accord sur la critique négative que le Nouveau Roman apporte à la littérature balzacienne: « Certes, il faut admettre qu'on ne peut pas se contenter d'une façon d'écrire à la balzacienne pour écrire le réel ; il ne faut pas s'arrêter sur les conventions et refuser des nouvelles méthodes. »[②] – disait le chercheur. Ensuite, la question consiste à savoir quels sont les éléments constructifs dans la théorie du Nouveau Roman, et s'ils sont suffisants pour se frayer un chemin vers un art nouveau. Mais pour Liu Mingjiu la tentative du Nouveau Roman est dérisoire, « comme si l'on voulait se détacher de la Terre en se tirant les cheveux »[③]: il est impossible de se détacher d'une vision humaine quand un écrivain décrit le monde, et si l'on délaisse la certitude pour montrer l'insaisissabilité de ce monde, on risque d'entrer dans le néant et de déformer le réel, cela est une preuve que « la théorie de Robbe-Grillet dévie des règles de création artistique »[④]. Son reproche vise aussi l'aspect *a*-social du Nouveau Roman: « L'œuvre du Nouveau Roman a uniquement une valeur sur la forme, mais aucune valeur épistémologique ou sociale. »[⑤] Enfin,

① "我们就很有必要展示几个西方现代派文学的实例，加以研究和分析，作出结论，看西方现代派文学是否可以成为社会主义文学的方向。" *Ibid.*, p.3.

② "当然，我们应该承认，在真实地描写现实上，人类不应该永远满足于巴尔扎克式的创作方法，不能完全墨守这一种陈规而不去开拓新的表现途径（……）。" *Ibid.*, p.4.

③ "自己揪着头发要把身体拔离地球"。*Ibid.*, p.5.

④ "罗伯-葛利叶的理论却有违艺术创作的规律"。*Ibid.*, p.4.

⑤ "新小说派的作品一般就只有形式上的意义，而谈不上思想意义与社会意义（……）。" *Ibid.*, p.7.

voici le jugement que donne Liu Mingjiu:

> Partant d'une quête du réel, le Nouveau Roman a pris un sentier raboteux. Au lieu d'atteindre un réel idéal, il s'est coupé de la vie, de son temps et de la société, il est même parfois tombé dans l'agnosticisme.①

Ainsi la réponse à la question qu'il pose au début de sa préface semble évidente:

> Une telle littérature qui a des défauts remarquables dans sa représentation de la vie sociale et dans sa valeur sociale n'est pas à la hauteur pour devenir un modèle littéraire. Bien qu'il ne puisse pas représenter toute la littérature moderniste occidentale, en étant un exemple typique, le Nouveau Roman peut tout de même montrer qu'il est imprudent de considérer le modernisme comme une direction pour la littérature socialiste chinoise.②

L'attitude de Liu Mingjiu montre que, malgré la vivacité apparente animée par les quantités de traductions, études et critiques, la recherche sur le Nouveau Roman dans les années 1980 est très

---

①"它（新小说）从追求真实出发，但走上了崎岖的小道，不仅没有达到理想的真实境界，反而进入了脱离生活、脱离时代社会的荒漠，甚至有时还陷入不可知论的境地。" *Ibid.*, p.6.

②"这样一个在反映社会生活上、在社会思想意义上有明显缺陷的流派，不足以成为文学上的典范与楷模，虽然新小说派远远不能代表整个西方现代派文学，但它作为西方现代派文学的一个例证，倒满可以说明，要把西方现代派文学作为中国社会主义文学的方向，的确有些轻率。" *Ibid.*, pp.8-9.

contradictoire. Cette contradiction se voit dans la quasi-totalité de la critique chinoise, qui se déclare favorable au modernisme, et affirme la valeur de cette littérature « rénovatrice » tel que le Nouveau Roman ; en même temps, elle garde obstinément un avis critique, hérité de la critique datant des années 1960. Si la recherche au cours des années 1960 et 1970 se caractérise par « j'en parle peu, parce que je conteste », celle des années 1980 se caractérise par « j'en parle beaucoup, pour montrer que je conteste ». Par rapport à la critique formulée dans les années 1960, la critique dans les années 1980 est réellement moins arbitraire – « en parler beaucoup » est déjà preuve d'une progression. Elle se veut plus ouverte, éclairée, et n'importune plus le Nouveau Roman sur la question de « littérature bourgeoise ou littérature prolétarienne ». Mais le discours critique des années 1980 révèle qu'au fond cette critique n'est qu'un révisionnisme ou un négationnisme dissimulé. La critique politisée dans les années 1960 et 1970 laisse sur le discours critique des années 1980 un résidu remarquable. Et la raison de cette affinité non volontaire réside dans le fait que dans la critique des années 1980, telle que nous l'avons déjà montrée à travers la création littéraire, dominent encore les mêmes dogmes qu'il y a dix, vingt ans. Dans une telle situation, il est peu probable que, pendant les premières années, la lecture des théories modernistes et postmodernistes atteigne une profondeur suffisante pour réfuter ces dogmes. Nous rappelons que l'une des raisons justifiées par l'éditeur pour la rédaction d'*Etudes sur le Nouveau Roman* est qu'il faut examiner la tendance de la littérature chinoise: « La littérature chinoise doit-elle suivre le modernisme ou le rejeter ? ». Le fait de se poser une telle question révèle la tentative des critiques chinois d'intervenir dans la pratique littéraire, et de voir encore la littérature comme quelque chose dont l'évolution peut être planifiée, tout comme d'autres évolutions sous le système communiste.

L'ambiguïté sur le formalisme se remarque également dans l'ouvrage de Liu Mingjiu. D'un côté, sous l'influence de la méthode de critique des années 1960, Liu manifeste une réticence à parler de la forme du roman, par peur d'être classé dans la catégorie des tenants du formalisme. D'un autre côté, emporté par la « fièvre culturelle » qui augmente de jour en jour, il ne refuse pas de dire que l'attachement pour la forme est l'une des particularités du Nouveau Roman, et qui peut être considérée comme une innovation par rapport à la littérature antécédente. Bien que dès qu'il en parle, le problème de forme soit rapidement associé à d'autres – ceux de la valeur sociale ou de la vraisemblance par exemple –, la forme dans l'œuvre du Nouveau Roman est généralement considérée comme un élément constructif de ce mouvement. Liu Mingjiu affirme que « le Nouveau Roman est une exposition des nouvelles techniques d'écriture, et c'est là où se trouve le sens de ce mouvement »[①], mais sans donner plus d'arguments. Cette restriction à reprocher la recherche formelle du Nouveau Roman dans l'ensemble du ton critique confirme la frénésie de la modernité qui est paroxysmique à cette époque.

Etudes sur le Nouveau Roman révèle un autre problème qui est directement lié à notre présente recherche: Claude Simon est un

①"它（新小说）确实展览出了好些小说创作的新技巧。它的意义就在这里。" *Ibid.*,p.8.

écrivain du Nouveau Roman relativement peu étudié en Chine. En fait, avant son Prix Nobel en 1985, Claude Simon est resté longtemps inconnu en Chine. Cela est dû, sans doute, à sa faible notoriété en France également – nous n'avons pas à répéter l'effet spectaculaire que la décision de l'Académie suédoise a eu en France. Lors de sa visite à l' « école du Nouveau Roman » en 1983, Liu Mingjiu rend visite à Alain Robbe-Grillet, à Nathalie Sarraute et à Michel Butor, et a un entretien avec chacun, alors que Claude Simon est laissé de côté. Dans son ouvrage *Etudes sur le Nouveau Roman*, le nom de Claude Simon est complètement négligé. Dans cet ouvrage « kaléidoscope » sur le Nouveau Roman, le chercheur accorde une place à trois essais de Nathalie Sarraute, deux d'Alain Robbe-Grillet, cinq de Michel Butor, mais aucun de Claude Simon. De même, aucune œuvre de Claude Simon n'est présentée ni dans la partie « extraits des œuvres du Nouveau Roman » ni dans la partie « résumés des œuvres du Nouveau Roman » de cet ouvrage. Seulement dans deux articles qui sont une sorte de « cliché de famille » apparaît le nom de Claude Simon: l'article de Li Qing'an « *Xinxiaoshuo pai siwei zhuyao zuojia jianjie* » (Présentation sur les quatre écrivains principaux du Nouveau Roman), et une bibliographie constituée par Jean Ricardou sur huit écrivains du Nouveau Roman[①], intégrés dans la partie « Documents sur le Nouveau Roman ».

La situation change en 1985. A la suite de l'événement du Prix Nobel de littérature en 1985, nous comptons au moins trente-sept articles sur Claude Simon parus dans la presse chinoise entre 1985 et

---

① Repris à partir de la partie « Bibliographie » d'un livre de Jean Ricardou, *Le Nouveau Roman*, coll. « Ecrivains de toujours », Paris Seuil, 1973, pp.143-185.

1987: un véritable afflux ! Nous y trouvons un bon nombre d'articles (13 d'après nos recherches) traduits du français, de l'anglais et même de l'allemand, dont 4 sont des entretiens: « Simon sort du désert », propos recueillis par Jean-Louis Ezine[①] ; « Claude Simon sur les sentiers de la création », entretien avec K. Biro-Thierback[②] ; « Claude Simon sur la route de Stockholm », entretien avec Didier Eribon[③], et un entretien avec Madeleine Chapsal[④]. Il s'agit généralement de traductions d'articles qui occupent une place importante dans les études sur l'œuvre de Claude Simon. Parmi les essais de Claude Simon, *Discours de Stockholm* est sans doute le plus connu en Chine. Sa traduction a été publiée plusieurs fois dans des revues et ouvrages différents: il est tout d'abord traduit par Zhang Rong dans le n°4/1986 de la revue *Dangdai waiguo wenxue* (*Littérature étrangère contemporaine*) ; cette traduction est reprise en 1994 dans l'ouvrage édité par Liu Mingjiu *Cong xiandaizhuyi dao houxiandaizhuyi* (*Du modernisme au postmodernisme*) ; une deuxième traduction effectuée par Lin Xiuqing est inclue dans la postface à *La Route des Flandres* publié en chinois en 1987. Parmi les auteurs de ces articles, nous trouvons les noms d'Alain Robbe-Grillet (l'auteur de l'article « Claude Simon »), d'Alastair Duncan (« Claude Simon: la crise de représentation ») et de Lucien Dällenbach (« Le tissu de mémoire »). Nous trouvons aussi un dossier « Claude Simon » dans le n°4/1986 de *Guowai shehui kexue* (*Les Sciences humaines à l'étranger*), où trois articles repris à partir

---

① *Le Nouvel Observateur*, 25-31 octobre 1985.

② Entretien publié en France dans *La Gazette Littéraire*, 27 juin 1970.

③ Publié en France dans *Le Nouvel Observateur*, 6 déc. 1985, pp.72-73

④ Publié en France dans *L'Express*, 10 nov. 1960, repris pp.163-171 dans *Les Ecrivains en personne*, éditions U.G.E. (10/18), Paris, 1973.

de la revue américaine *The Review of Contemporary Fiction* (vol. 5, n°1, printemps 1985) sont traduits en chinois: un extrait du discours de Claude Simon au colloque du Nouveau Roman à l'Université de New York en 1982 – l'intégrale de ce discours est publié dans le n°2/1986 de la revue *Waiguo wenxue baodao* (*Reportage sur la littérature étrangère*) – , l'article de la critique américaine Anna Otten « Claude Simon's I / eye » et « Simon and Sartre » d'Alastair Duncan.

Quant à la critique chinoise, nous constatons 22 articles dont 2 entretiens avec l'écrivain. La plupart sont des présentations succinctes sur la vie de l'écrivain et son œuvre, souvent évoquées dans le cadre de l'école du Nouveau Roman. Parmi ces articles, on remarque ceux de Lin Xiuqing. Lin Xiuqing est aussi traductrice de plusieurs articles de et sur Claude Simon, dont *Discours de Stockholm*, « Entretien avec Madeleine Chapsal » et « L'image de la création chez Claude Simon » de Tom Bishop. Elle publie entre 1986 et 1987 trois articles sur Claude Simon: « Keluode ximeng zai xiaoshuo chuangzuoshang de tansuo» (Les recherches de Claude Simon dans la création romanesque), « Keluode ximeng chuangzuo yishu guankui » (L'art de création de Claude Simon) et « *Nongshishi* yizhe de hua» (Un mot de la part de la traductrice des *Géorgiques*), dans lesquels elle fait une analyse minutieuse des procédés principaux dans la production romanesque de Claude Simon. En 1987, elle traduit *La Route des Flandres* et *Les Géorgiques* en chinois. Ces deux romans sont publiés dans la collection « Nobel Literary Prize Winners' Series » aux éditions Lijiang.

Mais cet enthousiasme est éphémère. La remise du Prix Nobel n'a pas poussé les critiques chinois vers une recherche plus élaborée de l'œuvre de Claude Simon. Les études chinoises sur la littérature moderne occidentale connaissent une baisse vers la fin des années 1980. Affectés par les vicissitudes sociales de l'événement de Tian'anmen le 4 juin 1989, le modernisme et le post-modernisme jusqu'alors rigoureusement prônés en Chine deviennent la cible de critiques violentes, le Nouveau Roman devient aussi un sujet délicat. La visite de Derrida en Chine, prévue pour 1989, est finalement annulée[①]. Pendant cette période, parmi les nombreux courants littéraires occidentaux, l'existentialisme et le théâtre de l'absurde sont particulièrement visés par la critique, considérés comme une « pollution spirituelle » ou un « libéralisme bourgeois », et l'impact de cette critique sur la recherche du Nouveau Roman se traduit par une réduction considérable de publications. Entre 1989 et 1990, parmi les dizaines de revues littéraires et les nombreux bulletins de recherches universitaires, nous ne trouvons qu'un nombre restreint d'articles sur les écrivains des « Editions de Minuit », dont un sur Claude Simon, trois sur Robbe-Grillet, un sur Nathalie Sarraute et trois sur Michel Butor. Ce petit nombre d'articles contraste avec l'ampleur de la recherche des années précédentes sur le Nouveau Roman. Dans ce contexte social, les études sur Claude Simon qui viennent de voir le jour grâce à sa notoriété mondiale apportée par la remise de son Prix Nobel connaissent une stagnation. Le seul article que l'on peut trouver sur lui pendant cette période vient d'une critique peu favorable. En fait, cet article sur *La Route des Flandres*

---

① Cela décale la rencontre entre la Chine et Derrida de plus de dix ans. En 2001 Derrida effectue une visite en Chine et donne des conférences dans des universités de quatre villes (Beijing, Nanjing, Shanghai et Hongkong). Voir Zhang Ning, Du Xiaozheng, *Delida zhongguo yanjianglu* (*Derrida: Conférences en Chine*), Beijing, Zhongyang bianyi chubanshe, 2003.

est une vraie dévalorisation du roman et de son auteur[①]. Xie Zhengzhong, l'auteur de cet article, condamne d'une façon arbitraire *La Route des Flandres* comme étant « une œuvre banale ». Il met ouvertement en cause le style de Claude Simon en l'opposant à celui de Tourgueniev et de Cholokhov. En prenant ces derniers comme des paradigmes littéraires, il reproche à Claude Simon de n'avoir laissé aux lecteurs que des « fragments ennuyeux et sans intérêt », tandis que *Don Paisible* émeut son lecteur avec sa splendeur et sa fluidité narrative. L'auteur en conclut que *La Route des Flandres* est un roman qui ne mérite pas son titre de « chef-d'œuvre ». L'audace de Xie Zhengzhong est d'autant plus remarquable quand nous pensons au ton élogieux que les critiques chinois adoptèrent lorsque Claude Simon reçut le Prix Nobel. La critique littéraire à la transition de deux décennies tend à restituer la norme du réalisme socialiste qui perd de plus en plus son crédit. Ses derniers gardiens reprennent les canons de la critique sociopolitique pour attaquer l'œuvre et son auteur, et imposent de nouveau d'une façon explicite une référence aux grands romans du passé, toujours posés comme modèles des écrivains d'aujourd'hui. Sous l'examen de cette critique, l'œuvre de Claude Simon, avec son Prix Nobel nouvellement acquis, est considérée comme étant représentative des dérives formalistes vers lesquelles s'est engagé le Nouveau Roman. Il n'est donc pas étonnant que pendant assez longtemps plus personne après Xie Zhengzhong n'ose parler de Claude Simon.

Après avoir fait machine arrière, la Chine s'avance vers une

① Xie Zhengzhong, « Pingyong de "mingzuo", posui de canpian » (*Chef d'œuvre* banal, débris irréparables), *Waiguo wenxue pinglun* (*Critique sur la littérature étrangère*), n°2 1989, pp.29-32.

société plus ouverte, et la « fièvre culturelle » monte à nouveau. Dès le début des années 1990, la recherche sur la littérature occidentale redémarre et se penche de plus en plus sur le post-modernisme. Le Nouveau Roman connaît de nouveau un rebondissement en Chine, et c'est à cette époque qu'Alain Robbe-Grillet et Marguerite Duras[①] suscitent un vrai engouement en Chine. Samuel Beckett et des écrivains du « nouveau Nouveau Roman » tels que Jean-Philippe Toussaint et Jean Echenoz font aussi l'objet de traductions. Les œuvres du Nouveau Roman traduites entre les années 1970 et 1980 sont rééditées ou retraduites, et encore plus nombreuses sont les œuvres qui sont traduites en chinois pour la première fois, élargissant ainsi l'éventail d'œuvres accessibles en langue chinoise. Parmi ces traductions, on compte, de Nathalie Sarraute, *Le Planétarium* (deux traductions, une première en 1991, une deuxième en 2000, et une réédition en 2005), *Ici* (1999) et *Enfance* (1999, c'est déjà la deuxième traduction et la troisième édition de cette œuvre), *Portrait d'un inconnu* (2000). Quant à Alain Robbe-Grillet, plusieurs rééditions de ses œuvres traduites dans les années 1980 paraissent: *La Jalousie* et *Djinn*, réédités en 1997, *Le Voyeur* et *Les Gommes*, en 1999. D'autres œuvres, surtout les plus récentes, sont aussi traduites en chinois, dont *Le Miroir qui revient* (deux éditions respectivement en 1993 et 1998), *Topologie d'une cité fantôme* (1994), *Angélique ou l'enchantement* (1998), *Dans le labyrinthe* (1998), *La Maison de rendez-vous* (1998), *Projet pour une révolution à New York* (1998), *Souvenirs du triangle d'or* (1998), *Un régicide* (1998), *L'Immortelle*

---

① La traduction des *Yeux bleus, cheveux noirs*, éditée sept fois de 1998 à 2004, et celle de *L'Amant* huit fois de 1997 à 2005, presque une édition par an, témoignent ainsi de la popularité de Duras en Chine.

(1998), *Glissements progressifs du plaisir* (1998), *Instantanés* (2001), *La Reprise* (2001), *Les Derniers jours de Corinthe* (2001). Pendant cette période, les œuvres de Claude Simon ne suscitent guère l'attention des éditeurs et des critiques chinois. Entre 1987 et 1999, la traduction des œuvres de Claude Simon est interrompue pendant plus de dix ans, et *La Route des Flandres* et *Les Géorgiques* sont restés les seules œuvres de Claude Simon traduites en chinois. Aujourd'hui, avec *Le Palace* et *Le Jardin des plantes* traduits en 1999, *Leçon de choses* et *Le Tramway* traduit en 2004, nous comptons en tout six œuvres de Claude Simon traduites en chinois[①]. Mais ces publications n'ont pas une grande résonance dans les milieux de la critique. Pendant seize ans, entre 1990 et 2005, parmi les centaines d'articles sur le Nouveau Roman et ses auteurs parus dans les revues chinoises, nous ne constatons que vingt-deux articles (essais, annonces de publication, notes de lecture tous compris), et un mémoire de master sur *La Route des Flandres* en 2005[②]. La raison principale pour laquelle Claude Simon reste peu étudié à cette époque, pourtant propice, réside dans sa difficulté textuelle. Si les lecteurs français ont déjà beaucoup de mal à accéder à un texte simonien, la question de lisibilité se pose d'autant plus pour les lecteurs chinois qui ne peuvent connaître l'œuvre que par la traduction.

Traduire Claude Simon ? « Bien entendu, c'est difficile. » –

---

① *La Route des Flandres* et *Les Géorgiques* ont été récemment réédités par les éditions Shanghai yiwen chubanshe en 2008.

② Il s'agit d'un mémoire de master écrite par Xu Shu, *Gonglu bian de ruhua fengjing – cong "Fulande gonglu" kan Keluode ximeng de xiaoshuo chuangzuo* (*Paysage le long d'une route – étude sur l'écriture romanesque de Claude Simon à travers* La Route des Flandres), East China Normal University, Shanghai, 2005.

C'est la réponse de John Fletcher, l'un des traducteurs en anglais de l'œuvre de Claude Simon, lorsqu'on lui pose la question. Dans un article intitulé « Traduire Claude Simon », il précise que l'une des difficultés qu'il a rencontrées dans son travail est la complexité de la prose simonienne:

> La prose simonienne, avec ses multiples subordonnées, ses restrictions, son accumulation d'adjectifs, etc., crée une profusion syntaxique et lexicale d'une telle richesse qu'il n'est pas toujours aisé d'en inclure tous les éléments dans le texte cible. Trop souvent, au moment où on croit celui-ci bien ficelé, on découvre l'omission par inadvertance d'un membre de phrase dont l'insertion tardive nécessite le démantèlement de l'échafaudage tout entier et sa reconstruction laborieuse.[①]

Cette difficulté est aussi l'une des raisons principales pour laquelle l'œuvre de Claude Simon n'est connue en Chine que tardivement. Quand les éditions de Lijiang veulent faire paraître *La Route des Flandres* dans sa collection « Literary Prize Winners' Series », personne n'ose assumer le travail de traduction. Après plusieurs refus, l'éditeur reçoit une réponse positive de Lin Xiuqing, alors professeur en littérature à l'Université de Fudan à Shanghai. Afin de surmonter les difficultés syntaxiques et lexicales que John Fletcher a révélées plus haut, et qui sont rendues d'autant plus

---

① John Fletcher, « Traduire Claude Simon », *Revue des sciences humaines*, n°220, octobre-décembre 1990, p.100.

remarquables dans la traduction chinoise en raison d'une différence linguistique plus large entre la langue française et la langue chinoise, les traducteurs chinois trouvent plusieurs solutions. Lin Xiuqing fait beaucoup d'efforts dans sa traduction:

> J'ai beaucoup hésité avant de commencer mon travail: comment faire comprendre ce roman aux lecteurs chinois tout en restant fidèle au texte original ? [...] Finalement, j'ai pris la première édition de « Minuit » de 1960, en essayant de faire de mon mieux pour rester proche du texte original. En même temps, j'ai inséré des ponctuations nécessaires, et remplacé des pronoms personnels par les noms des personnages. J'ai aussi traduit un grand nombre de participe présent par des verbes, et j'ai découpé des phrases qui occupent parfois une ou deux pages entières. J'espère que ces compromis ne transforment pas le style original de l'œuvre et que Claude Simon me pardonnera, lui qui est connu pour sa rigueur sur la langue.①

D'autres traducteurs font aussi ce genre de compromis. Ma Zhencheng, traducteur du *Palace*, profite de l'autorisation de l'écrivain pour « mettre des points et des virgules aux endroits qui

---

①"译者在动笔之前曾踌躇再三，不知该如何才能做到既忠实于原文又能使我国读者不致如坠五里雾中。""最后只能一方面根据 1960 年巴黎午夜出版社印行的首次版本，尽可能按照原文直译，一方面采用了一些必要的标点符号，并标明第三人称或第一人称所指，同时将大量的现在分词译为动词，把一些有时长达一两页的句子变为短句。我希望这种不得已的译法，不至于使作品的风格过于变样，同时能得到一向以写作态度严谨著名的西蒙谅解。" – Propos de Lin Xiuqing cités par Kang Kai dans son article « Keluode ximeng shige nande » (Claude Simon est un homme), *Zhonghua dushubao* (*Journal de lecture en Chine*), 13/07/2005.

nécessitent un traitement spécial »①. Yu Zhongxian, traducteur du *Jardin des Plantes*, *Leçon de choses* et *Le Tramway*, révèle aussi qu'il a dû dessiner des lignes de couleurs différentes partout dans le texte original pour décomposer les phrases, surligner les pronoms relatifs afin de les remplacer par des équivalents en chinois et attribuer une place adéquate à chaque partie d'une phrase qui semble interminable②.

Revenons à *La Route des Flandres*. Au cours de son travail, la traductrice Lin Xiuqing doit sans cesse être confrontée à la complexité du texte simonien. Dans le passage suivant, elle remplace effectivement le pronom personnel par le nom du personnage, afin d'éclaircir le sujet de la seconde moitié de la phrase suivante:

> Blum aussi avait cette tête de noyé mal réveillé, mal ranimé: **il** se tut et haussa les épaules. (RF, p.56, je souligne.)

Le pronom personnel « il » devient dans la traduction chinoise le nom du personnage «Georges»③. Or le sens de ce « il » est assez ambigu dans le texte français. Il peut désigner Blum qui se tait au milieu de son discours, ce qui peut être confirmé par la phrase précédente prononcée par Blum: « [...] Et c'est tout ce que tu en as vu, tu... ». Il peut aussi désigner Georges qui, face au questionnement

---

① Ma Zhencheng, « Yishu, lijie zhongyu linghui » (Dans l'art, il est plus important d'appréhender que de comprendre – préface à la traduction chinoise du *Palace*), Yilin chubanshe, 1999.

② Yu Zhongxian, post-face à la traduction chinoise du *Tramway*, Zhejiang wenyi chubanshe, 2004.

③ 布吕姆的样子也像个醒不过来，还没有恢复知觉溺水的人。佐治不做声，耸耸肩膀。（p.41.）

de Blum, se tait au cours de son évocation de l'histoire entre Corinne et de Reixach se trouvant plus haut dans le texte.

Ici, que ce soit « Blum » ou « Georges » qui « se tut et haussa les épaules », cela ne cause pas de désordre dans la compréhension du texte. Mais parfois quand la décomposition du texte manque de cohérence, le traitement de la traductrice laisse échapper des erreurs, empêchant une bonne compréhension du texte. Dans le passage suivant, par exemple:

> et son père regardant toujours sans le voir le boqueteau de trembles palpitant faiblement dans le crépuscule, l'écharpe de brume en train de s'amasser lentement dans le fond de la vallée, noyant les peupliers, les collines s'enténébrant, et **disant**: « Qu'est-ce que tu as ? » et **lui:** « Rien je n'ai rien [...] » (RF, p.34, je souligne.)

Dans ce dialogue entre le père et le fils, le père, devant la fureur de Georges, lui demande ce qui ne va pas, et Georges commence à réfuter ce que dit son père. C'est le père qui est le sujet du participe présent « disant » et le pronom personnel « lui » représente Georges. Dans sa traduction, Lin Xiuqing a, comme elle l'explique, répété le sujet du verbe « dire » et remplacé le pronom par le nom de la personne. Mais c'est là qu'elle se trompe, la phrase en chinois devient en fait: « **Georges**: "Qu'est-ce que tu as ?" et **lui**: "Rien je n'ai rien" »[①]. Il est clair que ce « lui » dans la traduction chinoise

① 佐治说："你怎么啦？"他说："没什么，我没什么。（……）"（p.23）.

désigne le père de Georges, qui est le seul interlocuteur de Georges dans cette scène. Cet inversement des pronoms change complètement le sens de la phrase.

Il faut dire qu'il n'est pas facile de traduire Claude Simon dont les phrases mettent à l'épreuve la patience et l'intelligence du lecteur, et que la traduction de Lin Xiuqing est dans son ensemble d'une qualité exceptionnelle. Il est plus facile de trier les erreurs d'une traduction déjà faite, comme nous sommes en train de faire, que d'éviter ce genre d'erreurs au cours de la traduction. Mais la complexité des phrases simoniennes, associée à quelques erreurs involontaires dans la traduction, met effectivement une barrière entre les lecteurs chinois et l'œuvre. Nous remarquons que la plupart des critiques chinois n'osent pas entrer dans des analyses textuelles et restent dans une étude générale sur l'écriture simonienne. Dès que leur étude porte sur des détails, une maîtrise insuffisante du texte se remarque. Dans l'article « Duomeiti: "Fulande gonglu" de jishu meixue tezheng » (Multimédia: une esthétique de la technique dans *La Route des Flandres*)[①] de Jian Changhuai, l'auteur se trompe sur l'intrigue principale du roman en disant que Blum est avec Georges et Iglésia lors de la mort de de Reixach, alors qu'il se sépare des deux derniers dès le début de la défaite, et que Georges ne le retrouve que dans le train qui les amène au camp de prisonniers. En plus, le critique prend l'histoire de Reixach reconstituée par les soldats comme sa vie réelle, et considère que le roman est un entrecroisement des six unités narratives indépendantes, ce qui est

① Jian Changhuai, « Duomeiti: "Fulande gonglu" de jishu meixue tezheng » (Multimédia: une esthétique de la technique dans *La Route des Flandres*), *Waiguo wenxue yanjiu* (*Etudes de la littérature étrangère*), n°3, 1999, pp.83-88.

une lecture radicalement fausse du roman dont toute la narration a comme point de départ la nuit passée dans un hôtel entre Georges et Corinne.

Devant l'ingéniosité des phrases simoniennes, les traducteurs cherchent les uns comme les autres à être aussi stricts que des scientifiques, à garder de leur mieux la structure et la syntaxe originales et à rester dans l'exactitude des mots, afin de rendre compte du travail laborieux de l'écrivain sur la langue. Mais quand on fait un parallèle entre le texte original et la traduction, on remarque un écart au niveau du langage. Si l'on reprend la métaphore de Claude Simon dans *La Route des Flandres*, on peut dire que le langage simonien a quelque chose de vivant, « bougeant imperceptiblement », « respirant », « se dilatant et se contractant tour à tour », comme s'il était fait « d'une matière semblable à celle des éponges, mais d'un grain invisible, se dilatant et se contractant, semblable à ces fleurs, ces choses marines à mi-chemin entre le végétal et l'animal, ces madrépores, palpitant délicatement dans l'eau transparente » (RF, p.222). Claude Simon est un grand maître de la langue, un incontestable écrivain poète, qui cherche toujours une musicalité, une tonalité et une harmonie[①] entre les mots qui vont constituer, comme dit l'écrivain lui-même, « une architecture

① « [J]e voudrais bien connaître les règles de l'harmonie. Parce qu'à partir du moment où l'on ne considère plus le roman comme une espèce de fable exemplaire, on est amené à rechercher des structures de composition complètement différentes de celles du roman traditionnel. Toute écriture s'inscrit, comme la musique, dans un "ton" donné et un certain rythme [...] ». – Claude Simon, entretien avec Nicole Casanova, *Le Quotidien de Paris*, 30/09/1975. Pour Claude Simon, la musicalité est essentielle dans son écriture. Il dit aussi dans un entretien: « Je suis très sensible à la musique. Si je n'étais pas si vieux, j'apprendrais l'harmonie pour voir comment fonctionne, par exemple, un quatuor de Beethoven. Peut-être serait-il alors possible de composer un roman parfait ? » – Claude Simon, entretien avec A. Poirson et J.P. Goux, « Un homme traversé par le travail », *La Nouvelle Critique*, n°105, juin-juil. 1977, p.41.

purement sensorielle ». Mais cette musicalité se perd considérablement dans la traduction chinoise. Le langage de la traduction, par rapport à celui du texte original, est dispersé et perd sa tonalité, même si chaque mot correspond sémantiquement au mot français: si les mots en français créent une musicalité entre eux selon l'habile composition de l'écrivain, cette musicalité n'existe pas forcément entre leurs équivalents, c'est-à-dire ce qu'un traducteur a traduit littéralement en chinois ; si les mots en français sont un « nœud de significations » selon Claude Simon, dans leurs équivalents, ce nœud est inévitablement dénoué. La tonalité du texte simonien réside également dans une transition libre entre un langage littéraire et un langage familier. Dans certains passages on passe rapidement d'une prose poétique à un langage de soldat, un argot très familier. Mais les traductions en chinois sont en général d'un langage littéraire, ce qui aplatit aussi le texte. L'exemple dans *La Route des Flandres* est le passage sur la rencontre entre Georges, Iglésia et un groupe de paysans juste après la débâcle:

> quand nous fûmes près d'eux un des hommes dit **Foutez le camp**, leurs visages étaient sans expression, Est-ce que vous avez vu passer des cavaliers dis-je, mais la même voix répéta **Allez-vous-en Foutez le camp** (RF, p.86, je souligne.)

Lin Xiuqing traduit « Foutez le camp » par "kuaitao"(qui veut dire à peu près en français « Sauvez-vous») et « Allez-vous-en » par "zouba" (en français « Partez » ou « Allez-y ») qui sont des expressions très adoucies par rapport à celles de Claude Simon①. Ce changement entraîne le fait que dans la traduction chinoise l'hostilité des paysans français envers les soldats perdus ne se voit pas autant que dans le texte original. Un lecteur chinois comprendrait que cet homme qui demande à Georges de s'éloigner du village est de bonne foi, et négligerait qu'il a en fait peur que la présence de ces soldats français battus attire les Allemands.

Nous insistons pour dire que cette perte est moins due à l'incompétence des traducteurs – l'œuvre de Claude Simon a eu trois traducteurs chinois, qui sont des traducteurs expérimentés en langue française et réputés pour la qualité de leur travail –, qu'au fait qu'il s'agit de la traduction d'une œuvre dont la beauté ne réside pas uniquement dans sa signification, mais aussi et particulièrement dans son tissage linguistique, et que cette traduction se fait entre deux langues très différentes, dont la mise en symphonie sémiologue de chacune se distingue. Traduire Claude Simon demande donc un travail particulièrement soigneux du traducteur. Comment reproduire le souffle simonien, tout en tenant compte des particularités grammaticales et syntaxiques de la langue cible ? Les traducteurs chinois n'ont simplement pas accordé assez d'importance à la musicalité du texte simonien pour ensuite mieux les contourner dans la langue chinoise. Dans l'œuvre de Claude Simon, même la ponctuation

---

① La traduction en langue chinoise de ce passage:
"其中的一个男人说：'快逃！'他们脸上却毫无表情。我说：'你们看见一些骑兵走过去吗？'可是同一个人的声音重复说：'走吧，快走！'"（p.65）

participe au travail poétique de l'écrivain[①], mais les traducteurs chinois ont sacrifié la ponctuation originale du roman au bénéfice de la clarté du texte, sans faire des remaniements correspondants dans la traduction chinoise pour redonner aux phrases un rythme simonien.

Si l'on ne peut comprendre et déguster cette musicalité du langage simonien, l'œuvre de Claude Simon perd son charme chez les lecteurs chinois. La difficulté textuelle et le manque de critique pertinente font de Claude Simon un écrivain excessivement fastidieux, voire ennuyeux pour les critiques et chercheurs chinois qui cherchent un moyen efficace de pratiquer leur propre théorie. L'œuvre de Claude Simon qui exige, selon Ma Zhencheng, la même patience que pour déguster du « Gongfu Tea »[②] – un thé produit dans le sud de la Chine, connu pour sa préparation sophistiquée –, ne trouve pas facilement des lecteurs en Chine. En 1985, quand Isaac Bashevis Singer prend connaissance du résultat du Prix Nobel, ne sachant rien sur le lauréat en littérature, il se demande: « Ce Claude Simon, est-il un homme ou une femme ? » Cette anecdote est évoquée par le journaliste chinois Kang Kai dans son article intitulé « Keluode ximeng shige nande» (Claude Simon est un homme) publié lors de la mort de l'écrivain. La question que Kang Kai pose à la fin de l'article révèle le quasi-anonymat de Claude Simon en Chine: « Vingt ans après, quand il [Claude Simon] est décédé, avons-nous encore besoin de réitérer que Claude Simon est un

---

① « La conséquence d'une telle représentation de la ponctuation est que s'impose la création d'un nouveau système d'écriture, qui remette en cause à la fois l'organisation canonique de la phrase, quitte à déroger aux lois de la syntaxe, et l'utilisation de la ponctuation en tant qu'instrument de clarté. » - Cathrine Rannoux. Lire sur ce point les pages traitant de la ponctuation simonienne dans son ouvrage *L'Ecriture du labyrinthe. Claude Simon,* La Routes des Flandres, pp.143-166.

② Ma Zhencheng, *op.cit.*

homme ? »[①]

Du côté de la critique littéraire, depuis la fin des années 1980, les théories postmodernistes se répandent rapidement en Chine où le marché, la mondialisation et la culture populaire commencent à avoir un impact sur la littérature. Les textes de Jacques Derrida, de Fredric Jameson et de David R. Griffin[②] constituent un soutien théorique pour les chercheurs chinois. Sous l'influence des théories du postmodernisme que les chercheurs chinois viennent d'apprendre via l'Occident, les études sur le Nouveau Roman de cette époque se concentrent sur la question de la forme. La nouvelle critique des années 1980 et 1990 – par rapport à la critique conservatrice qui ne s'intéresse qu'au « contenu » de l'œuvre littéraire –, évite volontairement le contexte sociopolitique du modernisme et postmodernisme, et la dimension éthique du formalisme néo-romanesque est négligée dans les études de cette époque. C'est pour cela que Robbe-Grillet dont les textes sont plus intelligibles est souvent associé à la théorie postmoderniste et devient davantage l'objet d'études rigoureuses en Chine, tandis que Claude Simon, dont l'écriture est plus particulière –« fastidieuse » d'un côté et référentielle à l'Histoire européenne de l'autre –, apparaît comme un écrivain moins intéressant.

2. La critique sur l'Avant-garde chinoise

L'ingérence politique, la norme que constitue le réalisme

---

① Kang Kai, « Keluode Ximeng shige nande » (Claude Simon est un homme), *Zhonghua dushubao* (*Journal littéraire Zhonghua*), 13/07/2005.

② Le premier ouvrage de David R. Griffin traduit en chinois est *The Reenchantment of Science: Postmodern Proposals*, traduit par Ma Jifang sous le titre *Houxiandai kexue: kexue meili de zaixian* publié par les éditions Zhongyang bianyi chubanshe en 1995.

socialiste, ainsi que la frénésie de modernité: sous l'effet de tant de facteurs internes et externes, quel pourrait être dès lors le statut d'une œuvre qui transgresserait les limites, s'aventurerait au-delà de toute littérature reconnue, dévierait de la norme traditionnelle et se détournerait du réalisme socialiste ?

Evénement le plus important de la littérature chinoise de la fin des années 1980, l'Avant-garde chinoise est pendant longtemps l'objet de discussions. Elle provoque, dès son apparition, une répulsion chez les écrivains et critiques conservateurs. Ces derniers considèrent que les écrivains d'avant-garde sont allés trop loin dans la technique au point de s'enfermer dans une recherche exclusive de l'originalité formelle, sans exprimer plus d'émotions. Ils leur reprochent également de reprendre les principes de l'art socialiste en écrivant des textes incompréhensibles pour les masses, et cette écriture est, à leurs yeux, le signe d'une perte de sensibilité et de vitalité. Cette critique montre l'horreur de la littérature dominante face à la divagation par le langage, une horreur qui s'exprime moins au nom d'une Vérité que par le souci invétéré de la norme du réalisme socialiste. La notion de la forme et du contenu est souvent utilisée pour accuser l'Avant-garde chinoise de sa décadence et de sa gratuité. Les critiques tendent à examiner une œuvre littéraire en coupant son contenu de sa forme, et la recherche sur la technique que mènent les écrivains d'avant-garde est aussitôt considérée comme le signe du « formalisme ». Alain Robbe-Grillet a critiqué le même genre de perspective chez les critiques français en faisant allusion à un dessin satirique russe. Ainsi, les critiques chinois sont aussi à l'image de l'hippopotame du dessin qui dit, en montrant un zèbre à un autre hippopotame: « Tu vois, ça, c'est du formalisme. »[①]

En même temps, la frénésie pour la modernité dans les années 1980 fait de l'Avant-garde chinoise le symbole d'une littérature née sous l'impact de l'Occident et un terrain d'exploration pour les théories récentes occidentales, ce qui contribue aussi à une lecture déformée de ce mouvement. Wang Jing constate dans *High Culture Fever* que:

> Most of the proponents of the proposition of Chinese postmodernism circa 1988 and 1989 were graduate students and critics susceptible to theories imported from the West and eager to impose them verbatim on Chinese texts.[②]

Quand apparaît l'Avant-garde chinoise vers le milieu des années 1980, les critiques se félicitent avec enthousiasme de sa naissance, contents de voir le modernisme fleurir sur la terre chinoise. Cette frénésie de modernité donne une image trompeuse: l'Avant-garde a pu voir émerger, dès son apparition, une critique affirmative qui semble rivaliser avec la critique conservatrice, ce qui est rare pour un mouvement d'avant-garde. Autour de 1988 et 1989, certains critiques déclarent déjà avoir perçu une littérature postmoderniste dans l'Avant-garde chinoise, alors que selon Wang Jing, la Chine de cette époque n'est pas prête à entrer dans l'ère postmoderniste:

---

① Cf. Alain Robbe-Grillet, *Pour un nouveau roman*, Paris, Minuit, 1961, p.41.
② Wang Jing, *op.cit.*, p.235.

> The debate over Chinese postmodernism, which came to a halt after the 1989 crackdown, resumed in 1992 as China, with the blessing of Deng Xiaoping himself, joined the global "free" market and made a phenomenal leap into the era of the postmodernity. But in 1988 and 1989, when the debate first erupted, the material condition that would give crisis to rampant commodity fetishism was not yet ripe, and the term "postmodernism" was nothing more than an empty signifier circulated within a small circle of elites. How did the Chinese elites discover the trendy term long before the era of postmodernism dawned in China?[①]

Dès le départ, la critique « frénétique » menée par les partisans du postmodernisme chinois entre dans une impasse. Comme la critique conservatrice, cette critique a en fait, elle aussi, fait une séparation entre le « contenu » et la « forme ». Si, pendant longtemps on a pratiqué en Chine une critique qui ne se préoccupait que du « contenu » d'une œuvre littéraire, celle des critiques « frénétiques » tend vers l'autre extrême. « On a trop parlé du contenu de la littérature, il est temps de parler de sa forme. Et cela est enfin faisable sur les œuvres d'Avant-garde. » – acclamaient les pseudo-protagonistes du modernisme et du postmodernisme. Cette critique est profondément marquée par la réalité des années 1980:

> Critical discourse uniformly concentrates on the formal aspects of the new genre, ignoring the material and cultural

① *Ibid.*, pp. 234-235.

> conditions of the avant-garde fiction. This critical tendency itself deserves both a textual reading and an ideological analysis, for it refuses to make a basic judgment on the sociological content of its object of study.①

On y voit une tentative de résiliation d'un discours critiques des années 1960, mais en coupant l'Avant-garde chinoise de la réalité chinoise qui l'entoure, les critiques la considèrent comme un exercice de forme importé de l'Occident ou précipité par l'introduction de la littérature occidentale moderne et postmoderne en Chine. C'est cette négligence profonde du tournant interne de la littérature et la société chinoises qui suscite chez ces critiques un changement de camp, les faisant passer de la confirmation à la négation au début des années 1990. Quand ils découvrent, grâce à de plus en plus d'œuvres occidentales traduites en chinois, que les formes narratives (mise en abîme, fractionnement de la linéarité, entrecroisement de plusieurs narrations, défi de la rigueur syntaxique, etc.) utilisées par les écrivains d'avant-garde existaient déjà chez les écrivains occidentaux, les critiques littéraires rêvant d'un authentique modernisme national se persuadent que l'écriture d'Avant-garde ne fait que singer l'Occident. Déçus, nombreux sont les critiques pro-avant-gardistes qui rejoignent la critique conservatrice et considèrent l'œuvre d'Avant-garde comme le synonyme de « compilation » et de « complexité pour la complexité ».

Coïncidant avec une période de « restauration » suite au tumulte

① Zhang Xudong, *Chinese modernism in the Era of Reforms – Cultural Fever, Avant-garde Fiction, and the New Chinese Cinema*, Durham and London, Duke University Press, 1997, p.154.

de la fin des années 1980, cette transition entre adhésion et critique apparaît d'autant plus brutale. Si, à l'époque de la frénésie, la critique était enthousiaste, la négation en sera d'autant plus violente. Des débats sont lancés, mettant directement en cause le sens de ce mouvement: l'Avant-garde chinoise est-elle le produit des élites chinoises copiant le discours hégémonique de l'Occident ? Est-elle une forme hybride artificielle et prématurée du post-modernisme occidental greffé sur le discours littéraire chinois ? Certains critiques posent aussi la question de l'identification de l'Avant-garde chinoise à un mouvement d'avant-garde. Selon eux, la littérature chinoise n'a pas suivi le même schéma de développement que la littérature française: en Chine, ni le romantisme, ni le naturalisme ou l'existentialisme n'ont eu suffisamment de portée pour atteindre leur maturité, et le réalisme se déforme en réalisme socialiste ; dès lors, comment une littérature d'avant-garde peut-elle exister comme en Occident ?

Les articles qui posent ce genre d'interrogations sont nombreux, mais les approches et les argumentations sont souvent les mêmes. Le retournement de la critique chinoise aurait pu faire preuve d'une interrogation plus profonde qui permettrait une meilleure connaissance sur les notions de modernisme et de postmodernisme. Mais ces interrogations parfois grotesques nous paraissent bien plus périlleuses qu'inspiratrices, car elles tombent dans un certain nominalisme et adoptent une vision réifiée de la littérature, et risquent d'amener la discussion dans une durée indéterminée, de priver ce mouvement de son sens véritable.

Nous proposons de voir de plus près les problèmes de la critique de cette époque à travers un cas particulier. Dans l'article intitulé « Xianfeng, xianfeng xiaoshuo yu tongsu xiaoshuo » (Avant-garde, roman d'avant-garde et roman populaire), l'auteur donne une définition de l'avant-garde selon la théorie de Marx: « ils [les avant-gardistes] sont les pionniers de l'époque, leurs pensées présentent ou indiquent la direction du développement d'une société. »① A partir de cette définition marxiste de l'avant-garde, l'auteur affirme le caractère avant-gardiste de différents écrivains et courants dans l'histoire littéraire: les œuvres de Rabelais et de Boccace sont préconisatrices des valeurs bourgeoises qui viennent de surgir ; Maxim Gorki a révélé l'idéologie prolétarienne dans une époque précaire du capitalisme industriel ; le modernisme et le postmodernisme occidentaux sont une révolte contre l'hétérogénéité de la société moderne. Ensuite, l'auteur transplante cette évaluation schématique sur sa critique de l'Avant-garde chinoise. Il affirme que les jeunes intellectuels qui constituent la base sociale de l'Avant-garde chinoise souffrent du même malaise dont souffre leur époque, et qu'ils pressentent une urgence de changement social. Cependant, l'auteur considère que tout comme les avant-gardes occidentales, ils sont des marginaux de la société: ils ont un défaut fatal qui est leur manque d'une base sociale suffisamment solide, et *ipso facto*, ils n'ont pas la puissance nécessaire pour défier la société, et n'ont rien de comparable avec les véritables avant-gardistes, c'est-à-dire les écrivains que l'auteur de l'article évoque plus haut, et

① "他们无疑是时代的先进分子，他们的思想往往指引着或启迪着社会前进的方向。" - Ying Xiong, « Xianfeng, xianfeng xiaoshuo yu tongsu xiaoshuo » (Avant-garde, roman d'avant-garde et roman populaire), *Wenxue pinglunjia* (*Critique littéraire*), n°3, 1989, p.28.

qui ont réussi leur révolution. Selon l'auteur de l'article, le manque de base sociale est un point commun entre l'Avant-garde chinoise et les avant-gardes occidentales contemporaines, par conséquent, aucune d'entre elles n'est donc véritablement d'avant-garde: « L'avant-garde implique avant tout des pionniers, des représentants des membres ou groupes sociaux qui refusent le réel imposé et non des "pauvres solitaires" »①. D'ailleurs, l'auteur ajoute que le malaise dont souffre l'Avant-garde chinoise est moins important que celui dont souffrent les avant-gardes occidentales: « Les romans d'avant-garde occidentaux se confrontent aux problèmes de *tous les êtres humains*, et les nôtres à des problèmes *uniquement chinois*, donc notre désarroi est limité. »②

D'un côté, Ying Xiong, l'auteur de cet article, déclare donner un point de vue en s'appuyant sur la réalité chinoise, et reproche à l'Avant-garde chinoise de s'éloigner de la société ; de l'autre, il refuse de reconnaître la réalité de la société chinoise dont l'aliénation de l'Avant-garde est un signe de changement, et se réfère sans cesse à l'Occident en imposant à l'Avant-garde chinoise des paradigmes avant-gardistes idéalisés – Rabelais, Gorki qui ne se situent pas dans le même contexte historique que cette dernière. Par cette argumentation qui est en réalité contradictoire, l'auteur essaie de minimiser l'Avant-garde chinoise, de la nier, de l'amoindrir, de considérer les écrivains d'avant-garde comme des « *gitans* comiques

① "先锋首先应当被理解为先锋性的、拒绝即存现实的社会分子（集团）的思想代表，而不是先定的所谓'孤独的前卫'。" - *Ibid.*, p.28.

② "西方先锋小说面对的是人类的问题，我们的先锋小说面对的是中国人的问题，因而我们的绝望是有限的。" - *Ibid.*, p.31.

et étranges »[①].

L'auteur de cet article applique d'abord une notion réifiée d'avant-garde pour parler de l'Avant-garde chinoise. Les écrivains comme Ma Yuan, Hong Feng *vs*. Rabelais et Gorki ; l'Avant-garde chinoise *vs*. les avant-gardes occidentales tel que le Nouveau Roman français. Nous savons que l'avant-garde est une notion relative et qu'il n'y a pas d'avant-garde pour l'éternité: elle prend sa place en se distinguant de la littérature existante dominante d'une ère littéraire, mais il n'en existe pas un critère descriptif pour en arriver à dire par exemple « l'avant-garde, c'est Rabelais ». Dans ce sens, les critiques qui reprochent aux avant-gardistes chinois d'être trop ou pas assez « robbe-grilletiens » nous paraissent peu pertinentes. Une critique qui se réfère à un écrivain classique comme Rabelais et à un écrivain déjà culte en Chine comme Gorki nous paraît encore plus incongrue – rappelons que Gorki est le fondateur du réalisme socialiste auquel l'Avant-garde chinoise voudrait se substituer – pour contester le caractère avant-gardiste du mouvement chinois. La valeur de l'Avant-garde chinoise n'a rien à voir avec Robbe-Grillet ou Borges, sans parler de Rabelais ou Gorki. Tous les critiques qui s'obstinent à une telle « vue comparatiste » risquent d'occulter la valeur du mouvement « Avant-garde chinoise », car sa valeur ne se trouve que dans sa propre écriture, une écriture où les mots adoptent une forme libérale et elle-même signifiante, une écriture qui provient de ce qui se passe et prévient ce qui va se passer en Chine. Nous pouvons remarquer dans cette critique les mêmes symptômes que ceux de la

① "有趣的、怪异的吉普赛人"。- *Ibid.*, p.33.

critique du Nouveau Roman dans les années 1980, c'est-à-dire que les critiques se sont fait une notion de la littérature selon la norme de la littérature conventionnelle pour parler d'une littérature qui a échappé à toute convention.

Les argumentations de Ying Xiong concernant Rabelais manquent davantage de pertinence, puisque celui-ci ne s'inscrit pas dans la conception moderne de l'avant-garde. Peut-être les œuvres du passé telles que celles de Gorki méritent-elles le nom d'avant-garde par rapport à leur époque. Mais l'histoire de la littérature finit toujours par incorporer tout ce qui est subversif. Comme le résume Thierry de Duve, « son hétérogénéité manifeste cède devant sa continuité cumulative, et celle-ci se fonde de ce qu'une essence nommée art s'y maintient invariante au travers de ses avatars successifs. »[①]. Ainsi, que ce soit Rabelais ou Gorki, ils font tous partie des conventions littéraires dont ont hérité les écrivains qui leur ont succédé. Cet ensemble de tradition affecte la littérature à venir sous forme de jurisprudence, derrière laquelle se dissimule souvent une idéologie dominante du passé. En fait, il nous est toujours difficile de définir la littérature, comme de définir l'art, puisque dès lors qu'on lui donne une quelconque définition, on lui applique une vue statique. Il suffit de voir le nombre de théoriciens qui essaient d'en donner une définition et finissent par avouer la futilité de leur tentative. Mais le caractère indéterminable de l'art le rend paradoxalement souvent surdéterminé. Les critiques conservateurs ont toujours l'habitude de s'appuyer sur une définition de la

---

① Thierry de Duve, *Au nom de l'art. Pour une archéologie de la modernité*, Paris, Minuit (Critique), 1989, p.14.

littérature qu'ils déterminent selon un patrimoine – l'ensemble d'œuvres existantes qu'ils nomment littérature – pour voir dans l'écriture de l'Avant-garde chinoise une entreprise de déshumanisation et pour identifier sa négation à un nihilisme total. Ces critiques sont en fait des conformistes qui se reposent sur un consensus établi depuis longtemps, négligent le conflit de valeurs culturelles, et abusent de leur statut de critique littéraire pour donner leur avis. Ils répètent un baptême longtemps proféré pour parler d'une littérature qui n'en fait pas partie et profitent du consensus qui se fait autour de la littérature pour parler au nom de nous, de tout le monde, des masses, or ce *nous*, disait Thierry de Duve, est souvent « un abus et un alibi ».

L'art avant-gardiste est forcément celui qui rompt le consensus, sinon le terme n'a plus de sens. « Le mot "art" existe certes, mais quand il fait l'accord il est déjà passé. C'est quand il est en conflit qu'il fait l'histoire, quand son sens est à transformer, à détruire autant qu'à créer. »① Un écrivain chinois des années 1980 qui arrive à écrire un deuxième *Pétrel* ne peut pas être dénommé avant-gardiste, puisque ce qu'il écrit est déjà considéré comme du patrimoine littéraire selon un consensus déjà fait. Alors comment un critique littéraire peut-il décider qu'une œuvre de l'Avant-garde chinoise n'est pas de l'art d'avant-garde parce qu'elle n'a rien à voir avec *Pétrel* de Gorki ? Robbe-Grillet reproche, dès l'ouverture de *Pour un nouveau roman*, aux écrivains français des années 1950 de continuer à écrire des romans figés dans le passé:

① *Ibid.*, p.22.

> Comment l'écriture romanesque aurait-elle pu demeurer immobile, figée, lorsque tout évoluait autour d'elle – assez vite même – au cours des cent cinquante dernières années ? Flaubert écrivait le nouveau roman de 1860, Proust le nouveau roman de 1910. L'écrivain doit accepter avec orgueil de porter sa propre date, sachant qu'il n'y a pas de chef-d'œuvre dans l'éternité, mais seulement des œuvres dans l'histoire ; et qu'elles ne se suivent que dans la mesure où elles ont laissé derrière elles le passé, et annoncé l'avenir.[①]

Les critiques chinois sont ceux qui demandent aux écrivains d'écrire des chefs-d'œuvre pour l'éternité, et empêchent la naissance d'œuvres qui « laissent derrière le passé et annoncent l'avenir ». Comme disait Thierry de Duve, l'urinoir de Marcel Duchamp n'a rien à voir avec les innombrables objets qui portent le nom d'art ; de même, une œuvre littéraire peut n'avoir rien de commun avec les innombrables œuvres qui portent le nom de chef-d'œuvre, et c'est cela même qui en fait l'emblème de la littérature d'avant-garde. La littérature d'avant-garde ne peut pas avoir un modèle pour qu'une majorité admette: « ceci est de l'avant-garde ». Les avant-gardistes sont ceux qui se mettent dans un rapport de conflit avec les pratiques artistiques du passé. Le sens de l'art est toujours à créer, mais pas à répéter. Il ne se fait qu'à travers la négation du consensus. La critique des années 1980 et du début des années 1990 qui nie avec horreur

---

① Alain Robbe-Grillet, « A quoi servent les théories », in *Pour un nouveau roman*, *op.cit.*, p.10.

l'existence d'une littérature d'avant-garde en Chine, révèle en fait à quelles habitudes esthétiques obéissait leur jugement, et affirme d'autant plus qu'on a affaire à un véritable mouvement d'avant-garde.

De fait, à travers cette critique sur l'Avant-garde chinoise, c'est toute une vision de la littérature qui se dégage. Cet article représente la majorité des critiques littéraires chinois qui ont en fait consciemment hiérarchisé la littérature. D'après leurs discours critiques, on trouve dans le temple de la littérature les œuvres fondatrices répondant aux critères esthétiques et idéologiques de la Chine des années 1980 qui demeure très marquée par l'époque précédente. Parmi ces incontestables grands classiques, nous trouvons les noms de Rabelais, Boccace, Gorki, et aussi ceux de Balzac, Hugo, Zola – cette vénération est d'ailleurs confirmée par la critique du modernisme occidental, dont l'exemple est l'article sur *La Route des Flandres* cité précédemment, où les noms des grands écrivains sont régulièrement évoqués. On peut même trouver dans ce temple les œuvres du réalisme socialiste dont les valeurs commencent à être remises en cause, mais les principes restent immuables dans les années 1980: par exemple, *La Plaie* et *Le Professeur principal*, qui ont subi des critiques à cause de leur rigidité, et qui sont tout de même considérés comme des exemples de la fructueuse production de la « littérature de la nouvelle époque ». En dehors du temple, se trouvent les écrivains occidentaux qu'ils intitulent vaguement modernistes, et à l'écart, bien loin de ce lieu sacré, les avant-gardistes chinois qu'ils considèrent plus « minables » que leurs inspirateurs occidentaux.

Il n'est pas difficile de remarquer que dans cette hiérarchisation de la littérature administrée par les critiques chinois des années 1980, « l'utilité » est le critère primordial qu'ils utilisent pour mesurer les écrivains et leurs œuvres: tel écrivain a-t-il un sens de responsabilité vis-à-vis de la société ? Détient-il un rôle de porte-parole des masses ou de la classe potentielle, et appelle-t-il à travers son œuvre un engagement dans l'évolution sociale ? Le rôle des œuvres de Rabelais et de Boccace dans la libération religieuse à l'époque de la Renaissance est déjà affirmé par les historiens chinois. Balzac est considéré comme celui qui a « révélé les maux du capitalisme ». Hugo et Zola sont connus pour leur sympathie pour la classe ouvrière, et ont préparé l'entrée de la classe prolétarienne sur la scène historique. Il n'est même pas la peine de rappeler le nom de Gorki, tant son rôle a été important. Examiné selon ce critère, il n'est pas étonnant que le Nouveau Roman soit considéré comme une littérature ayant peu de valeur, « prédestinée à être éphémère ». C'est parce qu'ils sont les fidèles pratiquants de ce critère d'utilité que les chercheurs chinois, malgré leur attachement maniéré à la forme, en raison de la frénésie de modernité, s'applaudissent les uns les autres en voyant le Nouveau Roman s'éteindre progressivement dans les années 1980. De même, les romans expérimentalistes de l'Avant-garde chinoise sont considérés comme s'étant « éloignés des masses chinoises » et comme « des romans de salon ou de laboratoire ».[①] Il est clair que quand les critiques chinois identifient l'Avant-garde chinoise à une pseudo-avant-garde, c'est parce qu'ils

① Ying Xiong, « Xianfeng, xianfeng xiaoshuo yu tongsu xiaoshuo» (Avant-garde, roman d'avant-garde et roman populaire), *op.cit.*, p.32.

pensent que l'art d'avant-garde doit *servir* à quelque chose. De même, quand ils annoncent que « le modernisme ne représente pas le futur de la littérature socialiste », c'est aussi parce qu'ils pensent que la littérature vers laquelle s'engage la littérature chinoise doit être une littérature qui *serve* à quelque chose.

Ce critère d'utilité dans la critique des années 1980 est certes un résidu du réalisme socialiste. Mais, comme nous pouvons le voir à travers les études de François Jullien et celles de Zhang Yiwu, il est aussi un héritage des traditions littéraires et culturelles chinoises. Laissons de côté les milliers d'années de développement du confucianisme et son influence sur la littérature, et arrêtons-nous plutôt sur l'histoire chinoise de ces cent dernières années. La littérature chinoise depuis la fin du XIXe siècle est une littérature profondément engagée dans l'évolution sociale. Zhang Yiwu résume l'histoire chinoise pendant cette période comme une poursuite de mythes[①]. Selon lui, le Mouvement des Affaires occidentales (*Yangwu yundong*)[②] peut être considéré comme une poursuite du mythe de la technique ; la Réforme des Cent Jours (*Wuxu bianfa*)[③] comme celle du mythe de la politique ; le Mouvement du 4 mai comme celle du

① « Dangdai xianfeng xiaoshuo de mingyun ji qi weilai: Lü Xin, Bei Cun zuojia zuopin yantaohui zongshu » (Le Destin et l'avenir des romans d'avant-garde contemporains: compte rendu du colloque sur les œuvres de Lü Xin et de Bei Cun), *Xiaoshuo pinglun* (*Critiques sur le roman*), n°5,1993, p.11.

② Le Mouvement des Affaires occidentales (*Yangwu yundong*) (1861-1895) est un mouvement de réformes dans les domaines techniques et militaires initié par les réformistes pro-occidentaux de la dynastie des Qing. Il est suivi d'une série de défaites militaires et de concessions aux pouvoirs étrangers.

③ La Réforme des Cent Jours (*Wuxu bianfa*) est un mouvement de réforme de 104 jours, avorté, qui touche les domaines de la nation, de la culture, de l'éducation et de la politique. Ce mouvement a lieu du 11 juin au 21 septembre 1898, et il est initié par le jeune empereur Guangxu et ses conseillers réformistes menés par Kang Youwei. Ce mouvement de courte durée se termine par *Wuxu zhengbian* (Coup d'Etat de 1898) conduit par les puissants opposants conservateurs menés par l'impératrice douairière Cixi.

mythe de la science ; de 1927 à 1976 comme celle du mythe de l'idéologie ; et enfin de 1977 à 1989 comme celle du mythe de la culture. Tout au long de cette période d'une centaine d'années marquée par une oscillation entre *le sauver* et *l'instruire*, il importe peu de savoir si c'est *le sauver* qui l'emporte sur *l'instruire* ou vice-versa, la littérature reste liée soit au thème grandiose du destin de la nation, soit à un projet d'émancipation contre le féodalisme, le capitalisme, l'impérialisme, le barbarisme ou le totalitarisme. L'utilité reste la finalité immuable de la littérature, et joue chaque fois un rôle décisif dans la constitution d'une écriture dogmatique.

L' « inutilité » devient alors l'un des signes d'une nouvelle littérature qui rompt avec la tradition. L'écriture d'un écrivain comme Wang Meng, qui faisait partie de la « littérature de réflexion », témoigne déjà de l'influence du modernisme occidental. Le flux de conscience que les critiques chinois considèrent comme l'une des caractéristiques du modernisme occupe aussi une place très importante dans son œuvre [①]. Certains critiques le considèrent comme faisant réellement partie des écrivains modernistes chinois. Malgré la présence de cette technique du modernisme, l'œuvre de Wang Meng tente toujours de faire passer des messages et d'établir une orientation morale et idéologique. Nous avons déjà illustré plus haut cet attachement sociopolitique dans son *Salut bolchevique* (voir *infra*, p. 31). Nous pouvons dire que jusqu'au début des années 1980, la littérature chinoise contemporaine n'est pas encore sortie de son complexe d'utilité, et il nous est impossible de considérer Wang

① Voir au sujet du flux de conscience et l'écriture de Wang Meng la thèse de Françoise Naour: *Le Courant de conscience dans la littérature romanesque chinoise contemporaine: le cas de Wang Meng (1978-1980)*, Université de Lille III, 2000.

Meng comme un écrivain véritablement moderniste. Il faut bien un « acte acéphale » au sens bataillien du terme pour qu'une véritable nouvelle littérature naisse au sein de cette forteresse que constitue l'héritage littéraire. Et l'Avant-garde chinoise, est-elle cette littérature qu'on réclame sans cesse ? Peut-être faut-il la réexaminer sous une autre perspective que celle des années 1980 ?

Chapitre III. La rupture

La critique des années 1980 adopte une vision réifiée sur la littérature, et continue à employer des dogmes d'autrefois qui sont immuables. Pourtant, au sein de cet ensemble que des critiques nomment arbitrairement « littérature de nouvelle époque », quelque chose de véritablement nouveau est né, que la littérature existante et l'ancien discours critique n'arrivent plus à couvrir. Après avoir examiné la réception de la littérature d'avant-garde dans les années 1980 et avoir apporté des éclaircissements sur certaines notions, nous pouvons voir que le mouvement « Avant-garde chinoise » dont fait partie Yu Hua représente une littérature de rupture. Il semble que cette nouvelle littérature s'échappe du paradoxe historique entre « sauver » et « instruire » qui caractérise la littérature chinoise. Elle ne sert ni à traduire l'orientation politique des autorités, ni à faire passer les messages de grandes causes éducatives ou émancipatrices, ne s'intéressant qu'à sa propre narration. Elle rompt l'obsession fanatique d'une recherche de vérité historique dans la littérature chinoise contemporaine, qui a, comme on a vu, son origine dans la conception traditionnelle de la littérature. Mais l'affirmation de cette rupture pourrait-elle être une raison pour dire définitivement que ce genre d'œuvres se détourne de l'Histoire ?

1. L'autre

Comme le Nouveau Roman, l'Avant-garde chinoise[①] ne forme pas un groupe au sens véritable du terme. Tout d'abord intitulée *nouveau roman* (*xinxiaoshuo*) – tout comme l'autre mouvement d'avant-garde en France –, ensuite *roman de la nouvelle vague* (*xinchao xiaoshuo*), ou *roman expérimental* (*shiyan xiaoshuo*), l'appellation *roman d'avant-garde* (*xianfeng xiaoshuo*) n'apparaît qu'à la fin des années 1980. Chez différents critiques, le cortège d'écrivains chinois d'avant-garde n'est pas toujours le même. Pendant son âge d'or, cette appellation plus ou moins généraliste inclut tous les jeunes écrivains chinois dont l'écriture manifeste une divergence remarquable, et qui sont réunis par la même tentative d'échapper à des règles convenues. Parmi les plus représentatifs, nous remarquons les noms de Bei Cun, Can Xue, Ge Fei, Hong Feng, Ma Yuan, Mo Yan, Su Tong, Sun Ganlu et Yu Hua. Les propos de Robbe-Grillet révèlent le caractère aléatoire de la configuration de la notion d'avant-garde:

> Le mot « avant-garde », par exemple, malgré son air d'impartialité, sert le plus souvent pour se débarrasser - comme d'un haussement d'épaules - de toute œuvre

① Dans les années 1970 et 1980, le mot « avant-garde » est régulièrement employé pour désigner un art du style nouveau. Il y avait le mouvement « la peinture d'avant-garde » représenté par l'exposition *Xingxing huazhan* (Exposition de peinture « Les Etoiles »), le mouvement « les poèmes d'avant-garde » animé par la revue *Jintian* (*Aujourd'hui*) et le mouvement « les romans d'avant-garde » qui est l'objet de notre présente discussion. Aujourd'hui le terme « Avant-garde chinoise » (*xianfengpai*) est généralement utilisé pour désigner le troisième mouvement qui a eu le plus d'influence sur la littérature chinoise contemporaine.

> risquant de donner mauvaise conscience à la littérature de grande consommation. Dès qu'un écrivain renonce aux formules usées pour tenter de forger sa propre écriture, il se voit aussitôt coller l'étiquette: « avant-garde ». ①

Effectivement, le mot « avant-garde » est souvent employé par les critiques pour désigner toutes les œuvres qui dévient de la littérature conventionnelle, tandis qu'en réalité, les écrivains regroupés subitement sous ce drapeau sont souvent marqués par leur propre particularité. Pourtant, comme disait Robbe-Grillet à propos de la différence entre l'écriture de Claude Simon et la sienne: « Quel intérêt y aurait-il à ce que nous écrivions tous les deux, si nous écrivions la même chose ? »②. La diversité et la divergence n'affectent point la notion d'avant-garde ni son pouvoir, et ne signifient pas non plus l'épuisement du concept d'avant-garde. Les écrivains de l'Avant-garde chinoise s'épanouissent dans des directions divergentes, préférant le développement de la différence individuelle à la volonté de souscrire au projet unificateur. C'est par là même qu'on voit la dynamique de ces jeunes écrivains, et cette vague avant-gardiste chinoise nous paraît d'autant plus polyphonique et puissante.

L'Avant-garde chinoise, c'est un mouvement plutôt que des pratiques artistiques individuelles. Ce mouvement est la transformation du désir de ces rebelles de devenir un jour hégémoniques dans le « champ littéraire », de substituer les conventions du passé par les leurs, et de réaliser un projet littéraire

---

① Alain Robbe-Grillet, *Pour un nouveau roman*, *op.cit.*, pp. 25-26.
② *Ibid.*, p.114.

qu'ils ne savent pas définir eux-mêmes. Devenir avant-gardiste, c'est être convoqué par ce projet qui nécessite de se grouper afin d'être plus forts, de pouvoir finalement défier celui qui est « au pouvoir ». Comme dans beaucoup de pays communistes, en Chine les écrivains se réjouissent d'un statut particulier dans la société. « La gestion des affaires artistiques entre 1949 et 1966 se fait sous un système semblable à celui des fonctionnaires. La plupart des artistes sont regroupés dans ce système unifié. Les écrivains ont deux statuts en même temps, à la fois écrivains et fonctionnaires d'Etat. Les unions d'artistes et les associations d'écrivains organisent pour leurs membres des études de discours politiques, des visites à la campagne et dans les usines, ainsi que des séances de refontes idéologiques. »[①] Après avoir été combattus pendant la Révolution culturelle, les intellectuels retrouvent leur statut dans la société des années 1980. Wu Liang, fameux critique d'avant-garde dans les années 1980, se souvient qu'à l'époque un article de cinq mille signes chinois pouvait lui rapporter ce qu'il gagnait en un mois comme ouvrier dans une usine d'état à Shanghai[②]. Parmi les écrivains d'avant-garde, beaucoup le sont devenus pour des raisons pragmatiques. Pour des jeunes provinciaux, anonymes ou réprimés par leur classe, au début profanes en écriture, écrire est le moyen de monter à Beijing, pour profiter des conditions avantageuses que procure le statut

---

① "建国后'十七年'的文艺管理体制，基本上是一种机关化的管理模式。文艺工作者大多被纳入到统一的体制中，他们同时身兼二任，既是作家又是政府工作人员。文联与作协负责组织他们进行政治学习、深入生活和思想改造。" - Wu Xinjun, « Yishixingtai jiegou yu zhongguo dangdai wenxue » (La structure idéologique et la littérature chinoise contemporaine), *Henan daxue xuebao* (*Bulletin d'études de l'Université du Henan*), n°2, mars 2008, p.23.

② Cf. Wu Liang, « Bashi niandai suoji » (Souvenirs des années 1980), *Shucheng* (*Book Town*), n° 8, 2006.

d'« écrivain du peuple »[1]. Ce qui nous fait penser à l'étymologie que Thierry de Duve cite dans *Au nom de l'art*, qui illustre, malgré son manque d'exactitude reconnu par l'auteur même, cette transformation entre le dedans et le dehors, l'arrière et l'avant. Nous aimerions l'appliquer à l'Avant-garde chinoise: « Profane vient du latin *pro-fanum*, "devenir le temple", et prophète, du grec *pro-phèmi*, "parler en avant". Pour que le premier dérive du second, il faudrait établir que *fanum* provient de *fari*, "parler". »[2]

En dehors des raisons psychologiques, ce qui réunit véritablement ces jeunes écrivains touche à l'aspect esthétique. Les écrivains dont les noms sont associés au mouvement d'Avant-garde chinoise sont nombreux, et leur style se distingue, mais ils sont tous des rebelles dont les conceptions littéraires dérivent de la littérature conventionnelle. « Qui parle autrement que tout le monde risque de ne pas plaire à tous ; mieux, de passer pour obscur aux yeux de beaucoup. » – disait Mallarmé. Et quand on examine l'histoire « familiale » des mouvements d'avant-garde, nous remarquons aisément qu'ils ont tous subi de mauvaises critiques. Il n'est pas difficile de comprendre que le consensus autour de l'avant-garde est toujours minoritaire, sans quoi il n'est plus d'avant-garde. Il n'y a qu'un avant-gardiste qui puisse comprendre l'autre. Il n'y a qu'au sein d'un mouvement d'avant-garde – et pourtant, dire que tous les avant-gardistes se comprennent est arbitraire – que leur pratique artistique est compréhensible, communicable et partageable.

① Avant de devenir écrivain, Ma Yuan était agriculteur, Xu Xing travaillait dans un restaurant, Mo Yan a pris la plume pour ne plus connaître la famine, tandis que Yu Hua qui était dentiste, enviait les écrivains de sa ville natale qui pouvaient gagner plus que lui, aussi facilement.

② Thierry de Duve, *Au nom de l'art*, *op.cit.*, p.144.

L'Avant-garde représente une étrangeté dans la littérature chinoise. Elle résiste à la norme imposée, la double, la corrompt, et la dépasse. Ceux qui connaissent la littérature chinoise des années 1980 se souviennent de la mauvaise critique en 1987 visant le petit roman de Mo Yan intitulé *Huanle* (*La Joie*)[①]: « Les gens de différentes positions sociales et de différentes ligues politiques sont réunis par la même colère. Ils pointent leur doigt (certains ont même élevé leur poing) sur cette fiction de moins de soixante-dix mille signes chinois. »[②] C'est Yu Hua, bien que ce soit huit ans après la publication du roman, qui est le premier à défendre son camarade, et révèle en quelques lignes la véritable raison de cette accusation aveugle. Dans son article « Shei shi women gongtong de muqin » (Qui est la mère pour nous tous ?), Yu Hua précise:

> Cette critique de *La Joie* cible d'abord son aspect narratif. Selon les critiques, *La Joie* a offensé la linéarité et la fluidité de la narration. Dans ce roman, la narration perd souvent son sens d'orientation, ce qui est insupportable pour les lecteurs. [...] Mais c'est la description audacieuse sur la mère qui les a véritablement mis en colère. Ils sont persuadés que Mo Yan a profané l'image de la mère dans la littérature.[③]

---

① Mo Yan, *La Joie*, traduit du chinois par Marie Laureillard, Arles, Philippe Picquier, 2007.

② "立场不同的人和观点不同的人都被攻击团结到了一起，他们伸出手（有些人伸出了拳头）愤怒地指向了一部不到七万字的虚构作品。" – Yu Hua, « Shei shi women gongtong de muqin » (Qui est la mère pour nous tous ?), in *Meiyou yitiao daolu shi chongfude*, (*On ne reprend jamais le même chemin*), Shanghai, Shanghai wenyi chubanshe, 2004, p.145.

③ "对《欢乐》的拒绝首先是来自叙述上的，《欢乐》冒犯的是叙述的连续性和流动性，叙述在《欢乐》里时常迷失了方向，这是一个读者所不能忍受的。[……]另一方面，《欢乐》的叙述者对事物赤裸裸的描叙，可以说是真正激怒了阅读者。（……）乱箭齐发者认为莫言亵渎了母亲（……）。" – *Ibid.* pp.146-147.

La véritable raison de la mauvaise critique reçue par Mo Yan est qu'il propose un style et une esthétique qui contredisent radicalement les conventions littéraires dans les années 1980. Le dissentiment sur la question de la linéarité et sur celle de la beauté est né de la divergence entre deux conceptions de la littérature. La linéarité est le symbole de l'art comme perfection, elle est considérée comme intouchable dans le réalisme socialiste qui s'attache à montrer un « progressisme » à travers la narration, tandis que la question de la beauté est encore plus sensible dans le contexte littéraire de l'époque. L'exaltation de la beauté est une caractéristique de la littérature des années 1970 et 1980. Face aux désordres provoqués par la Révolution culturelle, les intellectuels chinois tentent de tout rejuger en divisant le monde en noir et blanc. « La vilenie est le passeport du vil ; la noblesse est l'épitaphe du noble. »① – la division de Bei Dao② est nette. Dans la littérature se développe alors une tendance à exalter la « beauté » et rabaisser la « laideur ». Par exemple, pour l'écrivain Wang Zengqi, un écrivain doit apprendre au lecteur à apprécier le beau:

> Je pense que l'écrivain a pour devoir de donner un sentiment de joie au lecteur, de lui faire sentir qu'il fait bon vivre, que la vie est belle, poétique, et qu'on peut l'apprécier au même titre qu'une œuvre d'art. [...] Le

---

① "卑鄙是卑鄙者的通行证，崇高是崇高者的墓志铭。" – Extrait d'un poème intitulé *Huida* (*Réponse*) de Bei Dao écrit en 1976.

② Bei Dao (1949-), est un écrivain et poète chinois, fondateur du mouvement littéraire « poème obscur ». A la fin des années 70, il apparaît dans ses œuvres romanesques et dans ses poèmes comme le porte-parole de cette génération qui a été sacrifiée pendant la Révolution culturelle.

> roman a pour fonction de rendre ce monde plus poétique et d'améliorer la formation culturelle de l'homme.[①]

Wang Zengqi est sans doute un contestataire du réalisme socialiste. Il insiste sur le fait que la littérature sert uniquement à véhiculer un message esthétique, et non un message politique. Pourtant, même s'il partage l'idée que la littérature n'est pas un outil politique, Wang Zengqi croit au rôle éducatif de la littérature. D'après lui, ce rôle se joue en suivant le schéma suivant: l'écrivain doit se consacrer à la recherche du beau et décrire tout ce qui est beau dans le monde, et apprendre ensuite aux lecteurs à apprécier cette beauté. Ce rôle éducatif de la littérature proposé par Wang Zengqi, qui déclare ne s'occuper que de l'aspect esthétique, ne se distingue guère du rôle éducatif traditionnel de la littérature, que ce soit dans la littérature classique, moderne ou contemporaine. Elles imposent toutes d'une façon autoritaire ce qui est bien et ce qui est beau. Voici la définition de la beauté que Wang Zengqi voudrait faire accepter par les lecteurs: « La beauté est avant tout beauté spirituelle, beauté du caractère, beauté de la nature humaine. [...] Ensuite, la beauté physique de l'homme. »[②] La notion de beauté chez Wang Zengqi est totalitaire et exclusive, comme si rien d'autre n'était beau, comme si l'homme n'avait que cette nature « bonne », comme s'il n'y avait plus rien d'autre qui mérite d'être écrit. Wang Zengqi critique aussi le mauvais goût chez certains écrivains – ce qui est

---

① Wang Zengqi, « La création du romanesque et l'appréciation du beau », traduit par Shi Kangqian, in Annie Curien, *Lettres en Chine. Rencontre entre romanciers chinois et français*, recueil coordonné par Annie Curien, Paris, Bleu de Chine, 1996, p.24.

② *Ibid.*, p.25.

probablement une allusion à Mo Yan et d'autres écrivains d'avant-garde: « Il y a quelques années, pris d'un vif intérêt pour dépeindre sans la moindre retenue tout ce qui est laid, de jeunes romanciers ont lancé un slogan bizarre venu d'on ne sait où: "apprécier la laideur". Cela me dépasse. »[①] L'esthétique de Wang Zengqi nous fait sans cesse penser à l'esthétique prolétarienne qui est aussi rigide et totalitaire, selon laquelle notre regard ne peut se porter que sur un monde achevé, ordonné et régulé. D'ailleurs, la conception de la beauté est en fait toujours liée à autre chose: pour arriver à dire ce qui est beau et ce qui est laid, il faut recourir à des normes ; et on finit par tomber sur les notions de vertu et de politique.

Mo Yan brise la conception de la beauté totalitaire et exclusive des années 1980. Ce qui est laid aux yeux d'un écrivain tel que Wang Zengqi peut être beau aux yeux de Mo Yan. En fait, chez ce dernier, il n'y a plus de division entre le beau et le laid, tout est au même niveau, tout mérite l'attention de l'écrivain. Il est évident que l'image de la mère dans l'œuvre de Mo Yan n'a rien à voir avec celle de l'art prolétarien. Pensons aux statues qu'on trouve dans les pays communistes et qui représentent une figure féminine qui incarne à la fois notre mère biologique et le pays, ne sont-elles pas toutes pareilles, moulées selon une définition de la beauté purifiée, figée et univoque ? Yu Hua souligne la contestation que fait Mo Yan de la division artificielle entre le beau et le laid: il trouve que la mère telle que Mo Yan la décrit dans son roman, avec « son ventre pourpre, son nombril plein de crasse, ses seins comme des ballons dégonflés, son

---

① *Ibid.*

cou maigre et son menton aigu », est plus proche de la mère qui se sacrifie pour nous élever ; le roman de Mo Yan exprime la tentation de « chanter d'une voix douloureuse la douleur de notre mère », et toute la singularité de l'écriture de Mo Yan est justifiée par cette tentation de s'approcher le plus possible d'une mère réelle. Yu Hua sous-entend que nous n'avons pas à embellir notre mère pour l'aimer ni à embellir notre manière de l'aimer ; nous n'avons pas non plus à embellir le réel pour nous donner une définition de la beauté qui est elle-même embellie.

Or, cette nouvelle conception de la beauté provoque l'horreur des milieux littéraires chinois des années 1980 qui s'attachent à en faire une définition précise, et qui s'inquiètent du désordre que pourrait provoquer une œuvre qui s'intéresse à la « laideur ». A partir de l'Avant-garde chinoise, un véritable dissensus naît au sein de la littérature chinoise: « Une même chose a suscité deux voix, celle d'*ils* qui répriment *La Joie* et celle de *moi*, ou de *nous*, qui en suis ou en sommes ému(s) »①. Le titre de l'article de Yu Hua révèle l'effritement du consensus et l'impossibilité de la disparition du dissensus: cette mère qui pourrait être la nôtre, à nous tous, existe-t-elle encore ? Et ce *nous*, que représente-t-il ? L'article de Yu Hua fait entendre que cette mère n'existe plus nulle part, et il n'y a plus de *nous* pour représenter une masse homogène: désormais le

① "同一个事物产生了两种截然不同的声音，指责《欢乐》的他们和被《欢乐》感动的我，或者说我们。" – Yu Hua, « Shei shi women gongtong de muqin » (Qui est la mère pour nous tous ?), *op.cit.*, p.147.

monde est divisé entre *ils* et *nous*[①].

A la question « Qu'est-ce que c'est l'art ? », qui est récurrente jusqu'à devenir banale dans l'histoire de l'art moderne, nous entendons les réponses des théoriciens qui nous proposent, les uns comme les autres, une définition de l'art tautologique et empirique. « Un objet d'art, par définition, est un objet reconnu comme tel par un groupe. »[②] – disait ainsi Marcel Mauss. Et Richard Wollheim déclare aussi « What is art ? Art is the sum or totality of works of art. »[③].

---

① 1985 est une année mémorable dans l'histoire contemporaine de la littérature chinoise. Ma Yuan, après *Lasahe de nüshen* (*La Déesse de la rivière Lhassa*) en 1984, publie *Gangdisi de youhuo* (*La Tentation du Mont Gangdise*). En cette même année sont publiés *Ni biewu xuanze* (*Tu n'as pas de choix*) de Xu Xing et *Wuzhuti bianzou* (*Variation sans thème*) de Liu Suola, œuvres qui préludent au mouvement d'Avant-garde chinoise et enthousiasment aussitôt les jeunes intellectuels. A cette époque, les œuvres de l'Avant-garde chinoise sont publiées essentiellement dans les revues littéraires. *Beijing wenxue* (*Littérature de Beijing*) dans le nord, *Zhongshan* (*Mont du clocher*) et *Shanghai wenxue* (*Littérature de Shanghai*) dans le sud. Ces revues regroupent autour d'elles des jeunes écrivains et des jeunes critiques. Wu Liang en parle dans « Une mémoire des années 1980 », qui nous montre une image de la fonction promotionnelle des « réunions de plume » pour la création et la critique littéraires – voir ses deux articles dans *Shucheng* (*Book Town*), n°8 et n°9, 2006. Une convergence sur la littérature réunit ces jeunes auteurs et critiques. Le titre d'un article de Wu Liang est témoin de cette période: « Lun quanzi wenxue he quanzi piping » (A propos de "littérature et critique sectaires").

Parmi les critiques littéraires des années 1980, ceux qui rappellent sans cesse le contenu social de la littérature jouent le rôle de gardiens de la littérature existante, tandis que ceux qui ne se préoccupent que de l'authenticité de la forme sont des nominalistes et pseudo-modernistes. Pourtant, la critique littéraire chinoise de la fin des années 1980 fait un effort pour créer un pluralisme indépendant, remplaçant le centralisme qui vient du dogme du réalisme socialiste. Le mouvement « Avant-garde chinoise » ouvre effectivement une possibilité d'interprétation pour les jeunes critiques chinois qui ont saisi les codes intellectuels de ce mouvement, et qui à leur tour, vont lui donner une vision plus pertinente que les deux catégories de critiques qu'on a caractérisées plus haut. Au point d'être lassé de la critique extravagante partagée entre le conservatisme socialement orienté et la frénésie de la modernité, notre regard est retenu par une critique minoritaire animée par quelques jeunes critiques chinois: certains, pro-avant-gardistes, sont, comme des écrivains d'Avant-garde, des jeunes qui n'ont pas eu de formation académique, tels que Wu Liang et Cheng Depei, ce qui les amène à ignorer la critique sociopolitique pratiquée par la littérature dominante, et à donner une interprétation tout à fait originale aux œuvres d'avant-garde. Certains, comme Dai Jinhua et Zhang Yiwu, formés par les universités les plus prestigieuses chinoises, parviennent à se libérer de la frénésie de la modernité et à pratiquer habilement les théories occidentales dans la critique littéraire chinoise. Leur critique, même vue d'aujourd'hui, se fait remarquer par la lucidité et la pertinence.

② Marcel Mauss, *Manuel d'ethnographie*, Payot, Paris, 1971, p.89. Repris à partir de Thierry de Duve, *Au nom de l'art*, p.10.

③ Richard Wollheim, *Art and its objects*, Harper & Row, New York, 1968, p.1. Repris à partir de Thierry de Duve, *Au nom de l'art*, p.15.

Ces deux définitions révèlent l'une comme l'autre la puissance de la jurisprudence qui est l'autre nom que porte la tradition: l'art est en fait l'ensemble de ce qui est *déjà* reconnu comme art ; une définition de l'art ne peut être donnée que dans une définition de l'art déjà faite. Les avant-gardistes sont ceux qui se situent à l'extérieur de cette jurisprudence. Ils nomment art un « objet » qui n'est pas reconnu comme art par les autres. En écrivant ou en défendant une œuvre telle que *La Joie*, Mo Yan et Yu Hua font une littérature jugée non-littéraire par les autres. « Ils se trouvent de l'autre côté du canyon. » ① – disait ainsi Dai Jinhua. Chez les écrivains d'Avant-garde chinoise, la littérature est dès lors « tout ce que *nous* nommons littérature » – ce « nous » n'est pas le « nous » qui existait pour désigner une masse homogène, mais le « nous » qui est le contraire d' « ils ».

« L'anti-art est le sens absolu et la vraie dignité de l'art pour l'art, et l'abandon brutal de toutes les conventions formelles de l'art fait le purisme absolu de la forme signifiante. »② Un style est détruit pour en faire place à un autre, le devenir-art brise le consensus et propose de nouvelles possibilités par la négation des conventions artistiques. Par un geste de dissension, la littérature devient l'équivalent de l'indécidabilité, de l'ouverture et de l'indétermination. Par leur écriture provocatrice, les écrivains d'Avant-garde chinoise font de la littérature une affaire autonome qui se fonde elle-même, se nomme elle-même et trouve sa justification en elle-même. C'est par son aliénation et la mauvaise critique qu'elle subit que l'Avant-garde

---

① Dai Jinhua, « Liegu de lingyi cepan – chudu Yuhua» (De l'autre côté du canyon – ma première lecture de Yu Hua), *Beijing wenxue* (*Littérature de Beijing*), n°7 1989.

② Thierry de Duve, *Au nom de l'art*, *op.cit.*, p.17.

chinoise fait table rase.

2. Le retrait

L'Avant-garde chinoise est inévitablement et même, nécessairement, réprouvée pour sa « difformité » et son « étrangeté ». Dans la Chine des années 1980, les valeurs auxquelles on croyait depuis longtemps commencent à être remises en question. Le changement historique offre des conditions propices à une nouvelle littérature. La génération de l'Avant-garde est celle qui voit rompre les derniers liens qui l'attachaient au glorieux passé maoïste. Les écrivains d'Avant-garde chinoise tentent d'écrire une littérature contre l'aplatissement unidimensionnel de la littérature « affirmative », ils brisent l'influence de la tradition littéraire chinoise et prennent un nouveau départ dans lequel la littérature se ressource en elle-même, « neu[ve] et nu[e] comme au premier jour ». Cette tentative se traduit aussi par un refus de s'engager dans la vie sociale.

Dès la « quête des racines » (*xungen wenxue*), courant littéraire du milieu des années 1980, la littérature chinoise manifeste déjà les prémices d'une littérature d'avant-garde. Ce courant, dans lequel nous pouvons trouver des concepts littéraires que l'Avant-garde chinoise va développer par la suite, apparaît comme une réaction discrète à la « littérature de cicatrice » et son cortège.

C'est à partir de la « quête des racines » que le concept selon lequel « la littérature doit intervenir dans la vie » est réellement contesté. Ce courant témoigne des tentatives de la littérature chinoise de s'émanciper d'une tutelle politique et est révélateur d'un changement de conscience chez les écrivains. De la « littérature de cicatrice » à la « littérature des racines », nous remarquons une tendance au « retrait » et à l'« obscurité » dans la création littéraire. L'écriture des écrivains de la « cicatrice » est sans détour. Elle porte directement sur la société chinoise et ses hommes qui restent encore agités par l'événement historique. Elle écrit sur le présent et se place parmi les discours littéraires dominants de son époque, tandis que les partisans des « racines » s'intéressent au fabuleux et au lointain, et se plongent dans une Chine périphérique et archaïque loin de la civilisation moderne. Selon eux, le lien entre la Chine traditionnelle et ceux qui ont survécu à la Révolution culturelle a été coupé par l'Histoire. Puisque les valeurs traditionnelles ont été chassées d'« ici », lieu de tous les mouvements humains, il faut partir ailleurs dans un temps éternel afin de retrouver les racines de la nation chinoise et pour que le passé puisse rejoindre le présent. Chez l'écrivain A Cheng, une aspiration vers la vie spirituelle devient le fondement de sa création littéraire. Le jeu d'échecs et la méditation propre à la pensée taoïste ont pour le héros de *Qiwang* (*Roi des échecs*)[①] un effet thérapeutique qui lui permet de faire abstraction de l'agitation sociale qui l'entoure. Le culte de Mao et les « révoltes » des Gardes rouges ne peuvent provoquer aucun effet sur lui. Lors d'une rencontre entre des écrivains chinois et français, Michel Butor, s'exprimant à propos des œuvres des écrivains chinois contemporains, estime que, même si celles-ci sont des récits « réalistes »:

---

① A Cheng, « Le roi des échecs », in *Les Trois rois*, traduit par Noël Dutrait, éditions de l'Aube, La Tour d'Aigues, 1994.

> […] il ne s'agit plus du tout d'une conformité à quelque vérité dictée ou même simplement connue d'avance. L'essentiel est dans la "présence" ; celle du rêve ou de la légende venant rehausser, sauver le quotidien perdu, enfoui sous tant de mensonges et de mutisme.[①]

C'est aussi la puissance imaginaire de leurs œuvres qui épargne les écrivains de la « quête des racines » d'être des « régionalistes » ou des « nationalistes », ce que certains critiques leur reprochent, alors que ce qu'ils décrivent n'est pas un monde réel, mais celui de l'imaginaire.

Du « dire » de la « cicatrice » au « non dire » des « racines », l'écriture sur l'histoire récente chinoise devient plus opaque. Comme leurs contemporains, les écrivains des « racines » ont sans doute réfléchi à la question de savoir comment parler de l'Histoire. Ils se rendent compte que l'écriture dénonciatrice ne fait qu'effleurer la surface de ce passé. S'ils n'arrivent pas à trouver d'autres moyens d'en parler ou si c'est impossible, ils versent dans un autre extrême: se taire, ou plutôt parler d'autres choses – des minorités ethniques, des régions rurales et montagneuses, des pensées et croyances archaïques ou chamaniques, où subsistent encore les fragments disparates d'un univers oublié. Cette démarche littéraire qui consiste à tendre vers des abstractions d'ordre philosophique ou vers une relation esthétique avec la nature est une façon de refuser l'engagement sociopolitique proposé par les autorités. Leur retrait et

---

① Michel Butor, « Mémoire et forme », in Annie Curien (dir.), *Lettres en Chine – Rencontre entre romanciers chinois et français*, *op.cit.*, p.143.

leur retour à l'ancien sont une réponse au slogan « le nouveau remplacera l'ancien » de l'époque. Encore en voit-on une autre dimension, celle de la mémoire, dans la revendication d'une tradition reconstituée de « l'école des racines ». Si l'on dit que l'Histoire est un spectre, alors l'écriture de la « quête des racines » est un geste de « dé-spectralisation ». Elle tente de chasser du présent l'autorité tyrannique de la mémoire récente, de lui substituer une mémoire archaïque antérieure à l'« Evénement ». Revenir à l'ancien, l'insérer dans le présent, cela a pour objectif de faire continuer l'ancien dans le présent, et réparer ainsi la fissure entre les temps.

Mo Yan a commencé à écrire en étant membre du courant « quête des racines ». Dans *Honggaoliang jiazu* (*Le Clan du sorgho*)[1], son narrateur est absorbé par les « souvenirs » grotesques de ses « grands-parents ». A travers cette ivresse pour la vie glorieuse des aïeux, Mo Yan tente d'écrire une histoire personnelle, familiale et « intime », différente de l'Histoire officielle. Ce roman est un éloge de l'insouciance des contraintes sociales et culturelles, ainsi que de l'inclination à l'amour sexuel. Il ne s'intéresse plus à démontrer la naissance de l'Histoire. La conception de l'intrigue subordonnée à la narration événementielle est remplacée par la sensation et l'expérience individuelles. Les héros de Mo Yan vivent hors normes, suivent leurs inclinations et réagissent en accord avec leurs instincts. Le contexte historique – l'invasion de l'armée japonaise –, semble n'avoir pour but que de permettre la mise en scène de son épopée familiale. Le choix de l'auteur de situer cette histoire de résistance

---

① Mo Yan, *Le Clan du sorgho*, traduit par Pascale Guinot et Sylvie Gentil, Actes Sud, Arles, 1990.

anti-japonaise dans un contexte historique antérieur à l'arrivée des armées communistes, et d'attribuer à « mon grand-père », héros résistant, une identité de bandit, lui permet de faire abstraction d'une page historique, et occulte l'assistance des communistes dans cette guerre. Dans ce roman, le grandiose du passé lointain (l'époque de « mes grands-parents ») et l'absence du passé récent (l'époque de « mes parents ») sont parallèles à une minimalisation du présent (« mon » époque): la médiocrité et la lâcheté de « moi » le descendant, face à « mes grands-parents » qui « vivaient par intuition ».

Cette démarche qui consiste à parler du passé proche et du présent à travers le passé et le lointain est particulièrement explicite chez un auteur comme Han Shaogong. Son petit roman *Bababa* (*Papapa*)[①] est un véritable mythe moderne. Le nihilisme envers la culture traditionnelle qu'il fait paraître dans ce récit dépasse le populisme qu'on critique souvent chez les écrivains de « l'école des racines ». Par là, Han Shaogong annonce l'échec inévitable du projet salvateur des intellectuels comme Li Zehou, puisque, selon lui, l'état primordial de bonté de l'homme n'existe nulle part. Il faut aussi noter que la mémoire de la Révolution culturelle est vraiment une source importante dans ce récit qui progresse inéluctablement vers un massacre et un génocide suicidaire. L'Histoire chez Han Shaogong n'est plus le berceau d'une civilisation, mais son agent exterminateur. Cette œuvre renferme un univers présenté comme une métaphore de l'obsessionnel cauchemar historique. Le village, qui est le lieu du

---

① Han Shaogong, *Papapa*, traduit par Annie Curien, éditions de l'Aube, La Tour d'Aigues, 2000.

récit, évoque un certain clan primitif quelque part en Chine. Cependant, il n'est que fictif, et il est vain d'associer cet endroit à un lieu qui existe réellement. Le récit est hanté par une atmosphère spirituelle, par la transformation d'un passé vague, dont le temps est tantôt proche, tantôt lointain. La réalité matérielle n'existe plus, laissant la place à un sédiment métaphorique de l'Histoire.

Cette singularité dans la littérature contemporaine chinoise, marquée par un retrait de la vie sociale, atteint son apogée chez les avant-gardistes qui se lancent dans un discours littéraire obscur, voire parfois illisible aux yeux du grand public. Ils promeuvent l'anhistorique, glorifient une violence sans raison, et fétichisent la contingence. Ce faisant, ils manifestent dans leurs récits l'envie d'un espace du *dedans* complètement isolé du *dehors*, le goût du fantastique, le délire de l'imagination et la divagation dans l'extravagance et dans la fiction.

L'originalité de Can Xue dans le traitement de l'imaginaire est manifeste. En associant ses imaginations fantastiques avec les symboles kafkaïens[①] et une vision surréaliste, Can Xue raconte un cauchemar interminable dans lequel un monde envahi par l'eau et la brume l'isole du monde humain. Ce cauchemar a toujours lieu dans l'obscurité d'un huis-clos et sous la surveillance d'un inconnu invisible. A partir de ce cauchemar qui est au centre de sa fiction, tous les types de trivialité et d'images insignifiantes viennent pour faire ressortir l'angoisse et la peur incessante, inexplicable de son

---

① Voir Can Xue, *Dialogues en paradis*, traduit par Françoise Naour, Gallimard, Paris, 1992, et Anne Wedell-Wedellborg, « La littérature chinoise postmaoïste et le défi de l'Occident: le cas de Kafka », in *Littérature chinoise – Le passé et l'écriture contemporaine*, éditions de la Maison des sciences de l'homme, Paris, 2001, pp.119-130.

protagoniste. Can Xue utilise le cauchemar, la vision d'horreur, l'image du trou et la description de l'horrible pour montrer l'absurdité de la condition humaine, souvent mise en scène dans une famille et parmi ses membres. Avec un discours onirique des expériences psychologiques individuelles, Can Xue nous emmène dans un monde imaginaire mais crédible. Cet univers romanesque marqué par le sadisme et le voyeurisme constitue la métaphore d'une existence dans laquelle l'être humain devient son propre prisonnier.

Si dans les fictions de Can Xue, la métaphore du réel reste reconnaissable, la chaîne sémantique habituelle entre l'œuvre et le réel est complètement invalidée dans certaines œuvres de l'Avant-garde chinoise, comme celles de Ma Yuan, Ge Fei et Yu Hua que Zhang Yinde qualifie de métafiction[1]. Ce sont des récits éminemment troubles qui se réfèrent à leur propre activité énonciative, et le monde représenté est constamment envahi par l'acte d'écrire, de sorte que les récits échappent à toute interprétation et à toute légitimation.

Ma Yuan est le premier parmi les écrivains de l'Avant-garde chinoise à s'attacher à mettre en relief l'autoréflexivité du roman. Il sait fabriquer des histoires compliquées, joue souvent avec la narration, et s'amuse à exposer la structuration du récit au cours de la narration. Ses récits oscillent constamment entre le vrai et le faux, et l'acte d'écrire ne cesse de provoquer une ambiguïté du monde représenté. Dans son récit intitulé *Xugou* (*Fiction*), le narrateur raconte à la première personne son séjour passé dans un village de

① Cf. Zhang Yinde, « Les récits métafiction », in *Monde romanesque chinois au XXe siècle – Modernités et identités*, Paris, Honoré Champion, 2003, pp.379-392.

lépreux au Tibet. Mais l'authenticité de cette histoire est minée par les contradictions qui naissent de la narration. Ce qui est plus curieux, avant d'entamer sa mission consistant à nous raconter son aventure, le narrateur ajoute une sorte d'incipit dans lequel il déclare dès la première ligne qu'il est l'auteur même du récit: « Le Chinois qui s'appelle Ma Yuan et qui publie des fictions, n'est autre que moi-même. » Ensuite, ce narrateur qui prétend être l'auteur nous explique comment l'idée lui est venue d'écrire le récit en question. Non seulement cet incipit diffère de l'événement central du récit, mais il sert aussi à rappeler au lecteur le caractère fictif de l'histoire. Le narrateur – auteur ne cache pas le plaisir qu'il éprouve au cours de son écriture et se vante de sa capacité à tisser des histoires ambiguës. A part cet incipit, d'autres réflexions de l'auteur apparaissent au cours de la narration et distraient sans cesse le lecteur. Comme le titre du récit peut le suggérer, *Fiction* est plutôt une démonstration de la fabrication d'une fiction qu'une quête de vérité sur la vie des personnes mystérieuses à un endroit mystérieux. Ainsi, le texte qui apparaît devant le lecteur n'est plus le récit d'une aventure, il raconte sa propre aventure dans un labyrinthe de composition romanesque. Ma Yuan nous fait comprendre que le réel dans un récit n'est qu'un effet illusoire donné par la narration.

L'œuvre de Ge Fei construit un labyrinthe textuel avec les éléments traditionnels de la fiction. Dans ses récits, le lieu reste souvent vague, sans être précisé. Dans un espace-temps indéfini a lieu une histoire dispersée en fragments qui se contredisent. Les personnages sont plats, privés de teneur psychologique et devenus de simples signes narratifs. Ces éléments, à travers lesquels un lien mimétique entre le récit et le monde référé pourrait s'établir, ne sont plus réels et descriptibles. Ils sont inclus dans un système fictionnel pour mettre en crise la « véracité » du monde romanesque et pour constituer expressément un monde irréel. Bien que certains récits de Ge Fei semblent explicitement fondés sur des événements réellement passés dans l'Histoire chinoise, tel que *Mizhou* (*La Barque égarée*) où la référence temporelle est précisément donnée, ce schéma réaliste n'a pour but que d'ouvrir des possibilités de développement du récit, non de restituer une réalité historique quelconque. Et donc la vérité dans ce genre de « récits historiques » semble d'autant plus insaisissable. L'histoire commence par un départ clairement descriptif, mais au fur et à mesure, elle s'égare. La réalité historique semble être anéantie pour laisser place à un labyrinthe de cognition: « les malentendus et les connivences, les conspirations et les contre-conspirations, constituent des conflits permanents, opposant différents systèmes de valeur, mais reformulant, voire mutilant l'histoire, au point que la vérité éclate en une multitude de points d'interrogation »[1].

L'Avant-garde chinoise est une tentative de renouvellement de la littérature chinoise des années 1980. A travers la succession rapide de différents courants littéraires, la littérature chinoise des années 1980, sans cesse « redressée », tâtonne dans l'obscurité, cherche un espace de liberté dans les marges du contrôle politique. Après l'exercice de la « littérature de cicatrice », elle cherche des voies de plus en plus singulières. L'aliénation de l'Avant-garde est une tentative de se désengager de la perpétuelle poursuite de la finalité

① *Ibid.*, p.387.

utilitaire, de la dualité entre le *sauver* et l'*instruire*, et aussi du « grand bond en avant culturel » qui est paroxystique dans les années 1980. Sa présence parcellise la scène littéraire uniforme construite au début des années 1980. Symbole du changement discursif à l'époque, l'Avant-garde transforme la littérature chinoise en une lutte contre les stéréotypes d'une littérature socialement orientée. Dans l'écriture de Ma Yuan, Ge Fei et Yu Hua, la tendance intellectuelle et l'esthétique de la littérature de la première moitié des années 1980 sont dissimulés au fur et à mesure. Le contenu se dissout dans la forme, et la signifiance syntaxique l'emporte sur la signifiance sémantique. Toute tentation de chercher dans ces récits des valeurs de vérité est vaine. L'Avant-garde annonce « la mort des intellectuels », et l'écriture entre dans une époque d' « euphorie des signifiants ». La génération de l'Avant-garde chinoise est différente de celle des « jeunes instruits ». Ils perdent confiance dans ce que proposent les autorités, tantôt avec des options progressistes et tantôt avec la défense des vieux dogmes. Ils rompent avec l'intention de leurs prédécesseurs d'intervenir dans la société et de défendre leur droit d'expression récemment acquis – ils se rendent parfaitement compte de leur différence par rapport à leurs contemporains et de leur incapacité à prendre part à la redistribution du pouvoir des discours. C'est pour cela qu'aucun écrivain de l'Avant-garde chinoise, face à la violente critique à la fin des années 1980, ne réagit de façon positive. Pourtant, ce ne sont pas des conformistes dominés qui, comme le définit Thierry de Duve, « subissent l'oppression, se punissent de leur "mauvais goût" et n'ont de cesse de s'identifier à ce qu'ils prennent pour un consensus »[①], c'est-à-dire un consensus imposé par la classe dominante. Les écrivains d'Avant-garde chinoise refusent les approches pragmatiques du réalisme socialiste, s'éloignent des débats aussi bien idéologiques que de l'humanisme très répandus à l'époque. Ils se créent une zone tampon grâce à – et uniquement grâce à - l'écriture.

Nous essayons, en mettant en relief la rupture de l'Avant-garde chinoise par rapport à tout appel politique et au consensus établi autour de l'écriture, de placer l'œuvre de Yu Hua dans un type de littérature qui s'éloigne des besoins de la société, réduit sa propre vision et se rue dans des jeux de narration. Les récits de Yu Hua des années 1980, à la narration glacée et aux personnages sans états d'âme, sont autant de variations dans le thème que dans la technique fictionnelle. Pourtant, il nous semble que le retrait par rapport à la société et à l'Histoire dans l'œuvre de Yu Hua est à interroger. La considérer uniquement sous l'angle de l'autonomie littéraire retirée du réel, c'est retomber en réalité dans un discours critique qui continue à la voir avec une même perspective que la majorité des critiques des années 1980, et qui affirme sa perte de sensibilité. Sur ce point, de nombreux critiques nous rejoindront pour dire que la place de l'Histoire dans l'œuvre de Yu Hua est évidente: ses œuvres à partir des années 1990 traitent sans exception du thème de l'histoire chinoise contemporaine, notamment celle de la Révolution culturelle. Avec ces trois romans *Vivre*, *Le Vendeur de sang* et *Brothers* dont les traductions paraissent en France en 1994, en 1997 et en 2008, Yu Hua est aujourd'hui connu en France comme un écrivain dont l'écriture

① Thierry de Duve, *Au nom de l'art*, *op.cit.*, p.50.

est ancrée dans l'Histoire et dans la réalité de la Chine[①]. En fait, l'attachement de Yu Hua pour le thème de l'Histoire date de la première période de son écriture dans les années 1980. *Cris dans la bruine* (1991) est une œuvre qui marque le passage entre deux périodes d'écriture: l'une des années 1980, caractérisée par des petits romans expérimentaux, souvent qualifiés de métafiction ; l'autre à partir des années 1990, où l'écrivain se consacre à écrire des romans-sagas que certains critiques chinois qualifient de « néo-historisme »[②]. Dans *Cris dans la bruine,* qui est aussi son premier roman, le contexte historique est volontairement occulté. Contrairement à ses œuvres suivantes, dans ce roman, aucun nom ou objet n'est mentionné pour rappeler le contexte historique: ni Mao, ni gardes rouges, ni *Dazibao*. Ce roman qui commence par « au cours de l'année 1965 » évoque dès son ouverture une référence temporelle. Mais cette date liminaire est la seule indication donnée durant le récit. Le contexte historique du roman n'est plus explicité dans l'évocation de Sun Guanglin, protagoniste et narrateur, qui s'exile toujours dans son monde à lui. Ce n'est que dans l'épisode où il parle de son départ à Pékin pour ses études à l'université qu'un deuxième indice concernant le temps monumental se laisse détecter, mais très discrètement: « Quand je fus diplômé du secondaire, les examens d'entrée aux établissements d'enseignement supérieur avaient été rétablis » (CB, 26)[③]. Un lecteur qui connaît l'histoire chinoise

---

① En 2008, l'hebdomadaire *Courrier international* a décerné à Yu Hua le prix du meilleur livre étranger pour son roman *Brothers*.

② Lire par exemple l'article de Zhang Qinghua « Shinian xinlishi zhuyi wenxue sichao huigu » (Retrospective sur les dix ans de néo-historisme dans la littérature), *Zhongshan* (*Mont du clocher*), n°4, 1998.

③ 我高中毕业时，高考已经恢复。（p.17）

contemporaine arriverait à comprendre qu'il s'agit de l'époque juste après la Révolution culturelle pendant laquelle les universités ont été fermées, les examens d'entrée n'ayant été rétablis qu'en 1977. Ce sont deux des rares indices historiques de ce roman, pourtant suffisants pour nous repérer dans le temps. La période historique de l'enfance traitée dans ce roman se situe entre 1965 et 1977. C'est pendant la Révolution culturelle que le narrateur a passé toute son enfance, de l'âge de six ans à l'âge de dix-huit ans. Il y a donc, malgré la décontextualisation historique intentionnelle de l'auteur, un lien entre la solitude de l'enfance et l'obscurité de l'Histoire. L'histoire personnelle rejoint, grâce à ces quelques indices, l'histoire collective.

Si l'on fait confiance à la formule selon laquelle un écrivain n'écrit qu'une seule œuvre dans sa vie, nous pouvons aussi trouver sans difficulté cette évocation de l'Histoire dans les fictions de Yu Hua des années 1980. Dans *Un amour classique*, quand quelques années plus tard, la prospérité revient – d'une manière aussi inexplicable et brutale que lorsqu'elle disparaît, les gens semblent avoir oublié les « vicissitudes qu'il[s] avai[ent] connues durant ces dix années»① (AC, p.131). « Dix », ce chiffre tellement sensible dans l'histoire chinoise contemporaine retrouve son sens particulier chez Yu Hua. Il nous rappelle une autre décennie, celle de la Révolution culturelle (1966-1976), tout aussi cauchemardesque et violente, et que le monde d'aujourd'hui est en train d'oublier. Si la révélation de ce passé reste implicite dans *Un amour classique*, on

---

① 十多年的曲折已经化为烟尘散去。(p.56.)

remarque que *1986* est entièrement dédié à ces dix ans de traumas. Ce récit traite d'une manière chirurgicale du sadisme et du masochisme, mais sans les isoler du contexte spatio-temporel. « 1986 » n'est pas une date quelconque dans l'histoire chinoise, elle se situe dix ans après les « Dix ans » de la Révolution culturelle, et fait écho aux dix ans d'*Un amour classique*. Nous pouvons même voir un sens mémoriel dans l'indication de la date d'achèvement du récit, signalée à la fin du livre. Ce récit, signé le dernier jour de l'an 1986, semble être le jaillissement d'émotions de l'auteur qui pressente l'élargissement de la césure entre le passé et le présent causé par l'avancement du temps et ne pouvant plus rester dans le silence du tabou. « A partir de ce qui aurait pu être le récit réaliste du retour d'un condamné politique, Yu Hua écrit une parabole sur la mémoire et l'oubli. »[①] Le chiffre 1986 donne, par un jeu de réflexivité, un sens singulier à toute la décennie des années 1980, faisant d'elle un deuil à l'époque précédente. A l'encontre du « narcissisme » formaliste, Yu Hua est l'avant-gardiste le plus hanté par l'Histoire[②].

Claude Simon est sans doute aussi un écrivain immergé dans l'Histoire. Il est incontestable que *La Route des Flandres* est un roman de guerre. La défaite de l'armée française à la frontière belge au printemps 1940 se trouve bien au cœur de ce roman. Cet

---

① Isabelle Rabut, « Yu Hua et l'espace hanté », *Les Temps modernes*, n°630-631, 2005, p.214.

② « L'histoire marque l'œuvre de Yu Hua, à travers une inscription complexe, que signale déjà la titrologie » – remarque Yinde Zhang (Yinde Zhang, *Le Monde romanesque chinois du XXe siècle: Modernité et identités*, *op.cit.*, p. 226.). Selon lui, les titres, souvent formés directement à partir d'une histoire ou d'une datation, confessent déjà l'attachement de l'écrivain à ce thème: *Yijiu baliu nian* (*1986*), *Lianggeren de lishi* (*Histoire de deux êtres*), *Siyue sanri shijian* (*L'Evénement du 3 avril*).

effondrement de *tout* en même temps, raconté dès le début de l'œuvre d'après-guerre de Claude Simon, a profondément marqué son univers romanesque, c'est une véritable « scène matrice » qui a déclenché les phrasés simoniens. Cette défaite apparaît déjà dans *La Corde raide* et *L'Herbe*, et on la retrouvera dans les romans simoniens ultérieurs: *Histoire*, *Les Géorgiques, L'Acacia* et *Le Jardin des plantes*, y compris quelques débris de souvenirs évoqués dans *Le Tramway*, l'une des dernières œuvres de Claude Simon. *La Route des Flandres* est un roman sur un événement vécu et restitué – on se permet d'employer ce mot provisoirement – par son témoin. Jusqu'ici, le texte reste sur le même point de vue que Fabrice à Waterloo. Oui, *La Route des Flandres* est un roman de guerre, et, d'ailleurs, autobiographique. Simon a lui-même fait cette guerre, se trouvait au centre de ce moment historique évoqué dans *La Route des Flandres*. Ce que Georges, le cavalier protagoniste a vu et vécu dans cette guerre, il l'a en fait vu et vécu lui-même.

Pourtant, ce n'est pas en cherchant des traces de l'Histoire dans l'œuvre qu'on va contester la critique ancienne et montrer que l'œuvre de Claude Simon et celle de Yu Hua ne sont pas contre l'Histoire. La représentation de l'Histoire dans l'œuvre de Claude Simon et celle de Yu Hua, notamment pendant les années 1980, montrent de nombreux aspects différents des romans écrits selon le dogme de ressemblance du réalisme. Même plus de quarante ans après la publication de *La Route des Flandres*, les lecteurs d'aujourd'hui – et nous pouvons bien imaginer la complexité de ses lecteurs des années 1960 –, ont souvent l'impression d'être devant un texte « étrange », « difficile », parfois carrément « illisible »: « Tout lecteur de *La Route des Flandres*, [...] est confronté au chaos »[①], disait ainsi Jacques Brigaud. Lucien Dällenbach, l'auteur de l'éminent essai consacré à Claude Simon, avoue lui aussi avoir eu au début beaucoup de difficultés avec son écrivain[②]. Un roman de guerre pas comme ceux que l'on a lus, ou pas comme ce à quoi l'on pouvait s'attendre. Pas de scène de bataille panoramique avec détermination d'une tactique par les commandants d'un côté et l'exécution des ordres sur le champ de bataille de l'autre – Lucien Dällenbach a raison, *La Route des Flandres* fait songer à *Guerre et Paix* de Tolstoï[③], mais comme son contrepoids –, ni de projection des cadavres sanglants pour faire hurler la sensibilité des lecteurs et montrer la violence de cette guerre « mondiale » – il s'agit bien de la disparition de tout un escadron, non ? – ; mais en réalité, les combats sont rarement évoqués de manière directe, l'énonciation du narrateur se disperse dans les dialogues infatigables des soldats et leurs chevauchements eux-mêmes interminables. Et encore, quelle énonciation… Quant à Yu Hua, faut-il répéter à quel point, en tant que le symbole paradigmatique de la fiction d'Avant-garde chinoise, il est évoqué comme l'écrivain d'une littérature « fastidieuse » et « décadente », et l'auteur d'une œuvre onirique, qui comporte autant de labyrinthes dans la narration, autant de phénomènes surnaturels, et autant de violence ? L'évocation de l'Histoire chez nos deux écrivains se fait à travers une forme particulière qui marque une

① Jacques Brigaud, « Sur la composition de *La Route des Flandres* », in *La Route des Flandres. Claude Simon*, sous la direction de Renée Ventresque, Paris, Ellipses, 1997, p.46.

② Voir « Entretien avec Lucien Dällenbach réalisé par Guy Newmann », *Revue des sciences humaines*, n°220, oct.-déc., 1990, pp.79-85.

③ Claude Simon lui-même avoue que Tolstoï est l'un de ses écrivains préférés. (« Claude Simon sur la route de Stockholm », entretien avec Didier Eribon, *Le Nouvel Observateur*, 6 déc. 1985, p.73.)

transgression vis-à-vis de l'intention totalitaire et de l'immédiateté des romans conventionnels. Leurs œuvres exposent volontairement la différence entre l'événement historique qui a lieu dans un espace et un temps définis et le récit qui traite de cet événement. Elles posent un doute profond sur la possibilité d'écrire des œuvres de fiction « reflétant » la réalité historique, en mettant en évidence le caractère factice du récit. Notre étude ne consiste pas à voir si l'œuvre fait appel au réel dans sa diégèse – comme nous l'avons vu plus haut, nous arrivons toujours à trouver des indices pour justifier ce genre de référentialité –, mais à examiner comment l'Histoire est figurée à travers les dispositifs romanesques et la déformation de la fiction. Ce faisant, nous sommes étonnés de voir que dans leurs œuvres, « tout » parle de l'Histoire.

Deuxième Partie:

La Transfiguration narrative

[L]e fait historique, c'est ce qui s'est réellement passé;
mais où s'est passé quelque chose?
Claude Lévi-Strauss[1]

① Claude Lévi-Strauss, *La Pensée sauvage*, Paris, Plon, 1962, p.306.

Chapitre I. Le récit en chaos

« Personne ne fait l'histoire, on ne la voit pas, pas plus qu'on ne voit l'herbe pousser. » – disait autrefois Pasternak, et Claude Simon l'a cité en épigraphe de *L'Herbe*. L'Histoire étant invisible, il faut bien que l'écrivain prenne appui sur d'autres éléments de perception pour la rendre figurable. Si l'on avance dès maintenant l'idée que le temps est l'un des éléments avec lesquels nos deux écrivains esquissent une image de l'Histoire, une question serait aussitôt posée: on ne voit pas l'Histoire, pas plus que le temps ; celui-ci n'est nullement plus substantiel que l'Histoire, alors comment dire l'Histoire à travers le temps ?

Pour le récit, défini comme un énoncé rapportant des événements, le temps est un élément fondamental. C'est en structurant le temps, en remettant les éléments narratifs selon l'ordre successif et chronologique que l'écrivain procède à la reconstitution d'une réalité continue. Dans l'œuvre de Claude Simon et celle de Yu Hua, ce temps traditionnellement conçu comme ordre irréversible de succession fait place à un temps désordonné, désorganisé, mettant en cause la suprématie du temps et invalidant le processus de mise en ordre de l'écriture. Nous allons voir que dans leurs œuvres le temps est un labyrinthe où il manque des éléments de repérage pour les hommes emprisonnés, et que les deux temporalités du récit – le temps narré et le temps de la narration – sont constamment en état de chaos. La déchronologisation, voire l'anachronisme – surtout dans certains récits de Yu Hua –, régit l'écriture. Si dans la réflexion d'Aristote, le temps est « en soi plutôt cause de destruction, puisqu'il est nombre du mouvement et que le mouvement défait ce qui est »[①], le chaos du temps à tous niveaux chez Claude Simon et Yu Hua montre l'état d'effondrement dans lequel se situe le monde et dit en premier lieu le pouvoir destructeur de l'Histoire auquel il fait écho.

1. La dérive temporelle

Le temps s'impose comme l'un des thèmes principaux de *La Route des Flandres*. La phrase par laquelle s'achève le roman montre que Claude Simon traite dans celui-ci d'un monde ruiné par le temps: « le monde arrêté figé s'effritant se dépiautant s'écroulant peu à peu par morceaux comme une bâtisse abandonnée, inutilisable, livrée à l'incohérent, nonchalant, impersonnel et destructeur travail du temps » (RF, p.296).

Que ce soit chez Georges et Blum dans le wagon qui les amène en Allemagne, ou Georges et Iglésia à cheval pendant leur errance après la débâcle, la question du temps revient de façon obsessionnelle. Immédiatement après l'embuscade, elle est la première préoccupation de Georges:

> [...] je dis Quelle heure est-il, mais il ne répondit pas (RF, p.152)

La troupe part du cantonnement, avance dans l'aube d'une

---

① Aristote, *Physique IV*, (12), 221 a-b, tome premier, texte établi et traduit par Henri Carteron, Paris, Les Belles-Lettres, 1952, p.155.

campagne moite, encore endormie (p.146). Peu après, elle est prise dans une embuscade. A quelle heure cela s'est-il passé ? – s'interroge Georges dès son réveil après son coma sur le champ de bataille. Sans avoir de réponse, Georges se pose laborieusement le même type d'interrogation tout au long du récit. Par exemple, Georges dans le wagon: « Quelle heure est-il dis-je est-ce que tu peux réussir à voir l' » (RF, p.19) ; Georges réveillé dans la nuit: « sans doute parce que le train était arrêté – mais depuis combien de temps ? » (RF, p.66) ; toujours dans le wagon: « Quelle heure crois-tu qu'il peut être ? » (RF, p.262) ; dans la nuit avec Corinne: « quelle heure peut-il être ? » (RF, p.276). La question réapparaît également juste avant la fin du roman, dans l'instant qui précède la mort du capitaine:

> [...] me demandant
> quelle heure pouvait-il être (RF, p.279)

Toutes ces interrogations rendent compte des tâtonnements du protagoniste. Georges, dans *La Route des Flandres*, est séparé des faits par une « couche de fatigue, de sommeil, de sueur et de poussière [...] comme collée à la figure comme un masque » (RF, p.216), qui le décale du réel. Le monde extérieur se met à distance et le temps devient une espèce de « vase sombre » qui « s'épaissi[t] » (RF, p.28), dans laquelle Georges semble se mouvoir. Il n'a pas une claire perception de la bataille dans laquelle il est impliqué, et les détails des combats ne lui sont perceptibles que par bribes. Le temps est pour lui le premier moyen de réintégrer le réel. Ayant encore des réflexes d'homme en temps de paix, c'est-à-dire ayant encore cette habitude de raisonner selon les quelques indices explicites ou implicites, il tente d'éclairer ce présent boueux et sombre en essayant d'abord d'éclairer le temps: « pensant: "Mais nos ombres étaient alors sur notre droite, donc le soleil a maintenant franchi l'axe de la route, donc..." » (RF, p.100).

Néanmoins, le soleil est « aveuglant » (RF, p.24). Le temps, pour ceux qui tentent de le cerner, reste insaisissable, et a même tendance à entraîner les hommes dans son labyrinthe. Les tentatives de repérage temporel auxquelles se livre le protagoniste s'avèrent dérisoires. Les efforts de calcul sont vaincus par l'épuisement, et la désorientation devient un état général:

> en tenant compte que la route se dirigeait à peu près est-ouest et qu'à ce moment je pouvais voir son ombre équestre et raccourcie sur la droite et dirigée en arrière de lui selon un angle d'environ quarante degrés et que nous étions maintenant déjà dans la seconde quinzaine de mai je suppose que le soleil en face de nous et à gauche [...] le soleil se trouvait dans la position sud-ouest donc environ deux heures de l'après-midi mais comment savoir ? (RF, pp.279-280)

La question du temps se réduit à une forme de réflexe mécanique qui surgit spontanément, alors que la perception du temps échappe à toute tentative de saisie organisée et rationnelle. Les nombreuses locutions adverbiales de négation traduisent les qualités négatives qui dominent le monde. Les « ne... que », « rien que », « même que », « non pas » semblent, dans un premier temps, vider le monde de sa substance, et rendre vaines toute perception et toute intelligence. A l'image du monde qui s'effrite peu à peu sous la pluie et la débâcle, la perception du temps se dérègle. La question du temps se pose régulièrement, mais sans aucune consistance. Les cavaliers se déplacent au gré des commandements. Ils parviennent dans un village perdu des Ardennes, pris dans la pluie et le froid. D'un seul coup, le récit annonce: « et il fit noir tout à fait » (RF, p.28). Le temps se dilue, à l'instar du paysage qui se dilue progressivement dans le crépitement de la pluie nocturne. On ne parvient à rien distinguer ; aucune perception, sauf celle du son, n'est plus possible:

> ils ne peuvent pas voir la pluie, l'entendre seulement, la deviner murmurant, silencieuse, patiente, insidieuse dans la nuit obscure de la guerre, ruisselant de toutes parts au-dessus d'eux, sur eux, autour d'eux, sous eux, comme si les arbres invisibles, la vallée invisible, les collines invisibles, l'invisible monde tout entier se dissolvait peu à peu (RF, p.121)

Mais l'ouïe ne donne pas la maîtrise de quoi que ce soit. Le bruit, qui est la seule perception possible dans ce cas, devient silence en raison de sa continuité et son uniformité, de sorte que le réel reste à une vaste distance: « le martellement monotone et multiple des sabots sur la route se répercutant, se multipliant [...] au point [...] de s'effacer, se détruire lui-même » devient « un silence au deuxième degré » (RF, p.28), au même titre que l'incessante pluie, figure de l'immesurable progression de la durée. C'est dans un tel noir et un tel silence qu'errent les cavaliers « en aveugles dans cette même nuit, cette même encre, sans savoir vers où ni vers quoi » (RF, p.31), et que l'avancement de la troupe engendre le cheminement majestueux et monumental du temps « invisible immatériel sans commencement ni fin ni repère » (RF, p.28.).

Chercher à repérer le temps ? Cela n'est plus possible, puisque le temps en tant que « Temps » n'existe plus. Plus mesurable, ni repérable, ni pénétrable, il perd son statut d'élément de repérage ; il devient « une espèce de formol, de grisaille sans dimensions dans laquelle ils [Georges et d'autres soldats] dormaient, se réveillaient de nouveau sans que, d'un jour à l'autre, quelque modification que ce soit se produisît leur donnant à penser qu'ils étaient le lendemain, et non pas la veille, ou encore le même jour » (RF, p.129, j'ajoute les parenthèses). Une telle image du temps est esquissée comme pour faire comprendre que les soldats n'ont aucune information, aucune prise sur l'événement. Georges se demande comment nommer cette chose à laquelle il prend part. Le matin, avant le départ du lieu de cantonnement, les soldats tout équipés attendent avec leurs chevaux sellés le signal du rassemblement qui arrivera on ne sait pas quand: « [...] je parie qu'on ne partira pas Ils vont nous faire rester toute la journée comme ça et puis à minuit ils viendront nous dire de desseller et d'aller nous coucher » (RF, p.256) – dit Blum, et la « herse d'eau » qui « coulait sans discontinuer » (RF, p.257) vient accompagner l'ennui et l'anxiété que provoque cette attente indéterminée. Au moment de la débâcle, les soldats se trouvent dans une incapacité totale à comprendre et à maîtriser les événements qu'ils subissent. Ballottés par les ordres incohérents de leurs chefs, ils ne savent pas ce qui se passe ni comment réagir, seuls deux faits sont avérés: le front a été percé par l'ennemi et la troupe est tombée dans une embuscade (RF, pp.146-151). L'impossibilité de connaître le temps implique l'impossibilité de connaître l'événement. Voir n'est qu'une incomplétude de la perception et l'homme est arraché au déroulement rationnel des choses. Les interrogations du protagoniste sur le temps constituent un deuil sans fin d'une énigme qui est le passé, irréversible et ineffaçable, dont il manque toujours la moitié de la solution, à l'instar de l'énigmatique acte suicidaire de de Reixach:

> au fur et à mesure qu'il se rapprochait l'œil immobile et attentif de son assassin patient l'index sur la détente voyant pour ainsi dire l'envers de ce que je pouvais voir ou moi l'envers et lui l'endroit c'est-à-dire qu'à nous deux moi le suivant et l'autre le regardant s'avancer nous possédions la totalité de l'énigme (RF, p.295)

Se repérer dans le temps n'est plus possible, parce que, de plus, le temps n'a plus de sens pour ceux qui sont déjà morts: « comment peut-on dire depuis combien de temps un homme est mort puisque pour lui hier tout à l'heure et demain ont définitivement cessé d'exister » (RF, p.99). Georges, spéculant sur l'heure de la mort de de Reixach, cesse de penser à un moment donné: « Mais qu'est-ce que ça peut faire ? Qu'est-ce que ça peut bien lui faire maintenant dans l'endroit où il est... » (RF, p.100) Le temps n'a plus de sens pour les déjà morts, ni pour les soldats qui vivent à un moment où la peau d'un cheval vaut plus cher que la peau d'un soldat (RF, p.124).

La guerre détruit les objets, le temps et les corps, donne aux hommes un aspect matériel de chose, « une suite d'os » (RF, p.66). Le monde est délié en morceaux qui se multiplient indéfiniment, encombré par « un inextricable fouillis de membres » (RF, p.67), « imbriqué[s], entassé[s] », d'où il est impossible de se dégager (RF, p.19). Le récit ne cesse de rapprocher ces êtres encore vivants de quelque chose de déjà mort. Aussi se trouvent-ils affectés d' « irréalité » et perçus comme fantomatiques. Les trois soldats faisant des galettes autour du feu sont « trois fantômes, trois ombres grotesques et irréelles » (RF, p.162). Les prisonniers allongeant par terre l'un contre l'autre sont comme des cadavres – « on aurait dit des morts » (RF, p.247). Le visage de Blum est décrit « comme un masque gris », celui de Georges « comme une feuille de papier déchirée avec deux trous pour les yeux » (RF, p.38). Il semble qu'ils sont:

> exclus du monde des vivants, et pourtant pas encore dans celui des morts: entre les deux pour ainsi dire, traînant comme d'ironiques stigmates leurs dérisoires débris d'uniformes qui les faisaient ressembler à un peuple de fantômes, d'âmes laissées pour compte, c'est-à-dire oubliés, ou repoussés, ou refusés, ou vomis, à la fois par la mort et par la vie, comme si ni l'une ni l'autre n'avait voulu d'eux (RF, p.114)

Dans cette situation impitoyable qui est celle de la guerre, rester vivant ne vaut guère mieux, il vaut peut-être mieux être mort pour de bon (RF, p.263) ; puisqu'une fois mort, on peut se moquer complètement de ce qui se passe au passé, au présent et au futur, au lieu d'être encore là, obsédé par cette interrogation acharnée et torturante sur le temps. A la fin Georges abandonne toute tentative de repérage: « Puis il cessa de se demander quoi que ce fût, cessant en même temps de voir quoiqu'il s'efforçât de garder les yeux ouverts » (RF, p.28).

L'écriture de Yu Hua montre un temps qui est hypostasié. Il ne s'agit plus de traduire le temps par du temps, mais le représenter comme une totalité. Sur ce point, le premier procédé à détecter dans son œuvre consiste en une personnification du temps. Dans *Passé et châtiment,* ce n'est pas par l'allégorie, comme fait Claude Simon avec le cheval dans *La Route des Flandres*, mais par la personnification que le temps devient le protagoniste du récit. Les dates citées dans ce récit sont toutes représentées comme si elles avaient une existence charnelle: l'étranger part à la recherche du 5 mars 1965 comme si c'était quelqu'un qu'il envisage de rencontrer quelque part, tandis que les autres dates subissent chacune un supplice différent: le 9 janvier 1958 est écartelé, le 1 décembre 1967 est émasculé, le 7 août 1960 est tranché par le milieu de son corps, et le sang du 20 septembre 1971 jaillit comme une fontaine (voir PC, p.72).

Il faut donc voir les personnages de ce récit comme des incarnations temporelles. Leurs égarements et leurs rencontres sont une manifestation d'un brouillage temporel. L'expert en châtiments qui « entretenait apparemment un lien plus ou moins net avec plusieurs événements de son passé » (PC, p.45)[①] finit par

---

① 眼前这位老人与他许多往事有着时隐时现的联结（p.67）

avouer à l'étranger: « Je suis ton passé » (PC, p.47)① . Ce vieil homme aux cheveux blancs et brillants est l'incarnation de l'Histoire avec la grande hache qui mutile, au sens propre du terme, les quatre dates se situant sur un axe temporel et qui sont apparemment liées au passé de l'étranger. Son geste consiste à construire un empire du temps, où chaque date perd sa singularité, ne laissant qu'une seule temporalité légitime et totalitaire qui est le Passé: « En fait, nous vivons éternellement dans le passé. Le présent et l'avenir ne sont que des tours que nous joue le passé. » (PC, p.46)②. Le récit parle sans cesse d'« une erreur de procédure » (PC, p.44 et p.45)③ qui malmène la recherche de l'étranger. Cette erreur vient d'un désordre surgi sur l'axe temporel constitué d'un alignement d'unités de temps et qui devrait être donc linéaire, mais les supplices qu'exerce l'expert en châtiments sur les différentes dates participent à l'effacement des unités temporelles par l'Histoire, de telle manière que l'individualité de chaque unité temporelle fait place à l'homogénéité du Passé où une date ne se distingue pas de l'autre: la route qui dirige vers le 5 mars 1965 est « déformée », et le lien causal univoque et certain entre le passé et le présent est fracassé. Ainsi, quand l'étranger tente de « procéder » au temps selon son ordre initial qui est linéaire, l'erreur est inexorable. Pour lui, le message du télégramme se rapporte uniquement et « d'une clarté singulière » (PC, p. 43)④ au 5 mars 1965, alors qu' « [en] réalité, ce que suggérait le télégramme pouvait tout aussi bien se rapporter à une de ces quatre dates » (PC,

---

① 我就是你的过去（p.69）

② 事实上，我们永远生活在过去里。现在和将来只是过去耍弄的两个小花招。（p.68）

③ 程序错误（p.66）　程序的错误（p.67）

④ 格外清晰（p.65）

p.45)[1] ; et plus encore, ces quatre événements passés « n'étaient peut-être pas seuls en cause » (PC, p. 46)[2] pour expliquer son échec à retrouver l'an 1965. Il croit s'avancer vers le 5 mars 1965, alors que c'est vers l'expert en châtiments que ses pas l'amènent: « le lieu où il devait aller et celui où il s'apprêtait à aller ne coïncidaient pas » (PC, p.45)[3].

Quant au protagoniste, s'il se nomme l'« étranger », c'est parce qu'il représente le temps situé dans l'époque contemporaine, légèrement dans le futur – notons que l'histoire du récit a lieu en été 1990, tandis que le texte est écrit en février 1989. Il est l'altérité par rapport à ce qui fait déjà partie de l'Histoire, et il lui reste encore les options entre achever « le grand spectacle » de l'Histoire et lui échapper. D'une part, l'étranger est la dernière pièce manquante du puzzle dans le projet de l'expert en châtiments, à qui ce dernier réserve l'un de ses deux derniers supplices. L'ensemble du passé représenté par les quatre dates (le 9 janvier 1958, le 1er décembre 1967, le 7 août 1960 et le 20 septembre 1971) est devenu l'objet de ses supplices – déjà « œuvré », dirait-on, puisque l'expert considère son métier comme une « œuvre » (p. 48) [4]–, si l'étranger accepte d'être mutilé, l'expert appliquera son « œuvre » sur toutes les temporalités, non seulement le présent mais aussi le futur qui sont représentés par l'étranger. C'est pour cela qu'en l'apercevant, l'expert en châtiments ne se prive pas de montrer sa joie – « [il] entendit dans son cœur comme un son de trompette », « arborant un

① 事实上，电文所喻示的内容，在另四桩往事里也存在着同样的可能性。（p.67）
② 并非只是另四桩往事干扰的结果（p.68）
③ 自己想去的地方和自己准备去的地方无法统一（p.67）
④ 事业（p.70）

sourire exagéré, il l'arrêta » et lui dit: « Je t'attends depuis longtemps. » (PC, p.44)①. Quand l'étranger soupçonne l'expert de l'avoir séparé de son passé, celui-ci se justifie: « Au contraire, c'est moi qui vous ai réunis. » (PC, p.47)②. La solution proposée par l'expert consiste, par le moyen du supplice qu'il envisage d'exercer sur l'étranger, à en faire une partie de ce « passé majuscule ». Ainsi, l'étranger rejoindra les quatre dates de son passé qui le hantent depuis longtemps et verra, au dernier moment de sa vie, « la rosée matinale du 9 janvier 1958 », « les nuages multicolores du 1er décembre 1967 à midi », « le tendre sentier de montagne au crépuscule du 7 août 1960 » et « les deux larmes dansantes dans la lumière de la lune au cœur de la nuit du 20 septembre 1971 » (Voir PC, p. 53). D'autre part, l'étranger est celui qui est ailleurs, disponible pour réagir face à son passé, et qui a la clé susceptible de faire la jonction entre le passé, le présent et le futur par son agir, défini comme projet par lequel l'homme se situe. En disposant de son passé, il fait du présent une instance dans laquelle il peut s'orienter vers l'avenir. Mais en acceptant la proposition de l'expert, l'étranger fait une confusion entre disposer de son passé, ce qui est actif, et se sacrifier au profit du passé – l'expert parle de quelqu'un « animé d'un esprit du sacrifice » (PC, p.48)③ –, ce qui est passif. Exercer le supplice est pour l'expert une étape importante pour achever son œuvre, et accepter d'être supplicié est pour l'étranger un dernier pas pour se perdre dans le passé. Ironiquement, l'exécution du supplice ne

① 当刑罚专家看到他时，内心便出现了一种类似小号的鸣叫。（……）刑罚专家以夸张的微笑阻止了他的前行。——“你来了。”（p.66）

② 相反是我将你和过去紧密相连（p.69）

③ 一个富有自我牺牲精神的人（p.70）

peut pas être appliquée à l'étranger à cause de la vieillesse de l'expert. Cette fin annonce métaphoriquement l'impossibilité d'une structuration du temps, que ce soit du côté de l'expert ou du côté de l'étranger.

Le deuxième procédé dans la substantification du temps dans les récits de Yu Hua consiste à établir un rapport d'intimité particulièrement étroit entre le temps et l'espace. A première vue, dans l'œuvre de Yu Hua c'est un désordre du repérage spatial que l'on remarque. Il est intéressant de voir à quel point « yan » (le brouillard) est dans son œuvre signe d'un trouble de repérage dans l'espace. Il est apparu dans le titre d'un récit traduit en français *Un monde évanoui* (1988), mais qui, en chinois, veut plutôt dire « le monde comme un brouillard » (*shishiruyan*). Il est aussi apparu dans *Quelques pages pour Yang Liu*, où il est aussi, comme dans *Passé et châtiment*, le nom du bourg qui est le théâtre de l'histoire. On remarque aussi que maintes fois l'écrivain décrit la bruine dans *Un monde évanoui*. Cette autre forme de « yan » constitue même le titre de son premier roman *Cris dans la bruine*. Traduit en français par « brouillard », le mot « *yan* » signifie étymologiquement « fumée », tandis que le brouillard se dit « *wu* » en chinois. Mais dans l'œuvre de Yu Hua, « yan » désigne effectivement plusieurs phénomènes sous forme similaire, tels le brouillard, la brume, la fumée et la bruine. Ce n'est pas sans raison qu'Isabelle Rabut considère que la traduction française « un monde évanoui » « ne rend pas compte de l'esprit du texte comme le fait, par exemple, le titre anglais « World Like Mist »[1]. Le mot « yan », traduit soit en « brume », soit en

① Voir la note en bas de page de son article « Yu Hua et l'espace hanté », *Les Temps modernes*, n°630-631, 2005, p.220.

«brouillard », est récurrent dans le texte pour faire écho avec le titre:

> Une rivière, étroite, coule en murmurant dans la brume. (ME, p.84)①
>
> [L]a bruine comme un brouillard enveloppait tout. (*ibid.*, p.95)②
>
> Ils avaient demandé à 3 de faire la pleureuse ; ses cris aigus tombaient sur la ville comme un brouillard épais. (*ibid.*, p.106)③
>
> Il dénoua la ceinture ; les doigts un peu engourdis mais, telle une brume légère, la chaleur irradiante de ce corps juvénile humidifia aussitôt ses doigts gourds. (*ibid.*, p.133)④

Qu'il signifie le brouillard, la brume, la fumée ou la bruine, « yan » est un élément qui limite la visibilité. En outre, dans l'expression chinoise, « yan » est souvent associé à l'idée de l'éphémère et de l'insaisissable, on dit, par exemple, que « le passé est comme *yan* (brouillard) » (*wangshiruyan*). Yu Hua transforme l'expression pour donner le titre à son récit *Shishiruyan* (« le monde comme *yan* (brouillard) »). Par rapport au brouillard composé de fines gouttelettes d'eau en suspension dans l'air, la fumée, définie comme

---

① 一条狭窄的江在烟雾里流淌着刷刷的声音（p.114）

② 蒙蒙细雨使他感到四周都在一片烟雾笼罩下（p.122）

③ 3 被请去作哭丧婆。因此在这日上午，3 那尖厉的哭声像烟雾一样缭绕了这座小城。（p.131）

④ 算命先生用手解开了 4 的皮带，他感到自己的手指有些麻木。他的手指然后感受到了 4 的体温，4 的体温像雾一样洋溢开来，使算命先生麻木的手指上出现了潮湿的感觉。（p.152）

un mélange gazeux de très fines particules solides en mouvement, peut être source d'une angoisse dans l'œuvre de Yu Hua, ex.: « Les cheminées, par-dessus les toits des petites maisons basses, crachaient des rubans de fumée ; son corps aussi semblait flotter. » (ME, p.100)[①]. Cette angoisse est traduite dans le titre du récit par le mot « yan », et elle a comme origine un monde insaisissable. La flexibilité de la langue chinoise permet à Yu Hua d'accorder dans son œuvre une définition extrêmement riche de « yan », tandis que sa traduction en français par « brouillard » n'en garde qu'une partie. Yan est, dans l'œuvre de Yu Hua, le nom commun de tous les sites de l'innommable.

Il semble qu'une fois qu'un lieu est lié avec le « yan », ce rideau homogène et opaque de présence ambiguë entre l'eau et le gaz, il devient topologiquement insaisissable. Le nom du bourg évoqué dès le début de *Quelques pages pour Yang Liu* – « L'endroit où j'habitais s'appelait Yan. » (QP, p.143)[②] – annonce un grand désordre narratif et emprisonne le protagoniste ainsi que le lecteur dans un labyrinthe robbe-grilletien – on y reviendra plus tard. Dans *Un monde évanoui*, l'humidité printanière enveloppe constamment une ville du sud dans le brouillard, de sorte que tout perd sa forme initiale et tout s'aperçoit dans le flou. La pénombre régit ce monde et le regard de l'homme est tellement vide et incertain: les yeux de 7 sont « perdus dans le vague » (ME, p.84)[③] ; le regard du camionneur « flotte » et il « aperçoit vaguement » « la noire silhouette » de la

① 那些低矮的房屋上的烟囱大多飘起了缕缕炊烟，她感到自己的身体有点像烟一样缥缈。（pp.126-127）

② 我居住的地方名叫烟（p.84）

③ 虚幻的目光（p.113）

femme du 7 (ME, p.100)[①] ; 6 voit à travers « une petite lumière » dégagée par les « seuls quelques réverbères » de la rue (ME, p.94)[②] ; sans savoir s'il s'agit d'une illusion, la femme en gris « crut apercevoir une lueur rosée » (ME, p.96)[③] dans les yeux de 6 ; le lendemain matin, elle « entendit de vagues bruits de pas sur les pavés, mais ne vit personne » avant de pouvoir distinguer longtemps après « dans le brouillard trois hommes » (ME, p.98)[④]. Non seulement il trouble la vision, mais le « yan » fait aussi confondre le monde des vivants avec le monde fantomatique. A une « petite matinée pluvieuse », 6 rencontre au bord de la rivière deux hommes mystérieux sans visage ni jambes qui pêchent avec des cannes « dépourvues de bouchon, d'hameçon et de fil » (ME, p.95)[⑤]. Le camionneur déjà mort réapparaît devant sa mère avec « son cou largement entaillé à droite », où le sang « bouillonnait encore » (ME, p.117)[⑥]. Bien que le texte révèle aussitôt que cette rencontre se fait dans le rêve de sa mère (« Des coups frappés à la porte la tirèrent brusquement du sommeil. » (*Ibid.*)[⑦]), ce qui se passe à la suite ramène le récit vers son côté fantastique. L'accoucheuse, c'est-à-dire la mère du camionneur, est convoquée par un homme au visage flou et sans jambes pour aider une jeune femme à la naissance de son enfant. Cette femme se révèle plus tard être déjà morte depuis un

---

① 司机的目光（……）从 7 的窗户上飘过，他隐约看到 7 的妻子坐在床沿上的一团黑影。（p.116）

② 街上只有几只昏暗的路灯（p.122）

③ 她从 6 的眼睛里恍恍惚惚地看到了一种粉红色。（p.123）

④ 街上已经又隐隐约约的脚步声了，但她没有看到人。很久以后，三个挑担的男子在模糊中朝她走来（……）。（p.125）

⑤ 那两人手中的鱼竿没有鱼钩和渔浮，也没有线（p.122）

⑥（……）右侧颈部有一道长长的创口，血在创口里流动着却并不溢出。（p.139）

⑦ 接生婆是在这个时候听到门外叫门的声音的，她醒了过来。（*ibid.*）

mois, et l'endroit où se rend l'accoucheuse est en réalité un cimetière. Sans savoir qu'elle franchit la porte du monde des morts, l'accoucheuse « trébucha et tomba ; mais sans avoir eu conscience de s'être relevée, elle sentit qu'elle continuait à marcher » (ME, p.118)①.

Tout s'évanouit dans ce monde sans limite ni fin, où le lointain ne se distingue plus du proche, ni les vivants des morts – des éléments de repérage sont absents pour l'appréhender, le mesurer, ou mieux le voir, à l'instar de l'accoucheuse se sentant incapable d'interpréter le rêve de son fils, qui « manqu[e] d'éléments descriptifs et de détails concrets » (ME, p.87)②. Les habitants de ce monde, vivant dans un vague espace en marge de la vie et la mort, ont même perdu leur nom, signe fondamental d'une identité personnelle. Les personnages de ce récit sont désignés par quatre moyens: par chiffre (de 2 à 7, mais sans 5) ; par leur relation à un personnage désigné par un chiffre (par exemple, la fille de 6) ; par leur métier (le chauffeur, le devin) ; ou par une description (la femme en gris, l'aveugle). Ils sont de simples composants d'un monde déjà évanoui, fantomatique et irréel, et n'y occupent pas plus de place que la rivière enveloppée de brouillard.

Cet impossible repérage dans l'espace dit en fait l'impossible repérage dans le temps. Le temps et l'espace sont emmêlés dans l'œuvre de Yu Hua, de sorte que dans un récit comme *Passé et châtiment* où le statut du temps comme thème principal est

---

① 接生婆走到近前时不知为何跌了一跤，但是她没感到自己爬起来，跌下去时仿佛又在走了。（p.140）

② 这个梦里缺乏她所需要的那种有明确暗示的景与物（p.116）

fulgurant, la « narration du temps » se fait à travers une « narration de l'espace », et parler de l'espace devient l'équivalent de parler du temps. Ainsi, l'errance de l'étranger et sa perte dans le labyrinthe du temps sont présentées comme une errance et une perte dans l'espace. Ce procédé est visible dès l'incipit du récit: « Par une nuit de l'été 1990, dans son appartement humide, l'étranger décacheta et lut un télégramme dont il ignorait la provenance. » (PC, p.43)[①]. Le message, tenant seulement en deux mots (« REVIENS VITE »), dont l'expéditeur est implicitement le passé, est arrivé par télégramme, moyen de communication de deux sujets dans un même temps et dans deux espaces – la distance temporelle entre le présent et le passé est transformée en une distance spatiale qui est plus représentable, et le resurgissement du passé dans le présent se réalise par une simple traversée de l'espace. Aussitôt le récit nous révèle que la remontée dans le temps de l'étranger sera aussi effectuée sous forme d'un déplacement dans l'espace: « son ombre d'un noir de laque glissait sur la **route** qui serpentait » (*ibid.*, je souligne)[②]. Le récit avance, et un autre élément important apparaît en faveur de cette interprétation de l'espace comme temps: le bourg nommé « Yan », signe d'un trouble de repérage dans l'espace qu'on a déjà illustré à travers *Un monde évanoui*. Comme dans d'autres récits, le « yan » fait de ce bourg portant le même nom un lieu troublé. C'est en arrivant à cet endroit qu'intervient « l'erreur de procédure », qui est en fait une erreur sur le temps. Cette erreur, ignorée par l'étranger au moment de

① 一九九〇年的某个夏日之夜，陌生人在他潮湿的寓所拆阅了一份来历不明的电报。（p.65）

② 陌生人漆黑的影子开始滑上了这条蚯蚓般的道路（*ibid.*）

son départ, fait de lui un « enfant perdu » (PC, p.44)[①], et il se rend compte qu'il s'éloigne du 5 mars 1965 au lieu de s'approcher de cette date: de nouveau, la distance temporelle est confondue avec la distance spatiale. L'étranger est « obnubilé par les strates du passé », mais le texte le présente comme quelqu'un qui se perd dans l'espace: « son cerveau ne pouvait manifestement pas enregistrer correctement le décor et les objets qui l'entouraient » (*ibid.*)[②]. La rencontre de l'étranger avec l'expert en châtiments qui est en fait celle entre deux temporalités se réalise dans un lieu concret: devant « un petit bâtiment gris à un étage » (*ibid.*)[③]. A travers ces nombreux détails qu'on peut constater, la tentative de Yu Hua de décrire la perte dans le temps à travers la perte dans l'espace du personnage est évidente.

En considérant l'ensemble des œuvres de Yu Hua des années 1980 comme une seule œuvre, nous proposons d'étendre ce point de vue concernant le traitement du temps sur d'autres œuvres de Yu Hua. Nous comprendrons à quel point son œuvre est à la fois « une fable du temps » et « une fable sur le temps ». Le professeur d'histoire dans *1986*, dont l'image est beaucoup plus concrète, est, comme l'expert en châtiments dans *Passé et châtiment*, l'incarnation d'un lourd passé. Et ce récit, qui est apparemment l'histoire d'un fou, parle en fait du parasitisme du passé dans le présent. *Un amour classique* est une fable sur le temps à la fois fragile et inexorable. *Quelques pages pour Yang Liu*, le plus stylistique et expérimental parmi tous ses récits des années 1980, est une œuvre sur l'énigme du

---

① 如一个迷途的孩子一样（p.66）
② 由于被往事层层包围，陌生人显然无法在脑中正确地反映出四周的景与物。（*ibid.*）
③ 一幢灰色的两层小楼（*ibid.*）

présent provoquée par l'énigme du passé. L'impossible repérage dans l'œuvre de Yu Hua est, en fin de compte, l'impossible repérage du temps. Yu Hua nous raconte en définitive toujours la même « histoire ». Chaque texte constituant un nouvel angle d'approche adopté pour tenter d'aborder le réel dans son incessant retrait, et l'homme dans les énigmes du temps.

2. Distorsion et répétition

Le temps dans un récit se représente traditionnellement comme une ligne, appréhendé par le sujet comme venant vers lui depuis le passé, et glissant continuellement dans le futur, après avoir traversé le sujet dans ce contact qu'est le présent. Mais cette expérience linéaire du temps ne trouve pas sa place dans l'œuvre de Claude Simon, ni dans celle de Yu Hua.

Dans *La Route des Flandres*, la guerre est un élément perturbateur du temps. Non seulement l'emploi du temps quotidien est invalidé pendant le temps de la guerre, mais aussi la guerre elle-même semble perturber les repères temporels, de sorte que le temps tantôt piétine, tantôt accélère, même régresse.

La scène de chevauchée nocturne donne à lire un temps qui piétine. Le martèlement des sabots monotone et multiple, la pluie elle aussi monotone et infinie, font stagner le temps sur un instant qui devient éternel. Georges, fatigué, s'endort sur le cheval. Il faut « un changement d'allure du cheval » (RF, p.30) pour qu'il se réveille, pour qu'il se rappelle qu'il est à cheval, en mouvement. Mais même en réveil, il ne sent pas plus l'avancement du temps, et la progression semble n'être qu'une illusion:

> l'escadron, le régiment tout entier semblait progresser sans avancer, comme au théâtre ces personnages immobiles dont les jambes imitent sur place le mouvement de la marche tandis que derrière eux se déroule en tremblotant une toile de fond sur laquelle sont peints maisons arbres nuages (RF, p.29)

Le temps s'est arrêté, il ne reste plus à la conscience de Georges que « la longue théorie des chevaux en marche depuis toujours semblait-il » (RF, p.35). Cette chevauchée dans le noir de la nuit et sous la pluie incessante semble infiniment longue, et emprisonne les hommes dans un perpétuel mouvement d'immobilité. Parmi les abondants commentaires du narrateur sur la vision du temps qui le hante, les métaphores de l'enlisement, de la fixité, reviennent avec insistance:

> comme si l'air, le temps lui-même n'étaient qu'une seule et unique masse d'acier refroidi (comme ces mondes morts, éteints depuis des milliards d'années et couverts de glaces) dans l'épaisseur de laquelle ils étaient pris, immobilisés pour toujours, eux, leurs vieilles carnes macabres, leurs éperons, leurs sabres, leurs armes d'acier (RF, p.30)

> le temps pour ainsi dire immobile lui aussi, comme une espèce de boue, de vase, stagnante, comme enfermée sous le poids du suffocant couvercle de puanteur (RF, p.114)

Les soldats arpentent la route à cheval, jusqu'à ce que les chevaux et eux deviennent tous des fantômes, des « ombres cheminant depuis la nuit des temps » (RF, p.35). Et Georges « glacé, raide sur son cheval lui aussi invisible dans le noir, parmi les fantômes de cavaliers aux invisibles et hautes silhouettes glissant horizontalement » (RF, p.28, *sq*). Une chevauchée sans fin, une guerre sans terme entraînent l'homme et son animal dans le noir domaine de lutte et de mort:

> le noir domaine où galopent infatigablement les chevaux morts, l'immense et noir troupeau des vieilles carnes lancées dans une charge aveugle, luttant de vitesse pour se dépasser, projetant en avant leurs crânes aux orbites vides, dans un tonnerre d'ossements et de sabots heurtés: quelque fantomatique cavalcade de rosses exsangues et défuntes chevauchées par leurs cavaliers eux-mêmes exsangues et défunts aux tibias décharnés brinquebalant dans leurs bottes trop grandes, aux éperons rouillés et inutiles, et laissant derrière eux un sillage de squelettes blanchissants (RF, p.125)

La guerre provoque aussi une extraordinaire accélération du temps:

> as-tu remarqué comme tout cela va vite, cette espèce d'accélération du temps, d'extraordinaire rapidité avec laquelle la guerre produit des phénomènes – rouille, souillures, ruines, corrosion des corps – qui demandent en

> temps ordinaire des mois ou des années pour s'accomplir ? (RF, p.193).

Cette prodigieuse, foudroyante et incompréhensible action du temps s'effectue notamment sur les hommes, acteurs et victimes de la guerre, mais c'est à travers l'animal, le cheval mort, que le roman montre l'effet du temps. Le cheval est le symbole du temps chaotique, lequel prend l'apparence du cheval qui pourrit peu à peu, vu par Georges à trois reprises dans chacune des trois parties du livre (pp.25, 99, 290), et chaque fois dans un état de dégradation accentuée.

Peu après la mort du cheval – « car le sang était encore frais » (RF, p.26), dit le texte – le temps commence déjà à effectuer sur lui son pouvoir mystérieux qui consiste à faire passer les êtres du règne du vivant à l'autre, celui de la terre originelle et chtonienne qui absorbe tout. Aussitôt il devient impossible de retrouver les choses dans leur forme originale. Georges voit devant lui non un cheval, mais « ce qui avait été un cheval », c'est-à-dire « quelque chose d'insolite, d'irréel, d'hybride »:

> ce qui avait été un cheval [...] n'était plus à présent qu'un vague tas de membres, de corne, de cuir et de poils collés, aux trois quarts recouverts de boue [...] – comme si on l'avait trempé dans un bol de café au lait, puis retiré – d'une boue liquide et gris-beige, déjà à moitié absorbé semblait-il par la terre, comme si celle-ci avait déjà sournoisement commencé à reprendre possession de ce qui était issu d'elle (RF, p.26)

L'ordre animal cède à celui de minéral. Le cheval se vide de l'intérieur. Son cou, ses pattes sont raides, toute sa chair et ses organes semblent se liquéfier à partir du cratère de la blessure, « large tache rouge clair et grumeleuse, brillante comme un vernis » (RF, p.26).

Au début de la deuxième partie, Georges est ramené auprès du cheval mort. En l'espace de quelques heures, le cheval ne semble plus guère se distinguer de la boue dans laquelle il baigne. Il devient « un anguleux amas de boue séchée » (RF, p.99), comme si la terre, après l'avoir absorbé, commençait à le digérer, comme si une étape, celle de la putréfaction, avait été sautée. C'est après que Georges voit les mouches, signe d'un pourrissement, qui occupent la blessure du cheval et constituent, à la place d'une large plaque de « sang grumeleux et verni », « une sorte de grouillement sombre » (RF, p.99).

Après la mort de de Reixach, Georges revient vers le cheval pour la troisième fois:

> toujours là, à la même place que le matin mais, semblait-il, comme aplati, comme s'il avait peu à peu fondu au cours de la journée [...] ici le ventre, maintenant énorme, gonflé, distendu, et les os, comme si le milieu du corps avait aspiré à son profit toute la substance de l'interminable carcasse, les os avec leur tête ronde semblables maintenant à des piquets plantés de traviole et soutenant tant bien que mal comme une tente la croûte de boue écaillée qui lui servait d'enveloppe (RF, p.227)

Maintenant on ne voit plus les mouches, « comme si elles-mêmes l'avaient abandonné, comme s'il n'y avait plus rien à en tirer » (RF, p.228). En moins d'une journée, la terre semble avoir terminé son travail. La viande boucanée et puante est « transmuée, assimilée par la terre profonde » (*ibid.*), la chair se mélange à « l'humide argile », les os aux « pierres », redeviennent « simplement un peu de craie, de sable et de boue » (RF, p.229).

L'animal retourne à la terre « par une sorte de transmutation ou de transsubstantiation accélérée » (RF, p.99). Georges, ayant du mal à admettre la rapidité de la décomposition des corps, ne cesse d'être étonné chaque fois qu'il se trouve en face de « ce qui avait été un cheval ». La vitesse de l'envahissement des mouches sur le cadavre du cheval le surprend et lui fait pousser d'instinct un « Déjà » (RF, p.99-100), ou « mais ce n'était pas possible » (RF, p.228), comme si la perception était décalée par rapport au rythme réel des choses, et sa sensation d'immobilité défiée par le mouvement foudroyant de la réalité extérieure. Il se demande combien d'heures se sont écoulées entre sa première vision du cheval dont le sang est encore frais et la deuxième fois où le sang se met à sécher. Il a l'impression qu'il s'est écoulé juste quelques heures, mais ce qu'il voit semble avoir demandé une durée de temps beaucoup plus longue:

> Mais, pensa-t-il, peut-être est-ce déjà demain, peut-être même y a-t-il des jours et des jours que nous sommes passés là sans que je m'en aperçoive. (RF, p.99)
> pensa-t-il, il ne s'était probablement écoulé que quelques heures, ou peut-être une seule, ou peut-être même pas (RF,

p.100)

La vision du cheval provoque un brouillage temporel, et arrache Georges de l'écoulement réel du temps. Toutes les évocations du cheval mort posent et reposent en effet l'insoluble énigme du temps. A travers l'image du cheval, se figure non la lente et majestueuse progression du temps, mais le temps destructeur et violent qui fait avancer les mécanismes normaux de la vie biologique à une vitesse spectaculaire.

Le temps peut aussi régresser. Chez les paysans dans les Ardennes, l'altercation entre un soldat et le boiteux, sur fond de monologue lancinant, transporte Georges des siècles en arrière:

> et parvenant toujours de l'intérieur, malgré la porte fermée, la voix de la vieille femme qui continuait à faire entendre les lamentations rythmées, monotones, comme une déclaration emphatique, sans fin, comme ces pleureuses de l'antiquité, comme si tout cela (ces cris, cette violence, cette incompréhensible et incontrôlable explosion de fureur, de passion) ne se passait pas à l'époque des fusils, des bottes de caoutchouc, des rustines et des costumes de confection mais très loin dans le temps, ou de tous les temps ou en dehors du temps. (RF, p. 60)

Plus exactement, comme le récit nous le révèle plus tard (voir p.115 et *sq*), le conflit entre les paysans, dont Georges est témoin, lui fait penser au mythe des Atrides. A travers les disputes et les menaces entre les paysans, Georges semble voir devant lui une réactualisation de la tragédie de cette famille. Prise entre les rires et les larmes, l'évocation mythique donne à l'histoire des paysans un effet comique mais terrifiant, et nous fait comprendre brutalement que ces pauvres paysans dans les Ardennes restent des Atrides en bottes à rustines. Le conflit entre les paysans autour de la jeune femme de la ferme représente un « déchaînement de la violence à l'intérieur de la violence »[①]. Il est non seulement une réactualisation de l'histoire des Atrides, mais aussi une représentation de la guerre qui se répand dans le présent. Le boiteux brandissant son fusil et l'évocation sur son frère mobilisé à la guerre nous permettent de voir ce conflit entre les paysans comme une sorte de mise en abyme ou modèle réduit de la guerre: même fureur, même passion et même violence. Georges impliqué dans la guerre replonge en traversant le temps dans l'histoire des Atrides, comme pour nous montrer l'éternel ressassement des luttes, des morts, dans un temps impassible qui domine l'histoire individuelle des hommes. Que ce soit à l'époque de l'antiquité ou à l'époque contemporaine, l'homme se trouve dans l'éternel temps de folie et de meurtre des Atrides: « nous n'étions pas dans la boue de l'automne nous n'étions nulle part mille ans ou deux mille ans plus tôt ou plus tard en plein dans la folie le meurtre » (RF, p.115).

Le temps dans *Passé et châtiment* semble être linéaire et progressif. Les nombreux jalons et indices temporels nous donnent l'impression d'une progression du temps: « à une certaine nuit de

---

① Mária Minich Brewer, « Parodies, répliques, écritures », *Revue des sciences humaines*, n°220, octobre-décembre, 1990, p.161.

l'été 1990 »[①], réception du télégramme par l'étranger; « le lendemain matin »[②], départ en route de l'étranger; « quelques jours après »[③], arrivée au bourg nommé Brouillard et rencontre avec l'expert en châtiments; « au crépuscule d'un autre jour d'été »[④], énonciation par l'expert sur les châtiments exercés aux quatre dates; « le lendemain matin »[⑤], tentative de l'expert d'exécuter un châtiment sur l'étranger ; « le soir même »[⑥], tentative de l'expert d'exécuter un châtiment sur lui-même ; « le lendemain matin »[⑦], échec de l'expert ; « le lendemain »[⑧], deuxième échec ; « le troisième jour »[⑨], mort de l'expert. Mais à la fin du récit, la découverte par l'étranger de l'inscription « 5 mars 1965 » derrière la porte de l'expert renverse brutalement la progression hypothétique du temps. Au lieu de glisser continuellement vers l'avenir, le temps dans ce récit régresse. L'inscription de la date situe le temps de la fin du récit au 5 mars 1965 qui est antérieur au temps du début du récit: l'été 1990 « s'avance » vers le 5 mars 1965, date à laquelle l'étranger cherche à parvenir depuis le début. La découverte de cette inscription confirme ce que nous essayions d'illustrer précédemment, c'est-à-dire, une collision du temps subtilement mise en scène dans ce récit. Cette découverte signifie que l'ensemble du récit est une remontée temporelle du présent vers le passé.

---

① 一九九〇年的某个夏日之夜（p.65）
② 翌日清晨（*ibid.*）
③ 几天以后（p.66.）
④ 另一个夏日的傍晚（p.67）
⑤ 翌日清晨（p.73）
⑥ 今天晚上（p.80）
⑦ 翌日清晨（p.81）
⑧ 第二天（p.81）
⑨ 第三天（p.82）

Comme dans *La Route des Flandres* où le fantôme de l'ancêtre, emblème d'un passé enseveli, peut surgir brutalement sur le champ ardennais de 1940, dans les récits de Yu Hua, le passé a aussi cet aspect spectral qui trouble la procession linéaire du temps par sa réapparition. *1986* esquisse un plissement du temps en sens inverse de celui de *Passé et châtiment*, ce récit est une véritable théâtralisation du resurgissement du passé dans le présent. Dans le début, qui constitue un préambule indépendant du reste du récit, la narration alterne entre le présent et le passé, donnant des fragments parallèles sur, d'un côté, l'époque contemporaine, plus exactement l'an 1986 comme le révèle le titre du récit, et de l'autre, l'époque de la Révolution culturelle plus de dix ans avant. Le récit s'ouvre sur l'époque contemporaine. Le narrateur insiste sur la sérénité de la vie actuelle des personnages: la femme du professeur d'histoire « recouvr[e] sa sérénité » ; elle « mèn[e] une vie paisible » avec sa fille ; « le passé était parti en fumée et ne pouvait être ressuscité » (*1986*, p.9)[①]. Pourtant, un élément de trouble est révélé: la disparition mystérieuse de son mari, professeur d'histoire, pendant la Révolution culturelle. Au lieu de nommer directement cet événement, l'usage des formulations déictiques (« cette passe difficile », « cet événement passé »)[②] traduit le poids du passé qui s'impose encore sur ces personnages qui semblent l'avoir oublié. Ensuite, la découverte hasardeuse d'une feuille jaunie par l'épouse du professeur parmi les déchets déclenche une narration sur le passé. A la vue de cette feuille sur laquelle sont inscrits des supplices

① 风平浪静（……）平静地生活（……）那往事已经烟消云散无法唤回（p.118）
② 那段苦难（……）那往事 *(ibid.)*

archaïques, l'épouse du professeur tombe dans le coma. Après avoir laissé typographiquement l'espace d'une ligne qui signifie une rupture dans la narration, le récit se transfère soudainement dans le passé et énonce l'arrestation et l'évasion du professeur. Vers la fin de ce préambule, la narration revient, après un autre blanc, à l'époque contemporaine, mais le retour du passé est définitivement annoncé. C'est ainsi que commence le premier chapitre: « L'homme entra en claudiquant dans la petite ville. » (*1986*, p.23). Dès lors et jusqu'à la fin du récit, la narration reste sur l'époque contemporaine, et ne retourne plus dans le passé. Mais cet étranger qui surgit, est-ce l'homme disparu, ou le passé même ?

Cet homme, dont l'identité n'est jamais explicitée – il est appelé simplement « le fou » –, est bien le professeur d'histoire qui a disparu. Cela peut être détecté à travers quelques indices laissés dans le texte: leur même passion pour les supplices archaïques et la réaction étrange du fou en apercevant la fille du professeur au nœud papillon. Si l'expert en châtiments dans *Passé et châtiment* révèle lui-même son lien avec le temps en disant « Je suis ton passé », l'identification entre le professeur d'histoire et le passé est plus implicite dans *1986* dont le style est plus réaliste. Pourtant, une lecture intertextuelle entre ces deux personnages nous permet de trouver des points communs, et cette découverte va par la suite soutenir notre présupposition: celle de considérer le personnage du professeur d'histoire comme l'incarnation du passé. Tous deux sont passionnés par les châtiments: « l'expert en châtiments maîtrisait la totalité des châtiments pratiqués par les humains » (*1986*, p.48), tandis qu'encore étudiant à l'école normale, le professeur d'histoire compte, au sortir de l'école, se spécialiser sur les châtiments (*1986*, p.15). Tous deux sont arrêtés à cause de leur passion pour les châtiments: les gens accusent l'expert d'« avoir fait don de ses châtiments un par un à des membres de leur famille » (*1986*, p.58) ; les gardes rouges qui arrêtent le professeur viennent avec une feuille écrite de sa main et dont le contenu est flou – les souvenirs du professeur nous révèlent plus tard que sur cette feuille se trouvent des notes qu'il a prises pour sa passion de jadis –, c'est cette feuille qu'il croyait avoir jetée qui sert d'accusation aux gardes rouges. À ces deux points communs s'ajoutent aussi leurs mêmes tentatives d'exercer des supplices sur eux-mêmes. Il y a donc une similitude impressionnante entre ces deux personnages, de sorte qu'on peut mieux lire l'un à travers l'autre. Par exemple, dans *Passé et châtiment* où le temps historique est plus flou, c'est à travers l'arrestation du professeur dans *1986* qu'on comprend que la scène de jugement décrite par l'expert est une allusion à la Révolution culturelle. C'est aussi en raison de cette similitude qu'on propose d'abstraire le personnage du professeur d'histoire et de le lire comme l'incarnation du passé. Ainsi, bien qu'au niveau narratologique, il n'y ait plus d'entrecroisement entre le passé et le présent tel qu'il est dans le préambule, le passé et le présent sont inextricablement mêlés dans le reste du récit. Le retour du professeur signifie le surgissement d'un désordre dans la chronologie: le passé n'est plus celui qui hante le présent ou lui fait l'écho de loin, il se greffe sur le présent – il y est, *dans* le présent même. Désormais, le passé se situe du même côté que le présent sur l'axe temporel, parallèle à celui-ci, comme une ombre, comme un double. Le spectre est revenu.

Par le piétinement, l'accélération et la régression du temps, deux représentations paradoxales sont associées dans *La Route des Flandres*. D'une part, il y a un temps vu comme une entité immobile, figée, compacte, en contradiction avec la vision habituelle d'un temps qui « s'écoule ». De l'autre, la non-linéarisation engendre un temps qui se multiplie. Au temps immobile s'oppose l'absence d'ancrage stable des événements et de leurs acteurs, pris dans une accélération ou une régression, dans un perpétuel mouvement de va-et-vient dû aux rencontres avec l'événement. Les personnages semblent être enserrés par un temps à la fois mouvant et immobile. Mais le paradoxe n'est qu'apparent. Tantôt en mouvement tantôt en immobilité, l'homme se trouve en réalité au sein d'un temps qui est cyclique.

A la violence de la guerre et à la mort des soldats et des chevaux succède, sans transition, la scène de « sylvestre paix » au bord de l'étang, où Georges, sauvé par hasard par sa selle trop longue, peut écouter le chant des coucous et observer les grenouilles plonger dans l'étang (RF, pp.152-154). Scène qui donne un étonnant contraste entre l'instabilité et l'impassibilité, symboles du temps plus immuable, plus impératif, indifférent à toutes agitations humaines. L'instabilité à laquelle semblent être condamnés les personnages n'est en fait qu'une figure de la répétition inéluctable de l'Histoire. Ce mouvement de répétition dénonce immédiatement toute idée de progression du temps. S'il y a une prolifération du temps provoquée par la distorsion – piétinement, accélération ou régression –, cette prolifération relève d'un temps cyclique, infini mais sans issue, dans lequel l'homme tourne en rond, forcé de cheminer sans pouvoir jamais s'arrêter. Ce n'est pas un hasard si la scène de la mort du capitaine est juxtaposée à celle du concours hippique. La débâcle sur la route des Flandres trouve son écho dans l'échec sur la piste hippique. Autrement dit, l'échec sur le champ de bataille est préinscrit dans un passé largement antérieur, celui de l'échec sur le cheval. L'image de la troupe perdue chevauchant dans la campagne nocturne est représentative de toutes les entreprises militaires qui n'ont cessé de traverser l'Histoire depuis les temps les plus anciens: « les ténèbres froides où, invisible, s'étirait interminablement la longue théorie des chevaux en marche depuis toujours » (RF, p.35). S'il restait quelque chose de repérable, ce ne pourrait être rien d'autre que le mouvement cyclique des manifestations de la violence, semblables aux cyclones, « sans autre objet qu'une aveugle et nulle fureur secouant sauvagement et au hasard ce qu'ils rencontrent sur leur chemin » (RF, p.271).

Dans *La Route des Flandres*, la progression du temps est transformée en mouvement circulaire et répétitif, traduite à différents niveaux dans le récit. L'aspect répétitif du temps est reproduit dans la structure même du roman, et la périodicité est un point capital de l'écriture simonienne. La composition de *La Route des Flandres* est faite en forme d'as de trèfle qu'on ne peut dessiner d'un seul trait qu'en passant trois fois par le même point. Par exemple, la présence constante du cheval est formée selon un schéma de mouvement en trèfle. Dans leur errance, les cavaliers reviennent trois fois de suite vers le cadavre du cheval mort dans la bataille. De même, les conversations entre les trois soldats repassent toujours par l'histoire de de Reixach. La question « Pourquoi de Reixach s'est fait tuer ? »

ne trouve jamais sa réponse, mais on ne cesse d'y revenir. Ces détours et retours donnent au narrateur l'impression de repasser devant des paysages déjà vus, de revivre des événements déjà vécus: « j'ai déjà vu ça quelque part. […] Mais quand ? Et où donc ? » (RF, p.95). Le « schéma de trèfle »① dont Claude Simon se sert pour expliquer cette disposition textuelle désigne l'errance à la fois géographique et mentale, et montre l'absence de progression du temps. La fin du roman se termine par la description de la chevauchée et de la mort de de Reixach, faisant en sorte que le récit se replie sur lui-même et que l'ensemble du roman forme une boucle.

Le retour est l'un des thèmes qui hantent les récits de Yu Hua. Le retour du professeur d'histoire dans *1986* et celui de l'étranger vers son passé dans *Passé et châtiment* impliquent tous un temps qui se replie, tandis qu'*Un événement fortuit* est explicitement une démonstration du mouvement circulaire du temps. Dans ce récit, la durée du temps narré est approximativement de trois mois, du 5 septembre au 3 décembre 1987. « L'événement » commence par un meurtre dans un café. A la fin du récit, la même scène se répète au même endroit, entre deux personnes qui ont été, trois mois avant, témoins de la première scène. La progression vraisemblable du temps, confirmée par la correspondance régulière des deux personnages, amène le récit vers le début, faisant d'un événement fortuit un événement répétitif. Il n'y a pas de progression, mais retour au point

① « […] dans *La Route des Flandres*, les cavaliers dans leur errance (ou le narrateur errant dans sa forêt d'images) repassent par ou reviennent toujours à ces points fixes que sont Corinne ou, topographiquement, le cheval mort au bord de la route, suivant ainsi un trajet fait de boucles qui dessinent un trèfle, semblable à celui que peut tracer la main avec une plume sans jamais lui faire quitter la surface de la feuille de papier. » – Claude Simon, « La Fiction mot à mot », communication, suivie d'une discussion, au Colloque de Cerisy, 20-30 juillet 1971, in *Nouveau roman: Hier, aujourd'hui, tome II: Pratiques*, Paris, U.G.E. (10/18), 1972, pp.88-89.

de départ.

La composition de certains récits de Yu Hua contribue aussi à traduire le temps cyclique, ceci est particulièrement remarquable dans *Un amour classique*. Ce récit peut être divisé en quatre épisodes, principalement au rythme des saisons et des sessions trisannuelles d'examens mandarinaux (1er épisode: chapitre 1 ; 2ème épisode: chapitre 2 ; 3ème épisode: chapitres 3 et 4, et 4ème épisode: chapitres 5 et 6). Ces quatre épisodes basculent entre le printemps et l'automne, et les trois éléments récurrents (la grande route jaune, la ville et le pavillon où se trouve la jeune fille) servent de cadre à une série de métamorphoses où des différences apparaissent à partir d'une narration répétitive. Liu Sheng, en route vers la capitale pour passer ses examens mandarinaux, traverse une ville prospère et rencontre une belle fille dans un riche et beau pavillon. Dans le second épisode, lorsqu'il rentre de la capitale quelques mois plus tard, il découvre la ville inchangée mais un pavillon en ruine. A l'épisode suivant, la ville est également dévastée et les gens se nourrissent de chair humaine. Enfin, dans le dernier épisode, tout redevient normal, la ville retrouve sa splendeur et le pavillon réapparaît, dans lequel réside aussi une jeune fille. La composition du récit correspond non seulement à la mutation et à la répétition saisonnières, mais aussi à l'égarement et le retour de l'ordre dans la société humaine.

Malgré la sensation de bouleversement du protagoniste et ses souvenirs du passé toujours inassimilable, le temps continue de s'écouler invisiblement dans son mouvement de répétition, les herbes à pousser et l'histoire à se refaire. Lorsque la guerre est finie, le père de Georges reprend son habitude d'aller travailler dans le kiosque sur ses livres de philosophie, recommence à aligner « les pattes à mouches », à ordonner les mots élégamment les uns après les autres, « insignifiants, sonores et creux, dans d'élégantes phrases insignifiantes, sonores, bienséantes et infiniment rassurantes » (RF, p.219). « [P]ar delà les années, le temps supprimé » (RF, p.52), ce monde que le narrateur s'efforce de montrer en train de se diluer, de partir « en eau et en rien » apparaît « unifié, fait d'une seule matière, verte, mauve ou bleue, enfin réconcilié » (RF, p.229). Il rajuste et se recolle à une incroyable vitesse, semblant ne garder aucune trace des événements:

> tout avait pris fin, c'est-à-dire s'était refermé, cicatrisé, ou plutôt (pas cicatrisé, car aucune trace de ce qui s'était passé n'était déjà plus visible) rajusté, recollé, et si parfaitement qu'on ne pouvait plus discerner la moindre faille, comme la surface de l'eau se refermer sur un caillou, le paysage reflété un moment brisé, fracassé, dissocié en une multitude incohérente d'éclats, de débris enchevêtrés de ciel et d'arbre […], se reformant, le bleu, le vert, le noir se regroupant, se coagulant pour ainsi dire, s'ordonnant, ondulant encore un peu comme de dangereux serpents, puis s'immobilisant, et plus rien […] maintenant que cette surface laquée et impénétrable (RF, p.218 *sq*.)

La prospérité du présent dissimule la fureur et la violence d'autrefois. Le rétablissement de la nature traduit l'effacement de la mémoire de guerre chez les rescapés. A la répétitivité de l'Histoire

social qui impose son ordre. Cette structuration du temps est bouleversée dans l'écriture de Simon et celle de Yu Hua. Ce que visent nos deux écrivains n'est pas de remettre en ordre l'événement, mais à le faire apparaître pour ce qu'il était. L'incohérence des expériences ne pourrait être dite d'une manière cohérente. Et le désordre ne saurait être restitué par l'ordre linéaire. C'est la raison pour laquelle au désordre du temps perçu répond immédiatement le chaos du temps au niveau de la narration. Le passage à l'écriture nécessite des débordements du récit, et sous l'effet de l'événement évoqué le temps est obligé de sortir de ses gonds.

Certes, dans *La Route des Flandres* Claude Simon donne des référents historiques, géographiques et familiaux. Mais le lecteur peut aussitôt remarquer que les jalons temporels (datations, adverbes de temps, temps verbaux, etc.) qui pourraient expliciter le déroulement des événements sont particulièrement rares. L'une des dates citées avec le plus d'exactitude est celle inscrite par l'ancêtre conventionnel sur les vingt-trois tomes de l'œuvre complète de Rousseau: 1783 (RF, p.79). Tout le reste relève de brèves notations rarement précises, souvent obliques, de sorte qu'on a l'impression que les événements évoqués se passent tous dans un brouhaha, sans qu'un passé lointain ne se distingue nettement d'un passé récent. Dans le passage où Georges fouille dans les vieux papiers de famille, c'est uniquement les « décrets de la Convention » parmi les « brevets royaux, ordres de mission, décrets de la Convention » qui nous aident à faire allusion à la Révolution, à l'Assemblée législative (1792-1795) et à toute une série d'événements de l'époque. De même, ce qui se passe au cours de la campagne de mai 1940, qui est pourtant la toile de fond de ce roman, n'est jamais explicitement daté dans le texte – on dit seulement qu'il s'agit d'une expérience de « dix jours » ; les Flandres ne sont pas nommées non plus dans le roman – on parle seulement d' « un village perdu des Ardennes » (RF, p.57), ou de « ce matin d'hiver dans les Ardennes » (RF, p.191). On voit donc que dans *La Route des Flandres*, Claude Simon opère un brouillage portant sur la chronologie. Il a choisi d'évoquer un événement historique fortement temporalisé, c'est-à-dire un événement précis, situé en un temps historique précis, en utilisant des indicateurs temporels volontairement maintenus dans le flou, déconnectés d'une Histoire contemporaine qui est explicite.

A partir de ce roman que Claude Simon a voulu d'abord nommer *Dans le labyrinthe,* ce qui implique la complexité de sa temporalité, nous essayons de tirer quelques grands axes temporels: **avant guerre:** l'évocation des courses, de Corinne, d'Iglésia et de Reixach, de la conversation de Georges avec son père ; **au temps de la guerre**: avant la débâcle – la troupe arrêtée dans la nuit, l'arrivée au cantonnement, la fille à la lampe, le réveil le matin dans la grange, le cheval malade ; la débâcle – la mort de Wack, les quatre cavaliers sur la route, la mort de de Reixach, l'errance de Georges et Iglésia, le cheval mort, etc. ; après la débâcle – Georges et Blum dans le wagon, puis au camp des prisonniers ; **après la guerre** – le retour de Georges dans son pays, Georges et Corinne dans une chambre d'hôtel. A ces trois grands axes, il convient aussi d'ajouter l'évocation de l'ancêtre conventionnel du XIIIe siècle, ce qui élargit la dimension temporelle du roman à plus de deux siècles.

Cependant, ce schéma de temporalité établi après coup n'est là que pour nous rappeler que dans ce roman règne une désorganisation fondamentale du temps. L'évocation des événements n'obéit à aucune intentionnalité historique, c'est-à-dire qu'en narrant tel ou tel épisode ou tel ou tel événement, l'écrivain ne cherche nullement à reconstituer une succession chronologique, ni à nous livrer la causalité externe qui lierait les faits. En « démontant » le roman en petites séquences – fragments avec lesquels Claude Simon a fait son montage –, le travail de Jacques Brès[①] dans « Problématique temporelle de *La Route des Flandres* » nous montre à quel point l'ordre de la fiction (l'ordre selon lequel se déroule l'événement dans le temps) est systématiquement transformé par l'ordre du récit (l'ordre selon lequel l'événement est énoncé dans le récit). *La Route des Flandres* fait l'expérience d'une représentation du temps qui échappe à la linéarité chronologique. Les transformations de l'ordre de la fiction déconstruisent le temps vraisemblable qui est le temps vécu par les personnages et que l'écrivain fait revivre au lecteur. Nous allons voir cette désorganisation de la narration en partant des interrogations sur les éléments les plus fondamentaux.

Qui parle, à qui et où ? C'est la question que se pose sans cesse le lecteur de *La Route des Flandres*. Dans la première partie du roman, il semble que ce soit Georges qui parle à Blum. Ayant retrouvé son camarade dans le wagon des prisonniers, il raconte à Blum les derniers moments de de Reixach que celui-ci n'a pas pu connaître. Cette position se maintient jusqu'à la fin de la première partie où elle est brutalement contestée:

---

① Jacques Brès, « *La Route des Flandres*: une machine à démonter l'ascendance du temps narratif », in Renée Ventresque (éd.), *Claude Simon. A partir de* La Route des Flandres, *Tours et détours d'une écriture*, Montpellier, Université Paul-Valéry, 1997, pp.13-25.

> Puis il se rendit compte que ce n'était pas à Blum qu'il était en train d'expliquer tout ça (Blum qui était mort depuis plus de trois ans maintenant [...]), se rendant compte que ce n'était pas à Blum qu'il était en train d'essayer d'expliquer tout ça en chuchotant dans le noir, et pas dans le wagon non plus [...] (RF, p.88-89)

On découvre ensuite que le narrateur est en compagnie d'une femme: « [...] mais une seule tête maintenant, qu'il pouvait toucher en levant simplement la main » (RF, p.89). C'est donc à cette femme « au visage tout entier comme une espèce de fleur noire penché au-dessus du sien comme si elle cherchait à y lire, à deviner... » (RF, p.90) que le narrateur est en train de raconter. On découvre aussi, dans la troisième partie, que cette femme est Corinne, veuve de de Reixach, que Georges rencontre après la guerre. Il est généralement considéré que la nuit que Georges passe à l'hôtel avec Corinne est le point de départ de la narration, à partir duquel le présent et le passé, les souvenirs d'époques différentes s'appellent et se répondent. C'est dans ce sens que Jacques Brès propose de nommer cette nuit « le lieu de l'ordre où se crée le désordre temporel » du roman. Dominique Viart appelle, en faisant référence aux notes de cours de Merleau-Ponty, cette modalité narrative « une structure énonciative en gigogne », c'est-à-dire que la narration est construite dans un système d'emboîtement du type: « Georges raconte à Corinne que Georges racontait à Blum que... ». Cette position narrative est confirmée plusieurs fois dans le récit où le narrateur se retire de son énonciation pour retourner dans son « état présent ».

Néanmoins, il ne s'agit pas d'une structure narrative semblable à celle des *Mille et une nuits*, et la différence entre *La Route des Flandres* et *Les Mille et une nuits* ne se résume pas à la question de savoir si c'est « Georges raconte à Corinne que Georges racontait à Blum que... » (le narrateur reste le même) ou « Chahrazade raconte que Dja'far raconte que le tailleur raconte que le barbier raconte que son frère raconte que... » (le narrateur change chaque fois). La notion d'« enchâssement » chez Todorov et chez Genette dans leurs analyses des textes traditionnels tel *Les Mille et une nuits* s'avère insuffisante pour être mise en pratique sur *La Route des Flandres*, celui-ci met au défi certaines théories narratologiques.

Avec *La Route des Flandres*, Claude Simon écrit un récit qui met en ordre avant de revenir en désordre. Ce geste paradoxal de l'écriture peut être confirmé par l'exergue de son roman *Histoire*, empruntée à Rilke: « Cela nous submerge. Nous l'organisons. Cela tombe en morceaux. / Nous l'organisons de nouveau et tombons nous-mêmes en morceaux. » En ce qui concerne *La Route des Flandres*, nous allons découvrir que la narration finit par tomber en morceaux avec le narré. Aussitôt après la révélation de seconde position narrative, à la fin de la première partie il y a une dispute entre Corinne et Georges:

> et elle: Continue parle-lui encore, et lui: A qui ? et elle: En tout cas pas à moi, et lui: Alors à qui ? » (RF, p.90)

Le narrateur semble plus être ailleurs que là où il est censé être. Corinne reproche à Georges de parler à une autre personne alors qu'elle est la seule personne à côté de lui. Qui est le véritable destinataire de la narration ? Blum, qui est mort dans les camps en Allemagne, et que Georges confond avec Corinne et auquel il croit continuer à parler dans le noir ? Ce n'est pas sûr ; Corinne nous dit tout simplement qu' « en tout cas pas à [elle] ». La même remarque réapparaît dans la troisième partie du roman après une autre longue évocation de la guerre, mais cette fois de plus en plus visible, où Corinne persiste dans son interrogation:

> elle dit A quoi penses-tu ? je dis A toi, elle dit de nouveau Non Dis-moi à quoi tu penses, je dis A toi tu le sais bien, je posai la main sur elle juste au milieu (RF, p.259)

Puis à la page suivante, la question est de nouveau posée:

> elle dit A quoi penses-tu réponds-moi Où es-tu ? de nouveau je posais ma main dessus: Ici, et elle: Non, et moi: Tu ne trouves pas que je suis là ? j'essayais de rire, elle dit Non pas avec moi » (RF, p.260).

Nous pouvons constater, à travers ces trois interrogations, que la question permute: de « à qui parles-tu » à « à quoi penses-tu », jusqu'à « où es-tu ». Le verbe « parler » implique qu'il y a une énonciation par la voix dans l'épisode précédent – c'est Georges qui raconte et Corinne qui écoute –, tandis que « penser » signifie que cette fois l'énonciation se fait dans la mémoire du narrateur, et qu'il s'agit d'une anamnèse. Dans la deuxième interrogation, Corinne, qui devait être le narrataire, est complètement délaissée, ne suivant plus l'énonciation de Georges. Dans la troisième interrogation, non seulement la pensée du narrateur est portée ailleurs, mais son corps, son existence semblent aussi partir, c'est pour cela que Corinne s'affole en demandant « réponds-moi » et « *Où* es-tu ? ». Les réponses du narrateur – les « à toi » et « ici » – et les répliques de Corinne – les « non » et « pas avec moi » – ne font que mettre en relief la digression d'une énonciation à voix vers une remémoration interne, et nous montrer à quel point le narrateur est emporté par l'énoncé et par sa propre énonciation :

> Puis Georges ne l'écoutant plus, ne l'entendant plus, enfermé de nouveau dans l'étouffante obscurité avec sur la poitrine cette chose, ce poids qui n'était pas de la tiède chair de femme mais simplement de l'air comme si l'air gisait là aussi sans vie avec cette pesanteur décuplée, centuplée, des cadavres, le cadavre pesant et corrompu de l'air noir étendu de tout son long sur lui sa bouche collée à la sienne, et lui essayant désespérément de faire pénétrer dans ses poumons cette haleine au goût de mort, de corruption (RF, p.91)

Le corps tiède de la femme dont il ne cesse de rêver depuis cinq ans ne lui suffit pas à combler le désir, impossible à assouvir, de comprendre le geste suicidaire de de Reixach. Il continue à se remémorer, à revivre pour ainsi dire physiquement ce qui s'est passé et dont il n'a toujours pas la clef. Tout perd son poids substantiel, emporté dans la mort, dans un temps sans existence, mettant ainsi en crise l'acte même d'énoncer. Une telle modalité narrative ne vise pas à remonter le temps, mais elle l'a systématiquement annulé. De cette constatation, un soupçon est porté sur la seconde position narrative qu'on a déterminée plus haut et qui semble maintenant moins solide. Le statut de narrataire de Corinne est bien menacé.

Non seulement ce n'est probablement pas à Corinne que s'adresse l'énonciation, mais aussi le moment de l'énonciation n'est pas bien défini non plus. Tout au long du récit, l'utilisation générale du participe présent crée une ambivalence qui vient mettre un trouble portant sur le moment de l'énonciation. Le roman s'ouvre sur un récit au passé, mais les participes rendent les événements présents. Par son « désancrage » énonciatif, le participe présent permet de jouer un rôle de passerelle entre les scènes discontiguës en temps raconté. Par exemple, dans « […] me demandant / quelle heure pouvait-il être » (RF, p.279), une triple discontinuité, aux niveaux syntaxique, énonciatif et typographique, vient affirmer l'interrogation récurrente du temps posée sémantiquement dans la phrase. Il est impossible de localiser l'acte de « demander » par rapport à d'autres actes du personnage, comme s'il se réalise continuellement, opérant la narration sur une ligne temporelle immobile. Et la continuité sémantique du participe présent semble être maintenue par l'absence de règle typographique. L'usage massif du participe présent dans la séquence de l'hôtel renforce ce brouillage (voir la citation précédente : « Puis Georges ne l'écoutant plus... »). Si cette séquence était le point de départ de toute la narration, il devrait bien y avoir un signe temporel qui fait distinguer ce « présent » du « passé » qui est l'objet de l'énonciation, alors que le participe présent met tout au même niveau, de sorte que le présent de l'énonciation semble trouver une profondeur dans d'autres présents qui sont réactivés par l'acte d'énoncer et qui relèvent en fait du passé. Les indices concernant le présent d'énonciation sont particulièrement rares, mais si on regarde de plus près, quelques ambiguïtés apparaissent, dont celle qui survient à la toute fin de la première partie:

> Ce n'était pas à son père qu'il voulait parler. Ce n'était même pas à la femme couchée invisible à côté de lui, ce n'était peut-être même pas à Blum qu'il était en train d'expliquer en chuchotant dans le noir que si le soleil ne s'était pas caché ils auraient su de quel côté marchaient leurs ombres (RF, p.95)

Notre attention est non seulement retenue par le contenu de ce passage, qui confirme le manque de pertinence de toutes les positions narratives qu'on a préalablement supposées, que ce soit Georges-Blum ou Georges-Corinne, mais aussi par l'usage de l'imparfait, qui montre que la séquence de l'hôtel et les autres séquences sont toutes narrées au passé: il n'y a donc pas de subordination des unes à l'autre. Un autre passage donne à penser que la nuit avec Corinne est elle-même l'objet d'une remémoration du narrateur:

> Qu'avais-je cherché en elle espéré poursuivi jusque sur son corps des mots des sons aussi fou que lui avec ses illusions

> feuilles de papier noircies de pattes de mouches des paroles que prononçaient nos lèvres pour nous abuser nous-mêmes (RF, p.259)

Y a-t-il un point ultime de l'énonciation autre que la nuit de l'hôtel ? Le récit ne l'explicite pas, nous laissant dans une véritable incertitude à l'égard du lieu et du moment d'où procède l'énonciation. Si le temps dans *La Route des Flandres* est, comme disent beaucoup de critiques, la transposition d'un temps organiquement vécu, la cohabitation du passé et du présent est plus l'effet d'un trouble de mémoire provoqué par la remémoration d'un passé étouffant que d'une structure temporelle simplement subjective. Le narrateur lui-même confond les situations narratives. Dans l'épisode du wagon, la question du temps est posée alternativement par Georges et Blum, sans qu'il soit clairement déterminé s'il s'agit de deux moments différents ou de l'inversion d'une même scène. La première occurrence est attribuée à Georges:

> cherchant à me rappeler depuis combien de temps nous étions dans ce train un jour et une nuit ou une nuit un jour et une nuit mais cela n'avait aucun sens le temps n'existe pas Quelle heure est-il dis-je est-ce que tu peux réussir à voir l', Bon sang dit-il qu'est-ce que ça peut foutre (RF, p.19)

Elle se trouve inversée dans la reprise suivante:

> Puis, avant même que Blum le lui ait demandé il songea Quelle heure peut-il bien être, et avant même d'avoir commencé à lui répondre Qu'est-ce que ça peut faire, il se l'était déjà répondu, pensant que de toute façon le temps ne pouvait plus leur être maintenant d'aucun usage (RF, p.70)

Les contenus des paroles sont très proches les uns des autres, mais le rôle des interlocuteurs a été permuté: dans le premier passage, c'est Blum qui répond à la question posée par Georges, tandis que dans le deuxième c'est l'inverse. Ce changement met en péril l'exactitude du souvenir et réduit doublement à néant la pertinence de la question posée sur le temps.

> et Georges (à moins que ce ne fût toujours Blum, s'interrompant lui-même, bouffonnant, à moins qu'il (Georges) ne fût pas en train de dialoguer sous la froide pluie saxonne avec un petit juif souffreteux – ou l'ombre d'un petit juif, et qui n'allait bientôt plus être qu'un cadavre – un de plus – de petit juif – mais avec lui-même, c'est-à-dire son double, [...] ou peut-être des années plus tard ; toujours seul (quoiqu'il fût maintenant couché à côté d'une tiède chair de femme) toujours en tête-à-tête avec ce double, ou avec Blum, ou avec personne): [...] (RF, p.176)

La Route des Flandres fait expérience d'une quête vaine du sens. Le narrateur ne sait plus à qui il s'adresse, ni où ni quand il parle. Il estompe autour de lui la situation même dans laquelle sa narration se réalise. Il est arraché à son présent, et semble être entièrement absorbé par la remémoration du passé au point de perdre la conscience de son présent effectif. Il n'est plus fixé dans un espace-temps singulier, et le point de départ d'où procède la narration devient donc indéterminable, voire absent, ce qui est d'autant plus troublant quand il s'agit d'un récit de remémoration. Le temps de la nuit d'hôtel qui pourrait enfermer ce récit de mémoire dans une unité de temps se trouve lui-même vidé. La temporalité subjective, celle de la mémoire, n'est pas arrangée de sorte qu'elle soit enchâssée dans le temps vraisemblable, ce qui répondrait mieux aux conventions réalistes. C'est une narration sans racine, sans origine, infiniment ouverte vers une introspection. C'est une énonciation sans destinataire, un récit sans adresse: Georges ne raconte à personne, il se raconte, dans le temps hors de toute temporalité, dans le temps « invisible immatériel sans commencement ni fin ni repère ». Les bribes de récits sont réduites à l'état de bribes encore plus incertaines par la remémoration et même la double remémoration. La remémoration du dialogue ave Blum est emboîtée dans le dialogue, ou monologue, ou « psycho-récit » conduit auprès de Corinne. Cela explique en partie, le dédoublement du « je » en « il ». Certes, le système concurrentiel entre « il » et « je » dans la narration de *La Route des Flandres* implique une volonté de l'auteur de maintenir l'incomplétude du récit et de marquer l'échec de toute mise en ordre. Mais il peut aussi être appréhendé comme une volonté du narrateur: c'est Georges, désireux de connaître la vérité sur la mort énigmatique de de Reixach, qui tantôt raconte (Georges étant un personnage), tantôt se raconte

(Georges étant le narrateur lui-même) les diverses histoires qu'il a entendues et racontées à des époques différentes.

Le désordre dans la conscience du narrateur affecte son énoncé. Celui-ci subit diverses déformations, et souvent la narration glisse subrepticement d'un élément à l'autre par un jeu du « sembler voir » déclenché par la remémoration comme dans ce passage qui fait passer de la débâcle de 1940 à la vision des champs de courses d'avant-guerre:

> redressant la tête et reprenant avec ce petit sous-lieutenant sa paisible conversation du genre de celles que peuvent tenir deux cavaliers chevauchant de compagnie [...] et où il devait sans doute être question de chevaux, de camarades de promotion, de chasse ou de course. Et il me semblait y être, voir cela: des ombrages verts avec des femmes en robes de couleurs imprimées [...] (RF, p.18.)

Philippe Bonnefis, puis Peter Janssens proposent une « lecture archéologique » de l'œuvre simonienne, en introduisant la notion de géologie – l'« Histoire de la Terre » – dans leur critique. Ils considèrent les strates du passé comme celles de la Terre, et le travail de la mémoire comme celui des mouvements géographiques[①]. « Il ne faut pas commencer par le temps, mais par la Terre. »[②]– dit Peter Janssens. En effet, cette démarche qui consiste à lire le désordre du

---

① Philippe Bonnefis, « Entre Trias et Crétacé », in *Les Sites de l'écriture. Colloque Claude Simon*, pp. 67-92. Peter Janssens, *Claude Simon. Faire l'Histoire*, Villeneuve d'Ascq, Presse universitaires du Septentrion, 1998.

② Peter Janssens, *ibid.*, p.51.

temps et de la narration comme un désordre géologique est fort illustrative pour une œuvre comme *La Route des Flandres*, où tout est « pêle-mêle »: « Les instants et les époques se touchent. [...] Il n'y a là rien de clair et distinct. »① Claude Simon lui-même a tendance à établir une telle analogie entre son œuvre et la géologie. Dans son essai « Fiction mot à mot », il emprunte le concept du puits artésien pour illustrer le rapport entre différents éléments mémoriels et narratifs:

> Ainsi dans *La Route des Flandres* [...] s'organise un jeu des éléments autour d'un point central: le roman s'ouvre et se ferme sur la chevauchée mortelle de de Reixach sur la route, le centre exact du livre étant occupé par l'épisode de l'anéantissement de l'escadron surpris par une embuscade, épisode lui-même « cadré » par le début et la fin de la course d'obstacles que dispute et perd Reixach (s'anéantissant ainsi, ou se perdant, aux yeux de Corinne). Divers épisodes, différents thèmes (comme celui des paysans du cantonnement) apparaissent et disparaissent de part et d'autre de l'élément central, l'ensemble se présentant en somme un peu comme ces coupes de terrains au centre desquels se trouve un puits artésien et dont les différentes couches superposées (sableuses, argileuses, etc.) décrivant une courbe sous-jacente, toujours présente, donc, en profondeur, affleurent à la surface de part et d'autre du puits.②

① *Ibid.*, p.52.

② Claude Simon, « Fiction mot à mot », in *Claude Simon. Œuvres*, Paris, Gallimard, Bibliothèque de la Pléiade, pp.92-93.

Le schéma d'illustration qui accompagne les propos de Claude Simon montre bien ce système de puits artésien dans *La Route des Flandres*. Le temps historique est fracassé en fragments dispersés dans différentes couches qui se superposent selon un mouvement de stratification. Mais les couches enterrées demeurent virtuellement présentes en raison d'une déformation géologique, de manière que les strates d'en bas, affectées par une distorsion, remontent à la surface du terrain. Que ce soit par le fonctionnement du puits artésien ou d'autres déplacements géologiques, une même dé-chronologisation que celle subite par la Terre marque la narration de *La Route des Flandres:* « Eres et aires sont mêlées, comme si les traces fossiles du Pliocène se trouvaient mêlées à celles du Jurassique. »[①] Les différents éléments narratifs apparaissent et disparaissent, avant d'être repris par la narration. Ainsi, la vision d'un cheval en mai 1940 renvoie à un concours hippique d'avant-guerre, la mort du colonel de Reixach entraîne une évocation de l'ancêtre, et ainsi de suite. La mort de de Reixach, évoquée pour la première fois au début de la première partie, réapparaît à différents moments dans le récit. Elle constitue un point aveugle, autour duquel les autres images constituant les différentes strates du passé, refoulées ou délaissées dans la mémoire, remontent à la surface: le dedans devient le dehors et le dessous dessus.

Ainsi, dans ce roman, certaines séquences s'entrecroisent et donnent l'impression d'une relation de succession (indiquée par exemple par l'adverbe *puis*), mais il s'agit réellement, c'est-à-dire dans le temps raconté, d'une relation d'antériorité. Nous allons voir

① Peter Janssens, *op.cit.*, p.53.

cela à travers une scène qui démontre exemplairement ce genre de déformation du temps narré. C'est la scène de chevauchée décrite entre la page 23 et la page 31, que Jacques Brès a déjà essayé d'examiner dans son article[①]. A première lecture, on a affaire dans cette scène à la chevauchée des soldats, saisie en deux moments: la disposition typographique ainsi que les adverbes de temps nous invitent à distinguer une première séquence (pp.23-28, A) d'une seconde (pp.28-31, B) s'inaugurant par l'adverbe *puis:*

> [...] comme si ce que les gens estimaient le plus précieux c'étaient des chiffons, des loques, des draps déchirés ou tordus, dispersés, étirés, comme des bandes, de la charpie, sur la face verdoyante de la terre... (p. 28. Fin de la séquence A) Puis il cessa de se demander quoique ce fût, cessant en même temps de voir quoiqu'il s'efforçât de garder les yeux ouverts [...] (*ibid.* Début de la séquence B)

Par l'adverbe « puis », nous avons à comprendre que les événements racontés en B sont postérieurs à ceux racontés en A. Cette successivité trouve sa confirmation dans quelques notations temporelles: A se déroule dans « un après-midi de printemps ensoleillé », B dans la nuit (« il fit tout à fait noir », p.30), et sous la pluie (« et à un moment la pluie commença à tomber », p.29): la nuit semble succéder à l'après-midi, et la pluie au beau printemps. Le temps de la narration et le temps raconté semblent être en parfaite

---

① Jacques Brès, « *La Route des Flandres*: une machine à démonter l'ascendance du temps narratif », *op.cit.*

concordance. Mais un lecteur sensible se poserait des questions. En A, il s'agit de la chevauchée de quatre cavaliers (Georges, de Reixach, Iglésia et le lieutenant) qui est brutalement interrompue par la rafale de mitraillette allemande qui tue de Reixach, alors que curieusement B ne mentionne pas du tout cet épisode. C'est cette ellipse qui nous invite à questionner l'effectivité de la succession de ces deux séquences dans le temps raconté. Ensuite, une autre remarque vient corroborer le doute: dans B, le narrateur chevauche avec l'escadron, avec le « régiment tout entier » (RF, p.29), dont le martèlement monotone et multiple des sabots trouble sa perception sonore. La topologie temporelle de cette séquence se trouve donc avant l'embuscade, alors que les quatre cavaliers dans A sont tout ce qui reste dudit escadron, ce qui nous conduit dans un temps qui se situe après l'embuscade. Cette diachronie implique en fait que non seulement le temps raconté dans B n'est pas postérieur au temps raconté dans A, mais qu'il lui est antérieur. Deux fragments plus ou moins méconnaissables des diverses époques se trouvent co-présents. Le récit semble proposer une relation de succession, mais en réalité ces deux séquences sont en ordre régressif. C'est le martèlement des sabots qui permet la synthèse des deux temps en un seul et le grand bond en arrière du temps sans aucun signe de transition.

Il y a alors une « contradiction entre marques métanarratives et enchaînement actantiel »[①] dans *La Route des Flandres:* ce qu'on lit n'est pas ce qu'il est censé être raconté, et ce qu'on raconte n'est pas ce qu'il s'est passé. Le récit n'évolue pas, il régresse. Plus globalement, le temps narré est émietté en une multiplicité de

① *Ibid.*, p.18.

fragments non ordonnés, à tout le moins différemment ordonnés temporellement, détruisant ainsi le socle de la narrativité, à savoir, la progression du temps raconté. Ce désordre de la narration dit la puissance de l'énoncé. La confusion des fragments mémoriels laisse le vécu dans un magma et le « solipsisme narratif »[①] dans lequel s'immerge le protagoniste de *La Route des Flandres*, et aggrave l'effet d'enfermement:

> Mais l'ai-je vraiment vu ou cru le voir ou tout simplement imaginé après coup ou encore rêvé, peut-être dormais-je n'avais-je cessé de dormir les yeux grands ouverts en plein jour [...] (RF, p.296)

La fin du livre fait douter de la réalité du récit, et dilue la position énonciative dans une atemporalité narrative. Cette fin où Georges voit défiler devant ses yeux diverses scènes et situations fragmentées est scandée par des interrogations de plus en plus pressantes, dont il est vain de trouver la réponse: « mais comment savoir, comment savoir ? », « mais comment savoir, que savoir ? » (RF, p.285, 289). C'est aussi dans le même sens que Eberhard Gruber dit: « En effet, au centre de *La Route des Flandres* ne se trouve pas l'anéantissement de l'escadron, mais la dissociation d'un tel événement en défaite (militaire et hippique) et en mise en scène. »[②]

Les éditeurs français considèrent que les récits de Yu Hua sont

① Terme présumé par Dominique Viart, voir son livre *Une mémoire inquiète*, Paris, Puf, 1997, p.78.

② Eberhard Gruber, « Eléments de biographie pour une écriture probable », in *Claude Simon. Chemins de la mémoire*, sous la direction de Mireille Calle, Sainte Foy (Québec), Le Griffon d'Argile; Grenoble, Presses Universitaires de Grenoble, 1993, p.223.

« nourris de l'expérience de la Révolution culturelle, qu'il traversa enfant et qui hante ces pages sans jamais être nommée »[①]. C'est vrai, le temps historique est rarement explicité dans l'œuvre de Yu Hua des années 1980. Dans certains récits, ce n'est que par quelques indices laissés très discrètement ici et là que leur rapport avec le temps monumental est dévoilé. A part cela, la plupart de ses récits, aux formes diverses, souvent de style fantastique et qualifiés de « métafiction », semblent n'avoir aucun ancrage dans le temps réel de l'histoire contemporaine chinoise. Dans ce genre d'œuvres, le chaos de la forme du récit participe à dire le chaos de l'Histoire. *Quelques pages pour Yang Liu* est représentatif. Ce récit paraît tout d'abord exceptionnel par rapport à la plupart des œuvres de Yu Hua marquées par une réticence à parler du temps réel. Les indications du temps et de l'espace sont extrêmement abondantes dans ce récit. Les dates scandent le récit et sont données avec une exactitude presque scientifique – ex. « le 2 septembre 1988, le soir à cinq heures juste » (p.150)[②] –, souvent précédées d'un « c'est-à-dire » (*yejiushi*), afin de préciser la narration et localiser l'événement par son exacte position dans le temps historique – ex. « très longtemps après que j'eus fait cette découverte, c'est-à-dire le 8 mai 1988 »[③], « il y a dix ans, c'est-à-dire le 8 mai 1988 » (p.151)[④], « moins de quinze jours après son hospitalisation, c'est-à-dire le 14 août 1988 » (p.152)[⑤], « le

① Cf. Le point de vue des éditeurs sur la quatrième de couverture de *Sur la route à dix-huit ans*.

② 一九八八年五月二日傍晚五点整（p.88）

③ 在这个发现之后很久，也就是一九八八年五月八日那天（p.86). Nous n'avons pas repris la traduction de Jacqueline Guyvallet, qui a traduit ce fragment par « très longtemps après que j'eus fait cette découverte, le 8 mai 1988 exactement » (QP, p.147).

④ 十年前，也就是一九八八年五月八日（p.89）

⑤ 在他住院后不到半个月，也就是一九八八年八月十四日（p.90）

premier avril 1949, c'est-à-dire le lendemain de la libération de la petite ville de Yan » (p. 174)[①] –, donnant au récit la forme d'une archive historique. De même, sauf l'exception de la ville de Yan, les noms qui sont octroyés aux lieux existent véritablement dans le réel: Shanghai, Suzhou, Hangzhou, Zhoushan, Dinghai, l'Université Tongji, Taiwan, le débarcadère de Shiliupu, la gare routière de Xujiahui, etc. Mais au lieu d'élucider le récit, la multiplication des indications spatio-temporelles le désoriente, et aboutit à une plus grande confusion.

Afin de montrer le désordre du temps dans ce récit, nous essayons tout d'abord, en allant à contre sens, de résumer le contenu de chaque chapitre en quelques mots, avec parfois les indices du temps donnés par le narrateur[②]:

1. ma promenade [longtemps avant le 8 mai 1988] ;
2. ma première rencontre avec l'étranger ; l'évocation de l'étranger sur l'histoire de Tan Liang ;
3. conversation entre l'étranger et moi ;
4. l'étranger et la diminution de sa vue ; son opération, son voyage à Yan et sa rencontre avec Shen Liang ; l'évocation de l'histoire de Tan Liang par Shen Liang [peu après le 8 mai 1988];
5. ma promenade nocturne ; sensation d'être poursuivi ; rencontre imaginaire avec une jeune fille [le 8 mai 1988];
6. moi et la jeune fille imaginaire dans mon logis [le lendemain du

① 一九四九年四月一日，也就是小城烟解放的第二天（p.107）

② Nous signalons qu'il y a une modification au niveau du numérotage des chapitres dans la traduction de Jacqueline Guyvallet. La traductrice a divisé le récit en quatre parties au sein desquelles sont regroupés des chapitres. Ainsi, dans la traduction française, les 13 chapitres sont successivement numérotés par 1, 2, 3, 4 ; 1, 2, 3, 4 ; 1, 2, 3 ; 1, 2. Nous rappelons que nos analyses sont faites à partir du texte original en chinois.

8 mai 1988];

7. désaccord entre moi et la jeune fille ; ma promenade et ma rencontre avec un jeune homme à veste noire [bien des jours plus tard après le 8 mai 1988];
8. conversation avec le jeune homme ; l'évocation du jeune homme sur son passé: sa rencontre imaginaire avec une jeune fille ; la diminution de sa vue, son opération, son voyage à Yan et sa rencontre avec Shen Liang ;
9. ma dispute avec la jeune fille ; la diminution de ma vue [les jours qui ont suivi le 8 mai 1988] ;
10. ma conversation avec une infirmière dans un hôpital à Shanghai ; acquisition de l'adresse de Yang Liu [l'après-midi du 2 septembre 1988];
11. mon retour à Yan ; conversation entre Shen Liang et le jeune homme qui se placent à côté de moi dans le car [le 3 septembre 1988];
12. ma visite au 26 de la ruelle Quchi [très longtemps après le 8 mai 1988];
13. ma rencontre avec un jeune homme à veste noire.

Nous pouvons regrouper ces 13 chapitres selon leur contenu afin de mieux voir leur disposition dans le récit. Parmi ces 13 chapitres, les chapitres 2, 3 et 4 constituent un bloc relatif à l'histoire entre l'étranger et « moi », ce moi qui est aussi le narrateur. Le C.3 est la suite de C.2 – la phrase « il commençait à me parler d'autres choses » implique un changement du sujet de conversation, mais en même temps révèle son lien avec le C.2. Le chapitre 2 inclut une évocation de l'histoire de Tan Liang, tandis que le chapitre 4 raconte le passé de l'étranger qui est « mon » interlocuteur dans C.3. Ensuite, les chapitres 1, 5, 6, 7, 9, 11 constituent un autre bloc relatif à l'histoire entre « moi » et une jeune fille imaginaire. La succession entre 5, 6, et 7 est évidente selon les jalons temporels. Le chapitre 7 peut, en fait, être divisé en deux parties, celle concernant la jeune fille et celle concernant le jeune homme. La deuxième moitié du chapitre 7 constitue avec les chapitres 8 et 13 le bloc sur l'histoire entre « moi » et le jeune homme à veste noire. Le chapitre 8 inclut une évocation du passé du jeune homme. Le chapitre 9 ramène de nouveau la narration vers l'histoire entre « moi » et la jeune fille. Les chapitres 10, 12, qui sont en même temps la suite de l'histoire avec la jeune fille imaginaire, constituent le bloc sur l'histoire entre « moi » et une jeune fille nommée Yang Liu.

Cette réorganisation du récit a pour but de créer une base qui nous servira en quelque sorte de référence dans les analyses suivantes. Mais notre tentative est stérile, car le récit est marqué par des contradictions omniprésentes, et notre geste tend à camoufler bien des signes d'anormalité ! Les analyses qu'on va élaborer à partir de cette organisation vont toutes finir par s'autodétruire et entrer dans des impasses. Ce que nous allons nous employer à réellement montrer dans la partie suivante est que la narration de Yu Hua abolit les bornes conventionnelles du temps physique, faisant paradoxalement des marques temporelles preuve d'un désordre: l'exactitude de la narration n'est que vraisemblable, elle fait contraste au chaos venant d'une contradiction entre le temps de la narration et le temps narré, ce qui ne permet plus au récit de projeter une expérience fluide du temps vécu par les personnages.

Les contradictions de la narration se traduisent tout d'abord par des entrecroisements et des superpositions. Nous pouvons voir cela à travers une comparaison entre les trois personnages principaux:

Le jeune homme	L'étranger	Moi
venant de loin	venant d'ailleurs impliqué par son nom	habitant de la ville de Yan
rencontre imaginaire avec une jeune fille le 8 mai 1988	accident survenu le 8 mai 1988	rencontre imaginaire avec une jeune fille le 8 mai 1988
diminution de vue	diminution de vue	diminution de vue
opération le 14 août 1988 dans un hôpital à Shanghai, sortie de l'hôpital le 3 septembre 1988	opération le 14 août 1988 dans un hôpital à Shanghai, sortie de l'hôpital le 3 septembre 1988	opération le 14 août 1988 dans un hôpital à Shanghai, sortie de l'hôpital le 3 septembre 1988
greffe de cornées d'une jeune fille nommée Yang Liu morte dans un accident de la circulation	greffe de cornées d'une jeune fille nommée Yang Liu morte dans un accident de la circulation	greffe de cornées d'une jeune fille nommée Yang Liu morte de leucémie
départ le 3 septembre 1988 pour la ville de Yan	départ le 3 septembre 1988 pour la ville de Yan	départ le 3 septembre 1988 pour la ville de Yan
conversation dans le car avec Shen Liang	conversation dans le car avec Shen Liang	témoin de la conversation entre Shen Liang et un jeune homme

De ce tableau, nous pouvons remarquer qu'il y a manifestement une similitude entre ces trois personnages, et les événements qui se passent autour d'eux s'entrecroisent et se superposent aussi. Cette similitude est extrêmement patente entre le jeune homme et l'étranger, dont presque toutes les étapes coïncident dans le tableau – on dirait qu'ils ont eu exactement la même histoire. Sont-ils en fait la même personne ? Nous n'en trouvons pas de confirmation chez le narrateur. Par contre, les détails concernant l'accident survenu le 8 mai 1986 dans la vie de l'étranger sont éclipsés. On ne saurait dire que la diminution de sa vue intervient, comme dans deux autres histoires, suite à une rencontre imaginaire avec une jeune fille. Ce défaut de données nous empêche de conclure qu'ils sont la même personne. D'ailleurs, leur nomination distincte tout au long du récit (« l'étranger » d'un côté et « le jeune homme » de l'autre) semble sans cesse nier une telle identification. Le narrateur semble nous raconter trois fois la même histoire. Il tourne autour des mêmes éléments narratifs, et trace des personnages similaires avec leurs histoires qui sont tout aussi similaires, sans pour autant pouvoir retourner exactement à son point de départ et refermer le cercle pour donner une sorte de révélation ou achèvement – sa narration est condamnée à esquisser infiniment et solitairement des périples circulaires mais pas identiques, qui s'entrecroisent avant de diverger dans des sens différents, ou manquent de se heurter mais finissent par se rater de très près.

Admettons que la même histoire peut arriver à trois personnages différents, mais comment le même personnage peut-il apparaître dans trois histoires et finir chaque fois par mourir ? Dans l'histoire du jeune homme et celle de l'étranger, Yang Liu meurt dans un accident de circulation, tandis que dans « mon » histoire, il y a même deux ressorts à cette mort – meurt de leucémie dans un hôpital à Shanghai le 14 août 1988, et meurt dans son sommeil le même jour chez elle à la ville de Yan. Le récit ne nous éclaire nullement sur la véracité de toutes ces histoires. Dans chacune des trois énonciations faites respectivement par les trois personnages, le protagoniste, que ce soit l'étranger, le jeune homme ou « moi », part en car à la ville de Yan pour rechercher les traces de la jeune fille Yang Liu, mais la narration s'égare, à chaque fois que le car s'approche de Yan, vers une autre histoire, celle de Tan Liang et ses dix bombes enterrées dans la ville pendant la guerre.

La deuxième contradiction se révèle dans le système d'emboîtement abondamment employé dans ce récit. L'ensemble du récit est une évocation du passé par « moi » le narrateur. Mais il y a en fait deux remémorations qui s'emboîtent. « Très longtemps après, dès que je me remémorais l'histoire qui avait commencé la nuit du 8 mai 1988 [...] » (p. 190)① – ce début du chapitre 12 donne le signe d'une deuxième remémoration. Il nous montre que l'acte de remémoration dans ce chapitre se situe dans un passé, et ce passé est postérieur à un autre passé encore plus lointain qui est narré dans les chapitres précédents. Autrement dit, les 11 chapitres précédents relèvent des souvenirs de « moi » qui se remémore au chapitre 12, et cette remémoration relève elle-même des souvenirs. On en déduit donc qu'il y a un emboîtement « je me souviens que je me souviens que ... » au niveau de la structuration du récit. Mais le chapitre 13, dans lequel « je » rencontre le jeune homme à veste noire juste après « ma » visite au 26 ruelle Quchi, vient contredire cet emboîtement en inversant les deux événements, puisque la visite au 26 ruelle Quchi est motivée par la remémoration dans le chapitre 12, donc lui est postérieur, tandis que la rencontre avec le jeune homme apparaît déjà dans le chapitre 7, sujet de la remémoration dans le chapitre 12 et censé lui être antérieur.

---

① 很久以后，当我重新回想一九八八年五月八日夜晚开始的往事时（p.120）

La manière dont le passé est évoqué révèle un autre emboîtement dans le récit. On le remarque déjà quand on essaie de regrouper les chapitres en bloc: dans plusieurs blocs sont inclues des évocations du passé. A part « mon » histoire qui est racontée par « moi-même », les autres événements du passé (ceux qui concernent l'étranger, le jeune homme, Yang Liu, Shen Liang et Tan Liang) sont tous énoncés au cours des conversations. « Je » raconte non seulement mes propres expériences mais aussi celles des autres, et souvent ces derniers racontent à leur place les histoires des autres, ce qui constitue une sorte d'emboîtement dans la narration. La mort de Yang Liu est narrée quatre fois, respectivement dans les propos de l'étranger, du jeune homme, de l'infirmière et de son père, eux-mêmes sujets de mon énonciation. L'histoire de Tan Liang est narrée d'une manière très sophistiquée. On ne connaît pas l'origine de cette histoire. Il se pourrait que Tan Liang ait raconté son histoire à Shen Liang avant de disparaître dans la mer ; en même temps, à plusieurs endroits, le récit implique un lien entre ces deux personnages, notamment par leurs prénoms qui sont identiques. Bien que l'origine de son histoire ne soit pas vérifiable, on est tout de même certain que la première personne qui raconte son histoire est Shen Liang. L'étranger et le jeune homme déclarent tous les deux que Shen Liang leur a raconté l'histoire de Tan Liang, tandis que dans « mon » histoire j'entends Shen Liang raconter à l'étranger l'histoire de Tan Liang. Il y a donc deux modes de narration dans lesquels l'histoire de Tan Liang est narrée: « je raconte que l'étranger/le jeune homme me raconte que Shen Liang lui raconte que... » et « je raconte que Shen Liang raconte que... ». Le système d'emboîtement inclut de vastes étendues temporelles dans des séquences narratives brèves et brise la chronologie. Il permet aussi au récit de garder les voix originales et l'« état primitif » de l'énonciation, promouvant ainsi la crédibilité de la narration.

Pourtant, nous remarquons que cet emboîtement est brisé de l'intérieur à plusieurs endroits, où la modalité « je raconte que X raconte que Y raconte que... » est remplacée par une autre qui est plus simple mais plus totalitaire: « je raconte que... ». Par exemple, au début du chapitre 8, le narrateur rapporte les propos du jeune homme dans un discours direct: « Il y a dix ans, m'a-t-il dit, c'était le 8 mai 1988. » (p.171)[①]. Mais aussitôt le narrateur prend la place de l'énonciateur, et le passé du jeune homme est ensuite narré à la troisième personne dans le point de vue du narrateur. En même temps, la voix du jeune homme revient de temps en temps pour lui faire concurrence: « – Ce matin-là, quand je suis allé dans la cuisine pour me brosser les dents, j'ai aperçu son regard. » (p.173, voir aussi les pages suivantes.)[②]. D'ailleurs, les rôles de narrateur et de narrataire sont interchangeables, ce qui mine aussi le système d'emboîtement. A la fin du chapitre 7, le narrateur raconte au jeune homme son histoire avant de devenir le narrataire de celui-ci au début du chapitre 8, et redevient plus tard le narrateur en nous transcrivant l'histoire du jeune homme. En plus, dans les parties concernant l'histoire de Tan Liang apparaît même un narrateur omniscient distinct du « moi » qui se contente de rapporter ou transcrire les propos des autres. L'histoire de Tan Liang est narrée à plusieurs endroits dans le style d'un récit

---

① "十年前，" 他告诉我，"也就是一九八八年五月八日。"（p.105）
② 那一日清晨我走入厨房刷牙时，看到了她的目光。（p.106）

historique, où le narrateur nous raconte d'une manière irréfutable l'« exacte vérité » de l'histoire de la guerre, détruisant ainsi l'« état primitif » établi par le système d'emboîtement, ex., à la page 174:

> Le 1er avril 1949, c'est-à-dire le lendemain de la libération de la petite ville de Yan, cinq bombes à retardement avaient explosé successivement dans la journée. Un chef de peloton de l'Armée populaire de libération et un cuisinier du nom de Cui avaient péri dans ces explosions, treize soldats communistes et vingt et un habitants de la petite ville (dont cinq femmes et trois enfants) avaient été blessés plus ou moins grièvement.[①]

La troisième contradiction se remarque déjà à travers les deux premières. Elle consiste en une contradiction entre le temps de la narration et le temps narré. Le 8 mai 1988 semble être essentiel parmi toutes les dates évoquées dans le récit. La narration de chaque chapitre s'élabore autour de cette date. D'après le schéma qu'on a établi plus haut (voir *infra*, p. 148) et les marques temporelles laissées dans le récit, les chapitres 1, 4, 5, 6, 7, 9, 10, 11, 12, 13 peuvent être ainsi replacés sur un axe temporel:

---

① 一九四九年四月一日，也就是小城烟解放的第二天，有五颗定时炸弹在这一天先后爆炸。解放军某连五排长与一名姓崔的炊事员死于爆炸，十三名解放军战士与二十一名小城居民（其中五名妇女，三名儿童）受重伤和轻伤。（p.107）

Nous pouvons aussitôt constater que selon ce replacement la narration est quasiment linéaire. Mais la question se poserait si on voulait ajouter les 3 autres chapitres sur cet axe. Si le passé évoqué dans le chapitre 4 avait lieu en 1988, dix ans plus tôt, tel que l'étranger l'a dit, qu'au moment de son énonciation, alors le temps dans les chapitres 2 et 3 devrait se situer en 1998, c'est-à-dire que « ma » première rencontre avec l'étranger a lieu en 1998. Mais cette datation est remise en question par le narrateur dans le chapitre 3, chapitre le plus court mais le plus énigmatique:

> Il a poursuivi:
> - Il y a dix ans, c'est-à-dire le 8 mai 1988...
> Il m'a semblé qu'il commettait une petite erreur, car le 8 mai 1988 n'était pas encore arrivé. Aussi ai-je rectifié aimablement:
> - C'était plutôt en 1978.
> - Non, a-t-il dit en agitant la main, c'était en 1988.
> Il a souligné:
> - 1978, cela ferait vingt ans. (QP, p.151)[①]

Les propos du narrateur impliquent qu'on est en 1988 et avant 8 mai. Si le 8 mai 1988 n'était pas encore arrivé au moment de cette conversation, alors le passé évoqué dans le chapitre 4 ne serait pas

---

① 他继续说："十年前，也就是一九八八年五月八日。"

我感到他犯了一个小小的错误，因为一九八八年五月八日还没有来到。于是我善意地纠正道：

"是一九七八年。"

"不。"外乡人摆了摆，说，"是一九八八年。"他向我指明，"如果是一九七八年的话，那是二十年前了。"（p.89）

tenable: comment le passé peut être postérieur à l'acte qui l'évoque ? Si l'on acceptait l'avis du narrateur et situait le chapitre 4 en 1978, par conséquent, on situerait aussi en 1978 la scène « Shen Liang raconte à l'étranger l'histoire de Tan Liang » qui est également évoquée dans ce chapitre, ce qui est contradictoire par rapport au chapitre 2, où le récit nous raconte clairement que « le matin du 3 septembre 1988, [...] Shen Liang lui avait raconté [...]» (p.150)①.

La même question se pose au chapitre 8, dans lequel l'évocation du passé par le jeune homme semble avoir lieu en 1988, entre « ma » rencontre imaginaire avec la jeune fille (le 8 mai 1988) et « mon » opération (le 14 août 1988). Une phrase du jeune homme au début de ce chapitre montre bien que cette évocation est la suite de la conversation entre le jeune homme et « moi » dans le chapitre précédent: « – Ce que vous venez de dire ressemble beaucoup au début d'une histoire qui m'est arrivée il y a dix ans. » (p.171)②. Mais sa phrase suivante situe sa remémoration en 1998: « Il y a dix ans, m'a-t-il dit, c'était le 8 mai 1988. » (*ibid.*)③. Cette datation contredit la date indiquée par le narrateur, d'ailleurs, le 8 mai 1998 n'est pas exactement dix ans plus tard que la date indiquée, et qui se situe entre le 8 mai 1988 et 14 août 1988.

Il nous semble que, quels que soient les moyens qu'on emploie pour éclairer la succession des événements, de toute façon, il y a dans ce récit un paradoxe du temps qui est immanent. A chaque fois notre tentative est conduite dans une impasse. « Il m'a semblé que l'eau,

---

① 一九八八年九月三日上午，（……）沈良向这位年轻人讲述了（……）（*ibid.*）
② "你刚才所说的，很像我十年前一桩往事的开头。" p.105
③ "十年前，" 他告诉我，"也就是一九八八年五月八日。"（*ibid.*）

sous le pont, coulait dans l'autre direction. » (p.151)[1] – peut-être faut-il admettre que Yu Hua nous décrit un monde où l'ordre conventionnel du temps est renversé. Deux concepts distincts du passé sont convoqués dans ce récit. Il y a, d'un côté, le passé qui est détruit par le travail du temps, et de l'autre, le passé reconstitué par le langage. Mais aucun des deux n'est crédible. Le temps ruine la mémoire. « Après tout, trente-neuf ans ont passé » (p.176)[2], personne ne sait localiser les bombes, même « Tan Liang lui-même serait incapable de les localiser à présent » (*ibid.*).[3] Ne seraient-ce pas les personnages qui se trompent dans leur mémoire et apportent les contradictions dans la narration ? Les événements tels qu'ils étaient ne peuvent plus être retrouvés, et le passé n'est plus saisissable. L'acte de narrer consiste à reconstituer un passé par le langage. Si Claude Simon s'interdit de recourir à un « savoir omniscient » pour livrer le sens des choses et des événements, Yu Hua autorise son narrateur à avoir un tel savoir. Mais même si son narrateur peut avoir un rôle omniscient, il ne peut pas dissimuler l'incertitude de l'événement narré. Malgré son ton certain, son énonciation n'est nullement plus crédible que celles d'autres personnages. Le narrateur ne peut plus assumer le rôle d'aimant qui rétablit l'unité et la continuité des événements, il devient lui-même facteur de trouble narratif. Sa quête s'avère comme une tentative impossible de remonter le cours du temps, de retrouver la vérité des êtres. Les superpositions et les emboîtements explorent les

---

① "我感到桥下的水似乎换了一个方向流去了。"（p.89）
② "毕竟三十九年过去了。"（p.109）
③ "即便是谭良自己，也无法判断它们此刻所在的位置了。"（*ibid.*）

conséquences des changements de perspective, et ne font que corroborer l'incertitude de cette reconstitution. Les dix bombes enterrées trente-neuf ans auparavant, selon une figure géométrique complexe aux multiples variables, sont une métaphore du passé qui est inconnaissable. A l'instar de la dernière bombe qui se multiplie mystérieusement en dix[①], le passé se fracasse en mille morceaux. L'acte de recoller ces morceaux nous donne non une image entière de l'événement, mais un rassemblement des fragments identiques ou contradictoires. Le monde incohérent ne peut pas être reconstitué par une configuration des morceaux ou par une synthèse de mémoire. Rien pour récompenser l'occultation du passé, et toutes les tentatives de narrer s'avèrent inopérantes. Elles n'ont d'autre signification que de montrer l'absurdité du temps étant élément référentiel qui ne persiste plus que par quelques éclats dans le chaos décrit. Ce récit, qualifié de métafiction, témoigne de l'impuissance et l'impossibilité même de la narration.

« Il est évident », dit Anne-Marie Miraglia: « Que dans *La Route des Flandres* une préoccupation thématique dirige partiellement la structuration du roman. Chaque tentative de dire, de saisir le réel sur le plan contextuel est doublée sur le plan formel. »[②] Commentaire également repérable dans l'œuvre de Yu Hua. La décomposition du monde amplifiée par l'Histoire trouve non seulement son écho dans l'incomplétude de la perception du temps,

① Vers la fin du récit, le jeune homme « me » dit que « cette bombe est cachée en dix endroits. » (p.197). Il y a un paradoxe dans l'expression, parce que dans ce cas-là, on dit plutôt dix bombes au lieu d'une.

② Anne-Marie Miraglia, « *La Route des Flandres:* défi aux voix narratives », in *Claude Simon. La Route des Flandres*, sous la direction d'Alain Cresciucci, Paris, Klincksieck, 1997, p.112.

mais aussi au niveau formel, dans la construction même du texte, dans l'impossibilité de reconduire les événements énoncés sur une ligne irréversible du passé vers le futur. Le récit émiette la continuité de la fiction en une multiplicité de fragments narratifs. Le temps de l'horloge fait place à un temps discontinu, marqué par le désordre et des contradictions. En neutralisant le temps ascendant, l'œuvre de Claude Simon et celle de Yu Hua proposent, à l'inverse, la figure d'un cercle. Ce temps désorienté, que l'on peut parcourir en tout sens, est symbole d'une clôture, et non plus d'une ouverture sur l'avenir ou le passé.

Chapitre II. Figuration et motifs obsédants

L'œuvre de Claude Simon est une œuvre hantée, celle de Yu Hua[①] n'en est pas moins. Nous avons vu, dans le chapitre précédent, à quel point le narrateur de *La Route des Flandres* est enfermé dans son vécu personnel, et à quel point l'univers dans les récits de Yu Hua est fantastique, hanté par un temps revenant. Chaque œuvre étant inépuisable, les motifs de hantises sont extrêmement variés chez les deux écrivains. Nous essayons de les reformuler en trois points communs, et de montrer qu'à travers cette exposition d'obsessions, Claude Simon et Yu Hua tentent une figuration de l'Histoire.

1. La généalogie

L'histoire centrale de *La Route des Flandres* est la mort du capitaine de Reixach pendant la débâcle de l'armée française en mai 1940. La scène du capitaine s'effondrant avec son cheval en brandissant son sabre ne cesse de réapparaître dans la narration. Cette histoire est doublée par celle de la mort parallèlement énigmatique du Conventionnel, cent cinquante ans plus tôt.

Ce général conventionnel est l'ancêtre direct du capitaine de Reixach, avec qui Georges a aussi une parenté par son côté maternel.

① Nous lisons par exemple l'article d'Isabelle Rabut, « Yu Hua et l'espace hanté », *op.cit.*

Il est donc l'ancêtre commun de Georges et de de Reixach. Georges découvre la vie de cet ancêtre à partir des racontars de sa mère Sabine, aussi bien que par les écrits sous forme de papiers jaunis (lettres, testaments, factures, contrats, etc.) « religieusement conserv[és] dans une de ces malles poilues » (RF, 51) et par les portraits des de Reixach hérités par Sabine. La vie de cet ancêtre est légendaire. Selon l'exaspérant bavardage de Sabine, cet ancêtre « désavou[e] de lui-même sa qualité de noble pendant la fameuse nuit du quatre août », plus tard « siég[e] à la Convention, vot[e] la mort du roi », puis il est « délégué aux armées pour finalement se faire battre par les Espagnols » ; frappé par cette perte de la guerre, il se fait « sauter la cervelle d'un coup de pistolet » une nuit dans son hôtel privé (RF, p.54). Mais cela n'est qu'une des deux versions contradictoires qui expliquent la mort du Conventionnel. L'histoire reconstituée par Georges et rapportée à Blum est basée largement sur la légende officielle et honorable préconisée par sa mère qui reste silencieuse quant à la nudité du corps et « la circonstance, vraie ou fausse » qui rend la mort « équivoque » (RF, p.80 *sq*). A cette version s'oppose celle de Blum, qui, en adoptant les « médisances » répandues par les domestiques (RF, p.80) et les conjectures de Georges sur des gravures galantes et des tableaux ancestraux (RF, pp.175, 179, 186, 189), embrouille cette histoire avec celle de de Reixach et Corinne, et impute le suicide de l'ancêtre à l'adultère de son épouse Virginie.

Georges a un complexe vis-à-vis de son ancêtre conventionnel. Sa fascination pour cet ancêtre est manifeste. La vie aventureuse de de Reixach[①] le charme autant que sa mort mystérieuse, tandis que le paraphe, la « carolingienne, orgueilleuse et possessive écriture calligraphiant à la plume d'oie », le *Hic Liber* et un prénom latinisé « henricum » l'éblouissent (RF, p.78), à tel point que Georges passe une nuit à parcourir les papiers jaunis conservés dans le grenier, malgré la poussière qui l'oblige à se moucher toutes les cinq minutes (Voir RF, p.51). Le nom de cette famille devient un objet fétiche, « nimbé d'une sorte de prestige surnaturel, d'inaccessibilité [...] intangible », dû non à la richesse, mais à « cette particule, ce titre, ce sang » constitué d'ancienneté et de temps (Voir RF, p.49 *sq.*). Ce nom aristocratique dont la mère de Georges se trouve privée par son mariage est ensuite retrouvé chez son chef, le capitaine de Reixach. Ce cousin lointain représente le prestige de la famille noble, et provoque chez Georges une même nostalgie qu'il avait en enfance pour leur commun ancêtre le général conventionnel.

Pourtant, cet ancêtre n'est pas un simple « symbole de légende familiale ». Sur la couverture du roman dans la collection « double » des éditions de Minuit, s'incarne cette figure ancestrale qui deviendra le personnage principal des *Géorgiques*, et qui hante le narrateur de *La Route des Flandres*. Dans ce dernier roman, il n'est en aucun cas question de le considérer comme un personnage qui permet de lire le roman en forme de saga. Il est plutôt une figure spectrale, « fantôme obsédant émanant du passé familial, national et comme manifestation des disparues que constituent, réfractés par le héros, les multiples

① Claude Simon explorera la vie légendaire de cet ancêtre nommé L.S.M. vingt ans après dans *Les Géorgiques*.

effets de sens de l'œuvre. »[①] Le texte nous amène à percevoir les évocations concertées de l'ancêtre qui surgit comme un spectre, suscitant une hantise chez le narrateur.

Bien que Georges ne connaisse son histoire qu'à travers son portrait craquelé et le bavardage de sa mère, cet aïeul le hante depuis son enfance par des scènes récurrentes. En dépit du temps, cette figure mortifère hante l'actuelle chambre des parents, lieu où il s'est tué. Cette pièce où les accessoires demeurent en place – « les mêmes meubles laqués, les mêmes rideaux aux rayures passées, les mêmes gravures sur les murs représentant des scènes galantes ou champêtres, la même cheminée de marbre blanc aux pâles veines grises » –, est présentée comme lieu d'une « assemblée de fantômes » (RF, p.78), dans lequel le jeune garçon cherche longtemps instinctivement au mur ou au plafond « la trace de l'énorme balle de plomb qui lui avait emporté une moitié de la tête » (RF, p.55). Enfant, Georges essaie aussi de mimer le geste de son suicide en manipulant le lourd pistolet-relique dont sa mère a hérité et qui est l'arme avec laquelle le Conventionnel s'est tué:

> sa propre main tenant l'arme trop lourde pour son bras d'enfant, relevant le chien (mais pour cela les deux mains furent nécessaires, la crosse recourbée serrée entre ses deux genoux, les deux pouces réunis forçant pour vaincre la résistance conjuguée de la rouille et du ressort) ; posant le canon contre sa tempe et appuyant, son doigt crispé

① Francine Dugast-Portes, « Le spectre de l'ascendance: fonction tragifiante du personnage de l'ancêtre au fil de l'œuvre de Claude Simon », *Revue des sciences humaines*, n°215, juillet-septembre, 1989, p.201.

> blanchissant sous l'effort, jusqu'à ce que se produisît le bruit sec, insignifiant (on avait remplacé le silex par un coin de bois entouré de feutre) et mortel du chien se rabattant dans le silence de la pièce [...] (RF, p.77)

Associées à ce geste mimétique, il y a les rêveries de l'enfant devant les portraits des de Reixach. Parmi cette « cohorte d'ancêtres », « fantômes entourés de légendes, de racontars d'alcôves, de coups de pistolets, d'actes notariés et de cliquetis d'épées » (RF, p.55), le portrait du Conventionnel en habit de chasse lui paraît particulièrement terrifiant. Ce portrait représente, selon la mode de l'époque, l'ancêtre en chasseur avec ses « yeux de biche » et son « viril attirail », dans un « négligé bucolique et familier » (RF, p.76). Mais cette douceur est tragiquement démentie par des taches rouges et sanglantes causées par la dégradation de la peinture: une tache qui se situe au milieu du front inflige aux yeux de l'enfant une sorte de blessure, et une autre tache plus longue au niveau de la tempe semble être du sang qui coule, comme si le temps, « de la même manière même dont s'y était prise la balle, c'est-à-dire en faisant sauter un morceau du front » (*ibid*.), ouvrait un trou dans son visage pour sans cesse lui rappeler sa mort, et comme si, en voyant le tableau, l'enfant découvrait son ancêtre dans son état post-suicidaire. Associé à la légende familiale du suicide, ce portrait meurtri marque une présence-absence terriblement forte chez le narrateur, et donne à l'ancêtre une aura fantastique et hybride, mélangeant son élégance aristocratique et la scène de sa mort: « placide paisible et raide mort dans son habit de chasse de velours bleu avec ses cheveux poudrés son fusil son trou au milieu du front et sa tempe d'où coulait maintenant [...] cette espèce de confiture rouge sombre » (RF, p.74).

La figure de l'ancêtre est une figure absolue, impropre, intraitable, que le narrateur tente sans cesse de reprendre et de reconstituer à travers l'évocation du portrait et de toutes traces qu'il a laissées, comme si le portrait n'était jamais assez précis ni assez ressemblant pour faire advenir son vrai visage. Les souvenirs de hantise provoquée par l'histoire du Conventionnel et datant de l'enfance sont intensifiés par l'évocation de la mort de son descendant, le capitaine de Reixach. En évoquant la mort de ce dernier, le narrateur esquisse une funèbre tentative de fusion, et voit également réapparaître sur la verdoyante campagne printanière de 1940 l'ancêtre du XVIIIe dans son habit de chasse, avec ses cheveux poudrés et son fusil sur le bras, tel qu'il est décrit dans le tableau:

> et lui (l'autre Reixach, l'ancêtre) se tenant là, à la manière de ces apparitions de théâtre, de ces personnages surgis d'une trappe au coup de baguette d'un illusionniste, derrière l'écran d'un pétard fumigène, comme si l'exposition d'une bombe, d'un obus perdu, l'avait déterré, exhumé du mystérieux passé dans un mortel et puant nuage non de poudre mais d'encens qui, en se dissipant, l'aurait peu à peu révélé (RF, p.76)

Dans le contexte d'une guerre contemporaine qui tue son descendant, le portrait de l'ancêtre revient au premier plan. Tout se passe comme si l'explosion d'un obus avait entraîné sa résurrection, et l'odeur de la poudre avait, par un effet de contiguïté, amené celle de l'encens. En fait, dans le roman, l'histoire de l'ancêtre est sans cesse comparée avec celle du capitaine de Reixach: « [l'un] le dos sourd, aveugle et raide qui continuait à s'avancer devant lui parmi les ruines fumantes de la guerre, et l'autre, de face, tout aussi immobile, solennel et raide dans son cadre terni » (RF, p.69), comme si ensemble ces deux silhouettes en constituaient une. Les similitudes fictionnelles entre ces deux personnages sont effectivement nombreuses, voire abusives. Tout d'abord, tous deux mènent une carrière militaire et partent dans des expéditions de cavalerie. Ils représentent la tradition d'engagement d'une famille aristocratique. Ensuite, tous deux ont connu un échec dans des guerres apocalyptiques, l'un dans la guerre d'Espagne en 1793 et l'autre dans la guerre contre les Allemands en 1940, qui sont causes susceptibles de leur mort brutale probablement volontaire. Cette similitude chronologique établit un parallèle entre les événements vécus par de Reixach et son ancêtre. Le capitaine de Reixach, qui hérite du nom de l'ancêtre – la particule « de » est rajoutée par les descendants –, est représentant réel de cette famille légendaire, avec qui Georges a de vrais contacts. Aux yeux de Georges, ce contemporain, ainsi que sa jeune épouse, apparaissent déjà comme des ancêtres dans une galerie de portraits, côte à côte avec celui du Conventionnel:

> vraiment aussi inaccessibles, aussi irréels l'un et l'autre que s'ils appartenaient déjà à leur (du moins la sienne à lui) collection de légendaires géniteurs immobilisés pour l'éternité dans l'or terni des cadres (RF, p.56)

Des points similaires construisent des approches croisées d'un destin, faisant en sorte de donner l'impression que la vie de l'ancêtre est vécue de nouveau cent cinquante ans après par son descendant[①]. Les intersections multiples entre les destins semblent effacer le temps. Le roman rapporte ainsi à l'expérience familiale une répétitivité de l'Histoire. La coïncidence narrative rapportant les deux personnages est non seulement l'indice d'une répétition inéluctable des histoires, mais aussi par-delà, de l'Histoire. L'anéantissement de l'escadron et la mort de son capitaine sont une remise en scène, et bien pire, de la défaite de la guerre d'Espagne. La vision de l'ancêtre dans le paysage de 1940, saignant mystérieusement « comme ces images ou ces statues de saints dont les yeux ou les stigmates se remettent à pleurer ou à saigner une ou deux fois par siècle à l'occasion des grandes catastrophes des tremblements de terre ou des pluies de feu », est chez le narrateur la confirmation symbolique de l'Histoire qui se répète, menant tous les hommes à une fin identique:

> comme si la guerre la violence le meurtre l'avaient en quelque sorte ressuscité pour le tuer une deuxième fois comme si la balle de pistolet tirée un siècle et demi plus tôt avait mis toutes ces années pour atteindre sa deuxième cible mettre le point final à un nouveau désastre (RF, p.74-75).

Nous pouvons remarquer que mis à part le portrait, un autre

---

① Nous constatons la même coïncidence dans la réalité, révélée dans *L'Acacia*: le père de l'écrivain est mort le 27 août 1914 et Claude Simon lui-même est mobilisé en 1939 à la même date.

objet obsessionnel appartenant à l'ancêtre est l'un des vingt-trois tomes de l'œuvre complète de Jean-Jacques Rousseau avec sur la page de garde l'inscription de l'ancêtre écrite à la main. Georges imagine l'ancêtre en train de lire consciencieusement cette chose de « tout aussi dangereux, explosif » qu'un pistolet, c'est-à-dire « dont le coup de pistolet n'avait peut-être été que l'inéluctable aboutissement » (RF, p.78). Cette « prose larmoyante, idyllique et fumeuse, ingurgitant pêle-mêle les filandreuses et genevoises leçons d'harmonie, de solfège, d'éducation, de niaiserie, d'effusions et de génie, cet incendiaire bavardage » (RF, p.79) le pousse à trahir sa classe d'origine. Mais cet ancêtre qui a renoncé à sa qualité de noble, et voté la mort du roi, se retrouve trahi par ses domestiques. Ceux-ci répandent à la solde de ses ennemis politiques des médisances sur son suicide, alors qu'ils font partie de la classe sociale qui a motivé le renoncement de l'ancêtre. Georges suppose que peut-être s'est-il rendu compte du non-aboutissement de la révolution à laquelle il a tout consacré, et que c'est pour cela qu'il applique à la fin contre sa tempe la bouche sinistre et glacée du pistolet.

Cette désillusion politique est renforcée par l'infidélité de sa femme Virginie, hypothétisée par Blum en mélangeant l'histoire du Conventionnel et celle de de Reixach:

> parce qu'il s'était pour ainsi dire fait cocu lui-même, c'est-à-dire trompé: cocufié, donc, non par une perfide créature féminine comme son lointain descendant mais en quelque sorte par son propre cerveau, ses idées [...], donc plutôt: comme si non content d'avoir une femme à

supporter il s'était encore embarrassé, encombré d'idées, de pensées [...] (RF, p.79 *sq.*)

Le mot « cocu » permet de relier la trahison féminine et la trahison qu'ils ont connue en poursuivant leur cause idéologique, comme si les deux de Reixach étaient cocufiés à la fois dans leur carrière et dans leur vie privée. Face à la naïveté de l'homme, la femme, par son expérience réelle, est « dans le mensonge et la duplicité, environ mille ans de plus que lui » (RF, p.184). De la même manière, les ruses de l'Histoire semblent dépasser l'intelligence humaine, de sorte qu'une génération après l'autre les hommes d'une même famille continuent à se précipiter à la guerre, prêts à accomplir des « exploits qu'on raconte ensuite orgueilleusement dans les familles, pour la noblesse du geste, pour épater les relations, pour le prestige, la tradition » (RF, 266). La mort de de Reixach et celle de l'ancêtre conventionnel apparaissent comme des suicides d'« hommes floués », « par leur femme, par la société, par l'Histoire, par la philosophie politique »[①]. Les deux destinées se perçoivent en miroir. Il y a là une contagion des générations.

« Cocufiés », les hommes de cette famille deviennent objet de persiflage de Georges et Blum. Ceux-ci les évoquent en les rapprochant du cheval. La tradition ancestrale veut que les hommes de cette famille s'engagent dans la vie sociale et partent dans les diverses guerres qui scandent l'Histoire du pays. Ils passent leur vie à cheval jusqu'à faire corps avec une monture qui apparemment les accompagne non seulement dans la vie mais aussi dans la mort:

① Dominique Viart, *Une mémoire inquiète*, *op.cit.*, p.46.

homme et cheval deviennent une même chose, un « homme-cheval ». On retrouve des images récurrentes d'« homme-cheval » dans le roman, comme dans la scène de la fantomatique chevauchée nocturne, ou dans celle de la mort de de Reixach, s'écroulant en même temps que son cheval, « comme si son cheval et lui avaient été coulés tout ensemble dans une seule et même matière » (RF, p.12), ou encore, dans les souvenirs des cavaliers de plomb avec lesquels Georges s'amusait à jouer quand il était enfant. L'aspect hybride et grotesque d'« homme-cheval » est montré à travers la description d'une estampe représentant une femme-centaure, description que Georges retrouve dans « un épais cahier à couverture bleue » parmi les papiers de l'ancêtre (voir RF, p.52, *sq.*). L'écriture, probablement transcrite de l'italien, est précieuse et pédante, et l'auteur joue sur sa riche culture en peinture, néanmoins, l'hybridité de ce monstre « gratieux » (RF, p.52) évoqué dans l'estampe aide à « pousser à l'extrême et objectiver l'hybridité latente qui caractérise des hommes comme Reixach »[①]. Georges est volontiers d'accord avec une telle hybridation. En lisant le texte de l'ancêtre, il pense: « Oui, il n'y a qu'un cheval qui a pu écrire ça » (RF, p.53).

Georges, et plus particulièrement Blum, accroissent et tournent en dérision cette hybridité de l'ancêtre. Ils se moquent de cette famille qui se fait d'elle l'image d'un « pur-sang ». Dans leur conversation, les portraits des ancêtres sont présentés en termes d'amélioration de la race chevaline:

---

① Jean Pierrot, « Le cheval dans tous ses états », in *Claude Simon. Autour de* La Route des Flandres, *Littératures contemporaines*, n°3, p.79.

> elle avait hérité des portraits – au moins de plusieurs – d'une abondante galerie ou plutôt collection d'ancêtres, ou plutôt de géniteurs, « Ou plutôt d'étalons, dit Blum, parce que dans une famille pareille je suppose que c'est comme ça qu'il faut les appeler, non ? Est-ce que l'armée n'a pas par là-bas un centre d'élevage réputé, un haras ? Est-ce que ce n'est pas ce qu'on appelle les Tarbais, avec les diverses variétés [...] » (RF, p.51)

Les ancêtres sont considérés comme des géniteurs, ou des « élans », tous appartenant à la race semi-monstrueuse, semi-divine des hommes-chevaux. Ainsi, la tradition de l'aristocratie militaire représentée par de Reixach paraît-elle radicalement dérisoire et ridicule. Blum voudrait « seulement le (de Reixach) voir une fois sans ses bottes », « [s]eulement pour voir si ce ne sont pas des sabots qu'il a à la place des pieds, seulement pour savoir de quelle race de jument était sa grand-mère » (RF, p.51, j'ajoute les parenthèses). La généalogie, qui est le modèle de l'enchaînement des générations, est dénuée de toute utilité et de tout sens constructif. Elle devient une minable affaire de reproduction, et livre les hommes à un angoissant déchaînement de forces incontrôlables:

> l'innombrable engeance sortie tout armée et casquée selon la légende et se multipliant grouillant se répandant sur la surface de la terre bruissant de l'innombrable rumeur (RF, p.40)

A cette image des guerriers mythiques de Cadmos surgis de terre et se multipliant, se superpose celle des hommes qui se jettent dans d'interminables luttes apocalyptiques, s'interpénètrent et se nourrissent les uns des autres. Le constant glissement de l'homme vers le cheval est signe d'une animalisation de l'homme. Il révèle la violence génératrice qui a pour origine l'horrible prolifération de l'espèce humaine. L'Histoire de l'humanité renvoie les hommes à leurs « ancêtres sauvages primitifs sombres s'étreignant s'accouplant roulant nus violents et brefs dans la poussière les fourrés » (RF, p.260).

Georges tente de renier son lien avec les de Reixach. Il lui semble qu'il y a quelque chose chez lui qui « restait persistant là mal effacé ». Sa répulsion probablement inconsciente pour cette lignée familiale se manifeste rigoureusement dans la scène de la lettre de Sabine qui annonce l'ouverture du roman. Nous allons voir, à l'appel de Lucien Dällenbach, comment l'*incipit* du roman, en sautant de l'aphasie dans la parole, « appareille et expose ses codes »[①]. Cette scène qualifiée de « microcosme du roman » pèse lourd dans l'ensemble du roman.

> Il tenait une lettre à la main, il leva les yeux me regarda puis de nouveau la lettre puis de nouveau moi [...] (RF, p.9)

Ainsi commence le roman sans que l'identité de la personne qui « tenait une lettre à la main » soit aussitôt révélée. Le fait de ne pas

---

① Cf. Lucien Dällenbach, « Attaques et stimuli », in *Claude Simon*, Paris, Seuil, 1988, p.170.

la nommer dit la réticence du narrateur à la reconnaître. Il évoque ce cousin lointain sur un ton pathétique, en lui ajoutant « quelque chose d'arabe », « un résidu d'un que Charles Martel avait oublié de tuer », et en contrastant cet immonde trait barbare avec la sainteté – « alors peut-être prétendait-il descendre non seulement de Sa Cousine la Vierge comme ses nobliaux de voisins du Tarn mais encore par-dessus le marché sans doute de Mahomet » (RF, p.10) –, de façon à se mettre à distance de lui et à réduire ce cousinage au rapprochement entre « moustique insecte moucheron » (RF, p.10), geste qui implique également une régression généalogique. A ce moment précis, l'attention de Georges est attirée par la lettre que ce « il » tient à la main, dont le contenu peut plus ou moins se deviner. Cette lettre écrite par Sabine, sa mère, signifie non seulement une demande de protection – ce qui blesse l'amour propre de Georges, humble soldat cavalier –, mais aussi le fait que le moment est venu pour Georges de reconnaître son lien parental avec de Reixach. Par la perception des chevaux à l'arrière, ainsi que les évocations sur la boue et sur Wack, Georges semble vouloir se distraire de l'événement central, jusqu'à ce que, « au bout d'un moment », les propos de de Reixach le ramènent à la réalité. En attendant les deux révélations de la part de de Reixach – « Votre mère m'a écrit » (RF, p.9) et « Je crois que nous sommes plus ou moins cousins » (RF, p.10) – dont Georges est en fait déjà au courant, diverses allusions épouvantables, liées à des fantasmes fondateurs, apparaissent.

A la vue de de Reixach se tenant dans la boue gelée, lettre à la main, Georges se souvient de Wack entrant dans la chambre et disant : « Les chiens ont mangé la boue », suscitant chez lui la vision des chiens-loups « mâchant la boue noire dans les ténèbres de la nuit » (RF, p.9). L'expression « des sortes de créatures infernales mythiques » (*ibid.*) nous révèle que Georges fait probablement allusion à Cerbère dans la mythologie grecque, chien à trois têtes gardant l'entrée des Enfers avec « leurs gueules bordées de rose leurs dents froides et blanches » (*ibid.*). Lucien Dällenbach révèle, lorsqu'il parle de la culture livresque dans l'œuvre de Claude Simon, que l'allusion peut être également liée au dernier vers du « Songe d'Athalie » qu'on fait apprendre par cœur et réciter à tous les enfants de l'époque[①]:

> Mais je n'ai plus trouvé qu'un horrible mélange,
> D'os et de chair meurtris, et traînés dans la fange,
> Des lambeaux pleins de sang, et des membres affreux,
> Que des chiens dévorants se disputaient entre eux.[②]

Dans l'œuvre de Racine, Athalie songe à sa mère Jézabel dévorée par des chiens. Les visions d'horreurs dans le cauchemar d'Athalie sont subrepticement associées à Sabine qui est le sujet de conversation entre Georges et de Reixach. Ces deux personnes, plantées dans la boue gelée, continuent « cette petite cérémonie mondaine », faisant « cette concession aux usages aux convenances par égard tous deux pour une femme qui malheureusement pour moi (Georges) était ma

① Voir Lucien Dällenbach, *Claude Simon*, *op.cit.*, pp.41-42. Lucien Dällenbach explique ensuite dans la note du livre que cette allusion est d'une certaine manière avouée par l'écrivain lui-même lors d'un entretien pour *La Nouvelle Critique* (n° 105, juin-juillet 1977, p.32): « Tout de même, nous ne sommes plus au Grand Siècle où il y avait des sujets (et un vocabulaire) "nobles", au point que l'on a sévèrement reproché à Racine ses "chiens dévorants"… »

② Jean Racine, *Athalie*, in *Racine. Théâtre – Poésie*, Paris, Gallimard (Bibliothèque de la Pléiade), 1999, p.1034.

mère » (RF, p.10, j'ajoute les parenthèses), en même temps que dans son imagination Georges a des visions d'horreur. Pourquoi une telle image troublante de mère, voire inquiétante ? Rappelons que c'est par son intermédiaire qu'une parenté a pu s'établir entre Georges et de Reixach. Sabine, par laquelle Georges a eu connaissance de la plupart des histoires concernant l'ancêtre et le couple de Reixach, met cette fois son fils en contact réel avec cette famille enveloppée de légendes et de scandales. Une analogie est faite dans le roman entre la réserve des souvenirs du clan et la modalité du matriciel. La mère jouant le rôle du témoin et d'intermédiaire est un véritable relais de la saga familiale. Georges, pour échapper à cette image oppressante de l'ancêtre, contamine l'image de sa propre mère. Par cet incipit, le roman semble se mettre sous l'égide de l'écriture d'une généalogie, mais celle-ci est immédiatement et violemment refusée: « j'aurais voulu pouvoir la (la lettre) lui prendre et la déchirer » (RF, p.10, j'ajoute les parenthèses).

La figure de l'ancêtre occupe une place particulièrement importante dans *Cris dans la bruine*, premier roman de Yu Hua (1991) et aussi roman le plus autobiographique de toute l'œuvre, tandis que cette figure est complètement absente de ses récits des années 1980. Dans ce roman traitant de souvenirs d'enfance, Yu Hua érige la figure du grand-père et consacre un chapitre entier (Chapitre III) à l'histoire de cet aïeul. Dans les souvenirs d'enfance du narrateur, son grand-père est « à l'image d'un vieux fauteuil au rebut attendant silencieusement d'être jeté au feu » (CB, p.186)[①].

---

① 祖父晚年的形象就像一把被遗弃的破旧椅子，以无声的状态期待着火的光临。(p.161)

C'est un grand-père méprisé et humilié. Inapte au travail à la suite de la chute qu'il a faite en dégringolant la colline, le grand-père entame « une vie de parasite » (CB, p.188)[①]: « Un de plus qui mange, un de moins qui travaille, un dans un sens plus un dans l'autre, pour moi ça fait deux personnes à charge ! » (CB, p.187)[②], grommelle ainsi Sun Guangcai, père du narrateur. Son existence devenant encombrante, le grand-père commence à vivre aux crochets de ses deux fils alternativement. Après avoir vécu un mois complet chez Sun Guangcai, un ballot de toile sur le dos et un parapluie esquinté dans les bras, le grand-père commence le long trajet pour se rendre chez son fils cadet: il faut qu'il prenne la petite route qui mène à la ville, et une fois là-bas, il lui faut encore effectuer un trajet en bateau à vapeur. Mais cela ne change pas sa situation difficile à la maison: « mon père Sun Guangcai était toujours prompt à s'emporter, les mois où grand-père était revenu » (CB, p.189)[③]. Aux yeux du père, le grand-père est non seulement une lourde charge, mais aussi porteur de malheur, car le jour où il revient de chez son frère, sa maison est détruite par un incendie.

Le grand-père supporte silencieusement toutes sortes d'humiliations, notamment celles venant de son fils Sun Guangcai. La pusillanimité du grand-père est gravée de manière indélébile dans les souvenirs du narrateur: son sourire est « craintif » (CB, p.188)[④] ; son regard exprime « la peur d'une catastrophe imminente » (CB,

① 不劳而获的生活（p.163）

② “多一个吃饭的，少一个干活的，一进一出可是两个人啊。”（*ibid.*）

③ 父亲孙广才在祖父回到家中的那几个月里，总是脾气暴躁。（p.165）

④ 胆怯（p.163）

p.190)[①] ; il accepte tout sans protester, et répond aux gens « pieusement » (CB, p.191)[②], même à ses petits-fils ; il « faisait des pieds et des mains pour plaire à n'importe qui à la maison » (CB, p.191)[③], et les jours où il était là, il « cherchait toujours un moyen de disparaître » (CB, p.189)[④]. Ce n'est plus une vie, mais la survie d'un pauvre vieil homme réellement abandonné, privé de dignité humaine et aussi de respect de ses descendants: « son sentiment d'infériorité ne nous engageait pas à le respecter en tant qu'aîné » (CB, p.191)[⑤]. En outre, son obsession croissante d'un besoin de se nourrir est aussi l'origine de ce mépris:

> Il restait longtemps assis dans un coin où personne ne faisait attention à lui, épuisant en silence le peu de vie qu'il lui restait. A l'heure du repas, en revanche, il surgissait aussi vite que l'éclair, nous effrayant souvent tous trois, mes frères et moi. (CB, p.189 *sq.*)[⑥]

Cela provoque d'autant plus la colère de son fils avare:

> Mon père aimait, à table, sermonner mon grand-père et en de tels moments, il avait toujours la désagréable impression d'être la victime. Pendant que son fils lui passait

---

① 灾难即将来临时的恐惧眼神（p.165）
② 唯唯诺诺（*ibid.*）
③ 极力讨好家中任何一人（p.166）
④ 在家中的日子总是设法使自己消失，（p.165）
⑤ 他的自卑使他作为长者，难以让我们尊敬（p.166）
⑥ 他长久地坐在无人注意的角落里，无声无息地消磨着他所剩无几的生命。而当吃饭时，他却像闪电一样迅速出现，往往把我们弟兄三人吓一跳。（p.165）

> théâtralement un savon, mon grand-père, la tête baissée, avait l'air d'être dans les transes. Mais la vitesse à laquelle il mangeait n'en était pas le moins du monde affectée. La célérité de ses baguettes qui allaient et venaient pour pincer les aliments était surprenante. Il faisait la sourde oreille aux réprimandes de Sun Guangcai, comme s'il les considérait comme des mets exquis, et ne s'arrêtait, contraint et forcé, que lorsqu'on lui arrachait des mains son bol et ses baguettes. Il gardait alors la tête baissée, fixant obstinément des yeux les plats sur la table. (CB, p.196)①

L'hypothèse du narrateur sert peut-être à expliquer l'étrange calme du grand-père devant ces humiliations: « Mon grand-père était déjà mort psychologiquement et il attendait que son organisme parvînt à son tour à cet état » (CB, p.216)②. Le vieil homme supporte tout avec le seul dessein de satisfaire ses besoins vitaux et de maintenir en vie son corps.

Cependant, ce grand-père frileux peut tout aussi être hypocrite et effrayant. Afin de s'épargner le risque d'un blâme pour avoir cassé un bol, il impute à son petit-fils Sun Guangming ce geste de négligence, provoquant ainsi la colère de Sun Guangcai, père du petit garçon à qui il infligera des gifles. Cet événement, plus le reniement

① 我父亲喜欢在饭桌上训斥祖父，这种时候孙广才总要很不情愿地看着自己正在遭受损失。在父亲虚张声势的骂声里，我的祖父低垂着头颇一副担惊受怕的模样。可他吃饭的速度丝毫没有受到影响，手上的筷子在夹菜时一伸一缩的迅速令人吃惊。孙广才的训斥他充耳不闻，仿佛将其当作美味佳肴。直到他手中的碗筷被夺走，他才被迫停止。那时的孙有元依然低着头，眼睛执著地盯着桌上的饭菜。（p.171）

② 那时的祖父在心理上已经死去，正期待着自己的生理也进入一劳永逸的境地。（p.190）

du grand-père face aux interrogations du narrateur, témoin de la scène, inclinent celui-ci à changer d'avis sur ce vieil homme qu'il croyait tendre et paisible. Ce qui lui inspire une « crainte indicible » (CB, p.196)[①]: « [s]on regard affectueux [lui] fit froid dans le dos (CB, p.195)[②] ; « [a]ussi paniqué que [s'il]'avai[t] rencontré un serpent » (CB, p.193)[③], le narrateur « trembl[e] de tous [s]es membres » (CB, p.196)[④].

Le grand-père est aussi un personnage visqueux dont le jeune héros n'arrive pas à se débarrasser. La fin du roman où il raconte son retour chez ses parents biologiques est aussi une évocation de son angoissante rencontre avec le grand-père qui s'est égaré en route. Ayant été séparé de ses parents pendant plus de cinq ans, Sun Guanglin n'a pas pu reconnaître aussitôt son grand-père. Il a hâte de rentrer chez lui et retrouver ses chers parents et frères après cette longue séparation. Il crie au vieil homme: « Lâchez-moi, ma famille est très pauvre, elle n'a pas les moyens de vous nourrir. » (CB, p.325)[⑤] Mais celui-ci le suit comme un fantôme. Sans faire de bruit, il apparaît tout d'abord derrière lui, et si près, au moment où le soleil vient d'être englouti par des nuages noirs (Voir CB, p.324). Et il ne le lâche plus:

> Le ciel commençant à s'assombrir, je choisis en hâte une route et partis précipitamment. Après avoir marché pendant

---

① 难以言传的惧怕（p.170）
② 他亲切的目光在那时让我不寒而栗（*ibid.*）
③ 像是遇到蛇一样（p.167）
④ 浑身发颤（p.171）
⑤ “你别跟着，我家很穷的，养不起你。”（p.294）

> un certain temps, je me rendis compte que le vieillard me suivait à distance. (*ibid.*)①
>
> La nuit allait tomber d'un instant à l'autre et je rebroussai chemin immédiatement. Le vieil homme fit demi-tour et revint sur ses pas lui aussi. Sa façon de me talonner m'intrigua et je pris mes jambes à mon cou. Après avoir couru un moment, je me retournai pour regarder: il arrivait derrière moi à bonne allure, en titubant. (*ibid.*)②
>
> Quand j'atteignis le carrefour en patte-d'oie, il faisait nuit noire et j'entendis le grondement du tonnerre. Il n'y avait pas le moindre rayon de lune. Je m'engageai à tâtons sur l'autre route et, pressant le pas pendant un bon moment, je m'aperçus que le vieil homme me suivait toujours. (CB, p.325)③

Ces trois séquences sont remplies de significations symboliques. Elles traduisent en fait chez le narrateur un sentiment de répulsion envers son grand-père pieux, décrépit, importun, collant, bref, une fausse note à éliminer de son fantasme de famille idéale – mais il ne sait pas encore qu'il ne retrouvera plus ses parents et frères tels qu'ils lui étaient si chers, qu'il vivra comme un étranger chez eux, et qu'il reviendra ce jour-là dans sa ville natale avec son grand-père et le feu

---

① 那时候天色开始黑下来了，我赶紧选择一条路匆匆走去，走了一阵我发现后面那个老头正跟着我（*ibid.*）

② 那时天色马上就要黑了，我立刻转回去，老人也转过身来往回走，他对我的紧跟引起了我的注意，我立刻撒腿跑开了，跑了一会回头一看，他正趔趔趄趄地急步追来。（*ibid.*）

③ 我走回到三岔路口时，天已经完全黑了，我听到了打雷的声音，那时一点月光都没有。我摸上了另一条路，急步走了一阵，发现那老人还跟着我（*ibid.*）

« flamboyant et ardent » (CB, p.325)[①] qui ruinera la maison de son père.

Curieusement, le narrateur évoque aussi un passé héroïque du grand-père. Le premier épisode de ce chapitre, intitulé « Passé lointain », raconte l'histoire de ce même grand-père qui, autrefois, « débordait de vitalité » (CB, p.169)[②], mettant ce passé à l'opposé du présent où se trouve le grand-père pieux. Selon le narrateur qui a connu ce « passé lointain » à travers les souvenirs du grand-père, celui-ci est le fils d'un célèbre tailleur de pierre, « le plus intelligent des pauvres de l'époque et [...] d'une habileté et d'un dynamisme incomparables », qui « réunissait en lui le romantisme de l'artiste et la solidité du paysan » (CB, p.169 *sq.*)[③]. Père et fils, tous deux héroïques et légendaires dans ce « passé lointain », ce grand-père et cet arrière-grand-père restent figés dans cette image de leur époque la plus glorieuse:

> Par une matinée de début de printemps, mon arrière-grand-père avait loué un bateau de bois qui, avec à son bord le maître et ses élèves, descendait, le vent en poupe, la large rivière. Le tailleur de pierre était assis à l'arrière du bateau et regardait plein d'enthousiasme son fils en fumant la pipe. Sun Youyuan (grand-père du narrateur) était debout à l'avant, sa veste ouverte sur sa poitrine que le vent froid de cette époque de l'année avait

---

① 熊熊燃烧（*ibid.*）
② 生机勃勃（p.147）
③ 那个时代最为聪明的穷人，（……）身上具备了艺术家的浪漫和农民的实惠（p.148）

rendue toute rouge. (CB, p.168, j'ajoute les parenthèses.)[①]

Après le cuisant échec puis la faillite de son père dans le projet de construire un grand pont de pierre à trois arches, le grand-père dirige le reste des disciples et réussit à faire entrer la dalle dans la brèche, sauvant ainsi le pont et rachetant l'échec de son père (Voir CB, pp.168-175). Ensuite il amène ce groupe de tailleurs de pierre pour poursuivre « l'œuvre créée par ses ancêtres » (CB, p.175)[②]. Peu de temps après, il connaît le déclin de sa profession, car on n'a plus besoin de tailleurs de pierre à l'ancienne. Bien qu'il soit dépassé par son époque, les aventures du grand-père ne s'arrêtent pas là. Il survit aux rafales de balles des nationalistes, à la bagarre au mont-de-piété, le cadavre de son père sur son dos, et à la poursuite des paysans vengeurs à l'air féroce. Il a même une brève carrière de médecin avant d'avoir la chance d'épouser la grand-mère aux « joues évoquant une pomme prête à tomber de l'arbre » (CB, p.162)[③], issue d'une famille de nantis lettrés. Dans son passé lamentable mais légendaire, il n'est pas un « campagnard naïf »[④] mais un homme « hors du commun » (CB, p.170)[⑤], « brave et malin » (CB, p.183)[⑥], qui a bravé toutes les vicissitudes de l'Histoire chinoise du XXe siècle.

Dans l'œuvre de Claude Simon ainsi que dans celle de Yu Hua,

---

① 那时初春的一个早晨，我的曾祖父租了一条木船，载着他和一班徒弟在宽阔的河上顺风而下。曾祖父坐在船尾，吸着旱烟兴致勃勃地看着他的儿子，孙有元敞开胸膛站在船头，初春的冷风把他的胸膛吹得通红一片。（p.146 *sq*）

② 祖辈开创的事业（p.152）

③ 脸蛋像是一只快从树上掉下来的苹果（p.141）

④ 憨呼呼的乡巴佬（p.159）

⑤ 出类拔萃（p.148）

⑥ 有勇有谋（p.159）

l'ancêtre est une figure de complexité, source de fascination, d'abjection et d'obsession. Nous allons alors nous demander: pourquoi une figure d'ancêtre si importante dans une fiction fortement autobiographique ? Et pourquoi, cet ancêtre si « pachydermique » dans le roman de Yu Hua est-il totalement absent de ses œuvres des années 1980 ? Avant de répondre à ces questions, nous allons voir une autre figure essentielle présente dans leurs œuvres romanesques: le père.

2. La filiation

Georges se souvient, à plusieurs reprises, de son père lisant sous le kiosque qui lui sert de bureau d'été au bout d'une allée de chênes et couvrant des pages et des pages de son écriture de « pattes de mouches ». Qu'écrit-il ? Que contiennent les feuillets que ce professeur d'université emmène partout avec lui ? De leur contenu, rien n'est dit dans le roman, pour une raison simple: le personnage du père représente symboliquement une certaine position idéologico-philosophique, notamment celle de « ce comment s'appelait-il philosophe » (RF, p.33) qui est Jean-Jacques Rousseau et qu'il cite pour parler vainement du parallèle entre la guerre et le commerce (Voir RF, p.33 *sq.*). Si Rousseau est évoqué maintes fois dans *La Route des Flandres*[①] comme une figure de référence philosophique dans le roman, le personnage du père de Georges pourrait en être une incarnation dans le roman. Nul besoin d'expliciter le contenu de son écriture, l'image du père travaillant

① Lire l'article de Randi Brox Birn et Valerie Budig Markin, « Deux hommes et un texte: Simon face à Rousseau, Proust et Orwell », in *Revue des Sciences Humaines*, 220, octobre-décembre 1990, p.63-78.

enfermé dans son kiosque éclairé d'une lampe à gaz suffit pour traduire la portée emblématique de ce personnage dont la profession est révélée dans *L'Herbe*: philologue, le mot ne signifie-t-il pas « amoureux des mots » ?

Issu d'une famille de paysans, d'un père analphabète, le père de Georges est fier d'être devenu un intellectuel par l'acquisition des savoirs livresques. Il est « intimement persuadé qu'il n'y a pas de problème, et en particulier celui du bonheur de l'humanité, qui ne puisse être résolu par la lecture des bons auteurs » (RF, p.209). C'est la raison pour laquelle il désire tant que son fils « jouisse des incomparables privilèges de la civilisation occidentale » (*ibid.*), et tienne à ce qu'il entre à l'Ecole Normale. Il est à remarquer que même l'allure physique du père nous rappelle son amour fervent pour les mots, comme si l'épaisseur des précieux papiers noircis de son écriture très fine se transformait en une « masse du corps à présent de plus en plus envahie par la graisse, monstrueuse, de plus en plus accablée par son propre poids » (RF, p.219), et que son visage aux traits de plus en plus affaissés était « l'effet de quelque chose qui n'était pas seulement la graisse et qui prenait peu à peu possession de lui, l'envahissait, l'emprisonnait, le murait dans une sorte de muette solitude, d'orgueilleuse et pensante tristesse » (*ibid.*). Nous pouvons donc dire que tous les autres traits de ce personnage sont négligés, laissant uniquement l'image symbolique d'un père grand amoureux des lettres, afin de montrer que « tout ce qu'il a à sa disposition c'est seulement cela cette pesante obstinée et superstitieuse crédulité – ou plutôt croyance – en l'absolue prééminence du savoir appris par procuration, de ce qui est écrit » (RF, 34 *sq.*).

La relation entre Georges et son père est tendue, et de plus en plus avec le temps. Maintes fois, il évoque son père avec cynisme. Contrairement à son père autodidacte, croyant au pouvoir des mots, Georges affirme d'emblée qu'il n'a « surtout pas envie d'aligner des mots et des mots » (RF, 34), et il échoue au concours de Normale. Le conflit père-fils atteint son paroxysme pendant la guerre, quand le père déplorant dans une lettre adressée au fils prisonnier la destruction par les bombes de la bibliothèque de Leipzig est violemment critiqué dans la lettre de réponse de son fils. Depuis, une guerre froide persiste entre le père et le fils. Georges n'adresse plus la parole à son père. Il le défie, l'épie sans même le regarder, tend même à nier son existence: « Georges n'allait même plus jusqu'au kiosque à présent, [...] il fai[sait] semblant de ne pas l'entendre, affectant de leur parler à tous deux également, et tourné cependant ostensiblement vers elle seule et se détournant de son père » (RF, p.219). Finalement le fils rompt avec son père par une décision: le père rejette ses racines paysannes pour s'enfermer dans son kiosque, tandis que Georges est déterminé, en rentrant de la guerre, à assumer une vie de paysan. Georges s'oppose à son père, et rejette tout ce qu'il symbolise – le savoir et l'ascension sociale qu'il est censé représenter.

Curieusement le sentiment du père manqué est comblé par deux autres personnages: le Conventionnel et le capitaine de Reixach. Ceux-ci semblent représenter, aux yeux du narrateur, un autre modèle paternel et jouent pour lui le rôle d'une image paternelle injonctive. Ce ressentiment du père retrouvé est particulièrement dû au fait que les deux de Reixach, par leur caractère de « traître », se différencient de son père légitime perdu dans ses papiers, et vis-à-vis duquel Georges est de plus en plus en désaccord. Le Conventionnel et de Reixach servent de modèles à Georges pour s'opposer à la voie que son propre père veut lui tracer.

Le Conventionnel est victime de certaines idéologies, mais notons que des signes laissent deviner un désabusement au dernier moment de sa vie. Face à l'effondrement de ses illusions, de ses rêves idylliques, il abandonne ses troupes défaites en Espagne et revient à son château au sud de la France. Georges imagine l'ancêtre se dépouillant de son vêtement d'officier avant de se tuer, symbole des idéologies et des leurres dont il est victime:

> et Reixach, debout, là, [...] se dépouillant, arrachant de lui, rejetant, répudiant ces vêtements, cet ambitieux et tapageur costume qui sans doute était maintenant devenu pour lui le symbole de quelque chose en quoi il avait cru et à quoi maintenant il ne voyait même plus de sens (la redingote bleue au col montant, aux revers brodés d'or, le bicorne, les plumes d'autruche: pitoyable et grotesque défroque gisant à présent, mausolée fripé de ce que (non pas le pouvoir, les honneurs, la gloire, mais les idylliques ombrages, l'idyllique et larmoyant règne de la Raison et de la Vertu) ses lectures lui avaient fait entrevoir) (RF, p.190)

Cet ancêtre est doublement traître. D'abord, en votant la mort du roi et désavouant sa qualité de noble, il trahit sa caste pour embrasser la larmoyante morale du philosophe suisse dont il conserve soigneusement les vingt-trois volumes reliés plein veau aux armes. La deuxième trahison consiste en une désillusion par rapport à cette cause qu'il embrasse, en un renoncement définitif à « perfectionner l'espèce humaine » (RF, p.184). Comme l'a analysé Blum dans ses bouffonneries pathétiques, l'ancêtre, dans ses rêves, croit pouvoir promouvoir, par la lecture des vingt-trois tomes, les classes inférieures à un état supérieur, mais il apprend, par la réalité de la guerre, que « cette racaille se débandant de tous côtés » ne peut maintenant ni continuer à vivre comme des savetiers ou des boulangers, ni se comporter en soldats (Voir RF, p.182 *sq.*). Cet ancêtre meurt totalement nu, physiquement et aussi moralement: « [...] une sorte de vide, de trou. Sans fond. Absolu. Où plus rien n'avait de sens, de raison d'être – sinon pourquoi enlever ses vêtements, se tenir aussi, nu, insensible au froid, effroyablement calme sans doute, effroyablement lucide » (RF, p.201).

Son descendant de Reixach est aussi un traître. On peut aisément relever chez lui un désaveu de son appartenance à l'aristocratie, et à la tradition militaire familiale. Il provoque tout d'abord une explosion de fureur et d'indignation dans sa famille en épousant, « dans une rumeur de scandale et de chuchotement autour des tasses de thé », une jeune femme, « ou enfant », de dix-huit ans, c'est-à-dire de vingt ans plus jeune que lui (RF, p.55). Sa jeune épouse lui fait oublier bon nombre de « traditionnelles traditions » ancestralement conservées. Au gré de Corinne, il démissionne de l'armée, achète à la place de l'anonyme voiture de série une automobile noire « aussi grosse et aussi impressionnante qu'un corbillard » (*ibid.*), avant de dépenser une grosse somme d'argent pour monter une écurie de courses. Sa fortune se répand en dépenses somptuaires, et aux yeux de Blum, contrairement à son ancêtre, il se consacre « exclusivement […] à l'amélioration de la race chevaline » (RF, p.184). Si l'image de la mort de de Reixach reste profondément gravée dans la mémoire du narrateur ①, ce n'est pas sans signification. La prononciation compliquée de ce nom, et souvent faussée par les soldats, oblige son jockey Iglésia et Georges à la rectifier pour défendre la notoriété de leur maître / cousin:

> « Reichac vingt dieux t'as pas encore compris: chac l'ixe comme ch-che et le ch à la fin comme k Mince alors jte jure çuilà qu'est-ce qu'il peut être cloche ça fait au moins dix fois que je lui explique t'as donc jamais été aux courses patate c'est pourtant un nom assez connu... » (RF, p.44, voir aussi p.175 où Georges rectifie la prononciation de Blum).

L'invention de cet étrange patronyme est déchiffrée par Eberhard Gruber: « Lisons, d'abord, dans le nom du capitaine de Reixach un hybride composé du latin *rex* ("roi") et de l'allemand *Schach* ("les échecs"). »② Constatons aussi que le narrateur parle de l'embuscade

---

① « Pour ce qui est de l'image mère de ce livre, je peux dire que tout le roman est parti de celle-là, restée gravée en moi: mon colonel abattu en 1940 par un parachutiste allemand embusqué derrière une haie: je peux toujours le voir levant son sabre et basculant sur le côté avec son cheval, comme au ralenti, comme un de ces cavaliers de plomb dont le socle serait en train de fondre... » – Claude Simon, « Attaque et stimuli », entretien avec Lucien Dällenbach, in *Claude Simon*, *op.cit*, p.181.

② Eberhard Gruber, « Eléments de biographie pour une écriture probable », *op.cit.*, p.224. Les suppositions concernant l'origine de ce nom sont diverses. Il est probablement en partie inspiré par le colonel Rey, réel chef de Claude Simon pendant la guerre tué par les Allemands. On dit aussi que le nom de Reixach est « celui d'un village du Roussillon. On prononce Reichac

de l'escadron dans la métaphore du jeu des échecs, ex.: « les petits chevaux jupons et leurs cavaliers rejetés en désordre les uns sur les autres exactement comme des pièces d'échecs s'abattant en chaîne » (p.146 *sq.*). « Reixach » est donc l'échec du roi qui perd la tête en perdant sa foi dans ce jeu qui est la guerre, en « rest[ant] là planté sur son cheval arrêté bien exposé au beau milieu de la route sans même se donner la peine ou faire semblant de se donner la peine de le pousser jusque sous un pommier » (RF, p.14). Cet échec du roi signifie symboliquement la défaillance de toutes les traditions familiales et sociales que le personnage de de Reixach représente.

D'ailleurs, sous plusieurs aspects, le capitaine de Reixach est plus proche du père réel de l'écrivain que du père universitaire que Claude Simon invente pour son narrateur. Bien que par des changements d'époque, de nom, d'origine sociale, et par hybridation avec l'histoire de la famille maternelle, de Reixach ne représente pas la figure réelle du père de l'écrivain, mais il lui ressemble tellement. La mort de de Reixach fait notamment penser à celle du père de l'écrivain, officier mort dans la Première guerre mondiale et qui deviendra le personnage principal de *L'Acacia*, se tenant là « bien en vue », « les galons de son képi étincelant au soleil, ses inutiles jumelles à la main, patientant jusqu'à ce qu'un morceau de métal lui fasse éclater la cervelle » (A, p.77). La figure du père effectif de l'écrivain n'est jamais évoquée dans *La Route des Flandres*, mais le roman est habité par l'obsédante présence de ce père mal connu. Militaire et mort à la guerre, de Reixach provoque chez le narrateur,

---

comme Georges l'explique à Blum. » Voir D. Bourdet, « Image de Paris. Claude Simon », *Revue de Paris*, janvier 1961, p.141.

tout comme le père chez son fils écrivain, des interrogations vaines mais inlassables sur la cause de sa mort. De l'aïeul portraituré au cousin et chef de l'armée, le fils s'approche de plus en plus de son « père », et le retrouve finalement sur l'autre face du temps. Le parcours de la recherche du père par le narrateur de *La Route des Flandres* est, comme l'a très bien dit Dominique Viart, le lamento funèbre du fils envers son père mort trop tôt.

Dans ce roman où personnages et intrigue familiale se superposent, la généalogie devient source de confusion. Elle est symboliquement représentée par l'arbre qui pousse auprès de la maison familiale décrit à l'ouverture d'*Histoire* et à la clausule de *L'Acacia*. Or, sous l'arbre reposent les morts, dit-on. « Si, pour Simon, la question des origines demeure si essentielle, c'est parce que l'origine est brouillée par la mort »[①]. L'arbre planté dans la terre pousse en se nourrissant de la chair putride des personnes appartenant au passé. Il est symbole d'une totalité familiale mais aussi de celle de l'Histoire, et nous permet de comprendre la conception cyclique de l'Histoire qui se fait jour à travers l'histoire familiale, telle la répétition du geste suicidaire de l'ancêtre. Si la genèse de *La Route des Flandres* est, comme l'explique Claude Simon au colloque de Cerisy, conduite à partir de fragments textuels en forme de strates, alors « au centre de la cuvette » ainsi constituée surgit le thème de la mort, « jaillissant d'une sorte de puits artésien ». Le roman est véritablement hanté par la mort du « père », et la mort des figures paternelles dans *La Route des Flandres* parle en fait de la mort du fils. En superposant les destins des personnages, Claude

① Dominique Viart, *Une mémoire inquiète*, *op.cit.*, p.44.

Simon fait vivre à Georges sa propre mort, semblable à celle des « pères », mais déjà préfigurée. Ce schéma est avoué par Claude Simon lui-même, qui déclare lors d'un entretien qu'en fait *La Route des Flandres*, dont l'histoire tourne autour de la mort du capitaine de Reixach, raconte la mort symbolique et métaphysique de Georges[①].

Si la fiction simonienne est bâtie autour d'un vide rempli par une absence essentielle qui est celle du père, nous allons voir que la fiction de Yu Hua est hantée par un père excessivement présent, face auquel le fils est affaibli, étouffé et effacé. Si les études psychanalytiques révèlent que la hantise du père implique une interrogation angoissante « de qui suis-je né ? », alors nous découvrons que tous les personnages de l'œuvre de Yu Hua des années 1980 sont nés d'un père monstrueusement tyrannique et meurtrier.

Le fils et le père dans l'œuvre de Yu Hua sont en rivalité constante. Dans *Un monde évanoui*, 7 tombe malade le jour du cinquième anniversaire de son fils. Leur signe, l'un chèvre, l'autre tigre, suggère, selon l'horoscope chinois, un conflit irréconciliable: la chèvre tombera un jour dans la bouche du tigre, ainsi, plus le fils grandit, plus le père devient faible. Ce conflit est résolu par l'adoption du fils de 7 par le vieux devin. Mais cela n'est pas une véritable solution, puisque le vieux devin, dont la puissance vitale est beaucoup plus forte que celle du petit garçon, va affecter la vie de ce dernier: la rivalité continue, seuls les rôles de chasseur et de proie s'échangent. En fait, dans les récits de Yu Hua, c'est le père qui

① « Les secrets d'un romancier, Claude Simon s'explique », entretien avec Hubert Juin, *Les Lettres Françaises*, n°4, 6-12 octobre 1960, p.5.

l'emporte le plus souvent sur le fils. Celui-ci se caractérise toujours par une faiblesse physiquement et ontologiquement flagrante: le cinquième fils du vieux devin est « un vieux garçon d'une cinquantaine d'années, long et osseux, qui déambulait dans les rues en traînant derrière lui, telle une perche de bambou, son ombre efflanquée » (ME, p.86)①. La longévité du devin est symbole du pouvoir du père qui est immortel, et sa masculinité contraste avec l'apparence féminisée de son fils②. La mort du fils du devin vers la fin du récit est le signe de son échec face à la rivalité avec son père, révélée ainsi dans le récit:

> Le vieux devin allait bientôt avoir quatre-vingt-dix ans ; il avait eu cinq enfants. Les quatre premiers étaient morts les uns après les autres, pendant les vingt dernières années ; seul le cinquième restait. A travers cette succession de morts, le vieillard avait trouvé le secret de sa longévité. L'horoscope de chacun des quatre premiers était en conflit avec le sien et il avait finalement triomphé en les envoyant dans l'au-delà ; les années dont ils n'avaient pas joui s'étaient ajoutées aux siennes. (ME, p.125) ③

---

① "五十多岁仍然独身的瘦长男子"，"心事重重"，"拖着一条像竹竿一样的影子"（p.115）

② Le contraste entre la fécondité du père et la stérilité du fils se traduit aussi par le fait que 3, âgée de plus de soixante ans est enceinte, tandis que la fille de la femme en gris n'arrive à avoir aucun enfant.

③ 已年近九十的算命先生，一共曾有五个子女，前四个在前二十年里相继死去，只留下第五个儿子。前四个儿女的相继死去，算命先生从中发现了生存的奥秘，他也找到了自己将会长生下去的因由。那四个子女与算命先生的生辰八字都有相克之处，但最终还是做父亲的命强些，他已将四个子女克去了阴间。因此那四个子女没有福分享受的年月，都将增到算命先生的寿上。（p.145 et *sq.*）Traduction de Nadine Perront, légèrement modifiée.

Un autre père, 7, cède au vieux devin son fils âgé seulement de cinq ans dans l'espoir de retrouver sa propre santé tout en étant conscient des rumeurs autour de la longévité du vieil homme. De l'histoire du vieux devin et de celle de 7, surgit l'image d'un père qui ne veut pas disparaître et céder sa place à son fils. Bien au contraire, pour éterniser sa présence, le père s'empare de la place du fils au détriment de celui-ci.

Souvent cette relation père-fils se présente dans sa variation, dans la relation père-fille. Les figures féminines dans les récits de Yu Hua montrent davantage cette infériorité de l'enfant face au père. Dans *Un monde évanoui*, 6 vend successivement ses filles pour s'enrichir. Et ce traitement d'enfants comme marchandises semble être un consensus des parents, considéré comme quelque chose qui va de soi: pendant son agonie, la femme de 6, après avoir donné naissance à sa septième fille, regarde son mari d'un air jaloux, comme si elle prévoyait l'importante fortune représentée par ses sept filles. Ne pouvant supporter leurs rudes conditions de vie, les filles meurent (ou se suicident ?) les unes après les autres, tandis que le père ne pense qu'à continuer à échanger ses filles contre de l'argent. Il vend à bon prix le cadavre de sa septième fille suicidée, ne laissant pas partir la dernière chance de s'enrichir. La transaction de vente des enfants apparaît aussi dans *Un amour classique*, où la barbarie atteint son paroxysme jusqu'au cannibalisme: à l'arrivée de la grande famine, un père vend son épouse ainsi que sa jeune fille au marchand de viande humaine malgré le cri affectueux de sa fille: « Liu Sheng entendit la petite fille crier "Papa", mais l'homme partit en toute hâte, sans se retourner, et disparut en un clin d'œil. » (AC, p.110)[①] La filiation nouée par le sang n'est pas indestructible. Elle est souvent considérée selon des critères pragmatiques[②], et le père trahit facilement cette filiation pour divers profits. A la place de l'éthique, c'est l'avidité et l'inceste qui scellent le comportement des « pères ». Incité par le vieux devin, le père de 4 l'assiste dans son viol, acte qui implique le viol de la jeune fille par son propre père.

Dans *Un monde évanoui* existe aussi un père symbolique, dont le rôle est assumé par le vieux devin qui, dans ce monde imprégné d'odeur de mort, s'assoit paisiblement dans sa pièce enveloppée d'ombre, au bout d'un long couloir, à l'instar d'une araignée au milieu de sa toile manipulant les autres avec ses fils invisibles: « tout semble s'être déroulé comme il l'avait prévu » (ME, p.85). Il représente l'autorité ultime de cette ville enveloppée de brouillard, et ses propos ont un effet irréfutable sur ses habitants. « Allez donc voir le vieux devin. » (ME, p.86)[③], « Va donc consulter le devin. » (ME, p.87)[④]. Tous font appel à lui quand ils sont confrontés à des problèmes: 7 le consulte à propos de son état de santé défaillante, inexplicable aux yeux des médecins traditionnels qui n'arrivent pas à le soigner ; le père de 4 s'adresse au vieux devin pour sa fille qui murmure étrangement dans son sommeil ; incapable de déchiffrer le rêve de son fils, c'est aussi au vieux devin que l'accoucheuse

---

① 柳生听得那幼女唤了一声“爹”，可那男子并不回首，疾走而去，转眼消失了。(p.42)

② Nous pouvons ainsi constater que le camionneur dans *Récit de mort* fait de telles réflexions après avoir tué le jeune garçon dans un accident: « Son père l'avait élevé jusqu'à cet âge-là, ça n'était pas rien après tout, et ça lui avait coûté pas mal d'argent. Dommage pour lui que son enfant soit mort, et qu'il ait perdu un vélo par-dessus le marché. » (RM, p.33)

③ 去找找算命先生吧（p.113）

④ 去问问算命先生吧（p.116）

s'adresse aussitôt ; la femme en gris va le voir au sujet de la stérilité de sa fille, tandis que 6 le consulte à propos de deux hommes mystérieux qu'il a rencontrés au bord du fleuve. Mais la voie que le vieux devin leur indique est une voie qui conduit vers la mort. Au moment où 4 voit le vieux devin comme « un squelette habillé » (ME, p.132)①, cette vision le désigne explicitement comme l'incarnation de la Mort. Effectivement, les habitants de cette petite ville meurent successivement les uns après les autres. 4 s'affole et se jette dans le fleuve peu de temps après son passage chez le vieux devin. Le fait que le camionneur n'ait pas écrasé la femme en gris ne l'empêche pas de subir son destin: la femme en gris meurt mystérieusement dans son lit tandis que le camionneur se suicide après avoir été humilié lors d'un mariage. Quant à 7, séparé de son fils, il est guéri de sa maladie initiale, mais il « semblait rongé par un nouveau mal ; un mal dont sa femme aussi paraissait atteinte » (ME, p.138)②, tous deux glissant ainsi progressivement vers la mort. Conscient de la fatalité du destin, le vieux devin joue sur la crédulité des habitants pour renforcer son autorité, et les envoie dans l'au-delà pour son propre bien. Dans ce processus de manipulation, la métaphore de soustraction est récurrente. Comme un vampire, le vieux devin vide la vie des autres pour remplir la sienne. Il s'empare de la vie des autres, non seulement de ses enfants, mais aussi des enfants d'autrui: il prend possession de deux enfants de plus en adoptant le fils de 7 et celui de 3 encore en conception, afin qu'ils prennent le relais à la

① 穿着衣服的白骨（p.151）

② 7 的病情似乎有些好转了，（……）可他感到有一种新的病正爬上 7 的身体，而且这种病他在 7 的妻子身上同样也隐约看到。（p.156） mort de son fils cadet. La méthode qu'il pratique pour l'affermissement de ses éléments vitaux implique aussi une soustraction: cette méthode, qui consiste en réalité à posséder chaque mois un corps de jeune fille vierge, vient d'un principe du Tao – « accueillir le yin pour renforcer le yang »[①], selon lequel « un homme vieillissant pouvait puiser sa force à la source de vie du corps d'une petite fille »[②] –, méthode qui implique un accroissement de l'un au détriment de l'autre.

Il semble que, dans l'œuvre de Yu Hua, le père exerce un rôle de persécuteur au lieu d'assumer son rôle de protecteur. L'aspiration à un « père authentique » se retrouve chez certains personnages. Dans *Récit de mort,* un jeune garçon crie instinctivement « Papa ! » au moment où il est heurté par un camion distrait, comme si seul le père pouvait le sauver de cet accident mortel. Mais l'appel est vain. Ce père bon et sauveur est absent. Le corps du garçon est projeté dans le tréfonds d'un réservoir, personne n'est témoin de cet accident. D'ailleurs, l'image d'un père meurtrier s'érige de nouveau, car le coupable, chauffeur du camion, est lui-même père d'un garçon « dont la silhouette est presque la réplique » (RM, p.33)[③] de l'enfant qu'il a tué.

Que peut-il se passer quand le père-persécuteur n'est pas là ? Yu Hua suggère une telle situation dans certains récits. Mais l'absence du père dans son œuvre ne signifie pas la disparition du conflit ni l'autonomie du fils. La famille dans *Une certaine réalité* est

---

① 采阴补阳（p.146）
② 年老的男人能在年幼的女孩体内吮吸生命之泉（*ibid.*）
③ 儿子骑车时的背影与那孩子几乎一模一样（p.21）

composée d'une grand-mère, deux fils, leurs épouses et deux petits-fils. Le père étant absent, les fils, Shanfeng et Shangang, assument d'autant plus leur rôle de père, comme pour compenser cette absence. Or, cela entraîne l'existence de deux pères. A la mort de son fils, Shanfeng tient à mettre à mort son neveu Pipi qui a commis hasardeusement ce meurtre. Par la suite, Shangang se venge de la mort de son fils sur son frère Shanfeng. L'absence du père entraîne un désordre non moins important que celui qui pourrait survenir quand le père est là. Les vengeances de Shanfeng et Shangang ne sont pas déclenchées par leur attachement à leurs fils – le début du récit révèle une relation froide entre les pères et les fils, et la violence conjugale suggère une même pratique de violence du père envers le fils –, mais plutôt elles consistent pour chacun en une démonstration de leur propre autorité paternelle.

Dans son concept de « roman familial », Freud souligne l'importance pour chaque être humain de se détacher de l'autorité parentale afin d'accomplir son développement personnel. La rivalité entre père et fils implique chez le fils une quête d'identité par la subversion du père. Mais l'absence du père contribue-t-elle à l'avènement du sujet ? *Sur la route à dix-huit ans* met en scène un fils sur le chemin de sa majorité. La métaphore du « devenir majeur » comme une navigation en mer se révèle dès l'incipit du récit: « La chaussée goudronnée ondulait sans fin, comme si elle était collée sur les vagues de la mer. Marchant sur cette route de montagne, je ressemblais à un bateau. » (SR, p.11)[①]. A l'âge de dix-huit ans, le

① 柏油马路起伏不止，马路像是贴在海浪上。我走在这条山区公路上，我像一条船。（p.2）

jeune homme quitte son père comme un navire quitte la terre ferme pour affronter la mer inconnue, ses « quelques poils de duvet clair sur le menton voltigeaient » (*ibid.*)[①] comme les voiles au gré du vent. De par sa jeunesse, il est excité par l'immense paysage quoique monotone, composé de montagnes et de nuages, malgré toute une journée de marche, « je n'éprouvais pas la moindre fatigue » (*ibid.*)[②]. C'est une expédition prompte, sans étude préalable ni destination. Le narrateur ne connaît pas son chemin. Curieusement, personne sur la route « ne savait où elle menait et s'il y avait une auberge plus loin » (*ibid.*)[③]. On lui dit: « Vas-y voir toi-même. » (*ibid.*)[④]. L'incertitude du voyage ne gêne nullement le narrateur ; au contraire, l'étendue de la route lui évoque un monde vierge comme condition de son autonomie et l'authenticité de son aventure: « Maintenant il ne me restait plus qu'à aller voir. Les gens avaient raison, il fallait aller voir. »[⑤] Mais le voyage s'avère décevant. La route qui ondule de sommets en vallées est trompeuse:

> Les sommets m'attiraient irrésistiblement, je les gravissais en courant comme un dératé dans l'espoir de voir une auberge en contrebas, mais chaque fois je ne voyais qu'un autre sommet, et dans l'intervalle une concavité déprimante. (SR, p.12 *sq.*)[⑥]

---

① 我下巴上那几根黄色的胡须迎风飘飘（*ibid.*）

② 可我一点也不累（*ibid.*）

③ 可他们都不知道前面是何处，前面是否有旅店（*ibid.*）

④ “你走过去看吧。”（*ibid.*）

⑤ 现在我只能走过去看了。这话不错，走过去看。（p.3, cette traduction est de nous.）

⑥ 公路高低起伏，那高处总在诱惑我，诱惑我没命地奔上去看旅店，可每次都只看到另一个高处，中间是一个叫人沮丧的弧度。（p.3）

Ce qu'attend le narrateur n'est pas la découverte d'un monde nouveau, mais la stagnation au milieu de son chemin – au lieu de parvenir sur un continent nouveau, son navire se perd sur la mer immense. Tout commence par sa rencontre avec le camionneur, rencontre qui devrait signifier une sorte d'ouverture dans ce récit d'aventures. Au moment où il monte dans le camion, le narrateur cesse d'avancer et revient en arrière, puisque le camion va dans la direction d'où il vient – la promesse d'un nouveau monde semble s'éloigner davantage. De plus, peu de temps après, le camion tombe en panne, comme un navire qui fait naufrage en pleine mer. Pire, des paysans surgissent pour « piquer » les pommes du camionneur chargées à l'arrière du véhicule. D'une façon incompréhensible, le camionneur reste figé comme un spectateur qui se délecte en contemplant la bagarre, tandis que le narrateur, dans la détresse, lutte seul contre les paysans qui lui donnent des coups de poings et des coups de pieds. A la fin du récit, les paysans s'en vont avec les pommes et tout ce qu'ils peuvent attraper du camion, même le camionneur vole le sac à dos du narrateur et monte dans le tracteur des paysans, le laissant « couvert de plaie » et le camion tout aussi « couvert de plaie »(SR, p.21)①, dans la solitude crépusculaire où « il n'y avait rien alentour » (*ibid.*)②, seul le bruit des feuilles s'agitant dans les arbres des montagnes, « pareil à celui des vagues de la mer » (*ibid.*)③. Cette fin donne à percevoir la métaphore d'un navire assailli par la tempête. Non seulement les paysans ne portent pas secours au

① 遍体鳞伤（p.10）
② 四周什么都没有（*ibid.*）
③ 像是海涛的声音（*ibid.*）

camion en panne, mais aussi leur rapine presse son « naufrage », et jouissant de leur non-implication à la catastrophe, ils lancent même des rires moqueurs sur leur tracteur. L'expédition du narrateur s'avère être un échec total.

Le lien entre cette mésaventure du narrateur et son père n'est révélé qu'à la toute fin du récit, où allongé dans le camion abandonné, le jeune homme se souvient du jour de son départ: son père lui prépare le sac à dos rouge, et lui dit qu'il doit « aller faire connaissance avec le monde » (SR, p.21 *sq.*)①. Ce milieu de journée chaud et radieux ainsi que la voix du père sont dotés d'une douceur irréelle dans les souvenirs – « le soleil était magnifique »(SR, p.21)②, « mon père […] m'avait dit doucement » (*ibid.*)③, le sac rouge est « beau »(SR, p.22)④, et « je m'étais élancé dehors le cœur léger et m'étais mis à courir avec autant d'entrain qu'un cheval fringant » (*ibid.*)⑤ –, nous incitant à réfléchir sur la relation père-fils que le récit pourrait suggérer. La connaissance que le narrateur doit entreprendre avec le monde en suivant les instructions du père finit comme un naufrage. Mais le foyer, lieu significatif avec la présence du père, n'est pas une alternative à la mer dangereuse: il est probablement le lieu où l'échec est déjà préinscrit. Cette évocation montre la candeur du fils et sa confiance pour son père, sans lequel il se perd au lieu de trouver sa propre identité. Le fils ne peut jamais se débarrasser de la domination du père qui « veille » éternellement sur

---

① 去认识一下外面的世界（p.11）
② 阳光非常美丽（p.10）
③ 父亲（……）温和地说（p.11）
④ 漂亮（*ibid.*）
⑤ 于是我欢快地冲出了家门，向一匹兴高采烈的马一样欢快地奔跑了起来。（*ibid.*）

lui même en son absence physique. Ce voyage, à l'initiative du père n'est-il pas programmé exprès pour que le fils reconnaisse enfin l'autorité du père et en face de lui, ses propres limites ? Le sentiment d'étouffement qu'éprouve le fils est illustré dans un passage de *L'Evénement du 3 avril*. Le fils, qui espère en rentrant à la maison sentir sa propre odeur de sueur et non celle de ses parents, vit dans un espace écrasant:

> Il est entré dans une ruelle étroite, entourée de deux murs très élevés. Des mousses se dispersent ici et là, collées sur les murs comme des slogans. Sous ses pieds s'étend un chemin pavé usé, d'où les pierres se déchaussent quand il marche dessus. Il avance en chancelant. Au dessus de lui le ciel est long et étroit comme la ruelle, d'autant plus qu'il est divisé par quelques fils électriques.[①]

Le sujet dans l'œuvre de Yu Hua est alors découpé, et son identité est dispersée. C'est la raison pour laquelle il y a tant de « doubles » dans son œuvre. Dans *Quelques pages pour Yang Liu*, Tan Liang se dédouble en Shen Liang, tandis que le narrateur voit sa vie entrecroiser et superposer avec celle du jeune homme et de l'étranger. Le narrateur flâneur dans ce récit trouvera un écho chez le protagoniste de *L'Evénement du 3 avril*. Fils évadé, celui-ci racontera

---

① 他已经走进了一条狭窄的胡同，两旁是高高的院墙，墙上布置着些许青苔，那青苔像是贴标语一样贴上去的，脚下是一条石块铺成的路，因为天长日久，已经很不踏实，踩上去时石块摇晃起来。他走在一条摇摇晃晃的胡同里。他的头顶上有一条和胡同一样的天空，但这一条天空被几根电线切得更细了。（p.115. Faute de traduction existante, la traduction de ce texte est de nous. La pagination renvoie au texte en chinois.）

la suite de son histoire dans *Sur la route à dix-huit ans*.

Ce procédé de « dédoublement » auquel Yu Hua semble tenir tant est mis en place d'une manière étonnante dans son premier roman *Cris dans la bruine*, où la narration, au lieu de faire progresser l'action, fait la navette entre des histoires semblables. Les lecteurs ne peuvent que remarquer une similitude frappante entre l'histoire de Sun Guanglin, narrateur et protagoniste du roman, et celle d'autres personnages. Sun Guanglin, enfant abandonnique et abandonné, ne cesse de voir son histoire se reproduire chez ses doubles. Guoqing, abandonné par son père, doit vivre de ses propres moyens dès son enfance. Sun Yu, mort d'une hémorragie cérébrale, est symboliquement abandonné par sa famille qui, inconsciente de cet accident, le laisse dans son coma. Lulu, né d'un père inconnu, ou plutôt d'un père qui ne veut pas le reconnaître, est abandonné par sa mère qui, elle-même abandonnée par son amant, devient prostituée – dégradation qui implique aussi une perte d'identité. Le monde dans *Cris dans la bruine* est divisé en clôtures individuelles. Les personnages, étant chacun une particule et vivant dans la même solitude, se reflètent l'un dans l'autre. C'est par ce jeu de miroitement que le narrateur se voit et se reconnaît: « L'hostilité qui s'exprimait sur le visage de cet enfant (Lulu) vis-à-vis de tout le monde, ainsi que l'état d'isolement et de délaissement dans lequel il se trouvait toujours me rappelèrent fortement mon propre cas. » (CB, 139, j'ajoute les parenthèses)[①]. Suite à sa rencontre avec ce petit garçon, Sun Guanglin cherche à le comprendre et à mieux le

① 这个孩子脸上洋溢出来和所有人对抗的神色，以及他总是孤立无援，让我触景生情地想到了自己。（p.121）

connaître, comme pour mieux se comprendre et mieux se connaître lui-même. Il l'observe, le suit, le devine, et même le devient, afin d'apporter, en enjambant le temps, une reconnaissance à son propre vécu, comme s'il ne pouvait advenir à soi que par dédoublement ou détour par l'autre. La figure de double nous montre que l'identité du sujet dans l'œuvre de Yu Hua n'est jamais donnée, il faut la conquérir à travers des fragments. Cette relation narcissique à son semblable est l'expérience fondamentale du développement imaginaire de l'être humain. Les exceptionnelles dimensions intertextuelles et intratextuelles de l'œuvre de Yu Hua tiennent particulièrement à la mise en fiction des « repères identificatoires ». L'imagination romanesque « rejoue » sans relâche et de manière particulièrement inventive le pénible avènement du sujet et l'instauration problématique de son identité.

La hantise provoquée par l'ancêtre participe du thème du double dans *Cris dans la bruine*. L'aïeul représente une forme particulière de double dans lequel le sujet se projette et procède à son identification. L'un comme l'autre étant « intrus » (CB, p.201)[①] aux yeux du père, l'existence insignifiante du grand-père représente en fait un portrait de la situation du narrateur. Sur ce grand-père qu'il tient pour un étranger – nous remarquons que le narrateur parle toujours de « il » et de « nous » pour le distinguer de ses parents et frères –, le narrateur finit par découvrir un proche dont l'expérience est similaire à la sienne. Nous pouvons aisément constater l'affection du narrateur envers son grand-père quand il est rentré chez ses parents biologiques.

---

① 不速之客（p. 175）

A plusieurs reprises, le narrateur tend à s'identifier à celui-ci, ex:

> Après mon retour à Nanmen, la crainte que j'avais gardée à l'égard de mon grand-père depuis l'âge de six ans se mua rapidement, contre toute attente, en apitoiement sur moi-même. Ma situation à la maison étant de jour en jour plus difficile, l'existence de grand-père devint un réconfort dont je ne pouvais me passer. (CB, p.200)①

Regardons aussi l'épisode où, sur ordre du père et contre sa propre volonté, il fait du bruit avec des bouts de bois, simulant les bruits d'un menuisier fabriquant un cercueil, afin de duper le grand-père agonisant, et pour que celui-ci, réconforté par ces bruits, puisse abréger son agonie et mourir:

> Dans les deux jours qui suivirent, je procurais à mon grand-père, par des battements monotones, un réconfort sonore. J'étais d'une humeur chagrine dont je ne pouvais me distraire. A treize ans, j'avais la vive impression de frapper pour moi-même. (CB, p.214)②

Le grand-père avec lequel le narrateur entretient un rapport mêlé d'admiration et d'émulation lui sert de miroir dans lequel il se voit. Par les tumultes dans la vie du grand-père, le narrateur prend

① 我回到南门以后，六岁时保留下来的对祖父的惧怕，竟然迅速地转换成对自己的同情。随着我自己在家中处境的逐日艰难，祖父的存在成为了我不可缺少的安慰。（p.175）

② 此后的两天里，我用单调的敲打给我祖父以安慰的声响。我处在悲哀的心情里不能自拔。十三岁的年龄，已经让我敏感地想到这是在为自己敲打。（p.188）

conscience de l'irrationnel et de la fragilité de l'existence humaine. Si nous repensons à la clausule du roman, cette fin où le narrateur rentre à Nanmen suivi comme une ombre par son grand-père nous paraît maintenant d'autant plus significative qu'elle suggère une identification entre ces deux personnages.

Dans son concept de « roman familial », Freud révèle que le jeune enfant passe par une production fantasmatique pour surmonter la première déception que lui cause sa famille réelle: d'un côté, pensant qu'il est un enfant adopté, l'enfant s'imagine né d'une famille royale ou de parents de rang social élevé ; de l'autre, par le modèle du bâtard œdipien, il rejette son père réel. Ce « roman » est une fable biographique conçue pour surmonter le dépit d'être mal né, mal aimé, et pour prolonger imaginairement l'idylle familiale en se trouvant une autre filiation, étrangère à la lignée familiale réelle: la filiation imaginaire. Cette théorie, avancée par Freud puis développée chez Marthe Robert, nous paraît particulièrement cohérente pour la lecture de *Cris dans la bruine*. La discordance entre le père réel et sa fonction symbolique oblige à un dédoublement de la paternité, c'est-à-dire à l'apparition d'un « père imaginaire » qui entraîne, par contrecoup, le dédoublement du fils, c'est-à-dire du sujet lui-même. Dans les récits de Yu Hua des années 1980 où le conflit père-fils est particulièrement tendu et où le père a une supériorité absolue dans la rivalité, l'identification du sujet ne peut se faire qu'à travers un procédé de dédoublement très discret et implicite, tandis qu'à partir de *Cris dans la bruine*, roman dans lequel un tournant dans l'écriture de Yu Hua commence à se remarquer, l'instauration du sujet se réalise ostensiblement par une production de saga familiale. Si ses récits des années 1980 sont une dénonciation du père persécuteur et une procrastination du « père authentique », *Cris dans la bruine* annonce, par le personnage du grand-père, la naissance d'un père nouveau qui va graduellement se configurer dans ses œuvres postérieures, à travers Fugui dans *Vivre !*, Xu Sanguan dans *Le Vendeur de sang* jusqu'à faire venir Song Gang, le père d'excellence dans son dernier roman *Brothers*. D'une veine épique et héroïque, le narrateur de *Cris dans la bruine* reconstitue un passé légendaire de son grand-père et s'attribue ainsi une filiation prodigieuse. Cela est non seulement un défi lancé au père et une dénonciation de sa perversité, mais aussi un geste pour rétablir l'honneur du grand-père traité de « type coléreux » (CB, p.157)① par le père, et par la suite, la légitimité de sa propre origine. Cette tactique est discrètement avouée par le narrateur au début du chapitre consacré au grand-père: « mon père ressemblait à tous ceux qui vivaient encore et qui avaient coutume de prêter aux morts des figures effrayantes de tyrans, alors qu'eux-mêmes se prétendaient d'une exquise civilité »②. Il n'est pas difficile d'entendre le sens véritable de ces propos: le narrateur désigne par là son père comme un tyran effrayant, qui manque de civilité. L'histoire du grand-père vient ronger celle du père réel. A la place du fils et du grand-père, c'est le père qui se trouve réellement marginalisé et exclu du monde par la voix du narrateur. Plus le narrateur embrasse l'histoire du grand-père, plus il se distancie de son père et retrouve sa « véritable » filiation paternelle en faisant le vide de ce dernier. A travers le destin

① 怒气冲冲（p.137）

② 所有活着的人（……）习惯将暴君这样可怕的意思安放在死者的坟顶，而他们自己是文明而优雅的。（*ibid.*）

du grand-père, figure éminemment paternelle, c'est l'identité du narrateur qui est mise en jeu. Ainsi, le dernier épisode intitulé « La victoire de grand-père », du chapitre consacré au grand-père, signifie en réalité la victoire du narrateur vis-à-vis de son père.

Contrairement à l'œuvre de Yu Hua, le résultat d'un dédoublement identificatoire dans *La Route des Flandres* n'est pas une élucidation, mais une superposition et un brouillage. L'ancêtre dans *La Route des Flandres*, dont Georges mime le geste suicidaire et apprend ses trahisons paradigmatiques, est un double dans lequel il se voit. La hantise de la mort de l'ancêtre est en fait celle de sa propre mort vue à travers l'autre. C'est sans doute en raison de cette hantise mortifère que les de Reixach sont évoqués dans une hybridation, ceci étant un moyen pour Georges de refuser sa propre destinée. Georges a peur de mourir « cocufié », comme son ancêtre conventionnel. Il est obsédé par la faillite du sens qui a devancé le suicide de l'ancêtre. Ce qu'il a vu et ce qu'il a vécu pendant la guerre ne cessent de lui rappeler cet ancêtre, et ce qui est arrivé à de Reixach semble confirmer un tel destin pour tous hommes de cette lignée, auxquels « on n'avait appris que l'exclusif et innocent maniement des chevaux et des armes » (RF, p.78). La présence réelle ou visionnaire des de Reixach évoque chez le narrateur la menace de la même destinée. On peut remarquer que ses visions de l'ancêtre sont souvent associées à celles de la Mort, qui tantôt se mêle à la fête galante des marquis et marquises en se déguisant en bergère (RF, p.74), tantôt s'avance à travers champs « en lourde robe d'apparat et dentelles, chaussée de godillots d'assassin » (RF, p.75 *sq.*), précédant la terrifiante réapparition de l'ancêtre.

Le capitaine de Reixach est la figure de l'ancêtre projetée dans le présent, auquel Georges s'identifie par imitation. L'importance de l'épisode où Georges retrouve de Reixach après la débâcle est occultée dans *La Route des Flandres*, dans la mesure où cette scène révèle en fait l'identification de Georges à son père symbolique. Cette scène de retrouvailles qui est brièvement évoquée dans *La Route des Flandres* sera plus limpide si on la lit à travers d'autres œuvres de Claude Simon, par exemple le même épisode évoqué dans *L'Acacia* dont l'analyse de Jean-Yves Debreuille est fort convaincante[①]. Georges pourrait bien ne pas suivre de Reixach, puisque l'escadron est réduit à quatre cavaliers errants et que la défaite de l'armée française étant évidente, la guerre ne continue que formellement. En réalité, de Reixach n'a plus aucun devoir ni obligation vis-à-vis de ses soldats. Il semble ne prêter aucune attention à ce cavalier retrouvé, qui est d'ailleurs son cousin lointain. Il lui adresse la parole d'une voix éternellement « hautaine distante paisible »: « Iglésia suit derrière avec deux chevaux de main Vous n'avez qu'à en prendre un » (RF, p.155), avant de se remettre en marche et continuer sa conversation nonchalante avec le sous-lieutenant. Dans une telle circonstance, Georges peut s'en aller comme d'autres soldats dispersés, se dépouiller de son uniforme et se déguiser en paysan pour s'enfuir ou être capturé par les Allemands, mais il n'est pas obligé d'aller avec de Reixach jusqu'à l'endroit qu'il se choisira pour retrouver la mort. Pourtant, il le suit: « je me

---

① Lire l'évocation de l'épisode des retrouvailles dans *L'Acacia*, p.366 et l'analyse de Jean-Yves Debreuille dans « De quelques déplacements d'un roman l'autre: *La Route des Flandres* et l'*Acacia* », in *Claude Simon, A partir de La Route des Flandres, Tours et détours d'une écriture*, Montpellier, Université Paul-Valéry, 1997, p.39.

mis en selle et les suivis » (RF, p.156). L'expérience de la guerre confronte le narrateur à une imitation du destin paternel. Pour tuer sa « tare héréditaire » (RF, 209) venant de son père biologique, Georges choisit de suivre son « père adoptif » et de faire sa propre expérience de la mort à travers le geste suicidaire paradigmatique et traditionnel de sa branche maternelle. L'état de mort virtuelle de Georges est impliqué dans le plan du roman établi par l'auteur: « Un coup de feu. La mort » et « Alors il serait mort... Les yeux ouverts mais morts regardant toujours le même mur de briques » (Voir Annexes, plan de *La Route des Flandres*: II. 173 *bis* et III.174). Cette manière de décrire les personnages comme des avatars du sujet-narrateur dans *La Route des Flandres* montre que la reconnaissance simonienne de soi passe par la reconnaissance de l'autre. De nombreux critiques ont parlé de cette « infinie recomposition de soi » chez Claude Simon[1]. Enfin, comme disait Lucien Dällenbach, le fait que le vécu du « je » ne puisse s'écrire que par la figure interposée d'un « il » permet à Claude Simon de déclarer d'un côté: « Je ne peux parler que de moi »[2], et de l'autre, ne cesser d'en passer par les biographies de ses doubles[3].

---

① L'expression de Dominique Viart dans *Une mémoire inquiète*. Outre Dominique Viart, nous lisons aussi Didier Alexandre: « Le malaise du narrateur d'avoir survécu fait de ce roman un deuil infinissable et en même temps inaccomplissable. Il révèle la nécessité faite au sujet simonien de passer par l'autre pour se définir ou définir autrui présent » (Didier Alexandre, *Le magma et l'horizon: Essai sur* La route des Flandres *de Claude Simon*, Paris, Klincksieck, 1997, p.20).

② « Je ne peux parler que de moi », *Les Nouvelles Littéraires*, n°1809, 3 mai 1962, p. 2.

③ Lire la note n°42 à la page 204 de son livre *Claude Simon*.

3. Le « voyeurisme »

« J'ai fait le voyeur toute ma vie. » – disait Claude Simon[①], et ainsi se caractérise son narrateur de *La Route des Flandres*. D'un sens général, le rapport du narrateur avec le monde se fait fondamentalement à travers l'œil. L'œil du narrateur est celui d'un observateur, enregistreur de phénomènes. Georges voit les ordures de la guerre, les camions et les corps brûlés, la dure vie aux camps des prisonniers et s'en souvient. Mais l'œil simonien n'est pas seulement un œil qui voit et qui se souvient, il est aussi celui qui imagine à partir de ce qu'il fixe, car la perception visuelle n'offre du monde qu'une appréhension fragmentaire et incomplète:

> il lui aurait fallut une glace à plusieurs faces, alors il aurait pu se voir lui-même, sa silhouette grandissant jusqu'à ce que le tireur distingue peu à peu les galons, les boutons de sa tunique les traits mêmes de son visage (RF, p.296)

Tenant compte de cette incomplétude de l'œil, l'exercice du « voir » chez le narrateur simonien n'implique même pas la présence positive de faits réels. Placé dans l'« énorme machinerie visuelle de la

---

① Denis Roche, Préface à *Claude Simon, Photographie (1937–1970)*, coll. Photo-Cinéma, Maeght Editeur, 1992. Claude Simon a aussi parlé de ce sujet à plusieurs occasions. « Question voyeurisme, j'ai eu le privilège d'assister des premières loges (« au fauteuil d'orchestre », comme on dit dans le jargon du rugby) à la plus spectaculaire et la plus honteuse défaite [...] que l'armée française ait subie depuis Azincourt et Sedan 1870. » (« L'inlassable réa/encrage du vécu », entretien réalisé par Mireille Calle-Gruber, in *Claude Simon: Chemins de la mémoire*, *op.cit.*, p.8) Nous lisons aussi: « J'ai vécu durant cinq mois allongé. Avec pour seul théâtre une fenêtre. Quoi ? Que faire ? Voir (expérience de voyeur), regarder avidement. La vue, la lenteur et la mémoire. » (« Les secrets d'un romancier, Claude Simon s'explique », entretien avec Hubert Juin, *Les Lettres Françaises*, n°4, 6-12 octobre 1960, p. 5.)

Seconde Guerre mondiale »[1], voir, c'est faire le voyeur, et voir non seulement ce qui est visible à l'œil nu, mais aussi persister à voir ce qui est au-delà du visible à l'aide d'un œil imaginaire. Si la question « comment savoir ? » lui importe de manière obsessionnelle, c'est par une opération de *voir*, par une multiplication des interrogations et des hypothèses, que le narrateur de *La Route des Flandres* trouve un remède à cette obstination à vouloir percer le mystère qui l'entoure.

Dans *La Route des Flandres*, l'ancêtre conventionnel et le capitaine de Reixach jalonnent le parcours d'anamnèse du narrateur, et donnent lieu à une interrogation passionnée qui anime les dialogues infinis entre les personnages. Georges et Blum s'attachent à élucider leurs morts incompréhensibles et mystérieuses. La tentative de trouver la vérité est sous-jacente à chaque reprise de la narration. L'Histoire événementielle pourrait justifier le suicide de l'ancêtre, qui se donne la mort pour échapper aux conséquences de la défaite. La mort de de Reixach pourrait aussi être expliquée de la même manière – s'il ne s'agissait pas d'un accident de la guerre, mais aussi d'un suicide. Cependant, Georges et Blum cherchent à en savoir plus que cette raison « officielle » qu'ils considèrent apparente. Georges inventorie les traces de la vie du capitaine et celle de l'ancêtre, avant que Blum, non persuadé par son discours, commence à tricoter des histoires par lui-même.

Georges connaît la vie du capitaine de Reixach par sa mère Sabine et par ses quelques souvenirs vagues, tels que son mariage avec Corinne et sa silhouette entrevue dans la foule d'une course hippique. A part cela, une grande partie de la vie de de Reixach est

---

① Denis Roche, Préface à *Claude Simon, Photographie (1937 – 1970)*, *ibid.*.

racontée de la bouche même d'Iglésia, son jockey. Mais cet homme renfermé, taciturne et peu communicatif qui a au moins quinze ans de plus que Georges n'est pas un narrateur crédible. Georges et Blum, ses auditeurs frustrés, doivent établir eux-mêmes l'histoire qu'ils lui extorquent péniblement, « peu à peu, bribe par bribe ou pour mieux dire onomatopée par onomatopée arrachées une à une par ruse et traîtrise » (RF, p.129). C'est à base du vague aveu d'Iglésia concernant sa relation avec Corinne (voir RF, p.134) que Georges imagine leur scène d'amour dans l'écurie (voir RF, p. 48 *sq.*). C'est aussi de la même manière qu'il reconstitue l'épisode de la course hippique que de Reixach a perdu sous les yeux de Corinne. La « vérité » les attire, de même manière que l'exposition érotique « Les Mystères de la femme » qui attire le jeune narrateur dans *Le Tramway* (Voir T, p.54). Par toutes sortes de sous-entendus et de suppositions qu'ils peuvent avancer, Georges et Blum établissent l'image d'un de Reixach désespéré par l'adultère de son épouse et qui cherche la mort sur le champ de bataille.

De même, pour l'histoire de l'ancêtre, faute de données suffisantes, Georges et Blum inventent eux-mêmes des séquences. Des passages renvoient de façon récurrente à toute une iconographie stéréotypée du XVIIIe siècle, telles que des gravures et peintures représentant des scènes de chasse ou des rendez-vous d'amour dans des jardins à la française. La gravure galante intitulée *L'Amant surpris ou la fille séduite* ornant le mur de la chambre du Conventionnel sert à Blum de base d'intrigue pour inventer la scène de suicide et donner une interprétation flatteuse de sa mort. Nous pouvons constater à travers ce passage que l'œil simonien a une vue très longue. Car Blum, qui n'est pas membre de la famille, et qui n'a jamais vu cette gravure de ses propres yeux, arrive à monter toute l'histoire d'il y a cent cinquante ans uniquement à l'aide d'une description de Georges. Nous pouvons aussi constater que Virginie, épouse de l'ancêtre, insolente, redoutable et inhumaine dans cette histoire inventée par Blum, est en fait une figure « fictionnelle ». Les fantasmes érotiques autour d'elle sont faits à base de tableaux anciens, dont l'un existe réellement, qui représente cette ancêtre aux capes et tenant un masque vénitien (Voir RF, p.179 *sq.*), et dont Blum en connaît également l'existence via Georges[①].

C'est pendant ce rétablissement par les sous-entendus et les suppositions que l'histoire et la vie de de Reixach sont mêlées à celles de l'ancêtre. Ces deux histoires principales du roman se ressemblent et se confondent à tel point que l'une semble être le principe d'élucidation de l'autre. L'histoire de l'ancêtre est restituée en deçà des images posthumes de son descendant, le capitaine de Reixach. Blum dans sa logorrhée mélange le présent et le passé, la réalité et la fiction. Non seulement il compare Virginie à Agnès de Molière, mais aussi il attribue à l'ancêtre une jeune épouse tout aussi attirante que Corinne:

> « non pas peut-être le cœur [...] mais en tout cas la chair, le corps tiède et palpable de cette Agnès... (car ne m'as-tu pas dit qu'elle avait vingt ans de moins que lui de sorte que... »,

① Ce tableau de l'ancêtre qui fait partie de la collection familiale est reproduit, avec le concours de l'écrivain, dans l'ouvrage de Lucien Dällenbach. Un deuxième tableau, de l'école de Fontainebleau, référentiel aux fantasmes érotiques de Blum et représentant une femme à la chemise transparente, est également reproduit dans cet ouvrage. Voir Lucien Dällenbach, *Claude Simon*, *op.cit.*, pp.49 et 72.

> et Georges: « Mais non. Tu mélanges tout. Tu confonds avec... » et Blum: « ... son arrière-petit-fils. C'est vrai. Mais je pense qu'on peut néanmoins l'imaginer. » (RF, p.184)

Alors il imagine. Afin de compléter son interprétation, il invente aussi un valet qui suit l'ancêtre dans son parcours militaire, et qui est l'amant de son épouse, comme Iglésia que de Reixach amène à la guerre:

> [...] sans doute n'était-il pas seul, avait-il lui aussi auprès de lui, s'était-il fait suivre d'un fidèle valet, comme l'autre a amené avec lui à la guerre pour panser son cheval et fourbir ses bottes le fidèle jockey ou plutôt étalon [...] (RF, p.185)

Dans le sens inverse, la vie de de Reixach est aussi examinée à la lumière de celle de l'ancêtre: « Dans la tradition de la famille, dis-tu. Répétant, refaisant ce que cent cinquante ans plus tôt un autre de Reixach [...] donc avait déjà fait en se tirant volontairement une balle dans la tête » (RF, p.79). Les entrecroisements de deux expériences respectives sont tels qu'en plusieurs passages il devient impossible de savoir précisément si telle ou telle notation s'applique à l'un ou l'autre. Avec l'aide d'un adverbe « aussi » (« les fuyards gueulant sans doute eux aussi à pleins poumons à la trahison ») (RF, p.181), Blum glisse rapidement de ses réflexions sur la fuite des troupes révolutionnaires à la défaite de 1940. Quelques lignes après l'évocation de l'ancêtre qui abandonne ses troupes défaites, le lecteur se rend compte qu'il parle déjà de celui qui « se précipit[e] en hurlant au-devant d'une mitrailleuse en train de tirer sur lui » (RF, p.182). Blum et Georges réfléchissent conjointement aux deux époques, opèrent ainsi un parallèle entre deux événements et deux personnages qui se répondent les uns les autres.

Nous pouvons facilement repérer les traces de ce travail d'enchevêtrement. Les sources mentionnées, les caractérisations du portrait, les faits et les gestes rapportés sont introduits par la mention des mouvements de l'œil imaginaire de Georges, c'est-à-dire en fait de sa pensée: « Et il me semblait y être, voir cela [...] » (RF, p.18), « Et de nouveau il me semblait voir cela [...] » (RF, p.21), « Et cherchant (Georges) à imaginer cela [...] » (RF, p.45), « Et il lui semblait voir les papiers jaunis [...] » (RF, p.51), « Georges pensant [...] », « L'imaginant donc, le voyant en train de lire consciencieusement [...] » (RF, p.79), etc. Le lecteur a souvent l'impression que le narrateur raconte l'histoire des personnages telle qu'il l'a connue, mais il s'agit en réalité d'une séquence imaginée qu'il rapporte à Blum. Les interruptions de celui-ci: « Mais tu ne la connais même pas [...] » (RF, p.56), nous invitent à éclairer autrement le texte qui précède. Ce fonctionnement de l'œil simonien est exemplairement déployé dans l'épisode de la course hippique. Au début, cet épisode est rapporté dans les discours directs ou indirects d'Iglésia: « Iglésia racontant que », « dit Iglésia », « Et Iglasia raconta », « il dit que », etc. (RF, pp.132-135). Mais au fur et à mesure, Georges, au début simple auditeur et commentateur, commence à *voir* par lui-même: « Et cette fois Georges put les voir, exactement comme si lui-même avait été là » (RF, p.135). Pendant les dix pages qui suivent (de p.135 à p.145, avant que cet épisode soit interrompu par l'évocation de la défaite), Georges évoque cette course dans les moindres détails, non plus par l'intermédiaire des yeux d'Iglésia mais par ses propres yeux: la dispute entre de Reixach et Corinne (RF, pp.135-138), le mouvement des parieurs (RF, pp.142-144), de Reixach à la « toque noire » et au « casaque rose vif, tirant sur le mauve » (RF, p.145), et notamment la chair rose de Corinne et les « deux plis en éventail, délicats, de la chair impétueuse, dure, gonflée » à la jonction de son épaule et ses seins (RF, p.138). On ne sait plus si ces propos sont d'Iglésia ou de Georges. Le récit met en jeu sa prétention à dire le vrai et sa capacité à dissimuler le point de vue qui l'ordonne, et constitue ainsi une totalisation dans cette intrication subtile du privé et du public.

Dans cette tentative de retrouver la véritable raison de la mort de deux personnes, l'Histoire se fait affabulation. La mort est représentée comme événement strictement individuel. On passe de la défaite nationale à la défaite d'amour personnelle. La désillusion politique est examinée à travers une vulgaire histoire d'alcôve, l'une confirmant l'autre ou vice versa. Georges et Blum tentent de faire une conjonction entre l'échec conjugal et le désastre militaire, qui tend à dire que c'est le désordre privé qui mène la vie collective. De la guerre de 1793 à celle de 1940, de l'ancêtre au cousin lointain, de l'histoire collective à l'histoire privée, c'est l'œil du sujet qui cherche avidement entre temps et espace à mieux cerner l'événement dans lequel il est lui-même impliqué. Ceci est une tentative semblable à celle de de Reixach, selon l'explication de Blum, qui s'obstine à monter sur la jument:

> peut-être a-t-il pensé qu'il ferait alors, si l'on peut dire, d'une pierre deux coups, et que s'il parvenait à monter l'une il materait l'autre, ou vice-versa, c'est-à-dire que s'il matait l'une il monterait l'autre aussi victorieusement, c'est-à-dire qu'il l'amènerait elle aussi au poteau, c'est-à-dire que son poteau à lui l'amènerait victorieusement là où il n'avait sans doute jamais réussi à la conduire (RF, p.174)

Mais il y a un autre œil. L'œil qui voit est rencontré par l'œil qui est vu. « La vue chez [Claude Simon] ouvre sur une "autre scène" [...]. Il existe, très présente chez lui, une loi de réciprocité optique et psychique. »[①] Lucien Dällenbach nous indique que chez Claude Simon, il n'y a pas que l'œil du sujet qui est pourvu de capacité perceptive ; l'œil vu est aussi celui qui voit, ce qui provoque un jeu de réflexivité entre le sujet et le récepteur de son regard. Cette réciprocité de vue est illustrée dans *Les Géorgiques* par l'œil du régisseur qui regarde la salle emplie de spectateurs à travers un trou pratiqué dans le rideau de scène peint en trompe-l'œil (G, p.27), à l'instar de l'œil dans la gravure de Claude-Nicolas Ledoux, intitulé *Coup d'œil du théâtre de Besançon.* Cette gravure, représentant un énorme œil réfléchit le théâtre de Besançon, est décrit dans le même

---

① *Ibid.*, p.51.

roman[①]. Dans *La Route des Flandres*, cette réciprocité est interprétée par l'interaction « champ et contre-champ » entre le narrateur et le cheval. L'œil du cheval, qui voit tout en étant vu, renvoie le regard de l'œil compulsionnel du sujet qui tente de voir à l'infini.

L'œil du cheval sert de miroir à ceux qui s'y regardent: « dedans, sur la surface luisante et bombée, ils pouvaient se voir, leurs silhouettes déformées » (RF, p.63). Ce cheval mourant, maltraité, est doublé du cadavre d'un cheval déjà mort sur le champ de bataille, qui est le point focal d'une trajectoire circulaire faisant passer et repasser le narrateur par une même carcasse en décomposition. Ce cheval unique est donc en même temps multiple, à travers lequel le narrateur ne cesse de se voir. Il représente le régiment entier et tous les cavaliers en déroute: « c'était [...] comme s'il n'y avait plus qu'un seul cheval » (RF, p.296). Mourant de faim, au milieu des soldats parqués dans un pré juste après leur capture, Georges s'imagine lui-même devenant cheval broutant l'herbe du fossé: « [...] alors je me jetais par terre mourant de faim pensant Les chevaux en mangent bien pourquoi pas moi J'essayai de m'imaginer me persuader que j'étais un cheval, je gisais mort au fond du fossé dévoré par les fourmis » (RF, p.244). Le narrateur et le cheval fusionnent. La mort d'un cheval militaire implique la mort virtuelle du narrateur, et le corps d'un autre cheval en cours de décomposition que le narrateur

① « Un dessin à la mine de plomb de l'architecte Ledoux représente un œil démesurément agrandi, au globe soigneusement ombré en dégradé, surmonté par l'arc du sourcil dont les poils ondulés sont tracés un à un par la pointe effilée du crayon. Dans l'iris de l'œil, balayé en partie par un pinceau divergeant de lumière, se reflète l'intérieur de l'opéra de Besançon dont les gradins et la galerie s'infléchissent en courbes inverses de part et d'autre d'une ligne horizontale médiane. L'ensemble est conçu dans un style sévère, inspiré des gradins de l'amphithéâtre par une frise où sont figurés en bas-relief des personnages vêtus de péplum. » (G, p.75).

voit et revoit lui permet de s'imaginer lui aussi en train de se changer lentement en une matière insensible qui engraissera la terre et nourrira les herbes (voir *ibid.*).

A travers l'œil du cheval, c'est le destin du narrateur qui est enfin révélé. Le cheval semble en savoir plus que les hommes sur l'énigme de la vie et la mort. Georges s'interroge sur « ce que savait ce cheval en train de mourir son œil allongé velouté pensif doux et vide » (RF, p.271). Le cheval agonisant sait reconnaître l'approche de la mort. En regardant son image reflétée dans l'œil du cheval, Georges comprend que ce cheval mourant sait « ce que tout le monde finissait à la fin par savoir mais que jamais ni cheval, ni mouche, ni l'homme n'était jamais revenu raconter à ceux qui l'ignoraient encore » (RF, p.231). L'œil du cheval annule le temps en diffractant l'événement, dans lequel Georges voit la mort à venir et qui est déjà advenue. Cet œil grand ouvert est fixé sur l'événement qui est en train de se passer mais dont aucun homme n'a la sagesse de percer l'apparence ni de voir la réalité. Pendant qu'on enterre le cheval mort et que les pelletées de terre l'ensevelissent peu à peu, Georges voit également l'« amer ricanement » de ses longues dents découvertes, « comme si par-delà la mort il nous narguait prophétique fort d'une connaissance d'une expérience que nous ne possédions pas » (RF, p.255).

L'œil du cheval mourant fusionne avec celui du portrait ensanglanté de l'ancêtre, « lui aussi allongé énigmatique et doux » qui fixe son descendant et face auquel Georges s'interroge (RF, p.271). Il semble que tous les morts au fil du texte, que ce soient hommes ou chevaux, ont à la fin de leur vie une éventuelle révélation.

Une expression de stupeur est prêtée à l'ancêtre portraituré (RF, p.70). On retrouve la même expression sur le visage d'un mort dans le tableau de Delacroix représentant la liberté (RF, p.202). Et cette expression d'étonnement sera aussi celle de Wack tiré par une balle dès le début de la débâcle, immobilisé dans une ultime tentative pour dire l'indicible, « la bouche ouverte lui aussi essayant sans doute de me crier quelque chose qu'il n'avait pas assez d'air pour faire entendre » (RF, p.149 *sq.*), et:

> le visage immobile continuait à regarder droit devant lui, de cet air un peu niais, surpris, incrédule et doux qu'ont ceux des gens tués de mort violente, comme si au dernier moment leur avait été révélé quelque chose à quoi durant toute leur vie ils n'avaient jamais eu l'idée de penser, c'est-à-dire sans doute quelque chose d'absolument contraire à ce que peut apprendre la pensée, de tellement étonnant, de tellement... (RF, p.70)

Seulement à ce dernier instant, seulement dans la mort, sont enfin connus l'issue des êtres et le dénouement de la question sur l'existence que le narrateur aurait pu poser au cheval: « maintenant peut-être avions-nous appris ce que savait ce cheval en train de mourir son œil allongé velouté pensif doux et vide dans lequel je pouvais voir se refléter nos minuscules silhouettes » (RF, p.271). Wack, qui est resté veiller silencieusement le cheval mourant le soir où les autres soldats sont partis jouer aux cartes chez le boiteux, n'aurait-il pas vu aussi dans l'œil du cheval sa propre mort qui aura lieu prochainement ?

Mais l'attente même de la découverte de ce que « tout le monde finissait à la fin par savoir » est peut-être vaine, car elle risque d'aboutir au « décevant secret qu'est la certitude de l'absence de tout secret et de tout mystère » (RF, p.255). L'œil inassouvi qui cherche à percer le mystère apprend à la fin qu'il n'y a pas de mystère. Georges, croyant voir sur le rideau « le paon brodé remuer palpiter respirer », imagine et rêve à ce qu'il y a derrière, mais il ne voit ni « le visage coupé en deux » de la jeune fille, ni « la main qui l'avait laissé retomber » (RF, p.259). Peut-être est-ce lui qui a tout inventé, et ce qu'il épie passionnément n'est qu'un « faible mouvement d'un courant d'air » (*ibid.*). A travers la fumée d'obus et d'encens, seul le visage de la Mort apparaît, qui vient prononcer le destin de tous les hommes, vaincus et vainqueurs indifférenciés, engagés dans la grande histoire. Quel message, quelle leçon, peut-on tirer de l'expérience et de l'événement historique ? Mais il n'y a pas de transcendance derrière les formes changeantes du monde visible:

> il serait toujours là, au même endroit, complètement et définitivement immobile alors avec sans doute comme Wack cette expression de surprise stupide des morts, la bouche bêtement ouverte, les yeux ouverts aussi regardant sans la voir cette étroite bande d'univers qui s'étendait devant lui, ce même mur aux briques rouge foncé [...] (RF, p.232)

A quoi sert alors de « compléter et ajouter » des éléments pour aboutir à la révélation d'un secret qui n'existe pas ? Georges reconnaît enfin que les histoires sur la vie des deux de Reixach qu'il a reconstituées avec Blum sont des simples fantasmes, « des contes de fées » (RF, p. 174), « du théâtre de la tragédie du roman inventé » (RF, p.271), caractérisés en ces termes:

> […] tandis qu'ils essayaient de se transporter par procuration (c'est-à-dire au moyen de leur imagination, c'est-à-dire en rassemblant et combinant tout ce qu'ils pouvaient trouver dans leur mémoire en fait de connaissances vues, entendues ou lues, de façon – là, au milieu des rails mouillés et luisants, des wagons noirs, des pins détrempés et noirs, dans la froide et blafarde journée d'un hiver saxon – à faire surgir les images chatoyantes et lumineuses au moyen de l'éphémère, l'incantatoire magie du langage, des mots inventés dans l'espoir de rendre comestible – comme ces pâtes vaguement sucrées sous lesquelles on dissimule aux enfants les médicaments amers – l'innommable réalité) dans cet univers futile, mystérieux et violent dans lequel, à défaut de leur corps, se mouvait leur esprit: quelque chose peut-être sans plus de réalité qu'un songe, que les paroles sorties de leurs lèvres: des sons, du bruit pour conjurer le froid, les rails, le ciel livide, les sombres pins (RF, p.173)

L'œil du cheval qui « renonc[e] au spectacle de ce monde » (RF, p.123) détruit l'appropriation du monde que l'œil du sujet tente d'entreprendre: « l'ai-je vu, ou cru le voir ou tout simplement imaginé après coup ou encore rêvé » (RF, p.296). Il est signe d'une remise en question du récit par lui-même. Le travail de reconstitution que le récit a d'abord l'air d'être se révèle comme une invention des simulacres, « où le narrateur nous invite à voir la recherche d'une cohérence impossible »[①]. Le regard perçant du cheval montre le refus de Claude Simon d'accorder le privilège aux hommes dans le monde des choses. Cette vision du monde via l'œil d'un animal, propre à la cosmologie simonienne, révèle la tendance d'un retour à la primitive et à la terre originaire que Claude Simon développera dans ses œuvres postérieures.

La hantise liée à l'œil dans l'œuvre de Yu Hua est tout d'abord celle d'être épié. Les protagonistes de son œuvre vivent dans une constante angoisse d'être observés, d'être au milieu d'un complot expressément conçu pour eux. Le narrateur de *Quelques pages pour Yang Liu* a l'impression d'être suivi par des yeux invisibles. Même l'obscurité de la nuit ne lui donne pas plus de sentiment de sécurité. Des fenêtres dont la lueur ressemble à celle des « yeux d'un serpent lové au milieu de la rue » (p.147) semblent le convoiter dans la nuit. Le même genre de hantise est exhaustivement mis en jeu dans *L'Evénement du 3 avril*, dont le protagoniste est, selon beaucoup de critiques, victime d'une manie de la persécution. Ce jeune homme qui vient d'atteindre l'âge de dix-huit ans « découvre » un jour qu'il est surveillé par un homme d'âge moyen:

---

① Alastair Duncan, « Claude Simon: la crise de la représentation », *Critique*, novembre 1981, n°414, p.1185.

> Pas loin de lui, un homme d'âge moyen appuyé sur le tronc d'un platane le regarda. Quand son regard croisa le sien, l'homme détourna aussitôt ses yeux, et glissa la main droite dans sa poitrine. Il était sûr que cet homme avait sur son vêtement une grande poche à la poitrine. Ensuite l'homme sortit sa main, une cigarette surgit entre ses doigts. Il alluma la cigarette et commença à fumer comme si rien n'était. Mais il avait l'impression que son air paisible était apparent.①

Il a l'impression que cet homme le suit partout. Il croit le croiser plus tard dans l'escalier de chez son ami Zhang Liang, et il est persuadé de revoir le même homme à l'entrée de la ruelle en direction de chez un autre ami Ya Zhou, lorsque cet homme est, selon lui, en train d'échanger des signes codés avec son collaborateur.

Très vite le protagoniste étend sa suspicion et accuse tout son entourage d'être complice de cet homme qui le guette ; ou plus précisément, il les soupçonne tous d'être engagés dans un projet secret pour mettre au jour un certain « événement du 3 avril » qui n'a que lui comme seule cible. Ainsi, ses parents s'enfermant dans leur chambre semblent discuter de quelque chose qu'ils n'aimeraient pas partager avec leur fils: « La porte s'ouvrit soudain. Son père surgit. Sur un ton sévère et vexé, il l'interrogea: "Que fais-tu planté là ?" »②.

---

① 不远处有一个中年男子正靠在梧桐树上看着他，当他看到他时，他迅速将目光移开，同时他将右手伸进胸口，他敢断定他的胸口有一个大口袋。然后他的手又伸了出来，手指间夹了一根香烟。他若无其事地点燃香烟抽了起来，但他感到他的若无其事是装出来的。（p.112）

② 门突然打开，父亲出现在面前，严肃而又不高兴地问："你站在这里干什么？"（p.125 et *sq.*）

Il « découvre » également que ses amis se réunissent à son insu et que Ya Zhou, qui ne s'entend pas bien avec ses autres amis, apparaît curieusement parmi ces derniers. Il a l'impression que ses amis deviennent de plus en plus proches les uns des autres, tandis qu'il est progressivement exclu de leur cercle. D'ailleurs, il sent que son apparition les surprend, et leur conversation s'interrompt aussitôt, comme s'ils ne le connaissaient pas et qu'il était venu à un mauvais moment: « Apparemment, son arrivée à l'improviste leur déplut. Il sembla qu'ils étaient en train de discuter d'une affaire dont ils n'avaient pas envie de le mettre au courant. »[①] Leurs regards étranges semblent le suivre partout et leurs rires insolites ne cessent d'embarrasser et de bouleverser le pauvre protagoniste qui semble ne rien comprendre: « Un rire étrange apparaît sur le visage de Zhang Liang. Il fut effrayé »[②] ; « Zhang Liang le regarda comme tout à l'heure. Son regard le gêna. Il le regarda encore. Il ne sut pas où mettre ses mains »[③] .

Le monde extérieur est agressif aux yeux du protagoniste. Et ce monde agressif tend à envahir sa vie. Il voit derrière des scènes quotidiennes se dissimuler des dangers omniprésents, et à travers des événements fortuits se concevoir des complots. Un complot en particulier, dont tout le monde est au courant sauf lui, est en train de se tramer contre lui. Pour le protagoniste, tous les hommes autour de lui (ses parents, ses amis, ses voisins, et même des inconnus dans la

---

① 显而易见，他的突然出现使他们感到不快，他们似乎正在谈论着一桩不该让他知道的事。（p.117）

② 这种莫名其妙的笑容出现在张亮脸上，他不由吓了一跳。（p.116）

③（……）张亮仍如刚才一样看着他。但张亮的目光使他坐立不安。张亮还在看他，他不知所措。（*ibid.*）

rue) participent à un projet secret qui consiste à l'épier puis à l'éliminer, de telle manière qu'ils deviennent interchangeables et leurs visages flous, jusqu'à ce que le protagoniste n'arrive plus à distinguer les uns des autres:

> -Qu'est-ce que t'as ?
> Il entendit Zhang Liang lui parler – ou ce fut peut-être Zhu Qiao ou Han Sheng.[①]

En plus, le récit nous suggère que le protagoniste est probablement menacé d'une réduction de sa vue. La narration de *Quelques pages pour Yang Liu* tournant autour d'une expérience répétitive de réduction de vue, vécue individuellement par l'étranger, le jeune homme et le narrateur, montre à quel point les protagonistes de Yu Hua sont hantés par le dysfonctionnement de leurs yeux. L'une des raisons pour lesquelles nous soupçonnons la même réduction de vue chez le protagoniste de *L'Evénement du 3 avril* est sa sensibilité aux couleurs qui dissimule en réalité son incertitude croissante pour les traits. Par exemple, au début du récit:

> Il sembla qu'il aperçut beaucoup de choses, mais rien n'entra dans son esprit. Il sentit seulement qu'il y avait une couleur jaune vif à l'extérieur. « C'est le soleil. » – pensa-t-il. (p.110)[②]

---

① "你怎么了？"
他似乎听到张亮这样问，或许是朱樵或者汉生这样问。（p.117）

② 他好像看到很多东西，但都没有看进心里去。（p.110）

Ou encore dans ce passage où le protagoniste aperçoit que la couleur de la veste de son amie devient plus foncée, ce qui implique la dégradation de sa vue:

> Il fut bouleversé, pensant: « Comment ça se fait que je n'arrive même pas à reconnaître Bai Xue ? » Maintenant après l'avoir bien regardée, il trouva que cette fille ressemblait plus ou moins à Bai Xue. Elle portait toujours la même veste rouge. Seulement ce n'était pas rouge vif comme avant, mais rouge sombre. (p.148)[①]

L'autre hantise liée à l'œil dans l'œuvre de Yu Hua c'est de devenir aveugle. L'aveuglement du protagoniste pourrait susciter un déséquilibre de puissance entre lui, victime potentielle d'une persécution, et son persécuteur qui l'épie, et l'obligerait à assumer le rôle de proie. C'est en raison de cette angoisse d'être inférieur à son rival que le protagoniste a la drôle d'impression que l'homme qui frappe à la porte d'en face a des sourcils « terriblement épais mais très courts, comme s'il avait quatre yeux » (p.132)[②], comme si l'organe oculaire de son rival était beaucoup plus développé que le sien, menacé par un aveuglement.

Comme un coup de contre-attaque, l'homme qui se sent être observé devient aussi celui qui observe. Menacé d'aveuglement et de mort, l'œil du sujet est animé d'une avidité particulièrement

---

① 他大吃一惊，心想自己怎么连白雪也认不出来了。现在仔细一看觉得她是有点像白雪。而且她仍然穿着那件红衣服，只是颜色不再鲜红，而成了暗红。（p.148）

②（……）但他的眉毛粗得吓人，而且很短，仿佛长着四只眼睛[……]。（p.132）

compulsionnelle. Tout comme l'œil simonien, il manifeste un vouloir voir qui scrute passionnément et qui vise à étendre le domaine du visible et même au-delà du visible. Lassé par la poursuite des yeux invisibles, le protagoniste de *Quelques pages pour Yang Liu* cultive une passion particulière pour les flâneries dans la nuit, et ce faisant, disait-il: « [J]'ai commencé à sentir le fil de ma pensée s'écarter de sa trajectoire et serpenter vers un autre sujet. » (QP, p.160)①. Il aime observer les rideaux des maisons du quartier résidentiel, et se réjouit de cette transgression qu'il vient de franchir. Quand la brise soulève le rideau, le mouvement des motifs et dessins anime d'autant plus ses allusions: « Je pensais que ce rideau représentait une chambre et que dans cette chambre il devait y avoir au moins une ou deux personnes. Je me demandais ce que ces gens étaient en train de faire. » (*ibid.*)②. D'un sens général, « l'œil pour l'œil » est une tactique que les personnages de Yu Hua adoptent face au regard agressif du monde extérieur. Depuis qu'il a l'habitude de se promener dans la nuit, le protagoniste de *Quelques pages pour Yang Liu* se sent entièrement libéré du malaise qu'il a en se situant au milieu d'une foule:

> En m'engageant dans la rue en plein jour, j'ai relâché ma vigilance passée. [...] Ainsi, en marchant dans la rue, j'ai senti que le bruit de mes pas s'était désagrégé. Mon regard n'était plus, comme auparavant, toujours aux aguets, mais devenait effronté comme celui d'un fou, se jetant tout droit

---

① 只是感到自己的思绪脱离了以往的轨道，向着另一个方向如一条小路似的延伸了过去。(p.96)

② 我在想这个窗帘显然代表了一个房间，而房间里应该有一个或者两个以上的人，那么人此刻在干什么？（*ibid.*）

> au milieu de ceux des passants qui s'entrecroisaient comme les fils d'une toile d'araignée. J'espérais pouvoir freiner ce regard, mais il m'était impossible de vaincre ses exigences. (QP, p.166)①

Dans *L'Evénement du 3 avril*, l'envie de voir est traduite par la sensation du protagoniste en caressant une clé dans sa poche:

> [...] C'est une clé. Elle a une couleur qui ressemble à celle du soleil en dehors de sa fenêtre. [...]
> Maintenant il faut qu'il réfléchisse un peu: à quoi peut-elle être liée ? La serrure de la porte. Que se passera-t-il s'il la met dans la serrure et la tourne ?②

En caressant la clé, le protagoniste s'imagine en train d'ouvrir la porte de l'appartement de ses parents. Le plaisir secret de découvrir ce lieu imprégné de l'odeur de ses parents se traduit par l'élégance d'un geste d'ouverture dans son imagination:

> Imaginons un éventail qui se déplie comme un accordéon: c'est de la même manière que la porte s'ouvre doucement formant un radian élégant. En même temps se dégage une

---

① 我走上白昼的街道时，丧失了以往的警惕。（……）因此我现在行走在街上时，感到自己的脚步已经支离破碎。我的目光不再像以往那样总是试试探探，而像疯子一样肆无忌惮起来。在行人如蜘蛛网组成的目光中横冲直撞。我希望能够阻止这种目光，可我无法克服自己目光的欲望。（p.101）

② 那是一把钥匙，它的颜色与此刻窗外的阳光近似。（……）
现在他应该想一想，它和谁有着密切的联系。是那把门锁。钥匙插进门锁并且转动后，将会发生什么。（p.111）

> sorte de bruit, comme le premier son qu'on entend en étirant un accordéon.[①]

Le protagoniste observe les autres et accumule les détails. La narration du récit est entièrement fondée sur l'intuition de voir, traduite dans une description minutieuse des choses senties et perçues. Ce qui entraîne la subjectivité du récit, de sorte que le lecteur ne peut voir qu'à travers l'œil du protagoniste et qu'il ne sait plus distinguer l'authenticité de ces choses senties et perçues. Le protagoniste est balancé dans un monde dont il n'a pas la maîtrise. Quand son œil réel dysfonctionne, aussitôt s'ouvre son œil imaginaire. Plus sa capacité de voir est affaiblie, plus il voit par son œil imaginaire. Ouvrir l'œil imaginaire, cela aide non seulement à trouver une consolation dans des circonstances périlleuses, mais aussi à percer les apparences et saisir une profondeur, à déchirer les voiles et les rideaux, et à procéder ainsi à une appropriation du monde. Mais cela peut aussi engendrer une altération de la vue et de connotation du réel. Nous constatons dans ce récit que la perception par l'organe oculaire est subrepticement substituée par l'imagerie psychique, voire le délire et l'hallucination. L'œil du protagoniste, libidinalement chargé, cherche à voir avec persévérance. La conversation entre les parents et les voisins, apparue à trois reprises, nous montre comment la réalité se permute en élément d'imagination. Cette conversation apparaît pour la première fois dans l'épisode 6:

---

① 可以设想一把折叠纸扇像拉手风琴一样拉开了半扇，这就是房门打开时的弧度。无疑这弧度是优雅而从容的。同时还会出现某种声音，像手风琴拉起来后翩翩出现的第一声。（*ibid.*）

> Sur le balcon, sa mère commença à parler avec le voisin d'à côté. Il l'entendit dire:
> -Vous êtes presque prêts ?
> -Et vous ? lui répliqua l'autre.[①]

Elle réapparaît dans les souvenirs du protagoniste dans l'épisode 11:

> Il fallut qu'il force sa mémoire pour se souvenir de la conversation entre sa mère et le voisin sur le balcon.
> -Vous êtes presque prêts ? Ce fut ainsi que sa mère posa la question.
> -Et vous ? lui répliqua l'autre.[②]

A la troisième reprise, il s'imagine une conversation:

> Maintenant il suffit qu'il ferme ses yeux pour voir la scène où ses parents, assis côte à côte avec leurs voisins, discutèrent avec eux.
> -Vous êtes presque prêts ?
> -Et vous ?[③]

A la première reprise, le protagoniste entend la conversation entre le

---

① 母亲这时与隔壁阳台上的人聊天了。他听到她问："准备得差不多了吗？"那边反问："你们呢？"（p.124）

② 他需要努力回想，才能想起昨日傍晚母亲在阳台上与邻居的对话。
"准备得差不多了吗？"母亲是这样问的。
"你们呢？"对方这样反问。（p.136）

③ 他此刻只要闭上眼睛马上就可以看到父母与邻居坐在一起商议的情景。
"准备得差不多了吗？"
"你们呢？"（p.137）

voisin et sa mère. Du fait que cette conversation est coupée de son contexte et dépourvue d'images – c'est-à-dire, le son parvient au protagoniste sans l'image, empêchant l'un et l'autre de constituer une entité de réalité –, les propos des deux interlocuteurs sont pourvus d'une forte ambivalence. Parlent-ils d'un détail quotidien insignifiant ou, comme l'a deviné le protagoniste, d'un événement secret qui aura lieu le 3 avril ? On ne le saura pas, mais il est évident que dans la deuxième reprise où la même scène est évoquée dans les souvenirs, le protagoniste présente sa supposition comme une évidence (« Ce fut ainsi que sa mère posa la question. »), comme s'il avait vu la scène de conversation de ses propres yeux. Quant à la troisième reprise, persuadé par l'existence d'un tel projet, le protagoniste imagine, à base d'un fragment de conversation qu'il a antérieurement et vaguement entendu, la scène où ses parents et les voisins sont en train de comploter.

L'œil contemplatif et voyeur est aussi visionnaire. Il est tellement puissant qu'il est même capable de « pré-voir » la réalité. Le protagoniste de *L'Evénement du 3 avril* imagine plusieurs versions des choses à venir et ne cesse de les comparer et de les superposer à la réalité, d'où vient la multiplicité du réel dans ce récit. Des locutions telles que « il lui sembla voir », « selon l'imagination qu'il a faite hier soir »[①], « si ce qu'il a imaginé hier soir se réalisait »[②], « selon son imagination »[③] révèlent une réalité qui est alternée. A certains endroits, la suppression de ce genre de locution

① 按照他昨晚想象的布置（p.126）
② 如果昨晚的想象得到实现的话（p.133）
③ 按照想象中的布置（p.135）

laisse interloquée la narration et s'entrecroiser le réel et le délire. Les images deviennent proprement imageantes, permettant ainsi au récit d'esquisser l'énigme autour du jour du 3 avril. Nous pouvons voir l'épisode chez son ami Zhang Liang (Voir EA, p.114-121) pour en donner un exemple. Le lecteur a tout d'abord l'impression que le passage suivant fait partie intégrante de la flânerie journalière du protagoniste et qu'il récite l'arrivée de ce dernier chez son ami:

> ... — Putain c'est toi ! s'exclama ainsi Zhang Liang en ouvrant la porte.
> Il entra en riant, comme s'il entrait dans sa propre maison.[1]

Mais aussitôt l'authenticité de cette scène est remise en cause par la phrase suivante: « La porte et la fenêtre étaient fermées. Le rideau est descendu. » (*ibid.*). Ce constat implique que le protagoniste se trouve encore en dehors de la porte. Non seulement l'ambiance conviviale décrite plus haut se révèle probablement fausse, mais aussi l'avènement de l'action est douteux, d'autant plus que les points de suspension qui précèdent la phrase de Zhang Liang semblent trahir le caractère imaginaire de cette scène. Le passage suivant ouvre une autre histoire possible sur la même rencontre, dans laquelle le protagoniste et ses amis semblent se méfier les uns les autres: le protagoniste entend des bruits à l'intérieur de la maison ; il frappe à la porte et les bruits s'arrêtent ; un bon moment après, son ami Zhang Liang ouvre la porte ; ses amis ont tous l'air étonné en le voyant (EA,

---

① ……“他妈的是你。”张亮打开房门时这样说。
他笑着走了进去，像是走进自己的家。（p.115）

pp.115-117). Plus tard, on trouve une troisième version qui diffère de la première version et aussi de la deuxième: le protagoniste se trouve devant un bâtiment à cinq étages et non devant une maison avec une cour humide comme dans les deux premiers cas ; il croise un homme dans l'escalier et il rencontre Ya Zhou dans l'appartement, ce qui n'est pas mentionné dans les autres versions (EA, pp. 117-121). Il nous semble que les deux premières versions sont des actes d'imagination que le protagoniste fait préalablement avant d'arriver chez Zhang Liang. Si la fausseté de la première version est dénoncée par les points de suspension, celle de la deuxième se détecte dans la troisième version, à travers la réaction du protagoniste en voyant Zhang Liang: « Il fixa ses yeux sur la personne. A sa surprise, c'était Zhang Liang. Il fut bouleversé, pensant: "je viens de le quitter chez lui, comment peut-on se retrouver aussitôt à cet endroit ?" »[①]. L'étonnement du protagoniste peut s'expliquer par le fait que, prenant son imagination (la deuxième version) pour le réel, il est confus devant ce qu'il voit réellement. Pourtant, nous ne saurions pas dire si la troisième version représente véritablement cette rencontre d'amis, et si elle n'est pas une autre hypothèse que le protagoniste a établie dans son délire: l'imagination parvient à disloquer la narration de la réalité, mettant le vrai et le faux tellement en symbiose…

L'œil, abusivement désireux de voir, finit par emmener le protagoniste dans la folie. Si voir est un moyen de s'approprier le réel et de se constituer une identité, le sujet de Yu Hua finit par

---

① 他定睛一看，站在面前的竟是张亮。想到不久之前刚刚离开他家，此刻又在此相遇，他惊愕不已。（p.118）

devenir schizophrénique. Suppositions, perceptions et hallucinations l'assaillent au point de le déchirer. A la fin du récit, le protagoniste s'enfuit de sa ville natale la veille du 3 avril pour échapper au fameux événement qui va, selon lui, avoir lieu. Ce faisant, il accomplit paradoxalement l'achèvement de l'événement: sa disparition. Cette fin nous fait comprendre que le protagoniste n'échappe nullement à son destin: assis sur un tas de charbon dans un train qui s'éloigne de plus en plus de sa petite ville, il ne voit devant et derrière lui qu'« une triste obscurité blanchâtre »[①], et la brusque évocation à la clausule du récit sur un voisin mort à l'âge de dix-huit ans projette une ombre sur son propre avenir.

Nous arrivons maintenant à la conclusion de ce long parcours sur les trois principaux motifs obsédants chez Claude Simon et Yu Hua dont le lien reste jusqu'à maintenant plus au moins confus. Tout d'abord, il nous semble qu'il y a dans leurs œuvres une fascination pour le passé présenté comme une énigme et vu à travers les figures de l'ancêtre et du père. L'analogie et la fusion des personnages et de leur destin, particulièrement remarquable dans l'œuvre de Claude Simon, tracent le mouvement totalitaire et répétitif de l'Histoire. L'image du père surpuissant dans l'œuvre de Yu Hua dépasse le besoin purement constitutif du récit et devient allégorique d'un passé indépassable. C'est en raison de cet insoutenable passé que pour Yu Hua, tout comme pour Claude Simon, l'autobiographie devient l'invention de soi à travers les autres. « Je est un autre », ou faut-il peut-être transcrire la célèbre formule rimbaldienne comme « Je est

① 一片惨白的黑暗（p.164）

d'autres », tel le disait Claude Simon dans *Corde raide*, parce que cet autre dans leurs œuvres n'inclut pas uniquement d'autres personnes, mais aussi « d'autres choses », « d'autres odeurs », « d'autres sons », « d'autres lieux » et « d'autres temps » (CR, p.174). Ces notations nous permettent de mieux comprendre le dédoublement identitaire dans leurs œuvres qualifiées de « fiction », à travers par exemple le rôle polyphonique du cheval dans *La Route des Flandres* et, quant à Yu Hua, ses récits non autobiographiques et de styles variés qui précèdent *Cris dans la bruine*. Nous constatons également, comme mise en œuvre de l'interrogation sur la généalogie et la filiation, une intrication de l'histoire familiale dans *La Route des Flandres* de Claude Simon et dans *Cris dans la bruine* de Yu Hua. Ce procédé[①] déconstruit la définition que l'on peut donner de l'Histoire comprise comme récit d'événements passés au sein d'une société humaine, et comme science et méthode permettant d'établir des connaissances. Claude Simon et Yu Hua semblent avoir oublié les spéculations historisantes, et inscrivent dans l'Histoire événementielle l'histoire familiale. La discordance de l'une et de l'autre fonde la critique de l'Histoire, dans la mesure où le devenir familial ou individuel dérive et éclipse le devenir historique ou collectif.

Enfin, le troisième motif apparaît comme résultat et réaction des deux premiers. L'épigraphe de *L'Herbe* de Claude Simon, citée antérieurement 5 (voir *infra*, p.109), invite à lire le vocable « voir » dans toutes ses acceptations, autant littérales que métaphoriques. Scruter les antécédents et remonter la lignée de la famille est en

① Il est encore plus exemplairement mis en œuvre par l'usage que fait Claude Simon de la lexie « histoire » dans son roman *Histoire*.

réalité un mouvement de l'œil qui perce. En fait, que ce soit par des interrogations sur la question d'origine, ou par une multiplication du possible, l'acte de « voir » dans l'œuvre de Claude Simon et dans celle de Yu Hua est la manifestation d'un désir toujours inassouvi d'approfondissement et de pénétration qui tente de compléter l'invisible par le visible et de percer le mystère de l'Histoire. Notons que l'œuvre de Claude Simon est celle d'un individu impliqué pleinement dans l'histoire européenne du XXe siècle, non seulement les guerres qu'il a lui-même vécues (la Guerre d'Espagne et la Deuxième Guerre mondiale), mais aussi la guerre de 1914 qui l'a rendu orphelin en le privant de son père, tandis que l'œuvre de Yu Hua évoque une période traumatisante dans l'histoire chinoise du XXe siècle que l'auteur a personnellement vécue mais qui, par la force politique et en raison des changements de la société chinoise à la fin du siècle, a été brutalement effacée de la mémoire nationale. Les hantises de l'ancêtre, du père, et le désir de voir traduisent en fait la fascination et l'interrogation sur un passé qui reste éminemment actif dans le présent et qu'on essaie de capter, en vain, mais avec une obstination résolue. Le geste de la rumination du passé et l'échec des interrogations révèlent l'indicibilité de l'Histoire et annulent la représentation idéaliste du réel, donnant à l'Histoire l'image d'une hantise, intouchable, méconnaissable, mais obsessionnellement obsédante. C'est la raison pour laquelle nous ne sommes pas d'accord pour considérer le protagoniste de *L'Evénement du 3 avril* comme un simple patient psychique tourmenté par une manie de persécution. Ce personnage « ultra-sensible », déterminé à révéler la « vérité » – vérité de la vie quotidienne allégorique de la vérité historique –, semble être l'opposé des personnages « spectateurs » qui restent indifférents face aux désastres historiques. Ces spectateurs, toujours aux visages flous, sont esquissés et re-esquissés tout au long des récits de Yu Hua. Ils sont les habitants d'une ville archaïque qui ont vécu le cannibalisme et qui ont vu leur ville dévastée et reconstruite (*Un amour classique*) ; ils sont les habitants d'une ville en Chine contemporaine qui oublient la rigueur de l'hiver ainsi que celle du passé dès l'arrivée du printemps (*1986*) ; ils sont aussi les habitants de la ville nommée Yan, avançant vers la mort jour après jour et sourds des cris déchirants d'une jeune fille mourante (*Un monde évanoui*). Effectivement, c'est toujours le dilemme entre la mémoire et l'oubli que Yu Hua évoque inlassablement dans ce récit qui a l'air de n'avoir rien à voir avec la réalité chinoise. Pour mieux cerner ce personnage paranoïaque, il faut le situer dans l'environnement étouffant où il est né, mieux esquissé dans d'autres récits de Yu Hua, et où les « normaux » ont sombré dans l'indifférence. De ce point de vue, son histoire apparaît comme une fable sur ces âmes engourdies et sur un passé qui semble n'avoir rien laissé, mais face auquel s'interroge obstinément l'homme d'aujourd'hui. Ce personnage nous permet de mieux comprendre l'allusion spécifique du monde réel que l'auteur fait par le moyen de l'altération de la fiction. Nous reviendrons sur cette approche très particulière chez Yu Hua dans la partie suivante, à propos de la violence dans son œuvre.

Chapitre III. Une représentation phénoménologique

Au lieu de faire une spéculation de causes et d'effets, Claude Simon et Yu Hua représentent l'Histoire d'une manière phénoménologique, à travers un corps vivant qui sent et qui se remémore. Nous pouvons constater une présence déterminante du corps dans l'œuvre de Claude Simon et celle de Yu Hua. Considéré comme l'un des romans simoniens les plus érotiques de l'œuvre, *La Route des Flandres* met le coït en parallèle avec la guerre qui constitue l'événement principal du roman, tandis que la violence dans l'œuvre de Yu Hua, devenue aussitôt sujet de polémiques dès la naissance de cette œuvre au lendemain de la Révolution culturelle, est ce qui fonde le renom de l'auteur. S'il est impossible pour les lecteurs de Yu Hua de tourner le dos à l'importante présence de la violence dans son œuvre, il ne faudrait pas non plus qu'on oublie la place que Claude Simon accorde au coït, sans que ce terme prenne la moindre connotation négative. La violence dans l'œuvre de Yu Hua se caractérise, tout comme l'érotisme chez Claude Simon, par sa parfaite homogénéité avec le reste du texte, dans la mesure où la violence et l'érotisme visent tous deux le corps, tandis que « [t]out le corps porte la mémoire disséminée en lui d'un excès qui le travaille et c'est ce corps-là que l'écriture prend pour métronome, pour objet et pour garant. »[①]

1. Corps assimilant

Selon un concept traditionnel qui peut remonter à Platon, le corps nous détourne de la réalité et de la quête du vrai savoir en ne nous offrant que des commotions sensorielles qui distraient notre esprit et perturbent notre connaissance du monde[②]. Contrairement à ce concept qui implique le dualisme entre l'esprit et le corps, Claude Simon refuse de mettre en conflit les deux éléments. Il accorde au corps le statut de site d'appréciation sensorielle qui permet la présence des sensations grâce aux capacités perceptrices du corps. Dans son œuvre, le corps est présenté comme le lieu d'empreintes du monde et comme ce qui constitue la modalité première de notre rapport aux autres. La connaissance que Georges acquiert de la guerre se fait non par son esprit, mais par son corps. L'événement historique est « raconté » par un corps, élément le plus fondamental qui constitue le soi d'un individu: « Mais il n'était pas dans ses intentions de philosopher ni de se fatiguer à essayer de penser à ce que la pensée était incapable d'atteindre ou d'apprendre, car le problème consistait plus simplement à essayer de dégager sa jambe. » (RF, p.70). Dans ce roman où l'écriture est « indissociable

---

① Patrick Longuet, *Lire Claude Simon. La polyphonie du monde*, Paris, Minuit, 1995, p.56. Les propos de Longuet peuvent résonner avec la théorie de Richard Shusterman qui fait l'éloge du statut du corps vivant en tant que site d'appréciation sensorielle et de façonnement créateur de soi: « [...] le corps constitue une dimension essentielle et fondamentale de notre identité, la perspective ou la modalité première de notre rapport au monde, et qu'il détermine (souvent inconsciemment) notre choix des fins et des moyens en ce qu'il structure les besoins, les habitudes, les intérêts, les plaisirs et les capacités dont dépend l'importance qu'ont pour nous ces fins et moyens. » (Richard Shusterman, *Conscience du corps. Pour une soma-esthétique*, traduit de l'anglais par Nicolas Vieillescazes, Paris, L'Eclat, 2007, p.13.)

② Pour une rétrospective du statut du corps dans la culture occidentale, nous invitons à lire le livre de Richard Shusterman, *op.cit*, pp.11-27.

de l'infini travail de mémoire »①, celui qui énonce est d'abord celui qui vit et sent. La narration du roman se fait à partir d'un corps qui se souvient, et le corps et le soi ne font qu'un. Cette relation entre la mémoire et le corps peut être illustrée par les propos de Merleau-Ponty qui lui-même montre un intérêt majeur pour l'œuvre de Claude Simon②. Selon l'auteur de *Phénoménologie de la perception*, la mémoire est « non pas la conscience constituante du passé, mais effort pour rouvrir le temps à partir des implications du présent », et il explique ainsi le rôle du corps dans la mémoire: « étant notre moyen permettant de "prendre des attitudes", et de nous fabriquer ainsi de pseudo-présents », le corps est « le moyen de notre communication avec le temps comme avec l'espace »③.

La dynamique du corps dans l'œuvre simonienne provoque de multiples critiques qui en parlent notamment à travers l'érotisme. Selon Raymond Jean, « [l]'amour, chez Claude Simon, loin de supposer éloignement ou recul, implique le contact et la fusion des corps, met en jeu une totalité sensorielle vécue et décrite dans la "participation" »④, il considère ainsi que le soi dans *La Route des Flandres* est « un soi charnel, relationnel, situé dans le "par rapport à l'autre" ». Dans une première approche, nous nous bornerons à

① Mireille Calle-Gruber, liminaire à *Claude Simon: Chemins de la mémoire*, *op.cit*, p.xi.

② Maurice Merleau-Ponty, « Cinq notes sur Claude Simon », *Entretiens,* n°31, 2e trimestre 1972, sous la direction de Marcel Seguier, pp.41-46 ; « Merleau-Ponty répond à Claude Simon, "Ecrivain et penseur" », *Médiations*, n°4, hiver 1961-1962, pp.5-10, repris dans *Critique*, n°414, novembre 1981, pp.1147-1148. Merleau-Ponty a également utilisé l'œuvre de Claude Simon pour illustrer ses cours au Collège de France, voir « Notes de cours "Sur Claude Simon" », présentation par Stéphanie Menasse et Jacques Neefs, *Genesis*, n°6, 1994, pp.133-165.

③ Maurice Merleau-Ponty, *Phénoménologie de la perception*, Paris, Gallimard (tel), p.221.

④ Raymond Jean, « Les signes de l'Eros », *Entretiens,* n°31, 2e trimestre 1972, sous la direction de Marcel Seguier, p.121.

rappeler que l'érotisme est un enjeu essentiel dans l'œuvre simonienne par lequel le rôle du corps en tant que site vital de la connaissance est exhaustivement exploité. La chevauchée nocturne est entrecroisée avec des scènes d'amour, et les corps tremblants de Georges et Corinne en fusion se superposent tantôt avec les corps encastrés des prisonniers dans le wagon (RF, p.66), tantôt avec leurs corps grelottant de froid sur le pré, à l'aube (RF, p.247). Les différents éléments énonciatifs s'emboîtent les uns les autres comme les corps entrelacés des amants. Nous pouvons ainsi dire que dans *La Route des Flandres*, l'auteur dispose du corps humain comme un « être-dans-le-monde », déterminé pleinement phénoménalement, par la diversité de ses besoins et l'horizon que constitue le monde environnant. Le corps dans l'amour n'est pas enfermé dans un espace-temps intime et univoque ; il s'ouvre infiniment vers d'autres temps et d'autres espaces par le moyen de l'ouïe, de l'odorat, du toucher, par les sensations qu'il éprouve ici et maintenant. C'est ainsi que la remémoration intermittente du narrateur s'inscrit profondément dans la nuit d'amour passée avec Corinne dans une chambre d'hôtel:

> cela me tomba dessus comme si on m'avait jeté brusquement sur la tête une couverture m'emprisonnant, tout à coup tout fut complètement noir, peut-être étais-je mort peut-être cette sentinelle avait-elle tiré la première et plus vite, peut-être étais-je toujours couché là-bas dans l'herbe odorante du fossé dans ce sillon de la terre respirant humant sa noire et âcre senteur d'humus lapant son chose

> rose mais non pas rose rien que le noir dans les ténèbres touffues me léchant le visage (RF, p.242)

Voyons d'abord la composition lexicale de ce passage. Le glissement dans le sommeil est comparé au fait de recevoir une couverture sur la tête, ce qui permet par la suite toute une série d'imaginaires d'étouffement, renforcé par la voix passive (« me tomba », « m'emprisonnant » et « me léchant »). L'auteur a inversé le sujet et l'objet de l'action – le « je » qui est l'agent du verbe « laper » devient passif à la fin ; à sa place, ce sont « les ténèbres touffues » qui « me lèchent le visage » –, afin de les mettre en concordance avec « cela » qui « me tombe dessus », situé au début d'un long glissement métaphorique. Les trois « peut-être » suggèrent un glissement mental vers d'autres temps et d'autres circonstances, tandis que l'enchaînement des participes présent (« respirant », « humant » et « lapant ») tend à placer les différentes strates énonciatives au même niveau, mais nous pouvons tout de même faire une distinction: dans les deux premiers cas, l'action concerne la terre, tandis que la troisième est appliquée à la sexualité. Une rature se remarque également vers la fin: le « je » « lapant son chose rose » se nie brutalement (« mais non pas rose »), et insiste ensuite pour dire qu'il ne peut rien voir « que le noir ». Ce traitement lexical très soigneux traduit parfaitement l'intensité des sensations somatiques qu'éprouve le personnage, permettant au récit de faire une analogie très habile entre la terre sur laquelle s'allonge Georges et la femme qui reçoit également son corps, entre l'herbe du fossé et le sexe féminin, entre l'odeur âcre d'humus et celle de la femme. L'action de tomber dans le sommeil équivaut à l'étouffement du corps qui sent l'odeur de la terre dans laquelle il est couché, et l'ivresse olfactive se transforme en ivresse érotique. De Georges épuisé, enfoncé dans le sommeil dans la maison des paysans où il se réfugie après l'embuscade, à Georges, lors de sa fuite du camp, couché sur le ventre dans un fossé contre le sol herbeux afin d'éviter la sentinelle allemande, on passe d'une référence temporelle à une autre. Et très rapidement, par un fantasme érotique lui-même réalisé par un glissement métaphorique entre la terre et la femme, entre l'herbe et le sexe féminin, on retrouve Georges faisant l'amour avec Corinne dans une chambre d'hôtel d'après-guerre et se remémorant le passé. Autrement dit, trois moments s'articulent ici dans le jeu complexe de la mémoire, et c'est la sexualité qui réveille, par des sensations analogues (la vue, l'odorat et le toucher), la situation particulière d'une expérience de guerre vécue. Et ces mêmes sensations du corps enfermé permettent aux différents moments du passé de ressusciter les uns après les autres et d'autoriser leur rapprochement.

Le corps sensible et ses données sensorielles impliquent la présence d'un monde matériellement épais et pesant. C'est le toucher, l'acte sexuel avec Corinne, cette femme qu'il peut « entendre haleter faiblement », se trouvant « là cette nuit, dans cette chambre d'hôtel, sous son regard, sous sa main, sous son nez, sous sa bouche, sous tout son corps »[①], qui provoquent le surgissement de la mémoire chez le narrateur. Et ce sont les réseaux des termes sexuels qui ramènent en filigrane chaque énoncé dans un texte ainsi réuni.

---

① Renée Ventresque, « Le trou et la trame: le sexe à l'œuvre », in La Route des Flandres. *Claude Simon*, ouvrage dirigé par Renée Ventresque, Paris, Ellipses, 1997, p.104.

L'érotisme dans le roman de Claude Simon a donc, comme l'a très bien remarqué Dominique Lanceraux, « pour fonction d'harmoniser tous les fils de la narration et de légitimer leurs relations de voisinage et de cohabitation »[①].

La mémoire de la guerre se trouve alors étroitement mêlée à l'étreinte érotique de Georges et Corinne, ou plus exactement, elle est déclenchée par celle-ci, parfois par le seul jeu sur tel ou tel signifiant: « j'avais lu que les naufragés les ermites se nourrissaient de racines de glands et à un moment elle le prit d'abord entre ses lèvres [...] » (RF, p.244). Par l'effet des glissements sémantiques, en l'occurrence la polysémie du terme « gland », on passe du fruit du chêne, que les prisonniers ramassent pour se nourrir, au sexe masculin, du pré sur lequel se couche Georges, affamé après sa capture, à la nuit d'hôtel avec Corinne. Ce jeu de mots n'est explicité que plus loin dans le roman: « on dit gland à cause de la peau qui le recouvre à moitié, c'était alors de nouveau l'automne, mais en un an nous avions appris à nous dépouiller [...] (RF, p.274). Et dans ce deuxième passage, le trajet que décrit la métaphore est inverse du précédent: Georges faisant l'amour repense au fruit du chêne qui permet l'allusion à l'automne, on passe de la nuit d'hôtel au camp de prisonniers. La locution « de nouveau » reconnaît non seulement la reprise de la même métaphore, mais implique aussi un écoulement du temps: il ne s'agit pas du même automne dont se souvient Georges dans le passage précédent, mais de l'automne de l'année suivante.

Le corps simonien révèle « combien l'acte sexuel – cette "petite

---

① Dominique Lanceraux, « Modalités de la narration dans *La Route des Flandres* », *Poétiques*, n°14, 1973, p.245.

mort" [...] – est favorable au resurgissement fantastique d'un temps révolu, retrouvé – revécu – dans la sensation (« consubstantiel au toucher ») plus que dans la remémoration »①, car c'est à travers ce corps que s'ouvrent et se ferment l'espace et le temps. Et par ce corps qui sent et qui se remémore, Claude Simon nous montre « non des images "réalistes" », mais « l'émergence de ces images »②, dans laquelle le signifiant sert à montrer que la mémoire est structurée par le langage et qu'elle fonctionne à partir des stimuli que lui procure la sensation. De cette manière, le corps simonien signale la perte d'une vision illusoire du monde qu'on ne peut plus reconnaître par une analyse de causes et d'effets: « Chez Simon, la sensation l'emporte sur la définition. »③ La mémoire dissout en impressions associées mais hétérogènes qui doivent quelque chose de leur résurrection au caractère d'aimant de la synesthésie. C'est de là que vient la richesse exceptionnelle du texte simonien, dont l'un des éléments essentiels est « la présence d'un réseau connotatif, associatif et métaphorique très ramifié et d'une singulière abondance, qui tend à rendre sensible, à inscrire littéralement dans le texte cette réalité organique des choses du sexe »④.

Le corps dans l'œuvre de Yu Hua est étroitement lié à la violence, souvent déchiré par une force violente: le démembrement du cadavre de Shangang dans *Une certaine réalité*, le massacre du chauffeur de camion par les villageois dans *Récit de mort*, les

① Dominique Viart, *Une mémoire inquiète*, *op.cit.*, p.60.

② Georges Raillard, « La mémoire d'un corps », *La Quinzaine littéraire*, n°538, 1er-15 sept. 1989, p.6.

③ Jean Duffy, « Claude Simon, Merleau-Ponty et la perception », in *Lectures de La Route des Flandres*, textes réunis par Francine Dugast-Portes et Michèle Touret, Rennes, Presse universitaires de Rennes, 1997, p.111.

④ Raymond Jean, « Les signes de l'éros », *op.cit.*, pp.121-122.

supplices extraordinaires (et inconcevables...) sur les dates attachées à l'Histoire de la Chine dans *Passé et châtiment*, et les automutilations d'un fou devant les yeux du public dans *1986*. La violence dans l'œuvre de Yu Hua est une violence dépourvue de toute logique, tout aussi inexplicable que la mystérieuse disparition du professeur d'histoire dans *1986* pendant la Révolution culturelle: « Nous ne l'avons pas battu, [...] nous nous sommes contentés de le conduire au bureau de l'école et lui avons demandé de rédiger ses aveux. Nous ne l'avons pas non plus fait surveiller, mais, le lendemain, nous avons découvert qu'il n'était plus là. » (*1986*, p.10)① – dit ainsi un témoin, ancien élève du professeur et membre des gardes rouges. Certains critiques en concluent que Yu Hua est un écrivain qui s'amuse à terroriser ses lecteurs, jusqu'à y prendre goût et sombrer dans la manie, tandis que Hong Zhigang, l'auteur de *Yu Hua pingzhuan* (*Une critique biographique de Yu Hua*) interprète la violence dans l'œuvre de Yu Hua comme une représentation de sa libido personnelle, tend à dire que c'est l'enfance passée dans un hôpital et son expérience professionnelle de dentiste qui engendrent le jaillissement de violence dans son œuvre②. Or, ces critiques ont tous ignoré le rôle du corps dans cette explosion éblouissante de la violence. Nous essayons de montrer, par une analyse sur son récit *1986*, que la violence dans l'œuvre de Yu Hua, faite à partir d'un corps, méconnue de certains et incomprise par d'autres, participe pleinement de cette représentation particulière de l'Histoire vécue

① "我们没有打他，只是把他带到学校办公室，让他写交代材料，也没有派人看守他，可第二天发现他没了。"（p.119）

② Hong Zhigang, *Yu Hua pingzhuan* (*Critique et biographie sur Yu Hua*), Zhangzhou, Zhengzhou da xue chubanshe, 2005.

par un individu.

Le choix du texte se justifie par le fait que *1986* est l'un des récits où Yu Hua accorde le plus d'importance au corps humain, dans lequel sont recensés les traits fondamentaux de la place du corps dans la connaissance du monde par le personnage. Ainsi, nous constatons que les traumas historiques sont démontrés dans ce récit au niveau le plus sensoriel, le plus somatique et donc le plus primaire. C'est par l'ouïe, le souvenir du bruissement des pantoufles que son mari avait aux pieds dans la nuit de sa disparition, que le passé hante la femme du professeur d'histoire (Voir *1986*, pp.21-22, 34, 35, et aussi pp.46, 57-58), de manière que ces bruissements « s'étaient liés pour toujours à cette nuit noire » (*1986*, p.22). Notons en plus que, contrairement à la « littérature de cicatrice » qui cherche à montrer les tourments moraux qui bouleversent les survivants de la Révolution culturelle, *1986* évoque cette période à travers un jaillissement de violence pratiquée sur le corps humain, « selon un protocole atroce et décrit[e] dans ses moindres détails »[①]. En fait, la narration de *1986* est partagée entre deux aspirations contradictoires. D'un côté, le monde réel où vivent aisément les survivants du désastre historique, et de l'autre, un monde inondé de violence rapporté par le narrateur en s'adaptant à la perspective du héros schizoïde. Le fou, ancien professeur d'histoire et protagoniste du récit, a une « vue charnelle » du monde, de manière que celui-ci lui apparaît comme un univers encombré de chair et d'os. Ainsi sont transformés les éléments perçus du monde réel dans la conscience du fou:

① Quatrième de couverture de la traduction de *1986* en français.

Le réel	Les hallucinations du fou
son reflet dans l'étang	un type flottant à la surface de l'eau (p.29)
son reflet troublé par une pierre jetée dans l'eau	un homme réduit en charpie (*ibid.*)
le soleil	un crâne resplendissant d'où jaillissait du sang (*ibid.*)
la petite ville	un tombeau (*ibid.*)
la route cimentée	un os blanchâtre posé là en travers (p.30)
les réverbères	deux têtes humaines suspendues (*ibid.*)
la lumière des réverbères	du sang coulant (*ibid.*)
le bâtiment	un abattoir (p.31)
les bateaux	des cadavres à la dérive (*ibid.*)
les saules	des chevelures épaisses et longues après plusieurs fermentations (*ibid.*)
les ordures	un tas de sang enflammé (p.37)
les étincelles	des gouttes de sang crépitant (*ibid.*)
les nuages	des croûtes de sang rouge foncé (p.74)

Alors aux yeux du fou, le monde même est supplicié, de sorte qu'il y a partout « de drôles de fissures », « semblables à d'innombrables marques de scie » (*1986*, p.30)①. Il faut noter que ce n'est pas un monde déjà constitué, qui existe préalablement pour lui, mais un monde qu'il imagine, transforme et complète au même moment où le corps aperçoit et sent les éléments du monde réel. Ce que Yu Hua nous expose dans ce récit est un corps vivant, actif, qui a toute sa

① 无数有趣的裂隙，像是用锯子锯出来似的（p.131）

réactivité dans le processus de saisissement et de (re)constitution du monde, et qui n'est pas un transmetteur de message. Dans ce monde « matériellement » conçu, tous les éléments composants sont allusivement liés aux corps humains démembrés. Ce personnage oppose ainsi, à la constitution d'un monde selon un principe conventionnel, un tout autre ordre, établi à travers une perception aberrante, mais homogène au sein d'elle-même. Seul le monde ainsi conçu peut accepter intégralement la présence de son propre corps, tous deux étant désormais faits de même matière: le temps, l'espace et l'homme sont fait du même magma, et le sujet est désormais chair dans la chair du monde. Autrement dit, ce processus consiste en une tentative d'assimiler et incorporer le monde extérieur par une fusion matérielle avec celui-ci, d'autant plus que le professeur va, comme on voit dans le récit, simuler des supplices sur les autres et en pratiquer réellement sur lui-même.

Il est aussi intéressant de voir le rôle de la langue dans cette incorporation du monde, d'autant plus que dans sa théorie de perception, Merleau-Ponty considère la langue et l'expression comme partie intégrante du corps humain. Avant ou à la fin de chaque exécution, le fou prononce le nom du supplice qu'il va ou vient de pratiquer: « Flétrissure ! » (*1986*, pp.38, 46)[①], « Mutilation du nez ! » (*1986*, pp.40, 50)[②], « Amputation des pieds ! » (*1986*, pp.52, 53)[③], « Castration ! » (*1986*, p.55)[④], « Lent dépeçage ! »

① “墨！”（pp.136, 141）
② “劓”！（pp.137, 143, 144）
③ “剕！”（p.145）
④ “宫！”（p.147）

(*1986*, p.70)[①]. Cette dénomination cérémoniale signifie la création ou l'achèvement de son monde et une tentation qui consiste à le nommer afin de le faire exister, comme, disait Merleau-Ponty, « Dieu crée les êtres en les nommant et la magie agit sur eux en parlant d'eux »[②]. Non seulement les mots qu'il prononce servent à désigner le monde qu'il crée imaginairement, et donc participent à la réalisation et l'effectuation de sa pensée, mais ils sont aussi devenus la présence de cette pensée dans le monde réel et sensible.

Selon une formule de la phénoménologie de Merleau-Ponty, toute conscience est conscience perceptive[③]. Le corps ne peut pas être détaché de l'esprit, fut-ce chez un personnage aliéné. Le récit tient à nous montrer la particularité de ce personnage, son inaptitude fondamentale à prendre conscience des choses et des événements, autrement que par l'intermédiaire des sens – bien que ces choses et ces événements soient complètement déformés. Certes, le monde charnel dans lequel se projette le protagoniste est de l'ordre du délire et de l'hallucination. Ce personnage fou, ancien professeur d'histoire effrayé pendant la Révolution culturelle jusqu'à devenir schizophrène, transforme une petite ville anonyme située au sud de la Chine en un monde d'horreurs, un splendide enfer de supplices. Par exemple, la scène de l'intervention de l'agent de la circulation, accompagné de quatre jeunes hommes et suivi d'une foule terrorisée par les automutilations publiques du fou, apparaît tout autrement aux yeux de ce dernier, comme une majestueuse scène d'exécution:

---

① "凌迟!" (p.155)

② Maurice Merleau-Ponty, *Phénoménologie de la perception*, *op.cit.*, p.217.

③ Lire Maurice Merleau-Ponty, « Titres et travaux. Projet d'enseignement », in Merleau-Ponty, *Parcours deux: 1951-1961*, Lagrassde, Verdier, 2000, pp. 9-35.

> Il vit cinq bourreaux approcher, foulant les têtes et les corps en charpie qui jonchaient le sol. Enchevêtrées, les côtes arrachées des thorax se redressaient légèrement et, curieusement, leurs pieds se déplaçaient dessus comme sur un terrain plat. Il vit qu'une foule nombreuse les suivait, et tous ces gens ruisselaient de sang. Ils avaient été mutilés de l'essentiel de leur chair, et ce qu'il en restait ne pouvait plus dissimuler leur squelette dénudé. (*1986,* p.74)①

La perception a plutôt, disait Merleau-Ponty, une dimension active en tant qu'ouverture primordiale au monde vécu②. Ce que voit le personnage dans le présent est en réalité une vision hyperbolique et une projection hallucinée de l'Histoire vécue. Le récit nous montre cette réalité, comme si le monde ne pouvait être reconnu qu'à travers les anamorphoses d'un œil fou. L'univers apocalyptique dans l'imagination du fou coïncide avec quelques fragments du passé vécu et senti. Regardons d'abord la découverte par le professeur d'histoire du cadavre d'un collègue suicidé pendant la Révolution culturelle:

> Soudain, il vit face à lui une paire de chaussures qui se balançaient dans un léger mouvement de va-et-vient. Il rentra sa main aussitôt, et il entendit son cœur tambouriner avec une violence extraordinaire. Il resta debout sans faire

---

①他看到五个刽子手走了过来，他们的脚踩在满地的头颅和血肉模糊的躯体上，那些杂乱的肋骨微微翘起，他们的脚踩在上面居然如履平地。他看到他们身后跟着一大群人，那些人都鲜血淋漓，身上的皮肉都被割去了大半，而剩下的已经无法掩盖暴露的骨骼。（p.157）

② Maurice Merleau-Ponty, *Phénoménologie de la perception*, *op.cit.*, pp. II-III, p. 240, et p. 348.

> un geste, regardant cette paire de chaussures se balancer doucement. Ensuite il découvrit deux jambes de pantalon qui, couvrant le haut des chaussures, flottaient légèrement de droite et de gauche. Il ouvrit la fenêtre d'une poussée vigoureuse et vit un cadavre raidi qui pendait (*1986*, p.17)①.

Ce passage nous montre comment, par un fait perceptif, l'événement s'inscrit dans la mémoire. Ce que le professeur d'histoire a connu sous la Révolution culturelle n'est pas une persécution physique. La violence ici est celle d'un arrachement, d'une prise d'élan qui engendre une aliénation. A ce traumatisme, cette secousse qui ébranle l'être se joindra un déchirement physique du corps. C'est par son corps que le professeur assimile l'événement, c'est aussi par son corps qu'il ressasse ce passé, car le monde présent qu'il aperçoit à travers une torsion est en fait la continuité d'un passé qui s'est profondément inscrit sur un corps vivant.

Lisons ensuite la scène de la distribution des tracts et de la découverte d'un mort au coin de la rue:

> Il avait vu une forte neige s'abattre toute la journée dans la rue, une neige qui ne tombait que dans la rue. Il avait vu tous les passants se baisser pour en ramasser, puis se mettre à lire. Il avait vu quelqu'un gisant devant une boîte aux

① 他蓦然看到一双皮鞋对着他微微荡来又微微荡去。他伸出的手立刻缩回，他听到自己的心脏正在咚咚跳得十分激烈。他站住一动不动，看着这双皮鞋幽幽地荡来荡去。接着他发现了两只裤管，裤管罩在皮鞋外面，正在微微地左右飘动着。他猛地推开窗户，于是看到了一具吊着的僵尸。（p.123）

> lettres sur le côté de la rue, quelqu'un qui était mort. Le sang répandu était frais, il ne s'était pas encore coagulé. Un tract était tombé sur lui en voltigeant et lui avait recouvert la moitié du visage. Les gens promenés par les rues, coiffés de hauts chapeaux et portant accrochées toutes sortes de pancartes, étaient passés par là. Ils avaient jeté un coup d'œil au mort sans avoir l'air surpris [...]. (*1986*, p.13)[①]

Dans ce passage où le réel et l'hallucination se tissent entre les lignes, nous pouvons aisément constater que l'aliénation commence à partir de ce qu'il perçoit, et donne naissance à une métamorphose du regard sur le monde. Cette neige qui ne tombe que dans la rue est composée de tracts qui voltigent en l'air. Les quelques figures grotesques coiffées de hauts chapeaux – le texte évoque aussi, un peu plus haut, des femmes « avec un balai et un couvercle de seau hygiénique accrochés devant la poitrine, et la moitié du crâne rasé » (*1986*, p.13)[②] – sont en réalité les victimes des propagandes politiques qui défilent sur la voie publique, portant des pancartes humiliantes. Ces hommes et femmes, tous dépourvus d'émotion – « leur regard était calme comme une eau stagnante » (*1986*, p.13)[③] – , deviennent des fantômes errants venant de l'enfer pour répandre la terreur sur la terre, apparaissant et réapparaissant dans les hallucinations du

---

① 他看到街上整天下起了大雪，那大雪只下在街上。他看到在街上走着的人都弯腰捡起了雪片，然后读了起来。他看到一个人躺在街旁邮筒前，已经死了。流出来的血是新鲜的，血还没有凝固。一张传单正从上面飘了下来，盖住了这人半张脸。那些戴着各种高帽挂着各种牌牌游街的人，从这里走了过去。他们朝那死人看了一眼，他们没有惊讶之色（……）。（p.121）

② 胸前挂着扫帚、马桶盖，剃着阴阳头的女人（p.120）

③ 他们的目光平静如水（p.121）

professeur devenu fou. La violence visuelle contribue à dissocier le protagoniste de son moi authentique. C'est l'accumulation d'étrangeté et d'horreur d'être encore en vie, d'être encore capable de sentir au milieu des gens déjà « morts » qui précède son aliénation: « Il s'était dit que peut-être son tour viendrait bientôt. » (*1986*, p.14)[①]. Cette scène est reprise à la fin du récit quand le professeur retrouve la mémoire. La récapitulation des phrases et des mots semble vouloir affirmer la violence de l'excès et la mémoire irréductible du passé:

> Il lui sembla voir une forte neige s'abattre dans la rue, il voyait tous les passants se baisser pour en ramasser et se mettre à lire. Il vit quelqu'un couché devant une boîte aux lettres sur le côté de la rue: il était mort. Le sang qu'il avait perdu était frais, il n'était pas encore coagulé. Un flocon de neige tomba en voltigeant et lui recouvrit la moitié du visage. (*1986*, p.82)[②]

Le choc traumatique marque un hiatus, ouvre une discordance entre le corps et l'esprit – nous tenons au mot « discordance » pour le distinguer de « disjonction » qui rejette entièrement le lien, inné selon les phénoménologues, entre le corps et l'esprit. Non seulement ce que pense le professeur ne correspond plus à ce qu'il voit, mais aussi, son corps, troublé dans sa fonction comme élément percepteur,

---

① 他想就要轮到他了。（*ibid.*）

② 他仿佛看到街上下起了大雪，他看到在街上走着的人都弯腰捡起了雪片，然后读了起来。他看到一个人躺在街旁邮筒前死了。流出来的血是新鲜的，还没有凝固，一张雪片飘了下来，盖住了这人半张脸。（p.163）

est dépourvu de capacité sensorielle. Cela explique l'engourdissement du corps lorsque le professeur s'inflige des supplices – certes, il ressent la douleur. Les diverses descriptions – « [s]on visage commença à se tordre » (*1986*, p.50)[①], « son visage se tordit à nouveau et il se remit à hurler » (*1986*, p.53)[②], « ses lèvres rougies par le sang se remirent à frémir » (*ibid.*), « tout son corps fut agité de soubresauts comme s'il tamisait du grain » (*1986*, p.54, etc.)[③] – dénotent un corps submergé par son dérèglement. Mais cette sensation de douleur reste strictement physique, le corps n'est plus apte à provoquer un quelconque raisonnement intellectuel.

Le fou ne se rappelle plus de ce qu'il a vécu dans la Révolution culturelle, ni de sa vie antérieure comme professeur d'histoire et mari et père d'une famille. En apercevant les nattes d'une jeune fille nouées en nœuds papillon – qui est en fait sa propre fille –, « [q]uelque chose d'étrange l'envahit et il ne put s'empêcher d'aller au-devant d'elles » (*1986*, p.32)[④]. Les lecteurs peuvent comprendre, en faisant un rapprochement avec la vie antérieure du personnage, que ce sentiment étrange qui le saisit brutalement est dû au fait que son épouse portait aussi des nœuds papillon rouges. La perception des nœuds papillon semble réveiller la fascination du professeur pour les nattes de son épouse, mais leur lien n'est pas explicité dans le récit: le fou ignore significativement le corps de la jeune fille, et ne voit que deux nattes qui flottent dans les airs, portées par deux papillons rouges. Ce faisant, Yu Hua situe son protagoniste dans la

---

① 他的脸开始歪了过去（p.144）
② 他的脸又歪了过去，嘴里又狂喊了起来（p.145）
③ 血红的嘴唇又抖动了（*ibid.*）；他的身体像筛谷似的抖动（p.146）
④ 他心里涌上了一股奇怪的东西，他不由朝辫子迎了上去（p.132）

zone grise de la conscience humaine. La réaction du fou aux personnes et objets liés au passé semble devenir un acte automatique. On a l'impression que son esprit fatigue et cesse son activité tandis que le corps continue inconsciemment de fonctionner. On ne sait plus dire si l'action vient du corps ou de l'esprit. Cependant, tant de signes nous font douter de cette passivité hypothétique du corps. Malgré son amnésie, c'est en retournant dans sa ville natale que le fou commence à se mutiler – une coïncidence ? Nous remarquons aussi que le fou éprouve une sorte de jouissance en se mutilant: « Une expression étrangement affectueuse apparut alors sur le visage du fou » (*1986*, p.54)① – une pure manie ?

« Le sensible est ce qu'on saisit *avec* le corps », mais « ce "avec" n'est pas simplement instrumental », « l'appareil sensoriel n'est pas un conducteur », « même à la périphérie l'impression physiologique se trouve engagée dans des relations considérées autrefois centrales »②. Ce personnage fou nous fait nous interroger: à quel point le corps est capable d'être élément percepteur et réservoir de mémoire ? Pourrait-on dire que c'est le corps en soif de mémoire, « conna[issant] plus que ce qu'on croit » – comme disait Merleau-Ponty –, qui cherche instinctivement les sensations analogiques d'autrefois à travers le sadisme et le masochisme ? La fin du récit suggère que les sensations extrêmes éprouvées au prix d'une déperdition somatique aboutissent à une redécouverte de soi. C'est après la terrifiante découverte du cadavre de son collègue que le professeur d'histoire perd la raison, et c'est aussi après s'être

---

① 疯子此刻脸上的神色出现了一种古怪的亲切（*ibid.*）

② Merleau-Ponty, *Phénoménologie de la perception*, *op.cit.*, p.33.

infligé une série d'automutilations épuisantes qu'il retrouve sa mémoire: « il s'éveillait d'un sommeil profond » (*1986*, p.79)①, « [i]l […] sortit de sa profonde léthargie » (*1986*, *ibid.*)② – sommeil et léthargie au sens à la fois propre et figuré, qui désigne non seulement la perte de conscience suite à l'insoutenable douleur physique, mais aussi la longue période d'écart entre le soi et le monde:

> Le soleil allait surgir à l'horizon: de l'orient, une lueur rouge irradiait. Quand il se réveilla, il vit ce rougeoiement *au premier regard*. Alors il lui sembla entendre un hurlement qui venait de loin et se rapprochait […]. (*1986*, p.79, je souligne.)③

Le mot « sembla » indique que les hurlements n'apparaissent plus chez le professeur comme un fait, comme cela pourrait être dans son état de folie, mais comme une évocation de souvenirs. De nombreux signes nous montrent que le professeur d'histoire retrouve la raison à ce dernier moment de sa vie: « il se sentit lentement gagné par une sensation toute nouvelle » (*ibid.*)④, « son cerveau ressemblait à une pièce vide, sans rien à l'intérieur. Pourtant, il commençait à apercevoir quelque chose à travers la toute petite fenêtre, tandis que des scènes toutes nouvelles lui parvenaient par cette ouverture. »

---

① 从昏睡中醒来（p.161）

② 从深深的昏迷中醒来（p.160）.

③ 那是太阳快要升起了，一片灿烂的红光正从东方放射出来。他从昏迷中醒来时，第一眼就看到了那一片红光。于是这时候他仿佛听到了一种吼声，吼声由远及近（……）。（p.160 *sq.*）

④ 他的内心慢慢洋溢出一种全新的感觉（p.161）

(*1986*, p.80)[①]. Si dans la folie du professeur, l'œil est un « kaléidoscope » qui déforme sa perception du monde, il est maintenant l'« ouverture » par laquelle le monde externe et le monde interne se trouvent reconnectés. Et depuis lors, la rue cesse d'être « un os blanchâtre posé là en travers », elle lui paraît de nouveau telle qu'elle est réellement: « il vit une rue qui s'étalait dans la lumière de l'aube » (*1986*, p.79)[②].

2. Corps métaphorique

La conception traditionnelle de l'érotisme met l'accent sur une transgression des interdits, sur la répression de la libido en une force agressive. Mais chez Claude Simon, l'érotisme ne se limite pas à une insistance sur les organes et à la transgression des interdits[③]. Nous avons vu que le corps est un élément essentiel dans la narration de *La Route des Flandres*[④] et dans la connexion du personnage avec les événements vécus. Au delà, l'érotisme est aussi placé dans les fonctionnalités macroscopiques du texte simonien. A travers les multiples jeux sur un corps métaphorique, le texte tente de figurer la

① 他脑中竟像一座空空的房屋一样，里面什么也没有。但透过那个小小的窗口，他开始看到了一些什么，而一些全新的情景也从那个窗口走了进来。(*ibid.*)

② 看到了一条街道躺在黎明里 (*Ibid.*)

③ A ce sujet, lire Claud DuVerlie, « Amor interruptus: the question of eroticism or eroticism in question in the works of Claude Simon», *Sub-stance*, 8, hiver 1974, pp. 21-33.

④ Renée Ventresque le voit même dans le double sens du mot « matrice », elle considère l'érotisme comme la matrice d'où « coule » le texte: « Au premier degré, d'abord, le sens anatomique et vieilli désignant l'utérus, qui est la partie de l'appareil génital de la femme contenant l'œuf fécondé jusqu'à son plein développement [...] ensuite, d'une manière plus profonde et moins commune, le sens typographique qui implique un bloc de cuivre portant l'empreinte du caractère gravée en creux par un poinçon d'acier dans laquelle on coule l'alliage. Sans interroger plus avant cette gravure "en creux", ce "poinçon" et "l'alliage" que l'on "coule", les correspondances sexuelles affleurant de toute évidence, on peut entendre qu'entre l'organe créateur de la femme et la pièce, "le creuset original", qui permet la confection des caractères et des lignes d'un texte, la coïncidence est totale. » (R. Ventresque, « Le trou et la trame: le sexe à l'œuvre », *op.cit.*, p.105 *sq.*)

sexualité au sens le plus fort. « La sexualité et la textualité vont de pair » – dit Ralph Sarkonak[①]. Le corps participe dans le texte, non seulement lexicalement, mais aussi comme un élément métaphorique, pour parler de l'altération du sujet, de l'analogie entre la femme et la terre, entre l'amour et la mort, et de là, faire apparaître une conception de l'Histoire et une pensée du temps propres à Claude Simon.

La synesthésie s'achève sur un paradoxe qui se résume par son pouvoir de réunir les fragments énonciatifs et son effet dissolvant sur l'ego. Ce qui commence comme une tentative d'assimiler la réalité extérieure aboutit à une dispersion du sujet - au premier témoignage la substitution relative entre les voix narratives « je » et « il ». Dans le roman, les trois fois où Georges se voit dans le miroir – d'abord dans la grange, plus tard dans la maison d'un paysan après la débâcle, ensuite lors de sa première rencontre avec Corinne après la guerre –, il se voit soit avec « un visage de méduse » (RF, p.41), « un visage qu'il n'avait jamais vu » (RF, p.105), soit comme un chien maigre et affamé (RF, p.223). Cette difficulté à se reconnaître va de pair avec une étrange dislocation du corps vu dans le miroir, de sorte que Georges contemple les mouvements de ses propres membres avec un détachement étonnant:

> puis sa propre main lui apparaissant, entrant dans son champ de vision [...] la regardant s'avancer, s'éloigner de lui, avec une sorte d'étonnement, de stupeur (comme si elle se séparait de lui, se détachait du bras, par l'effet de cette

---

① Ralph Sarkonak, « De l'érotique à l'informatique », *Claude Simon 2: L'Écriture du féminin/masculin*, Paris, Lettres Modernes (Revue des Lettres modernes), 1997, pp.3-13.

> légère déviation du rayon visuel quand il traverse la surface d'un liquide) [...] il regardait toujours, comme fasciné, sa propre main devenue maintenant pour ainsi dire étrangère à lui-même [...] (*ibid.*)

Ce passage évoque en fait le premier contact corporel entre Georges et Corinne, dans lequel la sensation d'engourdissement de Georges est décrite avec acuité. Lorsqu'il touche le bras de Corinne, cette femme dont il a tant rêvé, Georges « éprouva d'abord la bizarre sensation de ne pas la toucher vraiment » (*ibid.*). La main qu'il voit dans le miroir se trouve « très loin de lui », et « complètement détachée » (*ibid.*). Elle touche le bras de la femme comme « à travers une pellicule, une sorte de corne d'insensibilité » (*ibid.*). La sensation du toucher éprouvée comme distance traduit la dissolution du sujet enfermé dans les traumas de guerre – Alain Cresciucci résume la vie de Georges comme « cinq ans de guerre, cinq ans de vie dans la mort, d'absence de sens »[①]. Quelque chose « pas plus épais qu'une feuille de papier à cigarette », situé « entre sa paume et la peau soyeuse du bras » (*ibid.*), annonce l'impossibilité de l'union. La dissolution de l'identité et le sentiment de dislocation sont signe d'une altération du sujet. Elles signifient une mise en parenthèses d'un soi classique qui est autonome, maître du lui-même, fondé sur une âme individuelle, monadique, indestructible et insubstituable.

Cette altération du sujet se manifeste aussi dans la sexualité. Un passage se fait entre la scène où Corinne crie dans l'orgasme et les

---

① Alain Cresciucci, « Sur *La Route...* », in *Claude Simon. La Route des Flandres*, textes réunis par Alain Cresciucci, Paris, Klincksieck, 1997, p.15.

souvenirs que garde Georges des cris dans la nuit d'un fou enfermé dans la porcherie de la ferme servant provisoirement de camp de prisonniers (Voir RF, p.249). Cette allusion entre les cris d'une femme et ceux d'un fou n'est pas un hasard. Une différence de l'être à lui-même apparaît dans l'orgasme de Corinne, faisant comprendre que dans l'amour on n'est plus soi-même:

> sa voix changée tout autre que je ne connaissais pas c'est-à-dire comme si c'était une autre inconnue enfantine désarmée gémissant se faisant entendre à travers elle quelque chose d'un peu effrayé plaintif égaré (RF, p.248)

Plus particulièrement, l'altération du sujet se manifeste dans *La Route des Flandres* à travers l'analogie entre l'homme et l'animal dans l'accouplement. La sexualité participe à l'animalisation de l'homme qui fonctionne à de multiples niveaux dans le roman. L'identification entre homme et cheval révélée par la description de la femme-centaure au début du roman est sans cesse relancée dans le texte ultérieur, particulièrement renforcée dans une évocation de la sexualité. Dans la conversation entre Georges et Blum, Corinne est constamment comparée à une jument (Voir RF, p.45), et ses relations sexuelles éventuelles avec Iglésia sont réduites à des clichés érotiques. Leurs furtives unions physiques sur la paille, dans l'écurie, ne se différencient guère en apparence d'une pure saillie animale. Dans l'univers romanesque de Claude Simon, la sexualité appartient au règne animal, et dote les personnages d'un aspect bestial. Dans le fantasme de Blum sur le coït brutal de Virginie et du valet, les corps unis des amants apparaissent grotesques et monstrueux, comme une « espèce de bête qui possède deux têtes, quatre bras, quatre jambes et deux troncs soudés par le ventre » (RF, p.181).

La Route des Flandres montre une relation amoureuse bestiale, dans laquelle l'individu retourne à l'animalité, et où les amants sont livrés à la violence. Georges dans l'amour s'identifie aux forces animales:

> toujours courant galopant à quatre pattes j'étais un chien la langue pendante galopant haletant tous deux comme des chiens [...] j'étais un chien je galopais à quatre pattes dans les fourrés exactement comme une bête comme seule une bête pouvait le faire insensible à la fatigue à mes mains déchirées [...] je n'étais plus un homme mais un animal un chien plus qu'un homme une bête (RF, p.275)

De l'évasion du camp de prisonniers, le récit se transmute en violente copulation entre Georges et Corinne, seule l'évocation des « fourrés » et des « mains déchirées » laisse comprendre que la narration oscille entre Georges dans l'amour et Georges au moment de l'évasion, où il a dû courir comme un chien, insensible à la blessure aux mains, et courir le risque d'être tiré comme un lapin par une balle de la sentinelle allemande. Une analogie est faite entre le corps dans l'amour, pris par l'envie de chavirement, et le corps partagé entre la vie et la mort pendant la guerre. La sensation d'altération qu'éprouve le personnage dans l'amour – expérience qui est pourtant intime – implique que l'altérité se fait à partir de l'union, d'un même. Les épreuves de fatigue, de faim, de soif et de peur conduisent à une « dépossession ontologique du sens originel du moi »①, et cette régression de l'homme civil fait s'approcher l'humanité de l'animalité dont l'homme ne peut jamais s'émanciper.

Le corps se métamorphose, devient autre chose que lui-même. Une scène montre Georges regardant son sexe comme un être indépendant de son corps, pourvu de vie et d'émotion (Voir RF, p.273 *sq.*). Cette partie génitale de son corps est assimilée à « [une] bouche muette et [un] œil furieux », à un poisson hors de l'eau « suppliant de retourner aux humides et secrètes cachettes » (RF, p.274). En devenant autre, cette partie du corps devient aussi un double du sujet, dotée de la même fonction réflexive que l'œil du cheval qu'on a étudié dans le chapitre précédent. Georges voit un autre en lui-même, et fait de cet autre son alter ego, à travers lequel il se voit bouche muette et œil aveugle « à force d'habiter les ténèbres » (*ibid.*). Le poisson est un symbole à la fois christique et phallique. Si le symbole phallique du poisson permet le glissement métaphorique du texte entre le corps et des « animaux poissons », alors son symbole christique révèle la place du corps dans une réflexion apocalyptique qu'apporte le roman. D'autres passages confirment cette réflexion universelle faite à partir d'un corps singulier devenu étrangeté:

> la peau très blanche en haut de la cuisse se teintant d'un bistre clair à partir de l'aine, les lèvres de la fente d'un bistre plus prononcé avant l'endroit où commence la muqueuse comme s'il restait persistait là mal effacé

① Marie-France Rouart, *Les Structures de l'aliénation*, Paris, Publibook, 2008, p. 299.

> quelque chose de nos ancêtres sauvages primitifs sombres (RF, p.260)

Une description du sexe féminin si détaillée, si minutieuse jusqu'à devenir clinique fait allusion à la « tare héréditaire » (RF, p.209), « quelque chose mal effacé » venant des ancêtres communs de tous les hommes. Dans ce passage, la confusion entre ces ancêtres sauvages et les guerriers mythiques de Cadmos déjà évoqués antérieurement dans le roman est évidente – les uns « s'étreignant s'accouplant roulant nus violents et brefs dans la poussière les fourrés » (*ibid.*), les autres « se multipliant grouillant se répandant sur la surface de la terre bruissant de l'innombrable rumeur » (RF, p.40) –, tandis que les corps sexués miment ce geste ancestral et mythique: « c'était comme si nous nous buvions l'un l'autre nous désaltérant nous gorgeant nous rassasiant affamés » (RF, p.245). La lutte des corps, qu'elle soit amoureuse ou mortelle, est en fait une métaphore primordiale dans l'œuvre de Claude Simon. L'érotisme simonien puise manifestement de manière archétypale dans un fond universel. La sexualité place les amants en dehors du temps, permettant au texte d'aller de l'individuel, en l'occurrence l'union charnelle de Corinne et de Georges, aux dimensions de l'universel et de l'intemporel: « [C]omme s'il n'y avait pas de fin comme s'il ne devait plus jamais y avoir de fin » (RF, p.250) – parle-t-on de l'illusion d'une copulation illimitée qui arrache les amants à eux-mêmes ou de la chevauchée interminable des hommes impliqués dans l'Histoire ?

La menace de mort et l'instinct de survie dans les moments de danger sont ressuscités par la mémoire. Le corps dans sa rétrospection est surchargé d'émotions intenses. Où peut-on trouver des forces susceptibles de répondre à cette dysphorie ? Puisqu'on parle du toucher, il faudrait qu'on prête aussi attention au statut du corps féminin vis-à-vis du corps du narrateur qui se souvient.

Selon les théories psychanalytiques, le désir pour le corps féminin est au fond une envie de retourner dans l'obscurité préconsciente de la fusion libidinale avec le corps maternel. De ce point de vue, la brève apparition nocturne de la jeune paysanne en chemise de nuit dans la grange peut être lue parallèlement avec la scène d'amour, dans la mesure où elle révèle le statut du corps féminin comme l'origine du monde et lieu de repos. Georges, épuisé par la chevauchée nocturne, se tenant à l'entrée de la grange, « un peu étourdi, un peu ahuri, clignant des yeux, les paupières brûlantes, stupide, gourd dans ses vêtements roides et pesants de pluie » (RF, p.36 *sq.*), entrevoit « une chose tiède, blanche comme le lait qu'elle venait de tirer », « cette chair diaphane modelée dans l'épaisseur de la nuit » (RF, p.39). Ce corps laiteux réapparu dans la mémoire de Georges est associé à la blancheur et au liquide. Eclairé comme de l'intérieur par la lampe que la jeune fille tient au bout de son bras, il devient une « luminescente » image de la chaleur rassurante et nourricière, et appelle un « relâchement du corps engourdi par la pluie et le froid dans le sommeil »[1]. Le fait que Georges, allongé auprès du corps de Corinne, se souvient d'un autre corps féminin qu'il a rêvé dans un même état de demi-sommeil, explique qu'au sein

① Didier Alexandre, *Le magma et l'horizon: Essai sur* La route des Flandres *de Claude Simon*, *op.cit.*, p.39.

du texte, le corps de la jeune fille peut se confondre avec le sexe de Corinne, « cette bouche herbue cette chose au nom de bête, de terme d'histoire naturelle: moule poulpe pulpe vulve »[①]. Ce corps brièvement vu ouvre sur un fantasme érotique, de sorte que Georges a, en entrant dans la grange, l'impression de ne pas être entré dans l'intérieur d'un bâtiment, mais dans « une sorte d'espace organique, viscéral » (p.36) qui rappelle la matrice: entrer dans la grange, plus précisément dans l'étable dans le texte, c'est pénétrer le corps féminin pour s'y reposer, comme dans un ventre.

Dans le roman, les sensations du corps couché à terre pour échapper à la mort se confondent avec celles du corps dans l'amour. Un lien viscéral est établi entre la femme et la terre, et le coït avec Corinne se transforme en effet en une copulation avec la terre de l'origine:

> le visage parmi l'herbe nombreuse, la terre velue, son corps tout entier aplati, comme s'il s'efforçait de disparaître entre les lèvres du fossé, fondre, se glisser, se faufiler tout entier par cette étroite fissure pour réintégrer la paisible matière (matrice) originelle (RF, p.230)

Le sexe de Corinne qui sert précédemment de support aux métaphores (« les lèvres du fossé », « cette étroite fissure ») fusionne entièrement avec la terre. Il n'est plus possible de distinguer le corps de Georges effondré dans la terre herbeuse et son corps voué à l'amour. Georges se rêve littéralement absorbé par son propre sexe

---

① Renée Ventresque, « Le trou et la trame: le sexe à l'œuvre », *op.cit.*, p.104.

devenu arbre, enraciné dans le corps de la femme qu'il découvre aussi « immense et ténébreux » que la terre:

> je buvais sans fin sentant cette tige sortie de moi cet arbre poussant ramifiant ses racines à l'intérieur de mon ventre mes reins m'enserrant lierre griffu se glissant le long de mon dos enveloppant ma nuque comme une main, il me semblait rapetisser à mesure qu'il grandissait se nourrissant de moi devenant moi ou plutôt moi devenant lui et il ne restait plus alors de mon corps qu'un fœtus ratatiné rapetissé couché entre les lèvres du fossé comme si je pouvais m'y fondre y disparaître m'y engloutir accroché comme ces petits singes sous le ventre de leur mère à son ventre à ses seins multiples m'enfouissant dans cette moiteur fauve (RF, p.243)

Dans l'analyse de Francine Dugast-Portes, le désir d'amour traduit l'obstination de Georges à vouloir percer le mystère qui l'entoure en cherchant sur le corps de Corinne. « [L]'étreinte concerne non seulement des êtres, mais les événements » – dit-elle[①]. C'est la guerre vécue et les êtres vivants disparus que le narrateur tente d'embrasser en étreignant Corinne, pensant qu'il aboutira à une compréhension de sa vie à lui dans la relation amoureuse. Georges lui-même reconnaît que son coït avec Corinne est une compensation de ses tentatives d'élucidation des événements passés, telles ses

---

① Francine Dugast-Portes, « Lecture d'une vision de l'Histoire dans *La Route des Flandres* de Claude Simon », in *Lectures de* La Route des Flandres, textes réunis par Francine Dugast-Portes et Michèle Touret, Rennes, Presses universitaires de Rennes, p.52.

interprétations orales sur la mort de l'ancêtre et de son descendant de Reixach, et qu'il revient au fond à la même chose que les écrits de son père qui tente de donner un sens au monde:

> qu'avais-je cherché en elle espéré poursuivi jusque sur son corps dans son corps des mots des sons aussi fou que lui avec ses illusoires feuilles de papier noircies de pattes de mouches des paroles que prononçaient nos lèvres pour nous abuser nous-mêmes (RF, p.259)
>
> peut-être était-ce aussi vain, aussi dépourvu de sens de réalité que d'aligner des pattes de mouche sur des feuilles de papier et de le chercher dans des mots, peut-être avaient-ils raison tous deux, lui qui disait que j'inventais brodais sur rien (RF, p.278 *sq.*)

C'est pour cette raison qu'Alain Cresciucci appréhende le corps de Corinne comme un « grand facteur d'ordre dans la débâcle »[①], et c'est pour la même raison que Renée Ventresque considère que le texte de *La Route des Flandres* sort non de la bouche des énonciateurs mais du sexe de la femme, et que bouche et sexe peuvent s'équivaloir dans l'imaginaire simonien[②].

A travers la présence charnelle d'un corps, un sujet désirant et souffrant s'affirme. Georges n'a qu'un désir: « je ne voulais connaître, savoir rien d'autre, rien que laper sa [...] » (RF, p.243). Cette phrase frappée par des allitérations et des assonances est

---

① Alain Cresciucci, « Sur *La Route*... », *op.cit.*, p.22.

② Renée Ventresque, « Le trou et la trame: le sexe à l'œuvre », *op.cit.*, p.105.

l'expression de la pulsion et de l'envie de retrouver l'origine des choses. Le désir si puissant et si fébrile entraîne l'enchaînement des tournures hyperboliques, de sorte que les éléments de la phrase se télescopent et s'interrompent. Pourtant, la phrase continue. Elle tâtonne, se précipite, « comme inextinguible » pour reprendre le mot de Renée Ventresque, à informer selon son propre rythme les formulations dont le narrateur s'empare avant de les abandonner. Le possessif « sa » et le complément d'objet direct tronqué montrent une image crue de l'érotisme et sa violence, traduit le désir de Georges et explique la colère de Corinne qui comprend que Georges cherche autre chose qu'elle. Si selon Bataille, « le domaine de l'érotisme est le domaine de la violence, le domaine de la violation », « sans lesquelles l'amour sexuel n'aurait pu, comme il l'a fait, prêter son vocabulaire aux descriptions de l'extase des mystiques »[①], l'érotisme chez Claude Simon est aussi une transgression de l'interdit, dans la mesure où la relation entre Georges et Corinne qui a une connotation fort incestueuse est une inhumation du passé qui aurait dû être enseveli.

Cependant, les multiples formes de cette recherche du passé, que ce soit à travers une interrogation sur le temps ou à travers celle sur la généalogie, s'avèrent comme une illusion, la sexualité non exceptée, car explique Bataille:

> Nul ne saurait nier qu'un élément essentiel de l'excitation est le sentiment de perdre pied, de chavirer. L'amour n'est

---

① Georges Bataille, *L'Erotisme*, in *Georges Bataille. Œuvres complètes X*, Paris, Gallimard (nrf), 1987, p.22 et p.237 *sq*.

> pas ou il est en nous, comme la mort, un mouvement de perte rapide, glissant vite à la tragédie, et ne s'arrêtant que dans la mort. Tant il est vrai qu'entre la mort, et la « petite mort », ou le chavirement, qui enivrent, la distance est insensible.①

Alors l'amour et la mort n'est qu'une même chose②. Ce que Bataille qualifie de « petite mort » est assimilé par le narrateur de *La Route des Flandres* comme la sensation d'être, au moment de l'étreinte, « morts elle et moi » assourdis par l'effet des ramifications des artères, semblable à un « mascaret » (RF, p.250) – métaphore qui nous laisse rêver à une remontée aux origines de la vie. L'amour et la mort étant la même chose, l'une n'explique jamais l'autre et n'en éclaircit jamais les ténèbres. A la liquidité tiède et vive du corps féminin succède le rappel de la froide pluie du printemps 1940, « ce lent déluge » qui absorbe, dilue, dissout et efface. Le désir et l'impossibilité de revenir vers la jouissance primordiale entraînent l'altération du sujet. L'érotisme chez Claude Simon est intimement lié à l'idée de la mort, et c'est dans l'acte sexuel que se place la recherche de l'unité perdue avec le monde et avec soi: « L'univers viscéral, foisonnant, organique de Claude Simon est hanté, en définitive, par cette constatation tragique, que l'homme, emprisonné dans la durée, sujet aux incohérents délabrements du temps, à "cet illusoire et apaisant afflux" dont parle *Le Tricheur*, tente

---

① *Ibid.*, p.262.

② « Car l'Amour et la Mort n'est qu'une même chose. » – Pierre de Ronsard, LXXVII, « Le Second Livre des *Sonnets pour Helene* », in *Ronsard. Œuvres complètes. Tome I*, Gallimard (Pléiade), 1995, p.423.

désespérément, mais finalement en vain, de s'en délivrer par le truchement du dépassement érotique. »[①]

La sexualité mime l'affrontement entre Eros et Thanatos à travers celui de l'homme et de la femme. Le rapport entre la sexualité et la mort est révélé aussi dans l'exergue de la troisième partie du roman, empruntée à Malcolm de Chazal: « La volupté, c'est l'étreinte d'un corps de mort par deux êtres vivants. Le "cadavre" dans ce cas, c'est le temps assassiné pour un temps et rendu consubstantiel au toucher. » Dominique Viart, dont l'analyse de cet exergue est fort convaincante, nous indique que la mort et la sexualité qui sont individuellement sujets des deux premiers exergues du roman[②] se rencontrent dans cette formule du poète mauricien. Le « cadavre », le « corps de mort », symbole d'un temps passé, se retrouve avec « l'étreinte », en l'occurrence la relation sexuelle entre Georges et Corinne. Georges tente de ressaisir, par son union avec Corinne, « le temps assassiné » – d'où vient l' « énigme » –, c'est-à-dire non seulement la vie et la mort des de Reixach mais aussi ce qu'il a lui-même vécu dans la guerre. Mais rien du temps assassiné ne s'éclaire, rien ne s'y élucide de l'énigme: « Au-delà de la sensation – voluptueuse – que l'on en peut avoir, il est impossible de s'en assurer la maîtrise, impossible de l'historiciser et de le rendre intelligible »[③].

L'intérêt de Claude Simon pour la formule de Malcolm de Chazal montre aussi que, chez lui, le rapprochement entre Eros et Thanatos n'est pas tout à fait bataillien. Il le fait moins à travers une

---

① John Fletcher, « Erotisme et création ou la mort en sursis », *Entretiens*, n°31, 1972, p.140.

② Pour une analyse des deux premiers exergues, lire Dominique Viart, *Une mémoire inquiète*, *op.cit.*, pp.58-59.

③ *Ibid.*, p.60.

appréhension de la jouissance sexuelle comme forme particulière de l'expérience de la mort qu'à travers une connivence mythique entre le corps et la terre. L'érotisme simonien est incontestablement lié à la mort, mais il n'est pas un « érotisme désespéré » comme disaient certains critiques[①]. La sexualité implique le retour au corps maternel qui est assimilée de façon récurrente à la terre, élément polyphonique dans l'œuvre simonienne: certes, elle est, par une métaphore psychanalytique, la terre de l'origine, mais elle fait aussi penser à Gaïa, la « Terre-Mère » qui est l'ancêtre maternelle des races divines, et qui enfante également de nombreux monstres. Notons aussi que dans la mythologie grecque Gaïa apparaît en outre comme une divinité chtonienne, liée à des puissances infernales. L'analogie entre le corps féminin et la terre révèle alors le double caractère de la terre: capable de créer et de produire, telle la fécondité de la femme, mais aussi de provoquer le chaos et d'engendrer la mort, car dans *La Route des Flandres* la femme est aussi présentée comme une force destructrice – Francine Dugast-Portes le dit d'une manière explicite: « Elles [les femmes] sont ainsi l'instrument, voire l'incarnation du destin tragique, par la trahison qu'elles ourdissent, et par leur fonction de reproductrices: elles sont le moule d'où jaillit éternellement la race de la guerre, "la gent d'armes", " se répandant de la boîte de Pandore". »[②]

---

① « C'est un érotisme désespéré, intimement lié, comme chez le marquis de Sade et ses épigones romantiques, à l'idée de la mort. » (John Fletcher, « Erotisme et création ou la mort en sursis », *op.cit.*, p.140.)

② Francine Dugast-Portes, «Le spectre de l'ascendance», *op.cit.*, p.211. Pour l'image de la femme dans *La Route des Flandres*, je renvoie aussi à l'article d'Alain Cresciucci, « Figures du désir dans *La Route des Flandres* », in *Claude Simon.* La Route des Flandres, un numéro de la revue *Littératures contemporaines*, n°3, 1997, pp. 53-70, et celui d'Aline Baehler, « Aspects du personnage simonien: Corinne », *L'Esprit Créateur*, n°27, hiver 1987, pp. 27-36.

Nous avons vu que *La Route des Flandres* est constitué de va-et-vient entre la sphère du privé (les relations père/fils et homme/femme) et la sphère publique (la guerre). Si dans ce roman la guerre est évoquée selon un réseau analogique avec la sexualité, la violence de la sexualité et celle de la guerre se rejoignent par la violence de la Nature, qui est, comme l'a remarqué Lucien Dällenbach, « la violence à l'état pur », « trop irréductible pour être dialectisable »[①]. Les trois formes de la violence sont évoquées, par exemple, dans le passage suivant:

> et alors ce serait l'herbe qui se nourrirait de moi ma chair engraissant la terre et après tout il n'y aurait pas grand'chose de changé, sinon que je serais simplement de l'autre côté de sa surface comme on passe de l'autre côté d'un miroir […] la seule différence étant que je boufferais les pissenlits par la racine bouffant là où elle pisse suant nos corps emperlés exhalant cette âcre et forte odeur de racine, de mandragore (RF, p.244)

L'herbe assimilée au sexe de la femme est aussi celle qui pousse au-dessus des cadavres ensevelis et celle que broutent les chevaux. La terre comparée au corps féminin sert de champ de bataille, lieu qui témoigne du spectacle foudroyant des fureurs humaines, mais elle est aussi l'endroit où ont lieu l'alternance des saisons, de vie et mort et la transformation entre des êtres et des non-êtres. L'érotisme simonien n'est ni accusateur, ni pitoyable, ni

---

① Lucien Dällenbach, *Claude Simon*, *op.cit.*, pp.134-135.

désespéré, ni nihiliste. Il est lié à une conception primordiale de l'Histoire, qui se ressource dans une philosophie pré-hégélienne: celle de Lucrèce, qui a l'intuition d'établir une connexion étroite entre l'histoire de la matière et celle de la vie, entre la formation de l'univers et l'histoire de l'humanité ; celle qui est interprétée par Virgile, qui rapporte la périodique de l'Histoire au mouvement cyclique de la nature et auquel fait hommage l'une des plus importantes œuvres de Claude Simon – *Les Géorgiques*. Lucien Dällenbach nous alerte sur le danger d'un tel rapprochement en nous rappelant que l'auteur de *La Route des Flandres* est « un moderne séparé de la Terre et pour qui le Cosmos grec est définitivement perdu »[①]. Nous n'avons pas dessein d'identifier la conception simonienne de l'Histoire comme l'équivalent d'une conception qui est immuable depuis plus de deux mille ans, ni d'interpréter la répétition périodique dans l'œuvre de Claude Simon comme désaffection ou passivité à l'égard de l'Histoire[②]. Notre intérêt consiste à voir comment tout se place dans un système de ramification dans l'œuvre simonienne, concourant, faisant en sorte de faire ressortir une réflexion sur l'Histoire, et comment le corps, plus que d'autres éléments métaphoriques, traduit d'une manière substantielle et organique cette conception de l'Histoire – car le corps, rappelons-le, est « le médium le plus fondamental à notre interaction avec la diversité de notre environnement, une nécessité

① *Ibid.*, pp.137-138.

② Nous parlerons de l'éthique de l'écriture simonienne sur l'Histoire dans la partie suivante. Pour l'instant, nous nous contentons d'emprunter une petite remarque à Renée Ventresque pour dire que l'analogie entre l'Histoire et la nature chez Claude Simon n'est pas « vide », car, nous précise Ventresque, la Terre-Mère ou Gaïa est justement « celle qui dans la *Théogonie* d'Hésiode succède au vide et à l'abîme originels ». (V. Ventresque, « Le trou et la trame: le sexe à l'œuvre », *op.cit.*, p.111.)

pour la perception, l'action et même la pensée »[①], il est ce qui constitue le sens ontologique d'un être humain.

3. Corps mimétique

Nous avons étudié, en nous appuyant sur la pensée phénoménologique, le rôle du corps comme élément pour une assimilation de l'événement dans *1986* de Yu Hua. Cependant, il nous semble que bien des éléments du corps dans le récit de Yu Hua dépassent celui d'un sujet au sens pleinement conventionnel, tel qu'il se trouve dans la pensée de Merleau-Ponty. Il faut tout d'abord répéter que le corps dans le récit de Yu Hua est celui d'un fou, ce qui nous empêche de parler aussi aisément de la « conscience perceptive » dans ce récit que dans le roman de Claude Simon. D'ailleurs, et ce qui est le plus important, l'histoire du professeur d'histoire est chargée de tant de données symboliques – tel le statut de ce personnage comme incarnation du temps dont nous avons déjà parlé précédemment – qu'il se trouve à la limite entre le réel et le fantomatique, et que nous ne pouvons pas nous borner à dire que son aliénation et son amnésie sont la cause de son rapport particulier au réel. Notre lecture de ce personnage sera sûrement partielle si on l'examine uniquement sous l'angle phénoménologique. Il nous semble que le corps dans ce récit imprégné de violence peut être considéré comme un élément mimétique pour une représentation symbolique de l'excès historique. Mais cela ne contredit pas l'approche phénoménologique dans laquelle notre étude s'est engagée, car, comme nous allons voir au cours de notre analyse, le

① Richard Shusterman, *Conscience du corps. Pour une soma-esthétique*, *op.cit.*, p.14.

corps vivant en tant que support d'appréciation sensorielle a toujours sa pleine place dans cette remise en scène de l'événement historique. Le corps dans l'œuvre de Yu Hua se caractérise à la fois par son ambivalence et sa polyvalence: il y a, d'un côté, le corps assimilant, aussi inconsciemment que ce soit, qui, par sa nature substantielle, se trouve au milieu d'un projet d'appropriation de l'événement historique, et de l'autre, le corps utilisé par l'écrivain dans une *mimésis* de cet événement, et dans ce processus, le corps est mis à distance, présenté comme une altérité.

En effet, la discordance entre le corps et l'esprit chez le personnage du professeur d'histoire n'est jamais résolue dans ce récit. Yu Hua tient à la non-résolution de cette discordance de manière à désigner le corps comme une ultime altérité. Dans une vision apocalyptique d'un anéantissement massif, le fou s'imaginant démembré par les cinq bourreaux cherche sa tête, ses membres et son tronc parmi les milliers de corps mutilés et anonymes, « [m]ais il ne les trouvait plus, ceux-ci étaient mêlés aux têtes, aux membres et aux troncs qui jonchaient le sol » (*1986*, p.75)①. C'est l'occasion de citer Georges Perec afin de lire la « perte » du corps comme la perte d'identité personnelle par le mouvement de la « grande hache de l'Histoire ». Une sorte d'empiétement des corps les uns sur les autres rend égales la vie et la mort. Même à la fin du récit, à son réveil, le professeur reconnaît le monde réel, mais il ne sent plus son corps:

> Toutefois, il n'avait plus à présent de sensation de

① 可是找不到了，它们已经混在了满地的头颅、四肢和躯体之中了。(p.158)

> lui-même. Il voulait bouger un peu ses membres, mais ceux-ci étaient inertes. Alors il voulut secouer la tête, celle-ci ne réagit pas. Pourtant, son esprit s'éclaircissait progressivement. Mais plus son esprit s'éclaircissait, plus il était engourdi, engourdi pour ce qu'il était du corps. (p.79 *sq.*, voir aussi p.80 et p.82)①

L'étrangeté à soi-même lorsque le professeur retrouve sa raison est signe d'un corps devenu autre. La perte du corps, ou bien l'altération du corps, signifie la perte définitive de soi-même: « Sans corps, il ne pouvait pas rentrer chez lui [...] » (*1986*, p.82)②. Marie-France Rouart indique que « le concept d'aliénation repose sur la notion de dépossession par l'autre »③. L'aliénation dans *1986* ne désigne pas uniquement un corps pris par la folie, mais aussi celui qui est possédé par le passé, car l'aliénation dans ce récit est double: le moi se déforme, mais il ne fait que refléter, symboliquement, le passé déformé. Ainsi, à travers le corps, c'est le passé qui est présenté comme l'autre, et le corps mutilé et démembré est l'incarnation de la violence du passé qui est lui-même déchiqueté. Le lien entre le corps altéré et le passé revenant est traduit par l'image de l'ombre, une sorte d'extension du corps, qui est considérée dans le récit comme « une forme inattendue » (*1986*, p.22)④ des expériences traumatiques, car la femme du professeur, en percevant sa propre

---

① 但是现在他感觉不到自己，他想活动一下四肢，可四肢没动静，于是他想晃动一下脑袋，脑袋没有反应。然而他内心却渐渐清晰起来。可是越是清晰便越麻木了，麻木是对身体而言。（p.161）

② 没有身体他就不能回家（p.162）

③ Marie-France Rouart, *Les Structures de l'aliénation*, *op.cit.*, p. 12.

④ 居然以这样的形式（p.126）

ombre noire étendue sous le soleil, voit soudainement réapparaître la fameuse nuit de la disparition de son mari.

C'est cette altération du corps, étant à la fois le soi et l'autre, qui caractérise la schizophrénie du professeur d'histoire. C'est aussi la raison pour laquelle le corps émetteur de violence est également celui qui subit les supplices. D'un côté, ce corps est celui d'une victime de l'Histoire qui porte toutes les empreintes du passé. De l'autre, une cénesthésie excessive a privé le sujet de tout miroir du réel, toute forme d'altérité de toute possibilité d'un semblant de conscience ; ce même corps est un corps habité qui donne à voir un soi livré au désordre et au tumulte de l'affolement physique. C'est dans ce dernier sens que nous voulons nommer le corps dans l'œuvre de Yu Hua « corps mimétique », car le corps devenant alter mime malgré lui, par une mise en spectacle de lui-même, le devenir de l'événement et la naissance de l'H(h)istoire. Ce corps traduit alors l'ambiguïté du sujet dans le récit de Yu Hua, son agir et son pâtir étant manifestés à travers les mêmes gestes corporels. Avant de commencer à examiner le processus mimétique de l'événement, il faut noter que dans ce processus le corps est aussi un moyen d'expression[①]. Cette expression du soi ne passe pas par le langage discursif – nous constatons que le récit insiste à plusieurs reprises sur l'impossible communication entre les citadins et le fou –, mais par un

① Nous renvoyons à la notion de « Cogito silencieux » de Merleau-Ponty, qui considère que le corps n'est pas seulement la source cruciale de toute perception et de toute action, mais aussi le cœur de notre capacité d'expression. Pour lui, le corps constitue le « Cogito silencieux », car chaque organe est un sujet dans le sujet, et « [t]out usage du corps est déjà une expression primordiale ». Pour cette notion de « Cogito silencieux », nous invitons à lire Maurice Merleau-Ponty, *Phénoménologie de la perception*, pp.461-464 et le chapitre « Silence du corps, claudication du philosophe: Le déficit d'attention somatique chez Merleau-Ponty » dans le livre de Richard Shusterman, *Conscience du corps. Pour une soma-esthétique*, *op.cit.*, pp.73-107.

langage tacite et muet, celui de son corps mutilé.

Comme nous l'avons déjà dit, le professeur d'histoire, disparu pendant la Révolution culturelle et réapparu plus de dix ans après, a une affinité incontournable avec l'Histoire contemporaine chinoise. Victime des propagandes politiques, il devient lors de sa réapparition l'incarnation d'un passé que les survivants ont aisément enseveli avec le temps. Nous avons déjà examiné comment cette facilité de l'oubli est illustrée par l'écrivain à travers l'alternance des saisons dans *Un amour classique*, il serait redondant de rappeler le même procédé dans *1986* où l'hiver et le printemps, la neige et la moisson sont tous dotés d'une signification allégorique. Dans ce dernier récit, nous devons particulièrement prêter attention à la présence du corps comme altérité et moyen d'avertissement qui engendrent le germe d'un événement.

Dès l'approche de sa ville natale, le professeur d'histoire manifeste une incompatibilité avec le monde qui l'entoure. Son corps immonde contraste avec l'environnement qui a l'air entièrement renouvelé, car « la catastrophe d'il y a dix ans s'était dissipée comme la brume matinale » (*1986*, p.27)[①]: les cinémas et les magasins sont bondés de monde, les jeunes filles se fardent assises devant leur miroir, les garçons se baladent dans la rue avec des cigarettes Marlboro et Bons Amis dans leurs poches, les vieux messieurs papotent avec leurs amis dans les maisons de thé, et les vieilles dames passent leur temps devant leur nouveau poste de télévision en couleur (Voir *1986*, p.25 *sq.*) – le récit dresse un portrait très réaliste de la Chine

---

① 十多年前那场浩劫如今已成了过眼烟云（p.129）

de l'an 1986. Dans ce paysage prosaïque, surgit un corps hideux:

> Ses cheveux tombaient en cascade sur ses épaules et leurs pointes voltigeaient autour de sa taille. Sa barbe descendait devant sa poitrine et lui mangeait les deux tiers du visage. Ses yeux étaient gonflés et chassieux. [...] [D]e son pantalon usé jusqu'à la corde ne restaient au-dessous des genoux que quelques malheureuses franges qui volaient au vent. Il était torse nu, un sac de jute jeté sur les épaules. Ses pieds déchaussés avaient l'aspect d'un visage fané, et leurs longues crevasses, qui ressemblaient à autant de rides profondes, étaient incrustées de crasse noire. (p.24, *sq.*)[①]

Le fou entre dans le même paysage printanier que les habitants de la ville, et déambule avec eux, comme une tache noire qui heurte un tableau nouvellement achevé. Mais au début, personne ne lui prête attention, « [i]ls l'oubliaient au moment même où ils le voyaient (*1986*, p.25)[②]. « [M]arch[ant] de bon cœur dans le printemps et dans la joie » (*ibid.*)[③], attirés tous par leur « lendemain radieux » (*1986*, p.23)[④], les habitants de cette ville ignorent complètement la discordance que constitue le fou dans leur vie. Les étranges comportements du fou simulant les supplices ne provoquent aucun

---

① 他的头发像瀑布一样披落下来，发梢在腰际飘荡。他的胡须则披落在胸前，胡须遮去了他三分之二的脸。他的眼睛浮肿又混浊。（……）那条裤子破旧不堪，膝盖以下只是飘荡着几根布条而已。上身赤裸，披着一块麻袋。那双赤裸的脚看上去如一张苍老的脸，那一道道长长的裂痕像是一条条深深的皱纹，裂痕里又嵌满了黑黑的污垢。（p.128）

② 他们在看到他的同时也在把他忘掉（*ibid.*）

③ 他们尽情的在春天里走着，在欢乐里走着（*ibid.*）

④ 翌日的灿烂景象（p.127）

effet sur eux: « Ils avaient tout vu, tout entendu, mais, n'ayant ni le temps ni l'envie de prêter attention au fou, ils étaient passés sans plus s'occuper de lui » (*1986*, p.39)[①] ; « les gens qui passaient près de lui ne semblaient pas le voir, ils déambulaient de bon cœur dans la rue. Ses cris rauques étaient éclipsés par le brouhaha de leurs voix » (*1986*, p.43)[②]. Tout au plus, il devient l'objet de leurs ricanements: « Cette scène les fit éclater de rire. Ils lui emboîtèrent le pas en singeant sa claudication et, secouant les mains comme lui, ils poussèrent toutes sortes de braillements. » (*1986*, p.41)[③]. La perspective du narrateur alterne entre celle du fou et celle des habitants, relevant la césure entre deux mondes qui se refusent l'un l'autre: l'un imaginaire et extravagant, éternellement englué dans un passé devenant intemporel, et l'autre réel et prospère, atteint par une amnésie, et qui a laissé volontairement son passé dans l'oubli: « les gens ne voyaient plus le passé, mais seulement le présent » (*1986*, p.27)[④]. Les deux fragments suivants montrent exemplairement le décalage entre les deux mondes – le supplice de flétrissure que le professeur croit avoir tellement réussi (A) n'est aux yeux des gens normaux que des mimiques incompréhensibles d'un fou (B):

A.

Il cessa donc d'agiter la barre de fer pour en frapper les

---

① 所有一切他们都看到都听到，但他们没有工夫没有闲心去注意疯子，他们就这样走了过去。（p.136）

② 走在疯子身边的人都仿佛没有看到他，他们都尽情地在街上走着。疯子沙哑的喊叫被他们杂乱的人声时而湮没。（p.139）

③ 这情景使他们哈哈大笑。于是他们便跟在了后面，也装着一瘸一拐，也挥舞着手。也乱喊乱叫了。（p.138）

④ 再也看不到过去，他们只看到现在（p.129）

arrivants. Il lui sembla entendre un grésillement très long, presque infini, et en même temps il lui sembla voir s'élever quelques volutes de fumée blanche. Puis il trempa la barre de fer dans de l'encre noire, l'en retira pour en enduire ensuite les plaies qu'il avait infligées. Les blessures toutes rouges virèrent aussitôt au noir d'ébène. [...] Le fou, satisfait, poussa alors un grand cri: "Flétrissure !"(*1986*, p.38)①

B.

Ils l'avaient vu avancer la main au milieu du brasier et puis la retirer soudain parce qu'il s'était brûlé. Ensuite ils avaient vu aussi comment le bras du fou s'était agité et comment il s'était pointé sur eux. Ils l'avaient vu aussi se baisser et tremper son doigt dans une petite flaque d'eau du caniveau pour le pointer à nouveau sur eux. Enfin, ils avaient entendu l'étrange cri du fou. (*1986*, p.38 *sq.*)②

Selon un modèle idéal, un sujet parlant construit une machine linguistique qui donnera ensuite à un autre sujet l'occasion d'avoir les mêmes pensées. La langue a comme fonction de se faire reconnaître, à condition que celui qui écoute reçoive la pensée de la parole de celui qui parle. C'est ce que Merleau-Ponty appelle « une

---

① 于是他停止了挥舞，而将铁棒刺向走来的他们。他仿佛听到一声漫长几乎是永无止境的“嗤——”的声音，同时他仿佛看到几股白烟正升腾而起。然后他将铁棒进入黑黑的墨汁中，提出来后去涂那些已被刺过的疮口，通红通红的疮口立刻都变得黝黑无比。（……）这时疯子心满意足地大喊一声：“墨！”（p.136）

② 看到疯子将手伸入火堆之中，又因为灼烫猛地缩回了手。然后又看到疯子的手臂如何在挥舞，挥舞之后又如何朝他们指指点点。他们还看到疯子弯下腰把手指浸入道旁一小滩积水中，伸出来后再次朝他们指指点点。最后他们听到了疯子那一声古怪的叫喊。（*ibid.*）

reprise de la pensée d'autrui à travers la parole, une réflexion en autrui, un pouvoir de penser d'*après autrui* qui enrichit nos pensées propres »[①]. Mais nous voyons à travers ces deux passages que, dans le récit de Yu Hua, la disjonction entre les deux sujets est dramatique jusqu'à ce que la communication soit une illusion. Le fou croit prononcer un tel mot, alors que ce qu'il prononce n'a pas la même connotation pour les citadins. L'aphasie, l'impasse du langage, le rétrécissement et la déconnexion de soi font du professeur une étrangeté à la fois aux autres et à lui-même.

Et c'est dans un tel contexte d'indifférence et de discordance que le corps mouvant s'infligera d'effrayantes mutilations devant le public, présentées dans le texte comme un véritable spectacle. Lorsque le fou s'installe au milieu de la chaussée, « [q]uelques personnes s'approchèrent alors de lui et s'arrêtèrent, le considérant avec étonnement. Il y avait aussi des gens qui venaient vers lui, piqués par la curiosité » (*1986*, p.46)[②]. Des enfants grimpent aux arbres, d'autres se mettent debout sur leurs vélos ; le cercle composé de passants curieux de voir la suite de l'incident s'agrandit, si bien que « une bonne moitié de la rue était embouteillée » (*1986*, p.49)[③]. La fille du professeur, regardant cette scène de sa fenêtre, pense à « quelqu'un qui faisait une démonstration de boxe pour vendre des remèdes » (*1986*, p.49)[④], ce qui met en évidence la proximité entre

---

① Merleau-Ponty, *Phénoménologie de la perception*, *op.cit.*, p.218.

②那时有几个人走到他身旁也站住，奇怪地望着他。另外还有几个人正十分好奇地走来。（p.141）

③（……）一些孩子在往树上爬，而另一些则站到自行车上去了。（……）圈子正在扩张，一会儿工夫大半条街道被阻塞了。（p.143）

④ 打拳卖药（p.143）– En Chine, les vendeurs ambulants des remèdes anciens donnent souvent un spectacle, une démonstration de boxe par exemple, avant de recommander leurs remèdes au public.

les gestes d'automutilations et le spectacle.

Si la notion de spectacle présuppose une distance infranchissable entre celui qui joue et celui qui regarde, permettant aux spectateurs de simuler des expériences sans êtres vraiment impliqués, alors la discordance entre le fou et son environnement est justement ce qui permet le déroulement du spectacle. Mais l'altérité du corps dans le récit de Yu Hua ne se limite pas à un simple élément de discordance qui représente une distance rassurante. Le fou s'infligeant des supplices crée un « espace-temps autre » autour de lui, provoquant l'irruption du passé dans le présent. Différentes des supplices que le fou simule sur les passants, ses automutilations se caractérisent par leur effectivité et leur exclusivité qui ne vise que lui-même. Les citadins, étant spectateurs de la scène de violence, assistent à l'altération d'un corps vivant, et témoignent de cette transmutation d'un même à l'autre. Le professeur d'histoire impose ainsi ce qu'il a vécu lui-même aux rescapés de l'Histoire, et c'est cela qui bouleverse ces derniers.

Le corps devient une altérité par ce qu'il donne à voir, à sentir et à entendre au cours de sa déperdition. Il est une altération plus substantielle et donc plus surprenante et effrayante que le « corps altérité » vu comme une nature morte au début du récit et auquel les citadins n'accordent qu'indifférence. Par une narration à la troisième personne, donc dans une perspective qui est la même que celle des citadins spectateurs, le récit enregistre chaque mouvement du fou, et décrit méticuleusement ses automutilations dans les moindres détails, donnant une vivante image visuelle d'une dégénérescence d'un corps vivant jusqu'à ce qu'il devienne « une masse sanglante assise par terre » (*1986*, p.56)[①]. Même l'odeur et le son participent pleinement à la naissance de ce corps comme altérité:

> Son corps exhalait une puanteur affreuse qui s'étalait sans vergogne et flottait tout autour de lui. Tous ceux qui passaient près de lui sentaient cette pestilence. Ils avaient l'impression de pénétrer dans un espace obscur [...]. (*1986*, p.68)[②]

Terrorisés non seulement par ce qu'ils voient et sentent, ceux qui se trouvent à proximité doivent aussi subir des sons terrifiants particulièrement variés venant du fou s'automutilant: des « chuintements » au rythme des mouvements de la scie (*1986*, p.50)[③], une « plainte étouffée » (*1986*, p.53)[④], un « léger râle » (*ibid.*)[⑤], un « gémissement aigu et extrêmement sonore » (*1986*, p.70)[⑥], des « geignements à faire dresser les cheveux sur la tête » (*1986*, p.71)[⑦], des « exclamations brèves et précipitées »(*ibid.*)[⑧], jusqu'à une transgression des classifications conventionnelles des sons humains: des « mugissements de bête sauvage, prolongés, presque interminables » (*ibid.*)[⑨], des geignements semblables aux

---

① 一团坐着的鲜血（p.147）

②他的身体正在散发着一股无比的奇臭，奇臭肆无忌惮地扩张开去，在他的四周徘徊起来。从他身旁走过去的人都嗅到了这股奇臭，他们仿佛走入一个昏暗的空间[……]。（p.154）

③ 沙沙的轻微摩擦声（p.144）

④ 轻轻地呜呜响着（p.145）

⑤ 沙沙地轻声叫唤（*ibid.*）

⑥ 尖细又非常响亮的呻吟（p.155）

⑦ 毛骨悚然的呜呜声（p.156）

⑧ 一声声短促的喊叫（*ibid.*）

⑨ 漫长的几乎是无边无际的野兽般的呜咽声（*ibid.*）

« lamentations des spectres » et aux « hurlements des loups, sombres et perçants » (*1986*, p.72)[①]. Le passé ne revient pas sous forme de souvenirs qui impliquent une séparation infranchissable entre le passé et le présent dans le réel, mais sous forme d'un corps vivant qu'on peut voir, sentir et entendre. Cette subordination du corps provoque chez les gens un sentiment d'épouvante insupportable: la foule se désagrège peu à peu, « les enfants qui étaient dans les arbres se laissèrent glisser jusqu'en bas, aussi rapides que des chats » (*1986*, p.52)[②] ; « les badauds étaient de moins en moins nombreux dans l'attroupement »(*1986*, p.54)[③], jusqu'à ce que le supplice de « castration » les fasse « se désintégrer en un instant », « telle une bande de moineaux rassemblés que la peur éparpille dans les airs » (*1986*, p.56)[④].

Nous pouvons remarquer qu'au cours de ce « spectacle », les émotions des « spectateurs » permutent de l'indifférence à la curiosité, puis à la répulsion et jusqu'à l'effroi. L'espace-temps qu'ouvre le fou par ses gestes d'automutilation semble avoir un pouvoir magnétique. Il est comme un tourbillon qui tend à déraciner les citadins contemplant le spectacle de leur terre rassurante pour les emporter dans un monde ailleurs, un monde « au cœur d'une nuit obscure » (*1986*, p.72)[⑤], sans « les doux rayons du soleil » (*1986*, p.23)[⑥], et d'où viennent cette odeur, ces sons et cet épouvantable

---

① 鬼哭狼嚎（*ibid.*）

② 那些在树上的孩子此刻像猫一样迅速地滑了下去，自行车正在减少。（p.144）

③ 围着的人越来越少，（……）现在只有那么一圈了，很薄的一圈。（p.146）

④ 那薄薄的一圈顷刻散失了，那些人四下走了开去，像是一群聚集的麻雀惊慌失措地飞散。（p.147）

⑤ 昏暗的夜间（p.156）

⑥ 温暖的阳光（p.127）

corps lui-même.

Par le jeu d'un corps devenu alter à soi-même et une altérité au reste du monde, ainsi que par l'impossible définition de ce corps comme victime ou bourreau, Yu Hua suggère une vision de l'Histoire comme événement né au sein d'une société, et non de l'extérieur. Ceci constitue une contestation du courant dominant des années 1980 qui tend à imputer la responsabilité du désastre à autrui. Ce récit est une remise en scène, et plus exactement, une représentation mise en abyme de l'événement historique à l'usage d'un corps vivant comme principal élément théâtral. Selon la notion de Paul Ricœur, l'événement signifie d'abord quelque chose qui « arrive, éclate, déchire un ordre déjà établi »[1]. Par la présence de son corps, le professeur d'histoire est le sujet agissant qui fait survenir ce « quelque chose ». Sa réapparition et ses actes de supplices (mutilations et automutilations) sont en fait le retour de l'événement historique présenté comme un événement quotidien. Ses actes de supplices sont une expression d'un corps qui « raconte » l'événement vécu. Ce geste à la fois d'intériorisation et d'expression consiste aussi pour lui-même en une demande de sens et de maîtrise de l'aspect exceptionnel de l'événement. Quant aux habitants de la ville, spectateurs des scènes de supplices, face auxquelles ils se sentent terrifiés, cette demande de signification se fait à travers le spectacle de mutilations donné par le professeur d'histoire: c'est-à-dire, une demande de sens et de maîtrise de l'événement historique est posée à travers l'événement présent dont ils sont témoins. L'équivalence dans

① Paul Ricœur, « Événement et sens », in Jean-Luc Petit (dir), *L'Evénement en perspective*, Paris, EHESS, 1991, p.41.

ce texte entre l'événement historique et l'événement quotidien est évidente.

Par une démonstration de la relation entre l'événement et ses spectateurs, Yu Hua montre comment l'événement fait son retour sous une impérieuse demande de sens et comment il devient événement fondateur de l'H(h)istoire. La fin du récit est ironique, dans la mesure où Yu Hua donne une image caricaturale de cette demande du sens partageable de l'événement. L'événement qui surprend et terrorise par son pouvoir destructif au moment de son effectuation, finit par devenir l'élément de bavardages quotidiens, une pincée de poivre pour assaisonner les « plats fumants » (*1986*, p.76)[①] des survivants:

> Ils mangeaient gaiement, discutaient gaiement. [...] Alors, ils évoquèrent aussi les scènes étonnantes auxquelles ils avaient assisté et les nouvelles extraordinaires qu'ils avaient entendues durant la journée. Ces scènes étonnantes et ces nouvelles extraordinaires concernaient justement le fou.
>
> L'histoire de l'automutilation du fou avec son couteau, qu'ils répétaient et répétaient, n'en finissait pas de les surprendre chaque fois, puis les faisait éclater de rire. (*1986*, p.76)[②]

---

① 热气腾腾的菜肴（p.158）

② 他们愉快地吃着，又愉快地交谈着。（……）于是他们说了白天见到的奇观和白天听到的奇闻。这些奇观和奇闻就是关于那个疯子。（p.159）

那个疯子用刀割自己的肉，让他们一次次重复着惊讶不已，然后是哈哈大笑。（*ibid.*）

Raconter selon le mode de la répétition les automutilations du fou est une tentative d'attribuer un sens à l'événement par le biais de la parole. « L'événement, c'est alors la parole même, en tant qu'elle advient. » – disait Ricœur. Le récit trace les trois temps de l'événement définis par Ricœur: quelque chose survient, ensuite impose une demande de sens, et à la fin laisse à penser. Mais la « crête du sens »[①] de l'événement est infiniment minorée par Yu Hua: à la fin du récit, l'événement est assimilé, mis en ordre et pourvu d'un sens semblable, il devient ainsi quelque chose de « consommable », tels les plats fumants qui accompagnent les bavardages des citadins.

① Paul Ricœur, « Événement et sens », *op.cit.*, p.41.

Troisième Partie:

Ethique scripturaire

Trente rayons convergent au moyeu
mais c'est le vide médian qui
confère à la voiture sa fonction.
Lao-tseu①

① Lao-tseu, « Tao-tö king », chap. XI, in *Philosophes taoïstes*, textes traduits, présentés et annotés par Liou Kia-hway et Benedykt Grynpas, Paris, Gallimard (Bibliothèque de la Pléiade), 1980, p.13.

Chapitre I. Une remise en question de l'écriture

Nous avons vu dans la partie précédente que les œuvres de Claude Simon et de Yu Hua élaborent une écriture très particulière sur l'Histoire, qui est sans cesse évoquée, mais toujours par le biais d'autre chose. Cette nouvelle forme de représentation tient sans doute à son objet particulier, dont l'insaisissabilité ne permet de le figurer que sous des formes multiples. Elle relève en définitive d'une transgression vis-à-vis d'un mode de représentation qui est en corrélation avec la domination de l'Histoire – donc une réalité – sur l'écriture et la tâche didactique imposée à la littérature pour qu'elle fasse passer une vision progressive de l'Histoire. La cruauté de la réalité que chacun de nos deux écrivains a vécue leur apprend que l'Histoire n'est ni progressive ni transcendante, elle ne peut être saisie par de simples déductions spéculatives et elle ne donne aucune leçon à retenir: ce qui régit l'histoire humaine c'est l'incessante violence et fureur. Leurs expériences personnelles les incitent à s'interroger sur le sens de l'écriture, sur la possibilité de retrouver la vérité historique et d'accorder un sens à un événement passé par la littérature. De ce point de vue, leurs œuvres, qu'on considérait autrefois hors de la réalité, coupées de la préoccupation de l'Histoire et en unique recherche formelle, s'ancrent au contraire profondément dans l'actualité de leur temps et sont dignes d'être appelées « une littérature contemporaine » en raison de leur pleine conscience du contemporain par rapport au passé. Une étude de la genèse de ces œuvres dans leurs contextes historiques nous permet de voir comment cette tentative de rénovation littéraire est alliée à la découverte de l'impuissance de la littérature confrontée à l'Histoire et met en évidence le simulacre de certains romans qui feignent de rétablir l'ordre d'un réel qui est radicalement chaotique. C'est cette découverte qui pousse les écrivains à écrire un roman qui suit une autre voie et à chercher dans le roman d'autres valeurs qu'une poursuite fatidique de la vérité et du sens d'un événement historique.

1. Face à l'Histoire

Nous allons voir tout d'abord le parcours de Claude Simon dans cette guerre, ce qui nous aidera à comprendre que, si l'œuvre de Simon est une écriture problématique ou une problématisation de l'écriture même, il ne s'agit pas d'un geste brutal qu'on estime typique des années 1950-1960. Son expérience personnelle lui fournit un point d'appui suffisant et lui permet de revendiquer une interrogation sur le pouvoir de l'écriture face à l'événement historique et sur toute la littérature conventionnellement conçue – pour éviter le mot « traditionnellement » que Simon n'aime pas utiliser.

Claude Simon a été mobilisé le 27 août 1939 et a fait sa carrière militaire au cours de la Deuxième Guerre mondiale de la façon suivante:

> Etant brigadier (de cavalerie), il était membre d'un peloton

> (3e P. Du maréchal de logis chef Ostertag), d'un escadron (1er E. du capitaine Sprauel), d'un groupe d'escadrons (1er G.E. du commandant de Villers), d'un régiment de dragons (31e R.D. du colonel Rey, unité stationnée à Lunéville et réputée « d'élite »), d'une brigade de cavalerie (4e B.C. du colonel Marteau, et 8e R.D. du colonel Cuny), d'une division légère de cavalerie (4e D.L.C. du général Barbe), d'une armée (IXe du général Corap), d'un groupe d'armée (G.A.1 du général Billotte), d'un ensemble militaire présidé par un haut commandement (H.C. dont le chef était le général Gamelin) sous la responsabilité politique d'un gouvernement (Reynaud, Lebrun).[①]

Eberhard Gruber, qui a minutieusement étudié des archives militaires historiques, a indiqué le rapport entre cet encadrement et des impératifs stratégiques et tactiques de l'armée française:

> La IXe Armée devait participer à la *manœuvre Dyle*, dès que la neutralité belge serait violée, manœuvre qui consistait à porter la majeure partie des unités, le plus rapidement possible, sur la section prévue (Namur-Sedan ouest), tout en envoyant un détachement (dont le 31e R.D.) à l'est de la Meuse belge (au-delà de Namur-Dinant-Givet: la région de Marche-en-Famenne pour Claude Simon qui n'atteindra que Natoye-Hamois-Assesse) afin de retarder

① « Eléments de biographie pour une écriture probable », in *Claude Simon: Chemins de la mémoire*, sous la direction de Mireille Calle, Sainte Foy (Québec), Le Griffon d'Argile; Grenoble, Presses Universitaires de Grenoble, 1993, p. 211.

> l'avance allemande jusqu'à ce que le gros de l'Armée ait pris position. Cette stratégie impliquait des Ardennes « impénétrables » pour les grandes unités blindées ennemies et une Meuse « infranchissable ». Elle déterminait le choix matériel des forces engagées en avant-garde, unités motorisées et surtout cavalerie, ainsi que les procédés militaires à adopter.[①]

Or, contrairement à ce que les Français attendaient, les Allemands n'ont pas répété le « plan Schlieffen », plan d'attaque à travers la Belgique d'abord, utilisé lors de la Première Guerre mondiale. Au lieu de se laisser arrêter par des faits établis – l'armée française s'attendait déjà au même plan (Schlieffen) –, les Allemands ont procédé à une attaque surprise, et donc sans risque de résistance, en destinant leur principal effort à une attaque armée à Sedan et non au nord de Namur. Ensuite, « comme un panneau de contreplaqué sous le choc d'une poutre »[②], les avions et les blindés allemands ont invalidé les plans stratégiques et tactiques français, et seule est restée la plus grande défaite de l'armée française depuis Azincourt en 1415 et Sedan en 1870[③].

Il nous paraît dès lors impossible de contourner le débat sur « la question de référence » dans l'œuvre de Claude Simon. Les premières critiques qui lui reprochent d'être « fastidieux » ont simplement négligé le fait qu'il ne pouvait pas écrire autrement. Une

---

① *Ibid.*, pp. 211-212.

② Claude Simon, « L'inlassable réa/encrage du vécu », entretien avec Mireille Calle, in *Claude Simon. Chemins de la mémoire*, *op.cit.*, 1993, p.8.

③ Lire aussi le dossier « Petit "Historique" du 31e dragon » dans *Claude Simon: Œuvres*, Paris, Gallimard (Collection « Pléiade »), 2006, pp.1227-1233.

autre critique, menée par Jean Ricardou, donne ensuite une vision sur l'œuvre simonienne qui a dominé pendant longtemps les études de cette œuvre. Cette critique, marquée par la linguistique et le structuralisme, privilégiait une lecture textuelle afin d'éviter de tomber dans le travers d'une étude biographique et d'une « illusion référentielle »[①]. Les partisans de cette critique considèrent que si la référence biographique éclaire un tant soit peu le roman de Simon, c'est seulement à titre « documentaire »[②]. Suivant un tel point de vue, il est tout aussi absurde de s'appuyer sur la vie de l'écrivain pour lire le monde créé par la fiction, que de rapporter les pommes peintes d'un tableau aux pommes réelles. C'est aussi de ce point de vue que la fameuse lettre du colonel Cuny est restée longtemps l'exemple d'un lecteur naïf qui se projette dans l'autonomie certaine de l'écriture[③]. La dimension formelle de l'œuvre est alors la plus fortement soulignée, au point d'occulter les autres. Que la réalité

---

① Une des tendances de la linguistique et du structuralisme est en effet de considérer la représentation comme une « illusion référentielle » – l'expression renvoie à l'article de Michael Riffaterre « L'illusion référentielle » dans *Littérature et réalité*, traduit de l'anglais par Pierre Zoberman, Paris, Seuil (points essais), 1982, pp.91-119. Cette perspective trouve aussi une illustration dans les propos de Todorov: « Nous avons du mal à nous débarrasser d'une vision, inscrite jusque dans nos habitudes linguistiques, qui consiste à penser le roman en termes de représentation d'une réalité qui lui serait pré-existante [...] Ce qui existe d'abord, c'est le texte et rien que lui [...] le roman n'imite pas la réalité, il la crée [...] » (*Les Genres du discours*, Paris, Seuil, 1978, p.86.)

② C'est la critique faite par Jean Ricardou autour de la fameuse lettre du colonel Cuny dès l'ouverture du colloque de Cerisy sur le Nouveau roman en 1971 : « S'agissant de théorie, les lettres d'un officier de cavalerie, je dois avouer qu'elles m'importent assez peu. » (Cf. *Nouveau roman: hier, aujourd'hui*, Paris, U.G.E, 1972, tome 1, « Problèmes généraux », p.30.) Jusqu'en 1987, Linda Hutcheon critique encore le fait que « des officiers de cavalerie à la retraite écrivent encore à Claude Simon pour lui dire qu'ils ont vécu les événements de *La Route des Flandres* ». (Propos de Linda Hutcheon cités par Anthony Cheal Puch dans son article *« Claude Simon et la route de la référence », Revue des sciences humaines*, n°220, octobre-décembre 1990, p.23.)

③ Le contenu de la correspondance Cuny-Simon est montré pour la première fois dans le colloque de Cerisy, ensuite cité plusieurs fois dans l'entretien entre Claude Simon et Pierre Bois (*Le Figaro*, 13 juillet 1990). Cette lettre est aussi reproduite dans *« Claude Simon et la route de la référence »* d'Anthony Cheal Pugh et dans *Une mémoire inquiète* de Dominique Viart.

vienne conforter la fiction est intolérable au théoricien de la « production littéraire », selon lequel cela constitue un déni de sa qualité de fiction en tant que « mot à mot ». Or, il s'avère qu'il ne s'agit pas d'une illusion projective. Le destinataire de cette lettre, le colonel Cuny, ex-colonel du 8e dragon, est l'un des témoins de la mort du colonel Rey – figure réelle du capitaine de Reixach de *La Route des Flandres* – et que Simon a cru mort pendant la guerre. Il correspond en fait au lieutenant qui chevauchait à côté de de Reixach dans le roman[①]. « Comment est-ce possible ? Comment avez-vous pu voir ça ? C'est exactement ce que j'ai vécu ! » – s'exclame ainsi le vieil officier. Cette lettre prouve que l'histoire principale de *La Route des Flandres* a une authentique dimension réelle, elle confirme et rappelle, une fois de plus, le lien entre cette écriture particulière et le réel vécu. Contrairement à ce que croyaient les critiques de la ligue ricardolienne, l'anecdote de la lettre du colonel Cuny ne contredit pas le « travail des mots » que Claude Simon lui-même privilégie durant toute sa vie[②], elle n'a pas la même signification que l'accusation venant d'une autre lectrice: la fille du colonel Rey menace Claude Simon de lui faire un procès, l'accusant d'avoir « ridiculisé son père »[③]. Nous n'avons pas non plus oublié que Claude Simon a repris plus tard mot à mot la lettre du colonel Cuny dans *Le Jardin des plantes* – Claude Simon nomme cet ouvrage « roman » malgré des

---

① L'authenticité de cette personne est avouée par l'écrivain lui-même dans ses correspondances avec Anthony Cheal Pugh, qui les a ensuite publiées dans son article cité ci-dessus.

② Dominique Viart a montré l'évolution sur ce problème de référence dans la critique simonienne et chez Claude Simon lui-même, voir les parties « Une réception changeante » et « Roman ou remembrances ? » de sa monographie, pp.10-12, pp.24-29.

③ Claude Simon parle de cette anecdote dans « La véritable littérature ne sert à rien », entretien avec Jean-Christophe Aeschlimann, *Ecriture*, n°48, automne 1996, pp.214-222.

parties forts réelles et autobiographiques –, faisant ainsi de ce morceau « référentiel » la partie intégrale de sa création romanesque.

Cette digression (est-ce vraiment un digression ?) sur la vie de l'écrivain ne veut pas dire qu'on voudrait privilégier le contenu de l'œuvre simonienne par rapport à sa forme, ou faire une lecture de l'expérience vécue au détriment du texte[①]. Tout le parcours biographique qu'on a retracé précédemment n'a qu'un seul but: montrer que l'œuvre de Claude Simon est un questionnement posé face à la réalité, une remise à zéro de l'écriture propulsée par l'expérience vécue. « Claude Simon paye trop cher d'avoir été depuis des décennies considéré et commenté comme pur expérimentateur de formes, auteur à ne lire que pour le plaisir de puzzles intellectuels »[②], disait François Bon. Heureusement, de plus en plus d'études récentes ont montré un changement de perspective sur la question de référence dans l'œuvre de Claude Simon. Citons ici parmi d'autres quelques études les plus remarquables. Dans son ouvrage *Claude Simon*, Lucien Dällenbach met directement en lien le vécu et l'écrit de l'écrivain. A la fin du livre, une photo prise au cantonnement avant la défaite est montrée. On y voit la jument qui sauvera la vie de Simon en « galopant quatorze kilomètres » et le soldat en vareuse claire qui mourra au premier affrontement[③] – probablement l'origine du personnage Wack dans *La Route des Flandres*. La lettre du

① Nous nous rappelons bien de ce que disait Margaret Macdonald « [L]e seul moyen de découvrir des faits concernant un personnage, c'est de consulter le texte de l'auteur: il contient tout ce qu'il y a à découvrir. Personne ne saurait trouver des témoignages indépendants que l'auteur aurait omis. » (« Le Langage de la fiction », *Poétique*, 78, avril 1989, p.230.)

② François Bon, « Claude Simon, hommage », *Le Banquet du livre*, n°38, http://www.editions-verdier.fr/banquet/n38/simon1.htm, 27/07/ 2010.

③ L'écrivain écrivait à Dällenbach: « Cette image me fait toujours un peu mal au cœur. » (Lucien Dällenbach, *Claude Simon*, Paris, Seuil, 1988, p.162.)

colonel Cuny, qui en 1971 illustrait le danger de l'illusion référentielle, est devenue après des années de débats, une preuve de la « véracité factuelle » de l'œuvre. Anthony Cheal Pugh a fait le point sur cet épisode de la vie de Claude Simon en livrant une correspondance substantielle entretenue avec l'écrivain, ainsi que des plans et résumés précis de ces moments historiques de la main même de Claude Simon. Le premier numéro de la série *Claude Simon* éditée par Ralph Sarkonak dans la revue *Lettres modernes* est parti « à la recherche du référent… »[①]. Dominique Viart a aussi utilisé cet élément biographique pour donner le statut de « remembrances » à l'écriture simonienne et en parler comme autofiction. Et Alastair Duncan, qui dirige l'édition de l'œuvre de Claude Simon dans « la bibliothèque de la Pléiade », met l'accent sur le côté référentiel de l'œuvre simonienne en constituant dans la partie « Appendices » un dossier nommé « Le Petit "Historique" du 31e dragon »[②]. Pierre Bergounioux vient l'affirmer un an après la mort de l'écrivain: « Le style si particulier de Claude Simon se déduit de l'expérience traumatique de sa génération. »[③]. Comprendre le lien entre l'écriture simonienne et son vécu, sans tout de même retourner vers une lecture de « représentations » est, nous semble-il, fondamental pour comprendre l'œuvre de Claude Simon. Dominique Viart, après avoir étudié la question autobiographique de *La Route des Flandres*, parle à propos de la composition du roman: « telle structure sera forcément

---

① *Claude Simon 1, à la recherche du référent*, Ralph Sarkonak (éd), *Lettres modernes*, 1994.

② Ce dossier est composé de: « Lettre d'envoi à Anthony Cheal Pugh », « Le Petit "Historique" », « A propos de l'incident de la tranchée de chemin de fer », « L' "Histoire minuscule" ».

③ Pierre Bergounioux, « Bon Dieu ! », *Cahiers Claude Simon*, n°2, 2006, p.37.

artificielle, élaborée pour donner l'impression du chaos »[1]. Nous préférerions ne pas utiliser l'expression « donner l'impression »: « artificiel », oui, nous savons que Claude Simon lui-même accorde à ce mot une valeur importante, mais cette « structure artificielle » n'est pas là pour « donner l'impression ». Le chaos existe déjà au moment d'écrire, et ce dont l'écrivain hérite est une réalité déjà en ruine. Ce n'est pas le texte qui a voulu mais le vécu qui a décidé que ce soit une écriture chaotique. L'expérience du chaos et du primordial dans l'œuvre de Claude Simon est rendue indispensable par le traumatisme de la guerre. Aujourd'hui, il nous apparaît nécessaire de respecter la coexistence et la complémentarité des dimensions référentielle et littérale du texte simonien.

La disjonction cognitive, entre ce qui se passe réellement et ce qui est déduit, anticipé et planifié par la Raison, est rendue d'autant plus visible par la défaite qui nous presse à nous interroger sur l'efficacité des calculs humains. La guerre n'est ni stratégique ni scientifique, d'autant plus quand elle est appréhendée du point de vue d'un soldat battu. Claude Simon ironise sur la notion de « gloire » en disant: « [P]armi les exemples que donne le Robert figure cette citation de Balzac: "La gloire est le soleil des morts". Je trouve ça pas mal, non ? Et même, à la réflexion, fulgurant dans son ambiguïté. Peut-on dire mieux ? »[2] Et maintes fois il évoque d'un ton dérisoire ce qu'était cette guerre pour lui:

> On m'a en effet envoyé en Belgique, monté sur un cheval,

---

① Dominique Viart, *Une mémoire inquiète*, *op.cit.*, p.51.

② Claude Simon, réponse à une enquête du *Monde*: « Dix écrivains et la gloire », 22/07/1983.

> armé d'un mousqueton et d'un sabre, à la rencontre en rase campagne des blindés et des avions allemands. L'affaire n'a pas traîné. Tout a volé en éclats, à peu près comme un panneau de contreplaqué sous le choc d'une poutre: en sept jours (entre le 10 et le 17 mai 40), il n'est plus resté de mon régiment que quelques débris éparpillés dans la nature. Le général qui commandait la brigade s'est suicidé. Il n'y avait plus en tout et pour tout que deux cavaliers dont moi et un officier auprès de notre colonel lorsqu'il a été tué presque à bout portant par un sniper. Le lendemain j'ai été fait prisonnier. Faim, poux, dénuement et travail forcé. J'ai passé cinq mois au fond de la Saxe à faire du terrassement pour la pose d'une canalisation d'égout. Puis je me suis évadé.①

Simon apprend par son expérience personnelle que l'omniscience dans guerre est un leurre, et qu'une analyse en termes de cause et d'effet dans un récit de guerre est tout aussi illusoire, puisque la disjonction cognitive dans le réel ouvre grand la porte à toutes les interprétations possibles. Il le dit clairement dans *La Route des Flandres*: « [Des] ordres, [des] dispositions peut-être rationnelles à l'origine » deviennent « démentielles au stade de l'exécution, [...] comme l'armée, [...] comme les révolutions » (RF, p.161). Tout se

---

① « L'inlassable réa/encrage du vécu » entretien de Claude Simon avec Mireille Calle-Gruber, in *Chemins de mémoire, op.cit*, p.8. Voir aussi le plan précis de la main de Claude Simon retraçant l'itinéraire du brigadier dans le même ouvrage ; « La route du Nobel », propos recueillis par Marianne Alphant, *Libération*, 10 décembre 1985 et Anthony Cheal Pugh, « Claude Simon et la route de référence », *op.cit*. Claude Simon a aussi brièvement mentionné cette expérience dans son *Discours de Stockholm* (p.24): « [...] j'appartenais à l'un de ces régiments que les états-majors sacrifient froidement à l'avance et dont, en huit jours, il n'est pratiquement rien resté [...] ».

laisse porter, comme l'a dit Lucien Dällenbach, par « une espèce de cataclysme qui, détruisant tout sur son passage (ordre, valeurs, assurances, illusions), instaure une réintégration du chaos originel, et dont la seule compréhension qu'on peut en avoir est qu'elle ne peut être comprise »[①]. L'acte humain se trouve ainsi dans une sorte de défaite similaire à une défaite militaire où l'imprévu bouleverse les décisions et les comportements humains, rendant impossible de déterminer les causes et les conséquences, toute argumentation causaliste devient alors problématique. Le problème n'est plus le « que savoir » classique ; une nouvelle question se pose, réellement, inévitablement, à travers la voix insistante de Georges: « mais comment savoir ? »

Après avoir vécu ce « casse-pipe »[②], il n'est donc pas étonnant que Simon se méfie des récits historiques et des récits de témoignage. Ecrire la guerre en termes de documentaires, de lois, d'analyses ou de plans de bataille est effectivement impossible, puisque la présenter comme telle, c'est dissimuler sa « réalité » innommable. L'Evénement étant hors de notre portée, il serait hypocrite que l'écriture s'accommode encore de telle ou telle certitude. La guerre est quelque chose qui peut être « seulement *endurée*, c'est-à-dire vécue sur le mode de la *dé-faite*, en s'abandonnant à ce qui reste

---

① Lucien Dallenbach, *Claude Simon*, *op.cit.*, p.28.

② Claude Simon affirme d'ailleurs la similitude entre les différentes périodes dans l'histoire humaine par sa propre expérience. En témoigne sa réponse à un journaliste qui l'interrogeait sur sa déportation: « Voyez-vous, quand, prisonnier, exténué, crevant de faim et de soif, je retraversais avec des milliers d'autres la Belgique à pied (...), ce qui m'a le plus aidé ç'a été de me dire, comme Stendhal au Saint-Bernard: "Je vois une chose de tous les temps." Parce que je pensais que le cortège des Juifs emmenés en captivité à Babylone il y a des siècles, eh bien, hormis les costumes et le paysage, ça devait être assez exactement la même chose.» - « Un homme traversé par le travail », entretien avec Jean-Paul Goux et Alain Poirson. *La Nouvelle Critique*, n°105, juin-juil. 1977, p. 37 *sq*.

quand on a atteint le "degré zéro de la pensée": l'instinct de survie, les sensations »[①], résume ainsi Lucien Dällenbach. Ce point de vue nous amène à dire que *La Route des Flandres* n'est nullement un récit de témoignage malgré son côté fortement autobiographique. D'ailleurs, Jacques Derrida définit le témoin comme suit:

> Un témoin ne peut invoquer avoir été présent à ceci ou cela, avoir assisté à ceci ou cela, avoir fait l'épreuve ou l'expérience de ceci ou cela, qu'à la condition d'être et d'avoir été assez présent *à lui-même comme tel*, à la condition de prétendre en tout cas avoir été assez conscient de lui-même, assez présent à lui-même pour savoir de quoi il parle.[②]

Un tel témoin n'est à trouver nulle part dans *La Route des Flandres*. Ce roman, dans lequel prédomine une dénonciation incessante de l'illusion de la présence à soi, montre que le chaos suscité par l'événement nuit radicalement au témoignage. Ce n'est pas sans raison que Dominique Viart nous propose de lire dans le prénom du protagoniste « Georges » une signification de « je hors-je », un sujet hors de soi[③].

Ce qui caractérise *La Route des Flandres* est alors l'incohérence génératrice d'une véritable « remise à zéro » de l'écriture. Le père de Georges écrit et développe par ses feuilles « une sorte de sous-produit de remplacement, de sixième sens artificiel, de prothèse

---

① Lucien Dällenbach, *Claude Simon*, *op.cit.*, p.28.

② Jacques Derrida, *Poétique et politique du témoignage*, L'Herne, Carnet, 2005, p.40.

③ Dominique Viart, « Sartre-Simon: de la "littérature engagée" aux "fictions critiques" », *Cahiers Claude Simon*, n°3, 2007, p.116, et son livre *Une mémoire inquiète*, *op.cit.*, p.109.

omnipotente fonctionnant à l'encre et à la pâte de bois » (RF, p.31). L'écriture aligne des mots, « insignifiants, sonores, creux » dans des phrases « aussi lisses, aussi miroitantes, aussi glacées et aussi peu solides que la surface miroitante de l'eau » (RF, p.219). Cette remise en cause de l'écriture s'effectue dans l'œuvre de Simon sous forme d'un questionnement sur les livres. La question sur la valeur des livres participe du questionnement de l'écrivain sur l'efficacité de l'écriture face à l'Histoire.

La Route des Flandres aborde à plusieurs reprises la question des livres et de la lecture toujours corrélée à la notion de l'écriture. Dans ce roman, selon les personnages et la situation dans laquelle ils se trouvent, le livre est jugé différemment. Simon fait apparaître qu'un livre peut être doté de diverses valeurs. Il peut représenter tous les savoirs humains et la valeur même de l'acte d'écrire: vingt-trois tomes de Rousseau ornent rituellement la bibliothèque du château de la mère de Georges ; des portraits d'ancêtres maternels et des gravures anciennes décorent les murs ; et au grenier se trouve un coffre rempli de documents hérités, poussiéreux et pourris. En même temps, un livre peut être « tout aussi dangereux, explosif » qu'un coup de pistolet lorsqu'il s'agit d'évoquer l'ancêtre suicidé, lecteur de Rousseau (RF, p.78, voir aussi pp.79, 182-183, 189, 190). Georges, en civil, discutant avec l'homme de la camionnette du Génie militaire, est réduit à l'identité de son livret et de sa plaque militaires (RF, p.198), forme dégradée et dérisoire d'un livre. Dans ce roman, les livres sont le support de deux visions du monde opposées: d'un côté celle de Georges, qui passe une nuit à parcourir les papiers jaunis conservés dans une vieille malle (RF, p.51) – à qui Blum ne manque pas de faire remarquer: « Mais tu parles comme un livre !… » (p.209) –, et celle du père de Georges, fanatique des livres et des « grandes pensées », qui passe son temps à « couvrir de sa fine écriture raturée et surchargée les éternelles feuilles de papier qu'il transportait avec lui d'un endroit à l'autre [...] comme une sorte d'inséparable complément de lui-même » (RF, p.31) ; de l'autre, la vision de Blum, réaliste, qui pense que la vie n'est pas un roman: « [...] et Georges: "Attends que je réfléchisse. Mourir d'amour ?", et Blum: "ça n'existe pas. Seulement dans les livres. Tu as trop lu de livres [...]" » (RF, p.123). Si Claude Simon a créé des personnages amoureux des livres, c'est pour ensuite les descendre, d'une manière cruelle et efficace, une fois qu'ils affrontent le monde en dehors des livres. Dans le passage cité ci-dessous, Claude Simon met les trois personnages (George, Blum et Iglésia) sur le même plan et fait un parallèle entre eux:

> Georges, Blum et lui [Iglésia]: les deux jeunes gens et cet Italien (ou Espagnol) à la peau tannée et qui avait à lui seul presque autant d'années derrière lui que les deux premiers réunis, et sans doute aussi quelque chose comme dix fois leur expérience, ce qui devait faire à peu près trente fois celle de Georges parce que, en dépit du fait que lui et Blum fussent, eux, sensiblement du même âge, Blum possédait héréditairement une connaissance [...] des choses qui valait bien trois fois celle qu'un jeune homme de bonne famille avait pu retirer de l'étude des auteurs classiques français, latins et grecs, plus dix jours de combat [...] (RF, p.159)

L'écrivain nous fait comprendre deux choses par cette comparaison: d'une part, la connaissance se fait à travers l'expérience de vie et l'emporte sur le savoir acquis par les livres ; d'autre part, la connaissance est déterminée par la classe sociale, et sa transmission se fait héréditairement. Dans aucun des deux cas, les livres ne servent à combler ce manque de connaissance dû soit à une expérience de vie insuffisante, soit à un statut social qui laisse la personne dans un état candide. A côté des deux autres personnages, Georges est présenté comme celui dont le savoir est effectivement inopérant. Dans *La Route des Flandres*, les livres sont ouvertement l'objet d'ironie. Claude Simon place les livres de philosophie parmi les innombrables choses « sans utilité et même encombrantes, et même incongrues » qu'on voit circuler dans le camp de prisonniers, à côté « des bas ou des culottes de femmes, des faux bijoux, des guides touristiques, des photos obscènes, des ombrelles, des raquettes de tennis, des traités d'agriculture, des magnétos, des oignons de fleurs, des accordéons, des cages à oiseaux [...], des tours Eiffel en bronze, des pendules, des préservatifs » (RF, p.160), etc.

La valeur éternelle des messages que transmettent les livres est aussi mise en question. Dans les journaux froissés, « depuis longtemps on* ne distinguait plus rien (même pas des lettres, des signes reconnaissables, même plus les gros titres à sensation: à peine une tache, une ombre un peu plus grise que sur la grisaille du papier)» (RF, p. 35). Ils sont comme quelque chose dans un été pourrissant, quelque chose qui « finissait définitivement de se corrompre, puant déjà, se gonflant comme un cadavre empli de vers et crevant à la fin, ne laissant plus subsister qu'un insignifiant résidu » (*ibid.*). C'est vrai, *La Route des Flandres* est un livre où abondent les connaissances livresques de tous ordres et éminemment cultivé: les histoires de Kipling, la Bible, Ovide, Shakespeare, Molière… Pourtant ce roman est décidément anti-cuistre. Lucien Dällenbach note que les références savantes dans *La Route des Flandres* ne sont pas pour en faire « un dépôt de savoir et de technique »[①]. En fait, explique-il, que le renvoi reste toujours voilé et que la quasi-citation cryptique n'impose nullement la réaction de son contexte d'origine ; il s'agit réellement d'une pratique citationnelle non « lettrée », qui ne recourt jamais à l'autorité des Classiques. En faisant cela, Simon se sert en fait de ces références livresques pour effectuer une remise à zéro du mythe de l'écriture. La preuve en est que ces références grandioses sont sans cesse contestées et régulièrement dégonflées par un « ouais » sarcastique et carnavalesque des personnages, et qu'elles sont souvent évoquées sous forme de fausses questions ironiques: « parlant de ce comment s'appelait-il philosophe » (RF, p.33), « où avais-je lu cette histoire dans Kipling je crois » (RF, p.43) ; « quels sont ces arbustes… ? » (RF, p.74) ; « tels ces anciens je ne sais quoi Assyriens non ? » (RF, p.117) ; « comment appelle-t-on ce phénomène une légère saillie comme une lentille » (RF, p.118), « quel est donc ce saint dont j'avais vu le supplice… ? » (RF, p.292).

L'œuvre de Claude Simon est alors remplie de critiques sur la valeur livresque. Et la réduction radicale de cette valeur par Simon apparaît dans *L'Herbe*, où dès 1958, l'année de publication de ce roman, l'auteur fait prononcer par son personnage, nommé lui aussi

① Lucien Dällenbach, *Claude Simon*, *op.cit.*, p.41.

Georges tout comme le protagoniste de *La Route des Flandres*[①], la déclaration suivante:

> je voudrais n'avoir jamais lu un livre, jamais touché un livre de ma vie, ne même pas savoir qu'il existe quelque chose qui s'appelle des livres, et même, si possible, ne même pas savoir, c'est-à-dire avoir appris, c'est-à-dire m'être laissé apprendre, avoir été assez idiot pour croire ceux qui m'ont appris que des caractères alignés sur du papier blanc pouvaient signifier autre chose que des caractères sur du papier blanc, c'est-à-dire exactement rien (He, p.107)

Pourtant, la question de la valeur des livres dans l'œuvre de Simon n'a pas manqué de provoquer des polémiques chez les critiques. A la question « le retour au matériel dans l'œuvre de Simon exclut-il toujours le livre ? », Pierre Schoentjes répond: « Non, si l'on veut bien considérer que les livres ce sont d'abord des objets, des choses solides qui peuvent servir de matériaux de construction »[②]. Cette perspective, qui épargne les livres du travail de l'Histoire, est ensuite mise en question par Peter Janssens. Il part du constat que les livres ne sont nullement quelque chose de solide pour Simon, mais « poreux et fragile[s], et s'offr[ant] à la destruction »[③], pour dire que si les livres servent à une « construction » postérieure, cela n'est

① A l'origine, l'histoire de *La Route des Flandres* a été une partie intégrée de *L'Herbe*.

② Pierre Schoentjes, *Claude Simon par correspondance.* Les Géorgiques *et le regard des livres*, Genève, Droz, 1995, pp.13-14.

③ Peter Janssens, *Claude Simon. Faire l'histoire*, Villeneuve d'Ascq, Presses Universitaires du Septentrion, 1998, p.30.

possible qu'en état de « ruine ». Dans l'œuvre de Claude Simon, les livres sont effectivement à démonter, démasquer, dévaloriser.

Dans *La Route des Flandres*, les références livresques faites dans le roman, lors de l'affaire des paysans, nous fournissent un exemple révélateur pour nous montrer le rôle des livres dans ce texte anti-cuistre. Lors d'une dispute entre paysans pris dans une situation triangulaire d'infidélité, le narrateur et les soldats répliquent en invoquant des scènes mythiques que cette lutte leur rappelle: Vulcain, Vénus, Mars, le meurtre des Atrides. L'histoire des dieux et des héros est remise en scène dans la bouche des soldats lors de l'affaire entre la jeune femme (Vénus), l'homme boiteux (Vulcain) qui est le frère de son mari, en bottes à rustines avec son fusil de chasse, et l'adjoint au maire (Mars) avec son parapluie et en bottes à rustines aussi – nommé d'ailleurs « le Roméo du village » par Blum (R, pp.58-63 et 119). Et n'oublions pas qu'en plus, Georges et Blum, dans leur ivresse, les imaginent en « chèvre et bouc » (RF, p.120). Cette version moderne, mais miniaturisée et ridiculisée de la mythologie grecque, rend dérisoires non seulement la référenciation mais aussi les référés. « [...] j'avais déjà lu ce qui m'est arrivé en latin » – disait Georges (RF, p. 94), les livres qui ont écrit les meurtres et les guerres, malgré leur bonne foi et leurs analyses didactiques, n'ont pas empêché le retour de l'Histoire.

Comme dans *La Route des Flandres*, dans les œuvres de Yu Hua la valeur des livres est aussi remise en question par un événement historique. La Révolution culturelle (1966-1976), qui a profondément marqué la Chine du XXe siècle, a également laissé une trace indélébile dans l'écriture de Yu Hua. La valeur de l'écriture se révèle entièrement fracassée devant cette catastrophe. Sur un seul ordre politique, tous les livres, sauf le petit livre rouge, seul livre préconisé à cette époque, furent interdits de publication et de circulation. Aujourd'hui encore, plus de trente ans après, il est difficile de discuter, de retracer ou d'examiner cette période dans un livre ou sous d'autres formes d'expression sans passer par un filtre. L'écriture est rendue totalement impuissante devant le totalitarisme de l'Histoire. Retrouver la « vérité » à travers l'écriture devient effectivement dérisoire, puisque, l'Histoire l'a affirmé, le livre n'a même pas d'existence face à la tyrannie de l'Histoire, laissant tomber la thèse classique qui veut que les livres soient la dernière chose qu'il reste de la civilisation humaine. Yu Hua, né en 1960, est trop jeune pour participer à la bande des Gardes Rouges, ou en être victime. Contrairement à Claude Simon, il n'a pas eu l'occasion de participer (ou est-ce une chance ?) à l'événement historique et d'en être témoin, d'être « placé au fauteuil d'orchestre » comme disait Simon. Il est là comme un observateur, mineur, et l'événement, distancié, se déroule derrière un voile, de sorte qu'il ne se rend pas compte qu'il traverse l'événement qui marquera l'Histoire[①]. Cette expérience d'avoir traversé l'événement « à côté » fait d'autant plus ressortir dans son œuvre le divorce entre l'événement et les tentatives humaines pour

① Yu Hua a parlé d'un souvenir d'enfance: petits, son frère et lui ont accidentellement incendié la cabane destinée à la dénonciation publique (*pidou*) contre les classes d'ennemis (principalement les descendants des bourgeois, des propriétaires fonciers et certains intellectuels), dont fait partie leur père médecin. Quand son père vient pour porter secours, Yu Hua dénonce son frère devant les autres. Il ne sait pas que ses paroles enfantines, qui ne sont pour lui qu'un moyen d'échapper à une gronderie des adultes, met son père, déjà l'objet d'un mouvement politique, dans une situation inquiétante: son père risque d'être accusé d'avoir incité ses enfants à mettre le feu à la cabane. Les choses semblent dépasser les limites de compréhension d'un petit garçon. Lire Yu Hua, « Yiyuan li de tongnian » (Enfance dans un hôpital), in *Meiyou yitiao daolu shi chongfude* (*On ne reprend jamais le même chemin*), Shanghai, Shanghai wenyi chubanshe, 2004, pp.37-38.

l'ordonner ou le comprendre.

Yu Hua est un écrivain sceptique. Il voit, à travers la vie quotidienne à l'époque contemporaine, la fragilité de la civilisation humaine et la continuité de la violence et du désordre qui constituent l'état permanent et la règle de notre temps. Se tenant dans une époque de paix après les agitations historiques, Yu Hua en appelle à une remise en cause totale de l'ordre établi qui est vulnérable de son point de vue:

> Toute découverte commence par le soupçon de l'ancien. La civilisation humaine a établi un ensemble d'ordres. Se situant dans ces ordres, sommes-nous en sécurité ? Cette interrogation commence par le soupçon sur la sécurité. L'Homme vivant dans ces ordres suit une certaine règle. Cette règle qu'imposent les ordres sert à assurer notre sécurité, mais est-ce que ces ordres sont indestructibles ? Nous constatons que même les ordres les plus finement établis peuvent être paralysés par des accidents. [...] Ainsi, situant au sein des ordres de la civilisation, nous ne sommes pas véritablement sécurisés.①

Yu Hua est contre une certaine vision historique selon laquelle la modernité se distingue de l'antiquité par la civilisation et la

① 任何新的发现都是从对旧事物的怀疑开始的。人类文明为我们提供了一整套秩序，我们置身其中是否感到安全？对安全的责问是从怀疑开始的。人在文明秩序里的成长和生活是按照规定进行着。秩序对人的规定显然是为了维护人的正常与安全，然而秩序是否牢不可破？事实证明庞大的秩序在意外面前总是束手无策。（……）因此我们置身文明秩序之中的安全也就不再真实可信。– Yu Hua, « Xuwei de zuopin » (Œuvre fallacieuse), in *Meiyou yitiao daolu shi chongfude* (*On ne reprend jamais le même chemin*), *op.cit.*, pp.179-180.

démocratisation. Sa propre vision sur ce point est proche de celle de Claude Simon, qui reste froid devant tous types de discours euphoriques sur la révolution et le progrès social. Selon Yu Hua, les soi-disant progrès que l'homme se félicite d'avoir faits pas à pas depuis son existence ne permettent pas de dire que la nature humaine a été radicalement améliorée grâce à la diffusion des pensées civiles, et que la violence et le désordre s'éloignent au fil du temps:

> Les esclaves se battant entre eux, tandis qu'assis à côté, les esclavagistes les contemplant… cette scène est exclue de la vie humaine par la civilisation moderne. Mais j'ai toujours l'impression que le même type de drame se répète dans notre société. L'évolution de la civilisation humaine nous enseigne à quel point ce comportement sauvage peut menacer notre existence. Mais aujourd'hui, les combats des esclaves ont été remplacés par la boxe. Autour du ring, nous pouvons voir comment la civilisation cède discrètement sa place à la barbarie. De même, le combat de grillons, populaire dans le Sud de la Chine, nous permet de nous rendre compte de la violence qui s'est enracinée dans la nature humaine. Devant la violence et le désordre, la civilisation n'est qu'un slogan et l'ordre devient un décor.①

① 让奴隶们互相残杀，奴隶主坐在一旁观看的情景已被现代文明驱逐到历史中去了，可是那种形式总让我感到是一出现代主义的悲剧。人类文明的递进，让我们明白了这种野蛮的行为是如何威胁着我们的生存。然而拳击运动取而代之，在这里我们可以看到文明对野蛮的悄悄让步。即便是南方的斗蟋蟀，也可以让我们意识到暴力是如何深入人心。在暴力和混乱面前，文明只是一个口号，秩序成为了装饰。– *ibid.*, p.180.

C’est en raison de sa méfiance vis-à-vis du progrès social et de sa certitude de l’immuable violence et du désordre permanent dans l’histoire humaine que Yu Hua manifeste, à travers son œuvre, un désaccord vis-à-vis de ses contemporains qui se contentent d’avoir la possibilité de dire adieu à l’horreur du passé et de mettre les pieds dans la « nouvelle époque ». Si son écriture est saturée de sang et de violence, c’est parce qu’il est le témoin de la terreur secrète qui a fondé l’ordre social.

Le manque de transparence de l’histoire chinoise contemporaine nous empêche d’examiner l’écriture de Yu Hua à la lumière de sa vie. L’écrivain lui-même fait peu de lien entre les événements politiques et sa propre vie. Mais cette lacune ne nous empêche pas de percevoir à travers son œuvre une réflexion de l’écriture face à l’Histoire. Comme l’œuvre de Claude Simon, celle de Yu Hua pose un questionnement sur le sens et la valeur de l’écriture. Pourtant, si le questionnement de Claude Simon est centré sur la question de l’efficacité des livres face à l’Histoire, celui de Yu Hua se fait différemment. Si chez Claude Simon, les livres, imprégnés des pensées de Raison et de Vertu, sont considérés comme quelque chose qui a tenté de résister à l’Histoire mais a finalement échoué, Yu Hua place les livres et l’Histoire du même côté de la balance. Dans son œuvre, l’écrit est trompeur, car, par le culte qu’on a pour l’Histoire, tout ce qu’on écrit pour célébrer son ultime justice concernant la réalité historique devient le cortège et le messager de l’Histoire. Un livre ainsi écrit n’est là que pour occulter le visage meurtrier de l’Histoire, et il est lui-même l’incarnation de l’Histoire. C’est pour cette raison qu’il y a dans l’œuvre de Yu Hua une envie obsédante de dévoiler ce mensonge des livres.

Yu Hua se souvient que collégien, il était fasciné par les *Dazibao* qu'il trouvait dans la rue en rentrant de l'école:

> Je regardais (dans les *Dazibao*) comment tous ces gens que je connaissais se lançaient des insultes et portaient des calomnies les uns contre les autres. Il y en avait qui dénonçaient le milieu d'origine de son ennemi, il y en avait aussi qui fabriquaient des histoires érotiques accompagnées de dessins. Quant au contenu de ces dessins, il y a tout, parfois même sont montrées des scènes de copulation.
>
> A l'époque des *Dazibao*, l'imagination de l'homme est poussée à son extrême, et les divers procédés littéraires sont employés, fabulation, hyperbole, métaphore, ironie... tout y trouve sa place.①

Yu Hua déclare ironiquement avoir fait, à travers les *Dazibao*, « la première rencontre de sa vie avec la littérature »②. Ses propos révèlent une dégradation de la littérature. Celle-ci devient un outil de propagande politique, pour répandre des histoires de héros de guerre et de travailleurs modèles – en témoignent l'abondance de romans sur l'époque révolutionnaire (*geming ticai xiaoshuo*) que le jeune Yu

---

①"我看着这些我都认识都知道的人，怎样用恶毒的语言互相谩骂，互相造谣中伤对方。有追根寻源挖祖坟的，也有编造色情故事的，同时还会配上漫画，漫画的内容就更加广泛了，什么都有，甚至连交媾的动作都绘画出来。在大字报的时代，人的想象力被最大限度地发掘了出来，文学的一切手段都得到了发挥，什么虚构、夸张、比喻、讽刺……应有尽有。" - Yu Hua, « Zuichu de suiyue » (Les premières années), in *Meiyou yitiao daolu shi chongfude* (*On ne reprend jamais le même chemin*),*op.cit.*., p.64.

② *Ibid.*

Hua a beaucoup lus et devant lesquels il est saisi d'une grande perplexité: il est attiré par les aventures de Pan Dongzi① ou la révolte des ouvriers charbonniers② ; en même temps, la platitude de ces œuvres l'ennuie. La littérature devient aussi l'outil de la lutte des classes. En témoignent les dénonciations publiques sous forme de *Dazibao* où tous styles littéraires sont utilisés pour porter atteinte à l'autre. Aux yeux de Yu Hua, ces feuilles de papier qui se superposent et s'accumulent sur le mur ne sont rien d'autre que des offenses corporelles. Si l'écrivain se dit « fasciné » par ces propos librement exprimés, on doit y entendre un humour noir « yuhuaïen »: propos sans doute plus « intéressants » et plus « fabuleux » que les romans monotones sur des histoires de héros. Mais où nous amènera cette « littérature » ?

Bien que d'une manière plus discrète que Claude Simon, Yu Hua accorde aussi dans son œuvre une place très importante aux livres, à travers lesquels se traduit cette réflexion de l'écrivain sur l'écriture. Dans *Sur la route à dix-huit ans*, l'écrivain nous précise que dans le sac à dos rouge du narrateur, il y a, outre l'argent et la nourriture, des livres. Avant son départ, le jeune homme a probablement connu le monde uniquement à travers les livres, et il compte encore sur eux pour continuer à guider son voyage. Mais sa connaissance livresque du monde est aussitôt broyée par sa déception devant la réalité lors de son contact avec le monde extérieur. Dans *Un amour classique*, lire des livres est le « métier » de Liu

---

① Héros du roman *Shanshan de hongxing* (*Les Etoiles rouges étincelantes*) (1972). Ce roman d'apprentissage raconte le parcours d'un adolescent pour devenir un soldat de l'armée rouge.

② Nous faisons particulièrement allusion au roman *Kuangshan fengyun* (*Emeute dans une mine*) (1972) de Li Xueshi.

Sheng, jeune lettré et candidat aux examens impériaux. C'est aussi par l'intermédiaire d'une poésie chantée que ce jeune homme fait connaissance avec la jeune fille Hui (AC, p.88), et dans la scène où le fantôme de cette dernière revient pour rendre visite à son amant, ce que le protagoniste voit en premier c'est « une femme qui, assise par terre, lisait à la lumière d'une lampe » (AC, p.137). Dans ce récit, il y a tout d'abord une dévalorisation des livres qui semblent avoir perdu leur fonction utilitaire en tant qu'instruments d'un engagement sociopolitique ou d'une passerelle pragmatique pour changer le destin personnel. Deux types de livres sont en fait en question dans ce récit: le premier, orthodoxe, ce sont les grands classiques du confucianisme, que les lettrés étudient pour faire des dissertations en huit parties[①] ; le deuxième, d'ordre hétérodoxe, ce sont des « livres de sorcellerie » (*xieshu*) que Liu Sheng aime le plus et qui relèvent de la littérature romanesque, plus précisément des histoires romantiques comme celles du *Pavillon aux pivoines* et de *La Chambre de l'Aile Ouest*. Le premier type de livres ne permet à Liu Sheng ni d'« honorer ses ancêtres », ni de « se vêtir de brocart ». Le confucianisme appelle les lettrés chinois à « être les premiers à se soucier des troubles dans le monde »[②], mais aucun des textes que Liu Sheng a dû étudier en tant que disciple de l'école confucéenne ne lui permet de faire quoi que ce soit devant le cannibalisme qui se répand. Le deuxième type de livres est aussi évoqué d'une façon dérisoire. Le « talent » de Liu Sheng pour faire de belles calligraphies et de jolies

---

① « Essai portant sur les classiques confucéens et dont la composition obéissait à des règles très strictes, épreuve obligatoire aux examens impériaux dans la Chine ancienne. » – note de traduction de Jacqueline Guyvallet, *Un amour classique*, Arles, Acte Sud, 2000, p.83.

② « *Xian tianxia zhiyou er you* » vient de *Yueyang lou ji* (*Tour Yueyang*) de Fan Zhongyan, grand lettré dans la Chine du XIe siècle.

peintures de fleurs, repéré plusieurs fois dans le texte (Voir AC, p.23, 85, 108, 124, 128), est sans doute lié à sa passion pour la littérature romanesque. Ce soi-disant lettré talentueux ne sait en fait que citer quelques quatrains galants de l'époque Song, et faire des tableaux clichés qui n'attirent que ceux qui veulent se faire passer pour des gens de goût. Ce « talent » ne lui permet que de maintenir péniblement sa vie errante misérable. Ses lectures de récits romantiques lui donnent l'illusion que les mêmes histoires d'amour peuvent lui arriver. Mais ce qui lui arrive sur son chemin vers la capitale fait éclater toutes les illusions romantiques, et les histoires d'amour écrites dans les livres se révèlent comme des simulacres. Contrairement à l'inutilité et à l'impuissance des livres, ce sont les examens impériaux qui ont lieu impérativement selon un calendrier planifié immuable d'une époque à l'autre[①], indifférents aux vicissitudes du monde ; ils sont de l'ordre d'un système tyrannique qui fonctionne selon une loi transcendantale, à l'instar de celle de l'Histoire, devant laquelle tous types de livres se révèlent impuissants.

Le livre est aussi l'intermédiaire de la violence, entre l'idée et l'accomplissement du mal. Dans *Un événement fortuit*, les deux protagonistes s'attachant à trouver la motivation d'un meurtre dont ils ont été témoins, deviennent à la fin eux aussi acteurs d'un nouveau meurtre. A part une brève description des deux meurtres au début et à la fin, le reste du récit est une correspondance entre les

① Voir le début des 1er et 3ème chapitres du récit, qui commencent tous deux avec la scène du protagoniste marchant sur la route pour se présenter aux examens du mandarinat (AC, p.81, p.103), et aussi le passage où bien des années plus tard, le protagoniste rencontre des fils de famille en route vers la capitale pour les examens (AC, p.125).

deux personnages. Chen He, l'un d'eux, croit qu'il s'agit d'une histoire de triangle amoureux et que la cause du meurtre est une femme. En réponse à sa lettre, Jiang Piao exprime son désaccord en s'appuyant sur plusieurs détails qu'il a constatés. A travers les multiples allers-retours épistolaires, ils s'approuvent, se désapprouvent, spéculent sur toutes les possibilités et argumentent sur les différentes étapes psychologiques du meurtrier qui a pu le conduire à son acte. Avec ces spéculations et argumentations, auxquelles ils ajoutent chacun des éléments de leur propre vie pour justifier les hypothèses, ils croient enfin avoir établi une interprétation « logique » du meurtre: ils décident que, le meurtrier, très attaché à sa femme, et ne pouvant supporter son infidélité, se venge sur l'un de ses amants ; ou même, le fait que la victime soit l'un des amants de sa femme ou non importe peu, le mari se contente de tuer n'importe qui par jalousie. C'est à ce moment-là que les deux correspondants décident de se revoir sur le lieu du meurtre, dans le café où Chen He répètera littéralement l'acte du meurtrier et tuera Jiang Piao. Le premier meurtre offre en fait une base d'intrigue sur laquelle les deux témoins vont écrire leur propre scénario. Ils sont non seulement auteurs de cette pièce, mais aussi ses acteurs. Chen He s'identifie au mari sexuellement frustré, et oblige ainsi Jiang Piao à assumer le rôle de l'amant cynique:

> Ils finissent leur scenario et le jouent au prix de leur propre vie. Au moyen de leurs lettres, les deux spectateurs du meurtre réussissent à s'identifier avec les deux acteurs fictionnalisés – le meurtrier et sa victime. Si être témoin de

> la violence conduit à un acte de violence, alors la violence est contagieuse – par l'intermédiaire de l'écriture.[①]

La violence dans la réalité et celle dans l'écriture se rejoignent. Et écrire devient une exécution du pouvoir de la violence qui fait, grâce à l'écriture, sa traversée entre le passé, le présent et le futur, de sorte que le 3 décembre, date du deuxième meurtre, se juxtapose au 5 septembre, celle du premier meurtre, et que la même scène se répète. La raison engendre la violence. La limpidité semblable de l'événement reconstituée au moyen de l'écriture, c'est-à-dire à travers une obsédante recherche de la vérité et de remise en ordre, ne peut qu'engendrer de nouveaux désordres – le deuxième meurtre n'est point moins absurde que le premier, et ses témoins continueront peut-être à faire des spéculations et commettront eux aussi des actes similaires. Cet « événement fortuit » n'est pas un accident.

Lu Xun est le premier écrivain moderne à avoir dénoncé le caractère trompeur des livres. Devant un livre d'histoire sans ordre chronologique et dont chaque page est couverte de « bontés et mœurs », le fou de Lu Xun n'y lit qu'un seul mot: le cannibalisme. *Le Journal d'un fou* de Lu Xun révèle l'histoire de la Chine comme une histoire qui se nourrit de chair humaine. Et le devoir des livres est de déguiser l'Histoire sanglante en bonne leçon de morale, de sorte que les mêmes scènes cannibales peuvent se produire tout au

---

① « They finish writing their play and acting in it at the price of their own lives. By means of their letters, the two spectators of the murder succeed in identifying with its two fictionalized actors – the murderer and its victim. If to witness violence leads to violent actions, violence is contagious – mediated by writing. » Lu Tonglin, *Misogyny, cultural nihilism & oppositional politics: contemporary Chinese experimental fiction*, Stanford, Stanford University Press, 1995, p.171.

long de milliers d'années. Yu Hua, admirateur de Lu Xun, hérite de la vision perçante de ce dernier et voit aussi à travers les *Dazibao* une littérature qui avale les êtres vivants. Les livres sont le support réel de l'Histoire qui n'a pas de substance. Ils peuvent être considérés comme le lieu d'accumulation, le fossile, le résidu de l'Histoire. La véritable valeur des abondants travaux des historiens chinois, soutenus par les gouverneurs de chaque époque[①], consiste en fait à servir de véhicule pour transmettre l'Histoire qui est intemporelle. *1986* est un récit de Yu Hua qui traite de manière exemplaire la question de la transmissibilité historique. Dans ce récit, sur une feuille sont écrites les consignes sur les Cinq châtiments archaïques. Même si cette feuille est « jaunie » et « constellée de taches de moisissures », l'écriture reste « nettement visible » (*1986*, p.10), et continue, malgré le travail du temps, à transmettre le message écrit dessus. Ce message n'est pas celui des leçons tirées des événements historiques, censées servir à éviter que les mêmes événements se reproduisent, mais celui de « l'Histoire avec sa grande hache » comme disait Georges Perec, qui répand en traversant le temps une même violence nue représentée par les Cinq châtiments. Par ce petit bout de papier jauni, l'Histoire de l'époque antique contamine celle de l'époque contemporaine. Les livres sont décidément incapables d'empêcher la tyrannie de l'Histoire. Si les livres gardent leur fonction intermédiaire, ce n'est que pour confirmer la répétitivité et le pouvoir destructeur de l'Histoire. Le protagoniste de cette nouvelle,

---

① Dès la dynastie de Shang (1600-1046 av. J.-C.), la Chine a établi le système d'historiens fonctionnaires (*shiguan*) chargés de la rédaction des ouvrages d'histoire. Ils sont également chargés d'enregistrer les événements de l'époque et les propos du gouverneur. Ce système s'est perfectionné sans cesse au cours de l'histoire, et dans la dynastie des Tang (618-907) s'est déjà développé un système de script avec une division de travail et de grade très raffinée.

dont la profession est désignée par Yu Hua comme professeur d'histoire dans une école secondaire, joue lui aussi un rôle de véhicule pour l'Histoire. C'est lui qui, par sa passion pour la recherche sur les châtiments archaïques, note les consignes sur une feuille, et qui, par son enseignement aux jeunes, transmet l'Histoire d'une génération à l'autre.

Le lien entre les livres et l'Histoire est aussi illustré dans un autre récit de Yu Hua, *Passé et châtiment*, dans lequel le rôle des livres est interprété à travers un télégramme. Ce mystérieux télégramme sans nom ni adresse d'expéditeur, et dont le seul message laissé est « rentrez-vite », semble avoir un lien évident avec un passé échappé mais important dans la mémoire de l'Etranger, protagoniste du récit. Par ce télégramme, le passé établit son contact avec l'Etranger qui se trouve dans le présent. Ce télégramme a une autorité irréfutable sur lui, puisque en recevant le message, l'Etranger part aussitôt à la poursuite d'une date (le 5 mars 1965). La rencontre avec l'expert en châtiments, incarnation de l'Histoire, confirme ensuite que l'autorité du télégramme est due au fait qu'il est expédié au nom de l'Histoire.

Dans l'œuvre de Yu Hua, les livres sont présentés comme des simulacres qui servent à duper les lecteurs et à déguiser le caractère meurtrier de l'Histoire. L'écriture qui semble enseigner et guider les hommes est en fait l'intermédiaire par lequel l'événement historique fait sa réapparition. Au début d'*Un monde évanoui*, la jeune fille évoque le vieux devin avec son visage comme « une feuille de papier blanc » et ses cinq doigts comme « des craies », métaphores qui évoquent une image monstrueuse de l'écriture.

2. Cesser d'écrire?

La Deuxième Guerre mondiale met en évidence l'impuissance de toute production livresque occidentale à empêcher les horreurs de l'Histoire. Cette découverte se fait dans différents domaines et engendre une remise en question totale après la guerre – on entre dans une « ère de soupçon », Nathalie Sarraute l'a très bien dit. Le questionnement sur l'écriture chez Simon représente en fait une interrogation à une plus grande échelle. Au sujet du passage de *La Route des Flandres* où Georges réfute l'argument de son père, Dällenbach note: « Ce qui s'y donne à lire, [...] c'est un constat [...] qu'on a atteint un point zéro dans tous les domaines et qu'après avoir fait table rase, ou plutôt après que l'Histoire s'en est chargée, il s'agit ou de garder le silence, ou de repartir – de reconstruire – sur de toutes nouvelles bases »[①]. L'écrivain lui-même déclare dans une interview avec Claud DuVerlie:

> Nous devons tous faire face à cette fin de la guerre, cette sorte de *tabula rasa* [...]. [...] mon ami, le sociologue Edgar Morin, a écrit un livre intitulé *Germany, Year Zero* [...]. Mais ce n'était pas seulement l'Allemagne qui devait commencer à partir de zéro. Ce n'est pas par hasard qu'un peu plus tard Roland Barthe a écrit *Le degré zéro de l'écriture* [...].[②]

① Lucien Dällenbach, *Claude Simon*, *op.cit.*, p.12.

② «All of us were faced by that end of the war, this form of *tabula rasa* [...]. [...] my friend, the sociologist Edgar Morin, wrote a book entitled *Germany, Year Zero* [...]. But it wasn't only Germany that had to start from scratch. It's not a mere chance that a bit later Roland Barthes wrote *Le degré zéro de l'écriture* [...].» - Claude Simon, «The Crossing of the Image », entretien avec Claud DuVerlie, *Diacritics*, n°7, hiver 1977, p.48.

Ce n'est pas l'Allemagne seule qui doit réfléchir, ce n'est pas non plus une écriture spécifique qui doit être questionnée, mais toute l'humanité, toute la littérature, tout art, qui doivent subir une *tabula rasa*. La Deuxième Guerre mondiale, notamment Auschwitz, marque un tournant dans les valeurs européennes et humanistes, de sorte qu'on ne peut plus, comme dit Adorno, écrire de la même manière après Auschwitz. Claude Simon en parle:

> Si le surréalisme est né de la guerre de 1914, ce qui s'est passé après la dernière guerre est lié à Auschwitz. Il me semble qu'on l'oublie trop souvent quand on parle du « nouveau roman ». Ce n'est pas pour rien que Nathalie Sarraute a écrit l'*Ere de soupçon* ; Barthes, le *Degré zéro de l'écriture*. Que des artistes comme Tàpies ou Dubuffet sont partis des graffitis, du mur, ou que Louise Nevelson a fait des sculptures à partir des décombres. Toutes les idéologies s'étaient disqualifiées. L'humanisme, c'était fini.[①]

Et voici ce qu'il fait lui-même:

> A mon retour, après m'être évadé, j'ai repris la peinture mais surtout, je me suis mis au dessin. Je copiais des feuilles, une touffe d'herbes, un caillou, le plus exactement possible. [...] J'avais banni de moi toute idée de l'art. Plus

① Claude Simon, « Et à quoi bon inventer ? », entretien avec Marianne Alphant, *Libération*, 31 août 1989.

> de cubisme, plus de fantaisie, rien. Les choses. [...] Il n'y a plus de recours, essayons de revenir au primordial, à l'élémentaire, à la matière, aux choses.[1]

Bien plus efficacement que les études faites à Oxford et les lectures de bons écrivains, les épreuves de la faim et du froid, les menaces de la mort et de la maladie, finissent par lui apprendre que la vie humaine se soumet aux lois de l'Histoire et que le système idéologique se révèle vulnérable sous le mouvement indifférent du cosmos. L'écriture apparaît comme une misérable farce dépourvue de toute utilité et de tout sens. La première chose à se préoccuper est alors les besoins d'un corps confronté à la nécessité vitale, aveugle et pulsionnelle. Cette position est suffisamment « réelle » et « substantielle » pour exclure la candide théorie romanesque selon laquelle seule l'écriture peut inventer un monde sublime et nourrir son lecteur en lui offrant du pain spirituel. C'est la raison pour laquelle dans le roman Georges ne refuse pas d'échanger la montre que lui ont offerte ses deux vieilles tantes contre une petite quantité de farine avec laquelle il va se faire les « quelques maigres galettes » (RF, p.160). C'est aussi pour cette raison qu'il utilise ensuite deux tiers de son maigre salaire pour s'acheter deux cigarettes qu'il va partager avec Blum – ce dernier va lui dire: « Tu n'es pas fou ? » (RF, p.184). *La Route des Flandres* dessine une conception de l'homme essentiellement régi par ses besoins primaires et ses pulsions, à savoir, comme l'ont dit plusieurs critiques, l'appétit, l'envie de coucher avec les femmes et l'excrétion. Se rendant compte de

---

① *Ibid.*

l'inanité du langage devant les besoins élémentaires, Georges apprend « les élémentaires problèmes de survie, l'esprit exclusivement occupé par l'obligation de lutter sans répit contre la saleté, le froid, la vermine » (RF, p.347). Il se contente de faire sarcastiquement un bilan de la guerre à laquelle il a participé: « En tout cas j'aurai au moins appris quelque chose à la guerre. Comme ça je ne l'aurai pas faite pour rien. J'aurai au moins appris à jouer au poker… » (RF, p.221). Ensuite, évadé du camp de travail, il retourne dans son pays et décide de devenir un paysan: s'occuper des terres, et non plus des hommes et de leurs livres, toute la journée sur le tracteur, « en salopette » et avec les « mains indécrassables, imprégnées de terre et de cambouis mêlés » (RF, p.221). Sa mère disait qu'il avait des mains de pianiste et qu'il avait gâché son don, mais Georges « ne se donnait même plus la peine maintenant de hausser les épaules » (RF, p.223). En comparant ce que fait Georges avec les propos de l'écrivain qu'on a lus tout à l'heure, nous y trouvons exactement un Claude Simon qui se met en fiction.

Non cogitant, ergo sunt, c'est l'exergue emprunté à Lichtenberg de *Gulliver*, l'un des premiers textes (1952) de Claude Simon. Nous y constatons une contradiction sémantique avec la phrase célèbre de Descartes. Contrairement au père de la pensée des Lumières qui valorise le pouvoir cognitif de l'homme, Simon le repousse, nous dit que ce n'est qu'en abandonnant toutes réflexions philosophique, scientifique, sociologique et idéologique, toutes ces idées qui font de l'homme « l'Homme », que l'homme retrouve son existence. Georges de *La Route des Flandres* est le pratiquant de cette devise. Chevauchant dans le froid d'une nuit de campagne pluvieuse, il abandonne à un moment donné l'idée de « penser »:

> Georges se demandant sans exactement se le demander, c'est-à-dire constant avec cette sorte d'étonnement paisible ou plutôt émoussé, usé et même presque complètement atrophié par ces dix jours au cours desquels il avait peu à peu cessé de s'étonner, abandonné une fois pour toutes cette position de l'esprit qui consiste à chercher une cause ou une explication logique à ce que l'on voit ou ce qui vous arrive [...]. (RF, p.25)

Il est vain de réfléchir pour donner une définition à ce qui se passe. Une guerre ? Mais qu'est-ce que ça veut dire ? Qu'est-ce que la guerre a à voir avec tous ces chiffons, toutes ces loques, tous les draps « déchirés ou tordus, dispersés, étirés » qu'il voit « sur la face verdoyante de la terre » (RF, p.28) ? Mais il n'y a pas de réponse, « [t]ous se fracassent contre l'Histoire dont les explosifs sautent les stratégies des uns, ruinent l'idéal des autres, et transforment en pantins désarticulés, impuissants et cocus ceux qui entreprennent de bonne foi, abusés par des livres eux-mêmes de bonne foi »[①]: « Le front ? Pauvre con ! Le front ?... Y a plus de front, pauvre con, y a plus rien. » (RF, p.104). C'est pourquoi le roman, qui est la tentative des personnages de reconstruire l'événement par une déduction causale, multiplie non seulement les expressions qui nuancent l'affirmation: « peut-être », « sans doute », « ou bien », « je

---

① Renée Ventresque, avant-propos de *Claude Simon. A partir de La Route des Flandres. Tours et détours d'une écriture, sous la direction de Renée Ventresque, Montpellier, Université Paul-Valéry, 1997, p.8.*

suppose », etc., mais aussi les ressassements qui contredisent ce qui a été dit: elle (c'est-à-dire la femme c'est-à-dire l'enfant qu'il avait épousé ou plutôt qui l'avait épousé) (RF, p.11) ; « non pas tant par amour que par force ou si l'on préfère par la force de l'amour ou si l'on préfère forcé par l'amour » (RF, p.12).

A la question « qu'est-ce qu'écrire pour vous ? » d'un représentant de l'Union des écrivains soviétiques, Claude Simon répond: « C'est commencer une phrase, continuer une phrase, terminer une phrase. ». A part la compréhension classique de cette réponse qui l'entend comme une affirmation par l'écrivain lui-même de se considérer comme « un écrivain-travailleur de langue », nous pouvons aussi la lire comme une détermination de retourner à l'état originel de l'écriture, une contestation à toute tentative d'accorder aux livres leurs valeurs attachées, une méfiance des livres qui sont écrits avec plus d'intention que de « faire une phrase ». Loin de reprendre à son compte quelque monumental message, Simon dépouille l'écriture de ses valeurs traditionnellement synthétique et transcendantale, se contente de rester avec le « rien » de l'écriture. Il est temps de cesser d'écrire des romans « récits historiques » qui partent d'une ambition de donner un sens à l'événement, de le rendre transparent en utilisant une « colle magique » – si nous reprenons ici le terme de Barthes[①]. L'écriture simonienne est effectivement celle qui fait le deuil des grands mythes de l'écrivain et *La Route des Flandres* est un roman sur l'impossibilité narrative: abandonner la causalité puisqu'il est impossible de trouver la cause de tel ou tel effet, cesser de modeler des témoins qui semblent perdus dans

① « Colle logique », expression de Roland Barthes, voir *S/Z*, Seuil, 1970, p.162.

l'événement mais qui arrivent tout de même miraculeusement à le *restituer*, et cesser ce temps linéaire puisque le temps est le premier à être défait dans un tel récit… bref, écrire seulement ce qu'il reste de ce « big-bang »: la ruine, le tohu-bohu.

En cherchant dans l'étymologie, Peter Janssens révèle la liaison entre les mots *route* et *rupture:* le mot route vient du latin populaire *(via) rupta*, qui veut dire littéralement « voie rompue » ; à l'origine, il désignait « un chemin percé dans une forêt »[①]. Ainsi, pour se frayer une route, il faut qu'il y ait rupture, la route des Flandres devient la rupture des Flandres.

Si l'Avant-garde chinoise représente un courant littéraire qui dépasse la plupart des discours critiques des années 1980, encore attachés aux conventions de la littérature prolétarienne – en témoigne la critique sur l'Avant-garde chinoise et, d'une manière oblique, celle sur le Nouveau Roman français en Chine à cette époque –, alors en émettant du sang et de l'horreur dans la littérature, Yu Hua est plus que d'autres un « terroriste » sur la scène littéraire des années 1980. Son écriture dérange l'ordre établi de la littérature, et en réclame un nouveau. Cela est aussi une réaction à tous les livres soumis au culte de l'Histoire et à la préoccupation sociopolitique. Au lendemain de la Révolution culturelle, l'œuvre de Yu Hua interroge l'écriture.

Il est remarquable qu'une « écriture » spécifique des années 1970 ait fasciné Yu Hua qui pratiquera bientôt sa propre écriture: les graffitis dans les toilettes publiques. Les murs de toilettes « attirent les gens pour écrire dessus comme sur des pages blanches »[②]. Les

---

① Peter Janssens, *Claude Simon. Faire l'histoire*, *op.cit.*, p.47.

② "就像白纸一样引诱着人们书写的欲望" – Yu Hua, « Shechi de cesuo » (Les toilettes

mots et dessins qui couvrent les murs des toilettes, écrits ou dessinés avec un crayon, un stylo, un bâton de craie, un morceau de brique ou avec un couteau, traitent sans exception d'un sujet: le coït. Selon Yu Hua, ces graffitis « des mots superposés » et « des images de sexes masculins et féminins déformés » appartiennent à une époque ascétique, qui correspond à la rigidité politique. L'austérité sexuelle est la manifestation biologique de la rigidité politique, disait l'écrivain. A cette époque, la sévère application du « contrôle des naissances » oblige à repousser l'âge du mariage. Or le mariage est le seul moyen légitime qui permet d'avoir des rapports sexuels, tout ce qui se passe hors mariage est considéré comme une faute ou même comme un délit par la loi. Yu Hua dit, sur le ton de la plaisanterie, que dans une époque où tout le monde porte les mêmes types de vêtements, prononce les mêmes paroles citées du petit livre rouge, et où les femmes ne portent pas de jupes, le mot « sexe » n'existe plus que dans le dictionnaire. Si Yu Hua voit dans les *Dazibao* une dégradation de l'écriture, il voit dans les graffitis des toilettes une écriture aberrante mais libérée d'une soumission à la politique, et qui laisse percevoir une littéralité qui l'emporte sur l'idéologie. Tout ce qui est interdit ailleurs retrouve son expression dans cet espace étroit. Avec brutalité et transgression, ces mots et dessins apparaissent comme émancipateurs pour ceux qui ont sacrifié leur vie personnelle à cette époque étouffante. La fascination que Yu Hua éprouve pour cette « littérature scatologique » est signifiante. Bien sûr il ne faut pas l'appréhender comme preuve d'un mauvais goût de l'écrivain,

---

de luxe), in *Meiyou yitiao daolu shi chongfude* (*On ne reprend jamais deux fois le même chemin*), *op.cit.*, p.170.

comme certains critiques cherchent à le suggérer au sujet de ses œuvres dans les années 1980, mais interroger cette fascination au regard de la genèse de cette écriture si particulière. Le fait que cette fascination d'autrefois incite l'écrivain à consacrer, plus de dix ans après, un article, lors d'une rétrospective de son parcours littéraire①, met en évidence l'inspiration de cette « littérature scatologique » pour sa propre écriture: peut-être est-ce à ce moment-là que l'idée lui est venue d'écrire lui aussi une littérature aberrante, détournée de tout discours grandiose de son époque ?

Nous comprenons alors la raison pour laquelle Yu Hua a tant de sympathie pour les écrivains qui dérangent la continuité de l'histoire littéraire. Dans sa propre lecture, nous pouvons aussi voir cette envie de cesser d'écrire une littérature comme avant. Quand il dit qu'il a la chance d'être nourri par la littérature occidentale, et notamment la littérature moderne marquée par une rupture de tradition, il refuse en effet de continuer à faire une littérature, ni comme celle qui date de plus de deux mille ans, ni comme celle dont le chemin a été frayé par la « littérature de cicatrice ».

Il admire Kafka qui est le fameux étranger de la littérature moderne:

> Il est évident, Kafka n'est pas né d'un long fleuve littéraire qui s'auto-génère. Ce ne sont pas les vagues qui le poussent vers le bord ; c'est lui qui part du bord à

---

① Les trois recueils d'essais: *Meiyou yitiao daolu shi chongfude* (*On ne reprend jamais deux fois le même chemin*), *Wennuan he baiganjiaoji de lücheng* (*Un voyage plein de tendresse et d'émotions*) et *Yinyue yingxiangle wode xiezuo* (*La Musique a influencé mon écriture*) regroupent des articles dans lesquels Yu Hua parle de sa lecture et de son écriture.

> contresens des vagues. [...] Son statut est aussi embarrassant que l'identité de K dans *Le Château*. Ils sont tous les deux des étrangers inattendus.①

Est-ce l'une des raisons qui explique la présence récurrente, presque fantomatique, des personnages nommés « Etranger » dans ses récits ?

Il aime Boulgakov qui n'écrit que pour combler l'envie d'écrire:

> *Le Maître et Marguerite* est une œuvre qui ne peut pas être publiée à son époque. [...] C'est pour cela que l'écriture de Boulgakov est d'autant plus marquée par un besoin intérieur, c'est-à-dire une écriture qui perd son sens réel, qui n'a rien à voir avec la publication, la récompense, la notoriété, une écriture qui est la pure expression de soi, un recueil de mémoires que Boulgakov écrit pour lui-même.②

Il éprouve une compassion pour Mishima Yukio qui met au même niveau l'écriture et sa propre vie: écrire n'est plus jouer le rôle d'écrivain, mais vivre ; et vivre devient une œuvre:

> Sa narration est une louange: une louange de mort, de

---

①"显然，卡夫卡没有诞生在文学生生不息的长河之中，他的出现不是因为后面的波浪在推动，他像一个岸边的行走者逆水而来。（……）他的身份就像是《城堡》里 K 的身份那样尴尬，他们都是唐突的外来者。" - Yu Hua, « Kafuka he K » (Kafka et K), in *Wennuan he baiganjiaoji de lücheng* (*Un voyage plein de tendresse et d'émotions*), Shanghai, Shanghai wenyi chubanshe, 2004, p.94.

②"一部在那个时代不可能获得发表的作品，布尔加科夫深知这一点，因此他的写作就更为突出地表达了内心的需要，也就是说他的写作失去了实际的意义，与发表、收入、名誉等等毫无关系，写作成为了纯粹的自我表达，成为了布尔加科夫对自己的纪念。" - Yu Hua, « Buerjiakefu yu *Dashi he magelite* » (Boulgakov et *Le Maître et Marguerite*), in *Wennuan he baiganjiaoji de lücheng* (*Un voyage plein de tendresse et d'émotions*), *ibid*., p.21.

> laideur, et de sang. C'est cela qui fait de sa narration une beauté sublime et frissonnante tout en même temps. Il ne fait pas de distinction entre les valeurs, quel que ce soit le beau ou le laid, le bien ou le mal, la vie ou la mort. Il finit par confondre la limite entre l'écriture et la vie – il superpose l'écriture à la vie et ne les distingue plus l'une de l'autre.①

Yu Hua se met volontairement au même rang que « les écrivains sans nom » comme Bruno Schulz. Dans un article intitulé « Wenxue he wenxueshi » (La littérature et l'histoire de la littérature), il démontre qu'on s'intéresse plus à l'histoire des écrivains qu'à la véritable histoire de la littérature. La première n'est en fait qu'une énumération de noms d'écrivains reconnus pour l' « importance » de leurs œuvres – la quantité de leur production ou leur contribution à construire une linéarité de l'histoire littéraire, tandis que la véritable histoire de la littérature doit s'intéresser à l'évolution des pensées littéraires, donc parler aussi des écrivains moins connus, qui sont dans la plupart des cas en marge de l'histoire officielle de la littérature, mais qui, par leur dissidence, ont marqué les pages révolutionnaires de la littérature. Yu Hua fait ensuite allusion à la rue du Crocodile des *Boutiques de cannelle* de Schulz. Ce quartier

---

① "对于三岛由纪夫来说，这一切都是极为美好的，他的叙述其实就是他的颂歌，它歌颂死亡，歌颂丑陋，歌颂鲜血。这就是为什么他的叙述是如此美丽，同时他的美又使人战栗。""所以说，三岛由纪夫混淆了全部的价值体系，他混淆了美与丑，混淆了善与恶，混淆了生与死，最后他混淆了写作与生活的界线，他将写作与生活重叠到了一起，连自己都无法分清。" – Yu Hua, « Sandaoyoujifu de xiezuo yu shenghuo » (L'écriture et la vie de Mishima Yukio), in *Wennuan he baiganjiaoji de lücheng* (*Un voyage plein de tendresse et d'émotions*), *ibid.*, p.71.

ambigu et puant dans l'œuvre de Schulz trouve son allusion dans l'histoire de la littérature: « Nombreux sont les écrivains illustres obligés de s'installer dans la rue du Crocodile. La carte géographique que dessine l'histoire de la littérature ne leur laisse qu'une vague place située en zone inconnue. »[①] Yu Hua se place volontairement parmi les écrivains « de la rue du Crocodile » et se réjouit d'être un hérétique qui écrit des œuvres distinctes de son époque.

L'Histoire entraîne une débâcle dans tous les sens, tout aussi bien la désagrégation de l'ordre social que l'échec d'une tradition littéraire et son impossible continuation. Les événements historiques apparaissent comme un phénomène qui donne lieu à une remise en question des ordres établis dont rend compte simultanément la diégèse. Yu Hua avoue que ses œuvres, surtout celles qui précèdent *Huozhe* (*Vivre !*) (1993), naissent de sa relation tendue avec la réalité[②]. Et pour Claude Simon, c'est la « mélancolie du passé » qui sert de muse qui inspire son écriture, mais elle n'est pas « la muse de l'achèvement, la muse des promesses accomplies », mais « le démon de la procrastination »[③]. Adhérer à des valeurs du passé dans un temps moderne et continuer à faire de la littérature comme avant, surtout après ce qui s'est passé dans l'histoire humaine du XXe siècle, serait complètement inepte et anachronique. L'œuvre de Claude Simon et celle de Yu Hua représentent une réflexion de la littérature

---

①"更多的优秀作家只能搬去鳄鱼街居住，文学史的地图给予他们的时常是一块空白" – Yu Hua, « Wenxue he wenxueshi » (La littérature et l'histoire de la littérature), in *Wennuan he baiganjiaoji de lücheng* (*Un voyage plein de tendresse et d'émotions*), *ibid.*, p.117.

② "长期以来，我的作品都是源于和现实的那一层紧张关系。" – Yu Hua, préface à *Huozhe* (*Vivre !*), Shanghai, Shanghai wenyi chubanshe, 2004.

③ Philippe Bonnefis, « Le fantômes du kiosque », in *Claude Simon. Autour de* La Route des Flandres, n°3 de la revue *Littératures contemporaines*, Paris, Klincksieck, 1997, p.90.

et de l'écrivain sur le sens d'écrire dans une époque post-événementielle, ce sont des œuvres profondément enracinées dans l'Histoire.

Chapitre II. Un nouveau roman

Claude Simon et Yu Hua revendiquent le caractère fictionnel de la littérature, s'attachent à la libérer de la restriction de l'Histoire et à se révolter contre la légitimité de l'Histoire au nom de la littérature. « En décernant le Nobel à Claude Simon, a-t-on voulu confirmer le bruit que le roman était définitivement mort ? » (DS, p.15) – la critique française se pose cette question lorsque l'annonce du lauréat jette le désarroi dans la presse française. Nous nous rappelons aussi les propos des critiques sur l'œuvre de Yu Hua, qui annoncent que son manque de sensibilité pour la vie et le réel emmènera la littérature dans l'impasse d'un horrible vide d'âme[①]. « [La littérature] brille le plus au moment où elle tente de mourir. »[②] – disait naguère Roland Barthes. Si le roman est destiné à mourir, c'est ce moment d'agonie qui mérite notre attention: en même temps que se déstabilise la fiction écrite selon des conventions considérées immuables, s'élève dans les ruines un tout autre type de roman qui se fraie un chemin ailleurs. A ce moment à la fois destructeur et résurrectionnel, si l'avenir n'est pas encore tracé, il est pourtant évident que « certaines voies sont barrées ou déclassées »[③]. Les

---

① Lire l'article de Xie Youshun, « Mianhuai xianfeng xiaoshuo » (Regretter les romans d'avant-garde), *Wenyi pinglun* (*Critique d'art et de littérature*), n°5, 1993, p.32.

② Roland Barthes, *Le Degré zéro de l'écriture*, Paris, Seuil (Point Essais), [1953] 1972, p.32.

③ Maurice Merleau-Ponty, « Notes de cours "Sur Claude Simon" », présentation par Stéphanie Menasse et Jacques Neefs, *Genesis*, n°6, 1994, p.165.

critiques qui pleurent la mort du roman n'ont peut-être pas pensé que le défi à l'ordre établi est intentionnel même – faudrait-il l'appeler le « meurtre du roman » ?

Les manières dont Claude Simon et Yu Hua s'interrogent sur le sens de l'écriture se ressemblent, mais la figuration qu'ils donnent au nouveau type de roman n'est pas tout à fait la même. C'est pour cela qu'on propose, dans cette partie, d'examiner individuellement leur conception du roman avant de les rapprocher.

1. Le roman selon Claude Simon

1.1 Brisement du miroir

Engagé dans le mouvement littéraire du « Nouveau Roman », Claude Simon fait partie de ce qu'appelle Bernard Pingaud « l'Ecole du refus »[①], et partage avec d'autres membres la même vision suspecte envers les illusions de l'expression-représentation. Si les milieux critiques des années 1940-1950 sont scandalisés par la vision critique des nouveaux-romanciers à l'égard de la littérature traditionnelle, c'est justement ce « strabisme »[②] qui permet à cette génération d'écrivains de voir des pathologies dans la littérature française d'après-guerre. Dans le numéro du 24 au 30 avril 1958 des *Lettres françaises*, Simon déclare:

---

① Bernard Pingaud, « L'Ecole du refus », *Esprit*, juillet-août 1958, pp.55-59. Parmi les propos de Claude Simon concernant le Nouveau roman et sa relation à celui-ci: « Nous avons tous eu en commun je crois – ou du moins j'ai cru le sentir – un certain nombre d'idées, plus ou moins formulées, plutôt des négations d'ailleurs: des refus ? C'est-à-dire que nous étions d'accord pour penser (ou sentir, comme vous voudrez): "Cela (je veux dire un certain roman), non, ce n'est plus possible, c'est à grincer des dents..." » (Claude Simon, « Un homme traversé par le travail », entretien avec Alain Poirson et Jean-Paul Goux, *La Nouvelle Critique*, n° 105, juin-juil. 1977, p.42.)

② Nous faisons référence à une photo d'Alain Robbe-Grillet prise par Claude Simon intitulée « L'Ecole du regard » (Cf. *Claude Simon. Photographie (1937–1970)*, coll. Photo-Cinéma, Paris, Maeght Editeur, 1992, p.138).

> Il me semble en effet que l'art est, au même titre que la science, un instrument de connaissance, en ce sens qu'il consiste en l'établissement de « rapports ». Il ne peut donc être, de par son essence, que toujours en avant: c'est une permanente insatisfaction, une permanente révolte, une permanente remise en question, un permanent approfondissement du déjà acquis et du déjà connu qui le suscitent.①

Dans cette enquête sur la question « Qu'est-ce que l'avant-garde en 1958 », Simon en appelle à une rénovation radicale de la littérature, et compare les écrivains qui ne cherchent pas de formes neuves aux ébénistes contemporains qui fabriquent comme Lévitan fabrique du Louis XV ou du Directoire. Il en voit une « arrière-garde [...] qui pense et écrit avec, en moyenne, cent à cent cinquante ans de retard, usinant des ouvrages dans le "goût ancien" ».

Claude Simon dénonce avec acharnement l'échec inévitable du projet réaliste, qui est la base théorique d'une restauration du passé dans des récits historiques. Le but ultime du réalisme est de reconstituer, dit Claude Simon en empruntant la formule de Baudelaire, « le monde comme si je n'étais pas là pour le dire ». La métaphore traditionnelle de la littérature voudrait qu'un roman soit un « miroir impartial promené le long d'un chemin » (DS, p.15). Or selon Claude Simon, les œuvres ainsi conçues sont des « faux-monnayeurs ». Cette surface « plane, unie, sans aspérités, sans

---

① Réponse à une enquête des *Lettres françaises*: « Qu'est-ce que l'avant-garde en 1958 ? », n°719, 24-30 avril, 1958.

rien d'autre, derrière une mince plaque de métal poli » a pour ambition d'envoyer indifféremment et objectivement les images virtuelles. Mais en réalité, ce qui est représenté dans la littérature n'est qu'une « simple succession ou addition linéaire d'épisodes, de descriptions ou d'analyses »[①] de l'événement. Au niveau narratif, cette écriture prétend « narrer » ou « raconter » les aventures d'un ou plusieurs personnages « comme cela se passe dans le temps des horloges »[②], feint de « se calquer sur la continuité et le cheminement de ce temps que l'auteur est censé suivre pas à pas »[③]. Mais il suffit d'une simple constatation pour invalider ce mécanisme de miroitement. Ce qui se passe réellement dans l'écriture, c'est que l'écrivain ne cesse de sélectionner subjectivement ce qu'il va écrire. Il « choisit, élimine, mais aussi valorise entre cent et mille quelques éléments d'un spectacle » (DS, p. 26), de sorte qu'on assiste à « une série d'accélérations ou de décélérations parfaitement "irréalistes" »[④], et qu'« en fin de compte et en dépit de ces quelques concessions, la succession d'images, de descriptions [...] que l'on nous propose, se fait là dans une sorte de cacophonie scripturale, et sans le moindre souci d'une véritable continuité de l'écriture. »[⑤] L'exemple qu'il cite est que dans *La Chartreuse de Parme*, après avoir narré en détails les aventures de Fabrice dans la bataille de Waterloo, Stendhal écrit brusquement: « Le reste du voyage n'eut rien que d'ordinaire. » Simon est choqué par le fait que Stendhal ait mis trente-sept pages

① « Un bloc indivisible », réponse à la question « Pourquoi des romans ? », *Les Lettres Françaises*, n°740, 4-10 déc. 1958, p.5.

② *Ibid.*

③ « Réponses de Claude Simon à quelques questions écrites de Ludovic Janvier », *Entretiens*, n°31, 1972, p.18.

④ *Ibid.*

⑤ *Ibid.*

pour une journée à Waterloo, mais une page seulement ensuite pour tout un mois, alors que « le moindre des voyages, c'est-à-dire des déplacements dans le temps et l'espace, a, même en temps de paix, quelque chose d'extraordinaire »[①]. Dans cette seule page concernant les quinze jours que Fabrice passe dans l'auberge d'Amiens, les adjectifs de valeur qui sont pratiquement absents dans le récit de Waterloo, viennent « truffer » – pour reprendre le mot de Simon – le texte: « Stendhal ne montre plus: il nous informe et nous dit ce qu'il faut penser (des aubergistes, de Fabrice qui devient "un autre homme", fait des réflexions "profondes") ». Disposer des hiérarchies de la signification dans l'importance conventionnelle accordée aux divers éléments narratifs est bien une des règles de la représentation. Le réalisme est donc loin d'être l'équivalent d'un miroir, et il ne fait pas ce qu'il est censé faire: renvoyer exactement et sans distinction comme un miroir tout ce qui entre dans son champ. Si bien qu'autour du traitement des éléments s'organise ensuite une stricte économie de l'écriture et de la lecture pour faire passer ce qui est déjà choisi, trié et hiérarchisé comme quelque chose de réel.

Non seulement cette restauration historique par la représentation ne peut s'achever que partiellement, mais Claude Simon démontre aussi qu'en réalité le projet de représentation littéraire, étant une composition de signifiants, est intenable par sa nature.

> En poussant la volonté de réalisme jusqu'à la dérision, on a fait, par exemple, les fameux "ready-made". Mais un casier à bouteilles sur le plancher d'une salle d'exposition ou une

---

① *Ibid.*

> porte accrochée à une cimaise, du fait qu'ils sont isolés de leur contexte habituel et détournés de leur fonction n'est plus le casier à bouteilles ou la porte. Quant à des objets ou des personnages dans un livre, même décrits minutieusement, ils sont toujours faits de mots [...] .[1]

Sur ce point, il fait allusion à la thèse de Roman Jakobson qui observe qu'on a l'habitude de renvoyer la notion « réalisme » non à un roman se référant à la « réalité » mais à un genre littéraire qui s'est développé au XIXe siècle (Voir DS, p.29). Ce faisant, Simon nous rappelle qu'on a en fait oublié que la réalité représentée dans les romans – les choses, les personnages – dépend entièrement de l'écriture qui les instaure. L'écriture établit un obstacle entre le monde réel et le monde représenté. Puisque le récit et les événements narrés ont tous besoin de l'écriture pour exister, celle-ci est alors ineffaçable, et le monde représenté n'équivaut jamais au monde réel. Ce que disait Claude Simon est confirmé par la notion de « showing » et « telling » selon Gérard Genette:

> La notion même de « showing », comme celle d'imitation ou de représentation narrative (et davantage encore, à cause de son caractère naïvement visuel) est parfaitement illusoire... aucun récit ne peut « montrer » ou « imiter » l'histoire qu'il raconte. Il ne peut que la raconter.[2]

---

① Claude Simon, « Il n'y a pas d'art réaliste », entretien avec Madeleine Chapsal, *Quinzaine littéraire*, n°41, 15-30 déc. 1967.

② Gérard Genette, « Discours du récit », in *Figures III*, Seuil, 1972, p.185.

Représenter le réel est basé sur un mode visuel, tandis que la littérature utilise un mode discursif. En raison de ce passage nécessaire par les mots, la mimésis d'un roman réaliste ne peut jamais atteindre son objectif initial: renvoyer sans distinction les images du monde. Le projet du réalisme traditionnel est en tous sens du terme voué à l'échec.

C'est en raison de cette distinction entre le récit et le réel que Claude Simon reproche à Henri Martinau et Emile Faguet leur lecture sur le coup de pistolet dans *Le Rouge et le Noir*[①]. Martineau considère ce dénouement comme « le couronnement logique du récit », tandis que Faguet le trouve « plus faux qu'il n'est permis ». Aussi contradictoire que ce soit, les deux spécialistes, l'un comme l'autre, ont en fait tiré leur conclusion d'après des considérations sociologiques ou psychologiques du texte. Selon Claude Simon, l'erreur de ces deux critiques vient justement du fait qu'ils ont oublié que *Le Rouge et le Noir* est un roman, « donc, par définition, une fiction », ce qui veut dire « qu'il ne s'agit pas de comptes rendus d'événements qui se sont effectivement produits et comme nous pouvons en lire dans les journaux », mais « d'aventures, d'événements, de personnages qui n'ont d'autre "réalité" que celle dans laquelle l'écriture les instaure, n'ont d'existence que par elle ».[②]

---

① Claude Simon a pris cet exemple à plusieurs occasions. Voir « Réponses de Claude Simon à quelques questions écrites de Ludovic Janvier », *op.cit.*, p.19 ; « La fiction mot à mot », communication, suivie d'une discussion, au Colloque de Cerisy, 20-30 juillet 1971, in *Nouveau roman: Hier, aujourd'hui, tome II: Pratiques*, Paris, U.G.E. (10/18), 1972, p.77 ; « Claude Simon, à la question », in *Lire Claude Simon*, sous la direction de Jean Ricardou, Paris: Les Impressions Nouvelles, 1986, p.426 ; « Un homme traversé par le travail », entretien avec Jean-Paul Goux et Alain Poirson. *La Nouvelle Critique*, n°105, juin-juil. 1977, p.41, et la note n°27 d'Alastair Duncan et Jean Duffy sur *Discours de Stockholm* dans *Œuvres de Claude Simon* dans la bibliothèque de la Pléiade.

② « Réponses de Claude Simon à quelques questions écrites de Ludovic Janvier », *op.cit.*, p.20.

L'obsession de la véracité s'intègre arbitrairement dans la constitution d'une réalité que l'auteur voudrait représenter par son écriture. Claude Simon constate que dans un roman conventionnel les personnages sont « des types sociaux ou psychiques », « simplifiés jusqu'à la caricature » (DS, p.18). Selon le principe réaliste, tout ce qui se passe dans le roman doit tourner autour d'un noyau interne qui est le « voudrait-dire » de l'auteur, et les personnages sont inclus dans le roman comme des éléments d'une machine qui fait fonctionner la « fable ». Dans le cas d'un récit qui tente une restauration historique, c'est le « voudrait-dire » de l'auteur sur une « vérité » historique préalablement établie qui va déterminer les personnages et leurs comportements, ainsi que tous les éléments concourent au même but d'une révélation finale de l'événement:

> Les personnages sont entraînés dans une suite d'aventures, de réactions en chaîne se succédant par un prétendu implacable mécanisme de causes et d'effets qui peu à peu les conduit à ce dénouement qu'on a appelé le « couronnement logique du roman », démontrant le bien-fondé de la thèse soutenue par l'auteur [...]. (DS, p.18)

Le réalisme entraîne la « boutade », selon l'expression de Claude Simon, si bien que ce n'est plus l'art qui imite la nature, mais la nature qui imite l'art, c'est-à-dire que le réalisme présente au lecteur une œuvre « dont l'aspect "ressemble" non pas à la nature [...], mais à l'image de la nature à laquelle il est accoutumé depuis longtemps » (ibid., p.25). La soi-disant « vérité historique » restaurée par le moyen de la mimésis ne porte pas une réalité qui a véritablement eu lieu, mais une fausse réalité établie par la spéculation de l'auteur et imposée à ses lecteurs.

1.2 Primauté de la causalité intérieure

Il est impossible pour Claude Simon qu'à l'époque contemporaine, après la découverte du « mensonge du miroir », on continue à écrire des fictions selon les dogmes du réalisme de représentation basé sur les ressemblances: « [...] maintenant que tout est fini, tenter de rapporter, de reconstituer ce qui s'est passé, c'est un peu comme si on essayait de recoller les débris dispersés, incomplets, d'un miroir » (V, p.9), et il trouve « tout de même assez comique et même complètement absurde d'être obligé, de se croire obligé de s'exprimer d'une façon cohérente quand ce que l'on éprouve est incohérent »[①]. Entre la tentative d'écrire avec une linéarité définie et la réalité de l'événement qui est incohérente, il y a une opposition et une incompatibilité. L'œuvre de Claude Simon constitue une contestation perpétuelle de cette tentative, et sa propre écriture tente de chercher une autre réalité:

> L'écriture ne peut prétendre [...] ni à « redoubler » l'histoire déjà vécue, ni à la « sauver », ni à lui « offrir un terme », mais à *dire* une histoire qui, encore une fois, n'entretient avec l'histoire « déjà vécue » que les très relatifs rapports de la pomme peinte avec la pomme

① « Qu'est-ce que l'avant-garde en 1958 ? », *op.cit.*

> « réelle ».[①]
>
> La littérature (le roman) est, me semble-t-il, en soi, de même qu'une peinture, une « réalité » qui fait partie de celle avec un grand R, sinon même dans une certaine mesure la constitue ou, si vous préférez, l'instaure.[②]

L'écriture qu'il entreprend est celle de « l'impossibilité de combler des trous, d'achever»:

> Le monde extérieur vient s'inscrire en nous sous la forme de fragments. Nous sommes absolument incapables de saisir une continuité.[③]
>
> ... *aucune conclusion* dans mes romans: je veux dire aucun "dénouement" de nature plus ou moins socio/ psychologique et qui puisse être interprété comme un aboutissement fatal ou logique d'une situation de départ et d'une suite d'événements qui en dérouleraient.[④]

La Route des Flandres est un roman qui se conteste, porte en lui-même sa mise en doute. En maintenant le réel à distance, il rappelle sans cesse que le réalisme ne consiste pas à copier le réel. Le traitement du temps qui fait l'objet dans la partie précédente de notre étude a nettement mis en évidence le refus de la chronologie que

---

① « Réponses de Claude Simon à quelques questions écrites de Ludovic Janvier », *op.cit.*, p.23.

② « Claude Simon, à la question », *op.cit.*, p.422.

③ Claude Simon, « Document. Interview avec Claude Simon », entretien avec Bettina L. Knapp, *Kentucky Romance Quarterly*, vol. 16, n°2, 1969, p.183.

④ « Attaques et stimuli », entretien avec Lucien Dällenbach, in *Claude Simon*, Seuil, 1988, p.170.

pratique le texte simonien. La narration de ce roman, qui tourne en rond et qui ne « progresse » pas, est comme Orion aveugle, décrit dans un des livres de Simon: immobile à grands pas, « tâtonnant dans le vide » (OA, p.19). Georges, Iglésia et Blum élaborent plusieurs versions d'un même événement, ou des motivations d'un même personnage, mais il n'est pas sûr qu'à la fin ces versions viennent au secours d'une réalité perdue. Le plan du montage du roman que l'écrivain fait publier trente ans après la publication de *La Route des Flandres* nous montre que ce roman, composé d'images d'événements, de bribes de conversations et de souvenirs qui se pressent dans la mémoire, ne fait que répondre à ce qui dépasse l'écrivain①. Les fragments écrits préalablement sont « montés » par l'écrivain en jouant sur les intervalles, les enchaînements et les chevauchements de ces « pièces détachées ». Cette composition du roman faite de découpages et de collages, non selon le besoin de la narration événementielle, mais selon un système de couleurs et de disposition, va jusqu'à conduire l'écrivain à écrire des passages nouveaux pour équilibrer son texte②. Dans cet assemblage, aucune hiérarchie de signification n'est accordée aux différents éléments

① Voir le plan de montage de *La Route des Flandres* dans *Claude Simon. Chemins de la mémoire*, *op.cit.*, repris dans *Œuvres de Claude Simon* dans la bibliothèque de la Pléiade. Nous avons également reproduit ce plan dans la partie Annexe de notre étude.

② Lors du Colloque de Cerisy de 1974, Claude Simon a évoqué le plan de montage de *La Route des Flandres* qu'il a établi en attribuant une couleur à chaque personnage ou à chaque thème: « A un moment donné, en effet, j'avais écrit des fragments, mais ça ne faisait pas un livre. Alors, j'ai inscrit, chaque fois sur une ligne, un petit résumé de ce qu'il y avait dans chaque page et, en face, j'ai placé la couleur correspondante, puis j'ai punaisé l'ensemble sur les murs de mon bureau et alors je me suis demandé s'il ne fallait pas un peu de bleu par ici, un peu de vert par là, un peu de rouge ailleurs, pour que ça s'équilibre. Ce qu'il y a d'intéressant, c'est que j'ai "fabriqué" certains passages parce qu'il manquait un peu de vert ou un peu de rose à tel ou tel endroit. » - « Claude Simon, à la question », réponses aux questions des participants au Colloque de Cerisy [1974], in *Claude Simon: analyse, théorie*, Paris, U.G.E., 1975, p. 428. Voir également Claude Simon, « La fiction mot à mot », *op.cit.*, pp.92-93.

narratifs afin de faire ressortir telle ou telle réalité, tout est placé sur un plan d'égalité, une publicité de bière et le mouvement de l'ombre d'un nuage valent autant de descriptions que la chute du cheval du colonel de Reixach, scène centrale de ce roman sur la débâcle de 1940. Et cette scène réapparaît dans le texte comme un leitmotiv sans jamais qu'un éclaircissement ne soit donné. « Description fragmentaire d'un désastre », ainsi aurait pu s'appeler *La Route des Flandres*, et Claude Simon a bien raison de se déclarer un « réaliste » qui « ne méprise rien »[①].

Pour Claude Simon, la fiction n'a pas à mimer la démarche exacte du passé réel, non seulement parce que toutes les tentatives du réalisme ont prouvé que cela était un geste vain, mais aussi parce que la véritable raison d'être de la fiction se trouve en elle-même. Une écriture qui raconte « sa propre aventure et ses sortilèges »[②] est plus fiable que celle qui s'associe à un sujet important. Cette écriture revendique une crédibilité qui « soit conférée au texte par la pertinence des rapports entre ses éléments, dont l'ordonnance, la succession et l'agencement ne relèveront plus d'une causalité extérieure, [...], mais d'une causalité intérieure » (DS, p.22). Ce que l'écrivain appelle ici une causalité intérieure est un ordre qualitatif caractéristique d'un certain roman contemporain, c'est-à-dire un ordre construit à base de signifiants, matériaux même de l'écriture, qui s'oppose à « l'ordre extratextuel causal et chronologique » du roman traditionnel:

---

① « Les secrets d'un romancier, Claude Simon s'explique », entretien avec Hubert Juin, *Les Lettres Françaises*, n°4, 6-12 octobre 1960, p. 5.

② « Réponses de Claude Simon à quelques questions écrites de Ludovic Janvier », *op.cit.*, p.20.

> Dans le roman traditionnel, la loi, l'impératif est un impératif de causalité: tel événement arrive parce que le héros est né dans un tel milieu social, a fait telle ou telle chose, et des causes produisent des effets jusqu'au dénouement final. Cela ne m'intéresse pas. Mon impératif, c'est celui de la qualité.①

Cette causalité implique chez Claude Simon d'abord l'association, l'opposition et le contraste des éléments différents par le sensible:

> Si je ne peux accorder crédit à ce *deus ex machina* qui fait trop opportunément se rencontrer ou se manquer les personnages d'un récit, en revanche il m'apparaît tout à fait crédible, parce que dans l'ordre sensible des choses, que Proust soit soudain transporté de la cour de l'hôtel des Guermantes sur le parvis de Saint-Marc à Venise par la sensation de deux pavés sous son pied, crédible aussi que Molly Bloom soit entraînée dans des rêveries érotiques par l'évocation de fruits juteux qu'elle se propose d'acheter le lendemain au marché, crédible encore que le malheureux Benjy de Faulkner hurle de souffrance lorsqu'il entend les joueurs de golf crier le mot « caddie », et tout cela parce qu'entre ces choses, ces réminiscences, ces sensations, existe une évidente communauté de qualités, autrement dit une certaine harmonie, qui, dans ces ensembles, est le fait

① « La véritable littérature ne sert à rien », *op.cit.*, p.218.

> d'associations, d'assonances, mais peut aussi résulter, comme en peinture ou en musique, de contrastes, d'oppositions ou de dissonances. (DS, p.22)

Cette nouvelle crédibilité, basée sur un événement « décrit et non plus rapporté », suivi ou précédé par un tel autre « en raison de leurs seules qualités propres », est plus fiable que celle basée sur la causalité d'ordre psychosocial présupposé par la littérature traditionnelle. Grâce à cette causalité intérieure, il n'y a plus ni failles ni lacunes. Quand le texte abandonne ses prétentions habituelles dans les romans traditionnels, l'écriture et ses nécessités propres prennent plus de place, et le texte nous offre une continuité interne plus solide que celle créée par l'ordre causal extérieur:

> [...] si un ou plusieurs des éléments ou éléments thématiques peuvent en effet se trouver fragmentés, [...] le texte, lui, va présenter une bien plus grande continuité puisque ses articulations, ses charnières, sa progression, ne dépendront plus que des relations qualitatives entre les éléments qui le constituent. [...] ce que ce texte *narre* alors sans plus de faux semblant, c'est cette continuité même, la façon dont il se construit peu à peu, cette progression qu'il guide lui-même: comme je l'ai indiqué plus haut, le *sujet* du roman, c'est cela.[①]

---

① « Réponses de Claude Simon à quelques questions écrites de Ludovic Janvier », *op.cit.*, p.22.

La description du mouvement d'un cheval dans *La Route des Flandres* fait preuve d'une telle conception. Cette séquence qui se trouve au sein de l'évocation d'une course hippique semble venir en dehors de l'événement narré. Elle a l'air d'avoir comme effet de ralentir la narration et d'entraîner une décomposition de la durée de la fiction:

> les quatre sabots se détachant et se rejoignant alternativement (exactement à la façon d'une goutte d'eau qui se détache d'un toit ou plutôt se scinde, une partie d'elle-même restant accrochée au rebord de la gouttière (le phénomène se décomposant de la façon suivante: la goutte s'étirant en poire sous son propre poids, se déformant, puis s'étranglant, la partie inférieure – la plus grosse – se séparant, tombant, tandis que la partie supérieure semble remonter, se rétracter, comme aspirée vers le haut aussitôt après la rupture, puis se regonfle aussitôt par un nouvel apport, de sorte qu'un instant après il semble que ce soit la même goutte qui pende, s'enfle de nouveau, toujours à la même place, et cela sans fin, comme une balle cristalline animée au bout d'un élastique d'un mouvement de va-et-vient), et, de même, la patte et l'ombre de la patte se séparant et se ressoudant [...]) comme par un phénomène d'osmose, le double mouvement multiplié par quatre [...] (RF, p.24)

Le récit ne rapporte plus les mouvements tels qu'ils peuvent être enregistrés par l'œil humain, mais ils sont vus à travers une série de plans ralentis, dont les détails nouvellement découverts demandent au narrateur d'y faire un détour. Ainsi, le récit dérive et glisse vers d'autres choses. En parlant du déplacement foudroyant du cheval, le récit se craquelle en ouvrant une description de va-et-vient semblables à ceux des sabots du cheval par leur commun caractère répétitif et interminable. Le récit digresse sur une analyse du mouvement des gouttes d'eau, puis sur le mouvement d'une balle au bout d'un élastique, avant de revenir à l'initial plan des pieds du cheval. La narration semble s'oublier dans cette digression – la description sur d'autres mouvements occupe dans le récit plus de lignes que celle du mouvement du cheval. Ce passage nous donne à voir le mouvement associatif et digressif d'une parole et d'une pensée intérieure. L'emboîtement des images donne l'impression que le mouvement impétueux du cheval est abruptement suspendu, et que le récit se déplace vers un autre espace-temps, dédoublant ainsi la fiction. Chaque transfert entre les images se justifie soit par les parenthèses qui impliquent une expansion, soit par les jonctions telles que « à la façon de » et « comme » qui supposent une comparaison analogique. Ainsi, à vrai dire, il s'agit dans cette séquence moins d'une digression qu'un évanouissement du récit dans ses propres imaginaires.

Il faut se rappeler que la causalité intérieure selon Claude Simon relève d'un ordre textuel qualitatif propre aux signifiants, car ce travail d'analogie, d'associations, de correspondances et d'oppositions se fait par le moyen de la langue, constitué grâce au déploiement de véritables réseaux de signifiants. Ce qui rapproche les événements, ce n'est pas la « chronologie » – celle du temps des horloges –, c'est leur énonciation en tant que textes. Dans de nombreux cas, *La Route des Flandres* réunit des époques, des événements, des objets, des personnes et des souvenirs qui sont « sans rapports ». La dimension historique n'est pas ce qui les relie: ce qui les relie, c'est un système de ramification des mots et de la mémoire, qui permet le mouvement disgressif du texte. Les séquences narratives ne s'enchaînent pas linéairement d'après l'ordre de leur succession dans le temps réel, mais selon les sursauts de mémoire de Georges à l'aide des mots, de sorte que dans le texte les réminiscences et le travail des mots reviennent à la même chose. Alors le vrai télescopage dans l'œuvre de Claude Simon est, comme l'a très bien dit Mireille Calle-Gruber, « celui des mots dans la langue (calembours, rimes, voisinages homophoniques et sémantiques) qui entraîne tous les autres bouleversements »[①]. L'œuvre est devenue « composition », telle une composition musicale, c'est-à-dire organisation de ses composantes par « affinités », autour de phénomènes de langue et d'écriture, pour que de là naisse une harmonie de sons des mots. Par sa nature textuelle, le fragment, bien que décrit au présent ou au passé, n'est plus soumis, dans l'œuvre, à la règle du temps historique, mais à celle du temps narratif. Ainsi, *La Route des Flandres,* cette œuvre apparemment chaotique et informe, possède en réalité une structure extrêmement cohérente.

---

① « L'inlassable réa/encrage du vécu », entretien avec Mireille Calle, in *Claude Simon – Chemins de la mémoire*, *op.cit.*, 1993, p.16.

1.3 Fiction « mot à mot »

Pour Claude Simon, écrire un roman est alors un travail de composition avec les mots. En témoigne cette confidence de l'auteur au cours d'un entretien: « [...] je crois qu'écrire, c'est avant tout composer: agencer les mots à l'intérieur de la phrase, les phrases à l'intérieur des paragraphes, les motifs à l'intérieur du texte... »[①]. Il est d'accord avec Novalis qu'« il en va du langage comme des formules mathématiques »:

> Elles constituent un monde en soi, pour elles seules ; elles jouent entre elles exclusivement, n'expriment rien sinon leur propre nature merveilleuse, ce qui justement fait qu'elles sont si expressives que justement en elles se reflète le jeu étrange des rapports entre les choses.[②]

« Les mots ne sont pas seulement "signes" mais nœuds de significations », disait aussi Claude Simon en citant Lacan[③]. Cette notion de « nœuds de significations » a été ensuite formulée par lui-même en « carrefours de sens » dans sa préface à *Orion aveugle:*

> Je ne connais pour ma part d'autres sentiers de la création que ceux ouverts pas à pas, c'est-à-dire mot après mot, par

---

① Claude Simon, « Claude Simon ouvre *Les Géorgiques* », entretien avec Jacqueline Piatier, *Le Monde*, 04/09/1981.

② Novalis, *Œuvres complètes*, Gallimard, t. II, 1981, p.86. Pour la citation de Simon, voir *Discours de Stockholm*, Paris, Minuit, 1986, p.30 et « La véritable littérature ne sert à rien », *op.cit.*, p.218.

③ « Il [Lacan] prenait l'exemple du mot rideau, qui peut être le rideau de la chambre, ou le rideau derrière lequel Hamlet tue Polonius, ou le rideau d'un théâtre, ou encore un rideau d'arbres. *Et cætera*. Chaque mot, avec ses connotations, apporte des ouvertures nouvelles et inattendues. » – « La véritable littérature ne sert à rien », *op.cit.*, p.220-221.

> le cheminement même de l'écriture. [...] Une épingle, un cortège, une ligne d'autobus, un complot, un clown, un Etat, un chapitre n'ont que (c'est-à-dire ont) ceci de commun: une tête. L'un après l'autre les mots éclatent comme autant de chandelles romaines, déployant leurs germes dans toutes les directions. Ils sont autant de carrefours où plusieurs routes s'entrecroisent. Et si, plutôt que de vouloir domestiquer chacune de ces explosions, ou traverser rapidement ces carrefours en ayant déjà décidé du chemin à suivre, on s'arrête et on examine ce qui apparaît à leur lueur ou dans leurs perspectives ouvertes, des ensembles insoupçonnés de résonances et d'échos se révèlent.[①]

Selon Claude Simon, il y a un débordement sémantique dans chaque mot, qui attire les autres comme un aimant, et ensemble ils fonctionnent entre eux comme des corps conducteurs – pour reprendre le titre d'une de ses œuvres –, ce qui donne des possibilités multiples de relation et d'éléments combinatoires: « les mots possèdent ce prodigieux pouvoir de rapprocher et de confronter ce qui, sans eux, resterait épars dans le temps des horloges et l'espace mesurable »[②], et « la langue offre la possibilité de "combinaison" en "nombre incalculable" », de sorte que « l'art s'autogénère pour ainsi dire par imitation de lui-même » (DS, p.12). La plus évidente manifestation de ce travail de langue est magistralement à l'œuvre dans *La Route des Flandres*, où les éléments « se press[ent] les uns

---

① Préface à *Orion aveugle*, Paris/Genève, Skira (Les Sentiers de la création), 1970.

② *Album d'un amateur*, Remagen/Rolandseck, Editions Rommerskirchen, 1988, p.31. Voir aussi la préface à *Orion aveugle*.

contre les autres, selon une ponctuation plus fluide, se tourn[ent] autour, s'interromp[ent], s'oubli[ent], se repre[nnent], s'invers[ent], s'emboît[ent] »[①]. Les mots, se dégageant de la plume de l'écrivain, sont devenus eux-mêmes artistes. Eberhard Gruber note cette vivacité du langage simonien. D'après lui, ce langage danse autour de ses lettres et de ses parenthèses: jambes « allongées en V vers le feu » (RF, p.78), « V renversé » (RF, p.227), doigts de Corinne écartés « en V » (RF, p.248), et le fragment de 20 lignes avec deux emboîtements supplémentaires mis entre parenthèses (voir RF, p.159). Ou bien, précise E. Gruber, Claude Simon laisse ses phrases dans des vraies et fausses ellipses et balbutiements: « "Et alors il a voulu la monter…" Et sans transition il se mit à leur parler de la pouliche » (RF, p.134), « "[…] faisait aussi bien l'af…" » (*ibid.*) ; l'exemple des « balbutiements » est alors ce fabuleux murmure de Georges: « alors que j'avais l'habitude je veux dire j'habitais l'attitude je veux dire j'habitudais de monter long » (RF, p.293). Et il s'évanouit dans ses chevauchements allusifs: « Corinne », « corail » où le *corps* animal fait le joint de façon ambiguë (RF, p.221). « Tout ceci aboutit à l'instauration d'un *rythme* où le langage ne comble pas ses vides [...] mais respire et avance à travers eux par une sorte de glissement suivi [...] jusqu'à donner la primeur au *pouvoir-produire* rythmique et paronomastique qui fait venir le(s) sens »[②].

C'est par sa conscience du pouvoir prodigieux des mots et son attachement à la langue que Claude Simon qualifie, en reprenant l'expression de Lévi-Strauss, sa propre écriture de « bricolage »

---

① Eberhard Gruber, « Eléments de biographie pour une écriture probable », *op.cit.*, p.218.
② *Ibid.*, p.219.

acharné. Un écrivain qui travaille sur les mots est celui qui élabore un travail artisanal. Il revendique ainsi la valeur du côté laborieux du travail d'écrivain. Face aux critiques qui lui reprochent d'être « laborieux » et « artificiel », Simon réagit avec véhémence: « Est-ce qu'ils n'ont jamais vu des épreuves corrigées par Balzac, par Proust, et les manuscrits de ce dernier ? »① Contrairement à ce genre de critique, il essaie toujours de tourner en mérite le reproche habituel sur le mot « labeur »:

> Or, aujourd'hui la pire et la plus méprisante condamnation qu'une certaine critique sache formuler sur un livre, c'est: « ouvrage laborieusement fabriqué ». Deux mots qui valent leur pesant d'or, ou plutôt de sottise. En ce qui me concerne, en tout cas, mes romans sont, je ne crains pas de le dire, très laborieusement fabriqués. Mais, oui: leur *fabrication* me demande beaucoup de *labeur* ! ②

Pour trouver plus d'appuis, Claude Simon fait appel à la définition que donne le dictionnaire au mot « artificiel »: « Faire avec art », et « Qui est le produit de l'activité humaine et non celui de la nature » (DS, p.12). Il réfute les notions d'« inspiration » ou de « grâce », parce que, selon lui, elles privent l'écrivain du mérite de son travail et le font entrer dans « une caste d'élus » (*ibid.* p.14). Il tâche de rectifier la connotation péjorative qu'on a généralement sur le mot « artificiel » et montre à quel point le travail d'écrivain est de

① Claude Simon, « J'ai essayé la peinture, la révolution puis l'écriture », entretien avec Claire Paulhan, *Les Nouvelles Littéraires*, n°2922, 15-21 mars 1984, p.44.

② Claude Simon, « Un homme traversé par le travail », *op.cit.*, p.34.

l'ordre du labeur et non de l'inspiration, transformant ainsi l'accusation de certains critiques en éloge à l'écrivain:

> [...] si, comme ajoute le dictionnaire, « artificiel » se dit aussi de quelque chose de « factice, fabriqué, faux, imité, inventé, postiche », il vient tout de suite à l'esprit que l'art, invention par excellence, factice aussi (du latin *facere*, « faire ») et donc fabriqué (mot auquel il conviendrait de restituer toute sa noblesse), est par excellence imitation (ce qui postule bien évidemment le faux). (*ibid.*, p.12)

Suivant cette conception, tout art est alors « artificiel » par nature. De même, Claude Simon indique que c'est seulement depuis l'époque industrielle qu'on commence à dévaloriser les notions de labeur et de travail avec lesquelles sont pourtant liées toutes productions artistiques. L'écriture peut être aussi laborieusement et consciencieusement exécutée que les ouvrages musicaux et picturaux, comme ceux de Bach et de Poussin. Non seulement il dénonce ce discrédit du travail dans le domaine artistique, mais il insiste aussi sur l'idée d'associer le travail et la valeur d'une œuvre littéraire en citant la théorie de Marx: « "Une valeur ou un article quelconque, écrit Marx dans le premier chapitre du *Capital*, n'a une valeur quelconque qu'autant que le travail humain est matérialisé en lui". Tel est en effet le départ laborieux de toute valeur. » (*ibid.*, p.13). Cela faisant, Claude Simon apporte un fondement et une légitimité épistémologique à une écriture romanesque spécifique qu'on identifie souvent au « stylisme » ou « formalisme » des années

1950-1960 et dans laquelle il s'est inscrit. Si certains romans contemporains subissent des critiques, c'est l'incompréhension des lecteurs du travail d'un écrivain qui fait mettre son innovation sur le compte de la pathologie①.

La langue fait partir le récit dans une véritable aventure, et c'est dans cette aventure même que l'écrivain s'engage. Le roman ne se propose plus de tirer sa pertinence d'une association avec un sujet important. Claude Simon, citant Roland Barthes, définit la littérature comme « activité en quelque sorte tautologique. »② On doit « non plus démontrer mais montrer, non plus reproduire mais produire, non plus exprimer mais découvrir » (DS, p.29). « Le roman, je le fais et il me fait », c'est ainsi que se justifie, quant au roman, non seulement la seconde partie de l'énoncé (« je le fais »), mais aussi le réciproque mouvement de la troisième (« il me fait »): le résultat du travail se révèle « infiniment plus riche que l'intention » (DS, p.25). Ainsi, l'écrivain peut dire que « l'on n'écrit – ou ne dit – jamais que ce qui se passe au présent de l'écriture »③, et face au vide rempli de promesses par l'attente du travail et « vo[yant] se produire chaque fois ce curieux miracle »④, il peut s'exclamer: « quelle merveille que la page blanche… »⑤ Le faire de l'écrivain se trouve dans l'intervalle entre la tache du blanc (papier) et la tache du noir (encre).

---

① « Qu'est-ce que l'avant-garde en 1985 ? », *op.cit.*

② « La fiction mot à mot », *op.cit.*, p. 81.

③ Claude Simon a aussi dit dans un entretien datant de plus longtemps: « Le roman, c'est-à-dire une fiction, n'est pas le récit d'événements qui se seraient produits avant que le romancier ne les écrive. Les événements, les personnages d'un roman sont le fait de l'écriture, et n'ont d'existence qu'à partir du moment où ils sont écrits. Ce que le romancier décrit ou raconte se passe toujours au présent (rédaction ou lecture). » (Claude Simon, « Réponse à une enquête d'*Europe*: Le roman par les romanciers », n°474, octobre 1968.)

④ « La fiction mot à mot », *op.cit.*, p. 97.

⑤ « Attaque et stimuli », *op.cit.*, p. 181.

L'œuvre de Claude Simon puise dans les éléments du vécu: « Et à quoi bon inventer ? », dit Claude Simon dans un entretien①. Guerre d'Espagne, défaite de 1940, histoire familiale proche (le mariage de ses parents et les deux vieilles tantes dans *L'Acacia* et *Histoire*), ou lointaine (la vie de L.S.M., ancêtre de l'écrivain et héros des *Géorgiques* ; le fameux portrait de l'ancêtre dans *La Route des Flandres*), sont les thèmes majeurs qui constituent son œuvre. L'écriture de Claude Simon repose certes, à la base, sur un vécu, mais on ne saurait pour autant la qualifier d'autobiographique. Lui-même n'a de cesse de le répéter à ceux qui l'interrogent sur son travail: « Plutôt qu'autobiographiques, je préfère dire que mes livres sont à base de vécu. »② Pour Claude Simon, il ne suffit pas du vécu personnel pour produire du poétique, ni de rester plongé dans l'excès de l'expérience pour la rendre signifiante. Par contre, le « vécu » intégré dans les romans de Claude Simon finit toujours par faire place à « autre chose », c'est-à-dire, l'écrit. Simon précise dans le même entretien:

> L'histoire de mon père, de ma mère, c'est le prétexte. C'est ce qui me donne envie d'écrire. [...] Comme toutes les contraintes, celle de renoncer à la fiction est très fertile. Mais encore une fois, ces éléments biographiques sont le prétexte. Le texte est autre chose.

---

① Claude Simon, « Et à quoi bon inventer? », entretien avec Marianne Alphant, *Libération*, 31 août 1989.

② *Ibid.* Voir aussi « Attaque et stimuli », *op.cit.*, p.171: « [...] à partir de *L'Herbe* tous mes livres sont plus ou moins à base de vécu [...] ». On lit également les propos de Claude Simon dans *Révolution*, le 29 septembre 1989: « [...] depuis *L'Herbe*, il y a de moins en moins de fiction dans mes livres, ils sont à peu près tous à base de vécu plus ou moins proche ».

Les éléments autobiographiques jouent le rôle de « stimuli ». Ce qui importe est de transformer l'expérience vécue en « autre chose » et non de vivre avec le matériel brut, ou de reconstituer une vie, ce qui est d'ailleurs impossible selon l'écrivain. Le vécu ne sert en effet que de prétexte. Ce qui peut apparaître comme souvenirs dans les textes simoniens est le ressassement d'un vécu déjà maintes fois évoqué. Ces « souvenirs plus ou moins précis » font partie d'un « magma informe »[①] qui demande à être transformé chaque fois différemment par le travail de l'écriture. La « tentative de restitution » (sous-titre du *Vent*) d'un vécu, d'un passé, fait place à un travail dans, sur et par le langage qui se situe dans l'intervalle entre le vécu (le subi) et la fiction (le produit). Il faut « accorder crédit à des récits fictifs, entièrement inventés, et où tous les événements ne s'enchaînent, jusqu'au dénouement final, qu'au seul gré et à la seule fantaisie de l'auteur »[②], cependant, le récit fictionnel chez Claude Simon consiste non seulement à fabriquer des histoires à partir du vécu, à broder autour d'un noyau réel, comme il l'a fait pour son histoire de famille qui constitue le plan familial de ses nombreux romans à partir de *L'Herbe*[③], mais aussi et surtout à utiliser des procédés romanesques, à entrer dans le labyrinthe des mots, et à déclencher une « attaque littéraire », c'est-à-dire, à montrer à la fin un texte déjà traversé et envahi par le travail d'écriture, un texte qui porte la mémoire même de ce travail. Une dialectique sous-tend la

---

① Préface à *Orion aveugle*, *op.cit*.

② Claude Simon, « ... peuvent et doivent d'arrêter parfois d'écrire », conversation entre Claude Simon et Bernard-Henri Lévy, in *Les Aventures de la liberté*, Grasset, 1991, p.19.

③ Voir par exemple l'étude d'Alastair Duncan « Le projet autobiographique » (*Revue des sciences humaines*, n°220, octobre-décembre 1990, pp.47-62), qui nous montre comment les éléments biographiques deviennent subrepticement fictionnels dans ses romans.

production simonienne: « La recherche de l'histoire (à tous les sens du terme) est soumise à un systématique travail de rupture de l'entreprise même qui la constitue. »[①] Le genre fictionnel chez Claude Simon n'est donc pas synonyme d'imagination débridée. La « graphie » l'emporte sur la « bio », comme disait Gérard Roubichou[②]. Se rendre compte du travail de langue dans le « faire fiction » de Claude Simon nous permet de mieux comprendre que Simon peut fictionnaliser son vécu tout en déclarant: « Je suis incapable d'inventer quoi que ce soit. »[③] L'écriture retrace, mais aussi modifie et même enrichit les souvenirs, de sorte que dans le texte fini il y a toujours quelque chose de beaucoup plus. C'est ce qu'on appelle « l'écriture du présent » ou « le présent de l'écriture » chez Claude Simon. La biographie, si elle s'impose à l'écriture, s'expose donc dans le même temps aux transformations que celle-ci est susceptible de lui faire subir: « Le souvenir est à la fois antérieur à l'écriture et suscité (ou plutôt enrichi) par elle. Plus on écrit, plus on a de souvenirs. »[④] Dans l'œuvre de Claude Simon, il y a ce processus magique opéré par l'acte d'écrire, comme l'a très bien expliqué Christine Genin: « A travers les souvenirs de textes, textes de mémoire et mémoire des textes se rejoignent, et peu à peu, l'écriture "à base de vécu" devient écriture "à base d'écrit" »[⑤]. Si

---

① Gérard Roubichou, « La mémoire des mots. Notes en marge d'une relecture de Claude Simon », in Mireille Calle-Gruber (dir.), *Claude Simon: Chemins de la mémoire, op.cit.*, p.84.

② Gérard Roubichou, « La mémoire, l'écriture, le roman: Réflexions sur la production romanesque de Claude Simon », in Mireille Calle-Gruber (dir.), *Les sites de l'écriture. Colloque sur Claude Simon*, Paris, Nizet, 1995, p.100.

③ « Avec *La Route des Flandres*, Claude Simon affirme sa manière », entretien avec Claude Sarraute, *Le Monde*, 8 octobre 1960.

④ « L'inlassable réa/encrage du vécu », entretien avec Mireille Calle, in *Claude Simon – Chemins de la mémoire*, *op.cit.*, p.23.

⑤ Christine Genin, « Mémoire réticulaire et hypertexte », *Labyrinthe. Littérature contemporaine*, janvier 1998, http://labyrinthe.pagesperso-orange.fr/simonhyper.html, 30/07/2010.

bien que ce vécu qui sert de base à l'écrit connaît lui-même une transformation: « L'événement n'est pas autre chose qu'un texte et le texte un événement. »[①] Face au pouvoir prodigieux et irrésistible des mots, l'envie initiale de l'écrivain peut être renversée, à l'instar de ce qui s'est passé, révèle Claude Simon, sur Stendhal en écrivant *Henri Brulard:*

> [Stendhal] s'aperçoit, essayant de raconter son passage du Grand Saint-Bernard avec l'armée napoléonienne, qu'il est en train non pas de raconter ses souvenirs « véridiques », mais de décrire une gravure représentant cet événement qu'il a vue depuis et qui, comme il le dit, « a pris la place de la réalité ».[②]
>
> [Mais] si Stendhal avait été jusqu'au bout de sa réflexion, il se serait aperçu qu'il [...] ne produisait ni la gravure ni l'événement lui-même, mais produisait [...] un événement encore plus différent de la « réalité » qu'en était elle-même la gravure et qui, dans le moment où il écrivait, c'est-à-dire au présent de son écriture, « prenait la place » et de la gravure, et de l'événement...[③]

Sous le coup de ce pouvoir des mots, il serait désormais vain de chercher un Claude Simon « sujet historique » qui se distinguerait d'un Claude Simon « sujet de l'écriture »: « En fait, ce que je fais de

① Gérard Roubichou, « La mémoire des mots », *op.cit.*, p.90.

② « Réponses de Claude Simon à quelques questions écrites de Ludovic Janvier », *op.cit.*, p.17.

③ Claude Simon, « Un homme traversé par le travail », *op.cit*, p.37.

la langue en la travaillant, c'est-à-dire mon langage, me constitue en tant que sujet historique. »[①]. L'œuvre de Claude Simon constitue dans son ensemble une exaltation du pouvoir de l'écriture. Pour lui, l'écrivain est « celui qui travaille la langue et est en même temps travaillé par elle »[②], propos qui rejoint ce qu'on vient de citer plus haut: « je le fais et il me fait ». L'écrivain devient le produit de son travail, et avec chaque roman ce produit se renouvelle:

> Je disais autrefois: il est possible de reconstituer à partir de choses vécues, senties. Aujourd'hui, après avoir réfléchi, je ne pense plus que l'on puisse « reconstituer » quoi que ce soit. Ce que l'on constitue, c'est un texte, et ce texte ne correspond qu'à une seule chose, à ce qui se passe dans l'écrivain au moment où il écrit. On ne décrit pas des choses qui préexistent à l'écriture mais ce qui se passe aux prises avec l'écriture.[③]

Claude Simon réfute toujours la critique selon laquelle l'écriture est secondaire par rapport à l'intellect. Il appelle à avoir conscience des pouvoirs et de la dynamique interne de l'écriture, à se laisser guider plus par ce que l'écriture disait – ou « découvrait » que par ce que l'écrivain voulait lui faire dire – ou « recouvrir ». Merleau-Ponty qui se sert de *La Route des Flandres* pour illustrer ses cours au Collège de France nous dit que le Claude Simon travaillant n'est pas celui de

① *Ibid.*, p.39.

② Claude Simon, « Lettre de février 1987 », in Lucien Dällenbach, *Claude Simon*, *op.cit.*, p.168.

③ Claude Simon, « Document. Interview avec Claude Simon », entretien avec Bettina L. Knapp, *op.cit*, p.182.

la vie quotidienne: le deuxième est celui qui a des opinions et des jugements, tandis que le premier est celui qui sent et vit. Celui qui sent et vit n'apparaît pas immédiatement. Il est réveillé, excité, appelé et se développe par son travail, et rien ne vaut tant qu'il n'y a pas encore eu travail[①].

2. Le roman selon Yu Hua

2.1 Pour une réalité littéraire

Une certaine réalité est un récit de Yu Hua datant de 1987. Ce récit raconte une série de meurtres enchaînés au sein d'une famille. Deux frères et leur vieille mère malade, leurs épouses et leurs enfants uniques respectifs vivent ensemble sous le même toit. L'un des enfants tue son cousin, encore nourrisson, pendant que les parents sont au travail. Shanfeng, père de la victime entend se venger de ce « meurtre » sur son neveu, et est ensuite torturé à mort par son frère Shangang qui veut venger son fils à son tour. Dénoncé par sa belle-sœur, Shangang est fusillé par la police et son corps est découpé à des fins médicales. Pour les lecteurs des années 1980, cette histoire paraît étrange, même morbide. Si l'intrigue du récit peut se résumer par une tragédie de vengeance, alors la fin du récit semble délirante et *sur*-réaliste: les testicules de Shangang, transplantés sur un jeune dont les parties ont été écrasées dans un accident de circulation, permettent à ce dernier d'avoir, peu de temps après, un fils vigoureux ! A part la fin « délirante », bien d'autres points impressionnent les lecteurs: les personnages sans contenu

① Nous faisons référence à la quatrième note faite par Merleau-Ponty sur Claude Simon dans « Cinq notes sur Claude Simon », *Entretiens*, *op.cit.*, p.45.

psychologique, la violence sans raison, la froideur de la narration, etc. Ecrire le réel est l'objectif du réalisme et se trouve dans le noyau de la tradition littéraire chinoise. Pour quelle raison Yu Hua écrit cette « certaine réalité » qui n'est point réaliste ? Qu'est-ce qu'on peut voir à travers ce récit comme efforts de l'écrivain pour « se rapprocher du présent », comme l'a dit Yu Hua lui-même ? Pour mieux parler de sa vision littéraire, il faut considérer l'écrivain Yu Hua en le situant dans son contexte littéraire chinois, traditionnel et contemporain, et examiner ce qu'il a apporté à une réflexion sur la notion de *vrai*.

Dans la littérature chinoise, le but prioritaire de la littérature est d'atteindre le *zhen* (vrai). Dans cette remontée vers le *vrai* par le moyen de la littérature, le recours à la fiction est déprécié. François Jullien observe que Liu Xie, l'auteur de *Wenxin diaolong* (*Cœur de la littérature et la sculpture des dragons*), réprouve tout ce qui dévie du côté du mythe ou de la fiction quand il entreprend au VIe siècle cette œuvre protocole de la théorie littéraire. Dans la théorie esthétique de Liu Xie, tout penchant à la fiction est désigné comme un excès, toute tentation du fantasme est évacuée. Au fil du temps, la proportion de la fiction dans la littérature chinoise augmente, en témoignent les *chuanqi* dans la dynastie des Tang (618-907), les *huaben* dans la dynastie des Song (960-1279), les pièces de théâtre dans la dynastie des Yuan (1271-1368) et les romans dans les dynasties des Ming (1368-1644) et des Qing (1636-1911). La parution des « Quatre grands romans »① marque le sommet du roman classique chinois. Pourtant, la superstition historique de l'écriture, selon laquelle

① Ce sont *Sanguoyanyi* (*Histoire des Trois Royaumes*) (XIVe siècle), *Shuihuzhuan* (*Au bord de l'eau*) (entre le milieu du XIIIe siècle et le XVe siècle), *Xiyouji* (*Le Pélerinage vers l'Ouest*) (XVIe siècle), et *Hongloumeng* (*Le Rêve dans le pavillon rouge*) (1791).

celle-ci doit émettre une vérité et assurer la bonne circulation du *Dao*, reste immuable, ce qui fait de la littérature un épiphénomène du culte de l'Histoire. Depuis la fin du XIXe siècle, sous l'influence de la conception littéraire occidentale, le roman prend de plus en plus d'importance et est même chargé de l'espérance des intellectuels chinois voulant sauver et moderniser la Chine par la voie de la littérature. Ainsi, nous pouvons trouver, tout au long du XXe siècle, des critiques qui louent *Shuihuzhuan* (*Au bord de l'eau*), roman sur un mouvement révolutionnaire paysan à la fin de la dynastie des Song (XIIe siècle), pour sa sollicitation de la démocratie et des droits des masses. Le discours progressiste chinois du XXe siècle qui nourrit l'engagement des écrivains, ainsi que le contexte sociopolitique moderne chinois dans lequel la politique et l'idéologie ont non seulement un rôle important, mais exercent aussi une hégémonie quotidienne, sont à l'origine d'une sorte de fiction marquée par un contexte extralittéraire. Au sein de la création romanesque, le réel, ou le *vrai*, constitue la voie normale du récit tandis que l'imaginaire, néanmoins nécessaire, en représente seulement la dimension « transversale » et secondaire: si fiction il y a, c'est pour atteindre un *vrai* en dehors de la littérature, et il n'est jamais question de rester dans le *faux* de la fiction. Accorder la primauté à la fiction est considéré comme un défaut. Dans la littérature chinoise, « une catégorie de l'imaginaire est explicitement formulée mais non une théorie de l'imagination. »[①] Parallèle à cette méfiance de la fiction, c'est l'indifférence ou l'aversion même de la

① François Jullien, « Naissance de l' "imagination": essai de problématique au travers de la réflexion littéraire de la Chine et de l'Occident », *Extrême-Orient, Extrême-Occident*, n°7, 1985, p.76.

forme. La littérature chinoise ne tolère pas d'artificialité formelle dans la création littéraire, puisque s'intéresser à la forme, c'est faire du *faux* pour le *faux*. C'est pour cette raison que la forme narrative utilisée dans les romans classiques chinois est peu variable. Le réalisme, importé via l'Occident à la fin du XIXe siècle et ayant connu en Chine un développement considérable durant le XXe siècle, est aussi connu pour son insouciance de la recherche de forme romanesque. « Le moderne dédaigne d'imaginer » – ce que disait Mallarmé vaut aussi pour la littérature chinoise. Le réalisme, employé par des générations d'écrivains chinois durant le XXe siècle se proclamant progressistes, se méfie au plus haut point de toute nouveauté dans la technique des arts. La vénération du réel et la téléologie littéraire connaissent une crise dans les années 1980 où les interrogations de nombreux jeunes écrivains sur la question du « réel » annoncent l'arrivée de l'« ère du soupçon ». Ils opèrent une mise en question des dogmes à travers une distanciation de la conception traditionnelle du réel, et expriment leur colère par un refus d'une ressemblance recherchée entre l'écrit et le réel.

Zhaxi Dawa, écrivain faisant partie de la « quête des racines », est l'un des premiers à revendiquer une autonomie littéraire et une « vérité » par la littérature. Il déclare que « la "vérité" créée par les écrivains est plus resplendissante que le monde vrai, celui que nous voyons de nos propres yeux »[①]. Cette vérité a « plus de force vitale », elle est « plus fascinante », et « fait plus s'extasier »[②]. Il loue « ce don naturel et particulier » de l'écrivain de « savoir mettre en lumière

① Zhaxi Dawa, « Penser, sentir, mentir », in *Lettres en Chine. Rencontre entre romanciers chinois et français*, recueil coordonné par Annie Curien, Paris, Bleu de Chine, 1996, p.48.

② *Ibid.*

la véritable signification de l'existence », le considère comme « le cadeau de Dieu aux écrivains », tout en insistant sur le fait que cette mise en lumière par l'écrivain ne veut pas dire partir à la recherche du « visage originel » du monde naturel①. Ce qu'un écrivain doit faire, ce qu'il lui est « impossible de ne pas faire », pour reprendre l'expression de Zhaxi Dawa, c'est de « redonner vie au vieil art du mensonge », car « seuls ces personnages, ces histoires, scènes et couleurs d'un passé qui n'existe pas resteront pour toujours »②.

Les jeunes écrivains des années 1980 découvrent de plus en plus un traitement idéaliste du réel dans la tradition, qui se doit d'être intensément pur, préservé de tout mélange. Selon eux, le vrai porte le même titre que le faux. C'est pour cela qu'ils choisissent l'un comme l'autre de se tourner vers la fiction, et célèbrent le statut de l'auteur comme inventeur absolu en suivant les paroles de Robbe-Grillet: « Ce qui fait la force du romancier, c'est justement qu'il invente, qu'il invente en toute liberté, sans modèle », et « l'invention, l'imagination, deviennent à la limite le sujet du livre »③. Leur recours à la fiction est une double subversion non seulement de la tradition littéraire chinoise mais aussi du réalisme qui s'est transformé en réalisme socialiste devenu le pantin de la politique. Le réalisme cherche à représenter le réel, tandis que ces écrivains chinois revendiquent une valeur dans la fabrication du faux.

En position d'attaque permanente, Yu Hua est très expressif quand il dénonce le réalisme. Il met en cause la notion du réel selon le réalisme et affirme que la tentative de restituer le réel est

---

① *Ibid.*
② *Ibid.*, p.49.
③ Alain Robbe-Grillet, *Pour un nouveau roman*, Paris, Minuit, 1961, p.30.

intenable:

> La démarche des biographes est naïve. Ils croient que par un travail assidu, ils arrivent à reconstituer ou partiellement reconstituer la vie réelle d'une personne. [...] Ils sont tout le temps préoccupés par l'authenticité des données biographiques qu'ils ont acquises. Un écrivain qui travaille comme un biographe finira par devenir prisonnier des archives et des souvenirs des témoins.[①]
>
> La réduction existe peut-être en chimie, mais quand on écrit sur l'Histoire ou sur la vie d'une personne, cette tentation de remonter à l'origine n'aboutit qu'à une fiction fabriquée par un travail intellectuel. Même si les documents et les images représentent sans la moindre différence ce qui s'est passé à un moment donné, même si les mémoires écrites ou orales arrivent à nous décrire tous les détails, il y a encore la question de sentiments et de positions de celui qui utilise ces données, ce qui est impossible à dissimuler.[②]

Selon Yu Hua, dans la littérature contemporaine chinoise où « les vieilles coutumes se sont accumulées comme une montagne »[③],

---

① "传记作家们有一个天真的想法，以为通过自己辛勤的工作，就可以还原或者部分还原撰写人物的真实经历。（……）这样的作家往往被资料和采访中的回忆所控制，并且为这些资料和回忆的真实性所苦恼，事实上这是没有必要的。" - Yu Hua, « Guanyu huiyi he huiyilu » (Sur la mémoire et l'écriture de la mémoire), in *Meiyou yitiao daolu shi chongfude* (*On ne reprend jamais le même chemin*), *op.cit.*, p.77.

② "还原的作用在化学中也许切实可行，在历史和传记中，这其实是一个被知识分子虚构出来的事实。" - *Ibid.*

③ *Ibid.*, p.178.

des révolutions sont nécessaires. En même temps, il a conscience que pour un romancier qui a commencé à écrire dans les années 1980, le roman n'est pas une forme nouvelle mais une tradition:

> Ce que je veux dire par tradition, c'est non seulement celle de Diderot, Balzac et Dickens, mais aussi celle des écrivains qui ont vécu jusqu'au XXe siècle, comme Kafka et Joyce ; c'est aussi celle de Robbe-Grillet, Faulkner et Yasunari Kawabata.①

Pour lui, que ce soient les « vieux romans » ou « nouveaux romans », ils sont tous passés dans la tradition. Il faut donc se méfier de toutes formes existantes et penser le roman dans un cadre nouveau. Une question lui semble alors inévitable pour tous les écrivains d'aujourd'hui: Pourquoi écrire ? A cette question, il répond: « Tous mes efforts ont comme but de rapprocher cette tradition de notre temps, c'est-à-dire de rapprocher le roman – cette forme du passé – du présent: c'est tout ce que je peux dire pour l'instant. »②

Yu Hua est un écrivain qui préconise le *faux* de la littérature. Il est d'avis que parler en termes de vérité est inférieur au fait de parler en termes de fiction, et que pour trouver le *vrai*, il faut partir dans le *faux*, dans l'imaginaire et le fictionnel. Selon lui, le réalisme ne peut que nous éloigner du réel, il nous dupe avec un « réel » purifié,

---

①"我这里所指的传统，并不只针对狄德罗，或者十九世纪的巴尔扎克、狄更斯，也包括活到二十世纪的卡夫卡、乔伊斯，同样也没有排斥罗布-格里耶、福克纳和川端康成。" - *Ibid.*, pp.182-183.

②"我现在所能回答的只能是——我所有的努力都是为了使这种传统更为接近现代，也就是说使小说这个过去的形式更为接近现在。" - *Ibid.*, p.183.

extrait, donc falsifié, qui a en fait trahi le réel, tandis que le « faux » littéraire, tout en trahissant la mimésis du réalisme, arrive à sa manière à atteindre le *vrai*, et mérite le même titre qu'un « réel ». *Fortis imaginatio generat casum* de Montaigne est l'expression souvent citée par Yu Hua[①]. Pour lui, l'histoire de Tchouang-tseu (IVe siècle av. J.-C.) rêvant de devenir un papillon est l'exemple même de cette puissance d'imagination. Celle-ci, en créant brutalement une réalité alternative à celle où vit le Sujet, le mène à un bouleversement et une confusion profonde entre le rêve et le réel[②]. C'est à la recherche de ce *vrai* dans la littérature que Yu Hua écrit l'article « Xuwei de zuopin » (Œuvre fallacieuse) en 1989. Le titre de cet article est inspiré de Picasso qui disait qu'un artiste devait faire comprendre le *vrai* à travers le *faux*. Selon l'écrivain, le mot « fallacieux » est dit par rapport aux expériences quotidiennes qui nous entourent. Les expériences qu'on acquiert dans la vie quotidienne nous emprisonnent dans un monde d'où l'imagination est exclue. Ces expériences nous enseignent que seul ce qu'on voit de nos yeux mérite le qualificatif « vrai ». Pourtant, à part ce réel externe qui est purement visuel et physique, il existe aussi un réel interne composé du désir et de la fantaisie, qui ne se trouve que dans l'imagination de l'Homme. La littérature doit aussi s'occuper de cette partie du réel:

> Qu'est-ce la réalité de la littérature ? Je crois que la réalité

---

① Cf. Yu Hua, « Qiangjin de xiangxiangli chansheng xianshi » (*Fortis imaginatio generat casum*), in *Yinyue yingxiangle wode xiezuo* (*La Musique a influencé mon écriture*), Shanghai, Shanghai wenyi chubanshe, 2004, pp.115-126.

② *Ibid.*

> de la littérature ne peut pas être jugée à l'aune de la vie réelle. La réalité de la littérature doit aussi comprendre l'imagination, le rêve et le désir.①

La littérature doit traiter du réel externe, et aussi du réel interne, mais la logique qu'on applique habituellement, celle de la cause et l'effet et celle de la chronologie, est uniquement valable pour le réel externe, c'est pour cela que l'idée qu'une table peut marcher toute seule nous paraît absolument impensable, puisqu'il s'agit d'imagination, disait Yu Hua. En ne s'intéressant qu'au réel externe et en ne pratiquant que la logique externe, la littérature s'occupe de moins en moins du réel interne, et la notion du réel qui devrait comprendre à la fois la réalité quotidienne et l'imagination est inévitablement déformée. Selon Yu Hua, après « un pèlerinage glorieux » pour le réel externe, le manque d'imagination du réalisme rend gravement malade la littérature, et celle-ci est en train de vivre son agonie sur un lit d'hôpital.

Après avoir découvert la fausseté, l'insuffisance et la banalité du réel selon une tradition d'écriture soi-disant « réaliste », Yu Hua part à la recherche d'une réalité « autre ». Le réel interne n'existe que dans l'imagination, il ne peut être évoqué que par le moyen de la littérature. Celle-ci est en fait capable de traiter d'un réel plus véridique que celui de la vie quotidienne. Pour cela, la littérature doit avoir sa propre manière d'évoquer le réel. Elle n'a pas à mimer une

① "文学的真实是什么？当时我认为文学的真实是不能用现实生活的尺度去衡量的，它的真实还包括了想象、梦境和欲望。" – Yu Hua, « Wode xiezuo jingli » (Mon expérience en tant qu'écrivain), in *Meiyou yitiao daolu shi chongfude* (*On ne reprend jamais le même chemin*), *op.cit.*, p.113.

situation, la réalité qu'elle produit est propre à elle-même: transgressive, fausse ou *extra*-ordinaire que ce soit par rapport au monde qui existe réellement, c'est une réalité qu'on ne peut trouver que dans la littérature. C'est là où se trouve la raison de faire de la littérature et de créer une réalité proprement littéraire. Dans un article, Yu Hua cite un exemple pour illustrer sa notion de « réalité de la littérature »①. Il se souvient d'avoir lu dans un journal un fait divers sur la collision de deux camions sur une route nationale. Ce genre d'accident se passe chaque jour des centaines et des milliers de fois, et n'attire plus l'attention du public, dit-il. Mais ce qui impressionne Yu Hua est un détail dans l'article concernant l'événement: le bruit provoqué par la collision fit tomber les moineaux des arbres à proximité. Selon Yu Hua, le fait de narrer simplement un accident de voiture ne produit pas une réalité littéraire. Cela ne sert qu'à faire entrer un fait réel dans le système narratif de la langue, mais l'événement narré reste un fait réel, et n'appartient pas à la littérature. Par contre, l'image d'innombrables moineaux évanouis est propre à la littérature. Elle crée la littérature en la faisant ressortir de la réalité quotidienne et de l'événement historique. C'est au moyen de ce genre d'images que la réalité littéraire se construit, sans lesquelles la littérature deviendrait une simple monstration de la vie et de l'événement.

2.2 Logique interne

Pour écrire cette réalité littéraire, Yu Hua utilise une « forme fallacieuse » adaptée à la règle qui y prédomine. Il déclare

---

① Cf. Yu Hua, « Wenxuezhong de xianshi » (La réalité dans la littérature), in *Meiyou yitiao daolu shi chongfude* (*On ne reprend jamais deux fois le même chemin*), *op.cit.*, pp.196-199.

que c'est sa fidélité au vrai qui le pousse à chercher une nouvelle forme narrative: « Je sens que l'écriture conventionnelle ne peut plus m'aider à exprimer le réel au tréfonds de mon cœur, alors je pars à la recherche d'une narration qui est plus riche et plus variée. »[①] Alors jeune écrivain, il est stupéfait par la lecture d'un passage du *Kin Ju* (*Of Birds and Beasts*) de l'écrivain japonais Yasunari Kawabata, où la mère, en contemplant le visage de sa jeune fille morte, trouve que ce visage maquillé ressemble à celui d'une nouvelle mariée. Il ressent le même étonnement quand il lit la fleur rose de la plaie dans *Le Médecin de campagne* de Kafka. Il est fasciné par la capacité des deux écrivains à faire le lien entre deux choses contradictoires:

> La vie est postérieure à la mort, une fleur s'épanouit sur une plaie pourrie. Deux choses contradictoires qui ne sont pas passées par la phase de transition se juxtaposent directement. Le sens du texte se multiplie, et en même temps il devient indéfinissable.[②]

C'est chez Yasunari Kawabata et Kafka que Yu Hua découvre pour la première fois la puissance d'un texte une fois l'habituelle perspective sur le monde transgressée. Il y découvre une nouvelle réalité, dont la crédibilité ne se trouve pas dans le monde réel, mais dans le monde intérieur, c'est-à-dire dans l'imagination du romancier stimulée par le

---

①"为了表达我心目中的真实，我感到原有的写作方式已经不能支持我，所以我就去寻找更为丰富的，更具有变化的叙述。" – Yu Hua, « Wode xiezuo jingli » (Mon expérience en tant qu'écrivain), *op.cit.*, pp.113-114.

②"生在死之后出现，花朵生长在溃烂的伤口上。对抗中的事物没有经历缓和的过程，直接就是汇合，然后同时拥有了多重品质。" – Yu Hua, « Wennuan he baiganjiaoji de lücheng » (Un voyage plein de tendresse et d'émotions), in *Wennuan he baiganjiaoji de lücheng* (*Un voyage plein de tendresse et d'émotions*), *op.cit.*, p.10.

pouvoir analogique et la similitude intrinsèque entre les choses. Dans le monde réel, les vivants ont leur lieu, et les morts le leur, tout est encadré par une règle bien déterminée, mais dans le monde intérieur du romancier, l'ordre habituel est renversé, « vie et mort, fleur et plaie apparaissent au même moment de l'écriture, et créent une symphonie narrative. »①. Dans le monde intérieur fonctionne une autre logique à l'opposé de la « logique externe » du monde réel – nous proposons de l'appeler « logique interne » pour la distinguer de la causalité intérieure de Claude Simon. La chronologie y perd son sens: « Un souvenir d'il y a dix ans peut se placer postérieurement à celui d'il y a cinq ans, avant d'en faire venir un autre d'il y a six ans ; évoqués dans une autre situation, ces trois souvenirs auraient une autre forme de combinaison et manifesteraient un sens différent »②. La frontière entre la vie et la mort s'efface, « les morts restent vivants tant qu'on se souvient encore d'eux »③, tandis que « le désir et le beau, l'amour et la haine, le vrai et le bien s'octroient une substance aussi réelle qu'un lit et qu'une chaise: ils ont une forme définie, une existence solide, de sorte que nous pouvons les apercevoir et les toucher »④. Cette logique interne détruit les bornes convenues qui encadrent le domaine dont doit s'occuper la fiction, celle-ci est désormais libérée de toutes conventions et limites. Les

---

①"他们对内心的忠诚使他们写作时同样没有了边界，因此生和死、花朵和伤口可以同时出现在他们的笔下，形成叙述的和声。" - *Ibid.*

②"十年前的往事可以排列在五年前的往事之后，然后再引出六年前的往事。同样这三件往事，在另一种环境时间里再度回想时，它们又将重新组合，从而展示新的含义。"–Yu Hua, «Xuwei de zuopin» (Œuvre fallacieuse), *op.cit.*, p.182.

③"生与死的界限也开始模糊不清，对于在现实中死去的人，只要记住他们，他们便依然活着。" – *Ibid.*

④"而欲望和美感、爱与恨、真与善在精神里都像床和椅子一样实在，它们都具有限定的轮廓，坚实的形体和常识所理解的现实性。我们的目光可以望到它们，我们的手可以触摸它们。" – *Ibid.*

choses apparaissent ainsi sous une nouvelle forme. Cette forme dérivant l'ordre du monde réel et que Yu Hua qualifie d'« anarchiste », lui permet d'atteindre un réel au-delà des apparences.

Yu Hua déclare que ce qui peut réellement exister dans une fiction n'est rien d'autre qu'une réalité « mentale »: la sensation, la mémoire et l'imagination, et que le véritable *vrai* ne peut être saisi qu'à travers les activités cérébrales du romancier. L'attachement de Yu Hua pour la sensation, son goût pour l'imagination et la fantaisie, montrent que sa fiction suit un tout autre ordre – si le mot « ordre » est encore valable – que celui du traditionnel et autoritaire duo de cause et effet: « Ce qui est impossible selon la logique conventionnelle trouve bien sa raison d'être dans mon œuvre ; en revanche, ce qui se passe sans problème selon la logique conventionnelle n'aura jamais lieu dans mon œuvre. »[①] Yu Hua en appelle à une littérature qui trahirait la logique externe, celle des ordres épistémologiques fixés et des expériences de la vie quotidienne, et insiste sur la découverte d'un « réel profond » à travers la littérature et sur l'accès à un univers mental qui est selon lui plus véridique. C'est de ce point de vue qu'il faut lire la violence dans l'œuvre de Yu Hua. La violence, avec son ultime pouvoir d'anéantissement, est manifestation d'une tentative de se détacher de la logique externe des choses, superficielle et persistante selon l'écrivain: « Quand je commence à me méfier des connaissances acquises sur le monde réel, mon attention est attirée par l'autre partie de la réalité, cela entraîne toutes mes pensées sur le désordre et la

① "常理认为不可能的，在我的作品里是坚实的事实，而常理认为可能的，在我那里无法出现。" – *Ibid.*, p.186.

violence. »[①] Toujours à la recherche d'une réalité propre à la littérature, Yu Hua écrit une littérature qui envisage une séparation entre la raison des fictions et la raison des faits empiriques. Il utilise « un régime de rationalité propre à la fiction » au sens rancièrien du terme. Celle-ci est une rationalité « qui soustrait ses actes de parole aux critères d'authenticité et d'utilité normaux des paroles et des images pour les soumettre à des critères intrinsèques de vraisemblance et de convenance. »[②]

La logique interne chez Yu Hua a quelque chose de commun avec la causalité intérieure de Claude Simon. Elles sont une transgression de l'ordre extralittéraire (la chronologie, le raisonnement par la loi causale), désignent toutes les deux un ordre intrinsèque de la littérature et des rapports entre les mots, les choses et les images. Leurs différences résident dans le fait que la causalité intérieure de Claude Simon lui permet d'en faire le rapprochement par l'analogie, l'association, la correspondance et l'opposition, tandis que la logique interne de Yu Hua est plutôt une logique sans logique, une logique anarchiste, caractérisée par la disharmonie volontaire, le contraste brutal, les ruptures de plan, et les associations troublantes ou paradoxales.

2.3 Fidélité au regard

Une certaine réalité montre une réduction du pouvoir du narrateur dans l'œuvre de Yu Hua. « Je préfère un tel narrateur, celui qui raconte l'histoire des autres. Et j'évite d'être un autre type de

---

①"当我不再相信有关现实生活的常识时,这种怀疑便导致了我对另一部分现实的重视,从而直接诱发了我有关混乱和暴力的极端化的想法。" – *Ibid.*, p.181.

② Jacques Rancière, *Le Destin des images*, Paris, La fabrique, 2003, p.136.

narrateur, celui qui raconte sa propre histoire. [...] Je cherche une narration sans “je”. »[①] Contrairement à des écrivains qui, afin de donner une vision panoramique de la réalité, prétendent être les créateurs de leur univers romanesque et s'ingèrent arbitrairement dans les affaires de leurs personnages, Yu Hua fait de son narrateur un simple observateur qui enregistre. Comme Claude Simon, Yu Hua est un écrivain qui se borne à ce qu'il voit, et il y a également dans son œuvre une prédominance de l'esthétique du voir et de la perception. Son narrateur est « modeste ». Il se contente de nous montrer ce qu'il voit dans son champ visuel. C'est en raison de cette « non-omnipotence » du narrateur que le lecteur sent toujours ce « il » observateur qui s'étend entre le récit et le monde décrit, et par l'intermédiaire duquel il a accès à des choses décrites. Le regard de son narrateur est tellement froid qu'on a l'impression qu'il ne s'agit plus du regard d'un être humain, mais de celui d'un objectif. A travers l'œuvre de Robbe-Grillet, Yu Hua découvre l'absence de crédibilité de la description psychologique et la richesse d'une narration équivalente à un « pur enregistrement du matériel ». Yu Hua apprécie la « fidélité au regard » de Robbe-Grillet dans *La Jalousie*, aime cette narration qui « marche comme une caméra », « sans même dégager le bruissement de l'appareil »[②]. Et cette narration de caméra, Yu Hua l'utilise aussi dans sa propre écriture. Mais l'originalité de Yu Hua réside dans son utilisation de cette

---

①“我喜欢这样一种叙述态度，通俗的说法便是将别人的事告诉别人。而努力避免另一种叙述态度，即将自己的事告诉别人。（……）我寻找的是无我的叙述方式（……）。” – Yu Hua, « Xuwei de zuopin » (Œuvre fallacieuse), *op.cit.*, p.184.

②“仿佛是一架摄影机在工作，而且还没有“咝咝”的机器声。“ – Yu Hua, « Wennuan he baiganjiaoji de lücheng » (Un voyage plein de tendresse et d'émotions), *op.cit.*, p.78.

technique pour créer des contrastes et des effets de dépaysement, à tel point que les critiques chinois, stupéfaits de l'immobilité du narrateur au cours de sa narration, intitulent cette narration « narration au degré zéro ». La scène de la découverte de l'enfant mort par la mère dans *Une certaine réalité* en est un exemple:

> Elle vit son fils étendu au soleil, par-dessus son ombre. Maintenant que ses craintes devenaient soudain réalité, son esprit se troublait. Elle resta un moment à l'entrée, et il lui sembla apercevoir une tache de sang par terre près de la tête de son fils. Cette tache, au soleil, ne semblait pas très réelle, et ce fils qui gisait ressemblait à un faux. C'est seulement ensuite qu'elle s'avança près de lui et tenta d'appeler plusieurs fois le nom de son enfant, qui resta sans réaction. Elle sembla alors se tranquilliser un peu, comme si ce n'était pas son fils qui était couché par terre. Elle se redressa, leva les yeux vers le ciel. Il était si éclatant qu'elle en fut éblouie. Puis elle marcha péniblement vers la maison qu'elle trouva, en entrant, sombre et un peu froide. La porte de sa chambre était grande ouverte, elle y entra. Elle s'arrêta devant la commode, ouvrit un tiroir pour y chercher quelque chose. Ce tiroir était rempli de tricots de laine. Elle y fouilla un peu, mais comme il n'y avait pas ce qu'elle cherchait, elle ouvrit la porte de l'armoire dans laquelle étaient suspendus ses manteaux et ceux de son mari Shanfeng. Ce qu'elle cherchait ne s'y trouvait pas non plus. Elle alla aussi ouvrir tous les tiroirs du secrétaire,

> mais ne fit qu'y jeter un coup d'œil avant de s'éloigner. Elle s'assit sur une chaise et commença à fouiller la pièce des yeux. Son regard passa rapidement sur l'armoire, glissa sur le verre de la table ronde, obliqua sur le divan à trois places ; puis il sauta du divan jusqu'au milieu de la pièce. Ce n'est qu'ensuite qu'elle aperçut le berceau. (UCR)①

Dans ce passage, Yu Hua s'emploie plus à enregistrer les mouvements de son personnage qu'à en tirer des significations. Ce que le lecteur voit est une série d'actions projetées sur écran, et le narrateur est un homme-caméra qui enregistre les mouvements de son objet observé. Cet enregistrement nous offre comme résultat une simple accumulation d'actions et les petites perceptions du personnage: « voir », « rester », « apercevoir », « s'avancer », « tenter d'appeler », « se redresser », « lever les yeux », « marcher », « entrer », « s'arrêter », « ouvrir un tiroir», « fouiller », « ouvrir la porte de l'armoire », « ouvrir tous les tiroirs du secrétaire », « jeter un coup d'œil », « s'éloigner », « s'asseoir », « passer », « glisser », « obliquer », « sauter », « apercevoir ». Tout est centré sur l'œil, et l'immédiateté du visible dans cette scène est presque effrayante.

---

① 她看到儿子躺在阳光下，和他的影子躺在一起。一旦担心成为现实，她便恍惚起来。她在门口站了一会，她似乎看到儿子头部的地上有一摊血迹。血迹在阳光下显得不太真实，于是那躺着的儿子也仿佛是假的。随后她才走了过去，走到近旁她试探性地叫了几声儿子的名字，儿子没有反应。这时她似乎略有些放心，仿佛躺着的并不是她的儿子。她挺起身子，抬头看了看天空，她感到天空太灿烂，使她头晕目眩。然后她很费力地朝屋中走去，走入屋中她觉得阴沉觉得有些冷。卧室的门敞开着，她走进去。她在柜前站住，拉开抽屉往里面寻找什么，抽屉里堆满羊毛衫。她在里面翻了一阵，没有她要找的东西，她又拉开柜门，里面挂着她和丈夫山峰的大衣，也没有她要找的东西。她又去拉开写字台的全部抽屉，但她只是看一眼就走开了。她在一把椅子上坐了下来，眼睛开始在屋内搜索起来。她的目光从刚才的柜子上晃过，又从圆桌的玻璃上滑下，斜到那只三人沙发里；接着目光又从沙发里跳出来到了房上。然后她才看到了摇篮。（p.10.）

Les images que donne cet enregistrement portent uniquement sur ce qui pourrait se voir par l' « œil d'une caméra », sans aucune explication ni indice. Elles anticipent un spectacle – celui de la découverte de l'enfant mort –, mais elles ne l'explicitent pas. Dans un texte littéraire, les images sont rendues visibles par le travail du langage. Pour correspondre à sa fidélité au regard, Yu Hua utilise un « langage indéfini », par lequel tout est montré sans « phrase » – c'est-à-dire une unité lexique fermée par un point final qui porte un sens défini. Yu Hua note que le langage qu'on utilise dans la vie est un langage de communication dont le but est de provoquer chez différentes personnes la même compréhension. C'est un langage défini qui nous offre un monde mille fois évoqué et à chaque fois sans différence. En revanche, la réalité créée par les activités mentales humaines dépasse les connaissances communes des hommes, le romancier doit donc utiliser un langage indéfini pour répondre à la complexité de cette réalité. Le langage doit enfoncer toutes les barrières d'ordre convenu et chercher à montrer une multiplicité de sens possibles. Quand un être humain est saisi par un étrange sentiment, des mots comme « heureux », « effrayé » ou « douloureux » n'expriment pas son véritable état mental, ceux-ci ne sont que des simples synthèses – disait Yu Hua, tandis que si l'on utilise un langage indéfini, le sens ne sera pas affiché, mais cela sera plus proche du réel.

La première contrainte de la représentation révélée par Jacques Rancière est qu'il y a une dépendance du visible par rapport à la parole:

> La parole y a pour essence de faire voir, d'ordonner le visible en déployant un quasi-visible où viennent se fondre deux opérations: une opération de substitution (qui met « sous les yeux » ce qui est éloigné dans l'espace ou le temps) et une opération de manifestation (qui fait voir ce qui est intrinsèquement dérobé à la vue, les ressorts intimes qui meuvent les personnages et les événements).①

Mais le langage indéfini de Yu Hua ne sert pas à « parler ». Il ne feint pas de nous montrer ce qui est éloigné ni ce qui est dérobé à la vue. Dans le passage qu'on vient de citer et qu'on propose de nommer momentanément « La Découverte », Yu Hua utilise abondamment des verbes et repousse toute expression qualificative. Les verbes sont efficaces pour faire passer des images, dont la signification reste pourtant indéterminée. Jouant entre le dicible et le visible, les images données par le langage de Yu Hua ont une visibilité réduite et le « faire voir » de Yu Hua fonctionne sur son propre défaut. La représentation perd son équilibre entre le visible et le savoir.

La fidélité au regard révèle aussi l'intention de Yu Hua de chasser du roman tout type de discours soi-disant intellectuel. Pour Yu Hua, il est insupportable que le roman soit le dépositaire des opinions de l'Homme.

> L'Homme aime sans cesse exprimer son avis, et c'est ça qui a donné naissance à son orgueil. [...] Sa curiosité l'amène à mettre le nez dans des affaires qui ne le

① Jacques Rancière, *Le Destin des images, op.cit.*, p.129.

concernent pas, tandis que sa vanité lui interdit de laisser des problèmes non résolus.[①]

L'Homme impose ses opinions sur le monde par prétention, pour avoir le monde entièrement sous son emprise, mais aux yeux de Yu Hua il n'y a rien de moins crédible au monde que les opinons de l'Homme: « Pourquoi ne pas réfléchir un peu, à combien nos avis sont parfois contradictoires les uns des autres ? A quel point les choses qui sont un crédo peuvent devenir en un clin d'œil des mensonges ? »[②] Cette remise en question de la valeur des opinions humaines met directement en cause la faculté de raisonnement, par laquelle nous parvenons à avoir des points de vue. Par sa méfiance des « idées », Yu Hua apprécie des écrivains comme Proust, Joyce et Faulkner, que Claude Simon, pour la même raison, considère comme « ceux qui donnent beaucoup à voir, à toucher, à sentir, à entendre ». L'une des raisons pour lesquelles Yu Hua éprouve de l'admiration pour Faulkner réside dans le fait qu'il est « l'un des rares écrivains à rester au niveau de la vie pour ne jamais la dépasser »[③].

Le raisonnement en fonction de la causalité vise à remettre en ordre les évènements, et l'auteur essaie de faire passer ce raisonnement comme la seule interprétation légitime des évènements, alors que selon Yu Hua la réalité est beaucoup plus complexe, et elle

---

①"好奇心引导我们到处管闲事，虚荣心则禁止我们留下悬而未决的问题。" - Yu Hua, « Wo nengfou xiangxin ziji » (Puis-je croire en moi-même), in *Wennuan he baiganjiaoji de lücheng* (*Un voyage plein de tendresse et d'émotions*), *op.cit.*, p.3.

②"为什么不想一想，我们自己的看法常常充满矛盾？多少昨天还是信条的东西，今天却成了谎言？" - *Ibid.*

③"他是这个世界上为数不多的始终和生活平起平坐的作家。" - Yu Hua, « Weilian fukena » (William Faulkner), in *Wennuan he baiganjiaoji de lücheng* (*Un voyage plein de tendresse et d'émotions*), *op.cit.*, p.122.

ne peut pas être réduite à une quelconque interprétation univoque. Son œuvre appelle le lecteur à cesser de raisonner pour juste voir, écouter et sentir: si la capacité de raisonner cède la place à celle d'observer, écouter et sentir, le monde – une maison ou une rue, une rivière ou un rayon de soleil – paraîtrait plus crédible:

> Plus je réfléchis, plus mes soupçons sont profonds. J'ai perdu progressivement ma capacité de raisonnement, je n'ose plus exprimer mes opinions. Ce qui va de pair avec cette réduction, c'est l'accroissement d'une autre capacité: je connais exactement le bruit d'un bouton tombant par terre et l'image du bouton qui roule sur le sol. Pour moi, cela est plus important que le décès d'un chef d'Etat.[①]

Yu Hua remet à zéro la validité du pouvoir rationnel et la valeur des idées qui sont le produit des activités intellectuelles de l'Homme. C'est aussi en raison de ce mépris du raisonnement qu'il ne laisse pas ses personnages réfléchir. Reprenons la scène « La Découverte ». A ce passage qui sert de tournant à l'intrigue du récit et qui est saturé de tension, un écrivain « normal » insèrerait un monologue et décrirait l'expression physique du personnage de façon à présenter un monde bouleversé par un événement fatal – la mort du bébé –, tandis que la « caméra » de Yu Hua affleure la situation en faisant une description des mouvements de la mère, et évite sciemment de

---

① "思维的训练将我一步步地推到了深深的怀疑之中，从而使我逐渐地失去理性的能力，使我的思想变得害羞和不敢说话；而另一方面的能力却是茁壮成长，我能够准确地知道一粒钮扣掉到地上时的声音和它滚动的姿态，而且对我来说，它比死去一位总统重要得多。" – Yu Hua, « Wo nengfou xiangxin ziji » (Puis-je croire en moi-même ?), *op.cit.*, p.8.

décrire sa psychologie. La liaison entre la perception, l'action et l'affect est rompue. En resserrant l'action sur l'enchaînement des perceptions et des mouvements, Yu Hua chasse de son texte toute possibilité de *dire* la signification et crée un décalage entre la perception et la conscience qui semble être emportée par la première. La perception ne provoque pas, ou que très lentement, une réaction de l'esprit. Et le pouvoir rationnel, engourdi et anesthésié, ne peut plus avoir d'effet sur l'Homme. On fait aussi la même constatation sur le personnage Pipi, le jeune « meurtrier ». Il relâche ses bras en portant son cousin simplement parce qu'il a l'impression que « la chose » est trop lourde. Mais il ne se rend pas compte de la conséquence de son geste, ni ne ressent une quelconque culpabilité ou horreur. Il entend deux sons, « l'un sourd, l'autre cristallin, puis il n'y eut plus aucun bruit » (UCR, p.18)[①]. Dès les bras lâchés, il « se sentait soulagé », oubliait l'existence même de son cousin:

> Il regarda les moineaux sautiller de branche en branche. Sous l'effet des secousses, les feuilles s'agitaient comme autant d'éventails. Après être resté ainsi un moment, il commença à avoir soif, aussi retourna-t-il dans la maison » (*ibid.*)[②].

Ce n'est qu'en cherchant de l'eau qu'il repense à son cousin:

---

① 他听到那东西掉下去时同时发出两种声音，一种沉闷一种清脆，随后什么声音也没有了。（p.7.）

② 现在他感到轻松自在，他看到几只麻雀在树枝间跳来跳去，因为树枝的抖动，那些树叶像扇子似地一扇一扇。他那么站了一会后感到口渴，所以他就转身往屋里走去。（p.8.）

> En soulevant celui-ci (le tabouret), il repensa subitement à son cousin. Il se souvint qu'il venait de sortir de la maison en le tenant dans ses bras, mais maintenant il était tout seul. Il trouva cela bizarre, mais n'y réfléchit pas plus longtemps. [...] Trop fatigué par cet effort de mémoire, il n'y pensa plus. Il appuya sa tête contre le mur et s'endormit aussitôt. (UCR, pp.18, 19.)[①]

On pourrait penser que Yu Hua mime ici le fonctionnement du système cérébral immature d'un enfant en bas âge. Mais, il n'y a, en définitive, point de place pour la « réflexion » dans ce récit, ni aucune trace de conscience morale venant du personnage, et la raison est bel et bien exclue. Si Yu Hua choisit cet enfant comme le « meurtrier » qui est à l'origine de ce « crime familial », ce n'est que pour démontrer davantage la faiblesse du pouvoir rationnel et créer dès le début du récit un trou noir, vide de toute Raison et toute Morale.

Coupé du pouvoir rationnel, l'Homme ne parvient qu'à découvrir un monde superficiel, et son pouvoir cognitif est restreint. Dans l'œuvre de Yu Hua, tout comme dans celle de Claude Simon d'ailleurs, le réel est quasi insaisissable, hors de la perception humaine. C'est une réalité que Yu Hua voudrait nous montrer. Mais contrairement à ce qu'on peut croire, la superficialité du monde perçu mérite notre confiance, puisque dans une telle situation, ce

---

① 在抱起塑料小凳时他蓦然想起他的堂弟，他记得自己刚才抱着他走到屋外，现在却只有他一个人了。他觉得奇怪，但他没往下想。（……）因为回忆太累，所以他就不再往下想。他把头往墙上一靠，马上就睡着了。（pp.8,9.）

qu'on *perçoit* est détaché de ce qu'on *pense*, donc de tout ce qui pourrait être falsifié et trompeur: une vue limitée, mais crédible, c'est la raison pour laquelle Yu Hua préconise une « fidélité au regard » à travers son œuvre.

Les images conceptualisées par un langage coupé de l'intention de dire ne renvoient à rien d'autre, et constituent elles-mêmes un espace clos. Il s'agit dans le passage « La Découverte » d'images dépourvues de *pathos*, avec finalement très peu de référence picturale. Tout ce qui a trait aux formes et aux couleurs élémentaires de l'image – celles des meubles et l'expression du personnage par exemple – , est quasiment exclu. Par conséquent, il n'y a plus de « réalité » au sens réaliste, mais seulement des images fragmentaires. Peut-être n'est-ce pas le lieu convenable pour parler de l'image dans un texte littéraire, nous nous permettons tout de même de citer Régis Debray pour insister sur son caractère autonome dans l'œuvre de Yu Hua, sans oublier en même temps que cette autonomie de l'image est en fait celle du langage: « L'image ici a sa lumière incorporée. Elle se révèle elle-même. Se sourçant en soi, la voilà à nos yeux cause de soi. Définition spinoziste de Dieu ou de la substance. »[①]

Les images de Yu Hua ne renvoient à rien d'autre, mais cela ne veut pas dire qu'elles sont intransitives. La question de l'illisibilité ne se manifeste pas de la même manière dans l'œuvre de Yu Hua que dans l'œuvre de Claude Simon. Chez Yu Hua, il n'y a pas autant de labyrinthes textuels dans lesquels se perdent les lecteurs que chez Claude Simon. On pourrait me contredire en invoquant la composition tumultueuse d'un récit comme *Quelques pages pour*

---

① Cité par Jacques Rancière, *Le Destin des images*, *op.cit.*, p.10.

Yang Liu qui rend vaine notre tentative de « remise en ordre » de ce récit dans la partie précédente. Yu Hua est sans doute un écrivain qui accorde beaucoup d'importance à la forme et aux techniques narratives, mais ce que son texte construit est moins un labyrinthe de mots qu'un labyrinthe d'images constitué par les mots. L'étrangeté de l'image est l'une de ses spécificités et aussi de ses originalités. Contrairement à l'œuvre de Claude Simon qui met à l'épreuve la culture de son lecteur, un lecteur d'une éducation moyenne peut lire l'œuvre de Yu Hua sans problème – lexicalement parlant, tout est pratiquement lisible chez lui. Mais face aux images reconnaissables dans le texte de Yu Hua, le lecteur se pose la question: mais qu'est-ce que cela signifie ? Ce questionnement du lecteur implique que les images de Yu Hua sont devenues elles-mêmes une altérité. Cette altérité tient à autre chose qu'à la propriété médiatique des images, elles ne visent plus à transférer des messages: elles ne sont pas là pour *raconter*. Par contre, elles ne cessent de trancher dans l'efficacité de la reconstitution du réel qu'opère le récit, et de cloîtrer la narration dans son horizon limité. Ce que montre le passage « La Découverte » est un jeu d'images entre le visible et l'invisible, entre un tout et des parties, entre son dire et son non-dire, et entre la description et l'affect qui lui est associé. Ces opérations, au lieu d'ouvrir un espace de ressemblance, produisent un écart et une dissemblance. Si l'ensemble de ce récit présente un spectacle de violence enchaînée, provoquée par les actions de personnages qui entraînent communément le récit vers l'acmé finale, alors au sein du récit, les images ne cessent de fractionner cette univocité du texte, d'anesthésier les agents d'actions, de retarder et déplacer l'agencement. Le même effet est donné dans le passage de l'errance de Shangang après s'être enfui du lieu de crime, où pendant plus de deux pages le texte s'applique soudain à décrire les étranges comportements du personnage et ses conversations semblablement insignifiantes avec les gens de la rue, jusqu'au moment de l'apparition de la police. Quand sa femme lui demande de se dépêcher de fuir, il dit: « Encore une minute ». Il serait vain de chercher la signification de sa décision. Pourquoi notre personnage préfère-t-il partir à huit heures trente qu'à huit heures vingt-neuf ? Que compte-t-il faire pendant ces soixante secondes ? Mais rien. Alors, pourquoi attendre ? Mais pour rien. Le moteur de la machine narrative s'éteint en pleine action, l'événement narré se craquelle, laisse soixante secondes de noir sur l'« écran ».

La fidélité au regard repousse le raisonnement, mais elle ne récuse pas l'imagination. Il y a d'un côté la restriction du visible, de l'autre, l'exubérance de l'imagination et le débordement des images. Dans l'œuvre de Yu Hua, c'est l'imagination qui donne naissance à des descriptions, comme dans le passage suivant:

> A ce moment-là, la vieille dame entendit un gargouillis qui la frappa de stupeur. Ce bruit s'était échappé de son ventre. Comme s'il avait été réprimé très longtemps et se libérait enfin, ce bruit était plein de ressentiment. Elle en conclut aussitôt que c'étaient ses intestins qui pourrissaient et qu'en outre, cette putréfaction devait être à l'œuvre depuis longtemps. Immédiatement après, elle entendit successivement deux autres gargouillis, beaucoup plus

> distinctement cette fois, et il lui sembla qu'il s'agissait du bruit produit par des bulles de gaz qui s'échappaient. Manifestement, ses intestins étaient déjà complètement pourris. Elle n'arrivait pas à imaginer leur couleur une fois putréfiés, mais elle parvenait à s'en représenter la forme: un liquide très épais qui dégageait des bulles de gaz en progressant à l'intérieur. Ensuite, elle sentit même l'odeur de la pourriture s'exhaler de sa bouche. Peu après, elle eut l'impression que sa chambre était tout entière imprégnée de cette odeur putride, comme si même la maison s'était mise à pourrir. (UCR, p.35)[①]

L'imagination est basée sur la sensation, elle est de l'ordre du sensible. La perception de l'image et du son provoque une fusion entre la sensation et l'imagination jusqu'à devenir délire. Un gargouillis venant du ventre évoque chez la vieille femme toute une imagination de son corps pourri de l'intérieur. Dans ce récit de Yu Hua, il y a un primat de l'imagination sur l'action. Non seulement l'imagination, surgissant comme venant de l'extérieur de la narration, brise l'enchaînement causal des actions, mais aussi opère à son égard un deuxième enjeu: le personnage est soustrait du monde extérieur, il se plonge dans son intérieur. L'imagination réduit l'action à sa propre

---

① 那时候老太太听到“咕咚”一声，这声音使她大吃一惊。声音是从腹部钻出来的。仿佛已经憋了很久总算散发出来，声音里充满了怨气。她马上断定那是肠子在腐烂，而且这种腐烂似乎已经由来已久。紧接着她接连听到了两声“咕咚”，这次她听得更为清楚，她觉得这是冒出气泡来的声音。由此看来，肠子已经彻底腐烂了。她想象不出腐烂以后的颜色，但她却能揣摩出它们的形态。是很稠的液体在里面蠕动时冒出的气泡。接下去她甚至嗅到了腐烂的那种气息，这种气息正是从她口中溢出。不久之后她感到整个房间已经充满了这种腐烂的气息。（p.21.）

essence, et le récit à la constitution d'un univers entièrement autonome, indépendant de la narration de l'événement. Après avoir assisté à la scène d'exécution de l'enfant « meurtrier » et en attendant une nouvelle séquence de vengeance, le lecteur est invité à sentir l'odeur de l'« estomac tapissé de mousse » de la vieille femme[①].

La dernière chose que l'on voudrait signaler est que la quasi absence d'illisibilité langagière ne veut pas dire que Yu Hua n'envisage pas d'attaque du langage et qu'il reste, comme beaucoup d'écrivains de son époque, dans l'idée que les polémiques autour de la langue sont uniquement l'affaire des linguistes. Son langage indéfini en est le premier témoin. Ensuite, l'écriture, pour lui, c'est aussi chercher le ton de la langue, et écouter avec attention la musique des mots et des phrases. *Le Vendeur de sang* montre d'une façon magistrale l'importance qu'accorde Yu Hua à la phonétique et à la sensation musicale de la langue. Ce roman raconte la vie d'une famille chinoise durant une vingtaine d'années dans l'histoire chinoise contemporaine. Mais l'événement ne vient qu'en second, l'écriture constitue une sorte d'enregistrement de l'oral qui est en réalité le véritable « protagoniste » du roman. Le rôle du narrateur dans la narration qui est essentielle dans le roman traditionnel est une fois de plus réduit au maximum ; il n'est plus celui qui *parle*, mais celui qui *regarde* et *écoute*, laissant les personnages se parler eux-mêmes. Autrement dit, *Le Vendeur de sang* est un roman qui met

---

① La critique des années 1980 considère ce genre de glissement narratif comme un défaut: « Il faut supprimer, sans aucune hésitation, le personnage de grand-mère qui affecte l'intégralité de l'œuvre. » (“类似祖母这类影响作品独立性的形象，应该毫不怜惜地删去为好。”) – Zhu Wei, « Yu Hua Shi Tiesheng Gefei Lin Jinlan jipian xinzuo yinxiang» (Mon impression sur quelques nouvelles œuvres de Yu Hua, Shi Tiesheng, Gefei et Lin Jinlan), *Zhongwai wenxue* (*Littératures chinoise et étrangère*), n°3, 1988, p.222.

en relief les voix, mais il ne s'agit plus de la voix du narrateur, il s'agit de celles des personnages, grâce auxquelles la narration peut avoir lieu. Yu Hua porte une très grande attention au rythme de la langue et aux changements de tonalité. Le passage sur l'accouchement de Xu Yulan (chapitre IV) est un solo accompagné de la petite voix du médecin. Les paroles de Xu Yulan sont un langage oral répétitif, mélangé d'argot et d'insultes, tandis que les innombrables points de suspension et points d'exclamation qui ornent les paroles de l'héroïne leur donnent tantôt une tonalité de battements de vagues, tantôt de gouttes de pluie d'un orage. Le chapitre VI composé de dialogues courts entre Xu Sanguan et son épouse Xu Yulan est un duo vocal dans le style de parole-réplique. Le chapitre VIII, composé alternativement de « les gens disent... » d'un côté, et « "Tu as entendu ce que les gens disent ?" demanda Xu Sanguan à Xu Yulan » de l'autre, crée un effet de chant multi vocal. Les exemples sont inépuisables dans ce roman. En plus d'une disposition musicale des voix, Yu Hua emprunte aussi des termes vivants de la langue orale et le style du dialecte du Sud pour faire de ce roman un véritable chant folklorique. La phrase n'est plus alors seulement un concept ou un ensemble de concepts véhiculant la pensée. En cherchant la musique des mots et des phrases de ses personnages, l'auteur devient un humble collecteur des voix, et les personnages des véritables êtres vivants du royaume romanesque, audibles, visibles et touchables. Les méthodes de composition musicale procurent à Yu Hua une très grande stimulation dans la composition même du roman qui tourne autour des douze ventes de sang de Xu Sanguan. L'acte de vendre du sang, monotone et répétitif, mais avec chaque fois des modifications, constitue le motif principal de ce roman-chant. Ce roman a été influencé, comme le dit l'écrivain lui-même, par *La Passion selon Saint Mathieu* de Bach. Les commentaires de Yu Hua sur cette œuvre musicale sont aussi valables, à notre avis, pour son propre roman: « Une œuvre si majestueuse, longue de presque trois heures, avec uniquement deux motifs principaux, colorés tour à tour de douceur, d'exubérance, de douleur ou de joie. »[①]. Des critiques chinois croient avoir vu dans ce roman un adieu de l'écrivain à sa « forme fallacieuse » et prétendent que Yu Hua utilise ici un langage qui « a retrouvé son innocence (*fanpoguizhen*) »[②]. Ils ignorent absolument le labeur de l'écrivain pour composer cette œuvre qui semble – c'est-à-dire qui a l'air – si simple.

« Je vais écrire pour le néant.» – disait Yu Hua. Le « néant » (*xuwu*) de Yu Hua vient de la « fausseté »（*xuwei*）de son œuvre. Yu Hua voudrait saisir le réel à sa manière à lui, et sa conception exceptionnelle du réel exige une destruction de la conception traditionnelle du réel, qui constitue selon lui la plus grande fausseté. Pour dénoncer cette fausseté et proclamer un tout autre réel, il ne peut que choisir le néant – une écriture qui transgresse les conventions. Ainsi, tout en fabriquant des « œuvres fallacieuses », le romancier peut tout de même déclarer: « Tous efforts que je fais en

---

① "这首伟大的受难曲，将近三个小时的长度，却只有一两首歌曲的旋律，宁静、辉煌、痛苦和欢乐地重复着这几行单纯的旋律（……）。" – Yu Hua, « Yinyue yingxiangle wode xiezuo (La Musique a influencé mon écriture), in *Yinyue yingxiangle wode xiezuo* (*La Musique a influencé mon écriture*), *op.cit.*, p.9. Cet article a été traduit en français sous le titre «L'influence de la musique sur mon écriture» et repris dans *Ecrire au présent. Débats littéraires franco-chinois* sous la direction d'Annie Curien, Paris, Editions de la Maison des sciences de l'homme, 2004, pp.65-71.

② Voir par exemple l'article de Wu Yiqin, « Gaobie "xuwei de xingshi" – *Xusanguan maixueji* zhiyu Yu Hua de yiyi » (Adieu à une forme fallacieuse – signification du *Vendeur de sang* pour Yu Hua), in *Wenyi zhengming* (*Polémiques littéraires*), n°1, 2000, pp.71-77.

écrivant, ce n'est que pour m'approcher un peu plus du réel. » L'ouverture d'*Une certaine réalité* – « [c]e matin-là ne différait en rien d'autres matins » (UCR, p.11)[①] – annonce clairement que Yu Hua compte nous montrer dans ce récit la réalité la plus banale d'une société humaine contemporaine: un lieu que nous connaissons tous – au sein d'une famille ; une relation humaine la plus fondamentale de notre société: entre père (mère) et fils, époux et épouse, et entre les frères. Mais par là, Yu Hua révèle la « face cachée de la lune », met en avant une réalité qui nous échappe. Cela ne veut pas dire que cette révélation a quelque chose d'extraordinaire. Par contre, Yu Hua nous fait comprendre que non seulement l'événement est banal – l'aléatoire de la violence et sa radicalisation jusque dans la vie quotidienne –, mais banale aussi la manière dont cette réalité est constituée, la forme du récit étant simplement celle qu'il faut pour évoquer cette réalité, occultée, mais qui préexiste au récit.

Malgré leur formulation personnelle, malgré la différence dans leur façon de privilégier le roman qui est évidente, Claude Simon et Yu Hua sont tous les deux des auteurs d'une œuvre désabusée, représentative d'une littérature contemporaine qui se refuse aux simulacres de la littérature soi-disant réaliste. Ils nous montrent que nous sommes incapables de redonner sa vérité à un événement historique, de le restituer ou le déduire à travers l'écriture. Un récit peut être écrit sous le signe de l'idéologie, être bouleversé par divers facteurs. En même temps, la langue constitue un système sémiotique autosuffisant, indépendant du réel qu'elle décrit, de sorte que dans un

① 那天早晨和别的早晨没有两样。(p.2.)

récit, ce que dépeint la fiction n'est plus une expérience, c'est le texte qui devient lui-même expérience. Dans un tel récit, la recherche d'une signification donnée n'est plus possible, et la tentative de reconstitution historique se trouve inévitablement dans une auto-dissimilation: un récit n'est simplement pas fiable si l'on veut l'identifier à quelque chose qui s'est réellement passé. Au lieu d'une restauration du passé par la mimésis, Claude Simon et Yu Hua recourent tous les deux au propre de la fiction: l'un se tourne vers les mots, l'autre vers l'imagination, ils louent le « faux » de la littérature et cherchent la véridicité à partir de ce « faux ». Leurs fictions manifestent un recul par rapport à la littérature réaliste traditionnelle qui se veut l'équivalent du réel. « Ce que j'écris, ce sont des choses que j'ai ressenties, vécues, vues, des choses qui se trouvent dans ma mémoire. »① – précise Yu Hua, en résonance aux propos de Claude Simon: « Je n'explique pas, je constate, et je me borne à raconter ce que j'ai vu. » (CR, p.138). L'écriture devient chez eux ce que Deleuze appelle un devenir, c'est-à-dire un processus vital qui désigne une littérature qui trace « une ligne de sorcière » dans la langue majeure, et fait sortir le roman « de ses propres sillons »②. Cette nouvelle littérature suit « d'autres voies », et révèle l'ancrage du roman dans une configuration autre. Elle utilise une langue étrangère, qui « n'est pas une autre langue, ni un patois retrouvé, mais un devenir-autre de la langue, une minoration de cette langue majeure »③.

① "我写的是自己感觉到的，体验过的，见过的，记忆中的事情。"

② Propos de Proust cités par Gille Deleuze, *Critique et clinique*, Paris, Minuit, 1993, p.16.

③ *Ibid*, p.15.

« Deux dangers ne cessent de menacer le monde: l'ordre et le désordre. » – Cette antithèse de Paul Valéry que Claude Simon emprunte pour son exergue dans *Le Vent* nous a servi de guide dans l'examen de la représentation de l'Histoire dans *La Route des Flandres*. Elle est aussi adéquate pour caractériser le projet d'écriture de nos deux écrivains. Tout en lançant un défi à la littérature conventionnelle, les efforts que Claude Simon et Yu Hua ont déployés chacun dans leur écriture signalent la recherche d'une œuvre qui se crée ses propres contraintes. Ils nous montrent qu'en réalité, même une œuvre apparemment chaotique, informe, possède une structure extrêmement cohérente. L'ordre dans la narration de *La Route des Flandres*, est celui des mots et de la mémoire ; l'ordre dans les récits de Yu Hua est celui du hasard, du rêve et de l'imagination. Leurs œuvres s'orientent vers une structure nouvelle de la représentation du réel. Leur travail consiste à faire un roman nouveau, un roman qui renaît de ses propres cendres et qui répond à ce que décrit Barthes avec la plus grande exaltation:

> Le roman, ici, n'est plus d'ordre chtonien, infernal, il est terrestre: il enseigne à regarder le monde, non plus avec les yeux du confesseur, du médecin ou de Dieu, toutes hypostases significatives du romancier classique, mais avec ceux d'un homme qui marche dans la ville sans d'autre horizon que le spectacle, sans d'autre pouvoir que celui-là même de ses yeux.①

① Roland Barthes, « Littérature objective », in *Essais critiques*, Paris, Seuil (Tel quel), 1964, pp.39-40.

Chapitre III. Ecriture parodique

Il nous semble que l'entreprise paradoxale à la fois destructive et constructive de ce « nouveau roman » qu'on vient de nommer se traduit par une écriture parodique qui caractérise communément l'œuvre de Claude Simon et celle de Yu Hua. Selon Claude Abastado, la parodie marque une part importante de la production littéraire:

> Peut-être caractérise-t-elle, dans son essence, l'écriture moderne où des fragments figés de discours et des *topoï*, perçus en filigrane, organisent l'œuvre comme lieu de tensions, s'y réfractent et s'y déforment, l'ouvrant sur la totalité culturelle et la font finalement éclater ? ①

En termes linguistiques, la parodie est l'un des principes actifs d'une pratique dévalorisante pour produire la disjonction. Elle déjoue tout respect de l'origine, de la paternité et de la propriété, en abolissant, disait Barthes, « impitoyablement, frauduleusement, les guillemets qui, dit-on, doivent en toute honnêteté entourer une citation et distribuer juridiquement la possession des phrases, selon leurs

① Claude Abastado, « Situation de parodie », *Cahiers du 20e siècle*, « La Parodie », n°6, 1976, p.14.

propriétaires respectifs, comme les parcelles d'un champ »[①]. On a l'habitude de voir avant tout dans la parodie l'écart, la défamiliarisation et la « mise à nu » des règles et des procédés conventionnels, au détriment de son côté constructif, souvent négligé. Daniel Sangsue définit la parodie comme pratique ambivalente, qui comporte une relation de dépendance et d'indépendance à l'égard de son objet[②]. La disjonction – ou la « qualité de divergence » selon Iouri Tynianov – de la parodie ne consiste pas en un prolongement linéaire, mais en un travail de mécanisation-destruction défini (écart, propulsion à partir d'un point donné, lutte) d'où s'organise « une manière nouvelle ». Autrement dit, la parodie ne s'arrête pas à une destruction ; la rupture n'est pas son terme ni son but, mais le signal d'une transformation du récit vers « autre », propre au texte actuel.

1. La parodie subversive

La tradition confucéenne commande une poursuite des pas des antécédents et des Sages, une inspiration en pratique littéraire à partir des Classiques comme source fondatrice. Le confucianisme établit un triangle indestructible au cours de sa longue évolution: « le Dao comme totalité ontologique, le Sage comme premier auteur (en même temps que l'auteur par excellence), le Classique comme premier texte (en même temps que le texte par excellence) »[③]. Une continuité s'instaure, du classique – comme premier texte, comme modèle –

---

① Roland Barthes, *S/Z*, Paris, Seuil, 1970, p.51.

② Daniel Sangsue, *La Parodie*, Paris, Hachette, 1994, p.75.

③ F. Jullien, « L'œuvre et l'univers », *op.cit.*, p.66. Lire aussi son article « Ni Ecriture sainte ni œuvre classique: du statut du Texte confucéen comme Texte fondateur vis-à-vis de la civilisation chinoise », *Extrême-Orient – Extrême –Occident*, n°5, 1984, pp.75-128 et celui d'Anne Cheng « La trame et la chaîne: aux origines de la constitution d'un corpus canonique au sein de la tradition confucéenne » dans le même numéro, pp.13-26.

jusqu'à toute création ultérieure ainsi que tous livres à venir. Les Quatre livres et les Cinq classiques (*sishu wujing*)① se révèlent comme modèles immuables de la littérature, considérés contenant entre eux tous les genres et styles littéraires possibles, et ils constituent à la fois la source et le cadre de toute production littéraire: toute les innovations semblables finissent toujours par « rentrer dans un tel cadre et les classiques sont à la source de toute expression et de toute inspiration »②. Selon une telle conception du classique, la littérature est attachée à une morale qui consiste à ne pas transgresser la norme, à modérer son penchant pour l'exagération:

> « Imiter③ » (*fa*) ne signifie pas ici « produire quelque chose d'autre par activité mimétique » (au sens opératoire du terme) mais plutôt « ne pas s'opposer à », « se conformer au principe de », et laisser un tel principe agir en soi. L'imitation chinoise est celle de l'intériorisation d'une valeur exemplaire et elle s'inscrit dans une logique du déploiement et de la continuité.④

L'écriture de Yu Hua transgresse cette tradition. La parodie occupe une place importante dans ses œuvres des années 1980. Nous trouvons, parmi les nouvelles et les petits romans écrits à cette

① Textes canoniques du confucianisme. Les Quatre livres représentent *La grande Etude*, *La doctrine du juste milieu*, *Les analectes de Confucius*, *Mencius* (*Daxue*, *Zhongyong*, *Lunyu*, *Mengzi*) et les Cinq classiques désignent *Le Classique de la poésie*, *Le Classique de l'Histoire*, *Le Classiques des rites*, *Le Livre des mutations*, *Les Annales des Printemps et automnes* (*Shi*, *Shu*, *Li*, *Yi*, *Chunqiu*).

② F. Jullien, « L'œuvre et l'univers », *op.cit.*, p. 78.

③ Ici dans le sens d'« imiter les textes classiques ou écrire en se référant aux textes classiques».

④ F. Jullien, « L'œuvre et l'univers », *op.cit.*, p.76.

époque, trois textes parodiques des genres fictionnels existants: *Erreur au bord de l'eau*, *Un amour classique* et *Fleurs de prunier ensanglantées*. Si *Erreur au bord de l'eau* mime la narration des romans policiers occidentaux, les deux autres sont une sorte de reprise du schéma des récits spécifiques dans la littérature chinoise, et vont nous servir d'avantage d'exemples dans notre présente étude. Le premier, *Fleurs de prunier ensanglantées*, prend la forme d'un « roman de cape et d'épée » (*wuxia xiaoshuo*), tandis que le second, *Un amour classique*, est une réécriture du récit d'amour classique chinois, généralement dénommé « roman sur un lettré talentueux et une belle femme » (*caizijiaren xiaoshuo*), en raison de l'identité de ses protagonistes. Cette dénomination révèle tant bien que mal les lieux communs de cette écriture spécifique: la rencontre fortuite entre l'homme et la femme, l'opposition de la famille, la réussite aux examens mandarinaux et les retrouvailles.

Dans chacun de ces deux textes de Yu Hua, les signes distinctifs de l'écriture classique ont été repris. *Fleurs de prunier ensanglantées* raconte l'histoire d'un jeune homme parcourant le pays pour venger la mort de son père, un grand maître d'arts martiaux. Cette intrigue de base que l'on peut trouver dans la majorité des récits de cape et d'épée chinois – notamment dans *Shediaoyingxiong zhuan* (*La Légende du héros chasseur d'aigles*) de Jin Yong①, le plus éminent roman du genre par l'ampleur de son histoire –, construit une plateforme sur laquelle se développera ensuite un excellent roman

---

① Jin Yong, *La Légende du héros chasseur d'aigles*, Paris, Librairie You Feng, 2004. Pour une connaissance sur l'œuvre de Jin Yong et ses romans de cape et d'épée, lire « Jin Yong et la chevalerie sans frontières », in Zhang Yinde, *Le Monde romanesque chinois au XXe siècle. Modernités et identités*, Paris, Honoré Champion, 2003, pp.317-335.

d'apprentissage. Le dénouement de l'histoire veut généralement que le protagoniste fasse des rencontres extraordinaires, apprenne au cours de son vagabondage les arts martiaux, tue des malfaiteurs qui menacent la société avec leurs mauvaises intentions, et devienne lui-même un grand maître.

La vénération traditionnelle pour le classique est illustrée à travers le concours mandarinal dans la Chine ancienne évoqué dans *Un amour classique*. Réussir ce concours de recrutement de hauts fonctionnaires d'Etat est le rêve de tous les lettrés chinois, non seulement pour le titre de fonctionnaire que cette réussite peut leur apporter et le confort matériel qu'elle entraîne, mais aussi parce que c'est un moyen important dans la société chinoise ancienne de mettre en valeur leurs savoirs et de les appliquer – l'objectif d'apprendre étant, selon le confucianisme, de l'utiliser (*xueyizhiyong*). Or, au cours de l'évolution de ce système de recrutement, la réussite au concours dépend de plus en plus d'une bonne connaissance des textes canoniques confucéens et d'une capacité à les interpréter selon une règle formelle rigide. Ce qui compte le plus n'est alors pas l'expression des points de vue personnels, mais une capacité de maîtrise de tradition déjà encadrée.

Il faut ensuite noter que les deux genres littéraires sur lesquels Yu Hua élabore sa parodie ne sont pas des textes classiques, considérés comme canoniques dans la littérature chinoise. En revanche, les deux types de récits qui lui servent de modèles sont l'un comme l'autre considérés comme « secondaires » par rapport aux classiques confucéens. Le récit d'amour classique est un genre littéraire qui peut remonter jusqu'aux *chuanqi*[①] (*les histoires extraordinaires*) de la dynastie des Tang. Le premier « roman de cape et d'épée » dans la littérature chinoise est probablement le roman *Sanxia wuyi* (*Trois chevaliers et cinq bons*) dans la dynastie des Qing (au cours du XIXe siècle) et qui peut lui-même remonter à une tradition ouverte par les *chuanqi*. Mais c'est surtout au cours du XXe siècle que les « romans de cape et d'épée » connaissent un développement considérable, grâce aux œuvres des écrivains comme Jin Yong et Gu Long. Si la fiction a été discriminée dans la littérature chinoise en raison de son caractère divertissant, alors les « romans de cape et d'épée » et les « romans sur un lettré talentueux et une belle femme » sont représentatifs de cette situation de fiction par leur popularité – même jusqu'à aujourd'hui, le statut des romans de cape et d'épée reste ambigu au regard de la littérature orthodoxe. Le choix de Yu Hua de prendre ces deux genres de récits comme la base de sa propre écriture est d'abord un signe d'attachement à la forte présence d'imagination dans ces deux genres de fiction. Fabuleux et extraordinaires, ces deux types de roman transgressent la rectitude du canonique et s'intéressent au fantastique et à l'aberrant: l'alchimie, la fantaisie et les protagonistes illustres vivant souvent en dehors des normes sociales et morales. Les *chuanqi* et leurs variations au cours des époques ont été considérés pendant très longtemps comme une littérature marginale et mineure, incompatible avec la littérature confucianiste dominante. L'histoire littéraire chinoise témoigne alors

① Les *chuanqi* sont des récits courts en langue classique de l'époque Tang (618-907), qui racontent souvent des histoires extraordinaires. A l'origine titre d'un recueil de récits écrits par Pei Xing dans la seconde moitié du IXe siècle, le mot *chuanqi* est devenu ensuite le nom de tous les récits de ce genre.

d'une tentation des théoriciens, des critiques et de l'évolution littéraire même qui essaient de faire rentrer dans l'ordre toute étrangeté que l'irruption d'une quelconque puissance excentrique constitue au sein de la culture lettrée[①], et que la littérature imprégnée dans la tradition des *chuanqi* reste effectivement captive de l'immuable morale confucianiste. Des « romans de cape et d'épée » se dégagent sans trêve les vertus traditionnelles comme « l'intégrité intérieure », « le respect », « l'humanité » et « la bonne foi » (*zhong*, *jing*, *ren*, *xin*). Les aventures amoureuses interdites telles que décrites dans *Le Pavillon aux pivoines* finissent toujours par être soumises au dogme du confucianisme: la différence de classe entre le héros et l'héroïne est comblée par la réussite du héros aux examens mandarinaux. Cet amour tabou se trouve ainsi légitimé et va pouvoir s'accorder aux dogmes de la société féodale hiérarchique représentés par la famille de la jeune fille. Il faut aussi noter que les *chuanqi* prennent profondément leur source dans l'écriture historiographique, et que leur penchant pour la biographie est une tradition inaugurée par Sima Qian, historien de la dynastie des Han et auteur de *Shiji* (*Mémoires historiques*): « Les modes narratifs, fondés sur l'ellipse ; le choix du médium de communication, la langue classique ; les procédés d'exposition des événements, toujours relatés à travers une figure dont un moment dramatique résume de façon exemplaire toute

① Tel est l'exemple du poète Li He de la dynastie des Tang (au début du IXe siècle). En l'étudiant comme cas particulier dans son article « Naissance de l'"imagination" », François Jullien trouve que face à un tel poète caractérisé par l'excentricité, la tradition réagit par une double stratégie: « par dénaturation de son sen originel et réintégration dans les cadres licites de la tradition ou par évacuation de l'inacceptable et condamnation à l'oubli plus encore qu'à la réprobation. » (F. Jullien, « Naissance de l' "imagination" », *op.cit.*, p.54).

une vie: tout cela porte le sceau de la littérature historique. »[①]

Peu importe que le choix de Yu Hua de s'attaquer aux formes de récits classiques soit aléatoire ou non, toute interprétation d'intention de l'auteur étant un geste de trop, cela n'empêche pas que nous puissions facilement tirer de ses récits parodiques une lecture sur l'actualité littéraire chinoise des années 1980. La situation des deux types de récit classique dans l'histoire littéraire chinoise peut être lue dans le contexte contemporain comme une analogie de la littérature des années 1980: la « littérature de la nouvelle époque » songe à un discours littéraire nouveau, mais comme les *chuanqi* qui restent attachés au confucianisme dominant, elle n'est qu'une tentative stérile et une transgression inaboutie. Nous pouvons effectivement trouver pour *Fleurs de prunier ensanglantées* une deuxième référence littéraire. Ce récit fait fort penser, notamment pour les lecteurs des années 1980, aux *Etoiles rouges étincelantes*, roman au sujet révolutionnaire que Yu Hua a lu dans sa jeunesse et qui est lui-même une transcription du récit de cape et d'épée à l'époque communiste: Pan Dongzi, jeune adolescent, déterminé à retrouver son père et à venger sa mère, finit par tuer le tyran local Hu Hansan et devenir un soldat de l'armée rouge. Selon cette lecture, les deux récits parodiques de Yu Hua sont une sorte de défi à toute la littérature précédente, à la fois contemporaine et classique qui, par un jeu de succession historique, peut remonter dans un temps infini – Yu Hua est un écrivain qui est parfaitement conscient du « pouvoir transitif » de l'Histoire, par lequel les valeurs se transfèrent d'une

① Jean Levi, *La Chine romanesque. Fictions d'Orient et d'Occident*, *op.cit.*, p.138. Voir aussi son analyse « *Les Mémoires historiques* de Sima Qian ou l'histoire rattrapée par le roman » dans le même livre, pp.140-172.

époque à l'autre avec la sédimentation du temps. C'est la raison pour laquelle la tradition est associée d'une manière exclusive à une valeur péjorative dans l'œuvre de Yu Hua. Le mariage spirituel, la prédiction, les rites de mort rythment ses récits. La culture traditionnelle chinoise est présentée comme imprégnée de suspicion, se nourrit de la destruction des êtres humains qui y cherchent le guide de leur vie, tandis que la figure du père dans son œuvre est une incarnation de la tradition à la fois trompeuse et meurtrière.

Ce défi au classique implique un questionnement du statut de la tradition littéraire. Les notions de « littérature conditionnelle » et de « littérature constitutive » proposées par Gérard Genette peuvent être empruntées ici pour illustrer le propos. Si l'on voit l'ensemble de la littérature comme une autorité littéraire, on admet qu'il existe une littérature définie, constitutive et donc totalisante qui englobe au fil du temps toutes les écritures: chaque œuvre, chaque courant littéraire devient ainsi partie intégrante de la tradition littéraire. Alors que si l'on emprunte la notion de littérature conditionnelle, celle d'une littérature sans définition, on accepte la possibilité de faire une littérature *différente* qui se distingue de la tradition – c'est la position qu'ont prise les avant-gardes françaises des années 1950-1970 et qui a été adoptée ensuite par l'Avant-garde chinoise. Il nous semble que dans sa subversion d'une écriture conventionnelle, Yu Hua a tendance à considérer l'intégralité de la littérature chinoise antérieure comme un ensemble, un tout, sans distinguer la littérature classique, la nouvelle littérature du 4 Mai, la littérature prolétarienne ou la littérature de nouvelle époque. Pour lui, il n'y a qu'une littérature *archaïque* qui se développe continuellement jusqu'aux années 1980.

Il établit devant lui un monument littéraire immense vis-à-vis duquel il se place en opposition. S'il y a eu des fractures et des foulures dans l'histoire littéraire chinoise, il est évident que l'œuvre de Yu Hua y marque une cassure①. L'attitude personnelle de Yu Hua sur cette question est équivoque. Militant de l'Avant-garde des années 1980, il écrit dans un article en 1998: « Les gens pensent généralement que les années 1980 marquent une révolution littéraire, je ne le pense pas ; ce qui s'est passé n'a donné à la littérature qu'une plus grande diversité formelle. »② Cependant, nous ne pensons pas qu'il s'agit d'une trahison par l'écrivain de son expérience avant-gardiste, ni que cette reconnaissance de la tradition exclut une recherche assidue de rénovations, ou contredit une rupture volontaire de la tradition, car sur la même question, Claude Simon se met aussi volontairement à l'écart du point de vue radical de Robbe-Grillet et Jean Ricardou, et revient sur la remarque de Rosenberg selon laquelle « la tradition en art c'est "la tradition du nouveau" »③. Nous n'y voyons pas une minoration de son projet d'écriture, mais plutôt une lucidité de l'écrivain sur les questions préoccupantes de la littérature.

Maintenant centrons notre regard sur les textes. Liu Sheng, le protagoniste d'*Un amour classique* et Ruan Haikuo (ce qui veut dire

---

① André Levy, qui a évoqué la question de la rupture dans la littérature chinoise du *XXe* siècle, propose de distinguer schématiquement trois sortes de ruptures: les « cassures » irréparables, les « fractures » qui sont guérissables mais laissent des traces profondes et enfin les « foulures » dont les traces s'effacent. Cf. André Levy, « Littérature classique, littérature moderne: ruptures ou continuités », in *Littérature chinoise – Etat des lieux et mode d'emplois*, Publications de l'Université de Provence, 1998, p.12.

②"人们普遍将先锋文学视为八十年代的一次文学形式的革命，我不认为是一场革命，它仅仅是使文学在形式上变得丰富一些而已。" – Yu Hua, « Wo de xiezuo jingli » (Mon expérience en tant qu'écrivain) in *Meiyou yitiao daolu shi chongfude* (*On ne reprend jamais le même chemin*), *op.cit.*, p.114.

③ « Réponses de Claude Simon à quelques questions écrites de Ludovic Janvier », *op.cit.*, p.18.

« splendeur de la mer »), celui de *Fleurs de prunier ensanglantées* sont tous les deux des antihéros. Les deux sont des « bons à rien » selon les dogmes traditionnels. Comme son père, Liu Sheng est un lettré qui a échoué à son concours mandarinal ; par ailleurs, « il ne pouvait ni porter une palanche ni travailler de ses mains », si bien que « les trois membres de la famille étaient à la charge de la mère qui trimait jour et nuit devant son métier à tisser » (AC, p.82). L'inutilité des lettrés ridiculise le propos du Confucius selon lequel « étudier est au-dessus de toute autre occupation humaine »[①]. Le protagoniste de *Fleurs de prunier ensanglantées*, Ruan Haikuo, a hérité du visage de son père, mais non de son corps ni de son allure de paladin et « n'avait pas la moindre notion d'arts martiaux » (FP, p.67)[②]. Le vagabondage de Ruan Haikuo ne l'amène pas à une destination précise: il « erre, se trompe, se laisse porter par ses pas[③] », comme disait Isabelle Rabut. Pendant toute l'histoire, il ne fait que marcher, sans livrer aucun combat. Les autres personnages de ce récit sont aussi traités d'une manière parodique. Le paladin Aiguille noire doit son nom à l'arme qu'il utilise: il maîtrise un art martial spécifique, du fait qu'il peut rendre ses cheveux durs comme des aiguilles. Ainsi au cours d'un combat lance-t-il des flèches de cheveux pour tuer son rival. Mais « [c]omme voilà des années que le grand redresseur de torts Aiguille noire hantait le Monde des aventuriers, son crâne commençait à ressembler à une terre aride »

---

① "世上万般皆下品,思量唯有读书高。" - L'ouverture de *Daxue* (*La Grande Etude*), l'un des textes canoniques du confucianisme.

② 没有半点武艺（p.5）

③ Isabelle Rabut, « Yu Hua et l'espace hanté », *op.cit.*, p.226.

(FP, p.72)[①].

Non seulement ces deux récits sont des réadaptations de textes existants, mais leur composition est en elle-même marquée par la répétition et la transgression de répétition. Par exemple, la première séquence d'*Un amour classique* se conforme strictement aux règles d'une narration d'« un amour classique », même le style poétique et idyllique du texte original est scrupuleusement imité. Mais alors que le lecteur croit saisir quelque chose lors des premières scènes, il s'aperçoit rapidement que cela n'est qu'une apparence, puisque la réalité constituée au cours de la narration est immédiatement remise en question. Dès que commence la deuxième séquence, la narration contredit tout ce qu'il devrait se produire dans un récit classique. L'univers poétique de la première partie bascule soudain dans un monde cannibale effrayant: quelques mois plus tard, le jeune homme retrouve au même endroit une terre dévastée, tandis que la jeune fille est devenue viande de boucherie. Au moment même où le lecteur se trouve désappointé par la transformation radicale de ce texte classique, la narration classique revient: le fantôme de la jeune fille apparaît pour suggérer une résurrection possible, ce qui constitue un autre fameux procédé utilisé dans des récits classiques tels que *Le Pavillon aux pivoines*. Le lecteur est alors de nouveau dans l'attente de quelque chose de *sûr*. Or, il est dupé une nouvelle fois: la résurrection échoue. Nous ne refaisons pas les mêmes analyses, mais un parcours similaire marque aussi *Fleurs de prunier ensanglantées*.

Cette composition de certains récits de Yu Hua évoque les

① 黑针大侠闯荡江湖多年，因此头上的黑发开始现出了荒凉的景致。(p.9)

propos de Claude Simon sur la notion de baroque: « Le mouvement du baroque, c'est la spirale. C'est-à-dire le retour de la même ligne, sur la même génératrice, mais avec, à chaque fois, un décalage de niveau »[①]. A chaque endroit où le récit classique vise un avancement, le récit de Yu Hua ouvre une déchirure, jusqu'à ce que l'imaginaire du *classique* soit complètement renversé. Dans le récit de Yu Hua, à travers une oscillation entre la familiarité et l'étrangeté récurrentes, la stabilité de la saisie des informations qui constituent le paradigme des récits d'amour classiques disparaît dans une atomisation contradictoire de la narration, tandis que la répétitivité de l'acte du protagoniste et du paysage rend cette destruction d'autant plus remarquable. En se proposant de parodier la « logique du récit », fondée sur la relation cause-effet dans la fiction traditionnelle, et par l'intégration de la loi du hasard destinée à saper et à miner l'attente d'un lecteur reposant sur le déroulement linéaire des épisodes et le développement d'un personnage, Yu Hua fait éclater le déterminisme fondamental de la littérature classique et la poursuite opiniâtre du parfait dans le réalisme socialiste. L'Homme perd sa maîtrise efficace du monde et toutes les illusions et tentatives d'une telle maîtrise deviennent absurdes dans la contradiction et la déstructuration du langage.

La crise épistémologique est enfin une crise de l'Histoire. Yu Hua attaque l'optimisme et l'évolutionnisme qui sont populaires dans les années 1980. Chez Yu Hua, il ne s'agit pas d'exorciser le passé par la citation réinventée. A travers la parodie, ce sont les données

---

① Claude Simon, « Les secrets d'un romancier, Claude Simon s'explique », entretien avec Hubert Juin, *Les Lettres Françaises*, n°4, 6-12 octobre 1960, p.5.

idéologiques qui sont défiées et menacées. Rien que dans le titre d'*Un amour classique*, la volonté de dénoncer le simulacre de l'Histoire apparaît de manière flagrante. L'auteur veut dévoiler le *classique* pour le montrer comme une sorte d'accumulation historique et synonyme de *sûr*, de *stable*. Ainsi la merveilleuse ville florissante peut-elle devenir un enfer terrestre et la gigantesque maison disparaître entièrement pour laisser place à une étendue déserte. Le contraste est si frappant que le questionnement du protagoniste sur l'authenticité de cette décadence se transforme immédiatement en un doute sur l'authenticité de la prospérité d'autrefois. Cette prospérité était-elle « une vision onirique » ? Et encore: ce *classique* qui est l'Histoire pourrait-il n'être rien d'autre qu'une vision onirique et donc trompeuse ? Ce soupçon s'intensifie avec le développement du récit, et le monde cannibale sert réellement d'antithèse au monde classique qui est sans cesse mis en question. A la fin du roman, quand le fantôme de la jeune fille vient annoncer l'échec de sa résurrection, on croit entendre le rire de l'auteur qui est parvenu à rendre définitivement dérisoire cet amour pour le classique.

Dans *La Route des Flandres*, la parodie est dispersée dans le détail. Il ne nous paraît pas pertinent de considérer ce roman dans son ensemble comme une parodie des récits de témoignage ni même comme une parodie quelconque, parce qu'il n'est pas la réécriture d'un modèle donné, tandis que ses références se caractérisent par une telle diversité qu'il est impossible d'en déterminer une qui domine ; par ailleurs, cette perspective réduirait la dimension *poétique* de cette œuvre qui n'a absolument pas besoin d'autres textes pour s'intégrer dans l'histoire littéraire. Cependant, la parodie, très présente dans l'œuvre de Simon, se trouve dans chaque page de ce roman, dispersée mais abondante, jusqu'à ce que le roman devienne ce que Mária Minich Brewer appelle « la parodie comme récit et récit comme parodie »[①]. Ce caractère « détaillé » accorde à la parodie une extrême mobilité: elle vient souvent de la réplique[②] et est étroitement liée et parfois même mélangée à d'autres procédés tels que la satire, le pastiche, la caricature, l'humour et l'ironie[③]. Ces nombreux procédés, employés avec une très grande habileté, constituent des détails diégétiques desquels émerge une figure et/ou une contre-figure parodiques.

La parodie révèle le travail subreptice des simulacres dans les systèmes de représentation. Dans une guerre menée par l'anachronique capitaine de Reixach qui s'avance vers les mitrailleuses allemandes en tirant son sabre et par la tout aussi anachronique armée française en lutte contre la technologie moderne de l'aviation allemande, tout encadrement et toute tactique militaires se révèlent dérisoires, jusqu'à devenir une parodie de la notion même de militaire. Claude Simon ne fait pas l'économie de formulations fâcheusement critiques à cet égard. La défaite, dans les conditions

---

① Voir l'article de Mária Minich Brewer « Parodies, répliques, écritures », *Revue des sciences humaines*, n°220, oct-déc. 1990, p.161.

② Mária Minich Brewer estime que, selon un jeu de mot, la réplique peut signifier à la fois une réponse, une protestation à un ordre et une copie, une reproduction semblable à un original.

③ Daniel Sangsue propose d'intégrer trois dimensions dans la définition de la parodie: la dimension du ludique, la dimension du comique et celle du satirique, afin de « laisser ouverte la possibilité de prendre en compte des textes où la proportion de ces régimes est difficilement décidable, soit qu'ils se mêlent sans qu'aucun ne domine, soit que l'un ou l'autre apparaissent à l'état de nuance [...] » (D. Sangsue, *La Parodie*, *op.cit.*, p.74.) C'est cette définition relativement large qui nous permet de parler de la parodie dans *La Route des Flandres* sans la distinguer strictement d'autres procédés.

décrites par Simon, est montrée précisément sur le mode parodique. Chez Simon, la guerre est fort éloignée d'être « le déroulement uni et rassurant d'un projet ou une entreprise », elle est tout aussi dépourvue de sens que la notion qu'il donne au terme « révolution » en citant le dictionnaire Larousse: « Révolution: Mouvement d'un mobile qui, parcourant une courbe fermée, repasse successivement par les mêmes points. » – citation que Claude Simon place en exergue de son roman *Le Palace*.

Les mots de Simon semblent avoir une mémoire extraordinaire[①], comme s'ils se faisaient constamment appel et provoquaient des souvenirs les uns aux autres. Ces mots qu'il trace sur une feuille blanche ont un pouvoir générateur qui relie les différents textes et images et crée une interaction, une circulation et un échange permanent entre eux ; tel est le cas par exemple de la fameuse mutation entre « moule poulpe pulpe vulve » (RF, p.39) ou « Corinne », « corail » et « madrépore » (RF, pp.221, 222). Toute l'œuvre de Claude Simon est traversée par de tels « renvois » entre les mots et les images, des renvois qui opèrent une double fictionnalisation: la reprise d'un texte ou d'une image d'un côté, et la réinsertion dans son propre texte de l'autre. Souvent, au cours de ce renvoi naît un effet burlesque et parodique. En contemplant le visage d'Iglésia: « son grand nez, sa tête penchée comme si elle était entraînée vers le bas par le poids de cette espèce de bec, de truc postiche carnavalesque comme rajouté en avant de sa figure en lame

---

① Cf. Gérard Roubichou, « La mémoire des mots », in *Claude Simon. Chemins de la mémoire*, *op.cit.*, pp.83-92, notamment son analyse sur la description similaire d'un arbre dans *Histoire* et *L'Acacia*, qui provoque chez le lecteur le sentiment de *déjà lu* combiné à celui de l'*autrement lu*.

de couteau telle qu'on n'en fabrique sans doute plus depuis les spadassins de la Renaissance italienne enveloppés dans leurs capes d'assassins laissant juste dépasser ce nez proéminent d'aigle lui donnant cet air à la fois terrible et malheureux d'oiseau affligé de… », Georges se dit soudain: « Où avais-je lu cette histoire dans Kipling je crois » (RF, p.43). Plus loin, il reprend ce voyage fantastique entre les images: « son visage de spadassin, donc, maintenant parfaitement neutre, absent, semblable à un de ces masques mortuaires aztèques ou incas, posé, immobile, impénétrable et vide sur la surface du temps, c'est-à-dire de cette espèce de formol, de grisaille sans dimensions [...] » (RF, p.129). Ce passage met en évidence le pouvoir de transformation extraordinaire des renvois simoniens. Le texte rend hybride ce personnage ambigu et énigmatique qui provoque chez Georges tantôt la pitié, tantôt la répulsion. Et la référence passagère à Kipling traduit encore une fois la persistance de la culture reçue, déjà délaissée mais revenant de manière automatique et instinctive. Dérisoire et tragique dans ses conséquences, c'est ce miroitement qui provoque un effet de parodie généralisée.

Souvent ce genre de reproduction peut être très offensive, sans souci des limites morales ou culturelles, ni le moindre respect des aïeuls, de Jésus ni de Dieu. Dans les discussions entre les soldats, que ce soit dans le lieu de cantonnement ou plus tard dans le camp des prisonniers, que ce soit pour parler de l'obscur drame des paysans ou de l'éventuelle liaison entre Corinne et Iglésia, les conversations, constamment agrémentées de jeux de mots et de diverses obscénités, ne cessent de glisser vers la sexualité et paganisent toutes les formes du sacré, familiale et légendaire. Non seulement Blum mélange l'histoire du couple formé par le capitaine de Reixach et Corinne avec celle de l'ancêtre le Conventionnel et son épouse Virginie, mais il en tisse de surcroît une version à base de l'histoire d'Agnès et Arnolphe de Molière. L'histoire de la pièce de Molière se transforme en histoire réelle, celle de la famille de de Reixach – à moins que ce ne soit celle-ci qui subisse une véritable théâtralisation. En remontant le cours de la vie du capitaine de Reixach afin de trouver une raison plus acceptable que les autres pour expliquer son incompréhensible geste suicidaire sur le champ de bataille, Georges tend à croire que c'est l'infidélité de son épouse Corinne qui l'a conduit à faire cette « bêtise » sous prétexte de mourir pour le pays. Il compare alors ce suicide à la Passion, identifie de Reixach à Jésus portant sa propre croix, à ceci près que « le lieu le centre l'autel n'en était pas une colline chauve, mais ce suave et tendre et vertigineux et broussailleux et secret repli de la chair... ». Pensant ensuite à la jeune veuve qui regretterait la mort de son mari, il la compare à Marie-Madeleine pleurant la mort de Jésus: « Mais après tout n'y avait-il pas aussi une putain là-bas [...] » (RF, p.13) Petit à petit, Georges et Blum, qui ont voulu faire une « tentative de restitution » des événements vécus, finissent par comprendre que la vérité est introuvable, qu'elle ne découle pas d'une déduction logique. Cette « défaite » cognitive les oblige à une interprétation qui « déraille », à faire des hypothèses impossibles, et le texte devient, à partir de là, une pure fabrication du fabuleux.

Tout rituel, toute répétition devient un objet de parodie mêlée de violence et tragédie. Regardons la réflexion que fait Georges sur la mort du capitaine de Reixach:

> ce fut peut-être seulement son corps pas son esprit qui commanda le geste absurde et dérisoire de dégainer et brandir ce sabre car sans doute était-il déjà complètement mort à ce moment-là [...] mais on dit que les cadavres sont parfois capables de réflexes de contractions musculaires assez fortes et même assez coordonnées pour les faire se mouvoir comme des canards dont on coupe la tête et qui continuent à marcher se sauver parcourant grotesquement plusieurs mètres avant de s'abattre pour de bon [...] Alors ils auraient dû changer leur blason depuis ce jour-là remplacer ces trois colombes par un canard sans tête j'imagine que c'eût été mieux un meilleur symbole plus explicite en tout cas [...]: un simple canard sans tête brandissant ce sabre l'élevant étincelant dans la lumière avant de s'écrouler sur le côté, cheval et canard derrière le camion brûlé [...] (RF, pp.84-85).

A la définition accréditée de l'Histoire s'ajoute une définition secondaire qui entre en conflit avec les versions officielles des événements historiques. Cette définition ouvre dans le texte une dimension parodique et critique. Dès lors, les épisodes de guerre invoqués s'accompagnent de leurs versions minimisées qui sont essentiellement parodiques et théâtrales – voir par exemple le passage « les films comiques » où Georges compare la poursuite des deux armées à une scène comique (RF, p. 197). Le lecteur est régulièrement surpris de l'effet « mascaret » des énoncés simoniens, dont les images arrivent l'une après/avec l'autre dans un flux continuel, et par la capacité de cet écrivain à greffer habilement tout dans son texte. La parodie simonienne finit par devenir une parodie érotique – telle que « la Passion » de de Reixach évoquée précédemment –, pornographique et scatologique, tel dans ce passage sur le cortège funèbre:

> il lui sembla qu'il le voyait réellement, aussi déplacé, aussi insolite dans la verdoyante campagne que ces enterrements que l'on rencontre parfois, s'avançant au milieu des champs comme quelque mascarade sacrilège, crapuleuse et – comme toute mascarade – vaguement pédérastique, sans doute parce que (de même que la dame âgée et seule, en découvrant les godillots qui dépassent de la jupe, et le poil dur dont maintenant les joues se sont couvertes, comprend soudain avec horreur au moment où celle-ci lui apporte la soupe que la vieille bonne au visage un peu rude qu'elle a engagée le matin est en réalité un homme, se rendant compte alors et de façon irrémédiable qu'elle sera assassinée dans la nuit) (RF, p.75)

L'ancêtre (représenté par le pronom personnel « le »), le cortège funèbre, la mascarade, la vieille dame assassinée – en quelques lignes, les « aussi que » et « de même que » font glisser la narration d'une image à l'autre avant de revenir sur la scène du cortège funèbre qui se superpose avec les images précédentes: le prêtre avec « les gros souliers » « au-dessous des surplis immaculés », et l'enfant de chœur avec « la haute croix de cuivre fichée dans le cornet de cuir du baudrier qui pend à hauteur de son bas-ventre (si bien qu'il semble tenir à deux mains dans un geste enfantin, équivoque et canaille quelque symbole priapique démesuré jailli d'entre ses cuisses, noir et surmonté d'une croix) » (RF, p.75). Cette multiplication des images fait de la parodie simonienne une parodie de parodie. Et c'est sur ce fond de cortège funèbre, dans « un mortel et puant nuage [...] d'encens » qu'a lieu l'effrayante réapparition de l'ancêtre. De la sorte, interférée par les évocations fantasmatiques précédentes, la mort de ce jour-là est chaussée drôlement « de godillots d'assassin » (RF, p.76).

2. La parodie constructive

Si la parodie est d'abord une citation, les références faites à des mythes antiques, à la légende familiale, à des catastrophes nationales et à des suicides, révèlent le retour du tragique et l'aspect cyclique de l'Histoire dont sont témoins les personnages écrasés par l'Histoire, de génération en génération. Travaillant sur un « historique tas de charbon » (RF, p.183) dans le camp en Allemagne, Georges et Blum entreprennent une discussion sur l'Histoire:

> [Blum]: « Bien, bien: travaillons nous aussi à l'Histoire, écrivons nous aussi notre quotidienne petite page d'Histoire ! Après tout je suppose qu'il n'y a rien de plus déshonorant ou stupide à pelleter une montagne de charbon qu'à mourir gratis pour le roi de Prusse, alors donnons-en pour son argent à ce Mozart brandebourgeois... » (RF, p.183)

Nous lisons également dans d'autres conversations des personnages une assimilation de l'Histoire à une « vieille ogresse » à « l'abus ridé », celle de l'homme au « gorillus sapiens » qui trône au faîte des ordures alimentées par son intelligence (RF, p.176). Ces passages révèlent que, dans *La Route des Flandres*, l'Histoire devient, dans la bouche des personnages, sujette à une parodie par ses victimes, puisque les soldats ne sont plus les récepteurs passifs d'événements, de discours, d'ordres et de représentations qui leur sont adressés. L'Histoire n'est plus une donnée objective qu'on peut consulter, mais une constitution essentiellement modifiable qui ne se fixe en vérité qu'au contact des divers mécanismes de la langue. Ce n'est pas le passé qui donne forme au présent, mais c'est le discours présent qui fournit la matière à la reconstitution du passé. S'inscrivant dans un passage entre la fiction et la non-fiction, entre le sérieux et le léger, la parodie permet aux personnages de tisser une histoire personnelle à partir de l'Histoire collective. Elle est le sourire malade de Blum, mélange d'humour, d'audace, de souffrance, de burlesque et de pulsion vitale. A un moment donné, Blum rappelle à Georges que tout ce qu'il raconte sur Corinne est basé sur des racontars collectionnés ici et là: « Mais tu ne la connais même pas ! » (RF, p.56). Blum insiste, tout en lançant lui-même l'interprétation « la plus flatteuse » des choses, sur la capacité d'invention de Georges:

> tu es là à ressasser, à supposer, à broder, à inventer des histoires, des contes de fées là où je parie que personne excepté toi n'a jamais vu qu'une vulgaire histoire de cul entre une putain et deux imbéciles (RF, p.174)

> Du théâtre de la tragédie du roman inventé, disait-il, tu t'y complais tu en rajoutes tu, et moi Non, et lui Et au besoin tu inventes (RF, p.271)

Bien que Georges et Blum se reprochent l'un à l'autre leur verve bouffonne, ils inventent, c'est vrai. Ainsi, le récit n'est plus une simple énonciation des faits, mais l'énonciation de leur fabrication dont l'origine se trouve dans un désir d'une saisie de l'objet réel, finalement échouée. Faute d'informations suffisantes, Georges et Blum comblent les vides par une pensée associative et leur capacité de revivre, d'imaginer, de déplacer et de transposer des images, jusqu'à ce qu'une version parodique des événements se produise, supposée comme le réel même. Finalement, rien n'est vrai que les mots qu'ils disent, la version parodique qu'ils inventent: « somme toute les mots servent tout de même à quelque chose » (RF, p.94). Les jours et mois passés dans un camp de prisonniers ont affamé les soldats, les ont fatigués, tués même, mais plus les conditions sont pitoyables, plus les répliques « déraillent ». Il faut bien les « Mais non ! » « Mais non !... » de Georges pour essayer d'arrêter les bouffonneries de Blum, et en vain même. Celles-ci semblent avoir le pouvoir de traverser le temps et la mort, de sorte que trois ans après la disparition de Blum, dans la nuit passée à l'hôtel, Georges croit entendre leur conversation se poursuivre encore (RF, p.88).

Le narrateur de *La Route des Flandres* est rejeté par l'omniscience ; en revanche, de cette invalidité, il manifeste une pulsion discursive qui multiplie les commentaires, les analogies, les rapprochements et finit par construire ainsi un point de vue critique des ordres résiduels. Dans ce roman, il s'agit en fait, comme l'a très bien remarqué Mária Minich Brewer, d'une critique bien élaborée, qui n'en reste pas à une échelle anarchique non organisée dispersée ici et là dans les répliques des personnages. La parodie simonienne est issue des conditions même de l'histoire, de la guerre et de la sexualité. Elle est inséparable à la fois de la catastrophe répétitive et de la répétition catastrophique, de sorte qu'elle aussi est dotée d'un pouvoir destructif comparable à celui de l'Histoire. Pour lutter contre l'ordre qui leur donne la mort, les soldats recourent à la parodie comme moyen de refus de la représentation mortelle. L'Histoire, à la fin, se définit d'une manière minimalisée chez Blum: « ... que l'Histoire (ou si tu préfères: la sottise, le courage, l'orgueil, la souffrance) ne laisse derrière elle qu'un résidu abusivement confisqué, désinfecté et enfin comestible, à l'usage des manuels scolaires agréés et des familles à pedigree... » (RF, p.177).

Récits, structures, systèmes, cadres, organisations sont effectivement en ruine et en désordre. Cependant, c'est à partir de là qu'apparaissent de nouvelles possibilités d'écriture. La parodie dans *La Route des Flandres* est créée dans et par la débâcle elle-même. Elle est une parodie qui n'est plus à interpréter restrictivement dans un contexte formel ou linguistique, mais cela ne veut pas dire qu'elle n'ait pas ses sources dans des effets formels. Comme le signale Jean Ricardou dans son article intitulé « Un ordre dans la débâcle »[1], le jeu verbal fonctionne chez Claude Simon comme une charnière structurelle qui modifie l'instance narrative. Il change le regard porté

① Voir Jean Ricardou, « Un ordre dans la débâcle », in *Problèmes du Nouveau Roman*, Paris, Seuil, 1967, pp.44-55.

sur la chose décrite et fait passer le lecteur d'une piste à l'autre d'un circuit narratif situé hors de la temporalité. Revoyons un peu le passage parodique de la Passion qu'on évoque plus haut. Dans l'analyse de Lionel Duisit sur ce passage, le privilège que Claude Simon accorde aux similarités de structures par rapport aux autres formes de relations permet à l'acte parodique de se justifier, de sorte que la parodie semble moins une transgression qu'un acte novateur de l'écriture. Selon lui, si l'histoire d'amour charnel du couple de Reixach relève d'une passion privée incompatible avec la Passion du Christ, l'une et l'autre étant considérées comme des principes antinomiques en vertu d'un tabou culturel, la dimension morale qui faisait obstacle au rapprochement est neutralisée par hypothèse: « *p*assion et *P*assion, déjà si proches dans la topographie du dictionnaire, sont aptes à se confondre jusque dans le détail d'une instrumentalité équivoque (croix/pénis, colline chauve/colline "broussailleuse", autel/autel). »[①] La parodie sert ainsi, en utilisant les lois de l'écriture, à libérer les éléments formels de leurs valeurs conventionnelles. Le regard du narrateur, qui fait son va-et-vient entre le présent de sa narration et ses multiples évocations d'autres temps, s'insère dans les dérives discursivo-imaginatives. Ses constatations relèvent toujours de l'hypothèse, du « comme si… » d'un jeu verbal qui arrivent à mettre les différents événements évoqués sur le même niveau narratif. L'écriture de Claude Simon affronte ainsi « l'inadéquation irréductible entre l'ordre du langage et

---

① Lionel Duisit, *Satire, parodie, calembour. Esquisse d'une théorie de modes dévalués*, Saratoga, Anma Libri, 1978, p.123.

le désordre du réel »[①].

Ruan Haikuo, protagoniste de *Fleurs de prunier ensanglantées*, est l'homme du *Wuwei* (ou *Wou-Wei*) selon le taoïsme. La notion taoïste fondamentale de *Wuwei* défie toute traduction exacte et c'est pourquoi en français on laisse ce terme généralement non-traduit en l'écrivant *Wuwei* aujourd'hui ou *Wou-Wei* avant l'extension du *pinyin*. Toutefois il en ressort l'idée de doctrine du non-agir ou de la non-action. Si donc nous devions traduire le terme de *Wuwei*, la compréhension barthésienne « ne pas diriger, ne pas finaliser sa force, la laisser sur place » serait adéquate[②]. L'action issue du *Wuwei* ne s'entoure ni de buts ni de mobiles, elle se déroule autour d'un *« centre immobile »,* autrement dit en conformité avec le Dao. Toute idéologie chinoise depuis le XXe siècle repose sur le vouloir et sur la volonté: saisir, dominer, substituer, imposer sa vérité, etc. A l'inverse, *Wuwei* est ce qui désoriente la volonté, le vouloir du vivre. C'est un Neutre « qui déjoue le paradigme » et qui privilégie « une connotation sauvage, pulsionnelle, anti-intellectualiste »[③].

L'attitude profonde du *Wuwei* est de ne pas choisir. Ruan Haikuo se distingue des autres héros romanesques des années 1980 par son humeur pacifique, son extrême passivité et son éloignement de toute lutte et toute querelle – pensons à tous les héros de la « littérature de cicatrice » tourmentés par leur mémoire du passé et se préoccupant d'enregistrer l'Histoire, de réfléchir, de choisir entre le passé et le présent. Ruan Haikuo se voue à pratiquer le *Wuwei*, à faire

---

① Renée Ventresque, « Le trou et la trame: le sexe à l'œuvre », *op.cit.*, p.113.

② Roland Barthes, *Le Neutre:notes de cours au Collège de France (1977-1978)*, Paris, Seuil, 2002, pp.222-223.

③ *Ibid.*

le non-faire dès son premier pas. Sortant de la chaumière avec l'épée sur le dos, il voyait « un soleil rouge qui flottait dans le lointain»[①], « une étendue bleue infinie »[②] du ciel, et « la route s'étalait devant lui, irréelle » (FP, p.5)[③]. Il marche, continuellement et sans « fin » dans tous les sens du terme:

> Quand il eut traversé le pont et qu'il se retrouva sur l'autre rive, il avait oublié dans quelle direction il allait, et à compter de cet instant ce ne fut plus la direction qui le guida. Il était comme le vent qui souffle sur la terre, marchant devant lui au hasard. Les innombrables villages et bourgs qu'il traversait n'étaient certes pas tous identiques, pourtant ils étaient plantés d'arbres de même couleur, composés de maisons de même forme, avec les mêmes rues où circulaient les mêmes piétons. Si bien qu'il avait l'impression, dès qu'il entrait dans un village ou un bourg quelconque, de marcher dans ses souvenirs. (FP, p.68)[④]

Fleurs de prunier ensanglantées est alors dans une certaine mesure un « sur la route » sous forme de récit, et cependant pas tout à fait au sens que Jack Kerouac donne à ce terme, car le «sur la route »

---

① 一轮红日在遥远的天空里漂浮而出（p.5, cette traduction est de nous.）

② 无比空虚的蓝色（*ibid.*）

③ 大道在前面虚无地延伸（*ibid.*）

④ 阮海阔在走过木桥，来到河流对岸时，已经忘记了自己所去的方向，从那一刻以后，方向不再指导着他。他像是飘在大地上的风一样，随意地往前走。他经过的无数村庄与集镇，尽管有着百般姿态，然而它们以同样的颜色的树木，同样形状的房屋组成，同样的街道上走着同样的人。因此阮海阔一旦走入某个村庄或集镇，就如同走入了一种回忆。（p.6）

de Ruan Haikuo n'est même pas un questionnement ni une poursuite d'un quelconque sens perdu. Pour un personnage à qui « aucun carrefour n'avait inspiré [...] plus d'hésitation que s'il avait marché sur une route toute droite » (FP, p.6)[①], c'est effectivement un simple « je marche, donc je suis » qui ressort de l'histoire, et rien d'autre. Pendant les années de déambulations du protagoniste, le temps et la vie s'écoulent imperceptiblement, mais il ne s'est réellement *rien* passé pour ceux qui attendent un « sursaut » de la part du protagoniste.

Wuwei, ce n'est pas la fin de toute action mais la cessation de toute action motivée, autrement dit des actes tributaires du vouloir et de l'attachement aux sens. En se cantonnant au *Wuwei*, l'homme ne fait qu'imiter le Dao dont l'efficacité est universelle justement parce qu'il est « inactif ». Regardons les règles de conduite édictées par Yang Zhu[②] à partir du *Wuwei*: « Ne rien faire de mal, de peur d'être puni ; ne rien faire de bien, de peur, ayant acquis une bonne réputation, d'être chargé de fonctions absorbantes et périlleuses [...]. Agir comme si l'on n'était bon à rien. » Ruan Haikuo est exactement cet homme qui agit comme s'il n'était bon à rien. Chargé d'une mission imposée par sa mère, il a dû parcourir tout le pays à la recherche de Bai la Pluie et du Maître des nuages bleus qui pourraient lui indiquer le lieu où se trouvent les deux truands, mais il n'envisage pas de stratégie pour rendre sa recherche plus efficace, la

---

① 十字路口并不比单纯往前的大道显示出几分犹豫（*ibid.*）

② Philosophe chinois qui vivait au IVe ou Ve siècle avant notre ère. Sa doctrine particulièrement individualiste est aux antipodes de l'enseignement de Confucius et de celui de Mozi, qui prônent tous deux un altruisme extrême aboutissant à l'amour universel. La doctrine de Yang Zhu a été sévèrement condamnée par Mencius qui poursuit la doctrine créée par Confucius. Il l'accuse d'être un égoïste amoral « qui ne donnerait pas un cheveu de sa tête pour secourir le monde ».

spontanéité étant son seul guide. Il retourne au même endroit sans le vouloir ni le refuser, et parfois sans savoir qu'il a croisé les hommes qu'il cherchait. Il suit un chemin qui ne mène nulle part. C'est justement cette « errance sans but » (FP, p.81)[①], cette recherche dans le néant, qui ouvre devant le protagoniste une perspective infinie et maintient son errance jour après jour. Enfin, sa mission s'achève de manière inattendue. Le hasard joue un rôle dans la conclusion de cette histoire répétitive et cyclique, tout comme le hasard de l'échec de la résurrection qui met brutalement fin au récit d'*Un amour classique*: Ruan Haikuo apprend par Bai la Pluie, rencontré par hasard, que les deux truands coupables de la mort de son père ont été tués trois ans auparavant, respectivement par la Fille au fard rouge et le paladin Aiguille noire qu'il avait croisés dans son errance – ce n'est qu'à ce moment-là qu'il se rend compte que c'était lui-même qui leur avait indiqué les lieux de séjour des deux truands.

Le récit d'amour classique vise une conciliation, une cicatrisation; le récit de cape et d'épée vise quant à lui un achèvement et un « devenir majeur ». Il est évident que les deux récits de Yu Hua contredisent ce genre de discours et notamment les discours humanistes démocratiques et émancipateurs des années 1980. Yu Hua compare souvent la narration d'un roman traditionnel à une route ou à une rivière en raison de sa narration linéaire et fluide[②]. Selon lui, au cours de la lecture, le lecteur suit le déroulement de l'histoire comme s'il marchait le long d'une route ou d'une rivière.

---

① 漫无目标漂泊之旅（p.17）

② Voir par exemple dans son article « Shui shi women gongtong de muqin » (Qui est la mère pour nous tous ?), *op.cit.*.

Alors que dans *Fleurs de prunier ensanglantées*, la spontanéité de Ruan Haikuo détruit complètement la linéarité de son trajet. Il lui arrive parfois des choses qu'il n'attendait pas lui-même. Ainsi il veut prendre tel chemin mais se rendre compte quelque temps après qu'il a pris un autre chemin allant dans le sens inverse ; il envisage de suivre le chemin de la veille mais le bruissement d'une rivière l'attire vers un endroit inconnu. Ce que Yu Hua recherche, c'est une narration qui ne connaisse pas ses propres pas et un écrivain qui délaisse la linéarité et qui tâtonne dans sa spontanéité, à l'instar de son personnage et de son errance. Remarquons encore que jamais un protagoniste comme Ruan Haikuo n'avait pu devenir le personnage principal d'une œuvre romanesque dans la littérature chinoise contemporaine, et de surcroît sans subir la moindre critique. En écrivant une parodie des « récits de cape et d'épée », Yu Hua a créé un nouveau discours littéraire avec un nouveau « héros » – nous ne sommes pas loin du parcours « nouveau roman, homme nouveau » proposé par Alain Robbe-Grillet.

« Ce qui frappe d'emblée, c'est la puissance du mouvement de négation qui anime l'ouvrage. »[①] Il est vrai que *La Route des Flandres* est, dans sa forme comme dans son contenu, l'image d'une débâcle. Les histoires de la Bible, de la mythologie ancienne connaissent une réinterprétation quand elles sont greffées aux histoires de la/ des famille(s), elles-mêmes transformées et ridiculisées. Dans ce roman, la parodie s'effectue à l'intérieur du récit, en même temps que les personnages se réfèrent à des textes ou

① Bernard Pingaud, « Un roman-débâcle », in *L'Expérience romanesque*, Paris, Gallimard, 1983, p.205.

des notions de paradigmes. L'acte d'opposition de l'écrivain est ainsi mis en abyme dans le monde diégétique du roman, et le *regard parlant*[①] des personnages jeté sur l'événement consiste en une parodie de la reconstitution du réel prise pour le réel même. C'est dans ce sens qu'on se permet de percevoir *La Route des Flandres* comme une parodie de la représentation. Par rapport à Claude Simon, la parodie chez Yu Hua suit un chemin plus régulier en attaquant explicitement des genres de fiction classiques. Par une négation à ces textes modèles, l'écrivain manifeste son désaccord et élabore sa propre écriture qui finit par prendre la place. Ce qui est démoli, ce sont toutes les valeurs établies, pas uniquement littéraires. Si l'on voit la parodie comme un geste double, comme le propose Mária Minich Brewer, nous trouvons dans ce procédé une lutte dialectique de destruction et de construction non uniquement sémantique: la parodie porte les marques d'un modèle social, en l'occurrence le modèle œdipien de l'homme luttant pour se substituer à ses antécédents « paternels », et « les modes de renvoi entre systèmes de signification, genres, discours et écritures ne sauraient se réduire à une sémiotique d'essence formaliste »[②]. C'est en suivant cette perspective que nous pouvons dire que chez Claude Simon, comme chez Yu Hua, la parodie manifeste des implications culturelles et idéologiques. Elle nous ramène à des questions sociales, économiques et politiques par lesquelles s'opère la médiation de la société du simulacre impitoyablement dénoncée dans leurs œuvres. Elle est donc un moyen par lequel s'élabore une critique de la société

---

① *Ibid.*, p.203.

② Lire Mária Minich Brewer, « Parodies, répliques, écritures », *op.cit.*, p.159.

du simulacre et des rapports imaginaires et fantasmatiques que cette société reproduit. Les signes des réflexions que pourraient porter les textes littéraires se font remarquer par le geste double de la parodie. La parodie est ainsi un moyen qui nous permet de concevoir la possibilité d'examiner les valeurs éthiques des œuvres de nos deux écrivains qui feront l'objet de notre discussion suivante.

Chapitre IV. Pour une autre littérature « engagée »

Quand on aborde une discussion sur l'art d'avant-garde, il paraît inévitable de parler de sa valeur de reflet ou de prémonition des luttes sociales①. Les œuvres de Claude Simon et de Yu Hua, dont les noms sont souvent liés à des mouvements d'avant-garde (le Nouveau

---

① Le XXe siècle, qui a vu se succéder de nombreux mouvements avant-gardistes littéraires, est un siècle marqué par l'idée du Nouveau. Le surréalisme enraciné dans les mouvements précurseurs du XIXe et accompagné du Dada, du Collège de sociologie et du Grand Jeu, engage toute une génération d'artistes et d'écrivains de la première moitié du XXe siècle. Ensuite, c'est le Nouveau Roman qui a du mal « à tourner sa page », et qui connaît beaucoup de résonances en Amérique du Nord et en Extrême-Orient. Le lien entre ces mouvements en littérature et leur contexte social semble être évident. Les avant-gardes pressentent les palpitations d'une nouvelle époque, avertissent et préparent son arrivée. L'étendue du communisme dans les premières décennies du XXe siècle, les deux Guerres mondiales, la guerre d'Algérie, Mai 68, ces événements politiques et sociaux ont accompagné la naissance et le développement des mouvements avant-gardistes de chaque époque.

L'avant-garde, selon la définition donnée par Thierry de Duve dans « Fonction critique de l'art ? Examen d'une question », est « une minorité majeure qui agit pour le compte et dans l'intérêt d'une majorité mineure ». Cette définition révèle particulièrement deux choses. Premièrement, l'avant-garde est en avance sur son temps. Minoritaire en nombre, elle représente les élites d'une société qui jouissent d'une maturité que leurs contemporains ne détiennent pas encore. Deuxièmement, l'activité esthétique de l'avant-garde est liée à un projet d'émancipation, qui consiste à répandre cette maturité à la masse qui se trouve actuellement dans un état « mineur ». « La libération ou la révolution esthétique annonce, prépare, déclenche ou accompagne la libération ou la révolution éthique », la liberté artistique et la liberté politique vont de pair. La subversion de l'avant-garde ne se borne pas uniquement au domaine littéraire, mais son extension est beaucoup plus large. Ce à quoi elle fait appel n'est pas une simple littérature rénovée, mais l'arrivée d'une nouvelle société et une nouvelle époque.

Vincent Kaufmann fait, dans *Poétique des groupes littéraires*, une présentation de la « famille » des avant-gardes françaises, du surréalisme au mouvement « Tel Quel ». Il étudie dans cet ouvrage, parmi d'autres questions, celle des engagements politiques des avant-gardes. Selon lui, les avant-gardes sont toutes contaminées par « le Livre » – un livre plus grand que tous les livres, un livre qui dépasse la dimension littéraire, un livre qui présente un projet d'émancipation et qui tend à faire descendre les écrivains jusque dans la rue pour faire une révolution sociale. Le lien entre une tentative de nouvelle littérature et celle d'une nouvelle société dans l'art avant-gardiste semble évident. S'il y a une liberté artistique, il semble que la liberté sociale, la liberté politique et la liberté morale, en un mot, la liberté éthique, s'ensuit naturellement et nécessairement.

Roman français et l'Avant-garde chinoise) nous posent une question: peut-on lire, par exemple, derrière *La Route des Flandres* et les récits de Yu Hua, un projet qui dépasse la littérature ? La critique traditionnelle sous-entend par cette question une tentative d'établir un lien entre la littérature et la réalité sociopolitique. Mais le nouvel engagement littéraire dont on traite dans ce chapitre est propre à un roman nouveau. Pour parler de cet engagement auquel est liée la nouvelle écriture qu'on vient de caractériser à travers l'œuvre de Claude Simon et celle de Yu Hua, il faut d'abord l'examiner au regard d'un mode d'engagement de la littérature considéré comme paradigme, suivant lequel on doit juger l'œuvre littéraire selon son éthos, selon sa teneur de vérité, et son usage. Sur ce point, l'écriture de Claude Simon nous offre une référence abondante, dans la mesure où la lutte de l'écrivain contre cet engagement traditionnel est manifeste tant dans ses propos théoriques que dans sa pratique littéraire. Du côté chinois, l'utilité de la littérature domine l'ensemble du discours critique et de la création littéraire, donc les débats sont rares. Compte tenu de cette inégalité des données, nous nous servons de l'exemple de Claude Simon pour illustrer le désaccord d'une nouvelle écriture vis-à-vis de ce mode d'engagement qui s'impose encore dans la littérature, en acceptant préalablement, bien que nous soyons conscients du risque de simplifier les choses, l'idée que l'essentiel de la question de l'engagement littéraire est assimilable dans la France des années 1960 et dans la Chine des années 1980[1].

---

① Notons en outre que Sartre a eu de nombreux partisans en Chine dans les années 1980, et que « la fièvre de Sartre » était l'une des fameuses fièvres de cette époque. Lire sur ce sujet le livre de Xu Gefei, *Sate yu zhongguo – xinshiqi wenxue zhong ren de cunzai tanxun* (*Sartre et la Chine – une quête de l'existence humaine dans la littérature de la nouvelle époque*), Xuzhou,

Ensuite, nous examinerons les conditions qui nous permettent de reparler de l'engagement de la littérature après l'échec de son mode ancien, et voir ainsi les fonctions éthiques de cette nouvelle écriture.

1. Questionnement sur un ancien mode d'engagement

L'engagement de la littérature semble avoir un et même un seul protocole en France dans les années 1950-1960, c'est celui de Jean-Paul Sartre. Comme Jean-Jacques Rousseau, Sartre est pour Claude Simon une figure référentielle littéraire importante. Simon n'a pas caché l'intérêt qu'il avait pour Sartre: « J'ai toute la collection des *Temps modernes* à la maison, depuis le premier numéro. »[①] Dans les premiers romans de Claude Simon, l'influence de l'existentialisme est explicite[②]. Plusieurs chercheurs ayant évoqué la relation Simon-Sartre révèlent l'aspect stratégique du comportement de Claude Simon dans le contexte littéraire des années 1950-1960: les commentaires sur Sartre faits par Claude Simon ont pour but de définir sa propre position dans le champ littéraire – Claude Simon étant un écrivain beaucoup moins connu que Sartre à l'époque. A la fin de son article « Simon and Sartre », Alastair Duncan a tendance à dire que c'est pour avoir d'abord trop suivi Sartre que Claude Simon l'a ensuite rejeté[③]. Mais il nous semble que

---

Zhongguo Kuangye daxue chubanshe, 2004.

① Claude Simon, « Le jeune roman », entretien avec Madeleine Chapsal, *L'Express*, 12 janvier 1961, p.31.

② Voir sur ce point l'article de Jean-François Louette, « Claude Simon et Sartre: les premiers romans », *Cahiers Claude Simon*, n°3, 2007, pp.63-85 et celui d'Alastair Duncan, « Simon and Sartre », *The Review of Contemporary Fiction*, vol.5, Spring 1985, pp.90-95.

③ « It is tempting, no doubt farfetched, to try to explain Simon's antipathy to Sartre by arguing that he has not forgiven Sartre for leading him astray, not only in *Gulliver* but also during the long apprenticeship in which, by trial and error, he learned to revise his conception of what a novel is or should aim to be. » – Alastair Duncan, « Simon and Sartre », *op.cit.*, p.94.

les véritables raisons de ce rejet sont à chercher ailleurs. Jean-François Louette attribue toute la singularité de l'écriture simonienne à une réaction à la littérature engagée sartrienne: « Il me semble que le plus souvent le formalisme chez Claude Simon est tactique – c'est précisément une manière d'échapper à Sartre. »① Cet avis réduit considérablement l'aspect créatif du formalisme simonien. Nous nous sentons plus proches du point de vue de Didier Alexandre pour qui « les reproches adressés à Sartre portent sur la signification », c'est-à-dire « une interprétation des choses qui tendrait à prouver que le monde a un sens », et donc « sur l'idée sartrienne que le roman présuppose une métaphysique » ②. C'est cette différence entre deux visions du monde qui ont conduit les deux écrivains à écrire deux littératures radicalement différentes. Si Claude Simon fait des reproches à Sartre, c'est avant tout pour dénoncer un certain type de littérature et défendre sa propre écriture.

Sartre parle au nom de la morale collective et définit une mission sociale: « C'est notre tâche d'écrivain que de représenter le monde et d'en témoigner » ③. Pour lui, la littérature est une expérience de totalité:

> Si la littérature n'est pas *tout*, elle ne vaut pas une heure de peine. C'est cela que je veux dire par engagement. Elle sèche sur pied si vous la réduisez à l'innocence, à des chansons. Si chaque phrase écrite ne résonne pas à tous les

---

① Jean-François Louette, *op.cit.*, p.67.

② Didier Alexandre, « Quelques réflexions sur les relations de Claude Simon à Sartre », *Cahiers Claude Simon*, n°3, 2007, p.89.

③ Jean-Paul Sartre, *Qu'est-ce que la littérature ?*, Paris, Gallimard (Folio essais), 1985, p.284.

niveaux de l'homme et de la société, elle ne signifie rien.[①]

Nous pouvons ainsi dire, en faisant référence aux notions de « naufrage » et de « spectateur » que Blumenberg a examinées dans son livre *Naufrage avec spectateur*[②], que la littérature engagée sartrienne conteste la position « observatrice », elle appelle l'écrivain à descendre de son siège de spectateur et à s'embarquer dans l'événement[③]. Didier Alexandre révèle que dans le chapitre « Qu'est-ce qu'écrire ? », par lequel Sartre ouvre sa discussion sur la littérature, le philosophe oppose prose et poésie en définissant la prose « utilitaire par essence », le prosateur « comme un homme qui *se sert* des mots », et sa manière comme « naturellement signifiante ». Dans cette définition, Sartre a sans doute déplacé la théorie de la prose sur celle du roman, car ce dernier est une notion de genre tandis que la première est une forme, explique Didier Alexandre. Mais l'essentiel n'est pas là. L'essentiel c'est que Sartre a indiqué, à travers cette opposition et en privilégiant la prose (langage-instrument) par rapport à la poésie (langage devenant sa propre fin), une voie efficace à l'écriture pour s'engager dans la vie. La prose représente l'idée sartrienne d'une littérature transitive. Sartre a donc donné une fonction non seulement didactique mais

---

① Propos de Sartre recueillis par Madeleine Chapsal, *Les écrivains en personne*, Paris, Julliard, 1960, p.211.

② Hans Blumenberg, *Naufrage avec spectateur*, tra. de l'allemand par Laurent Cassagnau, Paris, L'Arche, 1994.

③ Nous lisons d'ailleurs parmi les propos de Sartre: « Je dirais qu'un écrivain est engagé lors qu'il tâche à prendre conscience la plus lucide et la plus entière d'être embarqué, c'est-à-dire lorsqu'il fait passer pour lui et pour les autres l'engagement de la spontanéité immédiate au réfléchi. L'écrivain est médiateur par excellence et son engagement est la médiation. Seulement s'il est vrai qu'il faut demander des comptes à son œuvre à partir de sa condition, il faut se rappeler aussi que sa condition n'est pas seulement celle d'un homme en général mais précisément aussi d'un écrivain. » – *Qu'est-ce que la littérature ?*, *op.cit.*, p.84.

aussi « déictique » – pour reprendre le mot de Didier Alexandre – de la littérature, dont la définition que Sartre a donnée est la suivante: « [Il s'agit de savoir si les mots] indiquent correctement une certaine chose du monde ou une certaine notion » ①. L'écriture devient chez Sartre « pensée comme *praxis*, c'est-à-dire comme "action dans l'histoire et sur l'histoire", comme volonté de "*faire l'histoire*", "comme synthèse de la relation historique et de l'absolu moral et métaphysique, avec ce monde hostile et amical, terrible et dérisoire qu'elle nous révèle"»②. Selon une telle conception de l'écriture, l'éthique de la littérature sert d'instance de normativité qui tente de mesurer la légitimité des pratiques littéraires dans les sphères d'action, dans leur effectivité sur le monde réel.

D'après la définition de l'engagement telle que donnée par Sartre, le roman de Claude Simon qui prend une « position *observateur* et non *acteur* » ③ serait exclu d'une dimension « engagée ». La mission historique de l'art d'avant-garde consiste à prédire l'émancipation à venir, qui s'exerce souvent par le lien transitif établi entre esthétique et éthique. Le phénomène qui définit la notion d'avant-garde artistique, c'est le nouage d'une activité artistique avec un projet d'émancipation:

> C'est un fait historique, dont les débuts datent des Lumières […]. [La question de fonction critique de l'art] est fondée sur le fait, irréfutable, qu'une bonne part de l'art

① *Ibid.*, p.25.

② Didier Alexandre, « Quelques réflexions sur les relations de Claude Simon à Sartre », *op.cit*, p.93.

③ Dominique Viart, « Sartre-Simon: de la "littérature engagée" aux "fictions critiques" », *Cahiers Claude Simon*, n°3, 2007, p.114.

> moderne a conçu que sa fonction critique était de se porter garante d'un projet d'émancipation éthique aligné sur le sens de l'histoire et donc ancré dans le champ du politique et solidaire, idéologiquement, d'une révolution.①

C'est sans doute pour cette raison que Claude Simon se montre toujours prudent vis-à-vis du label « avant-garde » que les critiques lui prêtent, et réticent à se considérer comme membre du mouvement d'avant-garde « le Nouveau Roman », au risque d'être pris pour un écrivain prophète ou émancipateur. Une certaine réticence et parfois une intolérance vis-à-vis des manières avant-gardistes rigoureuses apparaît derrière son écriture: « Je crois tout d'abord nécessaire de dire [...] que je ne conçois pas très clairement ce que l'on entend par l'expression "l'avant-garde". »②

En fait, non seulement Claude Simon critique Sartre, mais il ne cesse de dénoncer la tradition didactique dans l'art et la littérature occidentaux. Il établit un parcours de cette tradition dans son *Discours de Stockholm*. « La fin (le but) de l'art chrétien [...] consiste à donner au personnage sacré et surtout à l'Histoire sainte une place convaincante et émouvante aux yeux du spectateur », du fait qu'« un arbre, une montagne, un ruisseau, des rochers sont indiqués par des "signes" pictographiques » (DS, p.20), afin d'apprendre quelque chose au spectateur à travers l'événement raconté. De même, dans les fables, « pour le fabuliste, il y a d'abord

① Thierry de Duve, « La fonction critique de l'art », in *L'Art sans compas*, Paris, Cerf, 1992, p.13.

② « Qu'est-ce que l'avant-garde en 1958 ? », réponse à une enquête des *Lettres françaises*, *op.cit.*

une moralité [...] et ensuite seulement l'histoire qu'il imagine à titre de démonstration imagée, pour illustrer la maxime, le précepte ou la thèse que l'auteur cherche par ce moyen à rendre plus frappants » (DS, p.16). Selon Simon, cette tradition fabuliste dans la littérature a abouti au roman prétendument « réaliste » du XIXe siècle qui aspire à une vertu didactique, et qui est une littérature contre laquelle Claude Simon lutte sans cesse.

Les propos de Claude Simon contre cette « littérature de parabole » sont multiples, dits souvent d'une manière répétitive au cours de son demi-siècle d'écriture. Mais la constance du discours de l'écrivain ne peut qu'affirmer sa rupture avec cette tradition littéraire et son appel insistant pour un écrit « épuré ». Dès les années 1940, Claude Simon trouve sa formulation dans son rejet du roman avec des ajouts philosophiques ou moraux: « Dire que ce monde est absurde équivaut à avouer que l'on persiste encore à croire en une raison » (CR, p.64). A travers de telles affirmations, Claude Simon montre sa détermination à vouloir rompre avec le « déluge de sottises philosophico-littéraires que nous a valu l'après-guerre »[①]. Dix ans plus tard, le même thème est repris par Robbe-Grillet: « le monde n'est ni signifiant ni absurde: il *est* tout simplement »[②]. Le relais n'est pas fini. Le propos de Robbe-Grillet trouve à son tour une vive résonance chez Claude Simon qui le cite dans un entretien de 1958 en réservant une place aussi importante au verbe « être »: « L'artiste de 1958 réalise chaque jour un peu plus que le monde "EST

① *Ibid.*
② Alain Robbe-Grillet, *Pour un nouveau roman*, Paris, Gallimard, 1963, p.21.

ABSOLUMENT" »[①]. Une trentaine d'années après encore, Simon revient à la charge, en citant la fameuse définition de la vie par Macbeth[②], dans son *Discours de Stockholm:* « Si le monde signifie quelque chose, c'est qu'il ne signifie rien – sauf qu'il est. » (DS, p. 24)

Claude Simon adopte une perspective phénoménologique sur le monde et écarte toute intention de lui donner un sens ou une interprétation. Il se réfère aux peintres naïfs, à Picasso souhaitant que l'artiste garde « une âme d'enfant ». Dans les discours de Claude Simon sur son œuvre, le refus de délivrer un quelconque message est constant. Le « message » visé est essentiellement d'ordre moral, comme le montrent les références de l'écrivain à la parabole et à la fable.

C'est aussi dans une perspective de littérature didactique que Claude Simon place l'engagement sartrien. Dans son expédition contre ce genre de littérature, l'engagement sartrien est explicitement visé. Selon Claude Simon, la conception sartrienne de la littérature engagée est « sous emballage parisien, celle de Staline et de Jdanov »[③], elle ne peut que conduire au réalisme socialiste. Simon s'écarte radicalement de la morale sartrienne et refuse la soumission de l'action au regard social. En témoignent ses propos acharnés exprimés à diverses occasions sur la littérature engagée, prononcés souvent en citant Sartre. Dans l'entretien paru dans *L'Express* du 12 janvier 1961, Claude Simon condamne la finalité utilitaire et morale

---

① « Qu'est-ce que l'avant-garde en 1958 ? », *op.cit.*

② « [La vie] est un récit / Conté par un idiot, plein de son et furie, / Ne signifiant rien » – *Macbeth*, Acte V, scène 5, traduit par Pierre Jean Jouve, GF-Flammarion, 1993, p.271.

③ « Claude Simon sur la route de Stockholm », *op.cit.*, p.73.

de la littérature engagée: « Tous les mots d'ordre de la littérature engagée [...] posent le problème en termes de morale et considèrent qu'un écrivain doit répondre à une certaine demande. »[①] Sa conférence donnée en Sorbonne le 11 janvier 1961 intitulée *Signification, roman et chronologie* fait explicitement référence aux essais de Sartre considérés par Simon comme une interprétation de choses qui tendrait à prouver que le monde a un sens: « Vous ne pouvez pas savoir le mal que ça m'a donné de réfléchir à ces choses, moi qui ne m'intéresse pas aux idées, n'en ai jamais une en tête… »[②] Dans un entretien en 1996 il nomme fâcheusement l'engagement littéraire sartrien « le terrorisme de Sartre »[③], à savoir le terrorisme de l'écrivain-guide, de l'écrivain-sociologue, de l'écrivain-philosophe. Dans son *Discours de Stockholm*, Claude Simon ironise sur les romans « aux titres annonceurs de vérités révélées comme par exemple *La Condition humaine*, *L'Espoir* ou *Les Chemins de la liberté* » (DS, p. 15), associant ainsi à Sartre tous les autres écrivains contemporains pour qui l'écriture romanesque doit sous-tendre une question d'éthique[④].

Les exemples sont inépuisables. Nous pouvons même trouver dans l'œuvre de Claude Simon des allusions à Sartre. Nous nous souvenons d'un passage dans *Les Corps conducteurs* où le

---

① « Le jeune roman », *op.cit.*

② Propos recueillis par Janine Parot, « A la Sorbonne, Claude Simon part en guerre contre la "signification" », compte rendu d'une conférence prononcée au début de 1961 à la Sorbonne sous le titre « Signification, roman et chronologie », *Les Lettres françaises*, n°859, 19-25 janvier 1961.

③ Claude Simon, « La véritable littérature ne sert à rien », *op.cit.*, p.217.

④ Claude Simon a d'ailleurs, lors d'un entretien avec Bernard-Henri Lévy en 1991, classé Sartre, entre autres Voltaire et Zola, parmi les « écrivains gourous » et désigne Malraux comme « un écrivain médiocre ». (Cf. Claude Simon, « ... peuvent et doivent s'arrêter parfois d'écrire », conversation entre Claude Simon et Bernard-Henri Lévy *op.cit.*, pp.12-21.)

protagoniste assiste à une conférence en Amérique du Sud dont le sujet principal est la fonction sociale de l'écrivain. Parmi les participants qui prennent successivement la parole nous croyons voir une image caricaturée de Sartre: l'un d'eux affirme que la seule hiérarchie valable pour la littérature est celle des problèmes et des besoins des peuples, et « aucune autre » ; un autre proclame que face à des gens emprisonnés, torturés ou exilés, se préoccuper des tourments personnels de l'écrivain dans la création littéraire est d'un intérêt secondaire (CC, pp.62-63). Dans *Le Jardin des plantes*, Claude Simon évoque aussi avec un ton aigrelet le jour où Sartre fait jouer *Les Mouches* à Paris en 1943 (JP, p.338).

Quand Sartre dit: « N'a-t-on pas coutume de poser à tous les jeunes gens qui se proposent d'écrire cette question de principe: "Avez-vous quelque chose à dire ?" Par quoi il faut entendre: quelque chose qui vaille la peine d'être communiqué. »[①], le mot « avoir » chez Sartre a un sens téléologique. Claude Simon entend du « Qu'*avez*-vous à dire ? » sartrien un équivalant de « Quel savoir *possédez*-vous ? ». Selon lui, si l'écrivain sait *déjà* quoi dire avant son acte d'écrire, c'est qu'il se considère comme un « dépositaire ou détenteur privilégié d'un savoir », « dépositaire avant même d'écrire d'une connaissance » (DS, p.14), connaissance sur l'homme, sur la société ou sur l'Histoire, préexistant et formulée par un semblable au-delà spirituel. Dans ce sens, l'écrivain, tout comme l'évangéliste, va se voir assigner la mission d'en instruire le grand public, son écriture consiste à transférer le message messianique sur le papier, et le roman va « prendre la forme imagée

① Jean-Paul Sartre, « Qu'est-ce que la littérature ? », *op.cit*, p.27.

sous laquelle est délivré l'enseignement religieux, celle de la parabole, de la fable » (*ibid.*). Selon Claude Simon, l'engagement sartrien est un faux engagement de la littérature. Sartre appelle l'écrivain à s'engager dans la vie, mais il oublie qu'un écrivain ne peut s'engager que par son écriture, plus précisément son acte d'écrire. Quand il évoque la comparaison de Conrad entre le penseur/scientifique et l'artiste, selon laquelle le premier nous interpelle, tandis qu'un artiste « parle à notre capacité de joie et d'admiration »[①], Simon se range volontairement parmi les artistes[②]. A l'enquête du journal *Libération* qui demande à des écrivains « Pourquoi écrivez-vous ? », Beckett répond: « Bon qu'à ça ! » et Claude Simon donne le même type de réponse: « Pour écrire », « comme un peintre peint pour peindre, pour mettre du vert ou du bleu sur une toile. C'est tout. »[③] Au cours d'un débat transcrit dans *Les Nouvelles littéraires* le 22 juin 1961, Claude Simon insiste de même pour dire que le roman n'est pas un instrument de moralisation, et met en avant son enracinement dans la vision subjective du monde et dans les pouvoirs du langage. Au colloque de New York en 1982, Claude Simon rappelle que pour lui aucun message préétabli n'est censé émerger de son travail d'écrivain qui est fondé sur les « arrangements, permutations, combinaisons » et sur « l'incertitude, le sentiment commun qu'on ne peut jamais être sûr de rien », et que « nous marchons constamment sur des sables

---

① Cf. Conrad, *Œuvres*, Paris, Gallimard (Bib. de la Pléiade), t. I, p.493-494. Propos évoqués par Pierre Schoentjes dans son article « De Conrad à Simon: l'esthétique du "faire voir" », *Cahiers Claude Simon*, n°1, 2005, pp.48-50.

② Voir son entretien avec André Bourin, « Techniciens du roman. Claude Simon », *Les Nouvelles littéraires*, n°1739, 29 décembre 1960, p.4.

③ Cf. « Pourquoi écrivez-vous ? », *Libération* numéro hors-série, n°1195, 1985.

mouvants »[①].

« D'ailleurs, si m'avait été révélée quelque vérité importante dans l'ordre du social, de l'histoire ou du sacré, il m'eût semblé ridicule d'avoir recours pour l'exposer à une fiction inventée au lieu d'un traité raisonné de philosophie, de sociologie ou de théologie. » (DS, p.24). Il n'y a pas de vérité transcendante, et même s'il y en avait une, le roman ne serait pas le lieu pour la délivrer: « Il me semble que les œuvres de philosophes, d'essayistes, de sociologues ou de théologiens sont là précisément pour ça. »[②] L'expérience existentielle de Claude Simon contribue à son rejet d'une littérature-message. Il considère qu'il n'y a aucune leçon positive à tirer de ce qu'il a vécu, et que toute tentative de transmettre des valeurs à travers une fiction est dérisoire. Ce refus de faire entrer l'éthique dans le roman est lié à un désarroi fondamental, à l'impossibilité de donner une signification à l'agitation du monde, de discerner un ordre dans le chaos de l'histoire humaine.

On comprend dès lors que Claude Simon ne souhaite point continuer à écrire des simulacres, à remplir cette bibliothèque inutile d'ouvrages qui prétendent posséder le secret de l'avancement de la société humaine. Dans sa propre écriture, Claude Simon donne un sens restrictif au verbe « avoir », « lui a ôté tout sens de nécessité ou d'obligation morale, inséparable de la responsabilité »[③]. Si Sartre est un écrivain d'idées, comme le dit Didier Alexandre, un « héritier

---

① Propos de Claude Simon cités par Francine Dugast-Portes, « Claude Simon et le Nouveau Roman: position et proposition au temps des querelles », in La Route des Flandres. *Claude Simon*, sous la direction de Renée Ventresque, Paris, Ellipses, 1997, p.25.

② Claude Simon, « ... peuvent et doivent d'arrêter parfois d'écrire », *op.cit.*, p.18.

③ Didier Alexandre, « Quelques réflexions sur les relations de Claude Simon à Jean-Paul Sartre », *op.cit.*, p.90.

d'un romantisme transitif, messianique, ouvert sur l'histoire », un héritier qui « ne peut se satisfaire de l'esthétisme littéraire du Nouveau Roman », la Deuxième Guerre mondiale marque la fin catastrophique de cette position d'engagement. « Je croyais apprendre à vivre et j'apprenais à mourir »: cette citation de Léonard de Vinci que Claude Simon emprunte pour l'épigraphe de *La Route des Flandres* vaut autant pour l'écrivain que pour son narrateur. Dans ce désordre provoqué par l'Histoire, c'est aussi la mort d'un certain type de roman qui est en question. Le renoncement au roman sartrien correspond non seulement à l'épuisement du genre romanesque traditionnel mais aussi à l'impossibilité d'un art engagé confronté aux réalités de l'histoire sociale et économique.

Sartre parle souvent au nom d'un « nous » qui est attisant, tandis que Claude Simon parle à la troisième personne, et ce « il » souvent ambigu devient un simple souffle que le lecteur n'arrive même pas à distinguer, tel que dans *La Route des Flandres*, où on se pose constamment la question: qui parle, est-ce Georges, Blum, Iglésia, ou le narrateur ? Si Sartre préfère l'œuvre en prose à la poésie à cause de la transitivité de la première, l'écriture de Claude Simon consiste à s'approcher le plus possible de la poésie, et elle est vouée à une production artistique et non à une constellation des pensées et des valeurs. La belle citation de Conrad qu'il place en épigraphe du *Tramway* nous semble bien illustrer cette conception littéraire: « ... pour lui le sens d'un épisode ne se trouve pas à l'intérieur, comme d'une noix, mais à l'extérieur, et enveloppe le conte qui l'a suscité, comme une lumière suscite une vapeur... ». Contrairement à Sartre, Claude Simon produit une littérature intransitive, dont le sens se trouve dans la forme, dans la composition, dans le moment de « devenir texte » de l'écriture qui est aussi miraculeux que la naissance du monde, telle « une lumière qui suscite une vapeur ». Dans la pratique littéraire simonienne s'enracine l'incapacité de la littérature à *dire* quoi que ce soit. Pour lui, «[l]a totale inefficacité dans le domaine de l'immédiat lui semble une nécessité pour l'écrivain, c'est l'art pour l'art sans réserve – un art qui se doit de traduire et de ne traduire que "des réactions sensorielles" »①. « La véritable littérature, à mon sens, ne sert à rien. »② – disait l'écrivain. Simon est radicalement contre les écrivains qui se voient « sauveurs du monde », c'est-à-dire des écrivains convaincus du rôle moral et politique de la littérature. C'est pourquoi il se contente de dire: « Je n'explique pas, je constate, et je me borne à raconter ce que j'ai vu » (CR, p.138). C'est aussi la raison pour laquelle il déclare, en reprenant Paul Valéry, qu'il n'a pas voulu *dire* (« dire » au sens sartrien), mais simplement voulu *faire* (au sens du mot « faire » en grec qui est à l'origine du mot *poème*), et que c'est l'intention de faire qui a voulu ce qu'il a dit (DS, p.23). C'est l'idée du « bricolage » qu'on entend de nouveau dans la conception de production littéraire simonienne: « faire » la littérature, c'est retourner aux choses et à l'élémentaire, « faire » une littérature dépouillée d'effets, et revenir au concret, à la matière.

Dès lors, on comprend la raison pour laquelle Claude Simon accorde une place aussi importante à la description. Selon l'optique didactique de la littérature conventionnelle, « la description apparaît

---

① « A la Sorbonne, Claude Simon part en guerre contre la "signification" », *op.cit.*

② Claude Simon, « La véritable littérature ne sert à rien », *op.cit.*, p.215.

non seulement superflue, mais [...] importune, puisqu'elle vient se greffer de façon parasitaire sur l'action, interrompt son cours, ne fait que retarder le moment où le lecteur va enfin découvrir le sens de l'histoire » (DS, p.17). C'est en raison de ce caractère distractif de la description que Claude Simon compare la description au « cheval de Troie » qui se mêle au récit de l'action et expulse au fil du temps la fable à laquelle elle était censée donner corps. Dans son écriture, il tente de faire de la description « le moteur » ou « le générateur » même de l'action, de sorte que la fiction ainsi produite se justifie en montrant « elle-même ses sources et son mécanisme générateur »①. Ainsi, la description devient, selon l'écrivain, un excellent moyen pour repousser toute tentative arbitraire et impérialiste d'établir un rapport causal par l'écrit. « Description fragmentaire », c'était le titre provisoire de *La Route des Flandre*. En exemple aussi, et plus typiquement, les magnifiques trois premières pages de *Leçon de choses*, intitulées « Générique », où il s'agit d'une description expansive et exhaustive d'une pièce délabrée dans une maison méditerranéenne. La mise en route du roman par ces trois pages de description montre la dynamique de ce procédé. L'usage quasi systématique de verbes pronominaux donne l'impression d'une auto-génération des phrases. Dans « Générique », il s'agit d'une description d'un espace clos, mais les mots avec leur « langue pendante », tout comme celles du papier décollé décrit dans la phrase qui ouvre le roman, désireux à s'enchaîner l'un après l'autre, ouvrent un espace imaginaire à l'infini et amorcent l'ensemble du texte

① Claude Simon, « Un homme traversé par le travail », *op.cit.*

suivant[①]: « La description (la composition) peut se continuer (ou être complétée) à peu près indéfiniment selon la minutie apportée à son exécution, l'entraînement des métaphores proposées, l'addition d'autres objets [...]. » (LC, p.10)

Le « je pense donc je suis » cartésien devient chez Simon « je fais – je produis –, donc je suis ». « Avant que je me mette à tracer des signes sur le papier il n'y a rien, [...]. C'est seulement en écrivant que quelque chose *se produit* dans tous les sens du terme. »[②] Toutes les modalités de la phrase simonienne, son « présent de l'écriture », témoignent de cette conception de l'écriture. Son écriture est celle qui « redouble l'immersion dans l'événement par l'immersion dans le texte de "l'écriture en train de se faire"» [③], où « écrire » est résumé dans un processus autarcique de « commencer, continuer et terminer une phrase ». Par une telle phrase qui ne sait elle-même ni où aller ni comment se terminer, rien de préalablement préparé ne peut lui être attachée.

Si l'on place le débat dans le contexte chinois, nous trouvons que l'engagement sartrien ne peut pas tenir dans la Chine des années 1980: soit il finit par devenir le pantin du discours politique, comme ce qu'on a vu dans la première partie de notre étude ; soit il finit par devenir l'objet de censure et interdiction, ce qui se passe en 1989 en est le témoin. La réalité de la Chine des années 1980 est beaucoup plus complexe, et ne permet pas à un écrivain de faire comme les nouveaux romanciers qui signèrent le Manifeste des 121. Yu Hua n'a

---

① Nous pouvons aussi lire l'analyse de Lucien Dällenbach, intitulée « Génétique », sur l'ouverture de *Leçon de choses* dans sa monographie *Claude Simon*, pp.104-127.

② Claude Simon, préface à *Orion aveugle*.

③ Dominique Viart, « Sartre-Simon: de la "littérature engagée" aux "fictions critiques" », *op.cit.*, p.114.

jamais manifesté d'engagement politique, ni prononcé un quelconque discours qui sous-entende un tel engagement permettant d'en concevoir un lien entre son œuvre et les événements politiques des années 1980①.

Si l'on cherche un engagement politique chez Yu Hua par son « action », comme l'on parle habituellement de Bei Dao et de sa revue *Jintian* (*Aujourd'hui*) en faisant allusion au Mur de la démocratie②, on risque de partir sur une impasse et d'être déçu de notre recherche. En raison de son retrait des sujets politiques et de son retour à l'imagination, l'œuvre de Yu Hua est davantage que la plupart de la littérature chinoise des années 1980 de l'ordre d'une « littérature autonome » réclamée par celle-ci. Comment est-il possible de parler de « l'engagement de l'œuvre de Yu Hua » sans que l'expression horrifie ceux qui sont habitués à voir l'écriture de Yu Hua comme l'exemple de la littérature pure des années 1980 – n'avons-nous pas nous-mêmes qualifié son œuvre de « métafiction » ? Face à une telle contradiction, il faut se garder de dire que l'engagement de la littérature est désormais un terme démodé.

2. Un engagement littéraire revisité

Par son renoncement au roman sartrien et sa recherche d'un

① Seulement dans son dernier livre *La Chine en dix mots*, pubilié en France en septembre 2010 et inédit en Chine, Yu Hua parle des sujets sensibles dans l'Histoire et la société contemporaine chinoise sous forme non-fictionnelle.

② Le Mur de la démocratie (*Xidan minzhuqiang*) était un mur de brique le long de la rue de Xidan dans le centre de Beijing à l'ouest de la place Tian'anmen, où étaient collées entre novembre 1978 et décembre 1979 les affiches manuscrites ou dazibao des discussions politiques ouvertes après la fin de la période maoïste et la défaite de la Bande des Quatre. Les premiers numéros de la revue *Jintian* (*Aujourd'hui*) créée par Bei Dao en fin 1978 sont affichés sur ce mur.

roman non-utilitaire[①], Claude Simon est souvent classé parmi les écrivains d'une littérature qu'on nomme « littérature désengagée ». Il est dès maintenant certain que de nombreuses caractéristiques qui définissent l'écriture simonienne dénoncent les symptômes des mouvements modernistes qui ont marqué l'histoire littéraire. Les critiques et même les écrivains des Editions de Minuit ont accordé un lien social au Nouveau Roman. Nathalie Sarraute déclare:

> Leurs œuvres, qui cherchent à se dégager de tout ce qui est imposé, conventionnel et mort, pour se tourner vers ce qui est libre, sincère et vivant, seront forcément tôt ou tard des levains d'émancipation et de progrès. [②]

Mais comment envisager une telle émancipation, plus particulièrement dans l'œuvre d'un écrivain comme Claude Simon ? Nous arrivons ainsi à la même question que nous nous posions tout à l'heure sur l'œuvre de Yu Hua: le paradoxe entre « l'art pour l'art » et la fonction critique de l'art d'avant-garde. Le premier veut que l'art constitue un système autonome et purifié, détaché de toute préoccupation supplémentaire, tandis que la notion même d'avant-garde veut que l'art soit lié à un projet d'émancipation. C'est effectivement une contradiction de la modernité entre deux politiques esthétiques opposées, à savoir entre l'autonomie de l'art et l'anticipation d'une communauté à venir:

---

① Cf.Claude Simon, « Contre un roman utilitaire », *Le Monde hebdomadaire*, 6-12 avril 1967, pp.10-12.

② Nathalie Sarraute, *L'Ere du soupçon*, Paris, Gallimard (point essais), 1956, p.154.

> D'un côté, l'avant-garde a été le mouvement visant à transformer les formes de l'art, à les rendre identiques aux formes de la construction d'un monde nouveau où l'art n'existe plus comme réalité séparée. De l'autre, il a été le mouvement préservant l'autonomie de la sphère artistique de toute forme de compromission avec les pratiques du pouvoir et de la lutte politique ou les formes d'esthétisation de la vie dans le monde capitaliste.①

Dans le monde où s'achève l'idéologie du progrès, il semble que ce paradoxe puisse être résolu. Un événement décisif vient annoncer la fin de l'idéologie du progrès, selon laquelle l'art doit être socialement, politiquement et idéologiquement progressiste. La génération du Nouveau Roman met fin à l'aventure de toutes les avant-gardes occidentales du XXe siècle qui tentent de trouver une voie dans la contradiction entre l'art et l'engagement politique, tandis que l'Avant-garde chinoise révèle aussi l'impasse dans laquelle s'est engagée toute une littérature émancipatrice depuis l'époque moderne chinoise. La fin de l'idéologie du progrès entraîne la mort du projet d'émancipation, alors il semble que l'écriture peut réaliser définitivement son autosuffisance. L'éthique a-t-elle encore place dans un art rompu à l'idéologie du progrès ? C'est la question dont se préoccupent Thierry de Duve dans son article « Fonction critique de l'art ? Examen d'une question » et Jacques Rancière dans « Le tournant éthique de l'esthétique et de la politique ».

① Jacques Rancière, « Le tournant éthique de l'esthétique et de la politique », in *Malaise dans l'esthétique*, Galilée, 2004, p.169.

Pour parler de ce tournant éthique, il faut tout d'abord retracer l'éclairage apporté par Rancière sur la notion d'« éthique ». Selon la vieille compréhension de l'*ethos* comme norme ou moralité, le tournant éthique de l'esthétique signifierait un retour vertueux aux normes de la morale qui sous-entendrait une soumission de plus en plus remarquable de l'art au jugement moral qui porte sur la validité des principes et des conséquences des pratiques littéraires. Or, Rancière nous rappelle que *ethos* signifie deux choses avant de signifier norme ou moralité: « le séjour » et « la manière d'être, le mode de vie qui correspond à ce séjour ». L'éthique est alors « la pensée qui établit l'identité entre un environnement, une manière d'être et un principe d'action ». Cette notion d'éthique est plus vaste que celle qu'on a habituellement, ce qui va plus tard nous permettre de parler de « tournant ». Rancière nous montre en fait qu'il ne faut pas regarder l'art contemporain avec une conception conventionnelle de l'éthique. Puisque l'art contemporain a brisé par la négation le consensus construit autour du terme « engagement », c'est forcément un art sans engagement, et il est évident que si on continue à employer le mot « éthique » comme équivalent de « norme ou moralité », on ne voit dans cet art qu'un nihilisme total. Claude Simon et Yu Hua ne sont pas de vrais écrivains d'avant-garde au sens d'avant-garde « classique » qui associe au projet révolutionnaire esthétique un projet révolutionnaire politique. L'Avant-garde chinoise, tout comme le Nouveau Roman français, rompt la voie de l'engagement classique que suivent les avant-gardes traditionnelles, à l'instar du surréalisme avec le communisme ou du constructivisme avec la Révolution de 1917.

Le tournant éthique contemporain est, selon Rancière, la conjonction singulière de deux phénomènes. D'un côté, « l'instance du jugement qui apprécie et choisit se trouve rabaissée devant la puissance de la loi qui s'impose »① ; c'est-à-dire que dans l'époque contemporaine la fonction critique traditionnelle, qui fonctionnait en imposant des normes, en privilégiant certains sujets et certaines formes et dévalorisant les autres, est désormais invalidée. De l'autre, ajoute Rancière, « la radicalité de cette loi qui ne laisse pas de choix se ramène à la simple contrainte d'un état de choses »②. Dans une société qui a vécu les événements du XXe siècle, il n'est plus possible de faire des choix, le réel nous laisse tout simplement un monde en chaos et en fusion ; le retour éthique, c'est « la suppression de la division que le mot même de morale impliquait »③.

Il faut tout d'abord voir dans l'œuvre de Claude Simon et celle de Yu Hua ce qui prépare ce tournant éthique dans l'art contemporain, à savoir leur rupture avec le passé. Quand Adorno pose la question de comment écrire après Auschwitz, il appelle en fait la littérature à retracer indéfiniment la séparation entre une œuvre littéraire et sa communication sociale qui a échoué. Un certain esprit de rupture qui se résume par la critique radicale de l'ordre littéraire établi rapproche nos deux écrivains, qui rejettent la conception traditionnelle de l'écriture comme mimésis, expression et communication. L'écriture de Claude Simon et celle de Yu Hua traduisent chacune le malaise d'une civilisation où les lois de l'ordre social sont ravagées par ce

① Jacques Rancière, « Le tournant éthique de l'esthétique et de la politique », *op.cit.*, p.146.

② *Ibid.*

③ *Ibid.*, p.151.

qui les soutenait: les puissances de la filiation, l'efficacité de la communication et la croyance au progrès.

La déclaration de Claude Simon en 1985 résonne encore en nous: « Comme on voit, je n'ai rien à dire, au sens sartrien de cette expression » (DS, p.24). Il faut comprendre la parole de l'écrivain de façon suivante: ce n'est pas qu'il n'a effectivement rien à dire, mais que ce qu'il voudrait dire se trouve *ailleurs*. Dans le roman selon Claude Simon, le langage fonctionne de manière poétique. L'écriture de Claude Simon est marquée par un recul de l'agir. Ce recul s'effectue en premier lieu sur le mode éthique traditionnel, dans la volonté d'accomplir un acte pur, voulu uniquement par le sujet et non par les autres volontés qui l'habitent. Claude Simon tâche de se débarrasser des préoccupations extra-littéraires (« message », vérisme, « psychologie ») qui encombrent le roman, et c'est à la recherche d'un jeu interne de langue qu'un engagement de l'écriture est concevable. On peut tout d'abord trouver que l'idée d'un engagement dans les mots est soutenue par le propos de Mallarmé: « Toutes les fois qu'il y a effort au style, il y a versification[①] ». Les réflexions de Robbe-Grillet sur le même sujet nous permettent de mieux comprendre « Ecrire est déjà, en soi, un engagement » de Claude Simon:

> L'engagement, c'est, pour l'écrivain, la pleine conscience des problèmes actuels de son propre langage, la conviction de leur extrême importance, la volonté de les résoudre de

① Mallarmé, *Œuvres complètes*, Paris, Gallimard (Bibliothèque de la Pléiade), t. II, p.698.

> l'intérieur. C'est là, pour lui, la seule chance de demeurer un artiste et, sans doute aussi, par voie de conséquence obscure et lointaine, de servir un jour peut-être à quelque chose – peut-être même à la révolution.①

Claude Simon lui-même dit que « [l]'écrivain est celui dont l'action s'exerce sur son propre instrument, le langage: il travaille sa parole (j'ajouterais qu'il est aussi travaillé par elle), absorbant le pouvoir du monde dans un comment écrire ».② Parce que, explique-t-il, l'homme entretient un rapport avec le monde par son langage, alors chaque fois que l'écriture change un tant soit peu ce rapport entre l'homme et le monde, elle arrive, par sa modeste mesure, à changer le monde (Cf., DS, p. 30) ; « [Si l'écrivain] réussit tant soit peu à modifier la manière dont le monde est dit, il fait bouger les choses. C'est ça, être engagé. »③ Si l'objet écrit existe en soi, il sera automatiquement en rapport avec le monde ; l'œuvre d'art sera en rapport avec la vie même si sa signification n'est pas affirmée. L'engagement simonien se caractérise tout d'abord par sa position de retrait par rapport au discours intellectuel, par un retour à la langue, au primaire et au concret, qui constituent un retrait global de l'écrivain. Pourtant, il nous semble que Dominique Viart a plus ou moins simplifié le retrait simonien en disant que:

> L'écrivain engagé doit forcément en passer par une position

---

① Alain Robbe-Grillet, *Pour un nouveau roman*, *op.cit*, p. 39.

② Propos de Claude Simon dans « Pour qui donc écrit Sartre ? », *L'Express*, 28 mai 1964, p.32.

③ Claude Simon, « Claude Simon sur la route de Stockholm », *op.cit.*, p.73.

> du retrait. Ce qui n'est pas le cas du narrateur simonien, toujours immergé dans son texte comme dans l'événement. Ou pour le dire autrement: hors de tout retrait, le narrateur simonien est toujours impliqué, embarqué, dans l'événement même du texte.[①]

Contrairement à ce que dit Dominique Viart, le narrateur simonien passe aussi par une position de retrait, mais le retrait simonien est beaucoup plus qu'un simple désarroi. Cela fait partie du jeu d'engagement de l'écriture de Claude Simon. Ce retrait contient au moins trois niveaux. Il faut peut-être compléter la phrase de Dominique Viart pour mieux le dire. Tout d'abord, le narrateur simonien se trouve réellement dans l'événement, immergé dans l'Histoire dont il est témoin et victime – c'est Georges mobilisé, qui a vécu d'un « fauteuil d'orchestre » la catastrophique défaite de l'armée française au printemps 1940 –, il s'agit là d'un engagement involontaire dans l'événement. Ensuite, il faut ajouter que le narrateur simonien est en même temps en position de retrait: il est hors de l'événement, puisqu'il est, on le voit bien, toujours écarté de l'événement, volontairement même, et l'événement semble se dérouler derrière une sorte de rideau de pluie et dans la pénombre de la nuit campagnarde où avancent les chevaliers sans savoir où aller et quand s'arrêter. Enfin, retiré de l'événement qui l'entoure, le narrateur est plongé dans sa propre narration – non pas narration de l'aventure, mais aventure de la narration. Il est immergé dans son

---

① Dominique Viart, « Sartre-Simon: de la "littérature engagée" aux "fictions critiques", *op.cit.*, p.115.

texte – *La Route des Flandres*, tel que le roman est présenté, est un labyrinthe de souvenirs d'un soldat ayant vécu la guerre, racontés alternativement à la troisième personne et à la première personne. Impliqué, embarqué dans l'événement même du texte, le narrateur nous raconte une guerre telle qu'il l'a éprouvée, sans donner de leçon, ni de signification – c'est une guerre plus « sensorielle » qu'« intellectuelle ». Par cette transformation subreptice au sein de la relation triangulaire entre le narrateur, la narration et l'événement narré, le narrateur simonien n'est plus en retrait et se trouve pile au centre de l'Histoire. Cette démarche est proche de ce que disait Derrida: « tout témoignage engage une expérience poétique de la langue »[①]. Mais encore il faut être prudent avec le mot « témoignage », car la langue simonienne semble sans cesse invalider le projet de témoignage.

Il est évident qu'il ne suffit pas d'utiliser des mots comme « oppression » et « résistance » pour parler de l'engagement des œuvres de Yu Hua écrites dans les années 1980. Les œuvres sont seules capables de nous démontrer son enchevêtrement avec la réalité, à travers lesquelles nous nous rendrons compte que cette écriture d'avant-garde est en fait plus enracinée dans le réel par son retrait que d'autres mouvements par leurs engagements. Si Yu Hua écrit laborieusement et d'une manière distincte des autres, ce n'est que pour atteindre un « réalisme » plus authentique que ses prédécesseurs et ses contemporains dont l'écriture n'est, pour reprendre le mot préféré de Yu Hua, que fallacieuse. Si en revanche ses œuvres sont jugées « fausses » par les défenseurs des vieux dogmes littéraires,

---

① Jacques Derrida, *Poétique et politique du témoignage*, L'Herne, Carnets, 2005, p.9.

c'est parce qu'il refuse d'adopter la façon dont ces derniers voient le monde et qu'il a rompu avec le passé littéraire.

La rupture est plus radicale chez un écrivain d'avant-garde tel que Yu Hua que chez les écrivains d'autres courants littéraires. La littérature de la première moitié des années 1980 veut parler du passé tout en restant dans l'ignorance parfaite de la césure entre les temps provoquée par un événement historique. Non seulement elle l'ignore, mais aussi elle la dissimule. Le soi dans la « littérature de la nouvelle époque » est victime et névrosé momentané. Dès que le désastre finit, il bâtit un nouveau paradis sur la ruine comme si rien n'était, et la frénésie, le culte, la domination et la soumission d'autrefois s'effacent aussitôt. Les écrivains de la « quête des racines » réinterprètent la tradition comme un contrepoint au présent. Chez eux, la question de l'Histoire récente est refoulée ou traitée d'une manière détournée. Leurs œuvres sont toutes à la recherche d'une thérapie pour le trauma provoqué par l'Histoire et pour la crise causée par une collision entre le passé et le présent. Leur tentative de retrouver un passé intact revient à affirmer la puissance de l'Histoire dont l'effet destructeur est particulièrement patent à l'époque contemporaine. Nous sommes tout à fait d'accord avec Zhang Yinde qui trouve « séduisante mais illusoire »[①] la solution que proposent les écrivains de la « quête des racines ». L'œuvre de Yu Hua perce le simulacre de l'écriture sur l'Histoire dans la littérature de la « nouvelle époque ». Yu Hua ne fait pas semblant de réparer la césure entre les temps, mais cherche à exhumer le passé pour le dénoncer, pour encore faire ressortir la césure entre le passé et le présent, puisqu'il sait que cette

---

① Zhang Yinde, *Le Monde romanesque chinois au XXe siècle*, *op.cit.*, p.391.

césure n'a jamais été véritablement reconnue. « Retrait », cela se dit par rapport à l'engagement communiste de la littérature des années 1950, 1960 et 1970, et au caractère reproductif et mimétique d'une écriture stéréotypée habituée à déduire les actions, les caractères des personnages et des données de la situation selon des motivations psychologiques et des enchaînements de causes et d'effets:

> J'espère me trouver devant une feuille blanche sur laquelle je puisse m'épancher. Ni pour l'éternité, ni pour l'argent. Ni pour Zhuang Zi, ni pour Sartre. Ni pour Cao Xueqin, ni pour Camus. Ni pour des spectateurs, ni pour des applaudissements. Simplement pour ce désir qui brûle les hommes. Simplement pour moi. Simplement pour cette mémoire obsédante.[①]

Cette déclaration de l'écrivain Li Rui manifeste un refus commun des jeunes auteurs chinois de s'appuyer sur toutes références littéraires, idéologiques, historiques et commerciales autres que l'écriture présente entreprise par l'écrivain uniquement pour lui-même. Ce refus est un manifeste pour une rupture avec toute la littérature existante ; c'est aussi une réfutation des discours littéraires dominants qui se plaisent à définir « le caractère social » et l'esprit de notre temps.

L'œuvre de Yu Hua est née de son temps malgré son refus d'en être un miroir. Loin de tourner le dos au drame de la perte d'illusions,

① Li Rui, « Ce qui reste et ce qui disparaît », in *Lettres en Chine. Rencontre entre romanciers chinois et français*, *op.cit.*, p. 43.

elle n'a cessé de l'incarner dans des situations romanesques. Ce qu'on appelle détour de la société contemporaine correspond en effet exactement aux caractéristiques culturelles des années 1980: soupçon, désaccord, expérimentation et accentuation sur les émotions et les expériences individuelles. Les innovations formelles de l'œuvre de Yu Hua se synchronisent avec l'érosion de l'ancien ordre et la conception d'un nouveau dans lequel se nourrit son expérience narrative:

> For those who see the subject construction of the New Era as an unfinished project, for those who embrace grand notions of humanity, culture, and art, avant-garde fiction cannot but be perceived as a cynical resignation realized through some younger-generation writers' demolishing not only of the *way* of literature, but also of the *means* by which the way is carried out.①

La construction du Sujet s'avère inachevée, et le projet d'émancipation humaniste connaît son échec à la fin des années 1980. L'œuvre de Yu Hua met en cause effectivement à la fois le sens de la littérature et la façon traditionnelle d'en faire par laquelle son sens est transporté. Mais cette résignation n'est ni du cynisme, ni du nihilisme. Yu Hua ne cherche pas à démontrer qu'il se coupe de la société de manière plus radicale que les autres écrivains des années 1980. S'il accepte d'être considéré parmi les écrivains de la

① Zhang Xudong, *Chinese Modernism in the Era of Reforms – Cultural Fever, Avant-garde Fiction, and the New Chinese Cinema*, Durham and London, Duke University Press, p.150.

littérature pure, c'est parce que ce mot « pur » ne veut pas dire être coupé du monde, mais coupé de la perspective conventionnelle du monde. Revoyons *1986*. Dans ce récit, la césure est partout: le temps est « hors de ses gonds », le passé et le présent restent séparés et isolés ; l'étrangeté du protagoniste contraste avec la convivialité de son environnement ; d'ailleurs, il s'automutile, geste qui consiste à couper, à mettre en fracture, à mettre en évidence cette césure. L'automutilation du protagoniste est associée à la mutilation qu'exerce l'auteur sur son récit. Le trauma n'est pas évoqué sous forme de souvenirs, mais à travers l'effondrement de la narration dont la linéarité est déchiquetée pour laisser derrière elle des fragments du temps. Yu Hua fait, avec d'autres écrivains d'avant-garde des années 1980, une littérature « engagée », et cela se manifeste avant tout par ses innovations formelles du genre de la fiction. Les œuvres de Yu Hua des années 1980 traitent laborieusement de l'histoire chinoise contemporaine, seulement cela est fait dans une forme littéraire nouvelle, et cette nouvelle façon d'évoquer l'Histoire constitue une réaction à l'ambiguïté du discours officiel sur le passé du pays.

Selon Thierry de Duve, la fonction critique de l'avant-garde après la débâcle des utopies se voit tout d'abord dans ses reproches aux anciennes utopies, « dans les œuvres qui ont cessé d'anticiper mais disent que l'anticipation était prématurée »[①]. Les assertions de Thierry de Duve trouvent un écho chez Jacques Rancière selon lequel l'écriture après le désastre ne sert plus à préserver la promesse d'émancipation, mais au contraire, à « attester indéfiniment

① Thierry de Duve, « Fonction critique de l'art ? Examen d'une question », *op.cit.*, p.16

l'aliénation immémoriale qui fait de toute promesse d'émancipation un mensonge »[①]. Dans ce sens, ont eux-mêmes une fonction critique et une valeur éthique l'ostensible reproche de Claude Simon sur l'engagement sartrien et sur la pensée des Lumières, et le refus de Yu Hua de faire le choix entre le « *sauver* » et l'« *instruire* » et de continuer à écrire selon les dogmes du réalisme socialiste. Si la lecture de Yu Hua se définit par rapport aux générations d'écrivains étrangers (Kafka, Joyce, Proust, Dostoïevski, Robbe-Grillet), celui-ci n'hésite pas à dénoncer par sa propre écriture tout un discours téléologique chinois et ses « vieux accessoires » littéraires. Quant à Claude Simon, Dominique Viart voit même dans son travail d'écrivain une similitude avec celui accompli par Michel Foucault:

> Il [Claude Simon] vise aussi à élaborer une critique des « discours ». Mais là où le philosophe s'en prend *directement* aux discours institutionnels (la justice, la psychiatrie, la médecine, etc.), par où les institutions se constituent et se légitiment elles-mêmes, Simon observe les comportements individuels et sociaux, les modes d'être et de relation qui *incarnent* ces discours implicites dans le corps social. Et il ne le fait pas à partir d'une position « philosophique » ni même « historienne »: sa position est celle d'un écrivain observateur inclus dans le champ social qu'il commente, agacé par les pratiques qu'il observe.[②]

① Jacques Rancière, *Malaise dans l'esthétique*, *op.cit.*, p.170.

② Dominique Viart, « Sartre-Simon: de la "littérature engagée" aux "fictions critiques" », *op.cit.*, p.113.

L'écriture de nos deux écrivains, l'un en France dans l'après-guerre, l'autre en Chine après la Révolution culturelle, dénonce l'absence de crédibilité de la grande course sans fin du développement et le grand consensus autour d'une vérité autoproclamée universelle. La quête de justice et d'avancement social que mène le Sujet moderne s'avère avoir échoué à l'époque contemporaine, et cet échec annonce la fin des deux types de métarécits qui caractérisent la modernité: le métarécit de l'émancipation du sujet rationnel et le métarécit de l'histoire de l'esprit universel[①]. A la place d'un appel à une révolution à venir, c'est un temps qui est l'objet d'une réversion, « une catastrophe immémoriale et interminable »[②], que leurs œuvres tracent et retracent inlassablement à l'époque contemporaine. Leur écriture constitue un deuil de la modernité en traçant une ligne de tranche entre le contemporain et l'époque antécédente.

Enfin, l'écriture de nos deux écrivains manifeste, dans leur engagement, des caractéristiques propres à chacun qu'on voudrait préciser ici. Il nous semble que l'œuvre de Yu Hua, telle qu'elle a été présentée dans le contexte historique chinois des années 1980, s'ést automatiquement dotée d'une dimension éthique. Elle représente la notion de « l'exclu » dans la philosophie politique de Rancière. Selon le philosophe, l'exclu est un reste problématique, un étranger qui ne partage pas l'identité qui lie chacun à tous, et qui, de plus, menace cette identité commune de chacun. L'étrangeté de Yu Hua, et d'un point de vue plus large, celle des autres écrivains d'avant-garde

---

① Jean-François Lyotard, *La Condition postmoderne: rapport sur le savoir*, *op.cit.*, 1979.
② Jacques Rancière, *Malaise dans l'esthétique*, *op.cit.*, p.170.

chinois dans la scène littéraire des années 1980, leur font affronter des critiques. Selon les critères idéologiques de la littérature des années 1980, ils sont des aliénés auxquels la littérature dominante doit tendre une main secourable pour rétablir le « lien social », pour que cette littérature parvienne à la hauteur de la cause sociopolitique commune. Dans ce sens, l'existence de l'Avant-garde chinoise ne peut pas faire de la société chinoise une société constituée par un peuple politique. Car le peuple politique n'est pas la même chose que la somme d'une population, nous précise Rancière, il est une forme de symbolisation litigieuse et supplémentaire par rapport à tout compte de la population et de ses parties, tandis que l'Avant-garde se situe en dehors de cette constitution. La stratégie de la littérature dominante consiste à tout d'abord exclure cette littérature étrange pour ensuite mieux la transformer et l'incorporer, jusqu'à ce qu'elle fasse partie des normes. Le « non-sens » de l'Avant-garde chinoise est ce que le réalisme socialiste considère comme inadmissible. La critique des années 1980 n'accorde pas à cette littérature un lieu d'être ou un « droit de l'autre » qui est celui de témoigner de la soumission à la loi de l'autre. Selon Jean-François Lyotard, pour obtenir un droit de l'autre, il faut que cet autre soit plus qu'un homme nu, qu'un homme apolitique[①], mais ce n'est pas le cas pour l'Avant-garde chinoise. Cette dernière est plutôt ce que Lyotard appelle « un autre inhumain », c'est-à-dire un autre qui devrait avoir « ses droits d'homme », mais considéré comme inhumain au temps du consensus. « Cet "inhumain", c'est la part en nous que nous ne

---

① Jean-François Lyotard, « The Other's Rights », in Stephen Shute et Susan Hurley (éd), *On Humain Rights. The Oxford Amnesty Lectures,* New York, Basic Books, 1993, pp.136-147.

contrôlons pas, […]. L' "inhumain" est cette radicale dépendance de l'humain à l'égard d'un absolument autre qu'il ne peut maîtriser. »[1].

Il y a un dernier point à examiner à propos de l'œuvre de Claude Simon. Chez lui, à part la critique de l'engagement sartrien et de tout discours intellectuel constituant le premier aspect de l'engagement simonien, et le retour à la langue constituant le deuxième, celui-ci a un dernier aspect à découvrir. Les implications de l'écriture romanesque simonienne sont plus complexes qu'on ne le pensait. La formule de Claude Simon qui disait: « Ecrire est déjà, en soi, un engagement » n'a pas été bien comprise:

> Elle [cette formule] est trop souvent résumée à un engagement *dans* l'écriture par refus d'un engagement *de* l'écriture. Les vitupérations sarcastiques de Simon contre Sartre n'ont fait du reste que renforcer une telle réception.[2]

Un engagement *dans* l'écriture dénote une immersion dans un pur jeu de forme qui est le contraire d'un engagement *de* l'écriture préconisé par Sartre. Depuis longtemps, il est accepté comme une évidence que Claude Simon est un écrivain dans une « tour d'ivoire », et s'il y a un engagement chez Simon, ça ne peut être que *dans* la littérature. Or, Dominique Viart nous propose de considérer l'engagement simonien autrement: distinct d'un engagement *de* la littérature (Sartre) et d'un engagement *dans* la littérature (Mallarmé ou Bataille) ou comme le montre Benoît Denis, un

① Jacques Rancière, *op.cit.*, p.159.
② Dominique Viart, *Une mémoire inquiète*, *op.cit.*, p.226.

« désengagement » de la littérature, Simon pratique un engagement « *par* ou *avec* la littérature »[①]. Mais jusqu'ici, nous ne voyons toujours pas très bien la différence entre « l'engagement *par* et *avec* la littérature » de Claude Simon et « l'engagement *dans* la littérature » de Mallarmé ou Bataille. Pour mieux comprendre l'engagement chez Claude Simon, il nous paraît dès lors inévitable et même nécessaire de parler de sa signature du manifeste des 121 tout en insistant sur sa conception d'une écriture du « rien »[②].

Madeleine Chapsal lui a posé la question lors d'un entretien: « Vous repoussez les idées, mais n'êtes-vous pas signataire d'un certain manifeste ? » A quoi Claude Simon répond: « Je n'ai jamais pu supporter l'injustice, qu'on batte quelqu'un, qu'on humilie ou que l'on fasse souffrir... J'ai signé ce manifeste, je suis inculpé, je continuerai. »[③] Claude Simon n'est pas un écrivain très actif dans la vie sociale. La guerre d'Espagne, dont il a été un témoin observateur, lui a fait perdre ses illusions sur la révolution. La défaite en 1940 a été pour lui une démonstration du prix à payer pour la gloire patriotique. Quand dans un entretien, Bernard-Henri Lévy tente plusieurs fois d'évoquer la mobilisation de Claude Simon pour ses quelques actions politiques, celui-ci ne cesse de « dégonfler » le sujet, en minorant, par exemple, sa participation à la résistance: « ouvrir

---

① Nous reprenons ici les termes de Dominique Viart dans son livre *Une mémoire inquiète*. Voir aussi son article « Sartre-Simon: de la "littérature engagée" aux "fictions critiques" ». Pour la thèse de Benoît Denis, Dominique Viart nous invite à lire l'article de B. Denis « Engagement littéraire et morale de la littérature », in *L'Engagement littéraire*, Emmanuel Bouju (dir.), PU de Rennes, 2005, p.31.

② Nous refaisons allusion à un de ses entretiens « La véritable littérature ne sert à rien », *op.cit.*.

③ Claude Simon, entretien avec Madeleine Chapsal, *L'Express*, 10 nov. 1960.

ma porte le matin à mes amis résistants »[①]. Cependant, quand cela lui paraît nécessaire, il n'hésite pas à signer dans un manifeste politique: « Cinq cent mille hommes pourvus d'avions, de canons, de tanks, contre cinq mille malheureux armés de fusils de chasse ou même de fusils mitrailleurs, effectivement, ce n'est pas de la guerre mais de l'assassinat. »[②] Cette guerre d'Algérie lui rappelle sans doute ce qu'il a vécu, les « conditions particulièrement meurtrières » pendant la défaite de 1940. Contrairement à ce qu'on pourrait penser d'un écrivain « formaliste » – en quelque sorte synonyme d' « égoïste » selon certaines critiques datant de quelques dizaines d'années –, Claude Simon est un écrivain profondément « humain ». Cependant, cette humanité ne constitue pas un conflit entre l'œuvre simonienne et sa situation, entre le texte et son contexte. Pour Claude Simon, il est toujours hors de question d'appeler, au moyen du roman, à signer une pétition. Il donne sa signature, mais ne met pas sa plume au service de l'engagement: il refuse la confusion des compétences. Pour lui, son statut de citoyen et son statut de romancier ne fonctionnent pas de la même façon. Un mois après son entretien avec Madeleine Chapsal, dans un autre entretien, Claude Simon illustre de manière plus limpide le rapport et la différence entre ces deux aspects:

> [Le] romancier que je suis est absolument étranger à la politique. En revanche, le citoyen que je suis aussi ne peut pas être étranger à ce qui se passe à côté de lui. [...] Au

---

① Cf. « ... peuvent et doivent d'arrêter parfois d'écrire », *op.cit.*, p.13.

② Claude Simon, entretien avec Madeleine Chapsal, *op.cit.*

> reste, ce que je fais en tant que romancier et en tant que citoyen, c'est, sur deux plans différents mais parallèles, la même chose: appelons cela [...] la contestation. Contestation, d'une part, de formes établies, et me semble-t-il périmées, mortes ; d'autre part, de formes, de structures sociales établies et, me semble-t-il encore, périmées elles aussi. ①

La contestation à l'engagement sartrien ne relève pas d'une indifférence à l'égard du politique et du social. Voilà un « engagement du citoyen », comme l'a appelé Dominique Viart, qui constitue le troisième aspect de l'engagement simonien. Nous sommes tout à fait d'accord avec Dominique Viart à cet égard, car il nous paraît impossible de séparer Claude Simon écrivain de Claude Simon citoyen, les deux étant la même personne. Ainsi ont tort les critiques qui, en dissimulant les quelques actes militants de Claude Simon ②, n'insistent que sur son formalisme et résument l'engagement simonien en un « engagement *dans* l'écriture ». Ils considèrent, tout comme ce qu'ils disent sur la question de « référent », que cet angle de vue constituerait une dénégation de l'ensemble de la conception littéraire simonienne et nuirait à l'image de l'écrivain-poète.

Pourtant, nous n'allons tout de même pas utiliser ces propos et actions militantes de Claude Simon pour porter secours à l'analyse marxiste de Lucien Goldmann qui examine, dans son style discursif

① « Techniciens du roman. Claude Simon », *op.cit.*.

② A part la guerre d'Algérie, Claude Simon s'est aussi exprimé au sujet des essais nucléaires. Voir Claude Simon, « Cher Kenzaburô Oé », *Le Monde*, 21 sept.1995.

engagé, le lien entre le Nouveau Roman et la réalité – nous songeons à la partie intitulée justement « Nouveau roman et réalité » dans *Pour une sociologie du roman*[①]. Si certains critiques déclarent avoir vu un projet politique à travers les œuvres du Nouveau Roman, tels que *La Modification* de Michel Butor, ou *Un régicide* d'Alain Robbe-Grillet, il nous semble que le projet politique de l'œuvre simonienne ne suit pas tout à fait le même chemin. L'œuvre de Claude Simon échappe par bien des aspects au dogme néo-romanesque. Bien que cet « engagement du citoyen », indépendant de l'œuvre, soit loin de dire tout sur l'engagement selon Claude Simon, étudié ici en tant qu'écrivain et non en tant que citoyen, il sert tout de même à démontrer que l'écriture simonienne n'est pas « innocente », et nous permet de mieux saisir les deux autres aspects de l'engagement simonien, parce que l'écrivain est tout simplement l'homme qui écrit. Il faut rappeler que parmi ceux qui ont signé le manifeste, dont onze écrivains des éditions de Minuit, on trouve aussi le nom de Maurice Blanchot, qui est même l'un des initiateurs et rédacteurs du manifeste – un autre exemple qui montre qu'un écrivain qui s'efforce de bâtir un « espace littéraire » peut très bien être militant par son action. L'engagement selon Claude Simon a donc trois aspects distincts, mais qui construisent pourtant une véritable cohérence. Pour les distinguer, peut-être faudrait-il mettre l'engagement simonien au pluriel: « les engagements simoniens », comme l'a proposé Dominique Viart.

Désormais, il nous est plus facile de comprendre la réaction de Claude Simon à l'interview de Sartre par Jacqueline Piatier, parue

① Cf. Lucien Goldmann, *Pour une sociologie du roman*, Gallimard, 1964.

dans *Le Monde* du 18 avril 1964, où l'écrivain philosophe déclarait: « En face d'un enfant qui meurt, *La Nausée* ne fait pas le poids ». Claude Simon fut scandalisé. Dans *L'Express* du 28 mai 1964, il exprime, sur la base de sa propre expérience, que même les gens affamés ont besoin de la littérature[①]. Quand on lit la première fois les propos de Claude Simon, cette réaction nous paraît ambiguë et en contradiction avec ce qu'il faisait dire quatre ans auparavant à son protagoniste de *La Route des Flandres* à propos du bombardement de la bibliothèque de Leipzig. Selon Georges, si le contenu des milliers de bouquins a été impuissant à empêcher le désastre, il n'y a pas de perte à dire pour l'humanité le fait d'avoir vu disparaître sous les bombes au phosphore « ces milliers de bouquins et de papelards manifestement dépourvus de la moindre utilité » (Cf. RF, p.211). Nous ne doutons pas de la sincérité de Claude Simon, mais comment comprendre ces deux déclarations contradictoires de l'écrivain? Pour réfuter Sartre, l'écrivain va-t-il jusqu'à se contredire ? Maintenant nous avons compris que Claude Simon ne se trahit nullement dans ses deux déclarations.

Dans la littérature du patrimoine, les romans de Sartre et les autres ouvrages dépourvus d'utilité et représentés par les « milliers de bouquins et de papelards » de la bibliothèque de Leipzig constituent tous une même littérature par leur caractère didactique. C'est parce qu'un roman a été écrit avec une intention didactique qu'il perd son poids dès qu'il est face à la réalité – la famine dont

---

① Claude Simon a aussi évoqué ce passage dans son *Discours de Stockholm*, *op.cit.*, pp. 29-30.

meurt un enfant, la guerre ou la Shoah[1] par exemple – qui vient dénoncer le mensonge de l'humanisme. Ce que Claude Simon appelle de ses vœux, ce n'est pas cesser d'écrire – sinon sa propre production n'aurait plus de sens[2] –, mais cesser d'écrire les livres qu'on écrit depuis trop longtemps: les livres savants, les livres-messages, les livres émancipateurs, bref, une littérature transitive comme représentation achevée du monde. La différence entre le roman traditionnel et un « tout autre type de roman » se trouve tout entière dans le « vouloir dire » et le « vouloir faire »: « [d]ans le premier cas les idées (le sens) précèdent l'action d'écrire, dans le second "du sens" est produit par le travail de et dans l'écriture »[3]. Le problème ne réside pas dans le fait de savoir si l'écrivain a un point de vue sur la société et l'humanité, mais dans la manière dont il en parle: dans sa vie comme citoyen ou dans sa vie comme écrivain, *par* les mots ou *dans* les mots. A la différence d'autres auteurs du Nouveau Roman, l'œuvre de Claude Simon parle exhaustivement, avec des évocations récurrentes et semblablement interminables, de l'Histoire dans laquelle lui-même est immergé. Mais l'écriture sur l'Histoire (qui implique une immanence de la littérature à la réalité) et l'écriture formaliste (qui sous-entend une autonomie littéraire) ne sont pas en contradiction, parce que, reprenons l'idée de Claude Simon, tant la façon d'écrire est

---

① L'œuvre de Claude Simon n'a pas traité la Shoah d'une manière explicite, pourtant, les allusions à la Shoah sont omniprésentes dans l'œuvre de Claude Simon. Cf. Ralph Sarkonak, « Claude Simon et la Shoah », *Claude Simon 5*, pp.209-226.

② Sur ce sujet, notre point de vue diverge de celui des auteurs de *Code de* La Route des Flandres qui disent: « Georges juge illusoire toutes les tentatives de fixer sur le papier une expérience passée, rendant ainsi ambiguë et paradoxale l'entreprise même de Claude Simon dont le travail d'écriture relève de cette ambition. » (*Code de* La Route des Flandres, *Examen du roman de Claude Simon*, travaux collectifs de Hubert Phalese, Nizet, 1997, p. 88.)

③ Claude Simon, « ... peuvent et doivent d'arrêter parfois d'écrire », *op.cit*, p.19.

différente, tant la vision sur l'Histoire évoquée par cette façon d'écrire aura quelque chose de différent par rapport à celle proposée par la littérature antécédente.

Effectivement, la question « écrire après l'événement » se pose d'une manière explicite dans l'œuvre de Claude Simon et celle de Yu Hua. L'éthique de leurs œuvres est fondamentalement basée sur l'idée d'un temps coupé par un événement décisif qui remplace la révolution à venir. La Deuxième Guerre mondiale est l'événement qui marque toute l'œuvre de Claude Simon. En Chine, malgré la notion monolithique de l'« époque contemporaine », l'histoire de la Révolution Culturelle marque, au sein de cette période, une césure irréductible en séparant le temps par un « avant » et un « après ». Claude Simon et Yu Hua pratiquent chacun une écriture singulière au regard de la littérature existante, car ils sont conscients de la singularité de l'Histoire qu'ils ont vécue, devant laquelle une écriture traditionnelle s'avère totalement inadaptée. Ils savent qu'il faut faire de la littérature autrement à partir d'ici et maintenant. « Subversif », ce mot qu'on attribue souvent trop aisément à l'art d'avant-garde contient bien un sens plus profond qu'un défi impétueux à la tradition: les œuvres de Claude Simon et de Yu Hua portent les nouveautés que la tradition ne détient pas, ce qui rend cette rupture irréversible ; ce n'est pas tout simplement rompre avec une tradition littéraire, mais c'est un rapport convenu entre le réel et la fiction, présenté lui-même par la tradition d'une représentation mimétique, qui est mis en cause et ensuite rompu. L' « inintelligibilité » et le « non-sens » de certaines fictions contemporaines sont une manière particulière et novatrice de représenter le monde, et de combattre ainsi les interprétations faites par l'idéologie dominante et par les métarécits de la modernité. Cette rénovation et cette rupture se traduisent dans les œuvres de Claude Simon et de Yu Hua à travers leurs évocations de l'Histoire. Si le Roman est une Mort, disait Barthes, cela ne peut s'accomplir qu'aux yeux de la société: « C'est la société qui impose le Roman, c'est-à-dire un complexe de signes, comme transcendance et comme Histoire d'une durée. »[①] La nouvelle écriture qu'on constate à travers les œuvres de nos deux écrivains n'entraîne nullement la mort du roman. C'est la société, perdant tous les supports qu'elle a imposés à la littérature pour écrire sa propre Histoire, qui est en voie d'effondrement. Il n'y a pas lieu d'opposer à cette nouvelle forme de représentation l'intransitivité des mots, car l'art est porteur d'une radicalité spécifique, elle-même intrinsèquement politique – nous enseigne Rancière. Par là, nous devons comprendre que le véritable art critique n'est pas celui qui prétend dire le vrai ou émanciper, mais celui qui introduit de la séparation, du dissensus dans l'expérience ou le sensible.

Ecrire le passé, c'est faire le deuil de ce passé. La littérature a bien un dynamisme qui dépasse ce processus au-delà d'une simple visite au tombeau, c'est comme disait Michel de Certeau:

> « Marquer » un passé, c'est faire une place au mort, mais aussi redistribuer l'espace des possibles, déterminer négativement ce qui est à faire, et par conséquent utiliser la narrativité qui enterre les morts comme moyens de fixer

① Roland Barthes, *Le degré zéro de l'écriture*, *op.cit.*, p.33.

une place aux vivants.[①]

L'œuvre de Claude Simon et celle de Yu Hua contiennent une réflexion sur les conditions même de l'existence de la littérature. Par leur rupture radicale avec le passé, elles marquent une « année zéro » dans la littérature, et aussi dans la société où se situe leur écriture. Par la rupture, une « nouvelle littérature » est ensuite possible ; par le désœuvrement de certaines choses, nous pouvons finalement passer à autre chose. L'écriture est un engagement, mais à l'époque contemporaine, on ne peut l'apercevoir que sur les ruines de l'utopie esthétique et des perspectives d'émancipation politique.

① Michel de Certeau, *L'Ecriture de l'histoire*, Gallimard, 1975, p.116.

Conclusion

C'est à partir d'une expérience de chaos qu'est née une suspicion vis-à-vis de tous les ordres établis, sociaux et littéraires. L'Histoire occupe une place importante, voire primordiale dans les œuvres de Claude Simon et celles de Yu Hua, mais elle n'est pas évoquée selon le principe de la mimésis classique. Leurs œuvres abandonnent la représentation conventionnelle du réel régie par la ressemblance. Elles ne reconstituent pas l'Histoire, mais la disent par le biais d'autres choses. *La Route des Flandres* est un roman de guerre dans le sens non-conventionnel du terme. Ce roman construit tout en se détruisant, et ne nous conduit à aucun dénouement. Il nous montre que l'invention de formes nouvelles chez Claude Simon, son écriture fragmentaire, sa déviation des normes typographiques, ses phrases incomplètes, ses lacunes syntaxiques, ses changements abrupts d'une situation narrative à l'autre, relèvent d'un travail minutieux de la mémoire à partir de points de référence disparates d'un monde instable. Dans la partie de l'œuvre de Yu Hua des années 1980, l'Histoire ne prend pas la forme d'une suite d'événements, explicitement datés et situés. Ce que l'on peut trouver dans ses récits sont des vestiges d'un passé désormais insaisissable, magnifié par la plume de l'écrivain, et que l'œuvre fait rejaillir comme un éblouissant feu d'artifice, nous laissant chercher ses traces dans les crépitements du fantastique, du rêve et du cauchemar. L'anachronisme, les images incongrues, l'anamorphose, la sensation de déconnexion et l'échec du langage communicatif disent cette impossible reconstitution du passé. Les formes de rupture, les gestes iconoclastes témoignent d'une interrogation du langage dans sa capacité à rendre compte de l'événement. La singularité de leur écriture n'est donc pas la preuve d'un formalisme, elle relève du travail d'un certain type de roman contemporain qui essaie d'explorer l'incommensurable et l'inassimilable, et définit l'écriture comme un moyen de résister à l'effacement de la singularité dans le temps. Cette représentation singulière et oblique de l'Histoire est en réalité due à sa particularité qui invalide les conventions mimétiques du roman traditionnel ainsi que sa fonction didactique. L'événement historique marque une césure irréductible dans le temps en le séparant par un « avant » et un « après ». Claude Simon et Yu Hua sont pleinement conscients de cette césure du temps. Ecrire sur l'Histoire, c'est désormais « écrire autrement sur un objet, suivre une entreprise qui semble ne pouvoir se définir que négativement »[①]. De par leurs expériences personnelles, ils sont témoins de la disjonction cognitive au moment d'un événement singulier, et de la faible résistance de la civilisation construite sur la Raison et la Vertu face à la violence et la barbarie. L'œuvre de Claude Simon et celle de Yu Hua illustrent ce que peut encore signifier l'acte de représenter à l'époque contemporaine. La « remise à zéro » de la fonction de la fiction les incite à écrire un « roman nouveau ».

---

① Anne-Lise Blanc, « La guerre comme expérience des limites dans l'œuvre romanesque de Claude Simon », in *L'Expérience des limites dans les récits de guerre (1914-1945)*, textes réunis et présentés par Pierre Glaudes et Helmut Meter, Genève, Editiond Slatkine, 2001 , p.224.

Ce lien intime entre l'écriture et la réalité, non seulement dans la diégèse, mais aussi dans la genèse de leurs œuvres, nous invite à nous interroger sur la définition de l'éthique et de l'engagement littéraire afin de nous pencher sur la fonction critique d'une littérature contemporaine marquée par un esprit de rupture. Le mode d'engagement littéraire traditionnel juge l'œuvre littéraire selon son éthos, selon sa teneur de vérité et son usage. Mais les grands événements dans l'histoire humaine du XXe siècle ont marqué la fin catastrophique de cette position traditionnelle d'engagement. L'éthique dans les œuvres de nos deux écrivains est dépourvue de son sens moral pour devenir une éthique scripturaire qui invalide le paradoxe de la modernité entre l'autonomie de l'art et l'anticipation d'une communauté à venir. Leurs œuvres, écrites après l'échec du projet moderne de quête de justice et d'avancement social, constituent un deuil de la modernité et font face au passé qui revient comme un spectre. Elles ne s'engagent pas dans la réalité par un lien transitif entre l'esthétique et l'éthique. Au contraire, leur engagement se fait par une posture critique vis-à-vis de toute promesse d'émancipation, et par le silence de leur langage qui ne propose nul message messianique.

La plupart du temps dans notre étude, nous nous servons de l'œuvre de Claude Simon pour éclairer l'œuvre de Yu Hua. Si leurs œuvres s'inscrivent dans des repérages historiques et littéraires similaires, est-il possible d'inverser ce procédé, et de lire l'œuvre de Claude Simon à la lumière de celle de Yu Hua ? L'influence du taoïsme dans l'œuvre de Yu Hua est visible ; est-il possible de se référer à cette pensée pour proposer une lecture de l'œuvre de Claude

Simon ? Sur ce point, Roland Barthes nous fournit une forme de réponse. Il utilise la notion de *Wuwei* (non-agir) dans le taoïsme pour illustrer son élaboration du Neutre, et affirme ainsi la complémentarité de deux cultures, orientale et occidentale. Nous avons examiné, à l'aide de Barthes lui-même, le souffle taoïste qui régit le comportement du protagoniste de Yu Hua dans *Fleurs de prunier ensanglantées*. A chaque instant de notre étude, nous avons le sentiment que le protagoniste de *La Route des Flandres*, alter ego de l'écrivain Claude Simon, est aussi un pratiquant de *Wuwei*. Il peut paraître spécieux de recourir à la pensée chinoise pour donner une nouvelle perspective à l'œuvre simonienne, mais le travail serait ample et nous réfutons la « chinoiserie ». Toutefois, il nous semble que le cosmos mythique qui structure l'imaginaire de Claude Simon peut être mis en regard avec le cosmos antique chinois. Nous nous sommes contentés ici de montrer la voie vers une lecture possible.

Contrairement à la tradition philosophique occidentale, accoutumée au dualisme, le taoïsme voit le monde dialectiquement, selon le système yin-yang, deux éléments opposés mais en mutation perpétuelle[①]. Il refuse toute tentative de trancher les paradoxes, et remet en cause les distinctions et les oppositions que nous faisons par habitude ou convention. Considérées du point de vue de cette pensée, les œuvres de nos deux écrivains, marquées par la rupture de la

---

① Il serait aussi important de rappeler l'ambiguïté du taoïsme vis-à-vis de la conception de philosophie en Occident. Notons que le mot de philosophie, « *zhe xue* », n'apparaît dans la langue chinoise qu'au détour des influences japonaises au début du *XX*^{e} siècle. Si le taoïsme est une philosophie, ce n'est pas dans le même entendement que le mot philosophie peut provoquer en Occident, selon la tradition grecque: si la philosophie est définie comme une recherche de la vérité au moyen du verbe, du Logos, alors que pour le taoïsme, la vérité n'est pas son point de mire, ni le langage son instrument privilégié. Cet écart entre la pensée chinoise et la pensée occidentale fait particulièrement l'objet de la réflexion de François Jullien.

tradition et le déchirement du temps, apparaissent comme une littérature d'incertitude radicale: incertain, non au sens d'irrésolu ou de fluctuant, mais au sens de pluriel et polysémique. Nous proposons de faire une esquisse de lecture parallèle de *Cris dans la bruine* de Yu Hua et du *Tramway* de Claude Simon. Cette lecture, focalisée sur le thème de l'incertain dans ces deux romans, nous permet de comprendre comment l'Histoire, qui hante le sujet par son poids, est en même temps la muse d'une poésie contemporaine, et comment une littérature marquée par le *vide* de rupture peut aussi atteindre le *plein*.

Dans ces deux romans de souvenirs d'enfance, relativement tardifs dans leur écriture, Claude Simon et Yu Hua retracent leurs premières expériences de vie. Dans le roman de Yu Hua, la bruine est un élément incertain. Comme nous l'avons vu, la bruine est source de brouillage et facteur de désordre et d'enfermement dans l'œuvre de Yu Hua. Mais dans *Cris dans la bruine*, nous constatons que la bruine est pourvue de multiples caractères, et notamment d'un aspect dynamique qui est nouveau. Ce nouveau caractère de la bruine est mis en rapport avec un autre élément, tout aussi essentiel dans le roman: les cris. Le récit de Yu Hua commence par les cris lointains d'une femme que le narrateur se souvient avoir entendu dans son enfance, pendant une nuit de bruine. Il attend qu'une autre voix vienne répondre aux cris, mais rien de tel ne se manifeste. L'absence de réponse rend les cris d'autant plus aigus, et donne au roman une aura de mystère et d'inquiétude. Cette image d'étrangeté est renforcée par la figure de l'homme vêtu de noir. Quand l'enfant voit passer, quelques jours plus tard, cet inconnu dont les vêtements produisent un bruissement dans le vent, il croit avoir trouvé une réponse aux cris de la femme dans la pluie nocturne, mais cet homme mystérieux, qui saisit le protagoniste d'effroi, est plus un annonciateur de la mort qu'un personnage venant dénouer la situation, car aussitôt son cadavre est découvert dans un temple bouddhiste par les enfants. Le bruissement des vêtements n'est pas la réponse, mais l'écho des cris nocturnes, il confirme l'arrivée d'une longue période d'angoisse indescriptible: l'enfant est désormais effrayé par la nuit tombante qui « arrive comme un flot déferlant, submergeant [s]es yeux et engloutissant tout » (CB, p.11)[①]. Les cris saisissants, « exprimant la solitude et l'abandon dans l'immense nuit pluvieuse » (CB, p.10)[②], sont lancés comme des appels, dans l'attente constante d'une réponse. Mais ces appels ne provoquent rien. Tous les personnages du roman restent dans leur cellule de solitude. Les paroles dans ce roman ne servent pas à la communication.

La dynamique de la bruine se révèle à travers le titre du roman où l'écrivain semble vouloir présenter la bruine comme l'opposé des cris. Cette tentation est plus visible dans le titre initial du roman lors de sa première publication – *Huhan yu xiyu* (*Les Cris et la bruine*)[③]. Mais au lieu de mettre les deux éléments en position de confrontation, la préposition « *dans* » du nouveau titre révèle la polysémie de l'image de la bruine et les multiples possibilités pour décrire son rapport aux cris. Certes, dans le roman, la bruine est constamment associée à l'image du noir et de la nuit qui agresse l'enfant couché

---

① 降临的夜色犹如洪水滚滚而来，将我的眼睛吞没了，也就吞没了一切。(p.4)

② 孤独的无依无靠的呼喊声（p.3）

③ *Cris dans la bruine* fut publié pour la première fois dans la revue *Shouhuo* (*Récolte*), n°6, 1991, sous le titre de *Huhan yu xiyu* (*Les Cris et la bruine*).

sur son lit, « posé là comme un jouet, tellement menu et délicat » (CB, p.2)[①]. En couvrant le monde dans une indistinction, la bruine révèle sa nature d'élément de brouillage et de facteur de désordre et d'enfermement, comme c'était le cas dans *Un monde évanoui*. Mais par rapport aux cris qui sont sonores et aigus, représentant quelque chose qui déchire – « [l]es cris d'une femme, tels des sanglots, me parvinrent du lointain, une voix rauque retentit soudain dans la nuit jusqu'alors parfaitement silencieuse » (CB, p.9)[②] –, la bruine se montre silencieuse et discrète, comme quelque chose qui humidifie et caresse – « [l]'eau dégouttant de l'auvent de la maison révèle l'existence du silence » (*ibid.*)[③]. Cet aspect de la bruine rejoint l'imaginaire de l'eau dans le taoïsme. Dans *Tao-tö king* de Lao-tseu, on peut lire ces deux descriptions sur l'eau qui révèlent à la fois son humilité, sa noblesse, sa faiblesse et sa souplesse:

> La bonté supérieure est comme l'eau
> qui est apte à favoriser tous les êtres
> et ne rivalise avec aucun.[④]
> Rien n'est plus souple et plus faible que l'eau,
> mais pour enlever le dur et le fort,
> rien ne la surpasse.
> Et rien ne saurait la remplacer.[⑤]

---

① 我是那么的小巧，就像玩具似的被放在床上（p.2）

② 一个女人哭泣般的呼喊声从远处传来，嘶哑的声音在当初寂静无比的黑夜里忽然响起（*ibid.*）

③ 屋檐滴水所显示的，是寂静的存在（*ibid.*）

④ Lao-tseu, « Tao-tö king», chap.VIII , *op.cit.*, p.10

⑤ *Ibid.*, chap.LXXVIII, p.81.

Dans la pensée taoïste, l'eau est au cœur de tout un réseau métaphorique, souvent en association avec le Dao, et considérée comme la figuration par excellence de ce dernier:

> [C]omme le Dao, l'eau jaillit d'une source unique et constante tout en se manifestant sous une infinie multiplicité de formes ; de par sa nature insaisissable et labile, elle est à l'infime lisière entre le rien et le quelque chose, entre l'il-n'y-a-pas (*wu* 無) et l'il-y-a (*you* 有), et passe par d'infinies transformations.①

La bruine dans le roman de Yu Hua détient ce caractère insaisissable de l'eau. Elle doit être doublement perçue: comme élément nuisible, mais aussi élément bénéfique qui, en donnant vie à toute chose, est le symbole du féminin, du Yin qui conquiert le Yang par attraction plutôt que par contrainte. Cependant, le couple d'opposition relatif à l'image de la bruine n'est pas de nature exclusive, mais complémentaire, car les contraires, en se rencontrant dans la même chose, ne sont pas en relation logique, mais organique et cyclique: ils sont eux-mêmes sur le modèle génératif du couple Yin/Yang. La bruine peut alors être considérée comme la réponse aux cris, donnée dès le début du roman, dans la même nuit, en même temps que les cris sont lancés. Yu Hua donne, en réponse à des cris qui sont nettement décrits, quelque chose d'informe. Par rapport aux cris nocturnes qui représentent le bruit et la fureur du monde humain, la bruine est la pulsation secrète et inaudible du cosmos. Mais c'est une

① Anne Cheng, *Histoire de la pensée chinoise*, Paris, Seuil, 1997, p.184.

réponse qui ne s'entend, ni même ne se voit: « La grande musique n'a guère de sons. La grande image n'a pas de forme. »[①] – disait Lao-tseu.

Comme pour le roman de Yu Hua, *Le Tramway* de Claude Simon annonce dès le titre du roman le thème qui sera au centre de l'œuvre. Dans ce roman, le tramway est un intermédiaire, chargé de sens multiples. Ce moyen de transport que le narrateur prend quotidiennement dans son enfance, relie deux endroits: d'un côté, c'est le centre-ville où s'élève le monument aux morts, rappelant sans cesse au narrateur la figure imposante de son père tué à la guerre ; de l'autre, après avoir passé le lieu de rendez-vous des voiturettes des « hommes-troncs » – les mutilés de guerre –, le tramway l'amène au mas où séjournait sa mère mourante atteinte d'un cancer. L'ambulance, le fauteuil et le lit roulants, dans lesquels le vieil homme, le narrateur, est transporté d'un endroit à l'autre, sont les prothèses du tramway d'enfance. Le tramway est un objet qui relie non seulement des lieux, mais aussi des époques différentes. De la même manière que les trois personnages sculptés dans le monument aux morts semblent sortir du royaume des morts, le tramway sort de l'univers de l'enfance et rejoint le narrateur dans sa vieillesse, comme pour finalement lui annoncer la mort. Le tramway est présenté dans le roman comme un mécanisme inhumain, voire même doté d'une sorte de sortilège. Dans les souvenirs d'enfance obsessionnels, le narrateur se revoit, à plusieurs reprises, courir et courir derrière le tramway et le regarder disparaître au loin. Cette scène est une métaphore de son incapacité à agir devant une vie

① Lao-tseu, « Tao-tö king», chap. XLI, *op.cit.*, p.44

tourmentée par les guerres et les révolutions, devant le vieillissement et la mort. Le tramway devient ainsi un véhicule fatal et fantomatique, qui circule entre différents espaces et temps, et forme avec son trajet cyclique une clôture marquée par l'inéluctabilité de la mort.

Cependant, la fonction d'intermédiaire du tramway a un autre sens dans le roman. Ce véhicule relie le mas et le monument aux morts qui symbolisent la mort, mais il relie aussi le cinéma et la plage, alors que ces deux lieux ont une signification transgressive dans ce roman. Devant le cinéma situé au centre-ville, juste en face du terminus du tramway, on trouve d'« aguichantes affiches qui, dans des couleurs violentes proposaient aux éventuels spectateurs les gigantesques visages de femmes échevelées, aux têtes renversées et aux bouches ouvertes dans un cri d'épouvante ou l'appel d'un baiser » (T, p.14). A proximité du cinéma il y a la foire d'automne, des manèges avec les lumières « tentatrices » et l'exposition érotique « Les Mystères de la femme ». Le caractère indécent de ce lieu d'attractions va être confirmé par la plage qui se trouve à l'autre bout du trajet. Le nom de la plage – surnommée « Plage Mondaine » – apparaît déjà comme une peinture ironique de la bonne société. Et, juste après la terrible évocation de la mère mourante, le narrateur se souvient de la plage où « les rails [du tramway] couverts de rouille disparaissaient, quelques mètres après un butoir, sous une couche de sable » (T, p.40, j'ajoute les crochets). Les règles rigides de la bonne société semblent être invalidées, et le paysage sinistre d'après la Grande Guerre semble être effacé par cet endroit bruyant avec son casino et ses soirées dansantes.

Ces endroits sont tous deux interdits aux enfants. Pour que

l'enfant ne traîne pas devant le cinéma lorsqu'il rate le tramway, la mère l'envoie chez le mari d'une cousine. Quant à la plage, elle est considérée comme une « fâcheuse nuisance » que les enfants sont « toujours interdit[s] d'approcher » (T, p.35). Le cinéma et la plage constituent ainsi un cercle tentateur, parallèle au cercle mortifère. De la foire qui se trouve à côté du cinéma, on entend « les cris aigus des femmes [venir] frapper la haute façade du monument aux morts » (T, p.34). Et à la plage, le drapeau tricolore, symbole de la patrie, devient « l'étendard irréel et clandestin d'une activité ou de plaisirs eux-mêmes irréels et clandestins » (T, p.43). Le tramway relie les deux bouts du trajet et forme entre eux un second cercle caractérisé par l'interdiction et la vitalité.

Non seulement le tramway relie les deux lieux transgressifs, mais il en devient aussi un lui-même. Sur les panneaux de la motrice sont peintes des publicités qui « couraient » au-dessus des vitres. S'étalant sur les monuments et les édifices « sans le moindre respect », elles sont « en quelque sorte sauvages, échappant à tout règlement » (T, pp.86-87). Le tramway est envahi en été par les gens qui vont à la Plage Mondaine à l'occasion des fêtes. La motrice traîne à l'arrière la baladeuse « grande ouverte » où « s'échappaient les hurlements ou les chants de foules déjà quelque peu avinées ou simplement joyeuses » (T, p.89). Le tramway et sa baladeuse éclatante d'allégresse, symbole de la pulsion vitale, « passaient brûlant l'arrêt du mas » (T, p.121) – « brûler », comme si le passage du tramway incendiait le mas, enveloppé d'une odeur mortifère.

Outre un caractère destructif et mortifère, le tramway manifeste donc un caractère transgressif et constructif. Il possède ainsi, comme la bruine dans le roman de Yu Hua, un double caractère paradoxal. Cependant, nous refusons de voir le deuxième caractère comme le contrepoint du premier, ou comme l'antipode décrivant le rapport entre ces deux aspects. Détrôner la mort par le désir vital transgressif, cette formule nous semble trop heureuse et trop simpliste pour être appliquée à l'écrivain si « *grave* » et même si « *lourd* » qui est Claude Simon[①]. La mort, même si elle peut être défiée, est après tout incontournable. Il nous semble que les deux caractères du tramway coexistent plutôt que s'opposent l'une à l'autre. Ils sont en simple relation de symbiose, sans avoir l'un sur l'autre une éclatante revanche.

Cette dialectique entre la vie et la mort est confirmée par le fait que la fonction destructive et la fonction constructive sont incarnées dans le même objet – le tramway. Ce que Claude Simon montre dans ce roman n'est pas la tentation d'un désenclavement triomphal qui finit par défaire la mort, mais le sentiment d'un vieil homme face à la mort qui s'approche. Les réminiscences du vieil homme impliquant la symbiose de vie et mort sont nombreuses dans le roman, nous n'en citons ici que quelques exemples. Le narrateur ressent avec le temps que l'intérieur de l'hôpital est « une sorte d'entité en soi, d'univers en réduction », où se trouvent « les successifs états de la machine humaine de la naissance à l'agonie » (T, p.105). Nous retenons aussi son association entre « fleurs et mort », lorsqu'il entend ces mots entre deux portes d'ascenseur: « qu'elle [le corps d'une femme

---

① Propos de Pascal Quignard dans « Ce que vous a apporté Claude Simon », trace d'un entretien avec Mireille Calle-Gruber à la Sorbonne le mercredi 26 mars 2008, in Mireille Calle-Gruber (éd), Les Triptyques *de Claude Simon ou l'art du montage*, Paris, Presses Sorbonne nouvelle, 2008, p.207.

morte?] était si belle au milieu de toutes ces fleurs » (T, p.114, j'ajoute les crochets.). Cette conception de la vie et de la mort apparaît particulièrement limpide dans son souvenir d'un voyage en Inde. Dans cette séquence, un enterrement et un mariage ont lieu en même temps au bord du Gange, et même l'enterrement est célébré dans une agitation « confuse » et « frénétique » qui fait penser à « une fête » (T, pp.119-120). Le roman se termine par une description sensuelle des fruits d'été trop mûrs et d'une coulée de résine « jaune d'or étincelant au soleil » (T, p.140), juste après l'évocation de la veillée mortuaire de la mère – la nature présente diverses formes d'existence, la mort n'occupe pas plus de place par rapport à d'autres phases de la vie ; elle fait partie du mouvement perpétuel du cosmos.

Claude Simon n'a cessé de recourir au collage d'éléments hétérogènes. Dans *La Route des Flandres*, le collage se fait souvent sous la forme d'un choc des contraires, d'une fusion des éléments conflictuels. Mais les œuvres tardives de Simon, *Le Tramway* par exemple, nous montrent qu'il ne faut pas percevoir ce thème obsessionnel de fusion comme négatif. Grâce à la métaphorisation générale que le récit met en jeu, tout entre dans un système de ramifications, d'échos et de correspondances, à l'instar de son écriture qui est en constante conversation avec la nature et la culture.

BIBLIOGRAPHIE SELECTIVE

I. Œuvres étudiées

A. Œuvres de Claude Simon

1. *La Route des Flandres*

a. En français

La Route des Flandres [1960], Paris, Minuit (Double), 1984.

b. En chinois

Fulande gonglu / Nongshishi 弗兰德公路・农事诗 (*La Route des Flandres, Les Géorgiques*), trad. par Lin Xiuqing 林秀清, Guiling, Lijiang chubanshe, 1987.

2. Œuvres

a. En français

La Corde raide, Paris, Editions du Sagittaire, 1947.

Le Vent: Tentative de restitution d'un retable baroque, Paris, Minuit, 1957.

L'Herbe, Paris, Minuit, 1958.

Le Palace, Paris, Minuit, 1962.

Histoire, Paris, Minuit, 1967.

Orion aveugle, Paris/Genève, Skira (Les Sentiers de la création), 1970.

Les Corps conducteurs, Paris, Minuit, 1971.

Leçon de choses, Paris, Minuit, 1975.

Les Géorgiques, Paris, Minuit, 1981.

Discours de Stockholm, Paris, Minuit, 1986.

Album d'un amateur, Remagen/Rolandseck, Editions Rommerskirchen, 1988.

L'Acacia, Paris, Minuit, 1989.

Claude Simon. Photographie (1937 – 1970), Paris, Maeght (Photo-Cinéma), 1992.

Le Jardin des plantes, Paris, Minuit, 1997.

Le Tramway, Paris, Minuit, 2001.

Claude Simon: Œuvres, édition établie par Alastair B. Duncan, avec la collaboration de Jean H. Duffy, Paris, Gallimard (Bibliothèque de la Pléiade), 2006.

b. En chinois

« Sidege'ermo yanshuo » 斯德哥尔摩演说 (Discours de Stockholm), trad. par Zhang Rong 张容, *Dangdai waiguo wenxue* 当代外国文学 (Littérature contemporaine étrangère), n°4 1986, repris dans *Cong xiandaizhuyi dao houxiandaizhuyi* 从现代主义到后现代主义 (Du modernisme au postmodernisme), sous la direction de Liu Mingjiu 柳鸣九, Beijing, Zhongguo shehui kexue chubanshe, 1994, pp.407-421.

« Shoujiang yanshuo » 受奖演说 (Discours de Stockholm), postface à la traduction chinoise de *La Route des Flandres*, trad. par Lin Xiuqing 林秀清, Guilin, Lijiang chubanshe, 1987, pp.585-603.

Fulande gonglu / Nongshishi 弗兰德公路·农事诗 (*La Route des Flandres, Les Géorgiques*), trad. par Lin Xiuaing 林秀清, Guiling, Lijiang chubanshe, 1987.

Dajiudian 大酒店 (*Le Palace*), trad. par Ma Zhencheng 马振骋, Nanjing, Yiling chubanshe, 1999.

Zhiwuyuan 植物园 (*Le Jardin des plantes*), trad. par Yu Zhongxian 余中先, Changsha, Hunan wenyi chubanshe, 1999.

Yougui dianche / Changshike 有轨电车・常识课 (*Le Tramway, Leçon de choses*), trad. par Yu Zhongxian 余中先, Hangzhou, Zhejiang wenyi chubanshe, 2004.

3. Entretiens

a. En français

– « Qu'est-ce que l'avant-garde en 1958 ? », réponse à une enquête des *Lettres françaises*, n°719, 24-30 avril 1958, pp.1 et 5.

– « Un bloc indivisible », réponse à la question « Pourquoi des romans ? », *Les Lettres Françaises*, n°740, 4-10 dec. 1958, p.5.

– « Les secrets d'un romancier, Claude Simon s'explique », entretien avec Hubert Juin, *Les Lettres Françaises*, n°4, 6-12 octobre 1960, p. 5.

– « Avec *La Route des Flandres*, Claude Simon affirme sa manière », entretien avec Claude Sarraute, *Le Monde*, 8 octobre 1960.

– Entretien avec Madeleine Chapsal, *L'Express*, 10 nov. 1960.

– « Techniciens du roman. Claude Simon », entretien avec André Bourin, *Les Nouvelles littéraires*, n°1739, 29 décembre 1960, p.4.

– « A la Sorbonne, Claude Simon part en guerre contre la "signification" », compte rendu d'une conférence prononcée au début de 1961 à la Sorbonne sous le titre «signification, roman et chronologie », *Les Lettres Françaises*, n°859, 19-25 janv. 1961.

– « Le jeune roman », entretiens de Claude Simon et Alain Robbe-Grillet avec Madeleine Chapsal, *L'Express*, 506, 12 janv. 1961, pp. 31-33.

– « Cinq romanciers jugent le roman (N. Sarraute, M. de Saint-Pierre, Cl. Simon, J. Hougron, J.-R. Huguenin) », entretien avec André Bourin. *Les Nouvelles Littéraires*, n°1764, 22 juin 1961.

– « Je ne peux parler que de moi », *Les Nouvelles Littéraires*, n°1809, 3 mai 1962, p.2.

– « Pour qui donc écrit Sartre ? », *L'Express*, 28 mai 1964, pp. 32-33.

– « Contre un roman utilitaire », *Le Monde hebdomadaire*, 6-12 avril 1967, pp.10-12.

– « Claude Simon: le roman se fait, je le fais et il me fait », entretien avec Josane Duranteau. *Les Lettres Françaises*, 1178, 13-19 avril 1967, pp.3-4.

– « Il n'y a pas d'art réaliste », entretien avec Madeleine Chapsal, *La Quinzaine Littéraire*, n°41, 15-30 déc. 1967.

– « Réponse à une enquête d'*Europe*: Le roman par les romanciers », *Europe*, n°474, octobre 1968.

– « Document. Interview avec Claude Simon », entretien avec Bettina L. Knapp, *Kentucky Romance Quarterly*, vol. 16, n°2, 1969, pp.179-190.

– « La fiction mot à mot », communication, suivie d'une discussion, au Colloque de Cerisy, 20-30 juillet 1971, in *Nouveau roman: Hier, aujourd'hui, tome II: Pratiques*, Paris, U.G.E. (10/18), 1972, pp.73-97 et pp. 99-116 [discussion]. Repris dans *Claude Simon: Œuvres*, Gallimard (Bibliothèque de la Pléiade), 2006, pp.1184-1202.

– « Réponses de Claude Simon à quelques questions écrites de Ludovic Janvier », *Entretiens*, n°31, 1972, pp. 15-29.

– Entretien avec Nicole Casanova, *Le Quotidien de Paris*, le 30 sept. 1975.

– « Claude Simon, à la question », réponses aux questions des participants au Colloque de Cerisy [1974], in *Claude Simon*, Paris, U.G.E., 1975, pp. 403-431. Repris dans *Lire Claude Simon*, sous la direction de Jean Ricardou, Paris, Les Impressions Nouvelles, 1986, pp. 403-431.

– « Un homme traversé par le travail », entretien avec Jean-Paul Goux et Alain Poirson. *La Nouvelle Critique*, n°105, juin-juil. 1977, pp. 32-44.

– «The Crossing of the Image », entretien avec Claud DuVerlie, *Diacritics*, n°7, hiver 1977, pp. 47-58.

– « Claude Simon ouvre *Les Géorgiques* », entretien avec Jacqueline Piatier, *Le Monde*, 04/09/1981.

– « Avec Claude Simon sur des sables mouvants », entretien avec Alain Poirson, *Révolution*, 99, 22-28 janv. 1982.

– « Dix écrivains et la gloire », réponse à une enquête du *Monde*, 22 juil. 1983.

– « Claude Simon, « J'ai essayé la peinture, la révolution puis l'écriture », entretien avec Claire Paulhan, *Les Nouvelles Littéraires*, n°2922, 15-21 mars 1984, p.44.

– « Autobiography, the Novel, Politics », entretien avec Anthony Cheal Pugh, réalisé en novembre 1983 et juin 1984, *The Review of Contemporary Fiction*, 5 (1), printemps 1985, pp. 4-13.

– « La route du Nobel », propos recueillis par Marianne Alphant,

Libération, 10 déc. 1985

– Réponses à des questions écrites d'Alastair B. Duncan en 1983 dans: *Claude Simon: New directions*, sous la direction de Alastair B. Duncan, Edimbourg: Scottish Academic Press, 1985, pp. 12-18.

– « Claude Simon sur la route de Stockholm », entretien avec Didier Eribon, *Le Nouvel Observateur*, 6 déc. 1985, pp.72-73.

– « Attaques et stimuli », entretien réalisé le 22 février et le 30 mars 1987 par Lucien Dällenbach, in *Claude Simon*, Paris, Seuil (coll.« Les Contemporains »), 1988, pp.170-181.

– « Et à quoi bon inventer? », entretien avec Marianne Alphant, *Libération*, 31 août 1989.

– « La déroute des Flandres », entretien avec Pierre Bois, *Le Figaro*, 13 juil. 1990.

– « Roman et mémoire », extrait d'une conférence inédite, *Revue des Sciences Humaines*, 220, oct.-déc. 1990, pp. 191-192.

– « Le Passé recomposé », entretien avec Aliette Armel, *Le Magazine Littéraire*, n°275, mars 1990, pp. 96-103.

– « ... peuvent et doivent d'arrêter parfois d'écrire », conversation entre Claude Simon et Bernard-Henri Lévy, in *Les Aventures de la liberté*, Grasset, 1991, pp. 12-21.

– « L'inlassable réa/encrage du vécu », entretien réalisé par Mireille Calle-Gruber, in *Claude Simon: Chemins de la mémoire* sous la direction de Mireille Calle-Gruber, Sainte Foy (Québec), Le Griffon d'Argile; Grenoble, Presses Universitaires de Grenoble, 1993, pp.3-25. Repris dans Mireille Calle-Gruber, *Le Grand Temps: essai sur l'œuvre de Claude Simon*, Villeneuve-d'Ascq,

Presses universitaires du Septentrion, 2004, pp.237-250.

– « La véritable littérature ne sert à rien », entretien avec Jean-Christophe Aeschlimann, *Ecriture*, n°48, automne 1996, pp. 214-222.

– « Réponses de Claude Simon à quelques questions écrites de Roger-Michel Allemand (2001-2003) », in *Le Nouveau Roman en questions, 5. Une « Nouvelle Autobiographie » ?*, textes réunis par Roger-Michel Allemand et Christian Millat (dans *Revue des Lettres modernes*, n° 22), Paris/Caen, Lettres modernes, Minard, 2004, pp. 235-239.

b. En chinois

1) Entretiens avec des chercheurs chinois

– « Fang Keluode Ximeng » 访克洛德·西蒙 (Une visite à Claude Simon), entretien réalisé par Gao Qiang 高强, *Dangdai waiguo wenxue* 当代外国文学 (*Littérature contemporaine étrangère*), n°4, 1986.

– « Yiqie dou zai bianhua – fang Keluode Ximeng» 一切都在变化——访克洛德·西蒙 (Tout est en mutation – entretien avec Claude Simon), entretien réalisé par Sun Heng 孙恒, *Wenyi bao* 文艺报 (*Journal d'art et de littérature*), 5 juillet 1986.

2) Entretiens traduits de langue française

– « Keluode Ximeng tan chuangzuo » 克洛德·西蒙谈创作 (Claude Simon sur les sentiers de la création, entretien avec K. Biro-Thierback), trad. par Liao Liandi 廖练迪, *Waiguo wenxue* 外国文学 (*Littérature étrangère*), n°1, 1986, pp.77-78.

– « Ximeng tan tade xiaoshuoguan he chuangzuo shenghuo » 西蒙谈他的小说观和创作生活 (Claude Simon sur la route de

Stockholm, entretien avec Didier Eribon ; Simon sort du désert, propos recueillis par Jean-Louis Ezine), trad. par Du Qinggang et Yu Zhongxian 杜青钢 余中先, *Waiguo wenxue dongtai* 外国文学动态 (*Dépêches de la littérature étrangère*), n°8, 1986, pp.29-33.

– « Lun xinxiaoshuo – 1982 nian Ximeng zai Niuyue daxue de jianghuo » 论新小说——1982 年西蒙在纽约大学的讲话 (A propos du Nouveau roman – intervention de Claude Simon à New York University), trad. par Dai Kan 戴侃, *Guowai shehui kexue* 国外社会科学 (*Les Sciences humaines à l'étranger*), n°4, 1986, pp.49-52.

– « Keluode Ximeng tanxiaoshuo: 1982 nian 10 yue zai Niuyue daxue xinxiaoshuo yantaohui shang de fayan » 克洛德·西蒙谈小说：1982 年 10 月在纽约大学新小说研讨会上的发言 (Claude Simon parle du roman: intervention de Claude Simon au Colloque du Nouveau roman à New York en octobre 1982), trad. par Sun Aihua 孙爱华 et Xu Qihua 徐启华, *Waiguo wenxue baodao* 外国文学报道 (*Reportage sur la littérature étrangère*), n°2, 1986, pp.63-69, 62.

– « *Fulande gonglu* chuangzuojingguo »《弗兰德公路》创作经过——克劳德·西蒙对〈快报〉记者的谈话 (Entretien avec Madeleine Chapsal), trad. par Lin Xiuqing 林秀清, annexe à la traduction chinoise de *La Route des Flandres*, Guiling, Lijiang chubanshe, 1987, pp.604-610.

– « Zhuzizhuju jieshi xiaoshuo » 逐字逐句解释小说 (Fiction mot à mot), in *Faguo xiaodangdai wenxue lun* 法国现当代文学论 (*Essai sur la littérature française moderne et contemporaine*), sous la direction de Liao Xingqiao 廖星桥, Changsha, Hunan shifandaxue chubanshe, 1991.

– « Ganjue shi diyiweide » 感觉是第一位的——索莱尔斯与西蒙关于《植物园》的对话 (La sensation, c'est primordial, entretien entre Philippe Sollers et Claude Simon), trad. par Yu Zhongxian 余中先, *Zhonghua dushubao* 中华读书报 (*Journal littéraire Zhonghua*), 4 septembre 2004.

B. Œuvres de Yu Hua

1. Nouvelles et petits romans

a. En Chinois

« Shibasui chumen yuanxing » 十八岁出门远行 (Sur la route à dix-huit ans) [1986], in *Shishiruyan* 世事如烟 (*Un monde évanoui*), coll. « Yu Hua zuopin xilie » 余华作品系列 (Œuvres de Yu Hua), Shanghai, Shanghai wenyi chubanshe, 2004.

« Siwang xushu » 死亡叙述 (Récit de mort) [1986], *ibid.*

« Shishi ruyan » 世事如烟 (Un monde évanoui) [1988], *ibid.*

« Xianshi yizhong » 现实一种 (Une certaine réalité) [1987], in *Xianshi yizhong* 现实一种 (*Une certaine réalité*), coll. « Yu Hua zuopin xilie » 余华作品系列 (Œuvres de Yu Hua), Shanghai, Shanghai wenyi chubanshe, 2004.

« Yijiubaliu nian » 一九八六年 (1986) [1987], *ibid.*

« Siyue sanri shijian » 四月三日事件 (L'Evénement du 3 avril) [1987], in Wo danxiaorushu 我胆小如鼠 (J'ai un sang de navet), coll. « Yu Hua zuopin xilie » 余华作品系列 (Œuvres de Yu Hua), Shanghai, Shanghai wenyi chubanshe, 2004.

« Gudian aiqing » 古典爱情 (Un amour classique) [1988], in *Xianxue meihua* 鲜血梅花 (*Fleurs de prunier ensanglantées*), coll. « Yu Hua zuopin xilie » 余华作品系列 (Œuvres de Yu Hua), Shanghai, Shanghai wenyi chubanshe, 2004.

« Xianxue meihua » 鲜血梅花 (Fleurs de prunier ensanglantées) [1989], *ibid*.

« Wangshi yu xingfa » 往事与刑罚 (Passé et châtiment) [1989], *ibid*.

« Ciwen xiangei shaonü Yang Liu » 此文献给少女杨柳 (Quelques pages pour Yang Liu) [1989], *ibid*.

« Ouran shijian » 偶然事件 (Un événement fortuit) [1989], *ibid*.

b. En français

« Erreur au bord de l'eau », « Un monde évanoui », in *Un monde évanoui* [1994], récits traduits du chinois par Nadine Perront, Arles, Picquier poche, 2003.

« Une certaine réalité », « Un amour classique », « Quelques pages pour Yang Liu », « Un événement fortuit », in *Un amour classique*, petits romans traduits du chinois par Jacqueline Guyvallet, dans la collection « Lettres chinoises », série dirigée par Isabelle Rabut, Arles, Actes Sud, 2000.

1986, roman traduit du chinois par Jacqueline Guyvallet, dans la collection « Lettres chinoises », série dirigée par Isabelle Rabut, Arles, Actes Sud, 2006.

« Sur la route à dix-huit ans », « Récit de mort », « Passé et châtiment », « Fleurs de prunier ensanglantées », in *Sur la route à dix-huit ans*, nouvelles traduites du chinois par Jacqueline Guyvallet, Angel Pino et Isabelle Rabut, dans la collection « Lettres chinoises », série dirigée par Isabelle Rabut, Arles, Actes Sud, 2009.

2. Romans

a. En Chinois

Zai xiyu zhong huhan 在细雨中呼喊 (*Cris dans la bruine*) [1991], coll. « Yu Hua zuopin xilie » 余华作品系列 (Œuvres de Yu Hua), Shanghai, Shanghai wenyi chubanshe, 2004.

Xu Sanguan maixueji 许三观卖血记 (*Le Vendeur de sang*) [1995], coll. « Yu Hua zuopin xilie » 余华作品系列 (Œuvres de Yu Hua), Shanghai, Shanghai wenyi chubanshe, 2004.

b. En français

Le Vendeur de sang, roman trad. du chinois par Nandine Perront, dans la collection « Lettres chinoises », série dirigée par Isabelle Rabut, Arles, Actes Sud, 1997.

Cris dans la bruine, roman trad. du chinois par Jacqueline Guyvallet, dans la collection « Lettres chinoises », série dirigée par Isabelle Rabut, Arles, Actes Sud, 2003.

3. Essais et entreiens

a. En chinois

– « Xuwei de zuopin » 虚伪的作品 (Œuvre fallacieuse) [1989], in *Meiyou yitiao daolu shi chongfude* 没有一条道路是重复的 (*On ne reprend jamais le même chemin*), coll. « Yu Hua zuopin xilie » 余华作品系列 (Œuvres de Yu Hua), Shanghai, Shanghai wenyi chubanshe, 2004, pp.176-190.

– « Chuanduankangcheng he Kafuka de yichan » 川端康成和卡夫卡的遗产 (Les héritages de Yasunari Kawabata et de Kafka) [1989], *ibid*., pp.191-195.

– Huozhe zhongwenban xu 《活着》中文版序 (Préface à *Vivre !*) [1993]，in *Wennuan he baiganjiaoji de lücheng* 温暖和百感交

集的旅程 (*Un voyage plein de tendresse et d'émotions*, coll. « Yu Hua zuopin xilie » 余华作品系列 (Œuvres de Yu Hua), Shanghai, Shanghai wenyi chubanshe, 2004，pp.138-141.

– « Zuichu de suiyue » 最初的岁月 (Les premières années) [1994], in *Meiyou yitiao daolu shi chongfude* 没有一条道路是重复的 (*On ne reprend jamais le même chemin*), *op.cit.*, pp.59-66.

– « Sandaoyoujifu de xiezuo yu shenghuo » 三岛由纪夫的写作与生活 (L'écriture et la vie de Mishima Yukio) [1995], *ibid.*, pp. 69-73.

– « Shui shi women gongtong de muqin » 谁是我们共同的母亲 (Qui est la mère pour nous tous ?) [1995]，*ibid.*, pp.145-156.

– « Shechi de cesuo » 奢侈的厕所 (Les toilettes de luxe) [1995], *ibid.*, pp.162-172.

– « Qiangjin de xiangxiang chansheng xianshi » 强劲的想象产生现实 (*Fortis imaginatio generat casum*) [1995], in *Yinyue yingxiangle wode xiezuo* 音乐影响了我的写作 (*La Musique a influencé mon écriture*), coll. « Yu Hua zuopin xilie » 余华作品系列 (Œuvres de Yu Hua), Shanghai, Shanghai wenyi chubanshe, 2004，pp.115-126.

– « Changpian xiaoshuo de xiezuo » 长篇小说的写作 (Parler de l'écriture du roman) [1996], in *Meiyou yitiao daolu shi chongfude* 没有一条道路是重复的 (*On ne reprend jamais le même chemin*), *op.cit.*，pp.121-130.

– « Buerjiakefu yu *Dashi he magelite* » 布尔加科夫与《大师和玛格丽特》 (Boulgakov et *Le Maître et Marguerite*) [1996], in *Wennuan he baiganjiaoji de lücheng* 温暖和百感交集的旅程 (*Un voyage plein de tendresse et d'émotions*), *op.cit.*, pp.20-31.

– « Wo nengfou xiangxin ziji » 我能否相信自己 (Puis-je croire en moi-même [1997], *ibid.*, pp.2-8.

– « Weilian fukena » 威廉·福克纳 (William Faulkner) [1997], *ibid.*, pp.120-122.

– « Wo weihe xiezuo » 我为何写作 (Pourquoi écris-je ?) [1997], in *Meiyou yitiao daolu shi chongfude* 没有一条道路是重复的 (*On ne reprend jamais le même chemin*), *op.cit.*, pp.116-121.

– « Yiyuan li de tongnian » 医院里的童年 (Enfance dans un hôpital) [1998], *ibid.*, pp.37-38.

– « Neixin zhisi » 内心之死 [1998], in *Wennuan he baiganjiaoji de lücheng* 温暖和百感交集的旅程 (*Un voyage plein de tendresse et d'émotions*), *op.cit.*, pp.74-92.

– « Wenxue he wenxueshi » 文学和文学史 (La littérature et l'histoire de la littérature) [1998], *ibid.*, pp.107-119.

– *Zai xiyu zhong huhan* yidaliwenban xu 《在细雨中呼喊》意大利文版序 (Préface à la traduction italienne de *Cris dans la bruine*) [1998], *ibid.*, pp.148-150.

– « Wode xiezuo jingli » 我的写作经历 (Mon expérience en tant qu'écrivain) [1998], in *Meiyou yitiao daolu shi chongfude* 没有一条道路是重复的 (*On ne reprend jamais le même chemin*), *op.cit.*, pp.112-115.

– « Yinyue yingxiangle wode xiezuo » 音乐影响了我的写作 (La Musique a influencé mon écriture) [1998], in *Yinyue yingxiangle wode xiezuo* 音乐影响了我的写作 (*La Musique a influencé mon écriture*), *op.cit.*, pp.1-11.

– « Wennuan he baiganjiaoji de lücheng » 温暖和百感交集的旅程 (Un voyage plein de tendresse et d'émotions) [1999], in

Wennuan he baiganjiaoji de lücheng 温暖和百感交集的旅程 (*Un voyage plein de tendresse et d'émotions*), *op.cit.*, pp.9-19.

– « Kafuka he K » 卡夫卡和 K (Kafka et K) [1999], *ibid.*, pp.93-106.

– « *99 Yu Hua xiaoshuo xin zhanshi – 6 juan* Zixu » 《99 余华小说新展示——6 卷》自序 (Préface à *Six volumes d' œuvres romanesques de Yu Hua*) [1999], *ibid.*, pp.155-157.

– « Guanyu huiyi he huiyilu » 关于回忆和回忆录 (Sur la mémoire et l'écriture de la mémoire) [2001], in *Meiyou yitiao daolu shi chongfude* 没有一条道路是重复的 (*On ne reprend jamais deux fois le même chemin*), *op.cit.*, pp.76-79.

– « Wenxuezhong de xianshi » 文学中的现实 (La réalité dans la littérature) [2003], *ibid.*, pp.196-199.

b. En français

« L'influence de la musique sur mon écriture », traduit du chinois par Marie Laureillard, in *Ecrire au présent. Débats littéraires franco-chinois*, sous la direction d'Annie Curien, Paris, Editions de la Maison des sciences de l'homme, 2004, pp.65-71.

« François Jullien et Yu Hua – De Mao aux J.O., l'épopée de la Chine contemporaine », *Philosophie Magazine*, n°32, 2009.

La Chine en dix mots, essais traduit du chinois par Angel Pino et Isabelle Rabut, dans la collection « Lettres chinoises », série dirigée par Isabelle Rabut, Arles, Actes Sud, 2010.

II. Etudes sur Claude Simon

A. Etudes sur *La Route des Flandres*

1. Ouvrages

ALEXANDRE Didier, *Le magma et l'horizon: Essai sur* La route des

Flandres *de Claude Simon*, Paris, Klincksieck, 1997.

Claude Simon. A partir de La Route des Flandres. *Tours et détours d'une écriture*, sous la direction de Renée Ventresque, Montpellier, Université Paul-Valéry, 1997.

Claude Simon. La Route des Flandres, textes réunis par Alain Cresciucci, Paris, Klincksieck (Parcours critique), 1997.

Claude Simon. Autour de La Route des Flandres, n°3 de la revue *Littératures contemporaines*, Paris, Klincksieck, 1997.

Code de La Route des Flandres, *Examen du roman de Claude Simon*, travaux collectifs de Hubert Phalese, Nizet, 1997.

GENIN Christine, *L'écheveau de la mémoire.* La Route des Flandres *de Claude Simon*, Paris, Champion (Unichamp), 1997.

GUERMES Sophie, *L'écho du dedans. Essai sur* La Route des Flandres *de Claude Simon*, Paris, Klincksieck, 1997.

Lectures de La Route des Flandres, sous la direction de Francine Dugast-Portes et Michèle Touret, Rennes, Presses Universitaires de Rennes, 1997.

RANNOUX Catherine, *L'écriture du labyrinthe:* La Route des Flandres *de Claude Simon*, Orléans, Paradigme, 1997.

Route des Flandres. *Claude Simon* (La), sous la direction de Renée Ventresque, Paris, Ellipses, 1997.

VENTRESQUE Renée, « Le trou et la trame: le sexe à l'œuvre », in La Route des Flandres. *Claude Simon*, ouvrage dirigé par Renée Ventresque, Paris, Ellipses, 1997, pp.101-114.

VIART Dominique, *Une mémoire inquiète:* La Route des Flandres *de Claude Simon*, Paris, Presses Universitaires de France, 1997.

2. Articles

a. En français

ALEXANDRE Didier, « Rire, humour, ironie dans *La Route des Flandres* », in *Claude Simon:* La Route des Flandres », n°3 de la revue *Littératures contemporaines*, 1997, pp. 133-150 ;

BAEHLER Aline, « Aspects du personnage simonien: Corinne », *L'Esprit Créateur*, n°27, hiver 1987, pp. 27-36.

BEHAR Henri, « La culture de l'auteur et la compétence du lecteur dans *La Route des Flandres* », in *Claude Simon:* La Route des Flandres, n°3 de la revue *Littératures contemporaines*, 1997, pp.207-228.

BARBERIS J.-M., « Phrase, énoncé, texte. Le fil du discours dans *La Route des Flandres* », in *La Route des Flandres de Claude Simon*, Ellipes, 1997, pp. 130-147.

BONNEFIS Philippe, « Le fantômes du kiosque », in *Claude Simon. Autour de* La Route des Flandres, n°3 de la revue *Littératures contemporaines*, 1997, pp. 87-101.

BRES Jacques, « *La Route des Flandres*: une machine à démonter l'ascendance du temps narratif », in Renée Ventresque (éd.), *Claude Simon. A partir de* La Route des Flandres, *Tours et détours d'une écriture*, Montpellier, Université Paul-Valéry, 1997, pp.13-25.

BRIGAUD Jacques, « Sur la composition de *La Route des Flandres* », in La Route des Flandres. *Claude Simon*, sous la direction de Renée Ventresque, Paris, Ellipses, 1997, pp.46-57.

CHEAL PUGH Anthony, « Claude Simon et la route de la référence », *Revue des sciences humaines*, n°220, octobre-décembre 1990, pp.23-45.

CRESCIUCCI Alain, « Sur *La Route...* », in *Claude Simon.* La Route des Flandres, textes réunis par Alain Cresciucci, Paris, Klincksieck, 1997, pp.3-25 ;

- « Figures du désir dans *La Route des Flandres* », in *Claude Simon. Autour de* La Route des Flandres, n°3 de la revue *Littératures contemporaines*, 1997, pp.53-70.

DEBREUILLE Jean-Yves, « De quelques déplacements d'un roman l'autre: *La Route des Flandre*s et l'*Acacia* », in Renée Ventresque (éd.), *Claude Simon. A partir de* La Route des Flandres. *Tours et détours d'une écriture*, Montpellier, Université Paul-Valéry, 1997, pp.27-43.

DUGAST-PORTES Francine, « Lecture d'une vision de l'Histoire dans *La Route des Flandres* de Claude Simon », in *Lectures de* La Route des Flandres, textes réunis par Francine Dugast-Portes et Michèle Touret, Rennes, Presse universitaires de Rennes, 1997, pp.47-66 ;

- « La figure de l'ancêtre dans *La Route des Flandres* », in *Claude Simon. Autour de* La Route des Flandres, n°3 de la revue *Littératures contemporaines*, 1997, pp.21-36.

DUISIT Lionel, « La fonction novatrice: Claude Simon, *La Route des Flandres* », in L. Duisit, *Satire, Parodie, Calembour*, Saratoga, Calif., Anma Libri, pp.121-127.

DUNCAN Alastair, « Claude Simon: la crise de la représentation », *Critique*, novembre 1981, n°414, pp.1181-1200, repris dans *Claude Simon. La Route des Flandres*, textes réunis par Alain Cresciucci, Paris, Klincksieck, 1997, pp.35-50.

LANCERAUX Dominique, « Modalités de la narration dans *La Route des Flandres* », *Poétiques*, n°14, 1973, pp.235-249, repris dans *Claude Simon.* La Route des Flandres, textes réunis par Alain Cresciucci, Paris, Klincksieck, 1997, pp.91-106.

MINICH BREWER Mária, « Parodies, répliques, écritures », *Revue des sciences humaines*, n°220, oct-déc. 1990, pp.157-171.

MIRAGLIA Anne-Marie, « *La Route des Flandres:* défi aux voix narratives », in *Claude Simon.* La Route des Flandres, textes réunis par Alain Cresciucci, Paris, Klincksieck, 1997, pp.107-115

PIEGAY-GROS Nathalie, « Figures de l'hybridation. Notes sur le bestiaire dans *La Route des Flandres* », *Revue de littérature française et comparée*, n°9, novembre 1997, pp.195-197.

PIERROT Jean, « Le Cheval dans tous ses états », in *Claude Simon. Autour de* La Route des Flandres, n°3 de la revue *Littératures contemporaines*, 1997, pp.71-86.

PINGAUD Bernard, « Un roman-débâcle », in *L'Expérience romanesque*, Paris, Gallimard, 1983, pp.199-213.

PLOUVIER Paule, « Temps et Histoire », in La Route des Flandres. *Claude Simon*, ouvrage dirigé par Renée Ventresque, Ellipes, 1997, pp.63-73.

RACLOT Michèle, « Une constante de l'imaginaire simonien: l'obsession de la décomposition et du pourrissement dans La Route des Flandres », in La Route des Flandres. *Claude Simon*, ouvrage dirigé par Renée Ventresque, Ellipes, 1997, pp.74-87.

RICARDOU Jean, « Un ordre dans la débâcle », *Critique*, n°163, déc. 1960, pp.1011-1024. Repris dans *Problèmes du Nouveau Roman*,

Paris, Seuil, 1967, pp.44-55.

ROPARS-WUILLEUMIER Marie-Claire, « L'œil du cheval ou la déroute de la vision dans l'écriture de Claude Simon », in *Les sites de l'écriture. Colloque sur Claude Simon*, sous la direction de Mireille Calle-Gruber, Paris, Nizet, 1995, pp.137-150.

VIART Dominique, « La destitution du sens », in *Claude Simon. Autour de* La Route des Flandres, n°3 de la revue *Littératures contemporaines*, 1997, pp.151-168.

b. En chinois

HUANG Xiyun 黄晞耘, « Fulande gonglu zhong chongfu xushi de shenmei yiyi »《弗兰德公路》中重复叙事的审美意义 (Le sens esthétique de la narration répétitive dans *La Route des Flandres*), Guangxi Youjiang minzu shizhuan xuebao 广西右江民族师专学报 (*Bulletin d'études de l'institut Guangxi Youjiang minzu shizhuan*)，n°4, 2002, pp.36-37.

JIAN Changhuai 蹇昌槐, « Duomeiti: *Fulande gonglu* de jishu meixue tezheng » 多媒体：《弗兰德公路》的技术美学特征 (Multimédia: les caractéristiques esthétiques de *La Route des Flandres*), *Waiguo wenxue yanjiu* 外国文学研究 (*Etudes de la littérature étrangère*), n°3，1999, pp.83-88.

JIANG Kangning 江康宁, « Ximeng yu *Fulande gonglu* » 西蒙与《弗兰德公路》(Claude Simon et *La Route des Flandres*), *Wenyi xuexi* 文艺学习 (*Etudes sur l'art et la littérature*), n°4, 1988, pp.36-39.

DU Lin 杜林, « Xing'ai yu zhanzheng: Fulande gonglu » 性爱与战争：《弗兰德公路》 (La sexualité et la guerre: *La Route des Flandres*), *Waiguo wenxue pinglun* 外国文学评论 (*Critique sur la littérature étrangèr*), n°3, 1997, pp.34-42.

FANG Fang 方芳, « Dianyinghua de xushi – Ximeng de xiaoshuo *Fulande gonglu* xindu » 电影化的叙事——西蒙的小说《弗兰德公路》新读 (Une narration cinématographique – une lecture nouvelle sur *La Route des Flandres* de Claude Simon), *Bijie shizhuan xuebao* 毕节师专学报 (*Bulletin d'étude de l'institut Bijieshizhuan*) n°3, 1994, pp.17-19.

SUN Heng 孙恒, « *Fulande gonglu* de jiedu: huihua jiegou » 《弗兰德公路》的读解：绘画结构 (Une composition en peinture), *Waiguo wenxue pinglun* 外国文学评论 (*Critique sur la littérature étrangère*)，n°1, 1991, pp.78-81.

WANG Xinguo 王新国， « Xiaoshuo yishu yu renlei cunzai de shuangchongkaijue – Xinxiaoshuo, Ximeng he tade *Fulande gonglu* » 小说艺术与人类存在的双重开掘——新小说、西蒙和他的《弗兰德公路》, *Shenjian* 神剑 (*Epée divine*), n°3, 2005, pp.155-160.

XIE Zhengzhong 解正中, « Pingyong de "mingzuo", posui de canpian » 平庸的"名作"，破碎的残片 (*Chef d'œuvre* banal, débris irréparables), *Waiguo wenxue pinglun* 外国文学评论 (*Critique sur la littérature étrangère*), n°2 1989, pp.29-32.

XU Su 徐速, « Gonglubian de ruhua fengjing – cong *Fulande gonglu* kan Keluode Ximeng de xiaoshuo chuangzuo » 公路边的如画风景——从《弗兰德公路》看克洛德·西蒙的小说创作 (Paysage le long d'une route – étude sur l'écriture romanesque de Claude Simon à travers *La Route des Flandres*), mémoire de master de l'Université normale de l'Est de la Chine, 2005.

YAN Xianghong 颜向红，« Yibu chuncui weiwu zhuyi de zuopin – du *Fulande gonglu* » 一部“纯粹唯物主义”的文学作品——读《弗兰德公路》(Une œuvre littéraire "purement matérialiste" – lecture de *La Route des Flandres*), *Fujian jiaoyu xueyuan xuebao* 福建教育学院学报 (*Bulletin d'études de l'Institut de Fujian jiaoyu*), n°1, 2005, pp.74-77.

B. Etudes sur l'œuvre de Claude Simon

1. Ouvrages

ALEXANDRE Didier, *Claude Simon*, Marval, 1991.

ANDRES Bernard, *Profils du personnage chez Claude Simon*, Paris, Minuit (Critique), 1992.

Cahiers Claude Simon, revue annuelle de l'Association des Lecteurs de Claude Simon, n°1, 2005.

Cahiers Claude Simon, revue annuelle de l'Association des Lecteurs de Claude Simon, n°2, 2006.

Cahiers Claude Simon, revue annuelle de l'Association des Lecteurs de Claude Simon, n°3, 2007.

Cahiers Claude Simon, revue annuelle de l'Association des Lecteurs de Claude Simon, n°4, 2008.

CALLE-GRUBER Mireille, *Le Grand temps, essai sur l'œuvre de Claude Simon*, coll. « Perspectives », Villeneuve d'Ascq, Presses Universitaires du Septentrion, 2004.

Claude Simon, n°31 de la revue *Entretiens,* sous la direction de Marcel Seguier, 2e trimestre 1972.

Claude Simon, n°220 de *Revue des Sciences Humaines*, sous la direction de Guy Neumann, octobre-décembre 1990.

Claude Simon: analyse, théorie, colloque de Cerisy du 1 au 8 juillet

1974, sous la direction de Jean Ricardou, Paris, Editions U.G.E. (10/18), 1975 ; réédité sous le titre *Lire Claude Simon*, Paris, Les Impressions Nouvelles, 1986.

Claude Simon: Chemins de la mémoire, sous la direction de Mireille Calle, Sainte Foy (Québec), Le Griffon d'Argile; Grenoble, Presses Universitaires de Grenoble, 1993.

Claude Simon 1: à la recherche du référent, sous la direction de Ralphe Sarkonak, Paris/ Caen, Lettres Modernes Minard (*Revue des Lettres modernes*. Série Claude Simon), 1994.

Claude Simon 2: L'Écriture du féminin/masculin, sous la direction de Ralph Sarkonak, Paris/Caen, Lettres Modernes Minard (*Revue des Lettres modernes*. Série Claude Simon), 1997.

Claude Simon. A retrospective, études réunies par Jean Duffy et Alastair Duncan, Liverpool, Liverpool university press, 2002.

Claude Simon: Allées et venues, actes du colloque international de Perpignan (14 et 15 mars 2003, études réunies par Jean-Yves Laurichesse, *Cahiers de l'Université de Perpignan* (Perpignan, Presses Universitaires), n°34, 2004.

DALLENBACH Lucien, *Claude Simon*, Paris, Seuil, 1988.

DUNCAN Alastair, *Claude Simon. Adventures in words*, Manchester, Manchester University Press, 1994.

HAMEL Jean-François, « La Poétique d'Orphée. Les révolutions de la mémoire historique chez Claude Simon », in J-F. Hamel, *Revenance de l'histoire: répétition, narrativité, modernité*, Paris, Minuit, 2006.

JANSSENS Peter, *Faire l'histoire*, Villeneuve d'Ascq, Presse universitaires du Septentrion, 1998.

KAEMPFER Jean, *Poétique du récit de guerre*, Paris, José Corti, 1998.

LAURICHESSE Jean-Yves, *La Bataille des odeurs. L'espace olfactif des romans de Claude Simon,* Paris, L'Harmattan (Critiques littéraires), 1998.

LONGUET Patrick, *Lire Claude Simon. La polyphonie du monde*, Paris, Minuit, 1995.

LUZI Christophe, *La Guerre au miroir de la littérature. Essai sur Claude Simon*, Colonna Editions, Alata, 2009.

SARKONAK Ralph, *Claude Simon: Les carrefours du texte*, Toronto, Paratexte, 1986 ;

- *Les Trajets de l'écriture: Claude Simon*, Toronto, Paratexte, 1994.

SCHOENTJES Pierre, *Claude Simon par correspondance.* Les Géorgiques *et le regard des livres*, Genève, Droz, 1995.

Sites de l'écriture: Colloque Claude Simon (*Les*), Queen's University, 30 octobre 1993, sous la direction de Mireille Calle-Gruber, Paris, Nizet, 1995.

Sub-stance, n°8, hiver 1974.

Sur Claude Simon, actes du Colloque à l'Université de Genève les 14 et 15 novembre 1986, Paris, Minuit, 1987.

SYKES Stuart, *Les Romans de Claude Simon*, Paris, Minui, 1979.

Terre et la guerre dans l'œuvre de Claude Simon (*La*), numéro spécial de la revue *Critique*, n°414, novembre 1981.

THOUILLOT Michel, *Les guerres de Claude Simon*, Rennes, Presses universitaires de Renees, 1998.

Transports. Les métaphores de Claude Simon, textes réunis par Irene

Albers et Wolfram Nitsch, Frankfurt am Main, Peter Lang, 2006.

2. Articles

a. En français

ALEXANDRE Didier, « Quelques réflexions sur les relations de Claude Simon à Jean-Paul Sartre », *Cahiers Claude Simon*, n°3, 2007, pp.87-104.

BERGOUNIOUX Pierre, « Bon Dieu ! », *Cahiers Claude Simon*, n°2, 2006, pp. 31-42.

BIRN Randi Brox et BUDIG MARKIN Valerie, « Deux homme et un texte: Simon face à Rousseau, Proust et Orwell », in *Revue des Sciences Humaines*, n°220, octobre-décembre 1990, pp. 63-78.

BISHOP Tom, « L'image de la création chez Claude Simon », in *Nouveau roman: Hier, aujourd'hui, tome II: Pratiques*, Paris, U.G.E. (10/18), 1972, pp.61-72.

BLANC Anne-Lise, « La guerre comme expérience des limites dans l'œuvre romanesque de Claude Simon », in *L'Expérience des limites dans les récits de guerre (1914-1945)*, textes réunis et présentés par Pierre Glaudes et Helmut Meter, Genève, Editiond Slatkine, 2001, pp.213-228.

BON François, « Claude Simon, hommage », *Le Banquet du livre*, n°38 http://www.editions-verdier.fr/banquet/n38/simon1.htm, 27/07/ 2010.

BONNEFIS Philippe, « Entre Trias et Crétacé », in *Les Sites de l'écriture. Colloque Claude Simon*, sous la direction de Mireille Calle-Gruber, Queen's University, Nizet, 1995, pp.67-92.

CHATELET François, « Une vision de l'histoire », *Critique*, n°414, novembre 1981, pp.1218-1225.

DALLENBACH Lucien, « Le tissu de mémoire », postface à *La Route des Flandres*, Paris, Minuit (Double), 1984, pp. 297-316 ;

- « La question primordiale », in *Sur Claude Simon*, Paris, Minuit, 1987, pp.65-93 ;
- « Entretien avec Lucien Dällenbach réalisé par Guy Newmann », *Revue des sciences humaines*, n°220, octobre-décembre 1990, pp. 79-85.

DEBRAY Régis, « Lettre à Claude Simon », in *Eloges*, Gallimard, 1986, pp.59-86.

DEGUY Michel, « Claude Simon et la représentation », *Critique*, n°187, déc 1962, pp.1009-1032.

DUFFY Jean, « The Subversion of historical representation in Claude Simon », *French Studies*, n°3, July1987, pp.421-437;

- « Claude Simon, Merleau-Ponty et la perception », in *Lectures de* La Route des Flandres, textes réunis par Francine Dugast-Portes et Michèle Touret, Rennes, Presse universitaires de Rennes, 1997, pp.91-114.

DUGAST-PORTES Francine, « Le spectre de l'ascendance: fonction tragifiante du personnage de l'ancêtre au fil de l'œuvre de Claude Simon », *Revue des sciences humaines*, n°215, juillet-septembre, 1989, pp.201-220 ;

- « Vestiges et fragments: l'Antiquité selon Claude Simon », in *Au Miroir de la culture antique. Mélanges offerts au Président René Marache*, Rennes, Presses Universitaires de Rennes, 1992, pp.113-134 ;
- « Claude Simon et le Nouveau Roman: position et proposition

au temps des querelles », in La Route des Flandres. *Claude Simon*, ouvrage dirigé par Renée Ventresque, Paris, Ellipses, 1997, pp.12-26.

DUNCAN Alastair, « Simon and Sartre », *Review of contemporary fiction*, vol.5, n°2, Spring 1985, pp.90-95;

- « Claude Simon: le projet autobiographique », *Revue des sciences humaines*, n°220, octobre-décembre 1990, pp.47-62 ;
- « Satire, Burlesque and Comedy in Claude Simon », in *Claude Simon. A retrospective*, études réunies par Jean Duffy et Alastair Duncan, Liverpool, Liverpool University press, 2002, pp.100-117.

DUVERLIE Claud, « Amor interruptus: the question of eroticism or eroticism in question in the works of Claude Simon», *Sub-stance*, n°8, hiver 1974, pp. 21-33.

FLETCHER John, « Erotisme et création ou la mort en sursis », *Entretiens*, n°31, 2e trimestre 1972, sous la direction de Marcel Seguier, pp.131-140 ;

- « Claude Simon: Autobiographie et fiction », *Critique*, novembre 1981, n°414, pp.1211-1217 ;
- « Traduire Claude Simon », *Revue des sciences humaines*, n°220, oct-déc. 1990, pp.99-106.

GLEIZE Joëlle, « " Je est d'autres " », *Critique*, n°555-556, août-sept. 1993, pp. 499-509.

GRUBER Eberhard, « Eléments de biographie pour une écriture probable », in *Claude Simon: Chemins de la mémoire*, sous la direction de Mireille Calle, Sainte Foy (Québec), Le Griffon d'Argile; Grenoble, Presses Universitaires de Grenoble, 1993, pp.203-232.

HENDERSON Suzanne, « Claude Simon ou le dépassement du nihilisme », in *Claude Simon. Autour de* La Route des Flandres, n°3 de la revue *Littératures contemporaines*, 1997, pp.7-20.

HOWARD Richard, « Un mot du traducteur américain de Claude Simon », *Entretiens*, n°698, 1972, pp.163-168.

ISOLERY Jacques, « Entre masculin et féminin: le schème de l'impassible », *Critique*, n°584/585, janv-fév. 1996, pp.36-53.

JEAN Raymond, « Les signes de l'éros », *Entretiens,* n°31, 2e trimestre 1972, sous la direction de Marcel Seguier, pp.121-130.

LOUETTE Jean-François, « Claude Simon et Sartre: les premiers romans », *Cahiers Claude Simon*, n°3, 2007, pp.63-86.

MERLEAU-PONTY Maurice, « Cinq notes sur Claude Simon », *Entretiens,* , n°31, 2e trimestre 1972, sous la direction de Marcel Seguier, pp.41-46 ;

- « Merleau-Ponty répond à Claude Simon, "Ecrivain et penseur" », *Médiations*, n°4, hiver 1961-1962, pp.5-10, repris dans *Critique*, n°414, novembre 1981, pp.1147-1148 ;
- « Notes de cours "Sur Claude Simon" », présentation par Stéphanie Menasse et Jacques Neefs, *Genesis*, n°6, 1994, pp.133-165.

MICHEL Christian, « Sens et fonction de la discontinuité: l'écriture analogique du roman », in *Poétiques de la discontinuité de 1870 à nos jours*, textes réunis par Isabelle Chol, Clermont-Ferrand, Presses universitaires Blaise Pascal, 2004, p.231-252.

RAILLARD Georges, « La mémoire du corps », *La Quinzaine littéraire*, n°538, 1er-15 sept. 1989, pp.5-6. Repris dans

« Lectures de *L'Acacia* », *Revue des Sciences Humaines*, n°220, oct.-déc. 1990, pp.186-189.

ROCHE Denis, Préface à *Claude Simon, Photographie (1937 – 1970)*, coll. Photo-Cinéma, Maeght Editeur, 1992.

ROUBICHOU Gérard, « La mémoire des mots. Notes en marge d'une relecture de Claude Simon », in *Claude Simon: Chemins de la mémoire,* sous la direction de Mireille Calle-Gruber, Sainte Foy (Québec), Le Griffon d'Argile ; Grenoble, Presses Universitaires de Grenoble, 1993, pp.83-92 ;

- « La mémoire, l'écriture, le roman: Réflexions sur la production romanesque de Claude Simon », in *Les sites de l'écriture. Colloque sur Claude Simon*, sous la direction de Mireille Calle-Gruber, Paris, Nizet, 1995, pp.93-104.

SARKONAK Ralph, « De l'érotique à l'informatique », *Claude Simon 2: L'Écriture du féminin/masculin*, Paris, Lettres Modernes (Revue des Lettres modernes), 1997, pp.3-13 ;

- « Claude Simon et la Shoah », *Claude Simon 5.* Les Géorgiques*: une forme, un monde*, sous la direction de Ralphe Sarkonak, Paris/ Caen, Lettres Modernes Minard (*Revue des Lettres modernes.* Série Claude Simon), 2008, pp.209-226.

SCHOENTJES Pierre, « De Conrad à Simon: l'esthétique du "faire voir" », *Cahiers Claude Simon*, n°1, 2005, pp.48-50.

VAREILLE Jean-Claude, « A propos de Claude Simon: Langage du cosmos, cosmos du langage », in Vareille, *Fragments d'un imaginaire contemporain, Pinget, Robbe-Grillet, Simon*, Paris, José Corti, 1989, pp.77-81.

VIART Dominique, « Sartre-Simon: de la "littérature engagée" aux "fictions critiques" », *Cahiers Claude Simon*, n°3, 2007, pp.105-131.

b. En chinois

1). Articles des critiques chinois

KANG Kai 康慨, « Keluode Ximeng shige nande » 克洛德 •西蒙是个男的 (Claude Simon est un homme), *Zhonghua dushubao* 中华读书报 (*China Reading Weekly*), 13/07/2005.

LIN Xiuqing 林秀清, « Keluode Ximeng zai xiaoshuo chuangzuoshang de tansuo » 克洛德·西蒙在小说创作上的探索 (Les recherches de Claude Simon dans la création romanesque), *Waiguo wenxue baodao* 外国文学报道 (*Reportage sur la littérature étrangère*), n°3, 1986, pp.48-53, 27;

- « Keluode ximeng chuangzuo yishu guankui » 克洛德·西蒙创作艺术管窥 (L'art de création de Claude Simon), *Wenxue zhishi* 文学知识 (*Connaissances littéraires*)，n°9, 1986, pp.23-25;
- « *Nongshishi* yizhe de hua»《农事诗》译者的话 (Un mot de la part de la traductrice des *Géorgiques*), *Shijie wenxue* 世界文学 (*Littérature mondiale*), n°4, 1986;
- « Shihua jiehe de xinxiaoshuo – *Fulande gonglu* qianyan » 诗画结合的新小说 –《弗兰德公路》前言 (Un nouveau roman à la croisée de la poésie et la peinture – préface à la traduction chinoise de *La Route des Flandres*), Guilin, Lijiang chuabanshe, 1999, pp.1-16.

LIAO Xingqiao 廖星桥, « Lun Keluode Ximeng xiaoshuo fengge de xingcheng » 论克洛德·西蒙小说风格的形成 (A propos du style des romans de Claude Simon), *Faguo yanjie* 法国研究 (*Etudes françaises*), n°3, 1988.

LIU Chengfu 刘成富, « Shilun Keluode Ximeng de yishiliu xiaoshuo » 试论克洛德·西蒙的意识流小说 (A propos des romans de "flux de conscience" de Claude Simon), *Waiguo wenxue pinglun* 外国文学评论 (*Critique sur la littérature étrangère*), n°1, 2001, pp.62-68.

LIU Mingjiu 柳鸣九, « Keluode Ximeng de rongyu yu tade daibiaozuo » 克洛德·西蒙的荣誉与他的代表作 (La gloire de Claude Simon et ses œuvres représentatives), *Shijie wenxue* 世界文学 (*Littérature mondiale*), n°2, 1993, repris dans Cong xiandaizhuyi dao houxiandaizhuyi 从现代主义到后现代主义 (Du modernisme au postmodernisme, ouvrage sous la direction de Liu Mingjiu 柳鸣九, Beijing, Zhongguo shehui keixue chubanshe, 1994, pp.206-218.

MA Zhencheng 马振骋, « Yishu, linghui zhongyu lijie » 艺术，领会重于理解 (Dans l'art, il est plus important d'apprécier que de comprendre), préface à la traduction du *Palace* en chinois, Nanjing, Yiwenchubanshe, 1999, pp.1-7.

SHI Kangqiang 施康强, « Keluode Ximeng de xiaoshuo jiqiao (shang, xia) » 克洛德·西蒙的小说技巧（上、下） (Les techniques du roman de Claude Simon, I, II), *Wenyibao* 文艺报 (*Journal d'art et de littérature*), 12/09/1987 et 19/09/1987.

WANG Tailai 王泰来, « Wenzi de moshushi – Keluode Ximeng » 文字的魔术师——克洛德·西蒙 (Claude Simon, un magicien des mots), *Dushu* 读书 (*Lire*), n°12, 1986, pp.116-122.

WU Congju 仵从巨, « "Zhiwuyuan" zhong de "jingguan" – du

Ximeng xinzuo *Zhiwuyuan* » “植物园”中的“景观”——读西蒙新作《植物园》(Le "paysage" dans un "jardin des plantes", lire *Le Jardin des Plantes* de Claude Simon), *Shijie wentan zhichuang* 世界文坛之窗 (*Fenêtre de la littérature mondiale*), n°5, 2000, pp.56-58 ;

- « Zai liusha zhong xingzou: lun *Zhiwuyuan* de Xushu » “在流沙中行走”：论《植物园》的“叙述” ("Avancer sur des sables mouvants": la narration dans *Le Jardin des Plantes*), Waiguo wenxue pinglun 外国文学评论 (*Critique sur la littérature étrangère*), n°4, 2001, pp.55-62.

XUN Da 迅达，« Keluode Ximeng de xiaoshuo » 克洛德·西蒙的小说 (Les roman de Claude Simon), *Wenhui bao* 文汇报 (*Journal Wenhui*), 25/10/1985.

YU Zhongxian 余中先，« 1985 nian faguo wentan gaikuang » 1985 年法国文坛概况 (Les milieux littéraires français en 1985), *Waiguo wentan gaikuang* 外国文坛概况 (*Les Milieux littéraires à l'étranger*), n°4, 1986，pp.14-16 ;

- « La geurre, les géorgiques et l'Histoire: un triptique des sensations » 战争·农事·历史 一幅内心感觉的“三折画”, *Waiguo wenxue pinglun* 外国文学评论 (*Critique sur la littérature étrangère*), n°2, 1987 ;

- « Bei sanzai zai huapu zhong de jiyi suipian – Ximeng de huiyilu xiaoshuo *Zhiwuyuan* jianjie» 被散栽在花圃中的记忆碎片一西蒙的回忆录小说《植物园》简介 (Fragments de mémoire – *Le Jardin des plantes* de Claude Simon), *Waiguo wenxue dongtai* 外国文学动态 (*Dépêches de la littérature étrangère*), n°5, 1998, p.6 ;

- Postface à la traduction du *Tramway*《有轨电车》译后记, Hangzhou, Zhejiang wenyi chubanshe, 2004, pp.179-182;
- « Keluode Ximeng – tongguo renlei shengcun zhuangkuang de miaoxie, shanyu ba shiren he huajia de fengfu xiangxiang yu dui shijian zuoyong de shenke renshi rongweiyiti » 克洛德 ·西蒙——通过人类生存状况的描写，善于把诗人和画家的丰富想象与对时间作用的深刻认识融为一体 (Claude Simon: associer l'imagination du poète et du peintre avec une prise en compte des effets du temps à travers une description des conditions humaines), *Xiaoshuolin* 小说林 (*Les Bois du roman*), n°5, 2005, pp.109-112.

YUN Yetui 云也退, « Keluode Ximeng: putaoyuan li de shishi » 克劳德·西蒙：葡萄园里的史诗 (Claude Simon: épopée dans une vigne), *Chubanren* 出版人 (*Editeurs*), n°15, 2005, pp.58-59.

ZHANG Fang 张放, « Keluode Ximeng zhuyao zuopin ji chuangzuo tese » 克洛德·西蒙主要作品及创作特色 (Claude Simon, ses œuvres principales et ses caractéristiques d'écriture), *Waiguo wenxue* 外国文学 (*Littérature étrangère*), n°12, 1985, pp.42-44.

ZHANG Zhiqing 张志庆, « Keluode Ximeng: xushi de lixianzhe » 克劳德·西蒙：叙事的历险者 (Claude Simon, aventurier dans la narration), *Shandong daxue xuebao* 山东大学学报 (*Bulletin d'études de l'Université de Shangdong*), n°2, 2001, pp.12-15.

2). Articles traduits des langues occidentales

DUNCAN Alastair A. 邓肯, « Zaixian zhenshi de weiji » 再现真实的危机 (Claude Simon: la crise de représentation), trad. par Zhu Jing 朱静, *Waiguo wenyi* 外国文艺 (*Art et littérature étrangers*), n°3, 1986, pp.240-255 ;

- « Ximeng yu Sate » 西蒙与萨特 (Simon and Sartre), trad. par Dai Kan 戴侃, *Guowai shehui kexue* 国外社会科学 (*Les Sciences humaines à l'étranger*), n°4, 1986, pp.55-57, 10.

ROBBE-GRILLET Alain 阿兰-罗布·格里耶, « Keluode Ximeng » 克洛德·西蒙 (Claude Simon), trad. par WANG Daoqian 王道乾, *Waiguo wenyi* 外国文艺 (*Art et littérature étrangers*), n°3, 1986, pp.234-239.

OTTEN Anna A.奥顿, « Keluode Ximeng de wo (yanjing) 克洛德·西蒙的我（眼睛）(Claude Simon's I / eye), trad. par Dai Kan 戴侃，*Guowai shehui kexue* 国外社会科学 (*Les Sciences humaines à l'étranger*), n°4, 1986, pp.53-55.

BISHOP Tom 汤·比梭, « Fapinglunjia Tang Bisuo lun Keluode Ximeng de chuangzuo xingxiang » 法评论家汤·比梭论克洛德·西蒙的创作形象 (L'Image de la création chez Claude Simon), trad. par Lin Qing 林青, *Waiguo wenxue dongtai* 外国文学动态 (*Dépêches de la littérature étrangère*), n°8, 1986, pp.24-29.

DALLENBACH Lucien 吕西安·达朗巴赫, « Lianpian huiyi » 连篇回忆 (Le tissu de mémoire), trad. par Jiang Zihua 蒋梓华, *Waiguo wenxue* 外国文学 (*Littérature étrangère*), n°10, 1987, pp.65-69.

3. Bibliographie sur Claude Simon

http://labyrinthe.pagesperso-orange.fr/simonbibliocriAB.html, 08/10/2010.

III. Etudes sur Yu Hua

A. Ouvrages

1. En langues occidentales

BRAESTER Yomi, «The Aesthetics and Anesthetics of Memory: PRC Avant-Garde Fiction», in Braester, *Witness against History: Literature, Film, and Public Discourse in Twentieth-Century China*, Stanford: Stanford UP, 2003, pp.177-191.

CHEN Jianguo, «The World of the Sensory: Yu Hua's Obsession with the "Real" », in Chen, *The Aesthetics of the "Beyond": Phantasm, Nostaligia, and the Literary Practice in Contemporary China*, Newark, University of Deleware Press, 2009, pp.91-125.

KNIGHT Deirdre Sabina, «Self-Ownership and Capitalist Values in 1990s Chinese Fiction», in Knight, *The Heart of Time: Moral Agency in Twentieth-Century Chinese Fiction*, Cambridge, Harvard University Asia Center, 2006, pp.222-258.

LIU Kang, « The Short-Lived Avant-Garde Literary Movement and Its Tranformation: The Case of Yu Hua », in Liu, *Globalization and Cultural Trends in China*, Honolulu, University of Hawaii Press, 2004, pp.102-126.

LU Tonglin, « Violence and Cultural Nihilism», in *Misogyny, Cultural Nihilism, and Oppositional Politics – Contemporary Chinese Experimental Fiction*, Stanford, Stanford University Press, 1995, pp.155-179.

YANG Xiaobin, « Yu Hua: The Past Remembered or the Present Dismembered » et «Yu Hua: Perplexed Narration and the Subject », in Yang, *The Chinese Postmodern: Trauma and Irony in Chinese Avant-garde Fiction*, Ann Arbor, University of Michigan Press, 2002, pp.56-73 et pp.188-206.

ZHANG Yinde, « Yu Hua et la violence de l'histoire », in *Le Monde romanesque chinois au XXe siècle. Modernités et identités*, Paris, Honoré Champion, 2003, pp.223-240.

2. En chinois

HONG Zhigang 洪治纲, *Yu Hua pingzhuan* 余华评传 (*Une critique biographique de Yu Hua*), Zhengzhou, Zhengzhou daxue chubanshe, 2005.

WANG Damin, *Yu Hua lun* 余华论 (*Critique sur Yu Hua*), Shanghai, Shanghai renmin chubanshe, 2006.

XING Jianchang 刑建昌 et LU Wenzhong 鲁文忠, *Xianfeng langchao zhong de YuHua* 先锋浪潮中的余华 (*Yu Hua dans les vagues d'avant-garde*), Beijing, Huaxia chubanshe, 2000.

Yu Hua yanjiu ziliao 余华研究资料 (*Reccueil des études sur Yu Hua*), sous la direction de Wu Yiqin 吴义勤, Jinan, Shandong wenyi chubanshe, 2006.

B. Articles

1. En langues occidentales

CAI Rong, « The Lonely Traveler Revisited in Yu Hua's Fiction », *Modern Chinese Literature*, vol.10, n°1/2 1998, pp.173-190.

CHEN Jianguo, «Violence: The Politics and the Aesthetic--Toward a Reading of Yu Hua», *American Journal of Chinese Studies*, vol.5, n°1 1998, pp.8-48;

- «Against Silence: The Cultural revolution and Literary Memory », in Elrud Ibsch, Douwe Fokkema, Joachim von der Thusen (ed), *The Conscience of Humankind*, Amsterdam,

Rodopi, 2000, pp.163-181;

- « Humidified Inspiration, Sensual Dampness, Corporeal Frenzy »: Towards a Reading of Yu Hua's *Shishi ruyan* (*World like Mist*), *Tamking Review: A Quarterly of Literary and Cultural Studies*, n° 35, Spring-Summer, 2005, pp. 373-398;
- «The Logic of the Phantasm: Haunting and Spectrality in Contemporary Chinese Literary Imagination», *Modern Chinese Literature and Culture*, vol.14, n°1 Spring 2002, pp.231-265. Repris dans Chen, *The Aesthetics of the "Beyond": Phantasm, Nostaligia, and the Literary Practice in Contemporary China*, Newark, University of Deleware Press, 2009, pp.62-69.

HO Shuwei, «Madeness in Modern Chinese Literature: Yu Hua and Can Xue », *Sun Yat-sen Journal of Humanities*, Oct. 2000, pp.97-117.

JONES Andrew F., «The Violence of the Text: Reading Yu Hua and Shi Zhicun», *Positions*, vol.2, n°3 1994, pp.570-602.

KNIGHT Deirdre Sabina, « Capitalist and Enlightenment Values in 1990s Chinese Fiction: The Case of Yu Hua's *Blood Seller*», *Textual Practice*, vol.16, n°3 Nov. 2002, pp.1-22. Repris comme « Capitalist and Enlightenment Values in Chinese Fiction of the 1990s: The Case of Yu Hua's Blood Merchant», in Charles Laughlin (ed.), *Contested Modernity in Chinese Literature*, NY, Palgrave Macmillan, 2005, pp.217-237.

LARSON Wendy, « Literary Modernism and Nationalism in Post-Mao China », in *Inside Out. Modernism and Postmodernism in Chinese Literary Culture,* edited by Wendy Larson and Anne Wedell-Wedellsborg, Aarhus, Aarhus

University Press, 1993, pp.172-96.

MISHRA Pankaj, « The Bonfire of China's Vanities », *New York Times Magazine*, Jan. 25, 2009, pp.20-25.

RABUT Isabelle, « Yu Hua, l'obsession du mal », *Magazine littéraire*, n°429, mars 2004, pp.59-60;

- « Yu Hua et l'espace hanté », *Les Temps modernes*, n°630-631, 2005, pp.212-246.

RIEP Steven, « A War of Wounds: Disability, Disfigurement, and Antiheroic Portrayals of the War of Resistance against Japan», *Modern Chinese Literature and Culture*, vol.20, n°1, Spring 2008, pp.129-72.

ROW Jess, « Chinese Idol », *The New York Times*, March 5, 2009.

SHEN Liyan, « Folkloric Elements in Avant-garde Fiction: Yu Hua's *One Kind of Reality* and *World like Mist*», *Canadian Review of Comparative Literature*, vol.35, n°1-2 March-June 2008, pp. 73-86.

TANG Xiaobing, « Residual Modernism: Narratives of Self in Contemporary Chinese Fiction », *Modern Chinese Literature* 7, n°1, Spring 1993, pp.7-31.

WAGNER Marsha, « The Subversive Fiction of Yu Hua », *Chinoperl Papers* n°20-22 1997-99, pp.219-44.

WEDELL-WEDELLSBORG Anne, « One Kind of Chinese Reality: Reading Yu Hua », *Chinese Literature: Essays, Articles, Reviews*, n°18, 1996, pp.129-145;

- « Haunted Fiction: Modern Chinese Literature and the Supernatural », *International Fiction Review*, n°32, 2005;

- «La modernité littéraire chinoise et le retour du *zhiguai*», traduit de l'anglais par Emmanuelle Kryger, in *Ecrire au présent. Débats littéraires franco-chinois*, sous la direction de Annie Curien, Paris, Editions de la Maison des sciences de l'homme, 2004, pp.175-188 ;

- « Multiple Temporalities in the Literary Identity Space of Post-Socialist China: A Discussion of Yu Hua's Novel *Brothers* and its Reception », in *Postmodern China. Chinese History and Society/Berliner China-Hefte*, n°34, 2008.

ZHANG Xudong, « The Avant-Garde Intervention » et « Fable of Self-Consciousness: Ge Fei and Some Motifs in Meta-Fiction », in Zhang Xudong, *Chinese modernism in the Era of Reforms – Cultural Fever, Avant-garde Fiction, and the New Chinese Cinema*, Durham and London, Duke Univerity Press, 1997.

ZHAO Yiheng, « Yu Hua: Fiction as Subversion », *World Literature Today*, Summer 1991.

- « The Rise of Metafiction in China », *Bulletin of Oriental and African Studies*. LV.1, 1992.

B. En chinois

CHEN Sihe 陈思和, « Yu Hua xiaoshuo yu shijimo yishi – Zhi youren shu » 余华小说与世纪末意识——致友人书 (Yu Hua et la conscience de la fin du siècle – Lettre à un ami), *Zuojia* 作家 (*Ecrivains*), n°5, 1992, pp.77-80.

DAI Jinhua 戴锦华, « Liegu de lingyi cepan – chudu Yuhua» 裂谷的另一畔——初读余华 (De l'autre côté du canyon – ma première lecture de Yu Hua), *Beijing wenxue* (*Littérature de Beijing*), n°7 1989.

MO Yan 莫言, « Qingxing de shuomengzhe – guanyu Yu Hua jiqi

xiaoshuo de zagan » 清醒的说梦者——关于余华及其小说的杂感 (Un conteur des rêves éveillé – quelques réflexions sur Yu Hua et ses œuvres), *Dangdai zuojia pinglun* 当代作家评论 (*Critiques sur des écrivains contemporains*), n°2, 1991, pp.30-32.

WANG Bin 王斌 et ZHAO Xiaoming 赵小鸣, « Yu Hua de yinbi shijie » 余华的隐蔽世界 (Le monde occulté de Yu Hua), *Dangdai zuojia pinglun* 当代作家评论 (*Critiques sur des écrivains contemporains*), n°4, 1988, pp.104-109.

WANG Binbin 王彬彬, « Yu Hua de fengyanfengyu » 余华的疯言疯语 (Yu Hua et ses paroles d'un fou), *Dangdai zuojia pinglun* 当代作家评论 (*Critiques sur des écrivains contemporains*), n°4，1989，pp.39-45, 17 ;

- « Can Xue, Yu Hua: "Zhen de esheng ?" – Can Xue, Yu Hua yu Lu Xun de yizhong bijiao » 残雪、余华："真的恶声"？——残雪、余华与鲁迅的一种比较 (Can Xue et Yu Hua: une voix de mal ? – comparer Can Xue, Yu Hua avec Lu Xun), *Dangdai zuojia pinglun* 当代作家评论 (*Critiques sur des écrivains contemporains*), n°1, 1992, pp.34-43.

WANG Dewei 王德威, « Shanghen jijing, baoli qiguan – Yu Hua lun» 伤痕即景，暴力奇观——余华论 (Paysage de plaie et merveille de violence – Une critique sur Yu Hua), in Wang, *Kua shiji fenghua: dangdai xiaoshuo 20 jia* 跨世纪风华：当代小说20家 (*Vingt types de roman contemporain au tournement du siècle*), Taibei, Maitian chuban, 2002, pp.161-183.

ZENG Zhennan 曾镇南, « *Xianshi yizhong* ji qita – luelun Yu Hua de xiaoshuo »"现实一种"及其他——略论余华的小说》 (*Une* *certaine réalité*et autre – en parlant de l'œuvre romanesque de Yu Hua), *Beijing wenxue* 北京文学 (*Littérature de Beijing*), n°2, 1988, pp.71-75.

ZHANG Xinying 张新颖, « Huangmiu, kunjing ji wuxiao kefu – Yu Hua Xiaoshuo Shi Ping » 荒谬、困境及无效克服——余华小说试评 (L'absurdité, l'impasse et l'impossibilité de vaincre », *Shanghai wenlun* 上海文论 (*Critique littéraire de Shanghai*), n°3, 1988, pp.61-63.

ZHANG Yiwu 张颐武, « "Ren" de weiji – du Yu Hua de xiaoshuo » "人"的危机——读余华的小说 (Crise de l'"Homme"), *Dushu* 读书 (*Lire*), n°12, 1988, pp.41-47;

- « Xiaoshuo shiyan: yiyi de xiaojie » 小说实验：意义的消解 (Expérimentations du roman: la dissolution du sens », *Beijing wenxue* 北京文学 (*Beijing wenxue*), n°2, 1988, pp.76-80.

ZHONG Benkang 钟本康, « Yu Hua de huanjue shijie jiqi guaiquan » 余华的幻觉世界及其怪圈 (Le monde illusoire de Yu Hua et son impasse), *Xiaoshuo pinglun* 小说评论 (*Critique du roman*), n°4, 1989, pp.30-34.

IV. Etudes sur la littérature française contemporaine

1. En français

ALLEMAND Roger-Michel, *Le Nouveau Roman*, Paris, Ellipses, 1996.

BESSIERE Jean, *L'Enigmaticité de la littérature: pour une anatomie de la fiction au XXe siècle*, Paris, PUF, 1993;

- *Qu'est-il arrivé aux écrivains français ? D'Alain Robbe-Grillet à Jonathan Littell*, Loverval (Belgique), Editions Labor, coll. « Liberté j'écris ton nom », 2006.

DUGAST-PORTES Francine, *Le Nouveau roman: une césure dans l'histoire du récit*, Paris, Armand Collin, 2004.

GOLDMAN Lucien, « Nouveau roman et réalité », in *Pour une sociologie du roman*, Gallimard, 1964.

La littérature française contemporaine. Questions et perspectives, Recueil d'études publié par Frank Baert et Dominique Viart, Louvain, Presses Universitaires de Louvain, 1993.

Nouveau Roman: Hier, Aujourd'hui. 1. Problèmes Generaux, sous la direction de Jean Ricardou et Françoise Van Rossum-Guyon, Paris, Union Générale D'éditions (10/18), 1972.

Nouveau Roman: Hier, aujourd'hui. 2. Practiques, sous la direction de Jean Ricardou et Françoise Van Rossum-Guyon, Paris, Union Générale D'éditions (10/18), 1972.

RICARDOU Jean, *Nouveaux problèmes du roman*, Seuil, 1991.

TOURET Michèle, DUGAST-PORTES Francine et autres, *Histoire de la littérature française du XXe siècle, T: II – après 1940*, Rennes, Presses universitaires de Rennes, 2008.

VIART Dominique et VERCIER Bruno, *La Littérature française au présent. Héritage, modernité, mutations*, Paris, Bordas, 2005.

2. En chinois

SONG Xuezhi 宋学智, « Faguo xinxiaoshuo zaizhongguo de fazhan he yanjiu zongshu » 法国新小说在中国的发展和研究综述 (Traduction et études sur le Nouveau Roman en Chine, *Faguo yanjiu* 法国研究 (*Etudes Françaises*), n°1, 2001, pp.182-191.

Xinxiaoshuo pai yanjiu 新小说派研究 (*Etudes sur le Nouveau Roman*), sous la direction de Liu Mingjiu 柳鸣九, Beijing, Zhongguo shehui kexue chubanshe, 1986.

ZENG Yiguo 曾一果 et SHI Jun 施军, « "Xinxiaoshuo" zai zhongguo de chuanbo yu yingxiang » "新小说"在中国的传播与影响 (L'étendue et l'influence du *Nouveau Roman* en Chine), *Yilin* 译林 (*Translations*), n° 6, 2003, pp.187-192.

V. Etudes sur la littérature chinoise moderne et contemporaine

Chinese Literature in the Second Half of a Modern Century, edited by Pang-Yuan Chi and David Der-Wei Wang, Bloomington and Indianapolis, Indiana University Press, 2000.

DAI Jinhua, « L'"époque contemporaine", un concept confus et suspect », traduit du chinois par Li Jinjia, in *Ecrire au présent. Débats littéraires franco-chinois*, sous la direction de Annie Curien, Paris, Editions de la Maison des sciences de l'homme, 2004, pp.299-317.

Ecrire au présent. Débats littéraires franco-chinois, sous la direction de Annie Curien, Paris, Editions de la Maison des sciences de l'homme, 2004.

From May Fourth to June Forth, Fiction and Film in Twentieth-Century China, Widmer Ellen et David Der-wei Wang (éd), London, Harvard University Press, 1993.

GIAFFERRI-HUANG Xiaoming, *Le Roman chinois depuis 1949*, PUF (coll. Ecriture), Paris, 1991.

HONG Zicheng, *A History of Contemporary Chinese Literature*, translated by Michael M. Day, Boston, Brill, 2007.

Inside Out. Modernism and Postmodernism in Chinese Literary Culture, edited by Wendy Larson and Anne Wedell-Wedellsborg, Aarhus, Aarhus University Press, 1993.

Lettres en Chine. Rencontre entre romanciers chinois et français, recueil coordonné par Annie Curien, Paris, Bleu de Chine, 1996.

Littérature chinoise contemporaine, tradition et modernité (*La*), colloque d'Aix-en-Provence, le 8 juin 1988, préface de Noël Dutrait, Aix-en-Provence, Publications de l'Université de Provence, 1989.

Littérature chinosie, état des lieux et mode d'emploi, actes du colloque organisé par le Groupe de recherche sur l'Extrême-Orient contemporain de l'Université de Provence, sous la direction de Noël Dutrait, Aix-en-Provence, Publications de l'Université de Provence, 1998.

Littérature chinoise. Le passé et l'écriture contemporaine. Regards croisés d'écrivains et de sinologues, sous la direction de Annie Curien et Jin Siyan, Paris, Editions de la Maison des sciences de l'homme, 2001.

LINK Perry, *The Uses of Literature. Life in the Socialist Chinese Literary System*, Princeton, Princeton University Press.

LU Tonglin, *Misogyny, Cultural Nihilism, and Oppositional Politics – Contemporary Chinese Experimental Fiction*, Stanford, Stanford University Press, 1995.

Pékin – Shanghai. Tradition et modernité dans la littérature chinoise des années trente, sous la direction d'Isabelle Rabut et Angel Pino, Paris, Bleu de Chine, 2000.

Roses and Thorns – The Second Blooming of the Hundred Flowers in Chinses Fiction, 1979-80, edited by Perry Link, Berkeley and Los Angeles, University of California Press, 1984.

WANG David Der-Wei, *The Monster that is History: History, Violence, and Fictional Writing in Twentieth Century China,*

Berkeley, University of California Press, 2004.

WANG Jing, *High Culture Fever: Politics, Aesthetics, and Ideology in Deng's China*, Los Angeles and Oxford, University of California Press, 1996.

ZHANG Xudong, *Chinese modernism in the Era of Reforms – Cultural Fever, Avant-garde Fiction, and the New Chinese Cinema*, Durham and London, Duke Univerity Press, 1997.

ZHANG Yinde, *Le Monde romanesque chinois au XXe siècle. Modernités et identités*, Paris, Honoré Champion, 2003.

- « Polyphonie et réinvention: Quelques réflexions sur l'écriture romanesque contemporaine », in *Ecrire au présent. Débats littéraires franco-chinois*, sous la direction de Annie Curien, Paris, Editions de la Maison des sciences de l'homme, 2004, pp.285-298.

VI. Etudes comparées Chine – Occident

China and the West: comparative literature studies, edited by William Tay, Ying-hsiung Chou, Heh-hsiang Yuan, with an introd. by A. Owen Aldridge, Hong Kong, Chinese University Press, 1980.

HUGHES Alex, *France-China: intercultural imaginings*, London, Legenda: Modern Humanities Research Association (MHRA) and Maney Publ., 2007.

JULLIEN François, « L'œuvre et l'univers: imitation ou déploiement (limites à une conception mimétique de la création dans la tradition chinoise) », *Extrême-Orient, Extrême-Occident*, n°3, 1983, pp.37-88 ;

- « Ni Ecriture sainte ni œuvre classique: du statut du Texte confucéen comme Texte fondateur vis-à-vis de la civilisation chinoise », *Extrême-Orient, Extrême-Occident*, n°5, 1984, pp.75-128 ;

- « Naissance de l' "imagination": essai de problématique au travers de la réflexion littéraire de la Chine et de l'Occident », *Extrême-Orient, Extrême-Occident*, n°7, 1985, pp.23-81 ;
- *La Chaîne et la trame*, Paris, PUF, 2004.

LEVI Jean, « Histoire et roman en Chine et en Occident », in Jean Levi, *La Chine romanesque. Fictions d'Orient et d'Occident*, Paris, Seuil, 1995.

LIANG Shuming, *Les cultures d'Orient et d'Occident et leurs philosophies*, trad. du chinois et annoté par Luo Shenyi, rév. et préf. par Léon Vandermeersch, Paris, PUF, 2000.

ZHANG Longxi, *Mighty opposites: from dichotomies to differences in the comparative study of China*, Stanford, Calif., Stanford University Press, cop. 1998.

ZHANG Yinde, « Perspectives orientalistes: Marguerite Yourcenar et le taoïsme », in *Perspectives comparatistes*, études réunies par Jean Bessière et Daniel-Henri Pageaux, Paris, Honoré Champion, 1999, pp.313-335 ;

- *Littérature comparée et perspectives chinoises*, Paris, l'Harmattan, 2008.

VII. Ouvrages généraux consultés

BATAILLE Georges, *L'Erotisme*, in *Georges Bataille. Œuvres complètes. Tome X*, Paris, Gallimard (nrf), [1957]1987.

BLUMENBERG Hans, *Naufrage avec spectateur*, trad. de l'allemand par Laurent Cassagnau, Paris, L'Arche, 1994.

BARTHES Roland, *Le Degré zéro de l'écriture*, Paris, Seuil (points essais), [1953] 1972 ;

- *Essais critiques*, Paris, Seuil (Tel quel), 1964 ;
- *S/Z*, Paris, Seuil, 1970 ;
- *Le Plaisir du texte*, Paris, Seuil (points essais), 1973 ;
- *Le Neutre: notes de cours au Collège de France (1977-1978)*, Paris, Seuil, 2002.

BARTHES Roland, RIFFATERRE Michael, BERSANI Leo *et al.*, *Littérature et réalité*, Paris, Seuil (point essais), 1982.

BESSIERE Jean, *Principes de la théorie littéraire*, Paris, PUF, 2005.

BESSIERE Jean et PAGEAUX Daniel-Henri, *Perspectives comparatistes*, Paris, Honoré Champion, 1999.

CHENG Anne, « La trame et la chaîne: aux origines de la constitution d'un corpus canonique au sein de la tradition confucéenne », *Extrême-Orient – Extrême –Occident*, n°5, 1984, pp.13-26 ;

- *Histoire de la pensée chinoise*, Paris, Seuil, 1997.

DAROS Philippe, « Anthropologie, littérature générale et comparée », in *Perspectives comparatistes*, études réunies par Jean Bessière et Daniel-Henri Pageaux, Paris, Honoré Champion, 1999, pp. 153-170.

DE CERTEAU Michel, *L'Ecriture de l'histoire*, Gallimard (folio histoire), [1975] 2002.

DELEUZE Gilles, *Différence et répétition*, Paris, Puf, 1968 ;

- *Critique et clinique*, Paris, Minuit, 1993.

DE DUVE Thierry, *Au nom de l'art. Pour une archéologie de la modernité*, Paris, Minuit (Critique), 1989 ;

- « Fonction critique de l'art ? Examen d'une question », in *L'Art sans compas*, Paris, Cerf, 1992, pp.11-23.

DERRIDA Jacques, *Poétique et politique du témoignage*, L'Herne, Carnet, 2005.

DUISIT Lionel, *Satire, parodie, calembour. Esquisse d'une théorie de modes dévalués*, Saratoga, Anma Libri, 1978.

GENETTE Gérard, *Figure III*, Paris, Seuil, 1972.

KAUFMANN Vincent, *Poétique des groupes littéraires (Avant-Gardes 1920-1970)*, Paris, PUF, 1997.

LYOTARD Jean-François, *La Condition postmoderne: rapport sur le savoir*, Paris, Minuit, 1979.

MERLEAU-PONTY Maurice, *Phénoménologie de la perception*, Paris, Gallimard (tel), 1945 ;

PAGEAUX Daniel-Henri, *La Littérature générale et comparée*, Paris, Armand Colin, 1994.

POUILLON Jean, *Temps et roman*, Paris, Gallimard (tel), 1946.

RANCIERE Jacques, *La parole muette. Essais sur les contradictions de la littérature*, Paris, Hachette Littératures, 1998 ;

- *Le Partage du sensible*, Paris, La Fabrique, 2000 ;
- *Le Destin des images*, Paris, La Fabrique, 2003 ;
- *Malaise dans l'esthétique*, Paris, Galilée, 2004.

RICOEUR Paul, « Événement et sens », in Enrico Castelli (éd), *La Théologie de l'histoire. Révélation et histoire*, Paris, Aubier, 1971, pp.15-34 ;

- *Temps et récit I, II, III*, Paris, Seuil (points essais), 1983, 1984, 1985.

ROBBE-GRILLET Alain, *Pour un nouveau roman*, Paris, Minuit,

1961.

ROBERT Marthe, *Roman des origines, origine du roman*, Paris, Grasset, 1972.

ROUART Marie-France, *Les Structures de l'aliénation*, Paris, Publibook, 2008.

SANGSUE Daniel, *La Parodie*, Paris, Hachette, 1994.

SARRAUTE Nathalie, *L'Ere du soupçon*, Paris, Gallimard (folio essais), 1987.

SARTRE Jean-Paul, *Qu'est-ce que la littérature ?*, Paris, Gallimard (folio essais), [1948]1985.

SHUSTERMAN Richard, *Conscience du corps. Pour une soma-esthétique*, traduit de l'anglais par Nicolas Vieillescazes, Paris, L'Eclat, 2007.

TODOROV Tzvetan, *Les Genres du discours*, Paris, Seuil, 1978.

INDEX

C

D

E

F

G

H

I

J

M

N

O

S

Z

GLOSSAIRE

1962 nian yilai faguo xinxiaoshuo dongxiang	1962 年以来法国新小说动向
A Cheng	阿城
Ba Ren	巴人
Bababa	爸爸爸
Banzhuren	班主任
Bashi niandai fangtanlu	八十年代访谈录
Bashi niandai suoji	八十年代琐记
Bashi niandai wenhua yishi	八十年代文化意识
Bei Cun	北村
Bei Dao	北岛
Beijing wenxue	北京文学
bihui	笔会
Buerjiakefu yu *Dashi he magelite*	布尔加科夫与《大师和玛格丽特》
Buli	布礼
Can Xue	残雪
Changji xueyuan xuebao	昌吉学院学报
Chen Danqing	陈丹青
Cheng Depei	程德培
chuanqi	传奇
Chunqiu	春秋

Cixi	慈禧
Cong xiandaizhuyi dao houxiandaizhuyi	从现代主义到后现代主义
Cong xianshizhuyi dao xianshi	从现实主义到现实
Dai Jinhua	戴锦华
Dangdai	当代
Dangdai waiguo wenxue	当代外国文学
Dangdai wentan	当代文坛
Dangdai xianfeng xiaoshuo de mingyun ji qi weilai: Lü Xin, Bei Cun zuojia zuopin yantaohui zongshu	当代先锋小说的命运及其未来：吕新、北村作家作品研讨会综述
Daxue	大学
Delida zhongguo yanjianglu	德里达中国演讲录
DengXiaoping	邓小平
Dongfang zaobao	东方早报
Du Xiaozheng	杜小真
ducao	毒草
Duomeiti: "Fulande gonglu" de jishu meixue tezheng	多媒体：《弗兰德公路》的技术美学特征
Dushu	读书
Ershishiji wenxue lilun	二十世纪文学理论
Faguo "feijialuo wenxuebao" taolun xinxiaoshuopai	法国《费加罗文学报》讨论新小说派
Faguo "xinxiaoshuopai" poushi	法国“新小说派”剖视
Faguo taolun xianfengpai wenxue he dang de wenyi zhengce	法国讨论先锋派文学和党的文艺政策
Faguo xinxiaoshuo pai zuojia geliye	法国新小说派作家格里耶去世 享年

qushi xiangnian 85sui	85岁
Faguo xinxiaoshuo zaizhongguo de fazhan he yanjiu zongshu	法国新小说在中国的发展和研究综述
Faguo xinxiaoshuopai "xin" zai nali ?	法国新小说派“新”在哪里？
Faguo yanjiu	法国研究
Faguo zuojia lun wenxue	法国作家论文学
Faguo zuojia yu zhongguo	法国作家与中国
fan baerzhake pai	反巴尔扎克派
Fan Zhongyan	范仲淹
fansi wenxue	反思文学
gaige wenxue	改革文学
Gan Yang	甘阳
Gangdisi de youhuo	冈底斯的诱惑
Gaobie “xuwei de xingshi” – *Xusanguan maixueji* zhiyu Yu Hua de yiyi	告别“虚伪的形式”——《许三观卖血记》之于余华的意义
Ge Fei	格非
geming langman zhuyi	革命浪漫主义
geming xianshi zhuyi	革命现实主义
Gonglu bian de ruhua fengjing – cong "Fulande gonglu" kan Keluode ximeng de xiaoshuo chuangzuo	公路边的如画风景——从《弗兰德公路》看克洛德·西蒙的小说创作
Gu Cheng	顾城
Guanyu huiyi he huiyilu	关于回忆和回忆录
guilaizhe	归来者
Guomindang	国民党
Guowai shehui kexue	国外社会科学

Han Shaogong	韩少功
Henan daxue xuebao	河南大学学报
Hong Feng	洪峰
Hong Zhigang	洪治纲
Honggaoliang jiazu	红高粱家族
Hongloumeng	红楼梦
Houxiandai kexue: kexue meili de zaixian	后现代科学：科学魅力的再现
Houxiandai xiaoshuo	后现代小说
"Houxiandai" sichao zai zhongguo de chuanbo ji yingxiang	“后现代”思潮在中国的传播及影响
Houxiandai zhuyi yu wenhua lilun	后现代主义与文化理论
Hu Yuwei	胡玉伟
Huangmiu, kunjing ji wuxiao kefu	荒谬，困境及无效克服
Huanle	欢乐
Huhan yu xiyu	呼喊与细雨
Huida	回答
Jian Changhuai	蹇昌槐
jiao	教
jing	敬
Jintian	今天
jiuwang	救亡
Kafuka he K	卡夫卡和 K
Kang Kai	慷慨
Kang Youwei	康有为
Keluode ximeng chuangzuo yishu guankui	克洛德·西蒙创作艺术管窥

Keluode ximeng shige nande	克洛德•西蒙是个男的
Keluode ximeng zai xiaoshuo chuangzuoshang de tansuo	克洛德·西蒙在小说创作上的探索
kuaitao	快逃
Kuangren riji	狂人日记
Kuangshan fengyun	矿山风云
Lasahe de nüshen	拉萨河的女神
Li	礼
Li Qing'an	李清安
Li Rui	李锐
Li Xueshi	李学诗
Liang Qichao	梁启超
Liao Xingqiao	廖星桥
Liegu de lingyi cepan – chudu Yuhua	裂谷的另一侧畔——初读余华
Lin Xiuqing	林秀清
Lishi xushu de chongzu yu tuozhan – dui xinlishixiaoshuo yu "shiqinian" lishixiaoshuo de yizhong bijiao quanshi	历史叙述的重组与拓展——对新历史小说与"十七年"历史小说的一种比较诠释
Liu Mingjiu	柳鸣九
Liu Suola	刘索拉
Liu Xie	刘勰
Liu Xinwu	刘心武
Lixiangzhuyi de zhongjie	理想主义的终结
Lu Xinhua	卢新华
Lu Xun	鲁迅
Lun quanzi wenxue he quanzi piping	论圈子文学和圈子批评

Lun renqing	论人情
Lun renqing yu renqing	论人情与人性
Lun wenxue shi renxue	论文学是人学
Lunyu	论语
Ma Yuan	马原
Ma Zhenchi	马振驰
Mao Zedong	毛泽东
Meiyou yitiao daolu shi chongfude	没有一条道路是重复的
Mengzi	孟子
Mianhuai xianfeng xiaoshuo	缅怀先锋小说
Mizhou	迷舟
Mo Yan	莫言
neibufaxing	内部发行
Ni biewu xuanze	你别无选择
Nongshishi yizhe de hua	《农事诗》译者的话
Pingyong de "mingzuo", posui de canpian	平庸的“名作”，破碎的残片
pipan xianshi zhuyi	批判现实主义
Qi	气
Qian Gurong	钱谷融
Qian Linsen	钱林森
Qiangjin de xiangxiangli chansheng xianshi	强劲的想象里产生现实
qimeng	启蒙
Qimeng yu jiuwang de shuangchong bianzou	启蒙与救亡的双重变奏
Qiwang	棋王

ren	人
ren	仁
Ren Nannan	任南南
Renmin ribao	人民日报
Sandaoyoujifu de xiezuo yu shenghuo	三岛由纪夫的写作与生活
Sanguoyanyi	三国演义
Sate yu zhongguo – xinshiqi wenxue zhong ren de cunzai tanxun	萨特与中国——新时期文学中人的存在探询
Shanghai wenlun	上海文论
Shanghai wenxue	上海文学
Shanghen	伤痕
Shanghen jijing, baoli qiguan – Yu Hua lun	伤痕即景，暴力奇观——余华论
shanghen wenxue	伤痕文学
Shanshan de hongxing	闪闪的红星
Shechi de cesuo	奢侈的厕所
Shui shi women gongtong de muqin	谁是我们共同的母亲
Shi	诗
Shi Jun	施军
shiguan	史官
Shiji	史记
Shijie wenxue	世界文学
Shilun faguo xinxiaoshuo	试论法国新小说
Shinian xinlishi zhuyi wenxue sichao huigu	十年新历史主义文学思潮回顾
shiyan xiaoshuo	实验小说
Shouhuo	收获

Shu	书
Shucheng	书城
Shuihuzhuan	水浒传
Sihua	四化
Sima Qian	司马迁
sirenbang	四人帮
Song Xuezhi	宋学智
Su Tong	苏童
Sun Ganlu	孙甘露
Suowei houxiandai xiaoshuo	所谓后现代小说
tian	天
tuoshiyanzhi	托史言志
Waiguo wenxue baodao	外国文学报道
Waiguo wenxue dongtai	外国文学动态
Waiguo wenxue pinglun	外国文学评论
Waiguo wenxue yanjiu	外国文学研究
Waiguo wenyi	外国文艺
Wang Dewei	王德威
Wang Jin	王瑾
Wang Meng	王蒙
Wang Shuming	王淑明
Wang Zengqi	汪曾祺
Weilian fukena	威廉·福克纳
wen	文
wenge de tazhehua	文革的他者化
wenhuare	文化热
Wenhui bao	文汇报

Wennuan he baiganjiaoji de lücheng	温暖和百感交集的旅程
Wenxin diaolong	文心雕龙
wenxue	文学
Wenxue he wenxueshi	文学和文学史
Wenxue pinglunjia	文学评论家
Wenxuezhong de xianshi	文学中的现实
Wenyi lilun yanjiu	文艺理论研究
Wenyi pinglun	文艺评论
Wenyi zhengming	文艺争鸣
Wenyibao	文艺报
wenyizaidao	文以载道
Wode xiezuo jingli	我的写作经历
Wo nengfou xiangxin ziji	我能否相信自己
Wo weihe xiezuo	我为何写作
Wu Liang	吴亮
Wu Xinjun	武新军
Wu Yiqin	吴义勤
wusi yundong	五四运动
wuxu bianfa	戊戌变法
wuxu zhengbian	戊戌政变
Wuzhuti bianzou	无主题变奏
Xiandai waiguo zhexue he shehuikexue	现代外国哲学和社会科学
Xiandai xifang wenlun xuan	现代西方文论选
Xiandaihua yu xiandaipai	现代化与现代派
xianfeng xiaoshuo	先锋小说
Xianfeng, xianfeng xiaoshuo yu tongsu xiaoshuo	先锋，先锋小说与通俗小说

xianfengpai	先锋派
xian tianxia zhiyou er you	先天下之忧而忧
Xiaoshuo pinglun	小说评论
Xiaoshuo shi tanqiu	小说史探求
xidan minzhuqiang	西单民主墙
Xie Youshun	谢有顺
Xie Zhengzhong	解正中
xin	信
xinchao xiaoshuo	新潮小说
xinghai geming	辛亥革命
Xingxing	星星
xingxing huazhan	星星画展
Xinqingnian	新青年
xinshiqi wenxue	新时期文学
xinwenxue	新文学
xinxiaoshuo	新小说
Xinxiaoshuo de tese	新小说的特色
Xinxiaoshuo pai lianglun	新小说派两论
Xinxiaoshuo pai siwei zhuyao zuojia jianjie	新小说派四位主要作家简介
Xinxiaoshuo pai yanjiu	新小说派研究
"Xinxiaoshuo" zai zhongguo de chuanbo yu yingxiang	“新小说”在中国的传播与影响
Xiyouji	西游记
Xu Chi	徐迟
Xu Xing	徐星
xue	学

Xugou	虚构
xungen wenxue	寻根文学
Xuwei de zuopin	虚伪的作品
Zai Yan'an wenyi zuotanhui shang de jianghua	在延安文艺座谈会上的讲话
Yang Jian	杨健
yangwu yundong	洋务运动
yejiushi	也就是
Yi	易
Yidairen	一代人
Yilin	译林
Ying Xiong	应雄
Yinyue yingxiangle wode xiezuo	音乐影响了我的写作
Yishixingtai jiegou yu zhongguo dangdai wenxue	意识形态结构与中国当代文学
Yishu, linghui zhongyu lijie	艺术，领会重于理解
Yiyuan li de tongnian	医院里的童年
Youjiaowulei	有教无类
Yu Hua	余华
Yu Hua de huanjue shijie jiqi guaiquan	余华的幻觉世界及其怪圈
Yu Hua pingzhuan	余华评传
Yu Hua Shi Tiesheng Gefei Lin Jinlan jipian xinzuo yinxiang	余华、史铁生、格非、林斤澜几篇新作印象
Yu Zhongxian	余中先
Yuanhuayu: bashi niandai wenhua yujing zhong de "jiuwang yadao qimeng"	元话语：八十年代文化语境中的“救亡压倒启蒙”

Yueyang lou ji	岳阳楼记
Zeng Yiguo	曾一果
Zha Jianying	查建英
Zhang Dongmei	张冬梅
Zhang Ning	张宁
Zhang Qinghua	张清华
Zhang Renrang	张稔穰
Zhang Wei	张炜
Zhang Xinying	张新颖
Zhang Yiwu	张颐武
Zhaxi Dawa	扎西达娃
Zhenshi	真实
zhiqing wenxue	知青文学
Zhong	忠
Zhong Benkang	钟本康
Zhongguo dangdai wenhua yishi	中国当代文化意识
Zhongguo gongchandang zhongyang weiyuanhui guanyu jianguo yilai ruogan lishi wenti de jueyi	中国共产党中央委员会关于建国以来若干历史问题的决议
Zhongguo gudai xiaoshuo yishu jiaocheng	中国古代小说艺术教程
Zhongguo xiandai sixiangshi lun: xia	中国现代思想史论下
Zhongguo zhiqing wenxueshi	中国知青文学史
Zhonghua dushubao	中华读书报
Zhongshan	钟山
Zhongwai wenxue	中外文学
Zhongyong	中庸

Zhou Dunyi	周敦颐
Zhu Hong	朱虹
Zhu Wei	朱伟
zichanjieji fandongwenxue	资产阶级反动文学
Zouba	走吧
Zuichu de suiyue	最初的岁月